KONINGIN OP BLOTE VOETEN

*Van Ildefonso Falcones is verschenen:*

De kathedraal van de zee ◈
De hand van Fatima ◈
Koningin op blote voeten ◈

◈ Ook als e-book verkrijgbaar

Ildefonso Falcones

# *Koningin op blote voeten*

VERTAALD DOOR
Marga Greuter en Margriet Muris

UITGEVERIJ LUITINGH-SIJTHOFF

FSC
www.fsc.org
MIX
Papier van verantwoorde herkomst
FSC® C110751

Uitgeverij Luitingh Sijthoff en Drukkerij Koninklijke Wöhrmann BV vinden het belangrijk om op milieuvriendelijke en duurzame wijze met natuurlijke bronnen om te gaan.

Eerste druk 2014
Tweede druk 2014
Derde druk 2014
Vierde druk 2014
Vijfde druk 2014
Zesde druk 2014


Translated from the original edition of Random House Mondadori, Barcelona, 2013

Oorspronkelijke titel: *La reina descalza*
Vertaling: Marga Greuter en Margriet Muris
Omslagontwerp: Marry van Baar
Omslagbeeldfotografie: Bridgeman Art Library

ISBN 978 90 218 0932 8
NUR 302

www.lsamsterdam.nl
www.watleesjij.nu
www.boekenwereld.com

Ter nagedachtenis aan mijn ouders

Flamenco zingen is flamenco zijn:
het is een ander lichaam hebben,
een andere ziel, andere passies, een andere huid, andere instincten
en verlangens,
een andere kijk op de wereld,
met gebruik van alle zintuigen;
de kracht van het bewustzijn,
muziek in de aderen,
fiere onafhankelijkheid,
vreugde met tranen,
en de pijn, het leven en
de liefde die schaduwen werpt;
haat jegens het routinematige,
jegens het georganiseerde dat castreert;
het is je verliezen in de zang,
in de wijn en in de kussen;
het leven verheffen tot een subtiele kunst,
van spontaniteit en vrijheid,
zonder de boeien van de middelmatigheid te accepteren;
het is alles op één kaart zetten,
genieten, je helemaal geven, voelen,
leven!

Tomás Borrás, *Lofdicht op de flamencozanger*

# I

# *Schitterende godin*

# 1

*Haven van Cádiz, 7 januari 1748*

Op het moment dat ze de kade op zou stappen, aarzelde Caridad. Ze stond precies aan het eind van de loopplank van de sloep die hen van boord had gehaald van *La Reina*, het zwaar bewapende oorlogsschip dat de zes koopvaardijschepen met hun kostbare handelswaar vanaf de andere kant van de oceaan naar Spanje begeleid had. De vrouw hief haar gezicht naar de winterzon die de rumoerige, hectische drukte in de haven bescheen: een van de koopvaardijschepen die met hen uit Havanna waren gekomen, werd gelost. De zon kroop tussen de openingen van haar versleten strohoed door en verblindde haar. De herrie deed haar schrikken en ze kromp angstig ineen, alsof het geschreeuw tegen haar gericht was.

'Doorlopen, zwartje!' snauwde de zeeman die achter haar kwam en haar zonder pardon voorbijliep.

Caridad wankelde en viel bijna in het water. Toen de volgende man die achter haar liep, aanstalten maakte om haar voorbij te lopen, sprong de vrouw onhandig op de kade, deed een paar stappen opzij en bleef opnieuw stilstaan terwijl de bemanning onder veel gelach, plagerijen en allerlei stoere weddenschappen over welk lekker mokkel hun de lange oversteek zou doen vergeten, van boord bleef gaan.

‘Geniet van je vrijheid, zwarte!’ schreeuwde een van de mannen die langs haar liepen, terwijl hij haar een klinkende klap op haar achterste gaf.

Sommige van zijn maten lachten. Caridad bewoog zelfs niet, ze hield haar blik strak gericht op de lange, smerige staart van de zeeman die op zijn rug danste en daarbij telkens zijn oude versleten hemd raakte op het ritme van de waggelende gang waarmee de man zich in de richting van de Puerta de Mar verwijderde.

Vrijheid? vroeg ze zich af. Wat voor vrijheid? Ze keek voorbij de kade, naar de stadsmuren, waar de Puerta de Mar toegang tot de stad gaf: een groot deel van de meer dan vijfhonderd bemanningsleden van *La Reina* verdrong zich bij de poort, waar ze door een heel leger van ambtenaren – douanebeambten, korporaals en inspecteurs – op verboden handelswaar gecontroleerd werden en over de nederlaag van de schepen werden ondervraagd, om erachter te komen of een daarvan zich van het konvooi had verwijderd en van de route was afgeweken om te smokkelen en de koninklijke belasting te ontduiken. De mannen wachtten ongeduldig tot de verplichte formaliteiten waren afgehandeld; degenen die het verst van de ambtenaren af stonden en zich beschermd voelden door de menigte, schreeuwden dat ze hen door moesten laten, maar de inspecteurs hielden zich doof. *La Reina*, majesteitelijk voor anker gegaan in het Trocadero-kanaal, had in haar ruimen meer dan twee miljoen peso’s meegebracht en een hoeveelheid marken van bewerkt zilver met een vergelijkbare waarde, een van de vele schatten van de overzeese gebiedsdelen, en daarnaast Caridad en don José, haar meester.

Vervloekte don José! Caridad had hem tijdens de overtocht verzorgd. ‘De pest van de zee had hij,’ zeiden ze. ‘Hij zal doodgaan,’ verzekerden ze haar. En na een lange doodsstrijd, waarbij zijn lichaam met de dag meer wegteerde door de vreselijke zwellingen, koortsaanvallen en bloedingen was zijn tijd inderdaad gekomen. Een maand lang hadden meester en slavin opgesloten gezeten in een kleine, stinkende hut op de achtersteven, met slechts één hangmat. Na betaling van een flinke som geld had don José de kapitein zo ver weten te krijgen dat hij die hut met planken liet bouwen, ten koste van de gemeenschappelijke officiersruimte. ‘Elegua, laat zijn ziel nooit rust vinden, laat hem eeuwig ronddolen,’ had Caridad gewenst toen ze in die kleine ruimte de machtige aanwezigheid van de Allerhoogste voelde, van de God die over de mensen heerst en hun lot bepaalt. En alsof haar meester haar had gehoord, smeekte hij haar met zijn huiveringwekkende bloeddoorlopen ogen om mededogen, zijn hand naar haar uitstekend op zoek naar de levenswarmte die hem, dat wist hij, langzaam maar zeker ontsnapte. Caridad, alleen met hem in de hut, weigerde hem die troost. Had zij soms ook niet haar hand uitgestoken toen ze haar van haar kleine Marcelo scheidden? En wat had de meester toen gedaan? De opzichter van de plantage opdracht gegeven haar vast te houden en tegen de zwarte slaaf geschreeuwd dat hij het kind mee moest nemen.

'En zorg dat ze ophoudt met gillen!' voegde hij er nog aan toe op het stuk grond voor het grote huis, waar de slaven zich hadden verzameld om te zien wie hun nieuwe meester zou zijn en welk lot hun vanaf dat moment te wachten stond. 'Ik kan niet tegen...'

Don José had plotseling gezwegen. De verbazing van de slaven was op hun gezicht te lezen. Caridad had zich met een impulsieve klap uit de greep van de opzichter weten los te rukken en maakte aanstalten naar haar zoontje te rennen, maar ze besefte meteen hoe onverstandig dat was en bleef staan. Gedurende een paar seconden was alleen het doordringende, wanhopige gekrijs van Marcelo te horen.

'Moet ik haar met de zweep geven, don José?' vroeg de opzichter terwijl hij Caridad weer bij haar arm vastpakte.

'Nee,' besloot die na even denken. 'Ik wil haar heelhuids mee naar Spanje nemen.'

En die grote neger, Cecilio heette hij, sleurde het kind na een meedogenloos gebaar van de opzichter mee naar de hut. De opzichter liet haar los, waarna Caridad op haar knieën viel en haar huilen zich met dat van het kind vermengde. Dat was de laatste keer dat ze haar zoontje zag. Ze had geen afscheid van hem mogen nemen, ze hadden niet toegestaan dat ze...

'Caridad! Wat sta je daar, vrouw?'

Toen ze haar naam hoorde, keerde ze terug naar de werkelijkheid. Te midden van alle rumoer herkende ze de stem van don Damián, de oude kapelaan van *La Reina*, die ook van boord gegaan was. Meteen liet ze haar bundeltje vallen, ze nam haar hoed af, sloeg haar ogen neer en richtte haar blik op de versleten strohoed die ze tussen haar vingers begon te verfrommelen.

'Je kunt niet hier op de kade blijven staan,' vervolgde de priester terwijl hij op haar toeliep en haar bij haar arm pakte. De aanraking duurde maar even; de geestelijke trok haastig zijn hand terug. 'Kom, we gaan,' drong hij enigszins nerveus aan, 'kom maar met mij mee.'

Ze liepen de afstand die hen scheidde van de Puerta de Mar: don Damián met een koffertje, Caridad met haar bundeltje en de hoed in haar handen, zonder haar blik van de sandalen van de kapelaan af te wenden.

'Opzij voor een man van God,' riep de priester tegen de zeelieden die bij de poort samendrongen.

Langzaam maar zeker week de menigte uiteen om hem erdoor te laten. Met gebogen hoofd liep Caridad achter hem aan, zwart als ebbenhout, sjokkend op haar blote voeten. Het eenvoudige lange, grijze hemd dat als jurk dienstdeed, van een dikke, grof linnen stof, kon niet verhullen dat ze een stevige, welgevormde vrouw was, even lang als sommige van de zeelieden die hun ogen op haar dikke zwarte kroeshaar richtten, terwijl andere hun blik op haar borsten lieten vallen, die groot en stevig waren, of op haar weelderige heupen. Wanneer de kapelaan gefluit, schaamteloos commentaar of een of ander gewaagd voorstel hoorde, hief hij slechts zijn hand op en liep stug door.

'Ik ben pater Damián García,' stelde de priester zich voor terwijl hij, nadat ze de zeelieden achter zich hadden gelaten, een van de douanebeambten zijn papieren overhandigde, 'kapelaan van het oorlogsschip *La Reina*, van de koninklijke vloot.'

De douanebeambte bladerde door de documenten.

'Mag ik de koffer van uwe eerwaarde inspecteren?'

'Persoonlijke bezittingen...' antwoordde de priester terwijl hij hem openmaakte. 'De waar is keurig volgens de regels in de documenten geregistreerd.'

De douanebeambte knikte terwijl hij met zijn hand door de inhoud van de koffer woelde.

'Nog problemen gehad onderweg?' vroeg de ambtenaar zonder hem aan te kijken, terwijl hij een staafje tabak op zijn hand woog. 'Een ontmoeting met vijandelijke schepen of andere schepen die niet tot de vloot behoorden?'

'Nee, helemaal niets. Alles ging zoals voorzien.'

De douanebeambte knikte.

'Uw slavin?' informeerde hij met een gebaar naar Caridad, toen hij klaar was met de inspectie van de koffer. 'Ze staat niet in de papieren.'

'Zij? Nee. Ze is een vrije vrouw.'

'Zo ziet ze er anders niet uit,' zei de douanebeambte terwijl hij voor Caridad ging staan, die haar bundeltje en haar strohoed nog steviger vastpakte. 'Kijk me aan, negerin!' gromde de ambtenaar. 'Wat verberg je?'

Enkele van de andere ambtenaren die de zeelieden controleerden, draaiden zich om naar de douanebeambte en de vrouw die met gebogen hoofd voor hem stond. De zeelieden die voor hen opzij waren gegaan, kwamen naderbij.

'Niets. Ze verbergt niets,' riep don Damián.

'Zwijg, pater. Iedereen die een douanebeambte niet in de ogen durft te kijken, verbergt iets.'

'Wat kan die arme stakker nu te verbergen hebben?' hield de priester vol. 'Caridad, geef hem je papieren.'

De vrouw rommelde in haar bundeltje, op zoek naar de documenten die de scheepsklerk haar had overhandigd, terwijl don Damián verder sprak.

'Ze is in Havanna met haar meester, don José Hidalgo, aan boord gegaan. Hij wilde voor hij dood zou gaan naar zijn geboorteland terugkeren maar stierf tijdens de overtocht, God hebbe zijn ziel.'

Caridad gaf de douanebeambte haar gekreukelde documenten.

'Voor hij stierf,' ging don Damián verder, 'heeft don José, zoals gebruikelijk is op Zijne Majesteits schepen, zijn testament opgemaakt en daarin heeft hij beschikt dat zijn slavin Caridad vrijgelaten moest worden. Daar hebt u de akte van vrijlating die de klerk van het kapiteinsschip opgemaakt heeft.'

'Caridad Hidalgo,' had de klerk geschreven, de achternaam van de meester nemend, 'ook bekend als Cachita; negerslavin, met de kleur van ebbenhout, gezond en met een sterk gestel, zwart kroeshaar en ongeveer vijfentwintig jaar oud.'

'Wat zit er in die zak?' vroeg de douanebeambte na het doorlezen van de documenten die Caridads vrijheid aantoonden.

De vrouw maakte het bundeltje open en liet het hem zien. Een oude doek en een grof linnen vest. Alles wat ze bezat, de kleren die haar meester haar de afgelopen jaren had gegeven: het vest vorige winter, de doek twee winters geleden. Verstopt tussen de kledingstukken zat een aantal sigaren die ze onderweg van don José had gestolen en bewaard had. En als ze ze vinden? dacht ze angstig. De douanebeambte maakte aanstalten het bundeltje te doorzoeken, maar toen hij de oude kleren zag, trok hij een vies gezicht.

'Kijk me aan, negerin,' beval hij.

Caridad trilde over haar hele lichaam; iedereen die het tafereel bijwoonde, kon het duidelijk zien. Nooit eerder had ze een blanke man aangekeken wanneer die het woord tot haar richtte.

'Ze is bang,' probeerde don Damián haar te helpen.

'Ik zei dat ze me moest aankijken.'

'Toe dan,' smeekte de kapelaan.

Caridad hief haar hoofd op, haar ronde gezicht met de dikke, vlezige lippen, de stompe neus en de kleine donkere ogen die probeerden langs de douanebeambte heen naar de stad te kijken.

De man fronste zijn wenkbrauwen en zocht tevergeefs de ontwijkende blik van de vrouw.

'De volgende!' zei hij plotseling berustend, waarmee hij de spanning verbrak en een stormloop van zeelieden teweegbracht.

Met Caridad op zijn hielen liep don Damián via de Puerta de Mar, een door twee kanteeltorens geflankeerde poort, de stad in. In het Trocadero-kanaal bleef *La Reina* achter, het schip met twee bruggen en meer dan zeventig kanonnen waarmee ze van Havanna waren gekomen, evenals de zes koopvaardijschepen die het had begeleid, met hun ruimen vol producten uit de overzeese gebiedsdelen: suiker, tabak, cacao, gember, sarsaparilla, indigo, cochenille, zijde, parels, schildpad... zilver. De reis was een succes geweest en Cádiz had hen met klokgelui ontvangen. Spanje was in oorlog met Engeland; de zilvervloten, die tot een paar jaar daarvoor onder gewapende geleide van schepen van de koninklijke oorlogsvloot de oceaan overstaken, voeren niet meer en de handel was een zaak geworden van de koopvaardijschepen, van particuliere handelaren die een koninklijke vergunning voor de overtocht kregen. Daarom had de aankomst van de goederen en de schat aan edelmetalen, waaraan de Spaanse schatkist zo'n behoefte had, een feestelijke sfeer in de stad teweeggebracht die in alle hoeken en gaten gevoeld werd.

Toen ze de Nuestra Señora del Pópulo-kerk en de Puerta de Mar achter zich hadden gelaten en bij de calle del Juego de Pelota kwamen, maakte don Damián zich los van de stroom zeelieden, handelaren en soldaten, stond stil en zette zijn koffer op de grond.

'Moge God je vergezellen en beschermen, Caridad,' wenste hij haar, terwijl hij zich naar haar omdraaide.

De vrouw gaf geen antwoord. Ze had de strohoed tot over haar oren getrokken en de kapelaan kon haar ogen niet zien, maar hij stelde zich voor dat ze strak op de koffer gericht waren, of op zijn sandalen, of...

'Ik heb veel te doen, begrijp je?' probeerde hij zich te verontschuldigen. 'Ga werk zoeken. Dit is een erg rijke stad.'

Bij die laatste woorden stak don Damián zijn rechterhand uit; die raakte Caridads onderarm en toen was hij het die zijn blik een seconde neersloeg. Toen hij weer opkeek, waren Caridads kleine donkere ogen strak op hem gevestigd, net als in de nachten van de overtocht, toen hij zich na de dood van haar meester over de slavin had ontfermd en haar op bevel van de kapitein voor de zeelieden verborgen gehouden had. Zijn maag draaide zich om. 'Ik heb haar niet aangeraakt,' zei hij voor de zoveelste keer tegen zichzelf. Nooit had hij haar met een vinger aangeraakt, maar Caridad had hem wezenloos aangekeken en hij... Hij had zich bij het zien van die schitterende vrouw niet kunnen bedwingen en zich onder zijn kleren afgetrokken.

Meteen na de dood van don José werd het begrafenisritueel uitgevoerd: er werden drie gebeden gezegd, waarna zijn lijk in een zak overboord werd gegooid met twee waterkruiken aan zijn voeten gebonden. Vervolgens gaf de kapitein bevel de hut af te breken en kreeg de klerk opdracht de bezittingen van de overledene in bewaring te nemen. Don José was de enige passagier op het kapiteinsschip; Caridad de enige vrouw aan boord.

'Eerwaarde,' zei hij ten slotte tegen de kapelaan, 'vanaf dit moment is het uw verantwoordelijkheid om die negerin uit de buurt van de bemanning te houden.'

'Maar ik...' probeerde don Damián zich te verzetten.

'Ook al is de etenswaar die de heer Hidalgo aan boord heeft gebracht niet van u, u mag die gebruiken om haar van voedsel te voorzien,' besloot de kapitein, die zijn protest negeerde.

Don Damián hield Caridad opgesloten in zijn kleine hut, waar slechts plaats was voor de hangmat die van de ene naar de andere kant hing en die hij overdag weghaalde en oprolde. De vrouw sliep op de grond, aan de kant van zijn voeten. De eerste nachten vluchtte de kapelaan in het lezen van de heilige boeken, maar zijn ogen volgden steeds vaker het schijnsel van de olielamp dat, alsof het een eigen wil had, hardnekkig van de bladzijden van zijn zware boeken leek af te dwalen naar de vrouw die opgerold onder zijn hangmat lag te slapen.

Hij vocht tegen de fantasieën die hem overweldigden bij het zien van Caridads benen wanneer die onder de omslagdoek waarmee ze zich bedekte uitstaken, van haar borsten, die op het ritme van haar ademhaling op en neer gingen, van haar billen. Maar toch begon hij zich, bijna onwillekeurig, af te trekken. Misschien kwam het door het kraken van het hout waaraan de hangmat hing, misschien door de spanning die zich in die kleine ruimte ophoopte, feit was dat Caridad haar ogen opendeed en al het licht van de lamp zich daarin concentreerde. Don Damián voelde het bloed naar zijn wangen stijgen en bleef even stilliggen, maar zijn verlangen had zich vermenigvuldigd bij het zien van Caridads blik, diezelfde wezenloze blik als waarmee ze nu zijn woorden aanhoorde.

'Luister naar me, Caridad,' drong hij aan. 'Zoek werk.'

Don Damián pakte zijn koffer, draaide zich om en hervatte zijn weg.

Waarom voel ik me schuldig? vroeg hij zich af terwijl hij stilstond om de koffer in zijn andere hand te nemen. Hij had haar met geweld kunnen nemen, pleitte hij zich vrij, zoals altijd wanneer hij door schuldgevoel bevangen werd. Ze was maar een slavin. Misschien... misschien had hij zelfs helemaal geen geweld hoeven te gebruiken. Waren die zwarte slavinnen soms niet allemaal losbandige vrouwen? Don José, haar meester, had het tijdens een biecht toegegeven: hij sliep met ze allemaal.

'Bij Caridad heb ik een zoon verwekt,' onthulde hij, 'misschien wel twee, maar nee, ik denk het niet; die tweede, dat onhandige, domme jongetje, was net zo donker als zij.'

'Hebt u berouw?' vroeg de priester hem.

'Dat ik kinderen heb verwekt bij negerinnen?' vroeg de plantagehouder geïrriteerd. 'Pater, ik verkocht die zwartjes aan een suikerplantage in de buurt, die eigendom was van de priesters. Zij hebben zich daarbij nooit erg druk gemaakt over mijn zondige ziel.'

Don Damián liep richting de Santa Cruz-kathedraal, aan de andere kant van de smalle landtong waarop de ommuurde stad lag en die de baai afsloot. Voordat hij een zijstraat insloeg, keek hij achterom; tussen de voorbijgangers door ving hij een glimp op van Caridad: ze was aan de kant gegaan en stond met haar rug tegen een muur geleund, onbeweeglijk, zich niet bewust van wat er om haar heen gebeurde.

'Ze redt zich wel,' zei hij tegen zichzelf, en met kordate stappen liep hij de straat in. Cádiz was een rijke stad waar handelaars en kooplieden uit heel Europa elkaar troffen en waar het geld in overvloed stroomde. Ze was een vrije vrouw en daarom moest ze leren leven in vrijheid, en werk zoeken. Hij liep een flink stuk, maar toen hij op het punt kwam waar de in aanbouw zijnde nieuwe kathedraal, vlak bij die van Santa Cruz, zich al duidelijk aftekende, stond hij stil. Wat voor werk moest die arme stakker doen? Ze kon niets, alleen van 's ochtends tot 's avonds werken op een tabaksplantage, waar ze sinds haar tiende had gewoond, nadat ze in het rijk van de Lukumí, in de golf van Guinee, voor vijf armzalige el stof door Engelse slavenleveranciers was gekocht, die haar vervolgens op de gretige Cubaanse markt, waar de vraag groot was, weer doorverkochten. Dat had don José Hidalgo de kapelaan zelf verteld toen deze wilde weten waarom hij haar voor de reis uitgekozen had.

'Ze is sterk en begeerlijk,' voegde de plantagehouder er met een knipoog aan toe. 'En naar het schijnt niet vruchtbaar meer, wat buiten de plantage altijd een voordeel is. Nadat ze dat domme kind heeft gebaard...'

Don José had hem ook verteld dat hij weduwnaar was en een gestudeerde zoon had die carrière had gemaakt in Madrid, waar hij zijn laatste dagen wilde slijten. Op Cuba had hij een winstgevende tabaksplantage op een vruchtbare vlakte bij Havanna die hij zelf met de hulp van een twintigtal slaven bewerkte. De eenzaamheid, de ouderdom en de druk van de suikermoleneigenaren die grond voor hun florerende industrie wilden hebben, hadden hem ertoe gebracht zijn bezit te verkopen en naar zijn vaderland terug te keren. Na twintig dagen op het schip werd hij echter getroffen door die pest, die zijn zwakke, versleten gestel zo meedogenloos folterde. De koorts, de zwellingen, de gevlekte huid en het bloedende tandvlees deden de arts concluderen dat de patiënt opgegeven moest worden.

Toen had de kapitein van *La Reina*, zoals op de schepen van de koning verplicht was, de klerk opdracht gegeven naar de hut van don José te gaan om zijn laatste wil op te tekenen.

'Ik schenk mijn slavin Caridad de vrijheid,' fluisterde de zieke nadat hij opdracht had gegeven tot de schenking van een paar vrome legaten en verder zijn hele bezit vermaakt had aan die zoon die hij niet meer zou weerzien.

De vrouw had niet eens moeite gedaan om haar dikke lippen in een verheugde glimlach te plooien toen ze hoorde dat ze vrij was, herinnerde de priester zich toen hij daar op straat stilstond.

Ze praatte niet! Don Damián herinnerde zich hoe hij zich had ingespannen om Caridad tijdens de zondagse missen op het dek tussen de honderden biddende stemmen te horen, en haar timide gefluister wanneer hij haar 's avonds, voordat ze ging slapen, tot bidden dwong. Wat voor werk moest die vrouw gaan doen? De kapelaan was zich ervan bewust dat bijna alle vrijgelaten slaven uiteindelijk weer voor hun oude meesters gingen werken, voor een zo armzalig loontje dat het nauwelijks toereikend was voor de behoeftes waarin vroeger, toen ze nog slaven waren, altijd voorzien was. Of ze waren veroordeeld tot een bestaan als bedelaar tussen duizenden andere bedelaars, maar die waren in Spanje geboren, kenden het land en de mensen, en sommige waren handig en intelligent. Hoe zou Caridad zich kunnen redden in een grote stad als Cádiz?

Hij zuchtte en streek een aantal keer met zijn hand over zijn kin en over het weinige haar dat hij nog had. Toen draaide hij zich om, pakte de koffer weer op en begon met het zware ding op zijn schouders terug te lopen. Wat nu? vroeg hij zich af. Misschien... misschien kon hij ervoor zorgen dat ze werk in de tabaksfabriek kreeg, daar had ze verstand van. 'Ze is heel goed met de bladeren; ze behandelt ze met liefde en tederheid, zoals het moet, en ze kan de beste eruit halen en goede sigaren draaien,' had don José hem verteld, maar dat betekende dat hij om een gunst moest vragen, en als bekend werd dat hij... Hij kon het risico niet lopen dat Caridad vertelde wat er op het schip gebeurd was. In de fabriek werkten bijna tweehonderd sigarenmaaksters die onder het draaien van de typische sigaartjes van Cádiz niet anders deden dan kletsen en op alles en iedereen kritiek leveren.

Hij zag dat Caridad nog steeds onbeweeglijk, hulpeloos tegen de muur geleund stond. Een groep straatjongens was haar aan het pesten zonder dat de mensen die de haven in- en uitliepen er iets van zeiden. Don Damián bereikte de plek juist toen een van de jongens op het punt stond een steen naar haar te gooien.

'Ophouden!' schreeuwde hij.

De jongen trok zijn arm terug; de jonge vrouw nam haar hoed af en sloeg haar ogen neer.

Caridad verwijderde zich van het groepje van zeven passagiers dat aan boord was gegaan van het schip dat over de Guadalquivir naar Sevilla zou varen; ze was moe en probeerde het zich tussen de aan boord opgestapelde balen gemakkelijk te maken. Het schip was een vissersboot met één mast en een behoorlijk laadvermogen, die met een lading kostbare olie van de Sevilliaanse vlakte de haven van Cádiz binnengelopen was.

Van de baai van Cádiz voeren ze langs de kust tot Sanlúcar de Barrameda, waar de Guadalquivir in zee uitmondde. Voor de kust van Chipiona gingen ze met nog andere vissersboten en veerponten voor anker om te wachten tot het vloed werd en de wind gunstig stond om de gevaarlijke ondiepte van Sanlúcar over te steken, de gevreesde zandbanken die het gebied tot een scheepskerkhof gemaakt hadden. Alleen wanneer alle vereiste omstandigheden om de ondiepte te nemen samenvielen, durfden de kapiteins de oversteek aan. Daarna voeren ze stroomopwaarts, waarbij ze gebruikmaakten van de stuwende kracht van de vloed, die tot vlak bij Sevilla te voelen was.

'Er zijn gevallen bekend van schepen die wel honderd dagen hebben moeten wachten voor ze konden oversteken,' zei een zeeman tegen een rijk uitgedoste passagier, die onmiddellijk een bezorgde blik richting Sanlúcar en zijn spectaculaire moerasgebied wierp, alsof hij smeekte niet door hetzelfde lot getroffen te worden.

Caridad, die tussen een aantal zakken tegen de rand van het schip zat, liet zich wiegen door het schommelen van de vissersboot. De zee vertoonde een gespannen kalmte, dezelfde die bij alle mensen op het schip merkbaar was, en ook op alle andere boten. Het was niet alleen het wachten, het was ook de angst voor een aanval van de Engelsen of van piraten. De zon begon te dalen en het water kreeg een dreigende metalige kleur; de bezorgde gesprekken van bemanning en passagiers dempten tot een zacht gefluister. Bij het ondergaan van de zon werd de gure winterkou voelbaar, en de vochtigheid drong in Caridads botten, waardoor ze het nog kouder kreeg. Ze had honger en was moe. Ze had haar vest aangedaan, dat net zo grijs en verkleurd was als haar hemd, en net als dit van grof linnen, in groot contrast met de kleren van de andere passagiers die tegelijk met haar aan boord waren gegaan, die in haar ogen luxueus en kleurrijk waren. Ze merkte dat haar tanden klapperden en dat ze kippenvel had, zodat ze in haar bundeltje naar haar omslagdoek zocht. Haar vingers voelden een sigaar; ze betastte hem voorzichtig en herinnerde zich de geur, de effecten ervan. Ze had het nodig, ze hunkerde ernaar haar zinnen te verliezen, de moeheid te vergeten, de honger... en zelfs haar vrijheid.

Ze sloeg de doek stevig om zich heen. Vrij? Don Damián had haar aan boord van dat schip gezet, het eerste dat hij had kunnen vinden dat klaarlag om de haven van Cádiz te verlaten.

'Ga naar Sevilla,' zei hij nadat hij het met de kapitein eens was geworden over de prijs en die uit eigen zak had betaald, 'naar Triana. Daar ga je naar het miniemenklooster, zeg maar dat ik je gestuurd heb.'

Caridad wilde dat ze de moed had gehad hem te vragen wat Triana was of hoe ze dat klooster moest vinden, maar hij had haar bijna aan boord geduwd, zenuwachtig om zich heen kijkend, alsof hij bang was dat iemand hen samen zag.

Ze rook aan de sigaar en het aroma voerde haar terug naar Cuba. Zij wist alleen waar haar hut was, en de plantage, en de suikerplantage waar zij en de andere slaven elke zondag naartoe gingen om naar de mis te luisteren en daarna te zingen en te dansen tot ze niet meer konden. Van de hut naar de plantage en van de plantage naar de hut, dag na dag, maand na maand, jaar na jaar. Hoe moest ze een klooster vinden? Ze kroop dicht tegen de rand van het schip aan en drukte haar rug tegen het hout op zoek naar het contact met een werkelijkheid die verdwenen was. Wie waren die vreemde mensen? En Marcelo? Wat zou er van hem geworden zijn? Hoe zou haar vriendin María het maken, de mulattin met wie ze altijd samen zong? En de anderen? Wat deed ze 's nachts op een vreemde boot, in een onbekend land, op weg naar een stad waarvan ze niet eens had geweten dat die bestond? Triana? Ze had de blanken nooit iets durven vragen. Ze had altijd geweten wat ze moest doen! Ze hoefde niets te vragen.

Bij de herinnering aan Marcelo werden haar ogen vochtig. Ze tastte in haar bundeltje op zoek naar de vuursteen, het vuurslag en het tondel om vuur te maken. Zouden ze haar laten roken? Op de plantage mocht het, daar was het gebruikelijk. Tijdens de lange zeereis had ze om Marcelo gehuild. Ze had zelfs... ze had zelfs de neiging gevoeld om in zee te springen en zo een eind te maken aan dat oneindige lijden. 'Weg daar, zwartje! Wil je overboord vallen?' had een van de zeelieden haar gewaarschuwd. En zij had zich gehoorzaam van de rand verwijderd.

Als die zeeman niet verschenen was, zou ze dan de moed hebben gehad om overboord te springen? Ze wilde er niet meer aan denken; in plaats daarvan sloeg ze de mannen op de boot gade: ze leken nerveus. De vloed kwam op, maar de wind bleef uit. Sommigen rookten. Handig sloeg ze met het vuurslag tegen de steen en algauw vatte het tondel vlam. Waar zou ze de bomen kunnen vinden waarvan ze de schors en de schimmels gebruikte om tondel te maken? Ze stak de sigaar aan, inhaleerde diep en bedacht toen dat ze ook niet wist waar ze tabak kon krijgen. De eerste trek kalmeerde haar geest. De twee volgende ontspanden haar spieren en gaven haar een licht gevoel in haar hoofd.

'Zwartje, mag ik meeroken?'

Een scheepsjongen was op zijn hurken tegenover haar komen zitten, zijn gezicht was vuil maar levendig en aangenaam. Een paar tellen lang wiegde Caridad zich in de glimlach waarmee de jongen haar antwoord afwachtte, en zag ze alleen zijn witte tanden, net als die van Marcelo wanneer die zich in haar armen stortte. Ze had nog een kind gehad, een mulattenkind, zoon van de meester, maar don José had het verkocht zodra het buiten de zorg kon van de oude vrouwen die op de kinderen van de slavinnen pasten als die aan het werk waren. Zo ging het met alle kinderen: de meester wilde geen negertjes onderhouden. Marcelo, haar tweede zoon, verwekt door een neger van de suikerplantage, was anders geweest: een moeilijke bevalling, een kind met problemen. 'Die zal niemand kopen,' oordeelde de meester toen het kind wat groter was en zijn onhandigheid en gebreken zichtbaar werden. Hij mocht op de plantage blijven, alsof hij niet meer dan een hond was, of een kip of een van de varkens die ze achter de hut hielden. 'Hij zal wel doodgaan,' voorspelde iedereen. Maar Caridad liet dat niet gebeuren; vaak kreeg ze stokslagen of met de zweep als ze haar betrapten terwijl ze eten met hem deelde. 'We geven je te eten zodat je werkt, niet om een imbeciel groot te brengen,' zei de opzichter dan.

'Zwartje, mag ik meeroken?' drong de scheepsjongen aan.

Waarom niet, vroeg Caridad zich af. Hij had dezelfde glimlach als Marcelo. Ze reikte hem de sigaar aan.

'Allemachtig! Waar heb je dit lekkers vandaan?' riep de jongen uit nadat hij een trek had genomen en had moeten hoesten. 'Van Cuba?'

'Ja,' hoorde Caridad zichzelf zeggen terwijl ze de sigaar weer aanpakte en hem naar haar lippen bracht.

'Hoe heet je?'

'Caridad,' antwoordde ze in een wolk van rook.

'Leuke hoed heb je.'

De jongen stond onrustig op zijn benen te wiebelen. Hij wachtte op een tweede trek, die na een tijdje eindelijk kwam.

'De wind steekt op!'

De schreeuw van de kapitein verbrak de stilte. Van de andere schepen klonken vergelijkbare uitroepen. Er waaide een zuidenwind, ideaal om de ondiepte over te steken. De scheepsjongen gaf haar de sigaar terug en rende weg om zich bij de andere zeelui te voegen.

'Dank je, zwartje,' zei hij haastig.

Anders dan de andere passagiers ging Caridad niet kijken bij het moeilijke manoeuvreren door het smalle kanaal, waarbij ze drie keer van vaarrichting moesten veranderen. Langs de monding van de Guadalquivir werden op het land of op de sloepen die aan de kant lagen vastgebonden, lichtsignalen aangestoken om de schepen te leiden. Ook voelde ze niet de spanning waarmee alle andere opvarenden de oversteek beleefden: als de wind afnam en ze halverwege niet verder konden, was er grote kans dat ze aan de grond zouden lopen. Ze bleef tegen de rand zitten roken, liet de tabak haar zintuigen bedwelmen en genoot van de aangename kriebel in haar spieren. Op het moment dat de vissersboot het gevreesde kanaal de los Ingleses opvoer, waarbij hun route aan bakboord door de toren van San Jacinto werd verlicht, begon Caridad te neuriën in het ritme dat ze zich van hun zondagse feesten herinnerde, wanneer de negerslaven van de verschillende plantages zich na de mis op de nabijgelegen suikerplantage verzamelden in de grote barak van de plantage waar ze met hun meesters naartoe gekomen waren. Daar mochten ze van de blanken zingen en dansen, alsof ze kinderen waren die zich moesten ontladen, om even hun zware werk te kunnen vergeten. Maar in iedere klank en in iedere danspas, wanneer de *batás*-trommels spraken – de grote *iyá*, de moeder aller trommels, de *itótele*, of de kleinste, de *okónkolo* –, bewezen de negers eer aan hun goden, vermomd als christelijke maagden en heiligen, en herinnerden ze zich weemoedig hun Afrikaanse oorsprong.

Ze bleef neuriën, zich niet bewust van de dwingende bevelen van de kapitein en het drukke heen en weer rennen van de bemanning, en ze deed het net zoals wanneer ze Marcelo in slaap wiegde. Het leek of ze hem weer rook, zijn haar weer voelde, zijn ademhaling weer hoorde... Ze wierp een kus in de lucht. Het kind had overleefd. Er werd nog steeds tegen hem geschreeuwd, hij kreeg nog steeds klappen van de meester en de opzichter maar hij had de genegenheid van de negers van de plantage gewonnen. Hij lachte altijd! En hij was lief en vriendelijk tegen iedereen. Marcelo had geen idee van slaven of meesters.

Hij leefde vrij, maar soms keek hij de slaven in hun ogen alsof hij hun pijn begreep en hen aanmoedigde zich van hun ketenen te ontdoen. Sommigen lachten droevig tegen Marcelo, anderen huilden om zijn onschuld.

Caridad nam een diepe haal van de sigaar. Er werd goed voor hem gezorgd, daaraan twijfelde ze niet. María, die van de samenzang, zou zich om hem bekommeren. En ook Cecilio, ook al had die hem van haar moeten lostrekken... Al die slaven die samen met de grond waren verkocht, zouden voor hem zorgen. En haar kind zou gelukkig zijn, dat voelde ze. Maar de meester... 'Hopelijk doolt uw ziel eeuwig en zonder rust te vinden rond, don José,' wenste Caridad.

# 2

De Sevilliaanse wijk Triana lag aan de andere kant van de Guadalquivir, buiten de stadsmuren. De verbinding met de stad werd gevormd door een oude Arabische brug die gebouwd was op tien boten; deze waren verankerd in de bedding van de rivier en werden bijeengehouden door twee dikke ijzeren kettingen en verschillende kabels die van de ene naar de andere oever liepen. Die wijk, die vanwege de verdedigingsfunctie die hij altijd gehad had, 'wachter van Sevilla' was gedoopt, beleefde zijn glorietijd toen Sevilla het monopolie op de handel met de overzeese gebiedsdelen had; vanwege de slechte bevaarbaarheid van de rivier werd aan het begin van de eeuw echter besloten het Casa de Contratación naar Cádiz te verhuizen, waardoor de bevolking aanzienlijk afnam en talrijke gebouwen leeg kwamen te staan. De tienduizend bewoners van de wijk woonden geconcentreerd op de rechteroever van de rivier, op een langgerekte strook die aan de andere kant werd begrensd door de Cava, de oude gracht die in tijden van oorlog de eerste verdedigingslinie van de stad vormde en die men dan liet volstromen met het water van de Guadalquivir zodat de wijk in een eiland veranderde. Voorbij de Cava stonden hier en daar enkele kloosters, kapellen, huizen, en daar lag ook de uitgestrekte, vruchtbare vlakte van Triana.

Een van die kloosters, in de Cava Nueva, was het Nuestra Señora de la Salud-klooster, van de miniemenzusters, een nederige congregatie die zich door middel van zwijgen en vasten wijdde aan contemplatie en gebed. Achter het klooster, richting de calle de San Jacinto, in de doodlopende callejón de San Miguel, lagen dicht opeen dertien woonblokken waarin wel vijfentwintig families woonden. Eenentwintig daarvan waren zigeunerfamilies, bestaande uit grootouders, kinderen, tantes, neven en nichten, kleinkinderen en een enkel achterkleinkind; die eenentwintig families leefden van de smeedkunst. Er waren nog meer smederijen in Triana, de meeste in handen van zigeuners, dezelfde handen die hun ambacht al in India of in de Armeense bergen, tot kunst verheven hadden, eeuwen voordat ze naar Europa emigreerden. San Miguel was echter het kloppend hart van de ijzer- en ketelsmederij in Triana. De oude woonblokken die tijdens de bloeiperiode van de wijk in de zestiende eeuw waren gebouwd, kwamen op de steeg uit; sommige daarvan bestonden slechts uit rijtjes armetierige huizen van een of twee verdiepingen aan weerskanten van kleine blinde steegjes; andere waren complexe labyrinten van twee of drie verdiepingen, rondom een binnenplaats, waarop de bovenverdiepingen via galerijen met smeedijzeren of houten balustrades uitkeken. Alle gebouwen bestonden bijna zonder uitzondering uit eenvoudige woningen van een of hooguit twee kamers, met in een ervan een kleine nis om op houtskool te koken, wanneer er op de binnenplaats of in het steegje geen gemeenschappelijke voorziening voor alle bewoners van het blok was. De wasbakken en de latrines, als die er al waren, stonden op de binnenplaats en waren voor algemeen gebruik.

Anders dan in andere Sevilliaanse woonblokken, waar overdag alleen vrouwen en spelende kinderen te zien waren, zag je in die van Triana de hele dag smeden, want die hadden hun bedrijfjes op de begane grond. Uit alle smederijen ontsnapten geluiden van hamers die op aambeelden klopten en die zich op straat verenigden tot een vreemd metalig kabaal; de rook van de houtskoolvuren, die vaak via de binnenplaatsen of door de deuren van die bescheiden werkplaatsen zonder schoorsteen naar buiten kwam, was vanaf elk punt in Triana zichtbaar. En te midden van het kabaal en de rook liepen, speelden, lachten, kletsten, schreeuwden of ruzieden mannen, vrouwen en kinderen in de hele steeg. Maar ondanks de herrie stonden velen van hen vaak zwijgend, overmand door gevoelens, even stil bij de deuren van die smederijen. Soms zag je een vader met zijn handen op de schouders van zijn zoon, of een oude man met zijn ogen halfdicht of een stel vrouwen die een neiging tot dansen onderdrukten wanneer ze de klanken van de *martinete* hoorden: een droevig gezang dat slechts door het monotone geklop van de hamer werd begeleid en daarvan het ritme overnam; een heel eigen gezang dat hen door de eeuwen heen overal en altijd gevolgd had. Ten slotte ontwikkelde het hamergeklop zich door de klaagzang van de smeden tot een schitterende, kippenvel veroorzakende symfonie.

Die 2e februari 1748, Maria-Lichtmis, feestdag van La Candelaria, waren de zigeuners niet aan het werk in hun smederijen. Slechts enkelen van hen zouden naar de San Jacinto-kerk gaan om de kaarsen te zegenen waarmee ze hun huizen verlichtten, maar ze wilden geen problemen met de vrome inwoners van Triana en nog minder met de priesters, de broeders en de inquisiteurs; het was een verplichte vrije dag.

'Bescherm het meisje tegen wellustige burgers,' waarschuwde een hese stem.

De woorden, in het Caló, de taal van de zigeuners, weerklonken op de binnenplaats die op de steeg uitkwam. Moeder en dochter stonden stil. Geen van beiden toonde enige verbazing, hoewel ze niet wisten waar die stem vandaan kwam. Ze lieten hun blik over de binnenplaats gaan totdat Milagros in een schaduwhoek de zilveren knopen van haar grootvaders hemelsblauwe vest zag blinken. Hij stond daar fier rechtop, bewegingloos, met gefronste wenkbrauwen en zoals gewoonlijk een afwezige blik in zijn ogen; hij had gesproken zonder het kleine gedoofde sigaartje uit zijn mond te halen. Het meisje, met haar stralende veertien jaar, lachte naar hem en draaide gracieus een rondje; haar lange blauwe rok en haar onderrokken, haar groene doeken wervelden om haar heen onder het gerinkel van de vele kettingen om haar hals.

'In Triana weet iedereen dat ik uw kleindochter ben.' Ze lachte. Haar witte tanden vormden een contrast met haar donkere huid, even donker als die van haar moeder, als die van haar grootvader. 'Wie zou me iets durven doen?'

'Wellust is blind en brutaal, kind. Velen zouden hun leven wagen om jou te bezitten. Ik zou je alleen maar kunnen wreken, maar geen bloed zou voldoende zijn om de pijn te verzachten. Zorg dat ze dat niet vergeet,' vervolgde hij, nu tegen de moeder.

'Ja, vader,' antwoordde die.

De twee vrouwen wachtten op een woord van afscheid, een gebaar, een teken, maar de zigeuner, ondoorgrondelijk in zijn beschaduwde hoek, zei niets meer. Ten slotte pakte Ana haar dochter bij de arm en ze verlieten het huis. Het was een koude ochtend. De lucht was betrokken en er dreigde regen, wat voor de mensen van Triana geen belemmering leek te zijn om naar de San Jacinto te gaan voor de zegening van de kaarsen. Er waren ook veel Sevillianen die aan de plechtigheid wilden deelnemen en met hun kaarsen onder de arm over de botenbrug kwamen of de Guadalquivir overstaken op een van de meer dan twintig veerponten die tussen beide oevers heen en weer voeren. Met zoveel mensen beloofde het een lucratieve dag te worden, dacht Ana voordat ze zich de angst van haar vader herinnerde. Ze draaide haar hoofd om naar Milagros, die fier rechtop liep, arrogant, alles en iedereen in de gaten houdend. Zoals het een echte zigeunerin betaamt, dacht ze bij zichzelf met een voldane uitdrukking op haar gezicht. Hoe zouden ze haar kind kunnen negeren? Haar overvloedige, loshangende bruine haar reikte tot aan de lange groene franjes van de omslagdoek die over haar schouders hing. Ze droeg kleurige linten en parels in haar haren, grote zilveren ringen in haar oren, en op haar jonge borsten, gevangen in het diepe, gewaagde decolleté van haar witte bloes, dansten verschillende kralenkettingen. Haar slanke taille werd omsnoerd door een blauwe rok tot op de grond, waar af en toe haar blote voeten onderuit kwamen. Een man wierp haar steelse blikken toe. Milagros, als de tijgerin die ze was, merkte het meteen en draaide zich naar hem toe; de fijne trekken van het meisje werden zachter en haar dichte wenkbrauwen leken zich in een glimlach te krommen. Onze dag is begonnen, zei de moeder bij zichzelf.

'Zal ik je de toekomst voorspellen, knapperd?'

De forse man maakte aanstalten door te lopen, maar Milagros liep breed lachend naar hem toe, tot ze zo dichtbij was dat haar borsten hem bijna raakten.

'Ik zie een vrouw die naar je verlangt,' zei de zigeunerin, terwijl ze hem strak aankeek.

Ana was precies op tijd om haar dochters laatste woorden te horen. Een vrouw... Wat kon een dergelijke figuur, groot en gezond maar duidelijk alleen, met een kleine kaars in zijn handen, anders verlangen? De man aarzelde even en keek naar de andere zigeunerin die naar hem toe gekomen was: ouder maar even aantrekkelijk en hooghartig als het meisje.

'Wil je niet meer weten?' Milagros wist de aandacht van de man weer te winnen door hem diep in zijn ogen te kijken, die duidelijk interesse toonden. Ze probeerde zijn hand te pakken. 'Jij verlangt ook naar die vrouw, is het niet?'

De zigeunerin merkte dat haar prooi begon te zwichten. Zonder een woord te wisselen waren moeder en dochter het eens: makkelijke klus, besloten ze. Een verlegen, timide karakter – de man had geprobeerd zijn blik af te wenden – gehuld in een reusachtig lichaam. Natuurlijk was er een vrouw, die was er altijd. Ze moesten hem alleen aanmoedigen, erop aandringen dat hij die schaamte die hem tegenhield overwon.

Milagros was briljant, overtuigend: met haar vinger volgde ze de lijnen van zijn handpalm alsof daarin werkelijk de toekomst van die goedgelovige man te lezen stond. Haar moeder bekeek het half trots, half geamuseerd. Ze kregen een paar koperen munten voor hun raad. Daarna probeerde Ana hem een gesmokkelde sigaar te verkopen.

'Voor de helft van de prijs die ze in de tabakswinkels vragen,' bood ze hem aan. 'Als je geen sigaren wilt, heb ik ook snuiftabak, de beste kwaliteit, schoon, zonder aarde.' In een poging hem over te halen sloeg ze haar mantilla open en liet hem de daaronder verborgen handelswaar zien, maar de man glimlachte alleen een beetje dommig, alsof hij in gedachten al bezig was die vrouw tot wie hij nooit het woord had durven richten, het hof te maken.

De hele dag liepen moeder en dochter rond tussen de menigte die zich verplaatste van de plaza del Altozano naar de omgeving van het kasteel van de Inquisitie en de San Jacinto-kerk, nog in aanbouw op de oude kapel van La Candelaria; ze voorspelden de toekomst en verkochten tabak, voortdurend alert op de aanwezigheid van gerechtsdienaren en van zigeunerinnen, de meeste familie van hen, die onoplettende voorbijgangers bestalen. Zij en haar dochter hoefden dergelijke risico's niet te nemen – de tabak leverde hun genoeg op – en ze wilden niet betrokken worden bij een van de vele ruzies die ontstonden wanneer een van die vrouwen betrapt werd.

Daarom probeerden ze zich wat te verwijderen van de mensen toen broeder Joaquín, van de orde der dominicanen, in de openlucht zijn preek begon voor wat mettertijd de monumentale hoofdingang van de toekomstige kerk zou worden. Op dat moment hadden de vrome Sevillianen, samengedromd op het vlakke terrein, geen interesse in toekomstvoorspellingen of tabak; velen van hen waren naar Triana gekomen om te luisteren naar een van de controversiële preken van die jonge predikbroeder, zoon van een tijdperk waarin het gezond verstand zich door de duisternis van de onwetendheid een weg probeerde te banen. Vanaf het geïmproviseerde preekgestoelte voor de kerk ging hij verder dan de verlichte ideeën van broeder Benito Jerónimo Feijoo; met luide stem, in het Castiliaans en zonder Latijnse blabla, bekritiseerde broeder Joaquín de archaïsche vooroordelen van de Spanjaarden en riep hij verontwaardiging bij de mensen op door arbeid als een deugd te verdedigen, zelfs machinale en ambachtelijke arbeid, en in te gaan tegen het verkeerd begrepen concept van eer dat de Spanjaarden tot luiheid en nietsdoen aanzette; hij prikkelde de trots van de vrouwen door zich tegen de kloosteropvoeding te verzetten en te wijzen op hun nieuwe rol in de samenleving en in de familie; hij bevestigde hun recht op onderwijs en hun legitieme streven naar geestelijke ontwikkeling, in het belang van de beschaving van het koninkrijk. De vrouw was niet langer een slavin van de man, en ze mocht ook niet als een onvolmaakte man beschouwd worden. Ze was van nature niet kwaadaardig! Het huwelijk moest op gelijkheid en respect gebaseerd zijn. In onze tijd, benadrukte broeder Joaquín, terwijl hij grote denkers citeerde, had de ziel niet langer een geslacht, was deze niet mannelijk of vrouwelijk. De mensen dromden samen om naar hem te luisteren en dat was het moment, zo wisten Ana en Milagros, dat de zigeunerinnen gebruikmaakten van de ban waarin de mensen verkeerden om hun zakken te rollen.

Ze liepen zo dicht mogelijk naar de plek waar broeder Joaquín zich tot de menigte richtte. Hij werd vergezeld door de nauwelijks meer dan twintig predikbroeders die in het San Jacinto-klooster woonden. Velen van hen hieven van tijd tot tijd hun gezicht naar de loodkleurige hemel, die gelukkig weigerde het water te lozen; de regen zou de viering verpest hebben.

'Ik ben het licht van de wereld!' riep broeder Joaquín, schreeuwend om zich verstaanbaar te maken. 'Dat is wat onze heer Jezus Christus verkondigde. Hij is ons licht! Een licht dat aanwezig is in al jullie kaarsen, die dat licht moeten brengen...'

Milagros luisterde niet naar de preek. Ze richtte haar blik op de broeder, die moeder en dochter al snel ontdekte. De kleurige kleren van de zigeunerinnen vielen op in de menigte. Broeder Joaquín begon te stamelen; even verloren zijn woorden hun vloeiendheid en hielden zijn gebaren niet langer de aandacht van de gelovigen gevangen. Milagros zag hoeveel moeite hij deed om niet naar haar te kijken, zonder dat hem dat lukte; integendeel, van tijd tot tijd kon hij zich geen seconde langer bedwingen en bleven zijn ogen op haar rusten. Een van die keren knipoogde het meisje naar hem, waarop broeder Joaquín begon te stotteren; een andere keer stak Milagros haar tong uit.

'Kind toch!' berispte haar moeder haar nadat ze haar met haar elleboog een por gegeven had. Ana maakte een verontschuldigend gebaar naar de broeder.

De preek liep uit, precies zoals de menigte wilde. Niet langer door Milagros belaagd wist broeder Joaquín opnieuw uit te blinken. Toen hij klaar was, staken de gelovigen hun kaarsen aan in het grote vuur dat de broeders gemaakt hadden. De mensen gingen uiteen en de twee vrouwen gingen verder met hun zwendeltjes.

'Waar was dat goed voor?' vroeg de moeder.

'Ik vind het leuk...' antwoordde Milagros, terwijl ze een koket gebaar met haar handen maakte, 'ik vind het leuk als hij zich verspreekt, als hij stottert, als hij rood wordt.'

'Waarom? Hij is een priester.'

Het meisje leek even na te denken.

'Geen idee,' antwoordde ze terwijl ze haar schouders ophaalde en haar moeder liefjes toegrijnsde.

'Broeder Joaquín respecteert je grootvader en daarom zal hij jou respecteren, maar je moet niet met mannen spelen... ook al zijn het geestelijken,' besloot de moeder waarschuwend.

Zoals te verwachten was, werd het een profijtelijke dag, en Ana verkocht de hele voorraad gesmokkelde tabak die ze tussen haar kleren droeg. De Sevillianen begonnen de brug weer over te steken of de veerponten terug naar de stad te pakken. Ze hadden misschien nog een paar voorspellingen kunnen doen, maar in de dunner wordende menigte viel het steeds meer op hoeveel zigeunerinnen er waren, van verschrompelde oudjes tot jonge vrouwen, vaak met in lompen gehulde, halfnaakte kinderen, die allemaal hetzelfde deden. Ana en Milagros herkenden de vrouwen van de callejón de San Miguel, familie van de smeden, maar ook veel vrouwen die in de armoedige huisjes bij het kartuizerklooster woonden, in de vlakte van Triana, en die de burgers belaagden om een aalmoes te krijgen, hun de weg versperden en aan hun kleren trokken, terwijl ze luidkeels een God aanriepen in wie ze niet geloofden, en een van buiten geleerde litanie van martelaren en heiligen opzeiden.

'Het is genoeg geweest voor vandaag, Milagros,' kondigde haar moeder aan nadat ze opzij was gegaan voor een stel dat voor een groep bedelende vrouwen wegrende.

Een jochie met een smerig gezicht en zwarte ogen dat achter de Sevillianen aan rende, botste onder het luidkeels aanroepen van de heilige Rufina tegen haar op.

'Hier,' zei Ana, en gaf hem een koperen munt.

Ze gingen op weg naar huis terwijl de moeder van het zigeunerjongetje het geldstuk opeiste. De steeg bruiste van opwinding. Het was voor iedereen een goede dag geweest; religieuze feesten maakten de mensen weekhartig. Groepen mannen zaten voor de huizen te praten terwijl ze wijn dronken, rookten en kaartten. Een vrouw liep naar haar man om hem te laten zien wat ze had verdiend, en ze kregen ruzie toen hij probeerde het van haar af te pakken. Milagros zei haar moeder gedag en voegde zich bij een groepje meisjes. Ana moest de tabak met haar vader afrekenen. Ze zocht hem tussen de mannen. Ze zag hem niet.

'Vader?' riep ze nadat ze de binnenplaats was opgelopen van het huis waar ze woonden.

'Hij is er niet.'

Ana draaide zich om en zag José, haar man, in de deuropening staan.

'Waar is hij?'

José haalde zijn schouders op en gebaarde met één hand dat hij het ook niet wist; in de andere had hij een kan wijn. Zijn ogen fonkelden.

'Hij is vlak na jullie verdwenen. Hij zal wel naar de Huerta de la Cartuja zijn gegaan om zijn familie op te zoeken, zoals altijd.'

Ana schudde haar hoofd. Zou hij echt in de zigeunerbuurt bij het kartuizerklooster zijn? Ze was hem daar een paar keer gaan zoeken maar had hem niet gevonden. Zou hij die avond thuiskomen of pas na een paar dagen, zoals zovele andere keren? En in welke staat?

Ze zuchtte.

'Hij komt altijd weer terug,' snauwde José.

Zijn vrouw richtte zich op, haar gezichtsuitdrukking verhardde en ze fronste haar wenkbrauwen.

'Laat hem met rust,' mompelde ze dreigend. 'Dat heb ik je al vaker gezegd.'

De man trok zijn wenkbrauwen op, maar zei niets en draaide haar zijn rug toe.

Hij kwam inderdaad altijd terug, ja; José had gelijk, maar waar ging hij naartoe als hij niet naar de zigeunerbuurt ging? Hij vertelde het nooit, en als ze aandrong, trok hij zich in zijn eigen ondoorgrondelijke wereld terug. Wat een verschil met de vader uit haar jeugd! Ana herinnerde zich hem trots, fier, onverwoestbaar, iemand bij wie ze altijd bescherming vond. Toen zij een jaar of tien was, werd hij aangehouden door de 'tabakspatrouille', de gerechtsdienaren onder wie de smokkel viel. Het ging maar om een paar pond tabaksbladeren en het was de eerste keer dat hij gepakt werd; het had een lage straf moeten zijn, maar Melchor Vega was zigeuner en ze hadden hem opgepakt buiten de dorpen waar zigeuners volgens koninklijk besluit moesten wonen; hij ging gekleed als een zigeuner, zijn kleren waren tegelijk kostbaar en opvallend, behangen met opzichtige metalen of zilveren sieraden; hij had zijn stok bij zich, zijn mes, droeg oorbellen in zijn oren en bovendien verzekerden meerdere getuigen dat ze hem Caló hadden horen spreken. Dat was allemaal verboden, zelfs meer nog dan het niet betalen van belasting aan de koninklijke schatkist. Tien jaar galeien. Dat was de straf die de zigeuner kreeg.

Ana voelde haar maag ineenkrimpen bij de herinnering aan haar moeders lijdensweg tijdens het proces en vooral gedurende de vier jaar tussen de eerste uitspraak en het moment dat ze haar vader werkelijk naar El Puerto de Santa María voerden, waar hij aan boord van een van de koninklijke galeien gebracht werd. Haar moeder had haar pogingen om hem vrij te krijgen geen dag, geen uur, geen minuut opgegeven. Het had haar het leven gekost. Ana's ogen werden vochtig, zoals altijd wanneer ze aan die tijd dacht. Ze zag weer voor zich hoe haar moeder om genade vroeg, hoe ze werd vernederd toen ze rechters, ambtenaren en gevangenisinspecteurs om gratie smeekte. Ze riepen de bemiddeling in van priesters en broeders, van wie tientallen weigerden hen zelfs maar te groeten. Ze verpandden wat ze niet hadden... Ze stalen, roofden en bedrogen om klerken en advocaten te kunnen betalen. Ze aten niet om een homp oud brood naar de gevangenis te kunnen brengen, waar haar vader, net als vele anderen, wachtte tot zijn proces werd afgerond en ze over zijn lot zouden beslissen. Er waren er die tijdens dat vreselijke wachten hun hand amputeerden, hun arm zelfs, om niet naar de galeien te hoeven, waar ze een langzame maar zekere, pijnlijke en miserabele dood tegemoet gingen, het lot van de meeste galeiers die permanent aan de banken van de schepen vastgeketend zaten.

Maar Melchor Vega overleefde de marteling. Ana droogde haar ogen met de mouw van haar bloes. Ja, hij had het overleefd. En op een dag, toen niemand hem meer verwachtte, was hij plotseling weer in Triana verschenen, uitgemergeld, in lompen gehuld, gebroken, verwoest, slepend met zijn voeten, maar nog altijd even trots. Hij werd nooit meer die vader die door haar haren woelde wanneer ze na een kinderruzie naar hem toerende. Dat was wat hij altijd deed, door haar haren woelen om haar daarna teder aan te kijken en haar er zwijgend aan te herinneren wie ze was, een Vega, een zigeunerin! Dat was het enige wat er in de wereld toe leek te doen. Dezelfde zigeunertrots die Melchor zijn kleindochter Milagros had geprobeerd bij te brengen. Vlak na zijn terugkeer, toen het meisje pas een paar maanden oud was, had haar vader gehoopt dat Ana nog een jongen zou krijgen. Wanneer komt de jongen? vroeg hij telkens. José, haar man, vroeg het ook voortdurend: Ben je alweer zwanger? Het leek alsof de hele callejón de San Miguel een jongen wilde. José's moeder, zijn tantes, zijn nichten... zelfs de vrouwen van de familie Vega in de zigeunerbuurt! Ze bestookten haar allemaal met die vraag, maar het mocht niet zo zijn.

Ana keek om naar de plek waar José na hun korte woordenwisseling over Melchor verdwenen was. In tegenstelling tot haar vader was haar man niet in staat geweest zich over wat voor hem een mislukking, een schande was, heen te zetten, en langzaam maar zeker verdween het beetje liefde en respect dat er was geweest in een huwelijk dat tussen de twee families, de Vega's en de Carmona's, geregeld was; het maakte plaats voor een sluimerende wrok die zich uitte in de bitse manier waarop ze elkaar bejegenden. Melchor richtte al zijn liefde op Milagros, en toen hij zich er eenmaal bij neer had gelegd dat hij geen zoon zou krijgen, José ook. Ana werd getuige van de strijd tussen de twee mannen, waarbij ze altijd de kant van haar vader koos, van wie ze meer hield en die ze meer respecteerde dan haar man.

Inmiddels was het avond geworden. Waar zou Melchor toch uithangen?

Een tokkelende gitaar bracht haar terug in de werkelijkheid. Achter zich, in de steeg, hoorde ze het geluid van heen en weer rennende mensen, van geschuif met stoelen en banken.

'Feest!' schreeuwde een kinderstem.

Een tweede gitaar voegde zich bij de eerste, aarzelend. Meteen daarna klonk het geklepper van een paar castagnetten, en nog een paar en nog meer, en zelfs een oude metalen ratel, die zich allemaal zonder enige orde of harmonie voorbereidden, alsof ze die vingers wilden wakker roepen die later de dansen en de liederen zouden begeleiden. Nog meer gitaren. Een vrouw schraapte haar keel; een oudevrouwenstem, schor en hees. Een tamboerijn. Ana dacht aan haar vader en aan hoe hij altijd van het dansen genoot. Hij komt altijd terug, probeerde ze zichzelf te overtuigen. Of niet soms? Hij was ook een Vega!

Toen ze de steeg inliep, stonden de zigeuners al in een kring rond een vuur.

'Vooruit!' moedigde een oude man op een stoel bij het grote vuur aan.

Alle instrumenten zwegen. Een enkele gitaar, in handen van een jongeman met een bijna zwarte huid en een donkere paardenstaart, speelde de eerste maten van een fandango.

De scheepsjongen met wie ze haar sigaar had gedeeld, liep een stuk met haar mee. Ze hadden bij een steiger van Triana aangelegd, voorbij de haven van de garnalenvissers, om de koopwaar te lossen die voor de wijk bestemd was.

'Hier ga jij van boord, zwartje,' had de kapitein van de vissersboot tegen haar gezegd.

De jongen lachte naar Caridad. Ze hadden tijdens de oversteek nog een paar keer samen zitten roken. Onder invloed van de tabak had Caridad zelfs met verlegen eenlettergrepige antwoorden alle vragen beantwoord die de jongen haar stelde, verhalen die in de haven de ronde deden over dat verre land. Cuba. Bestond die rijkdom waarover ze vertelden echt? Waren er veel suikerplantages? En slaven, waren het er echt zoveel als ze zeiden?

'Op een dag zal ik op een van die grote schepen varen,' verzekerde hij terwijl hij zijn verbeelding de vrije loop liet. 'En ik zal de kapitein zijn! Ik zal de oceaan oversteken en Cuba leren kennen.'

Toen de vissersboot had aangelegd, bleef Caridad, net als in Cádiz, aarzelend staan op de uiterst smalle strook grond tussen de oever van de Guadalquivir en de eerste rij huizen van Triana, die zo dicht bij de rivier stonden dat de fundering van sommige ervan door de werking van het rivierwater blootgelegd was. Een van de sjouwers die met een grote baal van het schip af kwam, schreeuwde dat ze opzij moest gaan. De schreeuw trok de aandacht van de kapitein op de boot, die zijn hoofd schudde. Zijn blik kruiste die van de scheepsjongen, die ook naar Caridad keek; beiden wisten waar ze heen wilde.

'Je hebt vijf minuten,' stond hij de jongen toe.

De jongen bedankte hem met een glimlach, sprong aan land en trok Caridad mee.

'Rennen. Kom mee,' drong hij aan. Hij realiseerde zich maar al te goed dat de kapitein hem aan land zou laten als hij te lang weg bleef.

Ze renden langs de eerste rij huizen en bereikten de Santa Ana-kerk; terwijl de scheepsjongen Caridad zenuwachtig meetrok en probeerde de mensen te ontwijken die verbaasd naar hen bleven staan kijken, renden ze nog twee blokken bij de rivier vandaan tot ze voor de Cava stonden.

'Dat is het klooster van de miniemen,' zei de jongen terwijl hij naar een gebouw aan de andere kant van de Cava wees.

Caridad volgde de richting van zijn wijzende vinger: een laag gebouw, witgekalkt, met een bescheiden kerk. Daarna richtte ze haar blik op de oude verdedigingsgracht die voor haar lag: diep, op veel plaatsen vol vuilnis, op andere slecht geëgaliseerd.

'Er zijn een paar plaatsen om over te steken,' vervolgde de jongen, die zich kon voorstellen wat er in Caridads hoofd omging. 'Er is er een bij de calle de San Jacinto, maar dat is een beetje ver. De mensen steken overal over, zie je wel?' En hij wees naar een paar personen die langs de zijkanten van de gracht naar beneden of naar boven klommen. 'Ik moet terug naar de boot,' waarschuwde hij toen hij zag dat Caridad niet reageerde. 'Succes, zwartje.'

Caridad zei niets.

'Succes,' herhaalde hij voordat hij haastig terugrende.

Toen ze alleen was, richtte Caridad haar blik op het klooster, de plaats waar don Damián haar had gezegd naartoe te gaan. Ze stak de gracht over via een smal paadje tussen het vuilnis. Op de plantage was geen vuilnis maar in Havanna wel; ze had dat kunnen zien toen de meester haar naar de stad had meegenomen om de tabaksbladeren bij het pakhuis in de haven af te leveren. Hoe konden die blanken zoveel weggooien? Ze kwam bij het klooster en duwde tegen een van de deuren. Gesloten. Ze klopte aan. Ze wachtte. Er gebeurde niets. Ze klopte opnieuw, schuchter, alsof ze bang was last te veroorzaken.

'Zo niet, zwartje,' zei een langslopende vrouw, en bijna zonder stil te staan trok ze aan een ketting die een bel deed klinken.

Vlak daarna ging er in een van de deuren een getralied luikje open.

'De vrede des Heren zij met je,' hoorde ze de portierster zeggen; afgaand op de stem was het een oude vrouw. 'Wat brengt je naar ons huis?'

Caridad nam haar strohoed af. Hoewel ze de non niet kon zien, sloeg ze haar ogen neer.

'Don Damián heeft me hiernaartoe gestuurd,' fluisterde ze.

'Ik begrijp je niet.'

Caridad had snel gesproken, haastig, zoals net aangekomen Cubaanse negerslaven deden als ze zich tot de blanken richtten.

'Don Damián,' herhaalde ze moeizaam, 'hij heeft gezegd dat ik hiernaartoe moest gaan.'

'En wie is don Damián?' vroeg de portierster na een korte stilte.

'Don Damián... de priester van de boot, van *La Reina*.'

'La reina? Wat zeg je over de koningin?' riep de non uit.

'*La Reina*, de boot uit Cuba.'

'Ah! Een boot, niet hare majesteit. Wel... ik weet van niets. Don Damián, zeg je? Een ogenblik.'

Toen het luikje weer openging, was de stem die erdoor klonk autoritair, ferm.

'Beste vrouw, wat heeft die priester gezegd dat je hier moest komen doen?'

'Hij heeft alleen gezegd dat ik hiernaartoe moest gaan.'

De non was even stil. Na een paar seconden zei ze op vriendelijke toon: 'Wij zijn een arme gemeenschap. We wijden ons aan het gebed en aan onthouding, aan bezinning en aan penitentie, niet aan liefdadigheid. Wat zou je hier kunnen doen?'

Caridad gaf geen antwoord.

'Waar kom je vandaan?'

'Van Cuba.'

'Ben je een slavin? En je meester?'

'Ik... ik ben vrij. En ik kan bidden.' Don Damián had erop gehamerd dat ze dat moest zeggen.

Caridad kon de berustende glimlach van de non niet zien.

'Luister,' zei die, 'je moet naar de Broederschap van Onze-Lieve-Vrouw van de Engelen gaan, begrijp je dat?'

Caridad bleef zwijgen. Waarom heeft don Damián me hiernaartoe gestuurd? vroeg ze zich af.

'De Broederschap van de Negers,' legde de non uit, 'de jouwe. Zij zullen je helpen... of zeggen wat je moet doen. Luister goed: loop naar de Nuestra Señora de los Ángeles-kerk, vlak bij het Cruz del Campo. Volg de gracht naar het noorden, richting de calle de San Jacinto. Daar kun je de gracht oversteken, ga naar rechts en loop verder door de calle de Santo Domingo tot je bij de botenbrug komt, steek die over en...'

Caridad verliet het miniemenklooster en probeerde de route te onthouden. De Engelen. Ze hadden gezegd dat ze daarnaartoe moest gaan. De Engelen. Die zouden haar helpen. 'Bij het Cruz del Campo,' herhaalde ze zachtjes.

In gedachten verzonken liep ze verder, zonder te merken dat de mensen naar haar keken: een weelderige negerin, gekleed in grijzige vodden, een klein bundeltje in haar hand, die aan een stuk door mompelde. Op de plaza del Altozano botste ze, onder de indruk van het monumentale kasteel van San Jorge bij het begin van de brug, tegen een vrouw op. Ze probeerde zich te verontschuldigen maar de woorden kwamen niet; de vrouw schold haar uit en Caridad richtte haar blik op Sevilla, aan de andere kant van de rivier. Tientallen karren en rijdieren reden in beide richtingen over de brug; het hout schuurde krakend over de boten.

'Waar denk je dat je naartoe gaat, zwartje?'

Ze schrok van de man die haar de weg versperde.

'Naar de Ángeles-kerk,' antwoordde ze.

'Gefeliciteerd,' zei hij sarcastisch. 'Daar zitten de negers, jouw soort. Maar om bij ze te komen, moet je me eerst betalen.'

Caridad merkte tot haar verbazing dat ze de brugwachter recht in zijn ogen keek. Geschrokken corrigeerde ze haar houding, ze nam haar hoed af en sloeg haar ogen neer.

'Ik... ik heb geen geld,' stotterde ze.

'In dat geval geen negers. Wegwezen. Ik heb het druk.' Hij maakte aanstalten om het bruggeld te gaan innen bij een muilezeldrijver die achter Caridad stond te wachten, maar toen hij zag dat ze bleef staan, draaide hij zich weer naar haar om. 'Wegwezen of ik roep de gerechtsdienaren!'

Toen ze de brug weer af ging, voelde ze wél dat de mensen naar haar keken. Ze had geen geld om naar Sevilla over te steken. Wat moest ze doen? De man van de brug had haar niet verteld hoe ze aan geld kon komen. Met haar vijfentwintig jaar had Caridad nooit een cent verdiend. Het enige wat ze, naast eten, kleren en de slaaphut, tot dan toe had gekregen was de tabak die de meester hun voor eigen gebruik gaf. Hoe moest ze geld verdienen? Ze kon niets anders dan tabak verzorgen...

Ze liep van de mensen vandaan, trok zich terug bij de rivier en ging aan de oever zitten. Ze was vrij, ja, maar wat had ze aan die vrijheid als ze niet eens een brug kon oversteken? Er was haar altijd verteld wat ze moest doen. Vanaf het moment dat de zon opkwam totdat die weer onderging, dag na dag, jaar na jaar, had ze geweten wat ze moest doen. Wat kon ze nu doen?

Veel mensen uit Triana die langs de oever liepen, zagen de negerin daar zitten, onbeweeglijk, de blik verloren... in de rivier, in Sevilla of misschien in een van haar herinneringen of in de onzekere toekomst die voor haar lag. Sommigen kwamen na een uur weer langs, anderen na twee uur, of zelfs drie of vier, en die zwarte vrouw zat daar nog steeds.

Tegen de avond kreeg Caridad honger en dorst. De laatste keer dat ze had gegeten en gedronken was met de scheepsjongen geweest, die zijn harde, beschimmelde scheepsbeschuit en wat water met haar gedeeld had. Ze besloot wat te roken om haar ellende te vergeten, zoals alle slaven op de plantage deden wanneer ze door moeheid of honger overvallen werden. Misschien was de meester daarom zo gul met de tabak: hoe meer ze rookten, hoe minder eten hij ze hoefde te geven. Tabak was een vervanging voor veel zaken en werd zelfs tegen nieuwe slaven geruild. De geur van de sigaar trok twee mannen aan die langs de oever liepen. Ze vroegen haar een trekje. Caridad gehoorzaamde en gaf hun haar sigaar. Ze rookten. Ze praatten samen, terwijl ze de sigaar aan elkaar doorgaven. Beiden stonden. Caridad, die nog steeds zat, stak haar hand uit om de sigaar terug te vragen.

'Wil je iets in je mond hebben, zwartje?' zei een van de mannen lachend.

De andere lachte luid en trok Caridads hoofd aan haar haren naar achter terwijl de eerste zijn broek liet zakken.

Caridad verzette zich niet en begon hem bereidwillig af te zuigen.

'Ze lijkt het wel lekker te vinden,' zei degene die haar bij haar haren vasthield opgewonden. 'Vind je het lekker, zwartje?' vroeg hij terwijl hij haar hoofd tegen de penis van zijn maat duwde.

Daarna namen ze haar allebei en lieten haar vervolgens daar achter.

Caridad trok haar hemd recht. Waar zou de rest van de sigaar zijn? Ze had gezien dat een van de mannen die had weggegooid voordat ze haar bij haar haren pakten. Misschien was hij niet zo ver gevallen, nog net voor het water. Ze kroop door het gras en de rietstengels, en tastte zorgvuldig de grond af, misschien brandde de sigaar nog... En dat was zo! Ze pakte hem op en plat op haar buik liggend, bijna in het water, inhaleerde ze met alle kracht die ze in zich had. Ze ging weer zitten en liet haar voeten nat worden. Het was koud, maar op dat moment merkte ze het niet; ze voelde niets. Moest ze het lekker vinden? Dat had een van de mannen haar gevraagd. Hoe vaak hadden ze haar dat al niet gevraagd? De meester had dat al gedaan toen ze nog maar net aangekomen was, een kind nog, kort daarvoor ontrukt aan haar geboortegrond. Toen had ze niet eens begrepen wat die man vroeg die haar betastte en onderkwijlde voordat hij haar vanbinnen uitscheurde. Later, na vele andere keren, na haar zwangerschap, verving hij haar door een nieuw meisje, en toen waren het de opzichter en de andere negerslaven geweest die het haar hijgend vroegen. Op een dag beviel ze opnieuw... van Marcelo. De pijn die ze toen voelde, toen haar buik na uren bevallen openscheurde, vertelde haar dat ze nooit meer een ander kind zou krijgen. Vind je het lekker? vroegen ze haar 's zondags, bij het dansen in de grote barak, wanneer een slaaf haar bij de arm pakte en haar mee naar buiten nam, daar waar ook andere stellen aan het vrijen waren. Daarna zongen en dansten ze verder, wild en vol overgave, hopend dat een van hun goden bezit van hen zou nemen. Soms deden ze het nog een keer, gingen ze weer naar buiten. Nee, ze vond het niet lekker, ze voelde helemaal niets; ze hadden haar van haar gevoelens beroofd, beetje bij beetje, vanaf de eerste nacht dat de meester haar met geweld genomen had.

Er was nog geen uur voorbijgegaan toen een van de mannen terugkwam en haar uit haar gedachten haalde.

'Wil je in mijn werkplaats werken?' vroeg hij terwijl hij haar met een olielamp bescheen. 'Ik ben pottenbakker.'

Wat is een pottenbakker? vroeg Caridad zich af terwijl ze probeerde hem in het donker te onderscheiden. Ze wilde alleen maar...

'Geef je me geld om de brug over te steken?' wilde ze weten.

De man zag de aarzeling op haar gezicht.

'Kom mee,' beval hij.

Dat begreep ze: een bevel, zoals wanneer een neger haar bij de arm pakte en haar mee naar buiten nam. Ze liep achter hem aan in de richting van de Cava Vieja. Ter hoogte van het kasteel van de Inquisitie vroeg de pottenbakker zonder zich om te draaien:

'Ben je gevlucht?'

'Ik ben vrij.'

Bij de lichten van het kasteel zag Caridad de man goedkeurend knikken.

Het was een kleine werkplaats, met een woning erboven, in de calle de los Alfareros. Ze gingen naar binnen en de man wees naar een stromatras in een hoek van de werkplaats, naast het brandhout en de oven. Caridad ging erop zitten.

'Morgen begin je. Ga nu slapen.'

De warmte van de gloeiende as in de oven maakte een door de vochtigheid van de Guadalquivir verkleumde Caridad doezelig, en ze viel in slaap.

Sinds de tijd van de Moren was Triana bekend om zijn aardewerk, vooral om de geglazuurde tegels met verdiepte vlakken of reliëfdecoraties, waarbij de ervaren meesterpottenbakkers een koord in de verse klei legden en zo schitterende tekeningen verkregen. Die ambachtelijke keramiek was echter al een tijdje verworden tot routinestukken zonder enige charme; daarbij kwamen de concurrentie van het Engelse steengoed en de veranderende smaak van de mensen, die naar oosters porselein neigden, zodat het ambacht in Triana achteruitging.

De volgende dag, bij zonsopgang, begon Caridad te werken met de man van die nacht, een jongen die waarschijnlijk zijn zoon was en een leerling die zijn ogen niet van haar af kon houden. Ze gooide hout op het vuur, droeg klei aan, veegde duizend keer de vloer en zorgde voor de as van de oven. Zo begonnen de dagen voorbij te gaan. De pottenbakker – Caridad zag nooit een vrouw uit de bovenwoning komen – kwam 's nachts naar haar toe.

Ik moet de brug oversteken om naar de Ángeles-kerk te gaan, waar de negers zijn, had ze hem in een van die nachten willen zeggen, toen de man haar had bezeten en aanstalten maakte om te vertrekken. In plaats daarvan mompelde ze:

'En mijn geld?'

'Geld! Wil je geld? Je eet meer dan je werkt en je hebt een plek om te slapen,' antwoordde de pottenbakker. 'Wat kan een negerin als jij nog meer verlangen? Ga je soms liever op straat bedelen zoals de meeste vrije negers?'

In die tijd waren er bijna geen slaven meer in Sevilla: de demografische en economische crisis, de oorlog van 1640 tegen Portugal, de grote slavenleverancier van de Sevilliaanse markt, de builenpest die de stad een paar jaar later geteisterd had en die de zwarte slaven wreed had getroffen, samen met de voortdurende en talrijke vrijlatingen die de vrome Sevillianen in hun testamenten beschikten, hadden tot een aanzienlijke vermindering van de slavernij geleid. Sevilla verloor zijn slaven in hetzelfde tempo als waarin het zijn economische machtspositie kwijtraakte.

Je eet meer dan je werkt, echode het in Caridads oren. Het herinnerde haar aan het eeuwige refrein van de opzichter op de plantage: Jullie werken niet voor wat jullie eten, verweet hij hun voordat hij bij een van hen de zweep over de rug liet knallen. Er was weinig veranderd, wat had ze eraan dat ze vrij was?

Op een nacht kwam de pottenbakker niet naar beneden. De volgende ook niet. De derde nacht wel, maar in plaats van naar haar toe te komen liep hij naar de deur van de werkplaats. Hij deed die open en liet een andere man binnen. Vervolgens wees hij naar Caridad. De pottenbakker wachtte bij de deur tot de man zijn lusten had bevredigd, inde zijn geld en stuurde hem weg.

Sinds die nacht werkte Caridad niet langer in de werkplaats. De man sloot haar op in een kamertje op de begane grond, zonder enige ventilatie, legde een stromatras op de grond en zette een grote po naast wat nutteloze oude rommel.

'Als je problemen maakt, als je schreeuwt of probeert te ontsnappen, maak ik je af,' dreigde de pottenbakker de eerste keer dat hij haar eten bracht. 'Niemand zal je missen.'

Dat is waar, dacht Caridad verdrietig toen ze hoorde hoe de man de deur op slot deed: wie zou haar missen? Ze ging op de matras zitten met de kom groenten in haar handen. Nooit eerder hadden ze haar met de dood bedreigd; de meesters doodden hun slaven niet, die waren veel geld waard. Een slaaf was zijn hele leven nuttig. Als ze eenmaal waren afgericht, zoals dat bij Caridad als kind was gebeurd, werden de negers op hun tabaksplantage of in hun suikerfabriek oud. Het was bij wet verboden om een slaaf te verkopen voor meer dan hij had gekost, zodat geen enkele meester een slaaf, nadat hij hem een vak had geleerd meer van de hand deed; hij zou erop verliezen. Ze werden weliswaar mishandeld en met geweld gedwongen te werken tot ze niet meer konden, maar een goede opzichter wist waar de grens van de dood lag. Het waren de slaven zelf die zich van het leven beroofden; in de vroege ochtend onthulde het opkomende licht onverwachts het silhouet van het levenloze lichaam van een neger die aan een boom hing... of misschien van een aantal negers tegelijk die hadden besloten elkaar op die definitieve vlucht te vergezellen. Dan ontstak de meester in woede, net als wanneer een moeder haar pasgeboren kind doodde om het van de slavernij te redden of wanneer een neger zich verminkte om niet te hoeven werken. De zondag erop schreeuwde de priester van de suikerplantage tijdens de mis dat dat een zonde was, dat ze naar de hel zouden gaan, alsof er een grotere hel zou kunnen bestaan dan die waarin ze leefden. Doodgaan? Misschien wel, zei Caridad bij zichzelf, misschien is het moment gekomen om te ontsnappen aan deze wereld waar niemand op me wacht.

Die nacht waren het twee mannen die haar bezaten. Daarna deed de pottenbakker de deur weer op slot en Caridad bleef in volkomen duisternis achter. Ze voelde geen enkele twijfel. De rest van de nacht neuriede ze zachtjes, en toen de eerste zonnestralen tussen de kieren van het hout het kamertje binnendrongen, zocht ze tussen de rommel tot ze een oud touw vond. Dat zou geschikt kunnen zijn, besloot ze nadat ze eraan had getrokken om te kijken hoe sterk het was. Ze bond het om haar nek en klom op een gammele kist. Ze gooide het touw over een houten balk boven haar hoofd, trok het strak en knoopte het andere eind vast. Soms had ze die zwarte gestaltes benijd, die hangend aan de bomen het landschap van de Cubaanse plantage doorbraken. Zij leden niet meer.

'God is de grootste der koningen,' riep ze uit. 'Ik wil alleen geen gekwelde ziel worden.'

Ze sprong van de kist. Het touw hield haar gewicht, maar de houten balk niet. Die brak en viel boven op haar. Het kabaal was enorm en in een oogwenk stond de pottenbakker in Caridads gevangenis. Hij ketende haar vast, waarna Caridad voortaan alle eten en drinken weigerde, en om de dood smeekte wanneer de pottenbakker en zijn zoon haar met geweld kwamen voeden.

De nachtelijke bezoekers bleven komen, meestal was het er een, soms meer, totdat op een keer een oude man die haar onhandig probeerde te nemen, overeind sprong en met verbazingwekkende lenigheid bij haar vandaan ging.

'Die negerin is gloeiend heet!' schreeuwde hij. 'Ze heeft koorts. Wil je soms dat ze me met een of andere vreemde ziekte besmet!'

De pottenbakker liep naar Caridad toe en legde zijn hand op haar bezwete voorhoofd.

'Wegwezen,' beval hij terwijl hij met zijn voet in haar ribben porde en probeerde de ketenen waarmee hij haar gevangen hield, zo snel mogelijk los te maken. 'Nu meteen, schiet op!' schreeuwde hij toen hem dat gelukt was. Zonder te wachten tot ze was opgestaan, pakte hij het bundeltje van Caridad en gooide het op straat.

Was dat werkelijk een lied dat hij gehoord had? Het was niet meer dan een gemompel dat zich met de geluiden van de nacht vermengde. Melchor spitste zijn oren. Daar was het weer!

'*Yemaya assessu...*'

Midden op de door moestuinen en boomgaarden omringde vlakte van Triana bleef de zigeuner doodstil staan. In het duister was het gekabbel van het water van de Guadalquivir duidelijk te horen, net als het fluiten van de wind door de begroeiing, maar...

'*Assessu yemaya.*'

Het leek een dialoog: een gefluister dat de solist aanhief om vervolgens zelf antwoord te geven alsof het een duet was. Hij draaide zich naar de richting van waar de stem kwam; sommige van de sieraden aan zijn vest tinkelden. De duisternis was bijna volkomen en werd slechts door de toortsen van het kartuizerklooster iets verderop doorbroken.

'*Yemaya olodo.*'

Melchor ging van de weg af en liep een sinaasappelboomgaard in. Hij trapte op stenen en afgevallen bladeren, struikelde verschillende keren en vervloekte schreeuwend alle heiligen, maar ondanks wat in de stille nacht klonk als een donderslag, stopte het trieste neuriën niet. Tussen een paar bomen stond hij stil. Daar was het, daar.

'*Olodo yemaya. Olodo...*'

Melchor kneep zijn ogen samen. Een van de hardnekkige wolken die Sevilla de hele dag hadden bedekt, liet een flauw maanlicht door. Hij zag een glimp van een grijzige vlek op de grond, voor hem, slechts een klein stukje bij hem vandaan. Hij liep ernaar toe, hurkte en zag een vrouw zo zwart als de nacht, gehuld in grijze kleren. Ze zat met haar rug tegen de sinaasappelboom, alsof ze beschutting zocht. Ze had een starende blik in haar ogen en was zich niet bewust van zijn aanwezigheid; ze neuriede nog steeds, zachtjes, monotoon, telkens opnieuw hetzelfde deuntje. Melchor zag dat er ondanks de kou zweetdruppeltjes op haar gezicht stonden. Ze rilde.

Hij ging naast haar zitten. Wat ze zei, begreep hij niet, maar die vermoeide stem, dat timbre, die monotonie, die berusting waarvan haar stem doordrongen was, verrieden een immense pijn. Melchor sloot zijn ogen, sloeg zijn armen om zijn knieën en liet zich door het lied meevoeren.

'Water.'

De smekende stem van Caridad verbrak de stilte van de nacht. Al een tijd was haar geneurie verstomd; het was als gloeiende kool langzaam gedoofd. Melchor deed zijn ogen weer open. De droefheid en melancholie van het lied hadden hem teruggevoerd naar de galeibanken. Water. Hoe vaak had hij zelf niet om water gesmeekt? Hij had het gevoel dat de spieren van zijn benen, van zijn armen en van zijn rug zich spanden zoals op de momenten dat de voorman bij de achtervolging van een Saraceens schip het roeitempo verhoogde. Het martelende fluiten van de voorman kwelde zijn zintuigen terwijl de zweep de huid van zijn blote rug geselde om hem harder en harder te laten roeien. De straf kon uren duren. Uiteindelijk, wanneer de spieren van hun hele lichaam op springen stonden en de monden kurkdroog waren, klonk van de rijen banken maar een enkele smeekbede: water!

'Ik weet wat dorst is,' mompelde hij bij zichzelf.

'Water,' smeekte Caridad opnieuw.

'Kom mee.' Melchor stond moeizaam op, stijf nadat hij bijna een uur onder de sinaasappelboom had gezeten.

De zigeuner rekte zich uit en probeerde zich te oriënteren om erachter te komen in welke richting het kartuizerklooster lag. Hij was op weg naar de Huerta de la Cartuja geweest, waar veel zigeuners van Triana woonden, toen het neuriën zijn aandacht getrokken had.

'Kom je mee of niet?' vroeg hij aan Caridad.

Ze greep zich aan de stam van de sinaasappelboom vast en probeerde op te staan. Ze had het koud. Ze had honger en koorts. Maar vooral had ze dorst, veel dorst. Toen ze eindelijk overeind stond, was Melchor al doorgelopen. Zou hij haar water geven als ze hem volgde of zou hij haar bedriegen zoals al die anderen hadden gedaan in de tijd dat ze in Triana was? Ze liep achter hem aan. Haar hoofd duizelde. Bijna allemaal hadden ze dat gedaan; bijna allemaal hadden ze haar misbruikt.

Een reeks lichten afkomstig van een paar armoedige huisjes die dicht op elkaar langs de weg stonden, beschenen het hemelsblauwe zijden vest van de zigeuner. Caridad deed haar best hem bij te houden. Melchor bekommerde zich niet om haar. Hij liep langzaam maar fier rechtop, arrogant, steunend op de tweepuntige stok, die hij niet nodig had maar die paste bij een familiehoofd; soms hoorde je hem tegen de nacht praten. De vrouw sjokte op blote voeten achter hem aan. Naarmate ze dichter bij de zigeunerbuurt kwamen, begonnen de metalen versieringen op Melchors kleren en de zilveren biezen van zijn kniebroek steeds meer te flonkeren. Caridad zag in die glinsteringen een goed voorteken: die man had haar niet aangeraakt. Hij zou haar water geven.

# 3

Die avond ging het feest in de callejón de San Miguel lang door. Alsof het een wedstrijd was, deed elke familie haar uiterste best om te laten zien welke talenten ze had op het gebied van dansen en zingen, gitaar spelen, met castagnetten klepperen of op de tamboerijn slaan. Dat deden de García's, de Camacho's, de Flores, de Reyes, de Carmona's, de Vargas en nog veel meer van de eenentwintig namen die de steeg bewoonden. Ballades, sarabandes, chaconnes, jacara's, fandango's, seguidilla's en sarambeques, al die muziekstijlen werden gespeeld en gedanst bij het schijnsel van een groot vuur dat in de uren die verstreken door de vrouwen met hout werd gevoed. Rondom het vuur, op de eerste rij, zaten de zigeuners die de raad van ouderen vormden, met aan het hoofd Rafael García, een magere man van zo'n zestig jaar, ernstig en kortaangebonden, die de Graaf genoemd werd.

De wijn en de tabak gingen overvloedig rond. De vrouwen droegen bij met etenswaren die ze van huis hadden meegebracht: brood, kaas, sardientjes en garnalen, kip en haas, hazelnoten, eikels, kweepeer en fruit. Feesten waren een gezamenlijke aangelegenheid; wanneer er werd gezongen en gedanst, werden meningsverschillen en oeroude vijandschappen vergeten, en de ouderen waren erbij om te zorgen dat dat ook gebeurde. De zigeunersmeden van Triana waren niet rijk. Ze behoorden nog steeds tot dat volk dat sinds de tijd van de Katholieke Koningen in Spanje onder vervolging te lijden had: ze mochten niet hun kleurige kleding dragen of hun eigen taal spreken, niet rondtrekken, de toekomst voorspellen of in rijdieren handelen. Het was hun verboden te zingen en te dansen, ze mochten zelfs niet in Triana wonen of als smid werken. Verschillende keren hadden de gilden van Sevilliaanse burgersmeden geprobeerd hun het werken in hun eenvoudige smederijen te laten verhinderen, en de koninklijke decreten en de verordeningen hadden daarop aangedrongen, maar het was allemaal tevergeefs geweest: de zigeunersmeden leverden de duizenden hoefijzers die nodig waren voor de paarden en ezels die op de velden van het Sevilliaanse koninkrijk werkten, zodat ze hun werk als smid konden blijven doen en doorgingen met het verkopen van hun producten aan diezelfde burgersmeden die hun smederijen weliswaar wilden sluiten maar zelf niet aan de enorme vraag konden voldoen.

Terwijl de kinderen, die bijna naakt rondliepen, achter in de steeg probeerden hun ouders te imiteren, begonnen Ana en Milagros samen met twee mannen van de familie Carmona, de familie van José, aan een vrolijke sarabande. Moeder en dochter, lachend wanneer hun blikken elkaar kruisten, dansten heupwiegend naast elkaar op de klanken van de gitaar en de zang, spelend met de sensualiteit van hun lichamen. José stond samen met vele anderen te kijken, hij klapte en moedigde hen aan. Bij iedere dansbeweging daagden de vrouwen de mannen uit, alsof het een duel was, ze keken hen indringend aan en suggereerden een onmogelijke romance. Ze kwamen dichterbij en verwijderden zich weer, draaiden op het schaamteloze ritme van hun heupen om hen heen en pronkten met hun borsten, die van de moeder weelderig, die van de dochter jong. De twee vrouwen dansten fier rechtop, hun handen boven hun hoofden of sierlijk langs hun heupen draaiend; de zakdoeken die Milagros om haar polsen had gebonden, leken in de lucht tot leven te komen. In een kring eromheen stonden enkele vrouwen die de gitaren met hun castagnetten of tamboerijnen begeleidden, veel zigeuners klapten en moedigden het sensuele dansen van de twee vrouwen aan; meer dan één man kon een wellustige blik niet bedwingen toen Ana met haar rechterhand de rand van haar rok pakte en met haar blote kuiten en voeten in het zicht verder danste.

'Kijk eens omhoog, zigeuners, God wil naar beneden komen om met mijn dochter te dansen,' schreeuwde José Carmona.

De aanmoedigende kreten volgden elkaar op.

'Olé!'

'Toe maar!'

'Olé, olé, olé!'

Milagros, aangespoord door het compliment van haar vader, deed Ana na; ze tilde haar rok op en samen draaiden ze rond hun danspartners, die ze terwijl de muziek naar een climax steeg, binnen hun aura van passie trokken. De zigeuners juichten en klapten luid toen de sarabande afgelopen was. Moeder en dochter lieten onmiddellijk hun rokken los en streken ze glad met hun handen. Ze glimlachten. Opnieuw klonk het stemmen van een gitaar, de voorbereiding voor een nieuwe dans, een nieuw lied. Ana streelde haar dochters wang, maar toen ze naar haar toeboog om haar een kus te geven, stopte het getokkel. Rafael García, de Graaf, had zijn hand opgestoken naar de gitarist. Onder de zigeuners verspreidde zich een geroezemoes en zelfs de kinderen kwamen dichterbij. Reyes de Trianera, de vrouw van de Graaf, dik, tegen de zestig, haar koperkleurige gezicht met honderden rimpels doorgroefd, had met een simpele, energieke beweging van haar kin een van de andere oude mannen laten opstaan en was in zijn stoel gaan zitten.

Bij het licht van het vuur zag alleen Ana de blik die de Trianera haar toewierp. Het was maar een seconde, misschien nog minder. De blik van een zigeunerin: koud en hard, in staat om tot in de ziel door te dringen. Ana rechtte haar rug, bereid de uitdaging aan te nemen, maar ze stuitte op de blik van de Graaf. Luister en leer! zei zijn gezicht.

De Trianera zong zonder muziek, zonder dat iemand schreeuwde, klapte of haar aanmoedigde. Een melancholisch vers, een *debla*: een lied gericht tot de zigeunergodinnen. Haar hese stem, oud, zwak, vals, raakte degenen die luisterden echter in hun diepste wezen. Ze hield haar gekromde, trillende handen voor haar borst, alsof dat haar kracht gaf, en zong over het vele leed van de zigeuners: het onrecht, de gevangenis, de verbroken liefdes... in verzen zonder metrum die hun betekenis ontleenden aan het ritme dat de stem van de Trianera eraan wilde geven en die altijd eindigden met een loftuiting in zigeunertaal. *Deblica barea*, schitterende godin.

Er leek geen einde aan het lied te komen. De Trianera had het zo lang kunnen maken als haar verbeeldingskracht of haar herinneringen zouden hebben toegelaten, maar ten slotte liet ze haar handen op haar knieën vallen en hief ze haar tot dan toe gebogen hoofd op. Met een brok in hun keel barstten de zigeuners, onder wie ook Ana, opnieuw in applaus uit; velen met betraande ogen. Milagros klapte ook, terwijl ze schuin naar haar moeder keek.

Op dat moment, toen ze voor haar applaudisseerde en zag dat haar dochter dat ook deed, was Ana blij dat Melchor er niet bij was. Haar handen sloegen nog een laatste keer onverschillig tegen elkaar, waarna ze gebruikmaakte van de drukte om weg te glippen. Ze haastte zich, want ze voelde de blikken van de Graaf en de Trianera in haar rug; ze zag hun zelfgenoegzame glimlachen voor zich, van hen en van al hun familieleden. Ze duwde de nog steeds klappende zigeuners opzij en toen ze eindelijk buiten de kring was, liep ze naar de deur van haar huis, waar ze tegen een van de deurposten steun zocht.

De García's! Rafael García! Haar vader spuugde bij het horen van die naam. Haar moeder... haar moeder stierf twee jaar nadat Melchor aan de bank van een galeischip geketend werd, en ze stierf terwijl ze Rafael García vervloekte, terwijl ze zwoer vanuit het hiernamaals wraak op hem te zullen nemen.

'Hij was het!' mompelde haar moeder telkens opnieuw toen ze in de straten van Málaga bedelden, tegenover de gevangenis waar Melchor wachtte op zijn transport naar El Puerto de Santa María, om daar aan de galeibanken geketend te worden. 'Rafael heeft hem bij de sergeant van de tabakspatrouille aangegeven. Ellendeling. Hij heeft de wet van de zigeuners overtreden. Klootzak! Hoerenzoon! Schurftige hond...!'

Wanneer de kleine Ana zag dat de mensen hun uit de weg gingen, waarschuwde ze haar moeder met een elleboogstoot dat ze de klanten niet bang moest maken met haar geschreeuw.

'Waarom heeft hij hem aangegeven?' vroeg het meisje op een dag.

Haar moeder kneep haar ogen samen en trok haar mond in een minachtende grimas voordat ze antwoord gaf.

'De vete tussen de Vega's en de García's dateert al van heel lang geleden. Niemand weet meer precies wat de oorzaak was. Volgens sommigen ging het om een ezel, volgens anderen om een vrouw. Geld? Misschien. Niemand weet het meer. Feit is dat de twee families elkaar altijd gehaat hebben.'

'Alleen om...?'

'Laat me uitpraten, kind.' De woorden gingen vergezeld van een stevige tik tegen het hoofd van haar dochter. 'Luister goed naar wat ik je ga zeggen, want je bent een Vega en zo zul je ook moeten leven. Wij zigeuners zijn altijd vrij geweest. Alle koningen en prinsen van alle plaatsen ter wereld hebben ons willen onderwerpen, maar het is ze nooit gelukt. Ze zullen nooit tegen ons op kunnen; wij zijn beter dan zij allemaal, intelligenter. We hebben niet veel nodig. We pakken wat we gebruiken kunnen: wat de Schepper in deze wereld heeft gebracht is niemands eigendom, de vruchten van de aarde zijn van iedereen en als een plek ons niet bevalt, gaan we ergens anders naartoe. Wij laten ons door niets of niemand binden. Gevaar doet ons niets, wat hebben wij met decreten en verordeningen te maken? Dat is wat de Vega's en al diegenen die zich als echte zigeuners beschouwen, altijd verdedigd hebben. Zo hebben we altijd geleefd.' Na een korte stilte was haar moeder verder gegaan: 'Kort voordat ze je vader oppakten, stierf het hoofd van de raad van ouderen. De García's zetten de anderen onder druk om iemand van hun familie te kiezen en je vader verzette zich daartegen. Hij verweet hun dat de García's niet meer als zigeuners leefden, dat ze net als de burgers in smederijen werkten, op dezelfde manier, dat ze zaken met hen deden, voor de kerk trouwden en hun kinderen doopten. Dat ze de vrijheid hadden opgegeven. Op een dag verscheen Rafael García in de Huerta de la Cartuja; hij zocht je vader.'

Ana meende zich die dag te herinneren. Haar moeder en haar tantes zeiden dat ze weg moest gaan, net als de andere kinderen, en dat deed ze... maar ze kwam stiekem terug naar de plek waar Rafael dreigend was blijven staan, omringd door leden van de familie Vega. 'Hij had een mes bij zich en wilde vechten, maar je vader was er niet. Iemand vertelde hem dat hij naar Portugal was gegaan om tabak te halen. De glimlach die zich toen op het gezicht van die schoft aftekende, zei genoeg.'

In de callejón de San Miguel stonden de ouderen van hun stoelen op, waarna mannen en vrouwen zich terug begonnen te trekken; sommigen gingen naar huis, anderen verspreidden zich in groepjes, pratend en drinkend, over de binnenplaatsen van de woonblokken. De gitaren, castagnetten en tamboerijnen klonken nog steeds, maar ze waren nu in handen van de jeugd; de jongens en meisjes namen het over en maakten er hun feest van.

Ana liet haar blik door de steeg gaan: Milagros danste vrolijk met meisjes van haar leeftijd. Wat was ze mooi! Dat was ook wat haar grootvader had gezegd toen hij haar voor het eerst zag. Melchor Vega was nog geen dag terug van de galeien – nauwelijks een paar uur, waarin hij hoorde dat zijn vrouw dood was en hij een vier maanden oude kleindochter leerde kennen die hij niet durfde aan te raken, bang haar met zijn smerigheid en zijn verweerde handen kwaad te doen – toen hij, nog zwak en in lompen maar voorzien van een groot mes, op zoek ging naar zijn verrader. Zijn dochter had hem willen tegenhouden maar ze durfde niet.

Rafael kwam hem, eveneens gewapend en vergezeld door zijn familieleden, tegemoet. Ze zeiden geen woord tegen elkaar; ze wisten wat er op het spel stond en waarom. De mannen daagden elkaar uit met hun messen, hun armen gestrekt, de wapens een verlengstuk van hun lichamen. Rafael deed het met kracht en lenigheid, met vaste hand. Melchors hand daarentegen beefde licht. Ze draaiden om elkaar heen, de leden van hun families hielden zich doodstil. Maar weinigen van hen letten op het bevende mes van Melchor: de meesten keken naar zijn gezicht, zijn houding, de gretigheid en vastberadenheid die hij uitstraalde. Hij wilde doden! Hij zou doden! Zijn toestand, zijn lichamelijke zwakte, zijn verwondingen, zijn haveloze kleding, zijn smerigheid en zijn bevende handen, het deed er allemaal weinig toe; het voorgevoel... de zekerheid dat Melchor Rafael zou doden, hing in de lucht.

Die zekerheid was het die Antonio García, oom van Rafael en op dat moment hoofd van de raad, ertoe bracht tussenbeide te komen voordat een van hen de eerste messteek zou toebrengen. Ana, met Milagros in haar armen, dicht tegen zich aan gedrukt, zuchtte opgelucht. Op de schreeuw van Antonio García bemoeiden de ouderen zich ermee; de mannen van de familie Vega werden gemaand de kwestie te regelen voordat die door bloedvergieten opgelost zou worden. De raad oordeelde, ondanks het verzet van de Vega's en de vertegenwoordigers van nog twee families die in de Huerta de la Cartuja woonden, dat er geen enkel bewijs was dat Rafael Melchor had verraden, zodat als deze Rafael zou doden, alle bewoners van de steeg de García's zouden verdedigen en een oorlog tegen de Vega's zouden beginnen. Daarnaast besloot de raad dat als Melchor Rafael zou doden, iedere zigeuner zich op een lid van de familie Vega mocht wreken door die ook te doden; de zigeunerwet zou hem in dat geval niet straffen, de raad zou zich erbuiten houden.

Toen het avond werd, kwam oom Basilio Vega naar het huis van Melchor en de zijnen. Milagros sliep in de armen van haar moeder.

'Melchor,' zei hij nadat hij hem de beslissing van de raad had meegedeeld, 'je weet dat we je besluit, wat het ook is, allemaal zullen steunen. We laten ons door niemand bang maken!'

En toen had ze hem het meisje gegeven, dat door de aanraking van haar grootvader wakker werd. Milagros bewoog niet, alsof ze het belang van het moment besefte. Lach tegen hem, smeekte Ana geluidloos, haar handen krampachtig ineengestrengeld, maar het meisje lachte niet. Er ging enige tijd voorbij maar toen zagen Basilio en Ana hoe Melchor zijn lippen opeenklemde en met vaste hand over het hoofdje van het kind aaide. Toen wisten ze wat hij besloten had: hij zou zich voor het welzijn van zijn familie aan de raad onderwerpen.

Dat meisje dat een bloedbad had voorkomen, danste en zong nu in de callejón de San Miguel. Vanuit de deur van haar huis genoot Ana van haar dochter; ze was mooi, trots, en danste zelfverzekerd en vol overgave, spelend dat ze een jongeman haar lichaam aanbood... Plotseling schudde de vrouw heftig haar hoofd en stapte ontzet naar voren. De jongen beantwoordde de danspassen van haar dochter koel, onverschillig, bijna spottend. Merkte Milagros dat dan niet? Die jongen... Ana kneep haar ogen samen om het beter te zien. De jongen was ouder dan haar kind, hij was gebruind, aantrekkelijk, sterk, lenig. En de dansende Milagros realiseerde zich niet dat haar danspartner haar afwees; ze glimlachte, haar ogen schitterden, ze straalde een en al sensualiteit uit. Toen zag Ana de Trianera; ze stond achter de stoelen die om het inmiddels gedoofde vuur stonden, en klapte met een spottende grijns van overwinning in haar handen om het onmiskenbare, openlijke verlangen van het meisje, een Vega, de kleindochter van Melchor, naar Pedro García, haar kleinzoon, aan te moedigen.

'Milagros!' gilde de moeder terwijl ze naar haar toe rende.

Ze greep haar dochter bij de schouder en schudde haar heen en weer tot ze stopte met dansen. De spottende grijns van de Trianera veranderde in een glimlach. Toen Milagros wilde protesteren, schudde haar moeder haar nog eens door elkaar en legde daarmee ieder protest het zwijgen op. De gitaristen wilden stoppen maar de Trianera spoorde hen aan om door te spelen. Een paar mannen kwamen naderbij. De jonge Pedro García, overmoedig geworden door de houding van zijn grootmoeder, probeerde de Vega's nog meer te vernederen en bleef om Milagros heen dansen, alsof het ingrijpen van haar moeder slechts een onbeduidende onderbreking was. Ana zag hem naar hen toe komen, liet haar dochter los en op het moment dat de zigeuner voor haar stond, strekte ze haar arm en sloeg hem met de achterkant van haar hand hard in zijn gezicht. Pedro García wankelde. Milagros deed haar mond open maar ze kreeg er geen woord uit. De gitaren zwegen. De Trianera stond op. Andere vrouwen van verschillende families kwamen aangesneld.

Voordat ze elkaar in de haren vlogen, grepen de mannen in.

'Klotewijf!'

'Vuile teef!'

'Secreet!'

'Hoer!'

Ze scholden elkaar uit terwijl ze worstelden om zich uit de greep van de mannen te bevrijden en zich op de andere vrouwen te storten, Ana het hardst van allemaal. Er kwamen nog meer mannen bij, onder wie José Carmona, en ze slaagden erin de situatie onder controle te krijgen. José schudde zijn vrouw heen en weer zoals die met haar dochter had gedaan; daarna sleurde hij haar met hulp van twee familieleden naar de andere kant van de steeg.

'Dikke zeug!' schreeuwde Ana nog halverwege de steeg, terwijl ze met moeite haar hoofd naar de Trianera omdraaide.

De zigeunerbuurt bij de Huerta de la Cartuja was niet meer dan een verzameling armzalige huisjes van leem en hout – sommige niet meer dan een simpele hut van riet en lappen – die zich sinds de eerste huisjes tegen de muur rondom het land van de kartuizers waren gebouwd, in de richting van Triana had uitgebreid. Melchor werd hartelijk ontvangen in de buurt. Hij werd door veel mensen op straat gegroet; anderen staken hun hoofd om de hoek van de deur van die hutjes zonder ramen. Het povere schijnsel van de kaarsen binnen en enkele vuren hier en daar in de straat vochten tegen de duisternis van de zigeunerbuurt.

'Melchor, ik heb een ezel waarmee de tabakspatrouille je nooit te pakken krijgt. Interesse?' riep een oude zigeuner die op een stoel bij de deur van een huisje zat, terwijl hij naar een van de vele rijdieren wees die vastgebonden stonden op straat.

Melchor keek niet eens naar het dier.

'Daarvoor zou ik moeten afstijgen en hem op mijn schouders moeten nemen,' antwoordde hij terwijl hij met zijn hand in de lucht sloeg.

Beide mannen lachten.

Caridad liep achter Melchor aan; die straat was een modderpoel waar haar blote voeten in wegzonken. Even dacht ze dat ze niet de kracht zou hebben om in de modder vooruit te komen; ze had hoge koorts, haar keel schroeide en haar borst leek in brand te staan. Zou die man al om water voor haar gevraagd hebben? Ze had gehoord dat hij wat zei maar ze had geen woord van het gesprek over de ezel verstaan. De zigeuners hadden in hun eigen taal gesproken.

'Melchor!' schreeuwde een vrouw die met beide borsten ontbloot een kind zat te voeden, 'er loopt een negerin achter je aan, een echte negerin, een hele zwarte. Jezus, wat is ze zwart! Straks wordt mijn melk nog zuur.'

'Ze heeft dorst,' was alles wat de zigeuner antwoordde.

Een paar huisjes verder wachtte een groep mannen, gewaarschuwd dat ze kwamen, hen op.

'Broer,' groette Melchor een jongere man terwijl ze elkaar bij de onderarmen pakten.

Een bijna bloot jongetje was aan komen rennen om hem de tweepuntige stok af te pakken, en liep daar nu mee tegen de andere kinderen op te scheppen.

'Melchor!' groette de zigeuner terug, terwijl hij Melchors onderarmen drukte.

Caridad, die het gevoel had dat ze flauw ging vallen, zag hoe de man die ze was gevolgd mannen en vrouwen begroette en de kinderen die naar hem toe kwamen door het haar woelde. En haar water? Een vrouw keek naar haar.

'En die negerin?' vroeg ze.

'Ze wil drinken.'

Op dat moment bezweken Caridads knieën en zakte ze in elkaar. De zigeuners draaiden zich om en zagen haar op haar knieën in de modder zitten.

Dezelfde vrouw die naar Caridad had gevraagd, de oude María, zei snuivend: 'Ze lijkt iets meer dan alleen water nodig te hebben, neef.'

'Nou, ze vroeg alleen om water.'

Caridad probeerde haar ogen op de groep zigeuners gericht te houden; haar blik was wazig; ze begreep niets van het gesprek dat ze voerden.

'Ze is te zwaar voor mij,' zei de oude María. 'Kinderen!' schreeuwde ze naar de jongste meisjes. 'Help eens om deze negerin op te tillen en haar het paleis binnen te dragen!'

Zodra de zigeunervrouwen Caridad omringden, verloren de mannen hun belangstelling en lieten het probleem aan hen over.

'Een slok wijn, oom?' bood een jonge zigeuner Melchor aan.

Melchor legde een arm om de schouders van de jongeman en omhelsde hem stevig.

'De laatste keer dat ik jouw wijn dronk...' zei hij toen ze naar het volgende huisje liepen, 'de azijn en het zout waarmee ze op de galeien onze wonden genazen, waren zachter dan dat brouwsel van jou!'

'Nou, de ezels vinden het lekker.'

Luidkeels lachend gingen ze het huisje binnen. Ze moesten bukken om door de deur te kunnen. Het huisje bestond uit een enkele ruimte die alles tegelijk was: slaapkamer van het gezin van de jongeman, keuken en eetkamer; er waren geen ramen en de schoorsteen was niet meer dan een simpel gat in het dak. Melchor ging aan een krakkemikkige tafel zitten. De oudere mannen pakten ook een stoel of een kruk en de rest bleef staan, meer dan een dozijn zigeuners, die het hele huisje vulden.

'Dus jij vergelijkt me met een ezel?' hervatte Melchor het gesprek terwijl zijn neef wat glazen op tafel zette. De uitnodiging gold alleen voor de ouderen.

'U, oom, u bent op zijn minst een gevleugeld ros. Laatst op de markt in Alcalá,' vervolgde de zigeuner onder het inschenken van de wijn, 'heb ik die lichtgrijze weten te verkopen die u bij uw laatste bezoek hebt gezien, weet u nog? Dat paard dat tot in zijn oren pijn leed.' Melchor knikte lachend. 'Nou, ik heb hem een hele fles wijn gegeven en u had moeten zien hoe het arme beest rende, het leek wel een jong raspaard!'

'En jij bent vast hard uit Alcalá weggerend,' mengde oom Juan, die ook aan de tafel zat, zich in het gesprek.

'Alsof de duivel me op de hielen zat, oom,' gaf de neef toe, 'maar met een flinke zak geld, en die krijgt zelfs de duivel niet terug, al laat hij me nog zo hard rennen.'

Melchor hief zijn glas wijn om te proosten, en nadat de anderen zich daarbij hadden aangesloten, dronk hij het in één teug leeg.

'Pas op!' klonk het vanaf de deuropening, 'straks rent oom Melchor er nog als een veulen vandoor.'

'Hij is zo goed dat we hem zouden kunnen verkopen!' riep een ander.

Melchor lachte en gebaarde zijn neef hem nog eens in te schenken.

Na een paar rondjes met veel grappen en commentaren bleven alleen de ouderen over: Melchor, zijn broer Tomás, oom Juan, oom Basilio en oom Mateo, allemaal van de familie Vega, allemaal bruin, allemaal met een doorgroefd gezicht, met dikke doorlopende wenkbrauwen en een priemende blik. De anderen praatten buiten verder. Melchor maakte de knopen van zijn blauwe vest los, waardoor zijn witte overhemd en een vuurrode zijden gordel zichtbaar werden. Hij zocht in een van de binnenzakken en haalde een bundeltje middelgrote sigaren tevoorschijn dat hij op tafel legde, naast de kan wijn die de neef daar voor hen had laten staan.

'Pure havannatabak,' verkondigde hij, en hij gebaarde hun er ieder een te pakken.

'Dank je wel,' klonk het uit de mond van sommigen van hen.

'Op je gezondheid,' mompelde een ander.

Een paar minuten later was het huisje gevuld met het aroma van een blauwige rook die alle andere geuren in de kleine woning overheerste.

'Ik heb een goede partij snuiftabak,' merkte oom Basilio op nadat hij een wolk rook de lucht in blies. 'Van de fabriek in Sevilla, Spaanse, eersteklas en gemalen. Heb je interesse?'

'Ba-si-li-o,' verweet Melchor hem op vermoeide toon, met nadruk op iedere lettergreep.

'Het is uitstekende kwaliteit!' verdedigde de ander zich. 'Jij kunt een betere prijs krijgen dan ik. De priesters zullen het uit je handen trekken. Ons knijpen ze af. Wat kan het je schelen waar het vandaan komt?'

Melchor lachte.

'Het maakt me niet uit waar het vandaan komt, wel hoe het hier is gekomen. Dat weet je. Ik wil geen tabak verhandelen die iemand in zijn kont heeft gehad. Alleen al van het idee krijg ik rillingen...'

'Het is heel stevig in varkensdarm verpakt,' verdedigde zijn broer Tomás de handel.

De anderen knikten. Ze wisten dat hij zou toegeven; dat deed hij altijd, hij weigerde nooit een verzoek van zijn familie, maar eerst moest hij protesteren, eindeloos discussiëren, gesmeekt worden.

'Dan nog. Ze hebben het in hun kont meegenomen! Op een dag worden jullie betrapt...'

'Het is de enige manier om de bewakers van de fabriek om de tuin te leiden,' onderbrak Basilio hem. 'Ze laten elke dag, aan het eind van de werkdag, een aantal willekeurig gekozen arbeiders zich uitkleden.'

'En ze kijken niet in hun kont?' lachte Melchor.

'Zie jij dat voor je, dat een van die soldaten zijn vinger in de kont van een zigeuner steekt om te zien of hij daar tabak verstopt heeft? Ze piekeren er niet over!'

Melchor schudde zijn hoofd, maar de welwillende manier waarop hij dat deed, maakte duidelijk dat hij akkoord ging.

'Op een dag barst een van die pluggen en dan...'

'Dan zullen de burgers een nieuwe manier ontdekken om tabak te consumeren,' verklaarde oom Juan plechtig. 'Snuiven met hun kont!'

'Zeker weten dat velen dat lekkerder zouden vinden dan met hun neus,' meende Basilio.

De zigeuners keken elkaar over de tafel aan en barstten in lachen uit.

Het gesprek duurde voort tot in de avond. Toen het straatrumoer begon af te nemen, kwamen de neef, zijn vrouw en hun drie kleintjes naar binnen. De kinderen vielen in slaap op twee stromatrassen die in een hoek van het huisje lagen. Hun vader merkte dat de wijnkan leeg was en kwam aangelopen om die te vullen.

'Je negerin heeft gedronken...' begon de vrouw vanuit de hoek met de matrassen te vertellen.

'Ze is niet van mij,' onderbrak Melchor haar.

'Goed, nou, van wie ze dan ook is, maar jij hebt haar meegebracht,' ging ze verder. 'Tante heeft haar een drank van gekookte gerst met eidooiers gegeven en de koorts is aan het zakken.'

Daarna ging het echtpaar bij hun kinderen liggen. De mannen zetten hun gesprek met hun wijn en hun sigaren voort. Melchor wilde weten hoe het met de familie ging, en de anderen deden uitgebreid verslag: Julián, een rondtrekkende smid die met een Vega was getrouwd, was vlak bij Antequera opgepakt toen hij het landbouwgereedschap van een paar boeren repareerde. 'Hij had geen verklaring bij zich!' mompelde oom Juan. Zigeuners mochten niet als smid werken, ze mochten zelfs hun wijk niet verlaten. Julián zat nu in Antequera in de gevangenis maar ze hadden al stappen gezet om hem vrij te krijgen. 'Hebben jullie iets nodig?' bood Melchor aan. Nee. Ze hadden niets nodig. Vroeg of laat zouden ze hem wel vrijlaten; nu at hij van de bedeling en er was niets dat de koninklijke ambtenaren erger vonden. Bovendien hadden ze de bemiddeling ingeroepen van een edelman in Antequera en die had toegezegd hem vrij te zullen krijgen. Tomás glimlachte, Melchor ook: er was altijd wel een edelman die hen uit de brand hielp. Dat deden ze graag. Waarom ze hen beschermden? Daar hadden ze het al talloze malen over gehad: het was alsof die adellijke heren zich door die gunsten een beetje zigeuner voelden, alsof ze daarmee wilden laten zien dat ze anders waren dan het gewone volk en de vrijheidsdrang van het zigeunervolk tot de hunne maakten; alsof ze op die manier een temperament deelden, een levenswijze, die voor hen, met hun starre gewoontes, verboden terrein was. Op een dag zouden ze hun de rekening presenteren en hun vragen op een feest in een of ander weelderig paleis te zingen of te dansen, en ze zouden hun vrienden en gelijken uitnodigen om met die verboden relaties te pronken.

'We hebben gehoord dat de hermandad ongeveer een maand geleden,' mengde oom Marcelo zich in het gesprek, 'in de buurt van Ronda, de dieren van de Gebochelde in beslag genomen heeft...'

'Wie is de Gebochelde?' vroeg Melchor.

'Die man die altijd zo ineengedoken loopt, de zoon van Josefa, de nicht van...'

'Ja, ja,' onderbrak Melchor hem.

'Ze hebben hem een paard en twee ezels afgepakt.'

'Heeft hij ze teruggekregen?'

'De ezels niet. Die hebben de soldaten verkocht. Het paard hadden ze ook verkocht, maar de Gebochelde is de koper gevolgd en heeft het de nacht erop teruggepakt. Ze zeggen dat het heel gemakkelijk was: de burger die het had gekocht, had het los op een omheind stuk grond gezet, zodat hij alleen maar het hek open hoefde te doen en het dier zo kon pakken. De Gebochelde hield van dat paard.'

'Is het zó goed?' vroeg Melchor geïnteresseerd na nog een slok wijn.

'Welnee!' antwoordde zijn broer. 'Het is een armetierige knol, mank en stijf, maar omdat hij net zo ineengedoken loopt als hij, voelt de man... wel, voelt hij zich er prettig bij.'

Andere leden van de familie, vertelden ze verder, zaten al meer dan zeven dagen in een afgelegen kapel langs de weg naar Osuna, waar ze asiel hadden gevraagd. Ze werden vervolgd door de burgemeester van Málaga, omdat een paar burgers uit Málaga hen aangegeven hadden.

'En nu is, zoals altijd, iedereen met iedereen aan het ruziën,' vertelde oom Basilio: 'de burgemeester wil ze hebben; de heilige hermandad is bij de kapel opgedoken en eist de zigeuners voor zich op; de pastoor zegt dat hij er niets mee te maken wil hebben, en de vicaris, die er door de pastoor is bijgehaald, voert aan dat justitie ze niet zomaar uit een kerkelijke vrijplaats kan halen en dat ze zich tot de bisschop moeten wenden.'

'Het is altijd hetzelfde,' merkte Melchor op, denkend aan de keren dat hij zelf in een kerk of een klooster zijn toevlucht had moeten zoeken. 'Zullen ze ze eruit halen?'

'Het maakt niet uit,' antwoordde oom Basilio. 'Voorlopig laten ze die autoriteiten onder elkaar ruziën tot ze er genoeg van hebben. Ze hebben allemaal "koude immuniteit", dus als ze naar buiten komen, zullen ze dat aanvoeren en op grond daarvan moeten ze weer in vrijheid gesteld worden. Ze zullen hun wapens en hun rijdieren kwijt zijn, maar niet meer dan dat.'

Het was inmiddels diep in de nacht. Melchor geeuwde. De neef en zijn gezin sliepen op de matrassen en de zigeunerbuurt bij de Huerta de la Cartuja was in stilte gehuld.

'Zullen we morgenochtend verder praten?' stelde hij voor.

De anderen knikten en stonden op. Melchor legde alleen zijn benen op de tafel en duwde zich achterover totdat de stoel op twee poten schuin tegen de muur van het huisje stond. Hij sloot zijn ogen en luisterde hoe zijn familieleden naar buiten gingen. Koude immuniteit, lachte hij bij zichzelf voordat de slaap hem overmande. Burgers trapten er altijd weer in, de enige mogelijkheid voor hun in het hele land vervolgde en geminachte volk om te overleven. Soms, wanneer een zigeuner die kerkelijk asiel had gezocht, wist dat de straf die hem na verwijdering wachtte minimaal of niet-bestaand zou zijn, gooide hij het met de burgemeester op een akkoordje, die hem dan met geweld liet verwijderen en daarmee het kerkelijk asiel schond. Als de burgemeester of de gerechtsdienaren hem niet naar dezelfde plek terugbrachten als waar ze hem weg hadden gehaald, genoot hij vanaf dat moment de zogeheten 'koude immuniteit'. En ze brachten hem niet terug, dat deden ze nooit. De volgende keer dat ze hem oppakten, misschien voor een groter delict, zoals simpelweg vrij over de wegen lopen, zou hij dan kunnen aanvoeren dat ze hem de vorige keer niet naar de vrijplaats hadden teruggebracht, en op die manier onder de straf uitkomen. Koude immuniteit, herhaalde Melchor bij zichzelf terwijl hij zich door de slaap liet meevoeren.

De volgende ochtend bracht Melchor in de zigeunerbuurt bij de Huerta de la Cartuja door, rokend, zittend op een kruk op straat, samen met een paar vrouwen die manden maakten met de rietstengels die ze aan de oevers van de rivier plukten, in gedachten verzonken bij het zien van die ervaren handen die de manden vlochten die ze later op straat of op de markt zouden proberen te verkopen. Hij luisterde naar hun gesprekken zonder zich ermee te bemoeien; ze kenden Melchor allemaal. Van tijd tot tijd verdween er een naar binnen, om kort daarna weer naar buiten te komen met een slokje wijn voor hun oom. Hij at in het huis van zijn broer Tomás een soort stoofschotel van voornamelijk kip en leunde daarna weer met de stoel achterover om een siësta te houden. Zodra hij wakker werd, maakte hij aanstalten om naar de callejón de San Miguel terug te gaan.

'Bedankt voor het eten, broer.'

'Niets te danken,' antwoordde Tomás. 'Vergeet dit niet,' voegde hij eraan toe terwijl hij hem de plug overhandigde waarover ze de vorige avond hadden gesproken: een varkensdarm gevuld met snuiftabak. 'Oom Basilio vertrouwt erop dat hij een goede winst zal maken.'

Melchor pakte de plug met walging op zijn gezicht aan, stopte hem in een van de binnenzakken van zijn vest en verliet het huisje. Daarna liep hij de straat in die aan de muur van de Huerta de la Cartuja grensde. Hij was graag daar bij zijn familieleden blijven wonen, maar zijn dochter en kleindochter, de twee mensen van wie hij het meest hield, zijn eigen vlees en bloed, woonden in de steeg, bij de Carmona's, en hij wilde bij hen zijn.

'Neef!' De schreeuw van een vrouw onderbrak zijn gedachten. Melchor draaide zich om naar de oude María, die in de deur van haar hut stond. 'Je vergeet je negerin.'

'Ze is niet van mij.'

Hij antwoordde enigszins korzelig; hij had het al een paar keer gezegd.

'Ook niet van mij,' protesteerde de vrouw. 'Ze bezet mijn matras, en haar benen steken eroverheen. Wat moet ik met haar? Neem haar mee! Jij hebt haar hier gebracht, jij neemt haar ook weer mee.'

Haar meenemen? dacht Melchor. Wat moest hij met een negerin?

'Nee, ik...' begon hij te zeggen.

'Hoezo nee?' onderbrak de oude María hem terwijl ze haar handen in haar zij zette. 'Ik heb gezegd dat ze met jou meegaat en dat gebeurt ook, begrepen?'

Verschillende zigeuners kwamen op het kabaal af en dromden samen voor het huisje. Melchor bekeek de oude vrouw: ze was klein, mager en gerimpeld, en ze stond hem daar met haar rode schort in de deuropening uit te dagen. Hij werd door iedereen in de zigeunerbuurt gerespecteerd, maar daar vóór hem stond niemand minder dan de oude María. En wanneer een zigeunerin als de oude María haar handen in haar zij zette en haar priemende blik op je richtte...

'Wat moet ik met haar?'

'Wat je wilt,' antwoordde de oude vrouw wetend dat ze gewonnen had.

Verschillende vrouwen glimlachten; een man snoof, een andere hield grijnzend zijn hoofd schuin en een paar van hen vloekten zachtjes.

'Ze kon niet meer,' voerde Melchor aan terwijl hij naar de modder van de straat wees, 'ze viel hier...'

'Nu kan ze wel weer. Ze is een sterke vrouw.'

De oude María vertelde hem dat de zwarte vrouw Caridad heette en overhandigde Melchor een leren wijnzak met de rest van de drank van gerst en eidooiers die de zieke moest drinken tot de koorts helemaal verdwenen was.

'Geef me hem de volgende keer dat je komt maar terug,' zei ze. 'En zorg goed voor haar!' maande de oude vrouw hem toen ze al op weg gingen.

Melchor draaide zich verbaasd om en wierp haar een vragende blik toe. Wat kon het haar schelen? Waarom...?

'Haar tranen zijn net zo triest als de onze,' liep María, die wist wat hij dacht, op zijn vraag vooruit.

En zo verscheen Melchor, met een grotendeels herstelde Caridad achter zich en zijn stok met de wijnzak eraan over zijn schouder, in de callejón de San Miguel, rokerig en gevuld met het oorverdovende geluid van hamerslagen op het aambeeld.

'En zij?' vroeg zijn schoonzoon José hem scherp zodra hij hem door de deur van het woonblok zag komen. Hij had zijn hamer nog in de hand en droeg een leren schort over zijn naakte, bezwete bovenlichaam.

Melchor rechtte zijn rug met de wijnzak nog aan de stok over zijn schouder, Caridad roerloos achter hem, zonder iets van de zigeunertaal te begrijpen. Wie was die ellendeling van een José Carmona om hem om uitleg te vragen? Hij liet de uitdaging enkele ogenblikken in de lucht hangen.

'Ze zingt goed,' antwoordde hij ten slotte alleen maar.

# 4

De smidse van de familie Carmona bevond zich op de begane grond van een woonblok in de callejón de San Miguel. Het was een rechthoekig gebouw van drie verdiepingen rondom een kleine binnenplaats; in het midden daarvan was een put die de werkplaats en de families die op de bovenverdiepingen woonden, van water voorzag. Het was echter niet altijd gemakkelijk om bij de put te komen, omdat zowel de binnenplaats als de galerijen eromheen gebruikt werden als opslagplaats voor de houtskool voor de smidsvuren en het schroot dat de zigeuners verzamelden om te bewerken. Op de binnenplaats lag een grote hoeveelheid roestige stukken ijzer opgestapeld, want in tegenstelling tot de Sevilliaanse burgersmeden, die de grondstof voor hun smederijen in Biskaje moesten kopen, waren zij van het 'oude ijzer', de zigeuners, niet aan voorschriften onderworpen, noch aan inspecteurs die de kwaliteit van hun producten controleerden. Via een smalle overdekte gang aan de achterkant van de binnenplaats kwam je bij een klein plaatsje waar een latrine was, met daarnaast een kleine ruimte die oorspronkelijk een washok geweest was; dat vertrek had Melchor Vega na zijn terugkeer van de galeien tot zijn kamer gemaakt.

'Jij mag daar blijven.' De zigeuner wees naar de vloer van het plaatsje, tussen de latrine en de ingang van zijn kamer. 'Je moet het drankje blijven drinken tot je beter bent; daarna mag je weg,' vervolgde hij terwijl hij haar de wijnzak toestak. 'Ik zou niet willen dat de oude María denkt dat ik niet goed voor je gezorgd heb!'

Melchor ging zijn kamer in en deed de deur achter zich dicht. Caridad ging op de grond zitten, met haar rug tegen de muur, en ordende zorgvuldig haar schaarse bezittingen: het bundeltje rechts van haar, de wijnzak links, de strohoed in haar handen.

De rillingen waren opgehouden en de koorts was gezakt. Ze herinnerde zich vaag de eerste momenten van haar verblijf in het huisje in de zigeunerbuurt: ze hadden haar eerst wat water gegeven, maar haar brandende dorst had ze niet mogen lessen. Daarna legden ze koude doeken op haar voorhoofd totdat de oude María naast de matras knielde en haar dwong het dikke brouwsel van gekookte gerst te drinken. Achter haar stonden twee vrouwen hardop te bidden, dwars door elkaar heen, terwijl ze een eindeloze reeks maagden en heiligen aanriepen en met hun handen kruisen in de lucht tekenden.

'Laat dat vrome gedoe maar aan de burgers over!' beval de oude María.

Daarna was Caridad in een onrustige, warrige slaap gevallen die haar naar het werk op de plantage voerde, naar de zweep, naar de orgieën op de feestdagen, en in haar dromen verschenen alle oude goden tot wie ze zongen en hun smeekbeden richtten. De yorubatrommels dreunden in haar hoofd in een uitzinnig ritme, net als ze in de grote barak gedaan hadden. In een luidruchtige ceremonie die haar in haar dromen angstaanjagend voorkwam, waarbij zij in het midden van de barak danste, zag ze de negers weer die op de kleine trommels sloegen, hun gelach en hun obscene gebaren, en die van de andere slaven die hen met hun claves of maraca's begeleidden, hun uitzinnig schreeuwende gezichten op nauwelijks een handbreedte van het hare, allen in afwachting van het moment dat de godin zou neerdalen en bezit van Caridad zou nemen. En uiteindelijk daalde Oshún, haar orisha, neer en nam ze bezit van haar, maar in Caridads droom deed ze dat niet om haar mee te voeren in een vrolijke sensuele dans, zoals de godin was, zoals ze eerdere keren had gedaan, maar dwong ze haar met geweld tot haar bewegingen en gebaren totdat ze haar een hel binnenvoerde waar alle goden van het heelal met elkaar vochten.

Ze werd plotseling wakker, hevig geschrokken, badend in zweet, en vond niets dan de stilte van de zigeunerbuurt in de pikdonkere nacht.

'Meisje,' zei de oude María na een tijdje, 'ik weet niet wat je droomde, maar ik word bang als ik het me probeer voor te stellen.'

Toen merkte Caridad dat de zigeunerin naast haar zat en stevig haar hand vasthield. De aanraking van die ruwe, eeltige hand kalmeerde haar. Het was zo lang geleden dat iemand haar hand had gepakt om haar te troosten... Marcelo... Nee. Zij was het die de jongen in slaap wiegde. Dat was het niet. Misschien... misschien sinds ze haar in Afrika hadden weggeroofd en haar van haar moeder gescheiden hadden. Ze kon zich haar gezicht bijna niet meer herinneren. Hoe zag ze eruit? De oude vrouw voelde waarschijnlijk dat ze onrustig was en kneep in haar hand. Caridad koesterde zich in de warmte van de zigeunerin, in het gevoel dat deze op haar wilde overbrengen, maar ze bleef proberen zich haar moeder voor de geest te halen. Wat zou er van haar en van haar broers en zussen geworden zijn? Hoe zagen dat land en die vrijheid van haar kindertijd eruit? Ze herinnerde zich dat ze verwoede pogingen had gedaan om in haar hoofd het gezicht van haar moeder te tekenen...

Het was haar niet gelukt.

In het schemerlicht dat op het plaatsje doordrong keek Caridad om zich heen; het plaatsje was smerig en stonk naar vuilnis. Ze voelde dat er iemand was en werd nerveus: twee vrouwen stonden in de smalle gang nieuwsgierig naar haar te kijken.

'Alleen maar dat ze goed zingt?' fluisterde een verbaasde Milagros tegen haar moeder, zonder haar blik van Caridad af te houden.

'Dat zei je grootvader,' antwoordde Ana met een sympathieke uitdrukking van onbegrip op haar gezicht, die bij de herinnering aan het geschreeuw en getier van José in ernstig veranderde. 'Dat ze goed zingt, zegt hij! Dat hadden we nog net nodig, een negerin!' had hij gebruld na zijn vrouw de smidse ingesleurd te hebben. 'Jij maakt ruzie met de Trianera en geeft haar kleinzoon een klap in zijn gezicht, en je vader brengt een negerin mee. Hij heeft haar op het plaatsje geïnstalleerd! Wat denkt hij wel! Nog een mond om te voeden? Die negerin moet weg...' Maar Ana had zijn getier onderbroken, zoals ze altijd deed wanneer haar man witheet van woede over zijn schoonvader klaagde: 'Als mijn vader zegt dat ze goed zingt, dan zingt ze goed, versta je me? Trouwens, hij betaalt zijn eigen eten, en als hij het eten wil betalen van een negerin die goed zingt, dan doet hij dat.'

'En wat wil grootvader met haar?' vroeg Milagros zachtjes.

'Ik heb geen idee.'

Ze hielden op met fluisteren en alsof ze het hadden afgesproken, concentreerden beide vrouwen zich op Caridad, die haar ogen had neergeslagen en nog steeds op de grond zat. Moeder en dochter keken naar het oude vale hemd van grijs linnen, de strohoed die ze in haar handen hield, en het bundeltje en de wijnzak naast haar.

'Wie ben je?' vroeg Ana.

'Caridad,' antwoordde zij met gebogen hoofd.

De zigeuners waren altijd iedereen recht in de ogen blijven kijken, hoe machtig of vooraanstaand de ander ook was. Ze weerstonden de blikken van de edelen in situaties waarin zelfs hun meest naaste medewerkers dat niet durfden; ze luisterden altijd fier rechtop, trots, naar de rechters die hun vonnissen uitspraken, en ze richtten zich vrijmoedig tot hen allemaal. Was een zigeuner, alleen omdat hij als zigeuner was geboren, soms niet nobeler dan de beste burger? De twee vrouwen wachtten een paar seconden totdat Caridad op zou kijken. Wat doen we? vroeg Milagros met haar ogen aan haar moeder bij het zien van de hardnekkige schuchterheid van die vrouw.

Ana haalde haar schouders op.

Ten slotte was het het meisje dat een besluit nam. Caridad leek een bang, weerloos dier en per slot van rekening, als grootvader haar heeft meegebracht... dacht ze. Ze liep naar haar toe, schoof de wijnzak opzij, ging naast haar zitten, boog zich voorover en draaide haar hoofd schuin opzij in een poging haar gezicht te zien. Lange seconden verstreken voordat Caridad zich eindelijk naar haar toe durfde te draaien.

'Caridad,' fluisterde het meisje zacht, 'mijn grootvader zegt dat je heel goed kunt zingen.'

Ana glimlachte, maakte een instemmend gebaar en liep weg, de twee samen achterlatend.

Eerst waren het steelse blikken tussen Caridads karige antwoorden op de onschuldige vragen van het meisje door: wat doe je in Triana? Wat heeft je hier gebracht? Waar kom je vandaan? Naarmate de middag vorderde, voelde Milagros hoe Caridad haar ogen op haar richtte. Ze zocht naar een glinstering in haar blik, een schittering, al was het maar de vochtige glans van een paar tranen, maar ze zag niets. En toch... Plotseling was het alsof Caridad eindelijk iemand had gevonden die ze in vertrouwen kon nemen, en naarmate ze over haar leven vertelde, voelde het meisje bij zichzelf de pijn die uit haar verhaal sprak.

'Mooi?' antwoordde Caridad droevig toen Milagros haar vroeg te vertellen over dat Cuba waarvan men zei dat het zo mooi was. 'Niets is mooi voor een slavin.'

'Maar...' wilde het meisje aandringen. Ze zweeg echter toen ze Caridads blik zag. 'Had je familie?' vroeg ze in een poging van onderwerp te veranderen.

'Marcelo.'

'Marcelo? Wie is Marcelo? Had je verder niemand?'

'Nee, verder niemand. Alleen Marcelo.'

'Wie is dat?'

'Mijn zoon.'

'Maar dan... als je kinderen hebt... En je man?'

Caridad schudde bijna onmerkbaar haar hoofd, alsof ze niet kon bevatten dat het meisje zo naïef was; wist ze soms niet wat slavernij was?

'Ik heb geen man of echtgenoot,' legde ze vermoeid uit. 'Wij slaven hebben niets, Milagros. Ze hebben me van mijn moeder gescheiden toen ik nog heel jong was, en daarna hebben ze me van mijn kinderen gescheiden; eentje is er door de baas verkocht.'

'En Marcelo?' waagde Milagros na een korte stilte te vragen, 'waar is hij? Hebben ze hem niet van je afgepakt?'

'Hij is op Cuba gebleven.' Hij vond het wél mooi, dacht ze.

Caridad glimlachte flauwtjes en verloor zich in haar herinneringen.

'Hebben ze hem niet van je afgepakt?' herhaalde Milagros na een tijdje.

'Nee. Marcelo was nutteloos voor de blanken.'

De zigeunerin aarzelde. Ze durfde niet aan te dringen.

'Mis je hem?' vroeg ze in plaats daarvan.

Voordat Caridad kon knikken rolde er een traan over haar wang. Milagros sloeg haar armen stevig om haar heen en voelde hoe ze huilde; een vreemd huilen was het: stil, geluidloos, ingehouden.

De volgende ochtend struikelde Melchor bijna over Caridad toen hij zijn kamer verliet.

'Verduiveld!' vloekte hij. De negerin! Hij was haar helemaal vergeten.

Caridad boog haar hoofd voor de man met het hemelsblauwe, met zilveren biezen afgezette zijden vest. Het werd al licht, de hamers klonken nog niet, maar wel hoorde je al de bedrijvigheid van mensen rondom de binnenplaats, in de buurt van de put, voorbij de overdekte gang. Caridad had lang niet meer zo goed geslapen als die nacht, en dat ondanks het aantal mensen dat over haar heen was gestapt om bij de latrine te komen. De woorden die ze uit de mond van het zigeunermeisje had gehoord, hadden haar gerustgesteld: ze had beloofd haar te helpen de brug over te steken.

'Betalen?' Milagros was in lachen uitgebarsten.

Caridad voelde zich veel beter dan de vorige dag en durfde naar Melchor te kijken; zijn buitengewoon bruine huid maakte het haar mogelijk dat met een zekere spontaniteit te doen, alsof ze zich tot een van de andere negerslaven richtte. Hij was een jaar of vijftig, schatte ze, op grond van vergelijking met de negers van die leeftijd die ze op Cuba had gekend, en hij was mager en pezig. Ze observeerde dat uitgemergelde gezicht en zag daarin de sporen van jarenlang lijden en mishandeling, net als bij de negerslaven.

'Heb je dat brouwsel van de oude María gedronken?' onderbrak de zigeuner haar gedachten; hij keek verwonderd naar de kleurige doek waarmee ze zich bedekte en het matras waarop ze lag, maar het was niet zijn probleem waar ze die vandaan had.

'Ja,' antwoordde ze.

'Ga daarmee door,' zei Melchor voordat hij zich omdraaide en de smalle gang inliep om in de richting van de buitendeur van het woonblok te verdwijnen.

Is dat alles? vroeg Caridad zich af. Ging hij haar niet aan het werk zetten, hoefde ze niet met hem te slapen? Die man, 'grootvader', zoals Milagros hem herhaaldelijk had genoemd, had gezegd dat ze goed zong. Hoe vaak hadden ze haar in de loop van haar leven geprezen? 'Ik zing goed,' zei Caridad voldaan bij zichzelf. Niemand zal je lastigvallen als grootvader je beschermt, had het meisje haar ook verzekerd. De warmte van de zonnestralen die tot het plaatsje doordrongen, verkwikte haar. Ze had een kleine matras, een prachtige kleurige doek die ze van Milagros had gekregen, en ze zou de brug over kunnen steken! Ze sloot haar ogen en gaf zich over aan een aangename soezerigheid.

Om die tijd was het in de callejón de San Miguel nog rustig. Melchor liep de steeg uit; toen hij ter hoogte van het miniemenklooster kwam klopte hij, alsof hij de beschermde omgeving van de zigeuners voor vijandig terrein had verruild, even op het pakje dat in de binnenzak van zijn vest zat. Het was werkelijk goede snuiftabak die oom Basilio hem gegeven had. De vorige dag had Melchor, zodra hij in zijn kamer was na Caridad op het plaatsje te hebben achtergelaten, niet zonder walging de snuiftabak uit de varkensdarm gehaald, een beetje op de rug van zijn rechterhand gelegd en het krachtig opgesnoven: eersteklas en gemalen. Hij had liever een sigaar, maar wist goede snuiftabak te herkennen. Waarschijnlijk *monte de India*, dacht hij, snuiftabak die in de overzeese gebiedsdelen al was gemalen en daarna in de tabaksfabriek in Sevilla gewassen en verwerkt werd. Het was een flinke hoeveelheid. Oom Basilio zou er een aardige som aan verdienen... hoewel hij nog meer kon verdienen als... hij zocht tussen zijn spullen. Hij wist zeker dat hij het had. De laatste keer dat hij snuiftabak verhandelde, had hij het gebruikt. Daar was het! Een flesje almagra, fijne rode okeraarde. Zodra het donker was, begon hij de aarde bij het licht van een kaars met vaste hand door de snuiftabak te mengen, maar hij zorgde ervoor niet te overdrijven.

Toen hij bij het San Jacinto-klooster kwam, klopte Melchor tevreden op de plek waar het pakje onder zijn vest verstopt zat: hij had het gewicht kunnen verhogen zonder dat de kwaliteit veel verminderd leek te zijn.

'Goedemorgen, eerwaarde,' zei Melchor tegen de eerste de beste broeder die hij in de nabije omgeving van de kerk in aanbouw tegenkwam. 'Ik zoek broeder Joaquín.'

'Hij is de kinderen Latijnse grammatica aan het leren,' antwoordde de dominicaan, die zijn aandacht bij het werk van een van de timmerlieden had en zich amper omdraaide. 'Waarom moet je hem hebben?'

Om hem de snuiftabak te verkopen die een zigeuner uit de fabriek heeft gestolen door hem in zijn kont te verstoppen en waarvan u zeker zult genieten door hem in uw neus te stoppen, dacht Melchor. Achter de rug van de broeder lachte hij.

'Ik wacht wel,' loog hij.

De broeder, die zich nog steeds concentreerde op het hout dat ze naar de bouwplaats brachten, gebaarde afwezig met zijn hand dat het goed was.

Melchor draaide zich om naar het oude La Candelaria-ziekenhuis, een bijgebouw van de kapel waarop de nieuwe kerk gebouwd werd, dat de predikbroeders nu als klooster gebruikten.

'Uw collega daarbuiten,' waarschuwde hij de portier van het klooster, terwijl hij in de richting van de bouwplaats wees, 'zegt dat u snel moet komen. Het schijnt dat jullie nieuwe kerk op het punt staat in te storten.'

Zodra de portier zonder zich te bedenken naar buiten was gerend, glipte Melchor het kleine klooster binnen. Het geluid van opgedreunde Latijnse grammatica leidde hem naar een zaal waar broeder Joaquín vijf kinderen de geleerde regels liet opzeggen.

De geestelijke toonde zich niet verbaasd door de plotselinge binnenkomst van Melchor; de kinderen wel. Vanaf hun stoelen staarden ze de zigeuner aan; eentje stopte met opzeggen, een ander begon te stotteren en de rest maakte fouten in de regels.

'Doorgaan, doorgaan. Harder!' beval de jonge broeder terwijl hij naar Melchor toe liep. 'Ik vraag me af hoe je hier binnen hebt weten te komen,' fluisterde hij te midden van het kabaal dat de kinderen maakten, toen hij bij hem was.

'Dat zult u dadelijk horen.'

'Daar ben ik inderdaad bang voor.' De broeder schudde zijn hoofd.

'Ik heb een grote hoeveelheid snuiftabak bij me. Goede kwaliteit. Tegen een goede prijs.'

'Akkoord. Onze voorraad is bijna op, en de broeders worden erg zenuwachtig als ze niet genoeg hebben. We zien elkaar op dezelfde plek als altijd, om twaalf uur.' De zigeuner knikte instemmend. 'Melchor, waarom heb je niet gewacht? Waarom ben je naar binnen...?'

Hij kreeg geen tijd om zijn vraag af te maken. De portier, de broeder die toezicht hield op de bouw en nog twee andere geestelijken stormden het vertrek binnen.

'Wat moet jij hier?' schreeuwde de portier.

Melchor stak zijn armen naar voren met zijn handen omhoog, alsof hij de horde die op hem af kwam, wilde tegenhouden. Broeder Joaquín keek nieuwsgierig toe. Hoe zou hij zich hieruit redden?

'Sta me toe het uit te leggen,' verzocht de zigeuner kalm. De geestelijken hielden vlak voor hem halt. 'Ik moest broeder Joaquín een zonde vertellen, een zeer zware zonde,' verontschuldigde hij zich. Broeder Joaquín kneep zijn ogen dicht en onderdrukte een zucht. 'Het soort zonde waardoor je rechtstreeks naar de hel gaat,' ging de zigeuner verder, 'het soort waarvan je zelfs niet met duizend smeekbedes voor de zielen in nood verlost kunt worden.'

'En je had niet kunnen wachten?' onderbrak een van de broeders hem.

De vijf kinderen keken verbijsterd toe.

'Met zo'n zware zonde? Een dergelijke zonde kan niet wachten,' verdedigde Melchor zich.

'Je had het bij de ingang kunnen zeggen...'

'Zouden jullie naar me geluisterd hebben?'

De broeders keken elkaar aan.

'Goed,' zei de oudste. 'En? Heb je je zonde inmiddels gebiecht?'

'Mijn zonde?' Melchor veinsde verbazing. 'Eminentie, ik ben een goed christen. Het gaat om de zonde van een vriend. Hij is namelijk een paar ezels aan het scheren, begrijpt u? En omdat de man zich heel erg ongerust maakt, heeft hij mij gevraagd of ik hier langs kon gaan om in zijn naam te biechten.'

Een van de kinderen barstte in lachen uit. Broeder Joaquín maakte een machteloos gebaar naar zijn medebroeders voordat degene die de zigeuner om een verklaring had gevraagd, met een woedend gezicht ontplofte.

'Naar buiten!' schreeuwde de oudste broeder terwijl hij naar de deur wees. 'Wat denken jullie wel?'

'Zigeuners!'

'Gespuis!'

'Ze zouden jullie allemaal moeten oppakken!' hoorde hij achter zich.

'Dit is geen zuivere tabak, Melchor!' klaagde broeder Joaquín toen hij de rode kleur van de almagra zag die de zigeuner door de tabak had gemengd. Ze stonden bij de oever van de Guadalquivir, vlak bij de haven van de garnalenvissers. 'Je zei...'

'De beste kwaliteit, broeder Joaquín,' antwoordde Melchor, 'zo uit de fabriek.'

'Maar het rood is duidelijk te zien!'

'Ze zullen het wel slecht gedroogd hebben.'

Melchor probeerde een blik te werpen op de tabak die de broeder in zijn hand had. Had hij er toch te veel doorheen gedaan? Of misschien begon de jongeman het te leren.'

'Melchor...'

'Ik zweer het bij mijn kleindochter!' De zigeuner maakte een kruis met zijn duim en wijsvinger, bracht dit naar zijn lippen en kuste het. 'Eersteklas kwaliteit.'

'Je moet niet ijdel zweren. En over Milagros moeten we het ook hebben,' gaf broeder Joaquín aan. 'Laatst, op de dag van de kaarsen, dreef ze de spot met me terwijl ik stond te preken...'

'Wilt u dat ik haar op haar kop geef?'

'Je weet best van niet.'

De broeder verloor zich in de herinnering: het meisje had hem in verlegenheid gebracht, dat was waar; hij wist dat zijn stem beverig was geworden en dat hij de draad van zijn verhaal was kwijtgeraakt, dat was ook waar, maar dat fijne, trotse gezicht, mooi als geen ander, dat maagdelijke lichaam...

'Broeder Joaquín,' haalde de zigeuner hem uit zijn dromen. Hij had de woorden nadrukkelijk en met gefronst voorhoofd uitgesproken.

De priester schraapte zijn keel.

'Dit is geen zuivere tabak,' herhaalde hij om van onderwerp te veranderen.

'Vergeet nooit dat ze mijn kleindochter is,' hield de zigeuner echter aan.

'Dat weet ik.'

'Ik zou niet graag ruzie met u willen krijgen.'

'Wat bedoel je? Sta je me nu te bedrei...?'

'Ik zou voor haar doden,' barstte Melchor uit. 'U bent een burger... en bovendien een broeder. Aan dat laatste zou nog wel wat te doen zijn, maar aan het eerste niet.'

Ze keken elkaar strak in de ogen. De geestelijke realiseerde zich dat hij in staat zou zijn om op een enkel teken van Milagros uit te treden en trouw aan het zigeunervolk te zweren.

'Broeder Joaquín,' onderbrak Melchor zijn gedachten, wetend wat er door het hoofd van de broeder ging.

De priester hief zijn hand op om Melchor het zwijgen op te leggen. De zigeuner was het echte probleem: hij zou die relatie nooit accepteren, concludeerde hij. Hij zette zijn verlangens uit zijn hoofd.

'Dat alles geeft je nog niet het recht om te proberen me dit als goede tabak te verkopen,' verweet hij hem.

'Ik zweer...!'

'Je moet niet ijdel zweren. Waarom vertel je me niet de waarheid?'

Melchor nam de tijd voordat hij antwoord gaf. Hij sloeg een arm om de schouder van broeder Joaquín en zo liepen ze een stukje verder langs de oever.

'Weet u wat?' Broeder Joaquín knikte met een onverstaanbaar gemompel. 'Ik zal het u vertellen, alleen aan u, want het is een geheim: als een zigeuner de waarheid zegt... verliest hij die! Is hij die kwijt.'

'Melchor!' riep de ander uit terwijl hij zich losmaakte uit de omarming.

'Maar dit is eerste kwaliteit snuiftabak.'

Broeder Joaquín klakte met zijn tong en gaf het op.

'Akkoord. Sowieso denk ik niet dat de andere broeders iets in de gaten zullen hebben.'

'Omdat hij niet rood is, broeder Joaquín. Ziet u wel? U vergist u.'

'Hou nu maar op. Hoeveel wil je ervoor?'

Versneden of niet, Melchor kreeg een goede prijs voor de tabak; oom Basilio zou tevreden zijn.

'Weet je of er alweer nieuwe ladingen smokkeltabak zijn?' vroeg broeder Joaquín geïnteresseerd toen ze afscheid namen.

'Ik heb er niets over gehoord. Ze zullen er wel zijn, zoals altijd, maar mijn vrienden zijn er niet bij betrokken. Ik ga ervan uit dat nu in maart, nu het beter weer wordt, het werk weer zal beginnen.'

'Hou me op de hoogte.'

Melchor glimlachte.

'Natuurlijk, pater.'

Na deze winstgevende transactie besloot Melchor voordat hij naar de zigeunerbuurt ging om oom Basilio zijn geld te geven, eerst in de herberg van Joaquina een paar glazen wijn te gaan drinken. Merkwaardige man, die broeder! dacht hij terwijl hij naar de herberg liep. Onder zijn predikerspij, achter dat talent en die welsprekendheid die de mensen zo loofden, verborg zich een vrolijke jongeman, gretig naar het leven en nieuwe ervaringen. Melchor had dat vorig jaar vastgesteld, toen broeder Joaquín hem per se naar Portugal wilde vergezellen om een lading tabak op te halen. In het begin had de zigeuner getwijfeld, maar hij zag zich gedwongen ermee in te stemmen: de priesters waren degenen die zijn smokkeloperaties financierden, en bovendien, hoevelen van hen traden zelf niet op als smokkelaars en konden met vrachten tabak bij de grenzen of op de wegen worden aangetroffen? Alle geestelijken waren bij de tabakssmokkel betrokken, ofwel rechtstreeks, ofwel doordat ze het product kochten. De priesters waren zo gehecht aan hun tabak en hun verbruik was zo hoog, dat de paus de geestelijken had moeten verbieden in de kerk, tijdens het opdragen van de mis, tabak te snuiven. De geestelijken waren echter niet bereid de hoge prijzen te betalen die de koning via het staatsmonopolie vaststelde; alleen de koninklijke schatkist mocht in tabak handelen, zodat de Kerk de grootste belastingontduiker van het koninkrijk was geworden: ze was rechtstreeks bij de smokkel betrokken, kocht, financierde, verborg de smokkelwaar in hun gebouwen en onderhield achter de ondoordringbare muren van kloosters en conventen zelfs clandestiene tabaksvelden.

Met die gedachten leegde Melchor, gezeten aan een tafel in de herberg van Joaquina, zijn eerste glas in één teug.

'Goede wijn!' riep hij luidkeels voor wie het horen wilde.

Hij bestelde nog een glas, en een derde. Hij was aan het vierde toen hem van achteren een vrouw naderde, die hem flikflooiend een hand op zijn schouder legde. De zigeuner hief zijn hoofd op en zag een gezicht dat probeerde onder ranzige, stinkende smeerseltjes zijn ware trekken te verbergen. Maar de weelderige borsten van de vrouw probeerden uit haar decolleté te ontsnappen. Melchor bestelde voor haar ook een glas wijn terwijl hij de vingers van zijn rechterhand stevig in een van haar billen klauwde. Zij protesteerde met een gespeelde, overdreven preutse grimas, maar ging bij hem zitten, waarna ze het ene na het andere rondje dronken.

Melchor verscheen pas twee dagen later weer in de callejón de San Miguel.

'Wil jij je om de negerin bekommeren?' had Ana haar dochter gesmeekt toen ze zag dat haar vader die middag niet terugkwam. 'Blijkbaar heeft grootvader besloten weer te verdwijnen. We zullen zien hoe lang hij deze keer wegblijft.'

'En wat moet ik met haar doen? Zal ik haar zeggen dat ze mag gaan?'

Ana zuchtte.

'Ik weet het niet. Ik weet niet wat je grootvader van plan was... van plan is,' corrigeerde ze zichzelf.

'Zij wil per se de botenbrug oversteken.'

Milagros had opnieuw een groot deel van de ochtend op het plaatsje doorgebracht. Zodra ze van haar moeder mocht, haastte ze zich daarheen, met duizend-en-een vragen op haar lippen, die ze allemaal 's nachts had bedacht naar aanleiding van wat Caridad haar verteld had. Ze voelde zich tot die zwarte vrouw aangetrokken, door haar melodieuze manier van praten, door de diepe berusting die haar hele wezen uitstraalde, zo heel anders dan het trotse, fiere karakter van de zigeuners.

'Waarom?' onderbrak haar moeder haar gedachten.

Milagros draaide zich verstrooid om. Ze bevonden zich in een van de twee kleine kamers van hun woning op de eerste verdieping van het woonblok. Ana was eten aan het koken op een kolenfornuis dat in een open nis in de muur stond.

'Wat?'

'Waarom wil ze de brug oversteken?'

'Oh! Ze wil naar de Broederschap van de Negers.'

'Is de koorts al weg?' vroeg Ana.

'Ik geloof het wel.'

'Nou, breng haar er na het eten dan maar heen.'

Het meisje knikte. Ana stond op het punt te zeggen dat ze haar in Sevilla moest laten, bij de negers, maar ze bedacht zich.

'En daarna breng je haar weer mee terug. Ik wil niet dat grootvader als hij terugkomt zijn negerin niet meer aantreft. Dat kan ik er niet bij hebben!'

Ana was geïrriteerd: ze had woorden met José gehad. Haar man had haar harde verwijten gemaakt over haar ruzie met de Trianera, maar vooral over de klap die ze de kleinzoon van de vrouw gegeven had.

'Een vrouw die een man slaat. Heb je ooit zoiets meegemaakt? Bovendien nog de kleinzoon van het hoofd van de raad van ouderen!' schreeuwde hij. 'Je weet hoe wraakzuchtig Reyes is.'

'Wat het eerste betreft, ik zal iedereen slaan die mijn dochter beledigt, of het nu een kleinzoon van de Trianera is of van de koning van Spanje. Anders moet jij voor haar zorgen en op haar letten. En verder, vertel mij wat over het karakter van de García's...'

'Genoeg nu over Vega's en García's! Ik wil er niets meer over horen. Je bent met een Carmona getrouwd en jullie ruzies interesseren ons niet. De García's zijn de baas in de zigeunerbuurt en ze hebben invloed bij de burgers. Ze moeten geen hekel aan ons krijgen... en al helemaal niet vanwege de vetes van een oude gek als je vader. Ik ben het spuugzat dat mijn familie me dat steeds voor de voeten werpt!'

Deze keer beet Ana op haar lip om hem niet van repliek te dienen.

De eeuwige discussie! Hetzelfde liedje als altijd! Sinds haar vader tien jaar geleden van de galeien was teruggekeerd, was de relatie met haar man steeds slechter geworden. José Carmona, de jonge zigeuner die voor haar charmes bezweken was, was in staat geweest van een kerkelijk huwelijk af te zien om haar te krijgen. 'Nooit zal ik me onderwerpen aan die honden die geen vinger voor mijn vader hebben uitgestoken,' had zij zich verzet, want de minachtende en vernederende wijze waarop de priesters hen hadden behandeld, stond diep in haar geheugen gegrift. Maar diezelfde man had niet de aanwezigheid van Melchor kunnen verdragen, die hij ervan beschuldigde hem van de liefde van zijn dochter te hebben beroofd. Milagros zag in haar grootvader de onverwoestbare man die de galeien had overleefd, de smokkelaar die soldaten en autoriteiten om de tuin leidde, de vrije, onverschillige zigeuner, en José voelde zich een armzalige rivaal: een simpele smid die dag in dag uit moest werken en het hoofd van de Carmona's moest gehoorzamen, en die zelfs niet kon pochen dat hij een zoon had.

José was jaloers op de genegenheid die grootvader en kleindochter elkaar toedroegen. De immense dankbaarheid van Milagros wanneer Melchor haar een armband gaf, een kralenketting of het simpelste kleurige lint voor haar haar, de verrukte blik waarmee ze naar zijn verhalen luisterde... Met het verstrijken van de jaren was José die wrok en de jaloezie die hem verteerden, steeds meer gaan afreageren op zijn vrouw, die hij de schuld van alles gaf. 'Waarom zeg je het niet tegen hem?' had Ana op een dag geantwoord. 'Durf je dat soms niet?' Ze had geen tijd gekregen om haar onbeschaamdheid te betreuren. José had haar keihard in haar gezicht geslagen.

Op dat moment, terwijl ze met haar dochter praatte over de zwarte vrouw die haar vader zo nodig mee naar huis had moeten nemen, stond Ana op dat kleine, ongemakkelijke fornuis een maaltijd voor vier te koken: de drie leden van het gezin plus de jonge Alejandro Vargas. Ze was verbaasd hoe gemakkelijk het was geweest, nadat ze zich had weten in te houden en niets had gezegd toen haar man haar weer eens de ruzies tussen de Vega's en de García's voor de voeten gooide, om José ervan te overtuigen dat het hele probleem met Milagros eruit bestond dat ze geen kind meer was. De moeder dacht dat als het meisje verloofd zou zijn, ze zich wel over haar verliefdheid op Pedro García heen zou zetten, want ze wist zeker dat de García's nooit om de hand van een vrouw uit de familie Vega zouden vragen. De vader zei bij zichzelf dat met een echtgenoot de band tussen Milagros en haar grootvader wel losser zou worden, en steunde het idee: de Vargas hadden al een tijdje geleden aangegeven dat ze belangstelling voor Milagros hadden, zodat José geen tijd verloren liet gaan, en de volgende dag was Alejandro uitgenodigd om te komen eten. 'Er is nog geen sprake van een verloving, ik wil de jongeman alleen een beetje beter leren kennen,' had hij tegen zijn vrouw gezegd. 'Zijn ouders hebben ermee ingestemd.'

'Ga naar oom Inocencio om een stoel te lenen,' zei Ana tegen haar dochter, die met haar gedachten bij de botenbrug was die Caridad over wilde steken en bij de Broederschap van de Negers waar ze naartoe wilde.

'Een stoel? Voor wie? Wie...?'

'Ga nou maar halen,' drong de moeder aan; ze wilde nog niets zeggen over het bezoek van Alejandro, om de onvermijdelijke discussie met haar dochter niet voortijdig aan te hoeven gaan.

Toen ze gingen eten, kreeg Milagros door wat de reden van Alejandro's aanwezigheid was, en ze gedroeg zich erg onvriendelijk: ze zag niets in hem, hij was verlegen en een houterige danser, al leek alleen Ana haar botte houding op te merken. José richtte zich tot hem alsof de twee vrouwen niet bestonden. Toen het meisje voor de derde keer een vinnige opmerking maakte, trok Ana een waarschuwend gezicht, maar Milagros weerstond haar afkeurende blik en keek haar met gefronste wenkbrauwen aan. 'U weet wie ik wil!' zei die blik. José Carmona lachte en sloeg op de tafel alsof het het aambeeld van de smidse was. Alejandro probeerde niet voor hem onder te doen, maar zijn lachen bleef steken in een verlegen zenuwachtig gehinnik. 'Dat is onmogelijk,' fluisterde de moeder bijna onhoorbaar tegen haar dochter. Milagros klemde haar lippen op elkaar. Pedro García. Pedro was de enige die haar interesseerde... Wat had zij te maken met de oude vetes van haar grootvader en haar moeder?

'Nooit, meisje. Nooit,' voegde haar moeder er waarschuwend aan toe.

'Wat zeg je?' vroeg haar man.

'Niets. Alleen...'

'Ze zegt dat ik niet zal trouwen met deze...' Milagros wuifde met haar hand in de richting van een stomverbaasde Alejandro, alsof ze een insect wegjoeg. 'Met hem,' maakte ze de zin af om de belediging die op haar lippen lag in te houden.

'Milagros!' schreeuwde Ana.

'Je zult doen wat je gezegd wordt,' verklaarde José ernstig.

'Grootvader...' begon het meisje te zeggen voordat haar moeder haar onderbrak.

'Denk je dat grootvader je zelfs maar in de buurt van een García zal laten komen?' beet haar moeder haar toe.

Milagros sprong op en gooide de stoel op de grond. Dreigend stond ze voor haar moeder, haar rechterhand tot een vuist gebald. Ze stamelde een paar onverstaanbare woorden, maar toen ze op het punt stond te gaan schreeuwen, zag ze de blik van de twee mannen op zich gericht. Grommend draaide ze zich om en liep weg.

'Je ziet dat ze een jong veulen is dat je met harde hand zult moeten temmen,' hoorde ze haar vader lachen.

Wat Milagros, die terwijl Alejandro stompzinnig lachte woedend de deur achter zich dichtsloeg, niet meer hoorde, was het antwoord van Ana.

'Jongeman, ik ruk je de ogen uit je kop als je ooit je hand tegen mijn dochter opheft.' De twee mannen verschoten van kleur. 'Vega-erewoord,' voegde ze eraan toe terwijl ze haar gekruiste vingers naar haar lippen bracht en kuste, net als haar vader deed wanneer hij iemand wilde overtuigen.

Gespannen liep Caridad verder, haar blik strak gericht op de brugwachter die aan het begin van de botenbrug het bruggeld inde: dezelfde man die haar toen de doorgang geweigerd had.

'Kom, we gaan.' had Milagros haar vanuit de gang, bij de ingang van het plaatsje, toegeroepen.

Caridad gehoorzaamde meteen. Ze zette haar strohoed op en pakte haar bundeltje.

'Laat maar liggen!' haastte het meisje haar toen ze zag dat ze moeite deed de wijnzak van de oude María, die inmiddels leeg was, de kleurige doek en de matras netjes te leggen. 'We komen straks terug.'

En nu liep ze opnieuw op de drukke brug af, achter een meisje dat even zwijgzaam als vastberaden was.

'Ze hoort bij mij,' zei Milagros snel, terwijl ze naar achteren wees, toen ze zag dat de brugwachter zich naar Caridad wendde.

'Ze is geen zigeunerin,' wierp de man tegen.

'Dat ziet iedereen.'

De man maakte een gebaar alsof hij tegen het brutale zigeunermeisje in wilde gaan, maar hij had de moed niet. Hij kende haar: de kleindochter van Melchor de Galeier. De zigeuners hadden altijd geweigerd bruggeld te betalen: waarom zou een zigeuner betalen om een rivier over te steken? Vele jaren geleden had de man die de rechten van de botenbrug pachtte, bezoek gekregen van een aantal van hen, ongure types, gewapend met messen en klaar om die kwestie op hun manier te regelen. Het was niet tot een ruzie gekomen, want eigenlijk maakten een paar haveloos geklede zigeuners die van Triana naar Sevilla overstaken en weer terug, weinig uit op de drieduizend rijtuigen die de brug dagelijks overstaken.

'En?' hield Milagros aan.

Alle zigeuners waren gevaarlijk, maar Melchor Vega helemaal. En het meisje was een Vega.

'Loop maar door,' gaf hij toe.

Caridad liet de lucht ontsnappen die ze onbewust in haar longen had vastgehouden, en liep achter het meisje aan.

Een stukje verder, in de lawaaiige drukte van ezels en muilezels, muildierdrijvers, dragers en handelaren, draaide Milagros zich om en lachte triomfantelijk tegen haar. Ze vergat de ruzie met haar ouders en nam een andere houding aan.

'Waarom wil je naar de Broederschap?'

Caridad nam een paar grote stappen en kwam naast haar.

'De nonnen zeiden dat ze mij zouden helpen.'

'Nonnen en priesters, allemaal leugenaars,' oordeelde het meisje.

Caridad keek haar verbaasd aan.

'Zullen ze me niet helpen?'

'Ik denk het niet. Hoe zouden ze dat moeten doen? Ze kunnen zichzelf niet eens helpen. Grootvader zegt dat er vroeger veel zwarten waren, maar dat er nu nog maar een paar over zijn en dat ze al hun geld aan onzin uitgeven: aan de kerk en aan beelden. Vroeger bestond er zelfs ook een broederschap van zwarten in Triana, maar die had op een gegeven moment geen leden meer en is verdwenen.'

Peinzend over de teleurstellende woorden van het meisje ging Caridad weer achter haar lopen, terwijl Milagros toen ze de brug over waren, vastberaden langs de muur naar het zuiden, in de richting van de San Roque-wijk liep.

Ter hoogte van de Torre del Oro stond het meisje stil en draaide zich plotseling om.

'Waarom wil je dat ze je helpen?'

Caridad, in verwarring gebracht door de vraag, maakte een niet-begrijpend gebaar met haar handen.

'Wat denk je dat ze voor je zullen doen?' hield de zigeunerin aan.

'Ik weet het niet... De nonnen zeiden... Het zijn toch negers, of niet?'

'Ja. Dat zijn ze,' antwoordde het meisje berustend voordat ze weer verder liepen.

Als het negers waren, veronderstelde Caridad, die opnieuw bij het meisje was achtergebleven en haar ogen niet kon afhouden van de mooie kleurige linten die het haar van het meisje sierden, noch van de kleurige zakdoeken om haar polsen, die in de wind wapperden, dan moest die plek wel een beetje lijken op die grote barakken waarin ze tijdens de feestdagen op Cuba bijeenkwamen. Daar waren ze allemaal vrienden, lotgenoten in hun ellende, ook al kenden ze elkaar niet, ook al verstonden ze elkaar zelfs niet: Lukumí, Mandinka, Kongo, Arara, Carabali... Wat maakte het uit welke taal ze spraken? Daar zongen en dansten ze en maakten ze plezier, maar ze probeerden elkaar ook te helpen. Hoe kon het anders wanneer negers bij elkaar kwamen?

Milagros wilde niet met haar mee de kerk in.

'Ze zouden me eruit schoppen,' legde ze uit.

Een blanke priester en een oude neger die zich trots voorstelde als het oudste lid van de Broederschap, ook verantwoordelijk voor de kleine Ángeles-kapel, bekeken haar van onder tot boven zonder hun afkeer van haar vieze slavenkleren te verbergen, zo misplaatst in de pracht die ze voor hun kerk verlangden. Wat wilde ze? had de oudste broeder haar uit de hoogte gevraagd. Bij het trillende licht van de kaarsen in de kapel verfrommelde Caridad haar strohoed tussen haar handen; ze bejegende de neger als een gelijke, maar zowel haar gemoedstoestand als haar stem werden steeds zwakker tijdens het meedogenloze onderzoek waaraan ze onderworpen werd. De nonnen? ging de oudste broeder verder, bijna schreeuwend. Wat hadden de nonnen van Triana ermee te maken? Wat kon ze? Niets? Nee. Tabak niet. In Sevilla werkten alleen de mannen in de tabaksfabriek. In Cádiz wel. In de fabriek van Cádiz werkten ook vrouwen, maar dit was Sevilla. Was er iets anders dat ze kon? Nee? In dat geval... De Broederschap? Had ze geld om lid te worden? Wist ze niet dat je moest betalen? Ja. Natuurlijk. Je moest betalen om tot de Broederschap te behoren. Had ze geld? Nee. Natuurlijk niet. Was ze vrij of slavin? Want als ze een slavin was, moest ze de toestemming van haar meester meebrengen...

'Vrij,' wist Caridad met moeite uit te brengen terwijl ze haar ogen in die van de neger boorde. 'Ik ben vrij,' herhaalde ze terwijl ze ieder woord beklemtoonde, in een vruchteloze poging in die ogen het begrip van een soortgenoot te vinden.

'Wel, beste kind...' Caridad sloeg haar blik neer bij de woorden van de priester, die tot dat moment gezwegen had. 'Wat wil je dan van ons?'

Wat wilde ze?

Over haar wang rolde een traan.

Ze rende de kerk uit.

Milagros zag haar de calle Ancha de San Roque oversteken en het open veld achter de kerk in rennen, in de richting van de Tagaretebeek. Caridad rende zonder iets te zien, verblind door de tranen. Het zigeunermeisje voelde een steek in haar maag en schudde haar hoofd. 'Klootzakken,' schold ze. Ze haastte zich achter haar aan. Een stukje verder moest ze stoppen om de strohoed op te rapen. Ze vond Caridad bij de oever van de Tagarete, waar ze op haar knieën was gevallen, zonder te merken dat de beek stonk door de ontlasting van het hele gebied die erin terechtkwam: ze huilde geluidloos, net als de middag daarvoor, alsof ze het recht niet had. Deze keer hield ze haar handen voor haar gezicht en wiegde heen en weer terwijl ze snikkend een trieste, monotone melodie neuriede. Milagros joeg een paar haveloze kinderen weg die nieuwsgierig naar haar stonden te kijken. Daarna bracht ze haar hand naar het zwarte kroeshaar van Caridad, maar ze durfde het niet aan te raken. Ze voelde een ijskoude rilling over haar rug lopen. Die melodie... Op haar nog uitgestoken arm zag ze hoe de diepte van die stem haar kippenvel bezorgde. Ze voelde hoe haar ogen zich met tranen vulden. Ze knielde naast haar, omhelsde haar verlegen en huilde met haar mee.

'Grootvader.'

Al ruim een dag wachtte ze in spanning op Melchors terugkeer naar de steeg. Ze was naar de zigeunerbuurt bij de Huerta de la Cartuja gerend om te zien of hij daar was, maar daar konden ze haar niets vertellen. Ze keerde terug en vatte post bij de deur van het woonblok; ze wilde hem spreken voordat iemand anders dat deed. Melchor lachte en schudde zijn hoofd bij het horen van de toon waarop zijn kleindochter sprak.

'Wat wil je deze keer, meisje van me?' vroeg hij terwijl hij haar bij haar schouder pakte en bij het gebouw vandaan trok, weg van de Carmona's die daar liepen.

'Wat gaat u met Caridad doen... met de negerin?' voegde ze toe bij het zien van de niet begrijpende uitdrukking op het gezicht van de zigeuner.

'Ik? Ik ben het zat om te moeten zeggen dat ze niet van mij is. Ik weet het niet... ze doet maar wat ze wil.'

'Zou ze bij ons kunnen blijven?'

'Bij je vader?'

'Nee. Bij u.'

Melchor drukte Milagros tegen zich aan. Zwijgend liepen ze een stukje door.

'Wil jij dat ze blijft?' vroeg de zigeuner na een tijdje.

'Ja.'

'En zij, wil zij blijven?'

'Caridad weet niet wat ze wil. Ze kan nergens heen, kent niemand, heeft geen geld... De Broederschap van de Negers...'

'Hebben haar geld gevraagd,' vulde hij in.

'Ja,' bevestigde Milagros. 'Ik heb haar beloofd dat ik met u zou praten.'

'Waarom wil je dat ze blijft?'

Het meisje wachtte even voor ze antwoordde.

'Ze heeft veel meegemaakt.'

'Zoveel mensen hebben veel meegemaakt.'

'Ja, maar zij is anders... Ze is... ze is ouder dan ik en toch lijkt ze net een kind dat niets weet en niets begrijpt. Als ze praat... als ze huilt of als ze zingt, doet ze dat met een gevoel... U zegt zelf dat ze goed zingt. Ze was slavin, weet u?'

'Ik vermoedde het,' knikte Melchor.

'Iedereen heeft haar slecht behandeld, grootvader. Ze hebben haar van haar moeder gescheiden en van haar kinderen. Een daarvan hebben ze zelfs verkocht! Daarna...'

'En waar moet ze dan van leven?' onderbrak Melchor haar.

Milagros zei niets. Ze liepen verder, terwijl de zigeuner de schouder van zijn kleindochter omklemde.

'Ze zal iets moeten leren,' gaf hij ten slotte toe.

'Ik zal het haar leren!' riep het meisje blij, terwijl ze zich naar haar grootvader toedraaide om hem te omhelzen. 'Geef me wat tijd.'

# 5

Vijf maanden zouden verstrijken voordat Caridad terugging naar de Ángeles-kerk en de oudste broeder van de Broederschap van de Negers weer zag. Het was op de dag voor het feest van Onze-Lieve-Vrouw van de Engelen, de beschermheilige van de broederschap, op 1 augustus 1748. Na het middaguur stak Caridad te midden van een grote groep luidruchtige zigeunerinnen, onder wie Milagros en haar moeder, vrolijke, opgewonden kinderen en zelfs een paar mannen met gitaren, de botenbrug over om naar de San Roque-wijk te gaan.

Ze had nog steeds haar oude strohoed waarmee ze zich ondanks de talloze gaten en scheuren probeerde te beschermen tegen de verzengende Andalusische zon. Haar vale, grijslinnen hemd droeg ze echter al lang niet meer. De grootvader had haar een rode bloes en een wijde, nog fellere rode rok gegeven, beide van bedrukt katoen, waar ze heel voorzichtig mee deed en die ze met grote trots droeg. De zigeunerinnen konden niet naaien; hun schitterende kleren kochten ze, hoewel geen van de vrouwen uitsloot dat die kleren van Caridad tijdens een van de tochten van de grootvader per ongeluk aan zijn handen waren blijven hangen.

Ana en Milagros staken hun bewondering niet onder stoelen of banken toen ze de verandering zagen die Caridad had ondergaan. Verlegen en beschaamd stond ze voor hen, maar haar donkere ogen schitterden door de rode weerschijn van haar nieuwe kleren en de glimlach op dat ronde gezicht met de vlezige lippen was een en al dankbaarheid. Het was echter niet Caridads glimlach die de bewondering van de zigeunerinnen wekte; het was de sensualiteit die ze uitstraalde; de rondingen van een welgevormd lichaam; de grote borsten die de bloes strak deden staan, zodat er tussen rok en bloes een strookje vlees zwart als ebbenhout te zien was...

'Vader!' zei Ana verwijtend toen ze zag dat Melchor als gehypnotiseerd naar dat stukje stond te kijken.

'Wat...?' draaide deze zich om.

'Prachtig!' oordeelde Milagros terwijl ze enthousiast in haar handen klapte.

'Heel Sevilla verzamelt zich vandaag op het terrein voor de Ángeles-kerk,' had Milagros Caridad die dag uitgelegd. 'Er zal veel gelegenheid zijn om tabak te verkopen en de toekomst te voorspellen; de mensen hebben veel plezier bij dit feest, en wanneer ze zich vermaken... verdienen wij goed geld.'

'Waarom?' vroeg Caridad.

'Cachita,' antwoordde het meisje, haar aansprekend met de roepnaam die ze gebruikte sinds Caridad haar had verteld dat ze haar op Cuba zo noemden. 'Vandaag is het ganzengevecht! Je zult het wel zien,' onderbrak ze het gebaar waarmee Caridad haar om uitleg wilde vragen.

Terwijl ze te midden van de zigeunerinnen naar de kerk liep, tussen wie ze opviel door haar lengte en door de oude hoed die ze niet wilde weggooien, keek Caridad naar Milagros, die iets voor haar liep, bij de andere meisjes. Dat ganzengevecht moet wel een groot feest zijn, dacht ze toen, want het meisje lachte en maakte grapjes met haar vriendinnen alsof ze zich over de somberheid heen had gezet die haar bedrukte sinds José Carmona ongeveer een maand geleden had aangekondigd dat zijn dochter zich met Alejandro Vargas had verloofd en over een jaar zou trouwen. Melchor, die wilde dat zijn kleindochter met een Vega zou trouwen, was toen meer dan tien dagen verdwenen, en toen hij terugkwam was hij er zo ellendig aan toe dat Ana zich zorgen maakte en de oude María bericht stuurde dat ze hem moest komen behandelen. Desondanks werd Melchor in dit geval zelfs niet door Ana gesteund: de vader van het meisje was degene die besliste.

Naarmate ze verder om de muren van de stad liepen en de verschillende poorten achter zich lieten, sloten steeds meer groepen luidruchtige Sevillianen zich bij de groep zigeuners aan. Toen ze bijna bij het open veld tussen de Tagarete-beek en de kerk van de Negers waren, kwamen ze minder snel vooruit. In afwachting van het begin van het feest stonden de mensen in groepen te praten en te lachen. Hier en daar waren mannen en vrouwen, omringd door toeschouwers, aan het zingen en dansen. Een van de zigeuners begon al lopend plotseling op zijn gitaar te spelen. Verschillende vrouwen maakten vrolijke danspassen onder het gefluit en geklap van degenen om hen heen, en de zigeuners liepen verder en speelden alsof ze een groep straatmuzikanten waren. Caridad keek haar ogen uit: verkopers van water en wijn, van ijs, koekkransjes, beignets en allerlei zoetigheden; handelaren met de meest wonderlijke koopwaar, van wie sommigen hun producten luidkeels aanprezen en anderen het meer bedekt deden en ondertussen goed op de rondlopende gerechtsdienaren en soldaten letten; koorddansers die over door de lucht gespannen koorden liepen en sprongen maakten, acrobaten, hondentemmers die de mensen vermaakten, broeders en priesters, honderden van hen...

Sevilla is het koninkrijk met de meeste geestelijken, had Caridad meer dan eens horen zeggen, en sommigen dronken, dansten en zongen ongegeneerd mee; anderen echter hielden zich bezig met het houden van preken tegen mensen die totaal niet naar hen luisterden. Maar bijna allemaal liepen ze tabak te snuiven, alsof dat de weg naar eeuwige verlossing was. Caridad zag ook enkele saletjonkers lopen: aanstellerige jongemannen, gekleed volgens de Franse hofmode, die hun neus en mond tijdens het tabak snuiven tactvol met hun geborduurde zakdoeken bedekten.

Een paar van die verwaande kwasten merkten dat Caridad nieuwsgierig naar hen stond te kijken, maar ze beperkten zich ertoe het onder elkaar te becommentariëren alsof het alleen maar irritant was. Caridad, van haar stuk gebracht, wendde meteen haar blik af. Toen ze weer keek, merkte ze dat de zigeuners zich tussen de mensen verspreid hadden. Zoekend draaide ze haar hoofd van de ene naar de andere kant.

'Hier. Hier ben ik,' hoorde ze Milagros achter zich zeggen. Caridad draaide zich naar haar om. 'Geniet van je feest, Cachita.'

'Wat...?'

'Die mensen van de Broederschap,' onderbrak het meisje haar, 'die je zo uit de hoogte behandelden. Vandaag zul je zien waar ze met die hooghartigheid van hen blijven.'

'Maar...'

'Kom mee, volg mij maar,' zei ze terwijl ze probeerde zich een weg te banen door de dicht opeengepakte menigte mensen voor de kerk. 'Heren!' schreeuwde Milagros. 'Excellenties! Hier is een zwartje dat naar jullie feest komt.'

De mensen keken om en gingen opzij om de twee vrouwen erdoor te laten. Toen ze bij de voorste rijen kwamen, zag Caridad tot haar verbazing dat zich daar een groot aantal negers verzameld had.

'Ik heb dingen te doen,' nam Milagros afscheid. 'Luister, Caridad,' voegde ze eraan toe terwijl ze haar stem liet dalen: 'Jij bent niet zoals zij, jij bent met mij, met grootvader, met de zigeuners.'

Voordat ze met haar ogen kon knipperen, verdween het meisje in de menigte en stond Caridad in haar eentje, deze keer wel, op de voorste rij van een dicht opeengepakte massa bij de achtergevel van de San Roque-kerk. Tussen haar en de verhogingen die achter de kerk waren gebouwd, lag een brede strook grond. Wat was dat voor een feest? Waarom had Milagros gefluisterd dat zij niet zo was als de anderen? De mensen begonnen ongeduldig te worden en vanuit de menigte klonk geschreeuw dat ze moesten opschieten. Caridad richtte haar blik op de verhogingen: Sevilliaanse aristocraten en notabelen in kostbare kleding, leden van het kapittel van de kathedraal, uitgedost in hun mooiste kledij, stonden daar te praten en te lachen, zonder zich iets van het groeiende ongenoegen bij de burgers aan te trekken.

Er ging nog een flinke tijd voorbij en de Sevillianen begonnen steeds harder te morren, totdat achter de San Roque-kerk, daar waar de kerk van de Negers stond, tromgeroffel klonk. Degenen die zich met dansen en ander vertier hadden vermaakt, dromden nu samen achter degenen die daar al stonden te wachten, terwijl de soldaten en gerechtsdienaren hun uiterste best deden om de menigte achter de wankele houten hekken te houden.

Toen een tweetal ruiters op de klanken van piccolo's en trommels en onder applaus van het publiek om de hoek van de San Roque tevoorschijn kwam, voelde Caridad dat de mensen naar voren drongen. Nog vijf ruiterparen volgden het eerste; elk paar bestond uit een zwarte ruiter die rechts reed, aan de voorkeurskant, en ongemakkelijke kostbare kleding droeg: witte mouwen en schitterende verenbossen op zijn hoed. De paarden waarop de negers reden waren eveneens luisterrijk opgetuigd: een goed zadel, belletjes en kleurige linten in manen en staart. De ruiters die naast de negers reden, droegen juist heel eenvoudige kleding: liggende kragen en gewone hoeden. Hun paarden draafden zonder enige versiering.

Nadat ze de autoriteiten hadden gegroet, begonnen de ruiterparen rondjes over het veld te galopperen. Caridad herkende de oudste broeder van de broederschap in het derde tweetal; net als de andere negers had hij grote moeite om in het zadel te blijven zitten. De mensen lachten en wezen naar hen. Mannen en vrouwen joelden hen uit terwijl de negers gevaarlijk heen en weer wiebelden, hoewel ze probeerden serieus te blijven kijken en zich niet te laten kennen.

De muziek bleef spelen. Op een gegeven moment greep de ruiter die de oudste broeder van de Broederschap vergezelde, een man met een verzorgde grijze baard die waardig en soepel op zijn paard zat, de neger vast om te voorkomen dat die zou vallen.

'Laat hem toch vallen!' schreeuwde een vrouw.

'Zwarte, straks raak je je tanden nog kwijt!' voegde een ander eraan toe.

'En je zwarte staart erbij!' brulde een derde, waarop de menigte in lachten uitbarstte.

'Wat stelt dit spektakel voor?' vroeg Caridad zich hardop af.

'Het zijn ruiters van de artillerie.' Het antwoord kwam van achter haar rug.

Caridad draaide zich om en zag een lachende broeder Joaquín. Hij was naar haar toegelopen toen hij in de menigte het rood van haar kleren herkend had. De vrouw boog haar hoofd.

'Caridad,' zei de jonge broeder verwijtend, 'ik heb je al zo vaak gezegd dat we allemaal Gods kinderen zijn, je hoeft je ogen niet neer te slaan, je hoeft je voor niemand te vernederen...'

Daarop hief Caridad haar hoofd op en wees naar de negers die, hoewel door de mensen bespot en uitgelachen, nog steeds rondgaloppeerden. Broeder Joaquín begreep wat ze bedoelde.

'Misschien,' antwoordde hij terwijl hij zijn wenkbrauwen optrok, 'proberen zij iets te zijn wat ze niet zijn. De Koninklijke Ruiterorde van de Artillerie van Sevilla steunt de Broederschap van de Negers met een financiële bijdrage; dat doet ze ieder jaar. Op dagen als vandaag wisselen negers en edelen, de hoogste en de laagste klasse van de stad, van positie. Maar in ieder geval verdient de Broederschap wat geld met de ganzen die ze van de artillerie krijgt.'

'Welke ganzen?' vroeg Caridad.

'Die daar,' wees de broeder.

De zes paar ruiters waren inmiddels met rondrijden gestopt en hadden zich voor de autoriteiten opgesteld. Iets verderop, aan een uiteinde van het veld, wees broeder Joaquín haar, was een stel mannen druk bezig om een touw te spannen tussen twee lange palen die aan de randen van het terrein in de grond gestoken waren. In het midden van het touw hing met zijn kop omlaag een dikke, heftig spartelende gans, die aan zijn poten vastgebonden was. Zodra de mannen de gans hadden opgehangen, gaf de burgemeester van Sevilla vanaf zijn comfortabele zetel op de verhoging de eerste neger opdracht op het dier af te galopperen.

Te midden van de oorverdovend schreeuwende menigte keken Caridad en broeder Joaquín naar de neger, die houterig onder de gans door galoppeerde en tevergeefs probeerde met zijn rechterhand de slingerende nek van het dier vast te pakken. Achter hem reed de artillerieruiter die bij hem hoorde. De edelman gaf zijn paard de sporen, waarop het dier in gestrekte galop wegschoot, met zijn ruiter brullend rechtop in de stijgbeugels. Toen hij onder de gans door ging, wist de artillerieruiter het dier bij de nek te pakken en rukte hij de kop er in één keer af. De Sevillianen juichten en applaudisseerden enthousiast bij de aanblik van het nog kronkelende ganzenlijf aan het touw. Maar weinigen zagen dat de burgemeester en nog enkele van de edelen die op de verhoging zaten, een vermanend gebaar naar de andere artilleristen maakten: ze hadden maar zes ganzen en het volk moest vermaakt worden.

Dankzij die instructies duurde het ganzengevecht tot vreugde van de inwoners van de stad tot de avond. Niet één neger wist het dier te onthoofden. Een van hen lukte het de gans bij zijn nek te pakken, maar hij had niet genoeg snelheid, zodat de gans zich verdedigde en hem op zijn hoofd pikte, wat hem de meest smadelijke bespottingen van de kant van het publiek opleverde. Alle zes de negers vielen een keer, doordat ze galoppeerden op paarden die steeds nerveuzer werden, of een van hun handen loslieten en op hun stijgbeugels naar een kant hingen om de gans te pakken. Wat de ganzen betreft, die legden op een teken van de burgemeester aan de artilleristen een voor een het loodje.

'Hierna worden ze door de Negers verkocht en de opbrengst is voor de Broederschap,' legde broeder Joaquín uit.

Caridad ging helemaal op in het schouwspel; bij het horen van het geschreeuw van de mensen en het zien van die onhandige negers die probeerden de ganzen te onthoofden, werd ze door tegenstrijdige gevoelens overspoeld. In de ogen van de oudste broeder had ze niet het gevoel van verwantschap gevonden, van solidariteit, het begrip of zelfs maar het medeleven, dat geen enkele neger op Cuba zijn soortgenoten onthield.

Bij de slotoptocht, na de dood van de laatste gans, begonnen de mensen zich weer te verspreiden en de edelen en geestelijken die het feest hadden voorgezeten, stonden op van hun zetels. 'Jij bent niet zoals zij,' had Milagros gezegd. 'Jij bent met de zigeuners,' had ze eraan toegevoegd met het trotse lachje dat altijd om de lippen van hen allemaal speelde als ze het over hun ras hadden. Was ze met de zigeuners? Ze was met Milagros. Het vertrouwen en de vriendschap die het meisje haar betoonde, werden bezegeld toen Milagros haar vertelde dat ze bij Melchor kon blijven, en bestendigd op het moment dat haar vader haar verloving met Alejandro openbaar maakte. Vanaf dat moment probeerde Milagros haar verdriet met Caridad te delen, alsof zij, die slavin was geweest, haar beter zou kunnen begrijpen dan wie ook. Maar wat wist Caridad van ongelukkige liefdes? José Carmona, de vader van Milagros, bekeek haar van een afstand alsof ze een of ander hinderlijk voorwerp was, en Ana, de moeder, verdroeg haar alsof ze een voorbijgaande gril van haar dochter was. En wat Melchor betreft... wie wist wat de zigeuner dacht of voelde? Met hetzelfde gemak als waarmee hij haar een rode rok en bloes had gegeven, kon hij haar voorbijlopen zonder zelfs maar naar haar te kijken, of sprak hij dagenlang niet tegen haar. In het begin had Melchor er, op aandringen van zijn kleindochter, in toegestemd dat Caridad het hoekje op het plaatsje bleef bezetten, en met de tijd werd ze de enige persoon die vrij toegang had tot het heiligdom van de grootvader.

Op een middag in mei, toen de lente heel Triana in bloei zette, stond de zigeuner vlak bij de put op de binnenplaats, verstopt achter stukken verwrongen oud ijzer, een sigaar te roken terwijl hij de tijd voorbij liet gaan, dwalend door die onpeilbare werelden waarin hij zich terugtrok. Caridad kwam op weg naar buiten langs hem. De geur van de tabak deed haar stilstaan. Hoe lang was het geleden dat ze gerookt had? Ze zoog met volle teugen de rook in die om de zigeuner heen hing, in een vergeefse poging die tot haar longen en hersens te laten doordringen. Ze hunkerde ernaar weer het gevoel van verlichting te ervaren dat de tabak haar verschafte! Ze deed haar ogen dicht, hief haar hoofd een beetje omhoog, alsof ze de opstijgende rook wilde volgen, en zoog nog een keer krachtig. Op dat moment ontwaakte Melchor uit zijn lethargie.

'Hier, zwartje,' zei hij tot haar verbazing terwijl hij haar de sigaar toestak.

Caridad aarzelde geen moment: ze pakte de sigaar aan, bracht die naar haar lippen en nam gelukzalig een trek. Binnen een paar seconden voelde ze een licht tintelen in haar benen en armen en een ontspannende duizeligheid; haar donkere ogen fonkelden. Ze wilde de zigeuner zijn sigaar teruggeven maar die gebaarde onverschillig dat ze hem mocht houden.

'Uit jouw land,' merkte hij op terwijl hij keek hoe ze rookte. 'Goede tabak!'

Caridad zweefde; haar geest volkomen ontspannen, afwezig.

'Dit is geen havannatabak,' hoorde ze zichzelf zeggen.

Melchor fronste zijn wenkbrauwen. Hoezo kwam die tabak niet uit Cuba? Hij kocht het als zuivere havanna! Die dag betrad Caridad de kamer van de zigeuner voor het eerst.

De mensen weigerden San Roque en het feestterrein te verlaten. Overal klonken gitaren, castagnetten, tamboerijnen en gezang; mannen en vrouwen, zonder onderscheid naar geslacht of leeftijd, dansten vrolijk in groepen om de grote vuren.

'Waar is Milagros?' vroeg de broeder aan Caridad terwijl ze samen tussen de menigte door liepen.

'Ik weet het niet.'

'Heeft ze niet gezegd waar...?'

Broeder Joaquín maakte zijn zin niet af. Caridad liep niet meer naast hem. Hij draaide zich om en zag haar een stukje terug doodstil voor een kraam met zoetigheden staan. Hij liep naar haar toe en werd onwillekeurig door haar in verwarring gebracht: die zwarte vrouw, in haar rode kleren, haar bloes strak om haar lichaam, was het voorwerp van wellustige blikken en opmerkingen van de omstanders, maar in de ogen van de broeder leek ze eerder een groot kind bij wie het water in de mond liep bij de geur en de aanblik van al die zoetigheden: koekkransjes, beignets, met olijfolie besmeerde broodjes, honinggebak, zoete grutten...

'Een paar zandkoekjes, alstublieft,' bestelde de geestelijke bij de banketbakker na een vlugge blik op de lekkernijen die in de kraam lagen uitgestald. 'Je zult zien, Caridad, ze zijn verrukkelijk.'

Broeder Joaquín betaalde en zwijgend liepen ze verder over het terrein. De broeder keek stiekem van opzij hoe Caridad smulde van de ovale lekkernij van amandel, vet, suiker en kaneel, hij wilde haar plezier niet verstoren. Zou ze dit ooit geproefd hebben? vroeg hij zich af. Waarschijnlijk niet, concludeerde hij toen hij zag hoe de vrouw genoot. Het was, dacht hij, zoals die keer dat Melchor in het klooster was verschenen, Caridad aan een arm meetrekkend; deze keer met toestemming van de portier, die hen bij het zien van de vuurspuwende ogen van de zigeuner doodsbang had binnengelaten. 'Ze hebben ons bedrogen!' had hij geschreeuwd zodra hij broeder Joaquín zag. 'De tabak is geen zuivere havanna!' De geestelijke probeerde de zigeuner te kalmeren en bracht Caridad naar de kelder die de broeders als provisiekast en opslagruimte gebruikten. Achter een paar planken had hij een paar leren zakken met tabaksbladeren verstopt – een daarvan was van Melchor, als betaling voor zijn werk – van die expeditie die ze vlak daarvoor naar Barrancos, net over de grens met Portugal, hadden gemaakt.

Melchor sneed met een woedende ruk de touwen van een van de zakken door en zonder op te houden met vloeken gebaarde hij Caridad dat ze dichterbij moest komen om de tabak te onderzoeken. Broeder Joaquín herinnerde zich dat moment: Caridad had instinctief haar ogen samengeknepen en haar lippen vochtig gemaakt, alsof ze zich opmaakte om een verfijnd gerecht te proeven. In de zak zaten bundeltjes tabak, maar Caridad stelde in één oogopslag vast dat de bundeltjes niet met *yagua*, de soepele bladschedes van de Cubaanse koningspalm, gemaakt waren. Ze gebaarde de zigeuner de touwtjes door te snijden waarmee het bundeltje bijeengehouden werd, en pakte voorzichtig een van de bladeren; de twee mannen waren verrast haar lange, behendige vingers te zien. Caridad bestudeerde het tabaksblad aandachtig; ze hield het bij het licht van de olielamp die broeder Joaquín bij zich had, om de donkere, heldere of rode, de rijpe, lichte of droge pigmenten te bekijken die het kleurden; ze wreef erover en betastte het voorzichtig om de textuur en de vochtigheid ervan vast te stellen; ze beet erop en rook eraan, terwijl ze aan de hand van de volgroeidheid, van de geur en de smaak van de nicotine probeerde te achterhalen hoe lang geleden het geoogst was. Melchor spoorde Caridad met steeds opgewondener gebaren tot haast aan, maar de broeder was geboeid door het ritueel dat de vrouw uitvoerde, door de indrukken die haar gezicht weerspiegelde en de pauzes die ze nam nadat ze aan het blad had geroken of het had aangeraakt, wetend dat ze met het verstrijken van de seconden het antwoord zou krijgen.

Nu zag hij, terwijl ze bij de Tagarete liepen, vanuit een ooghoek Caridad weer datzelfde ritueel uitvoeren bij het eten van de zandkoekjes: ze stopte met kauwen, deed haar ogen half dicht en liet met samengetrokken lippen kwijlend een tijdje voorbijgaan voordat ze in een nieuw koekje beet.

Het was geen havannatabak, geen zuivere en ook geen gemengde, herinnerde hij zich Caridads oordeel die dag. Waarvandaan dan? Dat kon ze niet zeggen, antwoordde ze de zigeuner met een ongebruikelijke kalmte, alsof het contact met de tabaksbladeren haar zelfverzekerd had gemaakt; zij kende alleen die van Cuba. Het was een jonge tabak, verzekerde ze, nauwelijks gefermenteerd, misschien... misschien zes maanden, hooguit een jaar. En buitengewoon licht, door te weinig zon.

Broeder Joaquín keek toe hoe Caridad een nieuw koekje naar haar mond bracht, voorzichtig, alsof het een tabaksblad was...

'Cachita!'

De stem van Milagros overviel hen allebei. Ze hadden zelfs nog niet ontdekt waar de stem vandaan kwam toen deze aandrong:

'Jij komt uit Cuba! Jij hebt verstand van tabak...'

'Milagros,' mompelde de broeder terwijl hij probeerde haar in het donker te onderscheiden.

'Zeg tegen ze dat deze sigaren zuivere havanna's zijn!' drong het meisje aan. 'Kom hier!'

Het was broeder Joaquín die als eerste de kleurige haarlinten van het zigeunermeisje herkende en de zakdoeken om haar polsen, die op het ritme van haar heftige gebaren te midden van een groepje mannen in de lucht wapperden.

'Hoe durven jullie te zeggen dat het geen havanna's zijn?' jammerde Milagros luidkeels. 'Cachita, kom hier! Snel!' Broeder Joaquín en Caridad liepen naar haar toe. 'Ze proberen misbruik te maken van een jong meisje! Ze willen me beroven! Zeg tegen ze dat het havanna's zijn!'

eiste ze terwijl ze haar een van de sigaren gaf die Caridad zelf had gedraaid van die lichte tabak die de geestelijke in het klooster verborg. 'Zeg het ze! Zij heeft verstand van tabak! Zeg ze dat het echte havannatabak is!'

Caridad aarzelde. Milagros wist dat het geen havanna was! Hoe kon zij...?

'Natuurlijk is het havannatabak, heren,' schoot broeder Joaquín haar te hulp. In het donker, dat slechts door de lichte schittering van een nabij vuur doorbroken werd, zag niemand de samenzweerderige glimlach die de broeder en het zigeunermeisje uitwisselden. 'Ik heb er vanochtend zelf een paar van haar gekocht...'

'Broeder Joaquín,' fluisterde er een uit het groepje toen hij de beroemde prediker van de San Jacinto herkende.

De vijf mannen die om Milagros heen stonden, draaiden zich om naar de geestelijke.

'Als broeder Joaquín zegt dat het havanna's zijn...' begon een van de anderen.

'Natuurlijk zijn het havanna's!' onderbrak Milagros hem.

Op dat moment verlichtten de trillende flonkeringen van het vuur het gezicht van de laatste man die gesproken had. En Caridad begon te beven. En de sigaar in kwestie gleed uit haar handen en viel op de grond.

'Cachita!' zei Milagros verwijtend terwijl ze aanstalten maakte om te bukken en hem op te rapen. Maar ze bleef staan: Caridad trilde nog steeds, ze hield haar ogen op de grond gericht en haar ademhaling klonk gejaagd. 'Wat...?' begon het zigeunermeisje te vragen terwijl ze haar hoofd naar de man draaide.

Zelfs bij het zwakke licht kon Milagros zien dat de man zijn wenkbrauwen fronste en zenuwachtig werd, maar daarna richtte hij zijn ogen op de broeder en hield zich in.

'Kom, we gaan!' zei hij tegen zijn maten.

'Maar...' protesteerde een van hen.

'We gaan!'

'Cachita.' Milagros sloeg haar armen om haar heen terwijl de groep mannen zich omdraaide en in de menigte verdween. 'Wat heb je?'

Caridad wees naar de rug van de man. Het was de pottenbakker van Triana.

'Wat is er met die man?' vroeg broeder Joaquín.

Caridad maakte zich voorzichtig los uit de omhelzing van het meisje en terwijl de tranen inmiddels over haar gezicht liepen, bukte ze zich om de sigaar op te pakken die nog op de grond lag. Waarom moest ze daar bij de Tagarete, in San Roque altijd huilen?

Het zigeunermeisje en de geestelijke keken elkaar verbijsterd aan terwijl Caridad de aarde van de sigaar veegde. Toen ze zagen dat de vrouw snikkend een zandkorrel afveegde die alleen in haar verbeelding bestond, maakte de broeder een aanmoedigend gebaar naar Milagros.

'Wat is er met die man?' vroeg het meisje teder.

Caridad streelde nog steeds met haar lange, deskundige vingers over de sigaar. Hoe kon ze haar dat vertellen? Wat zou het meisje van haar denken? Milagros had talloze keren tegen haar over mannen gesproken. Op haar veertiende was ze nog maagd en dat zou ze blijven tot ze in het huwelijk trad. 'Wij zigeunerinnen zijn kuis en daarna trouw,' had ze verzekerd. 'In heel het koninkrijk zit er geen enkele zigeunerin in de prostitutie!' had ze er later trots aan toegevoegd.

'Vertel het me, Caridad,' drong Milagros aan.

En als ze haar liet vallen? Haar vriendschap was het enige wat ze had en...

'Je moet het me vertellen,' beval het meisje haar tot schrik van broeder Joaquín.

Maar deze keer gehoorzaamde Caridad niet; ze bleef strak naar de sigaar kijken die ze nog steeds in haar handen had.

'Heeft die man je pijn gedaan?' vroeg broeder Joaquín haar teder.

Had hij haar pijn gedaan? Uiteindelijk knikte ze.

En zo, voorzichtig vragend, hoorden broeder Joaquín en Milagros het verhaal van Caridads aankomst in Triana.

# 6

Milagros miste Caridad. Een paar dagen na het ganzengevecht had haar grootvader bezoek gekregen van een galeier die een aantal jaren met hem geroeid had. De man was, zoals alle gestraften die de verschrikkelijke marteling van de galeien hadden overleefd, even uitgemergeld als Melchor was geweest en kende, zoals alle overlevers, alle havens en alle zeelieden, mannen die net als zij handelaren, smokkelaars en allerlei soorten criminelen waren. Bernardo, zoals de galeier heette, lichtte haar grootvader in over de aankomst van een belangrijke lading virginiatabak in de haven van Gibraltar, een enorme rots op de Spaanse kust die onder Engelse heerschappij stond. Daarvandaan zou de tabak samen met de andere handelswaar, stoffen of kruiden, door schepen onder Engelse, Venetiaanse, Genovese, Ragusaanse of Portugese vlag op diverse plaatsen langs de kust tussen de rots en Málaga gelost worden. Dit gebeurde altijd 's nachts, wanneer er een straffe wind stond, om te voorkomen dat ze door de feloeken van de Spaanse kustwacht ontdekt zouden worden. Bernardo had al een flinke lading virginiatabak besproken, hij had alleen geld nodig om die te betalen en dragers om de zakken op het strand te versjouwen.

'Over een paar dagen gaan we een partij tabak halen,' had Melchor Caridad meegedeeld nadat hij het bij een goede fles wijn in de herberg van Joaquina met Bernardo eens geworden was.

Caridad, die in de kamer van de zigeuner aan een wankel tafeltje sigaren zat te rollen van de lichte tabak die de broeder bewaarde, had alleen maar geknikt zonder dat ze ophield de sigaar onder haar hand te rollen.

Wie wel verbaasd was, was Milagros, die graag toekeek hoe haar vriendin de tabaksbladeren verwerkte.

'Neemt u Cachita mee?' vroeg ze haar grootvader.

'Dat zei ik ja. Ik wil de beste tabak, en zij kan die herkennen,' antwoordde deze in het Caló.

'Is dat niet... is dat niet gevaarlijk?'

'Jawel, kind. Dat is het altijd,' bevestigde de zigeuner, die al bij de deur stond om de ruimte, die te klein was voor drie personen, te verlaten.

Ze keken elkaar aan. Wist je dat dan niet? leek Melchor zijn kleindochter te vragen, die beschaamd haar hoofd boog, zich bewust van het volgende dat de doordringende ogen van haar grootvader zouden zeggen: Wanneer heb je me dat ooit gevraagd?

Het kostte Melchor geen enkele moeite om dragers te vinden: de Vega's en hun familieleden uit de zigeunerbuurt bij de Huerta de la Cartuja waren altijd bereid mee te gaan; het waren geharde zigeuners, voor geen kleintje vervaard en vooral trouw. Ook het geld was geen probleem: broeder Joaquín regelde dat onmiddellijk. Wat zijn vertrek zoals zo vaak het meest vertraagde, waren de paarden: die moesten gecastreerd zijn, stil en gehoorzaam, zodat ze 's nachts niet zouden hinniken als ze een merrie roken. Maar de Vega's deden hun best en na een paar dagen, na een paar strooptochten door de velden in de omgeving van Sevilla, hadden ze er genoeg.

'Pas goed op jezelf, Cachita,' zei Milagros bij het afscheid, toen ze met zijn tweeën in de zigeunerbuurt bij de Huerta de la Cartuja zaten, een beetje apart van de mannen en de paarden.

Caridad bewoog zich ongemakkelijk onder de lange, donkere mannencape die ze van Melchor had gekregen om haar rode kleren te verbergen. Ze had haar strohoed verruild voor een zwarte, vilten hoed met een brede, slappe rand en een klokvormige bol. Om haar nek hing een magneetsteen aan een koord. Milagros strekte haar arm en woog hem in haar hand. De zigeuners geloofden in de magische krachten ervan: smokkelaars, handelaren en paardendieven verzekerden dat die magneetstenen bij naderende soldatenpatrouilles hevige stof- en zandstormen zouden veroorzaken die hen aan het zicht zouden onttrekken. Wat de zigeunerin niet wist, was dat ook de Cubaanse slaven in de krachten van de magneetsteen geloofden: 'Christus bracht de magneetsteen naar de aarde,' beweerden ze stellig. Caridad zou hem moeten dopen en hem een naam moeten geven, zoals in haar land gebruikelijk was.

Milagros glimlachte; Caridad grijnsde als antwoord, haar gezicht bezweet door de meedogenloze zomerhitte van Sevilla. In Cuba was het ook heet, maar daar had ze nooit zoveel kleren aan.

'Zorg dat je bij grootvader blijft,' raadde het zigeunermeisje haar aan voordat ze zich naar haar toe boog en haar een kus op haar wang gaf.

Caridad was beduusd door het plotselinge gebaar van genegenheid van het meisje; maar haar dikke, vlezige lippen verbreedden zich en haar aanvankelijk wat geforceerde glimlach werd er een van oprechte dankbaarheid.

'Ik zie je graag lachen,' zei Milagros, en ze kuste haar op haar andere wang. 'Dat doe je niet vaak.'

Caridad beloonde haar met een brede glimlach. Het was waar, gaf ze bij zichzelf toe: het had lang geduurd voor ze zich voor haar vriendin had opengesteld, maar langzaam maar zeker was ze zich steeds meer bij de zigeuners thuis gaan voelen, en naarmate de angsten en zorgen verdwenen, was ze vertrouwelijker met haar geworden. De ware veroorzaker van die verandering was echter niemand anders dan Melchor. De zigeuner had haar opgedragen de tabak te verwerken. 'Je hoeft niet meer met het meisje en haar moeder de straat op om te verkopen,' zei hij bij het zien van de hardnekkige pogingen van Milagros om haar iets te leren waarmee ze aan haar levensonderhoud bijdroeg. 'Ik heb liever dat jij degene bent die maakt wat zij verkopen.' En Caridad voelde zich nuttig en dankbaar.

'Pas jij ook goed op jezelf,' raadde ze haar vriendin. 'Maak geen ruzie met je moeder.'

Milagros wilde iets terugzeggen, maar de schreeuw van haar grootvader verhinderde dat.

'Kom op, zwartje, we gaan!'

En deze keer was zij het die Milagros een kus gaf.

Na het vertrek van Caridad voelde het meisje zich alleen. Sinds de aankondiging van haar verloving was Caridad degene geweest die geduldig naar haar klagen luisterde. Ze was niet in staat om haar raad op te volgen.

'Ik trouw niet met Alejandro,' verzekerde ze haar moeder om de andere dag.

'Dat doe je wel,' antwoordde deze zonder haar zelfs maar aan te kijken.

'Waarom Alejandro?' vroeg ze andere keren, 'waarom niet...?'

Omdat je vader dat zo besloten heeft,' herhaalde de moeder op vermoeide toon.

'Ik loop nog liever weg!' dreigde het meisje op een ochtend.

Die dag draaide Ana zich naar haar dochter om. Milagros had een voorgevoel van wat ze te zien zou krijgen: samengeknepen lippen, een ernstige, ijzige blik. En dat was ook zo.

'Je vader heeft zijn woord gegeven,' gromde haar moeder. 'Pas maar op dat hij je niet hoort; hij zou in staat zijn je tot aan de dag van de bruiloft vast te binden.'

De tijd verstreek langzaam; moeder en dochter kwaad en voortdurend aan het ruziën.

Milagros kon zelfs niet terecht bij haar vriendinnen van de callejón de San Miguel, van wie de meesten ook in afwachting van hun trouwen waren. Hoe kon ze tegenover Rosario, María, Dolores of wie van hen dan ook toegeven dat de man die ze voor haar hadden gezocht, haar niet beviel? Dat deden zij ook niet, ondanks het feit dat de meesten van hen voordat ze hun lot kenden, hun kritiek niet onder stoelen of banken hadden gestoken over die jongemannen die hun daarna ten deel vielen. Milagros had daar ook aan meegedaan. Hoe vaak had ze Alejandro niet belachelijk gemaakt? Nu deden de meisjes allemaal even hypocriet en afstandelijk tegen elkaar, alsof ze hun plotseling hun onschuld afgenomen hadden. Het was niet een natuurlijke ontwikkeling of hun leeftijd, maar simpelweg de beslissing van hun ouders; een woord, een simpele verbintenis, achter hun rug om gesloten, en wat de avond daarvoor nog gold, was bij het opkomen van de zon niet belangrijk meer. Milagros miste de spontaniteit van die meisjesgesprekken, het gefluister, het gelach, de samenzweerderige blikken, de dromen... Zelfs de ruzies. De laatste was geweest op de avond dat ze met Pedro García had gedanst. De meeste van haar vriendinnen waren over haar heen gevallen toen ze vertelde wat ze van plan was. Zij was een Vega, kleindochter van Melchor de Galeier, die jongen zou ze nooit krijgen, dat wisten ze allemaal, dus... waarom zich opdringen? Maar Milagros luisterde niet en was vol overgave begonnen te dansen, totdat haar moeder zich ermee bemoeide en de jongen een klap in zijn gezicht gaf. Wie van de meisjes in de steeg had geen romantische gevoelens voor Pedro García, de kleinzoon van de Graaf? Die hadden ze allemaal! Maar nu, na haar verloving, zou het een grove belediging van de familie Vargas zijn als Milagros Pedro García uitdaagde. Alejandro zou haar moeten verdedigen, gesteund door zijn vader en zijn ooms; de García's zouden hetzelfde doen en de mannen zouden hun messen tevoorschijn halen... Maar Milagros kon het niet laten stiekem naar de jongen te kijken als hij door de callejón de San Miguel liep, nonchalant, traag, zoals echte zigeuners liepen: fier, trots, arrogant. Dan miste ze Caridad, tegen wie ze vrij over haar verlangens en haar problemen kon praten. Ze zeiden dat de jongen de eeuwenoude zigeunerwijsheid ten aanzien van het bewerken van ijzer had geërfd; dat hij bij elk onderdeel van het smeedproces voelde wanneer het zover was, dat hij wist, instinctief aanvoelde wanneer het ijzer klaar was om gesmeed, afgekoeld, gesoldeerd te worden. Zelfs de oudere mannen vroegen hem soms om advies. Maar zij zat aan Alejandro vast. Zelfs broeder Joaquín had haar alle goeds gewenst toen hij van haar verloving hoorde! De broeder was geschrokken toen Ana het hem in de buurt van San Jacinto vertelde. 'Nu al?' ontsnapte hem. En Milagros, naast haar moeder, hoorde met gebogen hoofd hoe die heldere, scherpe stem waarmee hij preekte, enigszins schor had geklonken toen hij haar gelukwenste.

'Caridad, ik heb je nodig,' fluisterde het meisje bij zichzelf.

Ze was er niet bij met haar gedachten! Achter de groep meisjes keek Ana, die zich met de gravin bezighield, haar indringend aan. Wat deed ze? Waarom aarzelde ze? Ze is verstrooid! dacht de moeder toen Milagros de fijne, blanke hand van de dochter van de gravin losliet en een hoestaanval simuleerde om tijd te winnen. Het meisje herinnerde zich niet meer wat ze haar de vorige keer had voorspeld. Het gravinnetje en haar twee vriendinnen die om de zigeunerin heen stonden, deinsden walgend achteruit bij het zien van het slijm dat het meisje ophoestte.

'Gaat het, kind?' schoot de moeder haar te hulp. Alleen Milagros hoorde de harde toon. 'Pardon, Uwe Genade,' verontschuldigde ze zich bij de gravin terwijl ze naar de groep meisjes liep, 'het kind hoest de laatste tijd nogal. Eens kijken, schoonheid,' voegde ze eraan toe, terwijl ze zonder aarzelen de hand van het jonge meisje pakte.

Het ruisen van de zijden hoepelrok van de gravin was duidelijk hoorbaar in de grote salon toen ze nieuwsgierig op het groepje toeliep, de twee vriendinnen van haar dochter sloten de kring en Milagros ging een stukje opzij. Daar hoorde ze, terwijl ze zichzelf dwong af en toe te hoesten, hoe haar moeder het meisje en haar twee vriendinnen handig van alles op de mouw speldde.

Mannen? Prinsen zouden het zijn die met hen trouwden! Geld, natuurlijk zou dat niet ontbreken! Kinderen en geluk. Wat problemen, een ziekte, waarom niet? Maar niets waar ze met toewijding en de hulp van Jezus Christus en Onze-Lieve-Vrouw niet overheen zouden komen. Met haar hand voor haar mond en het vaste riedeltje van haar moeder in haar oren, richtte Milagros haar aandacht op het dienstmeisje van de gravin, dat bij de deur van de salon stond om erop toe te zien dat geen van de zigeunerinnen iets weg zou nemen; later, in de keuken, zouden ze ook haar de hand moeten lezen. Daarna richtte ze haar blik weer op het groepje vrouwen: haar moeder, blootsvoets, met haar donkere, bijna zwarte huid, haar kleurige kleren en de zilveren kralensnoeren om haar middel; grote ringen in haar oren en kettingen en armbanden die rinkelden wanneer ze haar handen bewoog, terwijl ze vol overgave de toekomst voorspelde aan die melkwitte vrouwen in hun zijden jurken met hoepelrokken, allemaal versierd met oneindig veel borduursels, strikken, linten... Wat een rijkdom weerspiegelden die kleren, de meubels en karaffen, de spiegels en klokken, de stoelen met vergulde armleuningen, de schilderijen, de vele glimmende zilveren voorwerpen die overal stonden!

De gravin van Fuentevieja was een goede klant van Ana Vega. Soms liet ze haar komen: ze luisterde graag naar haar voorspellingen, kocht tabak bij haar en soms kocht ze zelfs een van de manden die de zigeunerinnen van de Huerta de la Cartuja maakten.

Milagros hoorde het zenuwachtige lachje van een van de vriendinnen van het gravinnetje, onmiddellijk gevolgd door de ingetogen, geaffecteerde uitroepen van vreugde van de andere twee meisjes en een beschaafd applausje van de gravin. De lijnen van haar hand leken haar een veelbelovende toekomst te voorspellen, en Ana ging hier uitgebreid op in: een goede echtgenoot, rijk, aantrekkelijk, gezond en trouw. Waarom zei ze dat niet ook tegen haar, haar dochter? Waarom veroordeelde ze haar om met een sukkel te trouwen, al was hij honderd keer een Vargas? Het dienstmeisje, dat nog steeds bij de enorme deuren stond, schrok op toen Milagros haar vuisten balde, haar wenkbrauwen fronste en op de grond stampte.

'Voel je je alweer wat beter?' vroeg haar moeder op licht spottende toon.

Het meisje antwoordde met een nieuwe, luide hoestaanval.

De middag duurde ondraaglijk lang. Zonder op de tijd te letten gebruikte Ana Vega al haar zigeunertrucs bij de drie meisjes. En daarna, toen die tevreden en druk fluisterend weggingen, wijdde ze zich aan de gravin.

'Nee,' verwierp ze het voorstel van de aristocratische dame, toen die opperde dat Milagros in de keuken zou wachten, waar ze haar iets te drinken zouden geven. 'Ze kan beter daar blijven staan, alleen, anders steekt ze de lakeien van Uwe Genade nog aan.'

Deze nieuwe sarcastische opmerking maakte Milagros woedend, maar ze hield zich in. Ze verdroeg het allemaal: het lange uur dat haar moeder met de gravin praatte, het afscheid en de betaling, en de aandacht die ze daarna aan het dienstmeisje en enkele andere personeelsleden moest schenken, van wie ze in ruil voor tabak en voorspellingen vlees kreeg dat zij beetje bij beetje uit de voorraadkamer van de graaf en gravin gestolen hadden.

'Voel je je alweer wat beter?' vroeg haar moeder spottend toen ze weer buiten liepen, op de terugweg naar Triana, in de zomerzon die de kleuren van hun kleding nog steeds deed schitteren. Milagros snoof alleen maar. 'Daar ga ik in elk geval wel van uit,' voegde Ana toe, de brutale reactie van haar dochter negerend, 'want morgenavond zingen en dansen we voor de graaf en gravin. Ze hebben een paar reizigers uitgenodigd... Engelsen of... ik weet het niet, Fransen, of Duitsers, wie weet waar ze vandaan komen! Hoe dan ook, ze willen dat die zich amuseren.'

Milagros snoof opnieuw, deze keer luider en nadrukkelijk onverschillig. De moeder bleef haar negeren en de rest van de weg legden ze zwijgend af.

Ze vroeg haar om een glimlach. Ze deed dat niet voor de graaf en gravin van Fuentevieja of voor het tiental gasten dat die hadden meegebracht en dat verwachtingsvol in de tuin stond van een van de voornaamste huizen van Triana, waar de edelman had besloten het feest te vieren.

Ana glimlachte naar haar dochter bij de eerste klanken van de gitaar, terwijl ze haar armen in een boog boven haar hoofd strekte en met haar heupen begon te draaien; de dans was nog niet begonnen, maar ze laadde zich op om zodra de mannen zover waren, meteen te beginnen. Milagros, bewegingloos tegenover haar, haar armen slap langs haar lichaam, accepteerde de uitnodiging zonder met haar ogen te knipperen.

'Schoonheid!' vleide een zigeuner de moeder.

Vooruit! leek de moeder tegen haar dochter te zeggen met een liefdevol tuiten van haar lippen. Milagros trok een pruilmondje en liet zich smeken. Een tweede gitarist stemde zijn snaren. Een zigeunerin liet haar castagnetten klinken. 'Kom op!' spoorde Ana haar dochter aan, terwijl ze opnieuw haar armen boven haar hoofd hief.

'Prachtwijven!' klonk het vanuit het publiek.

'Mooie meid!' riep de moeder tegen de dochter.

De gitaren begonnen eenstemmig te spelen. Verschillende paren castagnetten klepperden en Ana rechtte handenklappend haar rug tegenover Milagros.

'Vooruit nu, meisje!' spoorde ze haar aan.

De twee vrouwen begonnen precies tegelijk rond te draaien terwijl ze met hun rokken zwaaiden, en toen ze weer tegenover elkaar stonden, fonkelden Milagros' ogen en schitterden haar tanden in een brede glimlach.

'Dans, moeder!' riep het meisje. 'Dat lichaam! Die heupen! Ik zie ze niet bewegen!'

De mannen van de familie Carmona, die waren meegekomen, vielen het meisje bij. De gasten van de graaf, Fransen of Engelsen, dat deed er niet toe, stonden met open mond te kijken toen Ana de uitdaging van haar dochter accepteerde en zich sensueel naar voren boog. Milagros lachte en deed haar na. Die avond, met de zilveren glinstering van het water van de Guadalquivir op de achtergrond, probeerden de gitaren bij het licht van de toortsen in de tuin, tussen kamperfoelies en nachtschonen, sinaasappelbomen en citroenbomen, het hartstochtelijke ritme van de vrouwen te volgen; de handen klapten vurig en de dansers werden opgehitst door de sensualiteit en de vrijmoedigheid waarmee moeder en dochter de sarabande dansten.

Aan het eind versmolten Ana en Milagros in een bezwete omhelzing. Zwijgend, wetend dat het slechts een wapenstilstand was, dat dans en muziek toegang gaven tot een andere wereld, tot dat universum waar de zigeuners hun problemen konden ontvluchten.

Een lakei van de graaf trok hen uit elkaar.

'Hunne Genades wensen jullie te feliciteren.'

Moeder en dochter liepen naar de stoelen vanwaaruit de graaf en gravin en hun gasten naar de dans hadden zitten kijken terwijl de gitaren ter voorbereiding op de volgende dans alweer tokkelden. Don Alfonso, de graaf, stond op van zijn stoel, waarmee hij hen eerde alsof ze zijn gelijken waren, en ontving hen met beleefd handgeklap, waarin hij door de andere gasten werd bijgevallen.

'Buitengewoon!' riep don Alfonso uit toen de vrouwen voor hem stonden.

Als uit het niets verschenen José Carmona, Alejandro Vargas en enkele andere mannen van de twee families, die zich achter de vrouwen opstelden. Voordat hij hen aan de gasten voorstelde, gaf de graaf de zigeunerin een paar munten, die deze tevreden op haar hand woog. Het haar van Ana en Milagros hing verward langs hun gezicht, ze hijgden en het zweet op hun lichamen glinsterde bij het trillende licht van de toortsen.

'Don Michael Block, reiziger en onderzoeker uit Engeland,' stelde de graaf een lange, magere man voor, met een blozend gezicht overal waar het niet door een verzorgde grijze baard bedekt werd.

De Engelsman, niet in staat zijn blik af te wenden van de vochtige, prachtige borsten van de vrouw, die op het ritme van haar hijgende ademhaling op en neer bewogen, stotterde een paar woorden en gaf de zigeunerin een hand. De begroeting duurde langer dan strikt noodzakelijk was. Ana merkte dat de Carmona's, achter haar, onrustig werden; de graaf ook.

'Michael,' zei don Alfonso in een poging de begroeting af te breken, 'dit is Milagros, Ana Vega's dochter.'

De reiziger aarzelde maar liet de hand van de zigeunerin niet los. Ana kneep haar ogen half dicht en schudde onmerkbaar haar hoofd toen ze zag dat José, haar man, een stap naar voren deed.

'Don Michael,' zei ze toen, waarmee ze de aandacht van de Engelsman wist te trekken, 'datgene waarop U Edele uw zinnen heeft gezet, heeft al een eigenaar.'

'Wat?' bracht de reiziger met moeite uit.

'Wat ik zeg.' De zigeunerin wees met de gestrekte duim van haar linkerhand naar achteren, wetend dat José zijn enorme mes al tevoorschijn gehaald zou hebben.

De rozige jukbeenderen van de Engelsman werden lijkbleek en hij liet haar hand los.

'Milagros Carmona!' haastte de graaf zich toen te zeggen.

Het meisje glimlachte onverschillig naar de reiziger. Achter haar trok José Carmona zijn wenkbrauwen op en hield zijn mes zo dat het duidelijk zichtbaar was.

'De dochter van die mijnheer hierachter,' vulde Ana aan, terwijl ze opnieuw naar José wees. De blik van de Engelsman volgde de richting die de vrouw aanwees. 'Zijn dochter, begrijpt u, don Michael? Dochter,' herhaalde ze langzaam, met nadruk op elke lettergreep.

De Engelsman moest het begrepen hebben, want hij maakte met een duizelingwekkende buiging naar Milagros een eind aan de begroeting. De graaf en gravin en de andere gasten glimlachten. Ze hadden hem gewaarschuwd: 'Michael, die zigeunerinnen dansen als zedeloze duivelinnen, maar vergis u niet, op het moment dat de muziek stopt, bewaken ze hun eer even angstvallig als de meest preutse maagd.' Maar ondanks de waarschuwingen – de graaf wist het, de gasten wisten het, en de zigeuners ook – hadden die muziek en die dans, die soms vrolijk, soms triest, maar altijd sensueel waren, op de toeschouwers een effect dat hen hun verstand deed verliezen; talrijk waren de vechtpartijen met burgers die, opgezweept door het sensuele dansen, bij de zigeunerinnen te ver hadden proberen te gaan totdat ze die messen zagen, veel dichterbij dan de Engelsman had gedaan.

Deze keer zocht don Michael, wiens wangen langzaam hun natuurlijke roze kleur terugkregen, op een voorzichtige afstand van Milagros in zijn buidel en gaf het meisje een paar munten van acht realen.

'God zij met u!' bedankte José Carmona hem in naam van zijn dochter.

Zodra de graaf en gravin en hun gasten weer waren gaan zitten, klonken de gitaren, tamboerijnen en castagnetten opnieuw door de nacht.

'Wil je een sigaar?'

Milagros draaide zich om. Alejandro Vargas stak er haar een toe. Het meisje nam hem schaamteloos van boven naar beneden op; hij was een jaar of zestien en had de donkere huid en de fiere houding van de Vargas-mannen, maar ze miste iets... Zijn ogen? Dat moest het zijn. Hij was niet in staat iemands blik vast te houden zoals een echte zigeuner dat zou doen. En hij kon niet dansen, misschien omdat hij te lang was. Schuin achter hem zag ze dat haar moeder haar in de gaten hield.

'Een zuivere havanna,' drong Alejandro aan om aan haar oordelende blik te ontsnappen.

'Waar heb je die vandaan?' informeerde het meisje terwijl ze haar ogen op de sigaar in Alejandro's hand richtte.

'Mijn vader heeft er een stuk of wat gekocht.'

Milagros barstte in lachen uit. Het was er een van Caridad! Ze herkende hem aan de groene draad waarmee haar vriendin het uiteinde had afgebonden.

'Wat is er zo grappig?' vroeg de jongen.

Milagros gaf geen antwoord. Ze fronste haar wenkbrauwen naar haar moeder, die nu openlijk naar haar keek, verbaasd over haar schaterende lach. Zou zij het geweest zijn? vroeg het meisje zich af. Nee. Dat kon niet. Haar moeder zou de familie Vargas niet hebben durven bedriegen door hun iets als zuivere havanna te verkopen wat het niet was. Het kon alleen maar...

'U bent geweldig, grootvader!' riep ze met een glimlach op haar lippen.

'Wat zeg je?'

'Niets.'

Alejandro hield de sigaar nog steeds naar haar uitgestoken. Caridad had hem eigenhandig gemaakt! Misschien was zij er zelfs bij geweest toen ze dat deed.

'Kom eens hier met die sigaar!'

Milagros hield hem ter hoogte van haar ogen om hem vanuit de verte aan haar moeder te laten zien.

'Zuivere havanna,' bevestigde ze voordat ze haar gezicht in een grappige grijns vertrok.

'Ja,' hoorde ze Alejandro zeggen.

Ana schudde haar hoofd en sloeg met een hand in de lucht.

'Hij is vast goed,' zei het meisje tegen de zigeuner.

'Hartstikke goed.'

Zeker, dacht ze toen. Caridad heeft hem gedraaid.

'Een vuurtje?' onderbrak hij haar gedachten.

Milagros kon een berustende zucht niet onderdrukken.

'Een vuurtje? Natuurlijk wil ik een vuurtje! Hoe moet ik anders roken? Zie je mij soms vuur bij me hebben?'

Alejandro haalde onhandig de vuursteen en het vuurslag uit een zak.

'En het tondel?' joeg Milagros hem op.

Alejandro mompelde iets terwijl hij tevergeefs in de zak rommelde.

'Laat maar!' zei het meisje ongeduldig. 'In dat zakje had je het allang gevonden moeten hebben. Snap je niet dat je geen tondel bij je hebt? Hier. Ga hem maar aan een van de toortsen aansteken.'

En jij bent degene die het veulen gaat temmen? dacht Milagros terwijl ze toekeek hoe hij gehoorzaam naar een van de toortsen liep. Hij liep als alle zigeuners, langzaam, rechtop in zijn volle lengte, maar hij zou zelfs geen ezel kunnen temmen. Zij... Met haar blik zocht ze haar moeder. Die stond afwezig achter een van de gitaristen te klappen om de dansers aan te moedigen. Zij wilde een echte man!

Milagros raakte Alejandro de rest van de avond niet meer kwijt. Ze deelden de sigaar. 'Heb je er niet nog een?' mopperde zij. Maar zijn vader had hem er maar één gegeven. En ze dronken. Goede wijn, waarvan de graaf veel had meegebracht om het feest gezellig te maken. Het meisje danste nog een dans, een vrolijke seguidilla die door de vrouwen met veel enthousiasme gezongen werd. Ze danste met de andere jongeren, onder wie een Alejandro die zich vreselijk uitsloofde.

'Ik heb je nog nooit horen zingen,' zei hij toen de dans afgelopen was.

Milagros merkte dat haar hoofd tolde: de wijn, de tabak, het feest...

'Waarschijnlijk omdat je niet goed hebt opgelet,' loog ze met aanhalige stem. 'Interesseer ik je zo weinig?'

Het was echter waar dat ze nooit spontaan in zingen was uitgebarsten, hoewel haar vader haar vaak aanspoorde; ze zong alleen samen met anderen en omdat ze niet goed zong liet ze haar stem dan opgaan tussen die van de andere vrouwen. 'Maak je geen zorgen,' stelde haar moeder haar gerust. 'Dans, verleid ze met je lichaam, dat zingen komt wel.'

Alejandro voelde het als een nieuwe klap in zijn gezicht.

'Ik...' stotterde hij.

Milagros zag hoe hij zijn blik neersloeg. Een zigeuner bleef je altijd aankijken. Het beeld van Caridad kwam bij haar boven. De duizeligheid versterkte het gevoel van ontzetting tegenover degene die uitverkoren was haar echtgenoot te worden.

'Die kin!' riep ze. 'Omhoog!'

Maar Alejandro reageerde opnieuw verlegen.

'Ik ben wel in je geïnteresseerd. Natuurlijk wel.' Hij praatte net zoals Caridad toen ze in de steeg aankwam, met zijn ogen naar de grond gericht. 'Ik zou alles voor je doen, alles...'

Milagros keek hem peinzend aan; alles?

'Er is een pottenbakker in Triana...' zei ze in een impuls.

Milagros had het er met haar moeder over gehad, woedend, in alle staten nadat broeder Joaquín en zij door middel van duizend-en-een vragen die snikkend beantwoord werden, uit Caridad hadden weten te krijgen wat er bij de pottenbakker gebeurd was.

'Dat is geen zaak van de zigeuners,' onderbrak Ana haar.

'Maar moeder!'

'Milagros, we hebben al genoeg ellende. De autoriteiten zitten achter ons aan. Breng ons niet nog meer in de problemen! Je weet dat we ons zelfs niet mogen kleden zoals we doen; ze zouden ons alleen al vanwege onze kleren kunnen oppakken.'

Het meisje maakte een gebaar van onbegrip en wees op haar blauwe rok.

'Nee,' verduidelijkte Ana. 'Hier in Triana, in Sevilla, genieten we de bescherming van een aantal notabelen en kopen we het zwijgen van de rechters, maar buiten Sevilla worden we opgepakt. En ze sturen ons naar de galeien alleen omdat we zigeuners zijn, omdat we rondtrekken, omdat we ketels smeden, werktuigen repareren of paarden en muildieren beslaan. Ons ras wordt al vele jaren vervolgd; ze beschouwen ons als uitschot alleen omdat we anders zijn. Als Caridad een zigeunerin was... dan zou het vanzelfsprekend zijn! Maar we moeten de problemen niet opzoeken. Je vader zou het nooit goedvinden...'

'Vader haat Caridad.'

'Dat kan zijn, maar dat verandert niets aan het feit dat ze geen zigeunerin is. Ze is niet een van ons. Het spijt me voor haar... Het spijt me echt,' herhaalde de moeder nadrukkelijk toen ze de wanhoop van haar dochter zag. 'Milagros, ik ben een vrouw en ik kan me de lijdensweg van de negerin beter voorstellen dan jij, maar we kunnen niets doen, echt niet.'

Aan broeder Joaquín had ze ook niets, ondanks de stijgende woede waarmee hij, herinnerde Milagros zich, op de avond van het ganzengevecht Caridads verhaal had aangehoord.

'Wat wil je dat ik doe, Milagros?' verontschuldigde hij zich. 'Hem aangeven? Een eerzame handwerksman die al jaren in Triana werkt aangeven op basis van het verhaal van een net vrijgelaten zwarte slavin die hier niemand kent? Wie zou voor haar getuigen? Ik weet het,' voegde hij er snel aan toe om haar antwoord voor te zijn, 'jij zou het doen en ik zou je geloven, maar jij bent een zigeunerin en de rechters zouden je getuigenis niet eens toelaten. Alle handwerkslieden zouden zich achter hem scharen. Het zou Caridads ondergang zijn, Milagros. Ze zou het niet kunnen verdragen, ze zouden zich als wilde honden op haar storten. Troost haar, wees haar vriendin, help haar met haar nieuwe leven... maar zet dat idee van wraak uit je hoofd.'

De volgende zondag sprak broeder Joaquín echter duidelijke taal vanaf de preekstoel in de Santa Ana-parochie, wetend dat veel van de aanwezigen Caridad misbruikt hadden. Zijn blik zocht de pottenbakker die haar geprostitueerd had. Dreigend ging zijn uitgestoken vinger van de ene naar de andere kant. Hij schreeuwde en tierde. Hij hief zijn handen met gekromde vingers ten hemel en brulde tegen de schurken en tegen degenen die de zonde van het vlees begingen, helemaal als die tegen weerloze vrouwen begaan werd! Met medeweten van de pastoors van de Santa Ana, die hem hadden uitgenodigd om te komen preken, voorspelde hij de angstige, ineenkrimpende parochianen dat ze eeuwig zouden branden. Daarna zag hij ze mompelend de kerk verlaten.

Maar wat maakte het uit? mopperde hij toen de kerk leeg was en de stilte alleen door het geluid van zijn eigen stappen doorbroken werd. Het was allemaal niets meer dan een hypocriet spel! In Sevilla werden de kwijtscheldingen om een volle aflaat te verkrijgen per dozijn gegeven. Al die mensen zouden alleen door op een bepaalde dag een bepaalde kerk te bezoeken, op een dinsdag bijvoorbeeld die van San Antonio de los Portugueses, een volle aflaat verkrijgen en van alle zonden verlost worden, zo onschuldig en rein worden alsof ze net geboren waren. Broeder Joaquíns sardonische lach galmde door de Santa Ana. Waarom zouden ze berouw tonen of zich voornemen hun leven te beteren? Ze zouden rennen om hun aflaat te halen, om hun ziel te louteren, en vervolgens naar huis gaan in de overtuiging dat ze de duivel hadden ontlopen, klaar om zich opnieuw te misdragen.

Milagros en Alejandro stonden vlak bij de zeepfabriek, naast het kasteel van de Inquisitie; de penetrante geur van de oliën en kaliumzouten waarmee de witte zeep van Triana werd gemaakt, overweldigde hen.

Bij het licht van de toortsen van het kasteel van San Jorge zag het meisje dat haar verloofde zijn hand om het heft van de dolk klemde die hij om zijn middel droeg. Het zigeunermeisje probeerde haar onvaste gang te corrigeren, als een onkwetsbare koningin naast de drie zigeuners die haar vergezelden: Alejandro, zijn jongere broer en een van zijn neven. Ook zij speelden met het handvat van hun messen.

Ze waren doorgegaan met drinken, een eindje bij de muziek vandaan die de edelen en hun gasten vermaakte, terwijl Milagros die jongen die bereid was alles voor haar te doen, vertelde wat Caridad bij haar aankomst in Triana overkomen was. Daarbij wond ze zich weer erg op en in haar stem klonk zo mogelijk nog meer walging dan toen ze het haar moeder vertelde. Alejandro kende Caridad, het was onmogelijk die zwarte vrouw die in het woonblok bij Melchor de Galeier woonde, over het hoofd te zien. 'Klootzak,' gromde hij verschillende keren terwijl het meisje uitvoerig uitlegde wat er gebeurd was.

'Schurftige hond!' riep hij uit toen hij hoorde hoe de man haar vastgeketend had. Milagros zweeg en probeerde haar blik op hem te concentreren. Alejandro, ook onder invloed van de drank, dacht in die glazige ogen een glimp van genegenheid te bespeuren. 'Zwijn!' voegde hij eraan toe.

'Ploert!' siste Milagros tussen haar tanden voordat ze met haar verhaal verder ging.

Het zigeunermeisje vond bij Alejandro het begrip dat ze niet bij haar moeder en ook niet bij broeder Joaquín gevonden had. Ze praatte opgewonden. Hij op zijn beurt voelde dat ze dichterbij kwam, dat ze zijn steun zocht, dat ze zich aan hem overgaf. De wijn deed de rest.

'Hij verdient de dood,' vonniste Alejandro toen Milagros klaar was met haar verhaal.

Vanaf dat moment ging alles razendsnel.

'We gaan,' sommeerde de zigeuner.

'Waarheen?'

'Je vriendin wreken.'

Alejandro trok het meisje mee. Het simpele contact met Milagros' arm gaf hem moed. In de hal van het huis waar het feest werd gehouden, liep de zigeuner zijn jongere broer en neef tegen het lijf.

'Ik heb een rekening te vereffenen,' zei hij tegen ze terwijl zijn vingers het handvat van zijn dolk beroerden. 'Gaan jullie mee?'

Beiden hadden geknikt, misschien omdat ze de zigeunerwet wilden naleven, misschien vanwege de opwinding die het feest en de wijn veroorzaakten. Onder het lopen vertelde Alejandro ze over Caridad en de pottenbakker. Milagros dacht geen moment meer aan de waarschuwingen van haar moeder.

De wijk was verlaten. Het was een pikdonkere nacht. Met een bijna onmerkbaar gebaar van haar kin wees het meisje naar een van de huizen in de straat. Caridad had het haar uiteindelijk doodsbang vanuit de verte aangewezen.

'Dat huis is het,' deelde de zigeuner mee. 'Jullie houden de wacht.'

En zonder zich te bedenken begon hij meteen op de deuren van de werkplaats te bonzen. Het was een oorverdovend lawaai.

'Pottenbakker!' schreeuwde de zigeuner. 'Doe open, pottenbakker!'

De andere twee liepen de straat op en neer met een kalmte waar Milagros van onder de indruk was. Echte zigeuners waren het! Alejandro bonsde opnieuw op de deur. Het luik van een huis aan de overkant werd geopend en het bleke licht van een kaars scheen naar buiten. De jongere broer van Alejandro wendde zijn hoofd naar het licht, alsof een dergelijke nieuwsgierigheid hem verbaasde. Hij is waarschijnlijk nog geen vijftien jaar, dacht Milagros. Het luik werd met een harde klap gesloten.

'Pottenbakker, doe open!'

Milagros richtte haar aandacht weer op Alejandro en merkte ontdaan dat ze kippenvel kreeg bij het zien van zijn onverschrokken manier van doen; een rilling die ze over haar rug voelde lopen, begon haar van haar dronkenschap te bevrijden.

'Wie is daar? Wat moet je om deze tijd?'

De stem kwam uit een van de ramen van de bovenverdieping.

'Opendoen!'

Milagros stond als gehypnotiseerd.

'Hou op met die herrie of ik roep de nachtwacht!'

'Voordat die er is, heb ik je huis in brand gestoken,' dreigde de jongen. 'Doe open!'

'Hierheen! Help! Gerechtsdienaren! Help!' schreeuwde de pottenbakker.

Alejandro sloeg opnieuw op de deur zonder acht te slaan op de hulpkreten die zich met zijn nachtelijk gebonk vermengden. Plotseling reageerde Milagros. Waar waren ze mee bezig? Ze liet haar blik door de straat gaan. Uit een naburige werkplaats kwam een man in nachthemd met een oude donderbus in zijn hand. Een paar deuren gingen open. De pottenbakker schreeuwde nog steeds en Alejandro sloeg nog steeds op de deur.

'Alejandro,' wist Milagros aarzelend uit te brengen.

Hij hoorde haar niet eens.

'Het zijn maar een paar zigeunerjongens!' schreeuwde de man in het nachthemd.

'Alejandro,' herhaalde Milagros.

'Het zijn gewoon vier armoedzaaiers!'

De broer en de neef deinsden achteruit bij het zien van de mannen die uit de buurhuizen kwamen, allemaal gewapend: met donderbussen, stokken, bijlen, messen... Een van hen liet een schaterlach horen toen hij de angst op het gezicht van de jongens zag.

'Alejandro!' krijste Milagros precies op het moment dat de deur van de werkplaats openging.

Het gebeurde allemaal razendsnel. Milagros zag hem maar vaag, voldoende echter om de man te herkennen aan wie ze in San Roque op de dag van het ganzengevecht sigaren had geprobeerd te verkopen. Met ontbloot bovenlichaam, in een rafelige onderbroek stond hij in de deuropening; achter hem stond zijn zoon met een oud zwaard in zijn hand. De man hield een donderbus vast waarvan de dreigende ronde mond het meisje immens leek. Op dat moment trok Alejandro de dolk uit zijn riem maar toen hij aanstalten maakte zich op de pottenbakker te storten, schoot deze. Een regen van loden kogels verwoestte het hoofd en de nek van de jongen, die door de klap tegen de grond sloeg.

De mannen op straat stonden als verlamd. De zigeuners, verbijsterd, stamelend, draaiden onophoudelijk hun hoofd van het verminkte lichaam op de grond naar de pottenbakkers die hun collega te hulp geschoten waren. Milagros keek onthutst naar haar met bloed en stukjes Alejandro bespatte handen en kleren.

'Jullie hebben een Vargas gedood,' wist de oudste van de zigeuners uit te brengen.

De mannen keken elkaar aan, alsof ze zich afvroegen of ze het dreigement serieus moesten nemen. Binnen in de werkplaats probeerde de pottenbakker met bevende handen zijn donderbus te herladen.

'Laten we ze afmaken!' stelde een van de handwerkslieden voor.

'Ja. Dan komt niemand erachter!' voegde een ander toe.

De zigeuners hielden hun dolken naar voren gestoken, terwijl ze aan weerskanten van Milagros naast het lijk van Alejandro gingen staan tegenover de mannen die in een halve cirkel om hen heen stonden. Een paar mannen schudden hun hoofd.

'Het zijn nog maar jongens. We kunnen ze niet...'

'Rennen!'

De oudste van de twee zigeuners maakte gebruik van de besluiteloosheid: hij greep Milagros bij haar arm en rende met haar in de richting van degene die zijn twijfels had geuit, en Alejandro's broer rende met hen mee. Ze botsten tegen de man op, die op de grond viel, en sprongen over hem heen nog voordat hij zijn zin afgemaakt had. Een andere pottenbakker richtte zijn donderbus op de rug van de jongens, maar degene die naast hem stond duwde de loop omhoog.

'Wil je soms iemand van de onzen raken?' vroeg hij vanwege de nabijheid van de andere nieuwsgierigen die naar buiten begonnen te komen.

Toen ze weer naar de zigeuners keken, verdwenen die al in de duisternis van de nacht. Zwijgend draaiden ze zich om naar het lijk dat in een plas bloed voor de deur van de werkplaats lag. We hebben een Vargas gedood, leken ze te zeggen.

# 7

Tomás Vega had zich aangemeld bij de groep zigeuners die onder leiding van zijn broer Melchor op weg gingen naar de kust bij Málaga om de tabak van Gibraltar op te halen. Samen liepen ze voorop, ogenschijnlijk onbezorgd pratend, maar al hun zintuigen waren gespitst op de kleinste aanwijzing dat er een patrouille soldaten of leden van de heilige hermandad in de buurt waren. Achter hen liepen vier jongemannen van de familie Vega, die evenzoveel paarden aan een halster meetrokken; de paarden waren uitgerust met speciale tuigage voor lastdieren: pakzadels, singels van stevig touw en borstriemen; de koning had het gebruik van paarden als lastdieren verboden – alleen ezels en muildieren met een koeienbel om hun nek mochten daarvoor gebruikt worden – maar hij had Sevilla van dat verbod uitgesloten. De jonge zigeuners lachten en maakten grappen, alsof de aanwezigheid van hun ooms hun veiligheid garandeerde. De stoet werd gesloten door Caridad, die hevig zweette onder de donkere cape en hoed en voortdurend oplette of er geen puntje van haar rode kleren te zien was, zoals Melchor haar voor hun vertrek opgedragen had. Het moet de rode kleur zijn, dacht de vrouw, want de zigeuners bleven hun kleurrijke kleding zonder enig probleem dragen. Ze liep ongemakkelijk op de oude sandalen met de dunne leren zool die Melchor haar in de zigeunerbuurt bij de Huerta de la Cartuja gegeven had; nooit eerder had ze haar voeten beschermd. Ze waren inmiddels vier dagen onderweg en liepen nu in de Serranía de Ronda. De eerste dag had Caridad tijdens een rustpauze de leren banden losgemaakt waarmee de zolen aan haar enkels gebonden zaten, omdat die schuurden. Melchor, die op een grote steen aan de kant van de weg zat, sloeg haar gade en toen hun blikken elkaar kruisten, haalde hij zijn schouders op alsof hij haar toestemming gaf ze uit te doen. Daarna nam hij een flinke slok uit de wijnzak die ze bij zich hadden.

De zigeuner reageerde net zo onverschillig toen Caridad zich de volgende dag, na een nacht onder de blote hemel, bedacht en voordat ze op weg gingen de zolen weer onderbond. Ze was gewend op blote voeten te lopen. Op Cuba lette ze altijd goed op, vooral net na de suikeroogst, dat ze niet in een scherp stuk suikerriet trapte, maar de Sevilliaanse wegen waren heel anders dan die van de plantages en het Cubaanse veld: ze zaten vol stenen, waren droog, stoffig en in de Andalusische hondsdagen gloeiend heet, zodat er maar weinig mensen gebruik van leken te willen maken en hun tocht zonder enige tegenslag verliep.

Hoewel Melchor hen over moeilijk begaanbare geitenpaadjes leidde, verschafte de klim naar boven hun enige koelte; het belangrijkste was echter dat de twee broers Vega zich ontspanden nu ze niet meer door open veld liepen. Op de weg zou een ontmoeting met de autoriteiten inbeslagname van wapens en paarden en opsluiting in de gevangenis hebben betekend, maar de bergen waren van hen; het was het gebied van smokkelaars, bandieten, criminelen en allerlei mensen die voor justitie op de vlucht waren. Daar konden de zigeuners zich vrij bewegen.

'Zwartje!' riep Melchor terwijl ze achter elkaar door het dichte kreupelhout naar boven liepen, zonder zich zelfs naar haar om te draaien. 'Je mag je kleuren weer laten zien, misschien jaag je het ongedierte ermee op de vlucht.'

De anderen lachten. Caridad maakte van de gelegenheid gebruik om zich van de cape en de hoed te ontdoen en haalde diep adem.

'Ik zou de negerin dat prachtige donkere lijf bedekt laten houden,' zei Tomás tegen zijn broer. 'Straks krijgen we problemen met de andere mannen.'

'In Gaucín bedekken we haar weer.'

Tomás schudde zijn hoofd.

'Hoe je ook je best doet om haar te bedekken, zelfs een blinde zou haar nog zien.'

'Dat zou een mooi moment zijn om je ogen te openen,' grapte zijn broer.

'De mannen zullen zich op haar storten. Ze heeft dan misschien verstand van tabak, maar was het echt zo belangrijk dat ze meeging?'

Melchor zweeg enkele seconden.

'Ze kan goed zingen,' was alles wat hij ten slotte zei.

Tomás gaf geen antwoord en ze klommen verder, maar Melchor hoorde hem zachtjes vloeken.

'Zwartje, zing eens wat!' riep hij toen.

Zing, neger! herinnerde Caridad zich. Het was de kreet van de opzichters op de suikerplantages voordat ze de zweep over hun ruggen lieten knallen. Een neger die zingt, denkt niet, had ze de blanken talloze malen horen zeggen, en de slaven zongen altijd: ze zongen in de rietvelden en in de fabrieken op aandringen van de opzichters, maar ook wanneer ze met elkaar wilden communiceren of wanneer ze tegen de baas wilden klagen; ze zongen om hun droefenis te uiten of hun schaarse vreugden; ze zongen zelfs wanneer ze niet hoefden te werken.

Caridad zette een monotoon, diep, hees, repetitief lied in dat zich vermengde met het klepperen van de paardenhoeven op de stenen en dat ten slotte tot in de geest van de zigeuners doordrong.

Tomás knikte goedkeurend toen hij merkte dat zijn benen zich aan het ritme van die Afrikaanse klanken probeerden aan te passen. Een van de jongens draaide zich verbaasd naar haar om.

Zing eens wat, zwartje, dacht Caridad intussen. Het was niet hetzelfde bevel als dat van de opzichters ginds in Cuba. De zigeuner leek van haar stem te genieten. De avonden dat hij in het woonblok sliep en Caridad daar op de plank de tabak zat te verwerken, liet hij zich na het uitkleden op zijn stromatras vallen en vroeg haar wat te zingen. Zing eens wat, zwartje, fluisterde hij dan. En zonder op te houden met werken, zonder te stoppen met het snijden van de tabaksbladeren of het in elkaar draaien ervan, zong Caridad bij het licht van de kaarsen, terwijl Melchor achter haar lag. Ze had nooit haar hoofd om durven draaien, zelfs niet wanneer het gesnurk of de rustige ademhaling van de man erop duidden dat hij sliep. Wat zou die zigeuner denken als hij naar haar luisterde? Melchor onderbrak haar niet, neuriede niet mee; hij luisterde alleen aandachtig, rustig liggend, meegevoerd door het trieste zingen van Caridad. Hij had haar nooit aangeraakt, hoewel ze soms wel iets had waargenomen dat leek op de wellust waarmee zoveel anderen hun ogen over haar lichaam lieten gaan. Zou ze gewild hebben dat hij het deed, dat hij haar aanraakte, dat hij haar ten slotte nam? Nee, antwoordde ze bij zichzelf. Dan zou hij een van de velen worden, en nu was hij de eerste man die ze kende, met wie ze omging, die haar met geen vinger aangeraakt had. Haar hele leven, vanaf het moment dat ze haar van haar land en haar familie hadden weggerukt, had Caridad met tabak gewerkt, en toch kreeg de plant in die nachten dat ze het deed terwijl Melchor achter haar op de matras lag, een geur die ze nooit eerder had geroken; op die momenten, terwijl ze naar zichzelf luisterde en keek hoe haar lange vingers de tere bladeren hanteerden, ontdekte Caridad bij zichzelf gevoelens die ze nooit eerder had gehad, en begon ze zwaar te ademen. Soms moest ze, door angst overmand vanwege die gevoelens die ze niet herkende en niet begreep, zelfs stoppen met werken totdat haar handen niet meer trilden.

'Vrijheid,' verzekerde Milagros haar na enig nadenken toen Caridad het haar op een dag vertelde. 'Dat heet vrijheid, Cachita,' herhaalde het meisje met een voor haar ongebruikelijke ernst.

'Kijk, zwartje, dat is het land waar je geboren bent: Afrika.'

Caridad speurde de horizon af in de richting waarin Melchor wees, en kon aan de overkant van de zee vaag een wazige lijn onderscheiden. Ze bedekte zich weer met de cape en de slappe hoed, die ze tot over haar oren trok; naast haar schitterde de zigeuner echter in zijn hemelsblauwe zijden vest en zijn met zilver afgezette kniebroek. In zijn rechterhand had hij een musket met vonkontsteking dat hij bij aankomst in Gaucín, nadat ze vier dagen over smalle weggetjes en onbegaanbare paadjes hadden gelopen, uit de zadeltassen van een van de paarden had gehaald.

'En die rots daar, bij de zee,' wees Melchor met de loop van zijn geweer, terwijl hij zich tot hen allemaal richtte, 'dat is Gibraltar.'

Het herendorp Gaucín, gelegen op de weg van Gibraltar naar Ronda, was een belangrijke enclave in de Serranía. Het dorp telde rond de duizend inwoners en erboven uittorende, op een steile, moeilijk toegankelijke rots, het Águila-kasteel. De zigeuners en Caridad genoten enkele ogenblikken van het uitzicht, totdat Melchor bevel gaf koers te zetten naar de herberg van Gaucín, die zo'n drie mijl buiten het dorp op een kaal terrein langs de weg lag: een gebouw van één verdieping, voorzien van stallen en hooibergen.

Het was rond het middaguur, en de geur van geroosterde geit herinnerde hen eraan dat ze al een tijd niets gegeten hadden. Een lange rookpluim steeg op uit de schoorsteen van een grote oven waarvan het dakgewelf boven een van de muren van het gebouw uitstak. Een paar jongens kwamen aangerend om zich over de paarden te ontfermen. De neven pakten hun spullen, lieten de paarden in handen van de jongens en haastten zich achter Melchor, Tomás en Caridad aan, die al door de deur van de herberg naar binnen stapten.

'Ik begon al bang te worden dat ze jullie onderweg opgepakt hadden!' riep iemand vanaf een van de ruwe tafels.

Het licht stroomde de herberg binnen. Melchor herkende Bernardo, zijn galeimaat, die achter een heerlijke vleesschotel, een stuk brood en een karaf wijn zat.

'Het is een tijd geleden dat ik je hier heb gezien, Melchor,' begroette de herbergier hem met uitgestoken hand, die de zigeuner stevig drukte. 'Ik hoorde dat je liever bij de grens met Portugal werkte.'

Voordat hij antwoord gaf, keek de zigeuner de herberg rond: slechts twee andere tafels waren bezet, beide door een aantal mannen die zaten te eten met hun wapens op tafel, altijd bij de hand: smokkelaars. Sommige groetten Melchor met een hoofdknik, andere staarden naar Caridad.

'God zij met u, heren!' groette de zigeuner. Daarna draaide hij zich om naar de herbergier, die ook naar de vrouw stond te kijken. 'Je werkt waar je kunt, José,' verhief hij zijn stem om zijn aandacht te trekken. 'Gisteren was dat bij de Portugezen, vandaag bij de Engelsen. Alles goed met de familie?'

'Die wordt steeds groter.' De herbergier wees naar een vrouw en twee meisjes die druk bezig waren bij de grote houtoven.

De zigeuners, Caridad en de herbergier liepen naar de lange tafel waar Bernardo op hen zat te wachten.

'Zijn ze al in aantocht?' vroeg Melchor toen hij de bedrijvigheid van de vrouwen bij de oven zag en het weinige publiek dat er was om alles wat erin geroosterd werd op te eten.

'Ze zijn kort geleden gesignaleerd toen ze langs Algatocín kwamen,' antwoordde José. 'Drie mijl hiervandaan. Het zal niet lang meer duren. Gebruik de tijd om te eten en te drinken voordat hier alles in rep en roer is.

'Met hoevelen zijn ze?'

'Meer dan honderd.'

De zigeuner fronste zijn wenkbrauwen. Het ging om een behoorlijke groep. Nog bij de tafel staand wierp hij een vragende blik op Bernardo.

'Ik zei toch dat er meerdere boten bij de rots waren aangekomen,' verklaarde deze terwijl hij het geitenpootje in zijn hand omdraaide, alsof het hem volstrekt onverschillig liet. 'Er is meer dan genoeg handelswaar. Geen zorgen, ons deel ligt vast.'

Voordat hij ging zitten, met zijn gezicht naar de deur, legde Melchor zijn musket in de volle lengte dwars over de tafel, met een klap die misschien onnodig hard was, alsof hij duidelijk wilde maken dat wapens het enige waren wat zijn handel kon garanderen.

'Kom naast me zitten, zwartje,' zei hij tegen Caridad terwijl hij op de bank die rondom de tafel stond klopte.

De herbergier gebaarde nieuwsgierig met zijn kin naar de vrouw.

'Dat is mijn negerin,' verklaarde de zigeuner. 'Zorg dat iedereen dat weet en breng ons iets te eten. Jij,' voegde hij eraan toe richting Caridad, 'je hebt het gehoord: hier ben je mijn negerin, ben je van mij.' Caridad knikte terwijl ze zich de woorden van Milagros herinnerde: Blijf bij grootvader. Ze voelde de spanning bij de zigeuners. 'Zorg dat je goed bedekt blijft, je hoed mag je wel afzetten. En de rest van jullie...' Op dat moment glimlachte de zigeuner naar Bernardo, schonk een glas wijn tot aan de rand vol en dronk het bijna in één teug leeg. 'De rest van jullie, pas op met de wijn!' waarschuwde hij terwijl hij met de rug van zijn hand zijn lippen afveegde. 'Ik wil dat jullie goed wakker zijn wanneer die van Encinas Reales komen.'

Encinas Reales, Cuevas Altas en Cuevas Bajas waren drie kleine dorpjes die vlak naast elkaar in oude grensgebieden lagen, in het dal van de rivier de Genil, op zo'n negentig mijl van Gaucín. De drie plaatsen waren veranderd in een toevluchtsoord voor smokkelaars, die daar in volledige straffeloosheid opereerden. De overgrote meerderheid van de inwoners smokkelde, vooral tabak, en degenen die dat niet deden, dekten hen of verdienden eraan. In de dorpen werkten vrouwen en geestelijken samen in de handel, en wat de autoriteiten ook probeerden, ze slaagden er niet in de orde te handhaven in die enclaves van meedogenloze, gewelddadige en geharde mannen, waar de wetten van het zwijgen en van de wederzijdse bescherming heersten. De mensen uit de drie dorpen organiseerden voortdurend tochten, soms naar Portugal, via de route van Palma del Río en Jabugo, om daar de grens over te steken naar Barrancos of Serpa; andere keren naar Gibraltar, via Ronda en zijn Serranía. Op zoek naar de veiligheid die zulke grote groepen boden, voegden dragers en andere criminelen uit Rute, Lucena, Cabra, Priego zich bij hen, waardoor ze kleine maar gevreesde legers vormden die in omvang en sterkte superieur waren aan welke patrouille ook, inclusief die van de soldaten van de koning, van wie de meesten corrupt waren, of anders slecht betaald, oud of kreupel.

De enige persoon in de herberg van Gaucín die het kabaal dat de smokkelaars maakten pas hoorde toen hun geschreeuw en gelach de omgeving van de herberg overspoelden, was Caridad; de anderen hoorden hoe het vage geluid in de verte tot een enorme herrie aanzwol, naarmate mannen en paarden dichterbij kwamen. De vier jonge Vega's werden nerveus en keken elkaar gespannen aan, terwijl ze bij Tomás de rust zochten die ze door hun onervarenheid misten. Melchor en Bernardo echter wachtten de mannen uit Encinas Reales op met een paar goede sigaren tussen hun vingers, genietend van de jonge bergwijn, scherp en sterk, en keken elkaar zwijgend aan alsof ze in volmaakte symbiose met iedere slok een deel wilden heroveren van die verschrikkelijke jaren die ze vastgeketend aan de banken van de koninklijke galeien hadden doorgebracht.

In tegenstelling tot hen allen en ook de andere gasten in de herberg, die onrustig op hun banken heen en weer schoven, knabbelde Caridad enthousiast aan de botten van het op hout geroosterde, aromatisch gekruide geitje. Ze kon zich niet herinneren ooit zoiets verrukkelijks gegeten te hebben! Zelfs de blauwe rookwolken die de zigeuner naast haar de lucht in blies, konden haar niet afleiden, dus zeker niet de opschudding die de nabijheid van een groep smokkelaars veroorzaakte. De zigeuners aten niet goed: vaak was het vlees bijna bedorven en waren de groenten verlept, maar het was tenminste gevarieerder dan de maïspap met stokvis die de meester de slaven op zijn plantage iedere dag te eten gaf. Een glaasje brandewijn, dat was wat ze 's ochtends kregen om wakker te worden en aan het werk te kunnen gaan. Nee, het eten was zeker niet de reden dat Caridad bij de zigeuners bleef, hoewel... als je dat optelde bij een plek om te slapen... 'Cachita, je kunt gaan wanneer je wilt, je bent vrij, begrijp je? Vrij,' zei Milagros steeds weer tegen haar. Maar wat moest ze zonder Milagros? Een paar dagen voordat ze vertrok om met de grootvader te gaan smokkelen, had het meisje tijdens een lome zonsondergang die zich tegen het niet langer verlichten van Sevilla leek te verzetten, opnieuw haar verdriet om haar toekomstige huwelijk met Alejandro Vargas geuit. Zij was verliefd op Pedro García. 'Ik hou van hem,' had ze gesnikt, toen ze met zijn tweeën aan de oever van de Guadalquivir voor zich uit zaten te kijken. Milagros had toen haar hoofd op Caridads schouder gelegd, net zoals Marcelo altijd deed, en zij had haar in een poging haar te troosten over haar hoofd geaaid. Waar moest ze heen zonder Milagros? Alleen al de herinnering aan wat er bij de pottenbakker was gebeurd, versomberde haar gedachten; Caridad dacht terug aan die dag dat ze onder de sinaasappelboom was gaan zitten om op de dood te wachten. Die avond kwam Elegua naar haar toe, de God die over het lot van de mensen heerst, die naar believen over hun levens beschikt. Hoe lang was het geleden, had ze op dat moment gedacht, dat ze met de orisha's had gepraat, dat ze hun offerandes had gebracht, dat ze door hen bezeten was. Toen had ze haar krachten verzameld en voor hem gezongen, en de grillige Elegua draaide en draaide om haar heen met een grote sigaar in zijn mond totdat hij tevreden was met die kleine offerande en haar de zigeuner stuurde om haar te helpen verder te leven. Melchor respecteerde haar. Hij was het ook geweest die haar naar de San Jacinto had gebracht en haar aan broeder Joaquín had voorgesteld. Daar, in die kerk in aanbouw, bevond zich La Candelaria, de Heilige Maagd van het Licht: Oyá voor de Cubaanse slaven. Oyá was niet haar orisha, dat was Oshún, Caridad, de Heilige Maagd van de Naastenliefde, maar er werd altijd gezegd dat er geen Oyá was zonder Oshún, en geen Oshún zonder Oyá, en sindsdien wendde Caridad zich met haar gebeden tot La Candelaria; ze knielde voor haar en wanneer niemand haar zag, verving ze haar Ave Maria's door zachtjes geprevelde liederen voor de orisha die de Heilige Maagd vertegenwoordigde, en dan wiegde ze met haar lichaam heen en weer. Voordat ze weer wegging, liet ze altijd een deel van een gestolen tabaksblad vallen, ze had niets anders om haar aan te bieden. In de tijd dat ze in Sevilla was had ze de vrije zwarten in de stad gezien: de meesten van hen waren niet meer dan een stel op straat bedelende stakkers die opgingen tussen de honderden bedelaars die de hoofdstad bevolkten en die met elkaar om een geldstuk vochten. Ze had het goed bij de zigeuners, besloot Caridad, ze hield van Milagros, en Melchor zorgde voor haar.

'Zwartje, straks kluif je je vingers er nog af.'

De woorden van de zigeuner brachten haar terug naar de werkelijkheid en daarmee naar de opschudding buiten. Caridad zat met een afgekloven bot in haar hand. Precies op het moment dat ze dat op het bord legde, werden de deuren van de herberg opengegooid en stormde er een grote groep gewapende, smerige, schreeuwende mannen naar binnen. Caridad onderscheidde verschillende mulatten en zelfs een paar religieuzen. De herbergier deed zijn best, maar het was onmogelijk ze allemaal een plaats te geven. De smokkelaars schreeuwden en lachten; sommigen duwden zonder pardon anderen aan de tafels opzij, waarbij hun gezag bleek uit de onderdanigheid van degenen die weggeduwd werden. Er kwamen ook een paar vrouwen binnen, hoeren die hen volgden en die zonder enige schaamte dichterbij kwamen om hun charmes te verkopen aan degenen die de aanvoerders leken te zijn van de verschillende groepen waaruit de bende bestond. De herbergier en zijn gezin begonnen kannen wijn, brandewijn en bladen vol geroosterde geit op de tafels te zetten; de man deed zijn best om de hardste schreeuwers zo snel mogelijk te bedienen, zijn vrouw en hun twee jonge dochters probeerden vooral klappen op hun billen en ongewenste omhelzingen te ontwijken.

Vier mannen wilden gaan zitten op de nog vrije plaatsen op de lange banken aan de tafel van de zigeuners, maar voordat ze goed en wel zaten, kwamen er drie anderen die het hun verhinderden.

'Wegwezen,' beval de hoge piepstem van een kleine, dikke man met een rond, bijna baardloos gezicht; zijn vest leek op springen te staan, net als de rode gordel waarmee hij zijn enorme buik in bedwang hield en waaruit het heft van een mes en de kolf van een pistool staken.

Caridad voelde net als de jonge zigeuners een huivering toen ze constateerde dat die vier ruwe smokkelaars die zo hooghartig hadden gedaan, nu gehoorzaam, bijna slaafs opstonden. De dikke man liet zich met zijn volle gewicht naast Bernardo op de bank vallen, tegenover Melchor; de andere twee namen de overgebleven vrije plaatsen in. Een paar hoeren haastten zich om zich tegen de nieuw aangekomenen aan te vlijen. De dikke haalde een groot dubbel kapmes en een pistool met veiligheidspal en een fraaie, met vergulde arabesken bewerkte loop uit zijn gordel. Caridad zag hoe de kleine, dikke vingers van de man de twee wapens zorgvuldig op de tafel legden, naast het geweer van Melchor. Toen hij tevreden leek, sprak hij opnieuw, en deze keer richtte hij zich tot de zigeuner.

'Ik wist niet dat jij ook bij deze zaak betrokken was, Galeier.'

De herbergier kwam zonder dat ze hoefden te schreeuwen of te gebaren aangesneld om de nieuwe tafelgenoten te bedienen. Melchor wachtte met zijn antwoord tot hij klaar was.

'Ik hoorde dat jij een van de aanvoerders was en toen ben ik hier zo snel mogelijk naartoe gekomen. Als de Dikke meedoet, zei ik tegen mezelf, dan moet het om goede tabak gaan.'

Een van de mannen in het gezelschap van de aanvoerder schoof onrustig heen en weer: al heel lang, sinds hij zijn eigen bende leidde, durfde niemand de dikke man meer met die bijnaam aan te spreken; velen hadden een dergelijke uitglijder duur betaald. De Gegordelde werd hij nu genoemd.

De Dikke klakte met zijn tong.

'Waarom behandel je me zo respectloos, Melchor?' zei hij toen. 'Heb ik dat soms ook bij jou gedaan?'

De zigeuner keek hem met half dichtgeknepen ogen aan.

'Ik ruil mijn jaren aan de roeispanen voor alle ponden vet van je buik.'

De Dikke strekte bijna onmerkbaar zijn dikke nek, dacht even na en lachte toen zijn zwarte tanden bloot.

'Toch maar niet, Galeier, ik hou mijn vet liever. Voor deze keer laat ik het gaan, maar pas op dat je me in het bijzijn van mijn mannen niet nog een keer zo noemt.'

Toen waren het de Vega's die rechtop gingen zitten en zich afvroegen hoe Melchor op dat dreigement zou reageren.

'Dan is het maar beter dat onze wegen elkaar niet meer kruisen,' stelde deze voor.

'Dat is dan maar beter,' zei de ander instemmend. 'Gebruik je nu een negerin als draagster?' vroeg hij met een gebaar naar Caridad, die het verbale steekspel met open mond en ogen gadegeslagen had.

'Welke negerin?' vroeg de zigeuner onbewogen, met een strak gezicht.

De Dikke maakte aanstalten haar aan te wijzen maar zijn hand bleef halverwege hangen. Hij schudde zijn hoofd en pakte een stuk geit. Dat was het signaal voor de andere twee om zich op het eten te storten en voor de hoeren om zich flikflooiend bij de nieuw aangekomenen op te dringen.

De herberg van Gaucín was de uitgelezen plek om op nieuws te wachten over de smokkelwaar uit Gibraltar die voor de kust van Manilva, een klein dorp op zo'n vijftien mijl van de herberg, gelost zou worden; het dorp viel onder de stad Casares en leefde van de visvangst en de teelt van druiven en suikerriet. Via de verschillende tussenpersonen – Melchor had het via Bernardo gedaan – hadden alle smokkelbendes de waar die ze wilden hebben al in de Engelse enclave tegen een lage prijs, waarmee ze het Spaanse monopolie ontdoken, gereserveerd. Toen de overeenkomsten gesloten waren, werden de producten veilig in de pakhuizen van de Gibraltarese reders opgeslagen, in afwachting van de juiste weersomstandigheden om ze van de rots naar de Spaanse kusten te vervoeren.

Er waren twee berichten naar Gibraltar gestuurd: de bendes hadden zich in Gaucín verzameld. Ze moesten nu wachten tot de cargadoors, die onder verschillende vlaggen op de rots opereerden, doorgaven welke nacht de waar gelost zou worden. Intussen klonk in de herberg en in het open veld eromheen de muziek van gitaren, fluiten en tamboerijnen, luider naarmate de kannen en wijnzakken van hand tot hand gingen. De mannen zaten in groepjes te kaarten en te dobbelen, met als inzet hun toekomstige verdiensten. Hier en daar ontstonden ruzies, maar de aanvoerders zorgden ervoor dat die niet uit de hand liepen: ze hadden hun dragers nodig. Behalve hoeren en enkele criminelen kwamen ook verkopers en handelaren uit de buurt naar de herberg, aangetrokken door het vooruitzicht gemakkelijk geld te verdienen.

Melchor, Bernardo en hun helpers slenterden tussen die krioelende massa door en voelden hoe fris de nacht zich aandiende. De zigeuners zouden niet op de grond naast de oven slapen, zoals de aanvoerders en hun adjudanten deden, zelfs niet in de stallen of in de hooibergen: ze dachten er gewoon niet over om naast burgers te gaan slapen, dat was hun wet. Ze zouden zich afzonderen en verscholen tussen de bomen in de open lucht slapen; maar tot het zover was stopte Melchor, die vooropliep, nu eens om naar de muziek te luisteren, dan weer om de inzetten gade te slaan, terwijl hij hier en daar een praatje maakte met smokkelaars die hij kende.

'Wil je met mij om de negerin dobbelen, Galeier?' stelde de aanvoerder van een kleine bende uit Cuevas Bajas voor, die in een dichte groep rondom een grote houten plank zat.

Caridad draaide haar hoofd angstig naar de smokkelaar. Zou hij die weddenschap aannemen, zou hij daartoe in staat zijn? schoot het door haar heen.

'Waarom wil je inzetten op een zeker verlies, Lijster?' Zo werd de aanvoerder genoemd. 'Je zou je geld verliezen als ik win, en je gezondheid als ik verlies. Wat moet jij met een wijf als zij?'

De Lijster aarzelde even hoe hij zou reageren, maar lachte uiteindelijk geforceerd mee met zijn luidkeels lachende maten.

Melchor liet de geïmproviseerde dobbelplank en de grappen die nog te horen waren, achter zich en liep verder.

'Melchor, ben je gek geworden? Daar krijgen we zeker problemen mee,' fluisterde Tomás met een gebaar naar Caridad.

Ondanks de cape waarmee ze zich bedekte, was de vrouw niet in staat haar grote borsten te verbergen, noch de weelderige rondingen van haar heupen, die de verbeelding prikkelden van allen die haar zagen bewegen.

'Ik weet het, broer,' antwoordde Melchor met stemverheffing zodat de andere Vega's hem ook konden horen. 'Daarom juist. Hoe eerder we die problemen hebben, hoe eerder we ervan af zijn. Bovendien ben ik zo degene die kiest met wie we ze krijgen.'

'Is die negerin zo belangrijk voor je?' verbaasde Tomás zich.

Caridad spitste haar oren.

'Heb je haar soms niet horen zingen?' antwoordde de zigeuner.

En Melchor koos: een drager van een zekere leeftijd, oud genoeg om zich verplicht te voelen zijn mannelijke eer te verdedigen, die moed die hun een positie in de stilzwijgende hiërarchie van criminelen verschafte, een onguur type met een voddige baard, wiens bloeddoorlopen ogen verraadden dat hij een grote hoeveelheid wijn of brandewijn gedronken had. De man stond in een groep te praten, maar zijn ogen waren op Caridad gericht.

'Let op, neven,' waarschuwde Melchor zachtjes terwijl hij zijn musket aan Bernardo gaf. 'Wat kijk je, smeerlap?' schreeuwde hij toen tegen de drager.

De reactie kwam onmiddellijk. De man greep naar zijn dolk en zijn maten wilden hetzelfde doen, maar toen hadden de vier neven Vega zich al op hen gestort en hielden hen met hun wapens onder bedwang. Melchor bleef doodstil tegenover de drager staan, met blote handen, terwijl hij hem alleen met zijn blik uitdaagde.

Rondom de groep werd het ineens stil. Tomás, een stap achter zijn broer, greep het handvat van zijn mes, dat nog in zijn gordel zat. Caridad, die een beetje opzij stond, beefde en hield haar ogen strak op de zigeuner gericht. Bernardo glimlachte. Verderop, in het veld, riep iemand naar de Dikke, die omkeek in de aangewezen richting. 'Lef heeftie zeker!' erkende hij.

'Het is mijn negerin,' gromde Melchor. De drager maakte een dreigende beweging met zijn dolk in de richting van de zigeuner. 'Hoe durf je naar haar te kijken, ellendeling?'

De nieuwe belediging bracht de man ertoe Melchor aan te vallen, maar de zigeuner had de situatie onder controle: hij had gezien dat de drager dronken was en onvast op zijn benen stond, en de opeenhoping van mensen maakte dat hij zich alleen maar naar voren kon verplaatsen, recht op hem af. Melchor week behendig opzij en de drager schoot langs hem heen, wankelend, zijn arm stompzinnig naar voren gestrekt. Het was Tomás die een eind aan het duel maakte: met ongebruikelijke snelheid trok hij de dolk uit zijn gordel en stak ermee in de pols van de aanvaller, die ontwapend op de grond viel.

Melchor liep naar de gewonde man en zette zijn voet op diens bloedende pols.

'Het is mijn negerin!' verkondigde hij met luide stem. 'Nog iemand anders met fantasieën over dat ze in zijn armen ligt?'

De zigeuner liet met samengeknepen ogen zijn blik over de aanwezigen gaan. Niemand gaf antwoord. Toen verminderde hij de druk van zijn voet, terwijl Tomás het mes van de drager buiten diens bereik schopte. Op een teken van Melchor lieten de neven de andere smokkelaars gaan en die verdwenen als één man weer tussen de mensen. Caridad voelde dat haar knieën het begaven, ze was nog steeds doodsbang maar vooral in verwarring: Melchor had voor haar gevochten!

Een stukje voorbij de plek waar het gevecht zich had afgespeeld, gaf Bernardo het musket terug aan zijn maat.

'Al die jaren in galeien,' zei hij tegen hem, 'al die jaren vechtend om te overleven, terwijl we om ons heen de een na de ander na een ondraaglijke doodsstrijd zagen sterven, op dezelfde banken als waar we zelf zaten, en jij zet je leven op het spel voor een zwartje. En kom me niet aan met dat ze goed zingt!' liep hij vooruit op zijn antwoord. 'Ik heb haar nog nooit gehoord.'

Melchor glimlachte tegen zijn vriend.

'Is ze beter dan jij?' vroeg Bernardo toen. 'Zingt ze beter dan jij?'

De twee verloren zich in hun herinneringen, aan de keren dat de zigeuner op volle zee, in de stilte van een rustige wind, uitbarstte in een eindeloze, luguber klinkende klaagzang die voort leek te komen uit de geesten van al die ongelukkigen die hun leven op de galeien gelaten hadden. Zelfs de voorman hield dan op de roeiers te geselen! En Melchor zong zonder woorden, klaagde zijn leed in wisselende toonaarden en hief de jammerklacht aan van mannen die gedoemd waren te sterven en hun ziel te voegen bij de vele die voor eeuwig aan de riemen en de banken van de galeien geketend zaten.

'Beter dan ik?' vroeg de zigeuner zich na een tijdje hardop af. 'Ik weet het niet, Bernardo. Maar ik verzeker je dat ze met dezelfde pijn zingt.'

De toren op Punta Chullera, die was opgericht voor de bewaking en verdediging van de kust, werd zoals bij vele eerdere gelegenheden 's nachts als geïmproviseerde vuurtoren gebruikt, als baken voor de smokkelschepen die van Gibraltar kwamen. De wachtpost van de uitkijktoren, die zich drukker maakte om de moestuin die eromheen lag, nam tevreden het geld in ontvangst dat de smokkelaars hem betaalden, net als de rechters en de korporaals van de nabijgelegen dorpen en garnizoenen dat deden.

En terwijl één man boven op de toren met een lantaarn zwaaide, wachtte beneden op het strand het honderdtal smokkelaars dat in de donkere nacht met hun paarden van Gaucín was gekomen, onrustig op de komst van de schepen. In afwachting van nieuws uit Gibraltar hadden ze twee dagen in de herberg doorgebracht, spelend, zingend, drinkend en vechtend, en nu speurden de meesten van hen de donkere horizon af, want hoewel ze op het land ongestraft hun gang konden gaan, was dat op zee niet het geval, met de boten van de Spaanse douane die de kusten controleerde. Het cruciale moment van de operatie was gekomen, en dat wisten ze allemaal.

Tussen het gefluister en af en toe het hinniken van een paard door hoorde Caridad het geluid van de golven die op de kust sloegen, en keer op keer herhaalde ze bij zichzelf de instructies van de zigeuner: 'Er zal een aantal feloeken komen,' had hij gezegd, 'misschien, gezien het aantal mensen, zelfs een driemaster...' 'Feloeken?' vroeg zij. 'Boten,' legde Melchor uit, kortaf, nerveus. Ze durfde niets meer te vragen en luisterde verder. 'Ze zullen leren zakken met tabak naar het strand brengen. Acht zijn er voor ons, twee per paard. Het probleem is dat elke boot er veel meer zal uitladen, zodat we ze op het strand moeten verdelen. Daar kom jij in beeld, zwartje. Ik wil dat je die met de beste kwaliteit uitkiest. Heb je me begrepen?' 'Ja,' antwoordde zij, hoewel ze daar niet zo zeker van was. Hoeveel tijd zou ze krijgen om aan de bladeren te ruiken en ze te bevoelen? 'Hoeveel tijd heb ik...' begon ze te vragen. Op dat moment trapte een van de paarden van de zigeuners naar een ander paard, dat in zijn achterhand beet. 'Jongen!' gromde Melchor, 'let op de beesten!' Toen de neven ze ver genoeg uit elkaar hadden gehaald, schonk Caridad geen aandacht meer aan de paarden. 'Zei je iets, zwartje?' Hij had het niet gehoord. Maar hoe moest ze de kleur en de verschillende kleurnuances van de bladeren vaststellen? Het was pikdonker, je zag geen hand voor ogen. Bovendien waren daar al die mannen die ongeduldig naast hen stonden te wachten. Caridad voelde de onderdrukte spanning daar op het strand. Zouden ze haar genoeg tijd geven om de tabak uit te kiezen? Ze wist dat ze in staat was de beste planten te herkennen. Don José liet haar altijd speciaal daarvoor komen, en dan hield zelfs de meester zo lang als nodig was zijn mond, terwijl zij, tijdelijk meesteres van de plantage, zich door geuren, bladstructuren en kleuren liet bekoren.

'Melchor,' probeerde ze haar twijfels duidelijk te maken.

'Kom, we gaan!' onderbrak deze haar echter.

Het bevel overviel haar.

'Doorlopen, zwartje!' maande de zigeuner haar.

Caridad liep achter hen aan.

Een van de neven bleef achter om op de dieren te letten, net als bij de andere groepen gebeurde. Alleen de mannen gingen naar voren, naar het water, want in de drukte zouden de paarden bang worden, elkaar beginnen te trappen en de koopwaar verspillen.

Plotseling werden er langs het strand talloze lantaarns ontstoken. Niemand handelde meer voorzichtig; de lichten konden hen aan elke boot van de kustwacht in het gebied verraden. Het was nu opschieten geblazen. Caridad, die tussen de smokkelaars achter de zigeuners liep, onderscheidde vaag verschillende boten waaromheen de meest fanatieken zich verdrongen. Ze bleef naast Melchor staan, een stukje van het water af en te midden van veel geschreeuw en gespetter. Bernardo ging snel op zoek naar zijn waar. Hij zwaaide met een lantaarn om hen te roepen en allemaal liepen ze daarheen, waar de zakken van een van de boten die tot vlak bij het strand waren gevaren, zich opstapelden.

'Ga je gang, zwartje!' spoorde Melchor haar aan terwijl hij verschillende smokkelaars opzij duwde en met zijn mes de touwen van een van de zakken doorsneed. 'Waar wacht je op?' schreeuwde hij toen hij al bezig was die van de volgende zak door te snijden en Caridad nog niet eens in beweging gekomen was.

Beschermd door Tomás en de drie overgebleven neven, die probeerden te verhinderen dat anderen de tabak pakten voordat Caridad de koopwaar kon keuren, liep ze naar de eerste zak. Ze zag niets. Het geschreeuw leidde haar af en het geduw hinderde haar. Desondanks stak ze haar hand in de eerste leren zak. Ze verwachtte bladeren te kunnen betasten, enkele ervan te kunnen pakken en... Het was Braziliaanse tabak! Die had ze in Triana voor het eerst gezien, hoewel ze er eerder wel al van gehoord had. Gesponnen tabak: bladeren zware Braziliaanse tabak in grote rollen. Caridad rook de zoetige geur van de melassesiroop, die gebruikt werd om de bladeren te behandelen en ze te kunnen oprollen. De Spanjaarden vonden die lekker: ze hakten de tot een koord gesponnen tabak fijn en rolden die in een ander blad; hij werd ook gepruimd maar was niet te vergelijken met goede tabak...

'Zwartje!' Deze keer was het Tomás die haar aandacht trok; hij stond met zijn rug tegen de hare en hield de duwende mannen tegen. 'Of je schiet op of een van deze mannen ziet je aan voor een leren zak en laadt je op een van zijn paarden.'

Caridad wees die eerste zak af, waarna een paar smokkelaars zich erop stortten. Bij het licht van de lantaarns, in de chaos, keken de neven verbaasd naar hun oom Tomás, die zijn schouders ophaalde: Braziliaanse tabak, de meest gevraagde rooktabak op de markt!

Nadat ze nog een paar zakken had doorzocht, vond Caridad eindelijk bladeren. Maar het waren geen Cubaanse; het was virginiatabak. Het deed haar pijn de bladeren zo ruw los te rukken maar Tomás en ook Melchor maanden haar aan één stuk door om op te schieten terwijl Bernardo probeerde de tussenpersoon die de zakken gelost had te kalmeren. Ze wees de bladeren af die ze te droog of te vochtig vond; ze rook er vlug aan en probeerde intussen het tijdstip van oogsten vast te stellen, ze hield ze in het zwakke licht om hun kleur vast te stellen en begon te selecteren: een, twee, drie... En de neven legden ze opzij.

'Nee!' corrigeerde ze. 'Deze niet. Die.'

'Alle duivels nog aan toe!' schreeuwde een van hen. 'Neem een beslissing!'

Caridad merkte dat de tranen in haar ogen sprongen. Ze aarzelde. Wat was de laatste die ze uitgekozen had?

'Zwartje!' Melchor schudde haar heen en weer, maar ze wist het niet meer.

'Die!' wees ze, zonder er zeker van te zijn, haar ogen inmiddels vol tranen.

Op enige afstand keken de Dikke en zijn twee adjudanten, terwijl zijn mannen de smokkelwaar die van hem was, meenamen, vanaf een duin toe hoe de zigeuners er een verschrikkelijke chaos van maakten. Caridad was nog steeds aan het selecteren, waarbij ze de tabaksbladeren verfrommelde zonder te weten tot welke zak ze behoorden. De neven legden de zakken die ze aanwees opzij en de andere smokkelaars maakten zich meester van de afgewezen zakken. Melchor en Tomás maanden Caridad haast te maken, en Bernardo ruziede met de tussenpersoon die met veel misbaar naar de andere boten wees die alweer wegvoeren van het strand, terwijl iedereen nauwlettend de horizon in de gaten hield voor het geval de lichten van een schip van de kustwacht verschenen.

Ten slotte hadden de zigeuners hun acht zakken bij elkaar. Bernardo en de tussenpersoon gaven elkaar een hand en de laatste rende naar een bootje dat al naar de feloeken begon te roeien. Rondom de door Caridad afgewezen tabak was het nog steeds een drukte van jewelste. Op dat moment kneep de Dikke zijn ogen half dicht. Iedere zak woog misschien wel meer dan honderd pond en er waren maar zes mannen: vijf zigeuners en Bernardo. Hij keek naar de plek waar de andere zigeuner met de paarden op hen wachtte: ze moesten een flink stuk over het strand, ieder met een zak, meer konden ze niet dragen. Toen draaide hij zich om naar zijn adjudanten, die hem stilzwijgend begrepen.

'Wacht hier, zwartje,' zei Melchor tegen Caridad terwijl hij met moeite een van de zakken op zijn rug nam en zich bij de anderen voegde in de rij die door Tomás werd aangevoerd, allemaal met een baal op hun rug.

Caridad snikte zenuwachtig. Haar lichaam was nat van het zweet en onder haar opengevallen cape was het rood van haar jurk te zien. Haar benen trilden en tussen haar vingers zaten nog stukken tabaksblad geklemd. De Dikke keek hoe de rij zigeuners vertrok, daarna richtte hij zijn blik naar zijn adjudanten: een van hen joeg met de hulp van twee andere smokkelaars achter Caridads rug een niet beladen paard de zee in; de ander liep openlijk naar haar toe.

'Leid haar af,' had de Dikke hem opgedragen. 'Je hoeft haar geen pijn te doen,' vervolgde hij bij het zien van het verbaasde gezicht van de man.

Toen hij zijn handlanger echter naar Caridad toe zag lopen, terwijl de andere bendes met hun koopwaar het strand verlieten en de lantaarns langzaam uitgingen, begreep hij dat als de vrouw de list doorhad en zich verzette, zijn opmerking zinloos zou zijn. Toen de smokkelaar nog maar een paar stappen van Caridad verwijderd was, berekende de Dikke opnieuw de tijd: de zigeuners hadden hun paarden nog niet bereikt. Hij glimlachte. Hij stond op het punt in lachen uit te barsten: ze liepen langzaam, zo rechtop als mogelijk was onder de zware zakken, arrogant en fier, alsof ze door de hoofdstraat van een dorp liepen. De mannen die het paard de zee injoegen, waren inmiddels in het donker verdwenen; ze moesten dus al dicht bij de balen zijn. Veel tijd hadden ze niet, maar hij wreef in zijn dikke handen: hij had het gevoel dat het eenvoudig zou zijn.

'Zwartje!'

Caridad schrok. De smokkelaar die had geroepen ook: op het ritme van haar hijgende ademhaling deden de borsten van de vrouw, groot en stevig, wat ze konden om haar rode bloes te scheuren. De man vergat de woorden die hij had voorbereid en verloor zich in de aanblik van die weelderige vormen en het hevige verlangen dat ze bij hem opwekten. Caridad sloeg haar ogen neer en die onderdanige houding wond de smokkelaar nog meer op. In een steeds zwakker wordend licht glansde de vrouw van het zweet dat over haar lichaam liep.

'Kom met mij mee!' stelde de man haar naïef voor. 'Ik geef je... ik geef je wat je wilt.'

Caridad gaf geen antwoord en plotseling zag de smokkelaar hoe achter haar zijn maat, die de plek inmiddels ook had bereikt, woest met zijn handen stond te gebaren, alsof hij zijn oren niet kon geloven. Op het duin werd de Dikke onrustig en keek om naar de zigeuners: ze waren de zakken al op de paarden aan het laden, maar het was onwaarschijnlijk dat ze Caridad konden zien. De man die achter de rug van de vrouw stond, maakte een laatste beweging met zijn hand in de lucht, gaf het op en greep een van de zakken. Caridad merkte het en maakte aanstalten zich om te draaien, maar toen reageerde de adjudant; hij wierp zich op haar en greep haar met één hand bij haar nek om haar tegen te houden, terwijl hij met de andere naar het kruis van de vrouw graaide. Even verbaasde hij zich erover dat ze niet schreeuwde of zich verdedigde. Ze probeerde zich alleen maar naar de tabak om te draaien. Hij wilde dat verhinderen en beet in haar lippen. Beiden vielen in het zand.

De Dikke zag hoe zijn andere adjudant en de mannen die hij bij zich had, de zakken snel op het paard laadden en in het donker verdwenen. Tegelijk hoorde hij de eerste kreten van de zigeuners. Een van zijn mannen was nog daar... Sukkel! dacht hij. Als de zigeuners hem betrapten, zouden ze weten dat hij erachter zat, en hij wilde niet dat ze hem op zo'n overduidelijke wijze met de roof in verband brachten. Tot zijn geruststelling zag hij de adjudant die met degenen met het paard was meegegaan, opnieuw in het donker opduiken; de man greep zijn maat bij de haren, tilde hem zo ongeveer van de grond en trok hem van de vrouw af. Net voordat Melchor en de zijnen bij Caridad waren, konden ze ontsnappen. Het was niet waarschijnlijk dat ze ze herkend hadden.

'Je bent oud geworden, Galeier,' mompelde de Dikke voordat hij de zee de rug toekeerde en ook in het duister verdween, terwijl hij spottend probeerde de manier van lopen van de zigeuners na te doen.

# 8

'Zing eens wat, zwartje!'

Deze keer was het niet Melchor die het vroeg, maar Bernardo, en hij deed dat nadat ze drie dagen in een volhardend stilzwijgen hadden gelopen, met een paard zonder vracht dat hun bij iedere stap herinnerde aan wat er op het strand van Manilva gebeurd was.

Melchor had niet toegestaan dat de zakken over de rijdieren verdeeld werden en hij liep verslagen naast dat paard, alsof hij boete deed. Caridad gehoorzaamde, maar haar stem klonk vreemd: haar onderlip was helemaal kapot door de beten van de smokkelaar, haar lichaam zat onder de blauwe plekken en haar prachtige rode kleren waren aan flarden. Zelfs zo wilde ze de zigeuner ter wille zijn, en haar droevige geprevel benadrukte de zomerse droogte van de velden waar ze doorheen liepen om de hoofdwegen te vermijden. Het verergerde ook de pijn aan haar gebarsten, korstige lippen, hoewel die minder was dan de pijn om haar gescheurde bloes onder de donkere cape. Hoe erg waren de beten van een smokkelaar vergeleken met de zweepslagen van een woedende opzichter? Ze had dat soort pijn talloze keren ervaren, stekend, intens, langdurig en uiteindelijk afzwakkend, maar haar rode kleren... In heel haar vijfentwintigjarige leven had ze nooit eerder zulke kleren gehad! En ze waren van haar, alleen van haar... Ze herinnerde zich het applaus van Milagros toen ze zich voor haar en haar moeder vertoonde; ze herinnerde zich ook de blikken van de mensen in Triana, zo anders dan de blikken die ze haar toewierpen toen ze nog in haar grijze slavenkleren liep, alsof die haar situatie verraadden. In die rode kleren had ze een sprankje van die vrijheid gevoeld die ze zo moeilijk kon bevatten. Daarom deed het haar zo'n pijn, meer dan de wonden op haar lippen, te voelen hoe een van haar borsten over de stof viel en hoe de flarden van de rok langs haar benen streken. Zouden ze gemaakt kunnen worden? Zij kon niet naaien, de zigeunerinnen ook niet.

Ze keek naar de rij zigeuners die met de paarden voor haar uit liepen. Ondanks de zon leken hun kleurige kleren ook niet meer te schitteren, alsof ze de woede en teleurstelling van degenen die ze droegen, uitwasemden. Ze moest zingen. Misschien was dat haar straf. Ze had die verwacht op het strand, toen de smokkelaar haar losliet en zij ontdekte dat de zakken verdwenen waren. Ze had hen teleurgesteld! Toen de zigeuners kwamen aangerend, was ze op het zand ineengekrompen, zonder naar hen te durven kijken; toen hadden de zweepslagen moeten komen... of de schoppen en de beledigingen, zoals op de plantage, zoals altijd. Maar zo was het niet gegaan. Ze hoorde hen schreeuwen en vloeken; ze hoorde de instructies van Melchor en hoe de anderen over het strand renden, met het verontwaardigde snuiven van de zigeuner boven haar.

'De sporen van het paard komen uit de zee en verdwijnen daar ook weer in,' klaagde een van de neven.

'We kunnen niet zien welke kant ze op gegaan zijn,' hijgde een van de anderen.

'Het was de Dikke!' zei Tomás beschuldigend. 'Volgens mij heb ik gezien dat hij achterbleef. Ik zei toch dat die negerin ons...'

Caridad kon het dwingende gebaar waarmee Melchor de beschuldiging van zijn broer afkapte, niet zien.

'Sta op, zwartje,' hoorde ze hem echter zeggen.

Caridad kwam overeind, met haar ogen naar de grond; het licht van de lantaarns die de zigeuners bij zich hadden, werd op haar gericht.

'Wie was die man die zich op je stortte?'

Caridad schudde haar hoofd.

'Hoe was hij?' informeerde Melchor.

'Blank.'

'Blank?' Nu was het Bernardo die uitbarstte. 'Hoezo blank? Is dat alles? Had hij een baard? Wat voor kleur waren zijn haren? En zijn ogen? En...'

'Bernardo,' onderbrak Melchor hem met enigszins vermoeide stem, 'jullie burgers zijn allemaal hetzelfde.'

En zo was het afgelopen, zonder straf, zonder enig verwijt. De zigeuners liepen terug naar waar de paarden stonden te wachten, en gingen op weg, ver achter de andere groepen, die ze ook niet meer tegenkwamen, elke groep ging een andere kant op. Niemand zei iets tegen Caridad: volg ons; kom, we gaan; wat dan ook. Ze liep achter hen aan zoals een hondje degene die hem te eten geeft zou volgen. Er werd nauwelijks gesproken tijdens de terugweg naar Triana. Melchor zei geen woord meer na die laatste zin op het strand. Caridad volgde Melchors rug. Die man had haar goed behandeld, had haar gerespecteerd, had haar die rode kleren gegeven en hij had haar zelfs een paar keer verdedigd, maar waarom had hij haar niet gegeseld? Dat had ze liever gehad. Na de zweep was alles voorbij: je ging weer aan het werk tot de volgende fout, tot de volgende woede-uitbarsting van de opzichter of de baas, maar op deze manier... Ze keek naar het hemelsblauwe zijden vest van de zigeuner en de woorden van het lied dat ze wilde gaan zingen, stokten in haar keel.

Ze wachtten tot de avond viel voor ze verder liepen naar Sevilla. De terugkeer was zonder problemen verlopen, maar zelfs in het donker konden ze niet met drie paarden beladen met gesmokkelde tabak over de botenbrug Triana binnengaan. Toen de hemel vol sterren stond en ze weer verder gingen, deed Melchor voor het eerst zijn mond open.

'We gaan naar Santo Domingo de Portaceli.'

Het klooster, van dezelfde orde als het San Jacinto, lag buiten de stadsmuren, in de San Bernardo-wijk, naast de Huerta del Rey en de Monte Rey; het was het kleinste van de zes kloosters van Sevilla, er woonden slechts zestien dominicanen. De plek leek rustig.

'Het klooster, de Huerta del Rey, de Monte del Rey,' mopperde een van de jonge zigeuners terwijl hij het paard meetrok, 'alles is van de priesters of van de koning.'

'In dit geval niet,' sprak Melchor hem tegen. 'Het klooster is inderdaad van de priesters. De Huerta behoorde ooit toe aan de Moorse koning van Niebla, maar zal nu wel weer eigendom van de koning van Spanje zijn, vermoed ik. Het is verboden er met wapens naar binnen te gaan. Dat staat op een tegel bij de deur. Wat de Monte del Rey betreft, die heet niet zo, die heet Monte Rey, en het is geen bezit van de koning.'

Ze liepen een stukje verder, terwijl ze op een uitleg wachtten.

'Waarom?' vroeg een van de jongens na een tijdje.

'Leg jij het ze maar uit, Tomás,' drong Melchor bij zijn broer aan.

'Als kind kwamen we hier altijd,' begon deze te vertellen. 'De berg heet Monte Rey omdat het de hoogste van Sevilla was. Hebben jullie enig idee waar al die Sevilliaanse bergen uit bestonden?' Niemand gaf antwoord. 'Uit lijken! Duizenden lijken, tijdens de pestepidemie van de vorige eeuw opgestapeld en met aarde bedekt. Maar met het verstrijken van de jaren verloren de mensen van lieverlee hun angst voor besmetting en hun respect voor de niet begraven doden, en ze begonnen de berg af te graven om naar juwelen te zoeken. Dat waren er heel wat. In de tijd van de pest stierven de mensen bij duizenden, en er zullen niet veel mensen zijn geweest die van een net overleden pestlijder durfden te stelen, zodat sommige lijken met al hun juwelen en geld op de stapel gegooid werden. We vonden een paar munten, weet je nog, Melchor?' De ander knikte. 'De berg is er nog,' vervolgde Tomás terwijl hij in het donker wees, 'maar hij is behoorlijk geslonken.'

Eindelijk kwamen ze bij het klooster. Melchor trok aan het belletje bij de toegangspoort, dat met zijn geklingel de stilte verbrak. Het leek hem niet te kunnen schelen. Hij belde opnieuw, harder, zelfs drie keer achter elkaar. Na een hele tijd wachten duidde het schijnsel van een lantaarn achter de toegangspoort erop dat er iemand aankwam. Het luikje ging open.

'Wat brengt jullie hier op deze tijd?' vroeg de broeder nadat hij de zigeuners onderzoekend opgenomen had.

'We hebben de handelswaar van broeder Joaquín bij ons,' antwoordde Melchor.

'Wacht hier. Ik ga de prior halen.'

De broeder maakte aanstalten het luikje dicht te doen, maar Melchor hield hem tegen.

'Broeder Genaro, laat ons hier niet zo staan,' verzocht hij op slepende toon. 'U kent me toch. Het is niet de eerste keer. Het belletje kan iemand hebben gewaarschuwd, en als we moeten wachten op de prior... Bedenk dat het jullie geld is.'

Op het noemen van het geld werden de grendels onmiddellijk opzijgeschoven.

'Kom verder,' zei de broeder. 'Blijf hier staan,' waarschuwde hij terwijl hij een pad langs de kloosterhof verlichtte. Hij draaide hun de rug toe en rende naar het klooster om de prior te halen.

'Ik wil geen woord horen, begrepen?' bromde Melchor toen de geestelijke ver genoeg weg was. 'Geen gezeur meer over koninklijke bergen en tuinen, en laat niemand me tegenspreken.'

Caridad bewoog zich zelfs niet; ze stond achter het laatste paard, het dier dat geen vracht droeg. Behalve om haar te vragen wat voor hen te zingen had geen van de zigeuners op de terugweg ook maar enige aandacht aan haar geschonken; ze leken haar in die groep te dulden om Melchor niet voor het hoofd te stoten. Ze stond naar de achterhand van het paard te staren toen broeder Genaro terugkeerde in gezelschap van de halve kloostergemeenschap. Een lange man met dik grijs haar begroette Melchor met een simpele hoofdknik, de anderen hielden zich wat op de achtergrond.

'Goedenavond, broeder Dámaso,' zei de zigeuner, 'ik heb de bestelling van broeder Joaquín bij me.'

De prior gaf geen antwoord en beperkte zich ertoe langs de paarden te lopen om aan de zakken te voelen. Hij kwam bij het laatste paard, bekeek het dier, liep eromheen naar de andere kant en wierp intussen ongegeneerde blikken op Caridad. Daarna begon hij met gespeelde verbazing, alsof hij zich tot een klas kinderen richtte, hardop de zakken te tellen, terwijl hij ze met zijn vinger aanwees: een, twee...

'Broeder Joaquín zei dat het er bij deze tocht acht waren, Galeier,' riep hij toen hij klaar was met zijn absurde tellen.

'Dat waren het er, ja,' antwoordde Melchor vanaf de plek waar hij stond, bij de kop van de rij paarden.

'Dus?'

Dat domme zwartje heeft er twee laten stelen, vreesde Caridad dat hij zou antwoorden.

'De burgemeester van Cabezas heeft de andere twee gehouden,' hoorde ze Melchor echter zelfverzekerd antwoorden.

De prior vouwde met gestrekte vingers zijn handen, alsof hij ging bidden. Hij bracht ze voor zijn mond en zette zijn vingertoppen tegen zijn neus. Zo bleef hij een paar tellen staan, terwijl hij de zigeuner bij het licht van de lantaarns van de broeders onderzoekend aankeek. Melchor liet zich niet intimideren en weerstond de uitdaging.

'Waarom heeft hij ze niet allemaal gehouden?' vroeg broeder Dámaso ten slotte.

'Omdat ze alle acht inpikken een paar van zijn mannen het leven zou hebben gekost,' luidde het antwoord van de zigeuner.

'En hij was met twee tevreden?'

'Dat was wat de levens van mijn mannen volgens mij waard waren.'

De prior liet de seconden verglijden; geen van de aanwezigen maakte ook maar enige beweging.

'Waarom zou ik je geloven?'

'Waarom zou uwe eerwaarde dat niet doen?'

'Misschien omdat je een zigeuner bent.'

Melchor tuitte zijn lippen en klakte met zijn tong, alsof hij met die mogelijkheid nooit rekening gehouden had.

'Als Uwe Eminentie het wil, kunnen we het God vragen. Hij weet alles.'

De broeder ging niet op de provocatie in en bleef kalm.

'God heeft belangrijkere zaken te doen dan de leugens van een zigeuner te bevestigen.'

'Als God zich er niet mee wil bemoeien, geldt het woord van de zigeuner...' Deze keer was het Melchor die een paar seconden liet verstrijken voordat hij verderging: 'dat uwe eerwaarde bevestigd zal krijgen als u naar de rechtbank gaat om aangifte te doen van het feit dat de burgemeester van Cabezas een deel van uw tabak gestolen heeft. Wij zigeuners worden door de koninklijke rechtspraak niet gehoord.'

Broeder Dámaso snoof schamper maar stemde uiteindelijk toe.

'Laad de koopwaar maar af,' beval de prior de andere broeders.

'Een zak is van mij,' merkte de zigeuner op.

'Je bent er twee kwijtgeraakt en nu wil je...?'

'De risico's zijn voor Uwe Genades,' onderbrak Melchor hem op harde toon. 'Ik vervoer de waar alleen maar,' voegde hij er zachter aan toe.

De geestelijke overdacht de situatie: een groepje broeders tegen zeven gewapende zigeuners, onder wie hij abusievelijk ook Bernardo rekende. Hij kon weinig tegen ze beginnen. Hij geloofde geen woord van wat de Galeier hem had verteld, geen woord! Hij had broeder Joaquín talrijke keren gewaarschuwd, maar die jonge, eigenwijze prediker... Ze hadden de twee ontbrekende zakken gehouden en nu wilden ze er nog een inpikken! Hij werd rood van woede. Hij schudde verschillende keren zijn hoofd en telde de zigeuners opnieuw: zeven... en een zwarte vrouw gehuld in een donkere cape, een slappe hoed tot over haar oren, in Sevilla! In een augustusnacht! Waarom staarde die vrouw zo naar hem? Ze bleef hem maar aanstaren!

'Wat doet die negerin hier?' bulderde hij plotseling.

Melchor verwachtte die vraag niet. Hij aarzelde.

'Ze zingt goed,' antwoordde Tomás voor zijn broer.

'Ja,' bevestigde Melchor.

'Echt goed,' beaamde ook Bernardo.

'We kunnen haar bij jullie laten voor het koor,' bood de Galeier aan.

De vier jonge Vega's keken elkaar over de schoften van de paarden heen lachend aan; de overige broeders sloegen de scène gade met een mengeling van angst en fascinatie.

'Genoeg,' schreeuwde de prior. 'Besef je dat dit je laatste reis voor rekening van de dominicanen geweest is?' Melchor maakte een berustend gebaar. 'Afladen!'

De broeders hadden de vijf zakken in een oogwenk van de paarden geladen.

'Wegwezen!' schreeuwde broeder Dámaso daarna met een gebaar naar de poort.

'Willen jullie echt niet dat we de negerin bij jullie laten?' vroeg een van de neven spottend toen hij met zijn paard langs de prior liep. 'Wij hebben haar niet nodig. Ze is niet van ons.'

'Jongen toch!' zei Tomás verwijtend terwijl hij probeerde zijn lachen te onderdrukken.

Toen ze weer buiten waren, ging Melchor niet richting Triana maar liep hij de kant van Sevilla op. De anderen volgden hem met de paarden.

'Hoe denk je met de tabak naar Triana over te steken?' vroeg Tomás bezorgd.

Als de smokkelwaar uit Portugal kwam, vanuit het westen, was het geen enkel probleem om naar Triana te komen, omdat ze dan niet over de botenbrug hoefden om de Guadalquivir over te steken. Wanneer die uit Gibraltar kwam, bewaarden ze de waar normaal gesproken in het Portaceli-klooster en gaf broeder Joaquín hun die later in Triana, maar onder deze omstandigheden was het begrijpelijk dat Melchor de tabak niet in het klooster in bewaring had willen geven.

'Ga naar het huis van Justo, de schipper, en maak hem wakker. Betaal hem goed. Jij gaat met een van de jongens op de boot. De anderen steken over via de brug...'

'Ga? Betaal? Wat bedoel je?'

'Ik ga ervandoor, broer. Ik heb in Encinas Reales nog een rekening met de Dikke te vereffenen.'

'Melchor, nee... Ik ga met je mee.'

De zigeuner schudde zijn hoofd en klopte op de arm van zijn broer; daarna deed hij dat ook op die van Bernardo. Vervolgens pakte hij zijn musket van het paard, hief het ten teken van afscheid omhoog naar de neven en liet hen daar ter plekke achter. Hij had echter nauwelijks een paar stappen gedaan of hij draaide zich om en wees naar Caridad.

'Bijna vergeten! Zwartje.' Caridad voelde hoe haar keel verkrampte. 'Hier,' voegde hij eraan toe terwijl hij uit zijn vest een kleurige sjaal haalde die hij na een uitputtend partijtje afdingen in de herberg van Gaucín van een van de marskramers gekocht had.

Caridad liep naar hem toe en pakte de zakdoek aan.

'Geef die aan mijn kleindochter en zeg tegen haar dat haar grootvader meer van haar houdt dan ooit.'

Caridad hield haar blik op de grond gericht, haar gewonde lip brandde terwijl ze erop beet. Ze had gedacht... ze had gedacht dat... Ze voelde hoe Melchor haar bij haar kin pakte en haar dwong haar hoofd op te tillen.

'Maak je geen zorgen,' probeerde hij haar gerust te stellen, 'het was jouw schuld niet. Maar je kunt vast beginnen met het draaien van de tabak. Ik verwacht dat je bij mijn terugkeer onze winst verveelvoudigd hebt.'

Caridad bleef roerloos staan terwijl het hemelsblauwe zijden vest in de nacht verdween. Bij mijn terugkeer, had hij gezegd. Hij zou terugkomen...

'Zwartje, kom je nou of niet?' maande Tomás haar.

De groep was al doorgelopen.

Toen het licht werd, stak Caridad de botenbrug over in het gezelschap van Bernardo en drie van de neven, die de ruinen meetrokken; de tabak was een paar uur daarvoor de rivier al overgestoken, per boot, met Tomás en de stevigste van de jongens. De brugwachter keek, net als de meesten van degenen die over de brug naar Sevilla of Triana gingen, verbaasd naar de cape die ze droeg terwijl iedereen, mannen en vrouwen, juist zo min mogelijk kleren aanhad, maar wat kon ze eraan doen? De schaamteloze grijns van de man bracht haar terug in de werkelijkheid. Wat moest ze voortaan aandoen? dacht ze, terwijl ze weer voelde hoe de gescheurde kleren onder de cape langs haar lichaam streken. Milagros zou haar helpen, zeker. Ze glimlachte, volledig in beslag genomen door het verlangen haar vriendin te zien. Ze versnelde haar pas bij de gedachte aan het spoedige weerzien en bij de herinnering aan hun gesprekken. Wat zou zij nu veel te vertellen hebben. Toen ze de brug achter zich had gelaten, lag daar een Triana dat tot leven begon te komen. Het imposante kasteel van de Inquisitie lag rechts van haar.

'Zwartje!'

Caridad stond abrupt stil en keek verward om. Na de plaza de Altozano was ze, verzonken in haar herinneringen, rechtdoor gelopen door de straat die naar San Jacinto leidde om vanaf daar naar de callejón de San Miguel te gaan. De zigeuners en Bernardo waren met de paarden echter de straat die om het kasteel liep ingeslagen, richting de Huerta de la Cartuja. Ze waren al een eindje bij haar vandaan en de mensen liepen tussen hen door.

'Ga naar huis als je wilt,' schreeuwde een van de neven, 'maar bedenk wat oom Melchor gezegd heeft.' De jongen deed alsof hij in zijn handen wreef, ze een beetje van elkaar houdend alsof hij tabak draaide. 'Kom naar de Cartuja om te werken.'

Caridad knikte en keek verbijsterd toe hoe de zigeuners bij wijze van afscheid hun hand opstaken en hun weg hervatten.

De mensen liepen langs haar heen, en net als op de brug keken sommigen verbaasd naar haar kleren.

'Je stikt nog in die cape, zwartje,' riep een voorbijlopende jongen.

'Opzij,' schreeuwde een voerman achter haar.

Caridad sprong naar de kant en zocht beschutting tegen de muur van een van de gebouwen. Ga naar huis, had de zigeuner gezegd. Had ze een huis? Zij had geen huis... of wel? Was ze niet onwillekeurig in de richting van de callejón de San Miguel gelopen? Daar wachtte Milagros op haar, daar woonde Melchor. Ze woonde al maanden in die steeg, draaide 's avonds sigaren, kreeg te eten en ging naar de San Jacinto om tot de Heilige Maagd te bidden, om Oyá te bezoeken en haar stukjes tabaksblad te offeren, en ze hadden haar kleren gegeven, en ze ging uit met de zigeuners en... en Milagros woonde er. Ze voelde een vreemde gewaarwording van genot die als een plezierige kriebel door haar hele lichaam trok. Ze had een huis, de zigeuner had het gezegd, ook al was het niet meer dan dat armzalige plekje tegenover de latrine. Ze stapte bij de muur vandaan en begaf zich tussen de mensen.

Zodra José Carmona hoorde dat Caridad terug was, kwam hij woedend de smidse uit gerend.

'Wat doe je hier, negerin?' schreeuwde hij op de binnenplaats. 'Hoe durf je? Je hebt ons te gronde gericht! En Melchor? Waar is die ouwe gek?'

Caridad was niet in staat op een van die vragen antwoord te geven, noch op de vragen die hij daarna zonder ophouden uitbraakte; ook al had ze het gewild, ze had het niet gekund: de zigeuner was buiten zichzelf van woede, de aderen in zijn nek leken elk moment te kunnen barsten, terwijl hij haar de woorden een voor een toespoog en haar hard door elkaar schudde.

'Waarom draag je midden in augustus een donkere cape? Wat verberg je, negerin? Doe dat ding af!'

Caridad gehoorzaamde. Zodra ze de cape afdeed, werden haar in flarden gescheurde kleren zichtbaar.

'Mijn god! Hoe kun je er zo bij lopen, smerige negerin! Kleed je aan! Trek die kapotte kleren uit voordat ze ons allemaal oppakken en doe het hemd aan dat je droeg toen je hier aankwam.'

José zweeg terwijl zij haar kleren uittrok en ten slotte helemaal naakt tegenover hem stond: haar stevige borsten, haar weelderige heupen, haar platte buik boven een schaamstreek waarop de zigeuner onbeschaamd zijn aandacht richtte; alleen haar rug vol littekens verbrak de betovering van Caridads sensuele lichaam, dat ze op het plaatsje bij de latrine in haar oude lange hemd hulde. De hijgende ademhaling van de man toen ze naakt voor hem stond, veranderde opnieuw in geschreeuw zodra ze zich met haar slavenhemd bedekt had.

'En nu weg hier!' schreeuwde José. 'Ik wil je van mijn leven niet meer zien!'

Ze bukte zich om de kapotte kleren in haar bundeltje te doen. En Milagros? Waar was Milagros? Waarom schoot zij haar niet te hulp? Op haar hurken zittend draaide ze haar hoofd naar José. En Milagros? wilde ze vragen, maar de woorden weigerden haar mond te verlaten.

'Oprotten!'

Ze verliet het gebouw met tranen in haar ogen. Wat was er gebeurd? Milagros' vader had haar altijd bekeken zoals de opzichter op de plantage dat deed: minachtend. Misschien als Melchor er was geweest... Haar lippen plooiden zich tot een grimas: ze bleef een zwarte slavin, een stakker die alleen maar een papier had waarop stond dat ze vrij was. Hoe had ze de illusie kunnen hebben dat ze iets had wat op een huis leek? Met die gedachten liet ze de rook en het gehamer op de aambeelden die de steeg vulden, achter zich.

'Kom naar de Cartuja om te werken,' herinnerde ze zich dat een van de zigeuners had gezegd. Waarom niet? Bovendien zouden de Vega's haar kunnen vertellen waar Milagros was.

Na de dood van Alejandro werd Milagros meegesleurd naar het huis waar de graaf en gravin hun feest hielden. Ze wilde niet, maar de twee jonge Vargas trokken haar mee; totaal overstuur renden ze blind door de straten van Triana alsof ze door een monster achternagezeten werden. Ze maakte zich los van hun handen en hun geduw, ze wilde nadenken, ze moest zich concentreren, maar iedere poging werd gesmoord in de haast en in het geschreeuw dat de nachtelijke stilte verbrak. Ze hebben hem vermoord! Hij is dood! Ze hebben Alejandro gedood!

En bij iedere kreet versnelde ze haar pas, en zonder het te willen rende ze net zo hard als de twee jongens, struikelend, haastig door een van hen overeind geholpen, stotterend, jammerend, en steeds achtervolgd door het beeld van Alejandro's bebloede lijk.

Het feest was nog niet afgelopen, maar liep wel ten einde. Toen de jongens het huis binnenrenden, waren de graaf en gravin en hun gasten opgestaan uit hun stoelen en liepen door de tuin terwijl ze met de zigeuners praatten; de gitaren klonken zachtjes, alsof ze afscheid namen; niemand danste of zong meer.

'Hij is dood!'

'Ze hebben hem neergeschoten!'

Milagros, achter de twee jongens, hijgend, met het gevoel dat haar hart op springen stond, sloot haar ogen bij het aanhoren van die hartverscheurende woorden en ze hield ze stevig dicht, verborgen achter de hand waarmee ze haar gezicht bedekte, toen alle zigeuners, mannen, vrouwen, kinderen, zich om haar heen verdrongen.

Vragen en antwoorden, allemaal even ongeduldig, even dringend, klonken door elkaar heen.

Wie? Alejandro! Alejandro? Hoe? Wie was het? Een van de pottenbakkers. Dood? Een huiveringwekkend gebrul steeg boven de andere stemmen uit. Zijn moeder? vroeg Milagros zich af. De graaf en gravin en hun gasten spoedden zich bij het horen van de eerste woorden het huis uit. De jongens deden hun best de honderden vragen die op hen afgevuurd werden te beantwoorden. Het krijsen van de vrouwen teisterde heel Triana. Milagros hoefde ze niet te zien: ze trokken aan hun haren tot ze hele plukken in hun handen hadden, ze krabden zich en scheurden hun bloezen, ze schreeuwden met hun gezichten vertrokken in een ondefinieerbare grimas, maar intussen gingen de mannen verder met hun verhoor en zij wist dat op een gegeven moment...

'Waarom? Waarom gingen jullie naar de pottenbakkerswijk?' vroeg een van hen.

'Ik heb je gezegd dat je het niet moest doen.'

Het ijzig in haar oor gefluisterde verwijt van haar moeder maakte dat ze het antwoord niet hoorde, maar wel de vragen die erop volgden:

'Milagros? De kleindochter van de Galeier?'

'Waarom?'

Milagros onderdrukte een neiging tot kokhalzen.

'Doe je ogen open,' siste haar moeder terwijl ze haar met haar elleboog een por in haar ribben gaf. 'Zie onder ogen wat je gedaan hebt!'

Het meisje haalde haar hand weg en zag dat alle blikken op haar gericht waren, waaronder die van haar vader: strak, ernstig, kwetsend.

'Waarom bracht Milagros jullie naar de pottenbakkers?'

'Om af te rekenen met een ervan die een vrouw had verkracht,' antwoordde de oudste van de twee jongens.

Zelfs enkele van de vrouwen die hysterisch stonden te krijsen, zwegen abrupt. Een zigeunerin verkracht? Dat was de ergste belediging die burgers hun konden aandoen. De jongen die het antwoord had gegeven, kreeg een vermoeden van het misverstand dat zijn woorden veroorzaakt konden hebben.

'Nee... het was geen zigeunerin,' verduidelijkte hij.

De vragen buitelden opnieuw over elkaar heen. Waarom? Wat kon het jullie schelen als het geen zigeunerin was? Wat dachten jullie onervaren jongens te bereiken? Verschillende mannen kwamen echter met dezelfde vraag.

'Welke vrouw dan?'

'De negerin van grootvader Vega.'

Milagros voelde dat haar benen het begaven. De stilte waarmee de zigeuners dat antwoord opnamen duurde slechts een paar seconden, waarin ze haar vader naar zich toe zag komen.

'Eigenzinnig stom wicht!' schold hij terwijl hij haar met bloeddoorlopen ogen aankeek. 'Je hebt geen idee wat de gevolgen zijn van wat je gedaan hebt.'

Daarna begonnen de zigeuners verhit met elkaar te discussiëren, maar niet lang: na een paar minuten vertrokken verschillende mannen van de familie Vargas schreeuwend om wraak, met hun messen al in hun handen, naar de pottenbakkerswijk, vergezeld door de oudste jongen.

Ze vonden de pottenbakker noch zijn zoon; die waren gevlucht en hadden de werkplaats open achtergelaten; voor de deur lag in een grote plas bloed nog het verminkte lijk van Alejandro. Een paar zigeuners doorzochten het huis, andere tilden het lichaam van de jongen op en gingen op weg naar de callejón de San Miguel, en de rest bleef daar op straat staan, angstig gadegeslagen vanuit de andere huizen.

Iemand overhandigde de vader van Alejandro een brandende fakkel, waarna hij de werkplaats binnenging en hem op het droge hout gooide dat klaarlag voor ovens die nooit meer zouden werken. De werkplaats stond in een mum van tijd in lichterlaaie.

'Zeg tegen die klootzak van een kindermoordenaar,' schreeuwde hij daarna midden op straat, demonisch verlicht door de vuurtongen die al boven het gebouw uit begonnen te komen, 'dat er in heel Spanje geen plek is waar hij zich voor de wraak van de familie Vargas verbergen kan!'

Zodra de zigeuners weg waren, renden de pottenbakkers met alle mogelijke emmers en bakken naar buiten om de brand, die zich naar de aangrenzende huizen dreigde uit te breiden, onder controle te krijgen; die nacht verscheen er geen enkele rechter, gerechtsdienaar of nachtwacht in de wijk.

Gezeten in een stoel die hoger was dan die van de andere leden, zat Rafael García, de Graaf, de raad van ouderen voor die de dood van Alejandro moest behandelen. Terwijl getuigen en aanklagers voor de zigeunerrechtbank verschenen, liet de Graaf zijn blik over de binnenplaats van het woonblok gaan, die ondanks de stukken oud ijzer die er lagen opgehoopt vol met zigeuners stond. Daarna keek hij omhoog naar de bovenverdiepingen, waar nog eens zoveel mannen en vrouwen over de balustrades leunden en achter wasgoed dat te drogen hing en potten met verwelkte bloemen het proces volgden vanaf de galerijen die op de binnenplaats uitkeken. Dit was het zigeunertribunaal, het enige dat volgens de zigeunerwet over de leden mocht oordelen. Rafael García had, als vertegenwoordiger van de gemeenschap, met de burgemeester en rechters over de dood van Alejandro moeten onderhandelen. De pottenbakker en zijn zoon waren gevlucht. De zigeuners hadden hem ter dood veroordeeld en het bevel hem te executeren als iemand hem tegenkwam, was onder de verschillende families verspreid. Maar de geruchten over het gebeurde hadden zich ook door Triana verspreid en de Graaf had zijn uiterste best moeten doen om ervoor te zorgen dat de autoriteiten de zaak zouden vergeten; geen enkele burger had aangifte gedaan van de ruzie.

Voor de raad van ouderen werd Milagros door de leden van de familie Vargas meedogenloos aangevallen. Ze had het leven van een jonge zigeuner niet voor een eenvoudige negerin op het spel mogen zetten, beschuldigden ze haar; ze had het zigeunervolk misbruikt voor een burgervrouw, schreeuwden ze; ze had de raad van ouderen geen toestemming gevraagd om zich te mogen wreken. Wat als Alejandro de pottenbakker gedood had? Alle zigeuners zouden eronder geleden hebben!

De Carmona's vonden geen argumenten om haar te verdedigen. Bij afwezigheid van Melchor en Tomás, de laatste was weer op smokkelpad, wezen de Vega's oom Basilio aan. Die probeerde de ouderen te overtuigen, maar zijn betoog eindigde in een soort stamelen toen hij begreep hoe gering de invloed van de zigeuners van de Huerta de la Cartuja was in een raad die door de smeden gedomineerd werd. De leden van de overige families steunden de familie Vargas. De vader van het meisje, die zoals veel andere mannen achter de ouderen stond, woonde kalm en beheerst een proces bij dat een eindeloze middag duurde; de moeder, niet in staat zich aan een dergelijke beproeving te onderwerpen, wachtte samen met de andere vrouwen van hun familie in de callejón de San Miguel, bij de deur van het woonblok waar de Graaf woonde en op de binnenplaats waarvan het proces gehouden werd. Ana verdroeg het verstrijken van de uren met een gespannen, verkrampt gezicht, ervoor zorgend haar ware gevoelens te verbergen. Milagros moest binnen blijven.

Rafael García luisterde naar de mening van degene die waarschijnlijk de laatste getuige was, en hij deed dat comfortabel in zijn stoel gezeten, met van tijd tot tijd een flauwe glimlach op zijn lippen. De kleindochter van Melchor, dat wat de oude man het dierbaarste was in de hele wereld. De Galeier kon hem niet de schuld geven. Alle families waren het erover eens: hij zou zelfs niet degene zijn die een straf moest voorstellen; ze zouden haar verbannen, zonder enige twijfel, en met haar...

Tumult bij de ingang van de binnenplaats waar ze zich verzameld hadden, haalde hem uit zijn gedachten. De man die aan het woord was zweeg. Alle aandacht concentreerde zich op de twee jongens die als een soort bewakers bij de ingang stonden om nieuwsgierigen tegen te houden.

'Wat is er aan de hand?' schreeuwde de Graaf.

'De oude María Vega, de kruidenvrouw,' verklaarde een van de zigeuners die het dichtst bij de deur stond. 'Ze wil naar binnen.'

De Graaf wierp een vragende blik op de overige ouderen. Sommigen antwoordden met een gebaar van machteloosheid, één zelfs van vrees.

'Zeg tegen haar dat vrouwen zich niet mogen bemoeien...' begon Rafael García.

Maar de magere, verschrompelde oude vrouw in haar kleurige schort had de jongens opzij weten te duwen en stond al op de binnenplaats. Achter haar stak Milagros' moeder haar hoofd om de hoek van de deur.

'Rafael García,' viel de oude zigeunerin hem in de rede, 'welke zigeunerwet zegt dat vrouwen zich niet met de raad mogen bemoeien?'

'Dat is altijd zo geweest,' antwoordde de Graaf.

'Je liegt,' zei de oude vrouw met grote stelligheid. 'Jullie lijken steeds meer op de burgers met wie jullie samenleven, met wie jullie handelen en van wie jullie zonder problemen geld aannemen. Denk eraan, jullie!' schreeuwde ze terwijl ze een van haar verkrampte, klauwvormige vingers over de binnenplaats liet gaan. 'Wij zigeunerinnen zijn niet zoals de vrouwen van de burgers, onderdanig en gehoorzaam. Zo zouden we jullie ook niet bevallen, of wel soms?' Onder de mannen klonken instemmende geluiden. 'Door de eeuwen heen, sinds we uit Egypte kwamen, hebben de zigeunervrouwen een stem in de zaken van de raad gehad, dat heeft mijn moeder me verteld die het weer van haar moeder had gehoord, maar jullie... jij, Rafael García,' vervolgde ze terwijl ze met haar vinger naar de Graaf wees, 'die door wrok wordt gedreven, jou beschuldig ik ervan dat je onze traditie en wet vergeten bent. Hoevelen van jullie zijn er niet naar me toegekomen om door mij genezen te worden, jullie zelf of jullie vrouwen of kinderen? Ik genees, ik heb die kracht! Wie mij het recht om voor de raad te spreken wil weigeren, moet het maar zeggen.'

Onder de aanwezigen steeg een geroezemoes op. De oude María Vega werd door de zigeuners gerespecteerd. Ja, ze had het vermogen te genezen en ze deed dat ook; allen wisten dat, allen hadden ooit haar hulp gezocht. Ze kende de aarde, de planten, de bomen en de dieren, de stenen, het water en het vuur, en nu stond ze daar... en daagde de patriarchen van de families uit. De zigeuners geloofden niet in de God van de christenen, noch in hun heiligen, hun maagden of hun martelaren, maar in hun eigen God: Devel. Maar ook Devel was niet de Schepper. De moeder van alle zigeuners, zelfs van vóór het goddelijke bestaan van Devel, was de Aarde. Moeder Aarde: vrouw! De Aarde was de goddelijke moeder. De zigeuners geloofden in de natuur en in de kracht ervan, en in de kruidenvrouwen en de heksen, altijd vrouwen, net als de Aarde, als bemiddelaarsters tussen de wereld van de mensen en die andere superieure, schitterende wereld.

'Spreek, oude vrouw,' klonk het onder de aanwezigen.

'We luisteren naar je.'

'Ja. Zeg wat je te zeggen hebt.'

María trok vragend een wenkbrauw op naar Rafael García.

'Spreek,' gaf deze toe.

'Wat dit meisje heeft gedaan,' begon ze te zeggen, 'is helemaal jullie eigen schuld.'

De mannen protesteerden maar ze ging verder zonder zich iets van hen aan te trekken.

'Van jou, José Carmona,' ging ze verder terwijl ze naar hem wees, 'en van jou, Ana Vega,' draaide ze zich om wetende dat de moeder achter haar stond, 'van jullie allemaal. Jullie hebben een vaste woonplaats gekozen en werken net als de burgers, jullie trouwen voor de kerk en jullie dopen jullie kinderen om hun goedkeuring te krijgen. Sommigen gaan zelfs naar de kerk! Nog maar weinigen van jullie, smeden van Triana, trekken rond en beleven de natuur zoals onze voorouders altijd hebben gedaan, zoals eigen is aan ons ras, etend wat de aarde voortbrengt, drinkend uit de bronnen en de beken, en slapend onder de blote hemel met een vrijheid die altijd onze enige wet geweest is. En daarmee voeden jullie zwakke, onverantwoordelijke kinderen op, net als die van de burgers, kinderen die onbekend zijn met de zigeunerwet, niet omdat ze die niet kennen maar omdat ze die niet ervaren, niet voelen.'

De oude María stopte even. Er heerste absolute stilte op de binnenplaats. Een van de ouderen van de raad probeerde zich te verdedigen.

'En wat zouden we kunnen doen, María? Justitie pakt degenen op die rondtrekken, die onze traditionele kleren dragen en leven zoals die voorouders over wie je het hebt. Je weet heel goed dat ze ons als uitschot beschouwen, alleen omdat we zigeuners zijn. Nog maar drie jaar geleden moesten we Triana verlaten vanwege een verordening van de burgemeester van Sevilla waarin we tot bandieten werden verklaard. Drie jaar! Wie van de hier aanwezigen herinnert zich dat niet? We moesten het veld in vluchten of kerkelijk asiel vragen. Weten jullie nog?' Een instemmend gemompel steeg op tussen de mannen. 'Ze dreigden degenen van ons die wapens hadden te doden, en de anderen zouden tot zes jaar galeien en tweehonderd zweepslagen veroordeeld worden.'

'En zijn we soms niet allemaal teruggekomen?' onderbrak de oude María hem. 'Wat hebben wij met de wetten van de burgers te maken! Wanneer hebben ze voor ons gegolden? We hebben ze altijd weten te omzeilen. Duizenden leven nog steeds als zigeuners! En jullie allemaal weten dat en kennen ze. Als jullie van Triana je willen onderwerpen aan de wetten van de koning, doe dat dan, maar vele anderen doen het niet en zullen het ook nooit doen. Het is precies wat ik zeg: jullie leven als burgers. Geef de kinderen niet de schuld van de consequenties van jullie...' – allemaal wisten ze welk woord de oude vrouw ging gebruiken, allemaal waren ze bang het te horen – 'lafheid.'

'Pas op je woorden!' waarschuwde de Graaf.

'Wie zal me verbieden te praten? Jij?'

De twee keken elkaar uitdagend aan.

'Wat stel je voor met betrekking tot het meisje?' vroeg een van de ouderen van de raad, waarmee hij een van de zoveelste ruzies in de oeroude vete tussen de Vega's en de García's afkapte. 'Wat wil je? Heb je alleen het woord gevraagd om ons uit te schelden?'

'Ik neem haar mee naar de Huerta de la Cartuja om van haar een zigeunerin te maken die de geheimen van de natuur kent. Ik ben al oud en ik heb iemand nodig... jullie hebben allemaal iemand nodig die mij kan opvolgen.'

'Kies maar een andere vrouw,' roerde de Graaf zich.

'Ik kies wie ik wil, Rafael García. Mijn grootmoeder, een Vega, heeft het mijn moeder, ook een Vega, geleerd en ik, Vega zonder dochters, wil mijn kennis doorgeven aan iemand met Vega-bloed. Het meisje zal uit de callejón de San Miguel vertrekken en niet meer terugkomen totdat jullie haar dat op een dag zelf vragen... en dat zullen jullie doen, dat garandeer ik jullie. Daarmee moeten de raad en de familie Vargas genoegen nemen. Zo niet, dan hoeft geen van jullie nog op mij te rekenen.'

'Ik verbied het je,' had Ana gezegd toen Milagros, nadat ze haar neven met de paarden had zien aankomen en hun naar haar grootvader en naar Caridad had gevraagd, besloot haar vriendin te gaan zoeken. Het verhaal van de diefstal door de Dikke, gevolgd door het vertrek van Melchor, deed Milagros voor haar vriendin vrezen.

'Vader zal haar vermoorden als grootvader er niet is,' klaagde Milagros.

'Dat is jouw zaak niet,' antwoordde de andere vrouw.

Het meisje balde haar vuisten en het bloed schoot naar haar gezicht. Moeder en dochter keken elkaar uitdagend aan.

'Het is wel mijn zaak,' mompelde ze.

'Hebben we al niet genoeg geleden door die negerin?'

'Cachita kon er niets aan doen,' betoogde Milagros. 'Zij deed niets, zij...'

'Laat je vader daar maar over beslissen,' oordeelde haar moeder.

'Nee.'

'Milagros.'

'Nee.' De schittering in haar zigeunerogen verraadde dat ze niet gemakkelijk zou opgeven.

'Spreek me niet tegen.'

'Ik ga naar de steeg...'

Dat was het moment geweest dat haar moeder het haar verbood met een schreeuw die in de hele zigeunerbuurt bij de Huerta de la Cartuja, waar de twee vrouwen zich bevonden, te horen was. Maar het meisje hield koppig vol.

'Ik ga wel, moeder.'

'Dat doe je niet,' verbood Ana.

'Dat doe ik...'

Ze kreeg niet de kans haar zin af te maken; haar moeder gaf haar een harde klap in haar gezicht. Milagros probeerde haar tranen in te houden maar kon het trillen van haar kin niet onderdrukken. Voordat ze van woede zou ontploffen, vluchtte ze naar Triana. Ana deed niets meer om haar tegen te houden. Ze voelde zich leeg na haar uitbarsting; sinds de dood van Alejandro leefden ze op gespannen voet met elkaar. Met slaphangende armen, in haar hele lichaam de pijn voelend van de klap die ze haar dochter had gegeven, liet ze haar gaan.

Caridad herkende Milagros al van verre, op de weg die naar de zigeunerbuurt bij de Huerta de la Cartuja leidde, vlak bij de plek waar Melchor haar had gevonden in de nacht dat de pottenbakker haar zijn werkplaats uitgeschopt had. Ze liep op blote voeten en droeg haar oude slavenkleren: haar grijslinnen hemd en haar strohoed. In het bundeltje droeg ze de rest van haar schaarse bezittingen, inclusief de gescheurde rode kleren.

Ook Milagros herkende haar vriendin meteen, zelfs met haar ogen vol tranen. Ze twijfelde even; ze verwachtte haar met haar opvallende rode kleren te zien, maar haar twijfels verdwenen onmiddellijk: er was in Triana, in heel Sevilla, niemand zo zwart als die negerin die haar daar langzaam tegemoetkwam.

Het meisje droogde haar tranen met haar onderarm en daarna voelde ze even aan haar wang. Die brandde nog van de klap die haar moeder haar verkocht had.

Milagros en Caridad keken elkaar van een afstandje aan zonder te weten hoe ze moesten reageren: de een had nooit iemand gehad om te zoeken; de ander aarzelde, nu de woede over de ruzies met haar moeder ver gezakt was, tussen haar gevoelens van genegenheid voor beide vrouwen, alsof ze met die voor de ene de andere verraadde. Ten slotte was het Milagros die het initiatief nam en naar haar vriendin toe begon te rennen. Caridad zag haar op zich afkomen, de zilveren sieraden zwiepten door de lucht en weerkaatsten duizendmaal in de zon; ze stond stil, liet haar bundeltje op de grond vallen en deed, totaal belachelijk, haar strohoed af.

Milagros stortte zich in haar armen. Caridad verwachtte... wenste... had behoefte aan een uitbarsting van vreugde en genegenheid, maar de snikken en het gestamel van het meisje maakten duidelijk dat de zigeunerin hulp en begrip bij haar zocht.

Op de weg van Triana naar de zigeunerbuurt bij de Huerta de la Cartuja liet Caridad zich omhelzen. Milagros verborg haar hoofd tussen haar borsten en barstte in een ontroostbaar huilen uit, alsof ze tot dan toe haar gevoelens onderdrukt had en niemand had gehad om haar leed en ellende mee te delen.

Caridad had het meisje enigszins weten te kalmeren en de twee zaten langs de kant van de weg, tussen de sinaasappelbomen, dicht tegen elkaar aan. Ze luisterde naar Milagros' hortende relaas van wat er gebeurd was vanaf het moment van het feest bij de graaf en gravin.

'Heilige Maagd Maria,' mompelde Caridad toen het meisje vertelde dat ze de zigeuner had gevraagd haar te wreken.

'Hij verdiende een afstraffing!' riep Milagros uit.

'Maar...' probeerde zij te weerleggen.

Het meisje liet haar niet uitpraten.

'Jawel, Cachita, jawel,' hield ze vol, nog steeds snikkend, 'hij heeft je verkracht en geprostitueerd, en niemand was bereid iets voor je te doen.'

'Hebben ze hem omwille van mij gedood?'

De vraag welde kermend op uit Caridads keel toen Milagros over het schot vertelde dat een eind aan het leven van de zigeunerjongen gemaakt had.

'Het was niet jouw schuld, Cachita.'

Het is niet jouw schuld, dat waren ook de woorden geweest waarmee Melchor diezelfde avond afscheid genomen had. Op de plantage werden fouten hersteld met zweepslagen, en daarna aan het werk. Maar nu werd ze door onbekende gevoelens overvallen: omwille van haar was Melchor vertrokken om wraak te zoeken; omwille van haar had ook Milagros wraak geëist. Wraak! Wat stond dat woord dicht bij de zigeuners!

'Maar het was allemaal om mij,' onderbrak ze Milagros, die inmiddels al bij de gebeurtenissen bij de raad van ouderen was.

'En om mij, Cachita, ook om mij. Je bent mijn vriendin. Ik moest het doen! Ik kon niet... Ik dacht alleen nog maar aan wat die man je had aangedaan. Ik voel jouw pijn alsof het mijn eigen is.'

Haar pijn? De enige pijn die ze op dat moment voelde, was dat Melchor weggegaan was, dat hij niet meer bij haar was. De avonden in het kamertje op het plaatsje, als ze neuriënd tabak zat te draaien terwijl hij stil achter haar lag, flitsten door haar hoofd. Milagros praatte nog steeds over Rafael García, over de ouderen en over een kruidenvrouw. Moest ze haar onderbreken en het haar vertellen? Moest ze haar opbiechten dat haar maag ineenkromp alleen al bij de gedachte dat Melchor bij de confrontatie met die smokkelaar gewond zou kunnen raken? Ze raakte de draad van het gesprek kwijt bij de herinnering aan de Dikke en zijn adjudanten aan de tafel in de herberg van Gaucín, allemaal even wreed, terwijl Melchor... Hij was alleen vertrokken! Hoe kon hij...?

'Gaat het?' vroeg Milagros toen ze zag dat er een rilling over Caridads lichaam liep.

'Ja... nee. Alejandro is dood.'

'Uiteindelijk gedroeg hij zich als een echte zigeuner: dapper en onbevreesd. Je had moeten zien hoe hij op de deur van de pottenbakker stond te bonzen... En dat deed hij voor ons!' Milagros zweeg enkele ogenblikken. 'Denk je dat hij van me hield?' vroeg ze plotseling.

De vraag overviel Caridad.

'Ja...' zei ze aarzelend.

'Soms voel ik zijn aanwezigheid.'

'De doden zijn altijd bij ons,' prevelde Caridad toen, alsof ze iets opzei wat ze geleerd had. 'Je moet hem goed behandelen,' ging ze verder, terwijl ze opdreunde wat er op Cuba over de geesten werd gezegd. 'Ze zijn grillig en als ze kwaad worden kunnen ze gevaarlijk zijn. Als je wilt dat hij je met rust laat, moet je 's nachts een groot vuur voor de deur van je huis aansteken. Het vuur schrikt ze af, maar je moet hem niet verbranden, alleen vragen weg te gaan.'

''s Nachts?' zei het meisje verbaasd bij zichzelf. Daarna keek ze omhoog naar de lucht, op zoek naar de zon. ''s Nachts maakt niet uit, het probleem is het middaguur.'

Caridad keek haar verbaasd aan.

'Het middaguur?'

'Ja. De doden verschijnen precies op het middaguur, wist je dat niet?'

'Nee.'

'Het middaguur,' legde Milagros uit, 'wanneer de schaduwen verdwijnen en de zon van oost naar west gaat, is een tijd die niet bestaat, een ogenblik waarop alles aan de doden toebehoort: de wegen, de bomen...'

Caridad huiverde en keek omhoog naar de zon.

'Maak je geen zorgen!' probeerde Milagros haar gerust te stellen. 'Volgens mij hield hij van me. Hij zal me geen kwaad doen.'

Het meisje zweeg toen ze merkte dat haar vriendin nog steeds naar de zon keek, terwijl ze uitrekende hoe lang het nog duurde voordat de schaduwen zouden verdwijnen; haar ademhaling ging sneller en ze hield de magneetsteen vast die nog om haar nek hing.

'We gaan naar de zigeunerbuurt,' besloot ze toen.

Caridad veerde overeind en stond meteen rechtop, doodsbang voor die spoken die in Spanje ook op het middaguur verschenen.

Nog geen minuut later, terwijl Caridad stevig doorliep, draaide Milagros haar hoofd om naar haar metgezellin: ze wist niet hoe het haar al die tijd was vergaan; ze had haar niet de minste gelegenheid gegeven om te praten, om te vertellen wat ze op die lange tocht met grootvader meegemaakt had.

'En jij, waarom kwam je naar de zigeunerbuurt?' vroeg ze.

'Je vader heeft me eruit gegooid.'

Milagros stelde zich de scène voor, ze kneep haar ogen samen en schudde haar hoofd. En haar moeder was er ook nog. Wat zou die zeggen als ze Cachita in de zigeunerbuurt zag verschijnen? Ana kwam er vaak, veel vaker dan je van een getrouwde vrouw zou verwachten; soms bleef ze zelfs bij María en haar in het huisje van de kruidenvrouw slapen. Na de dood van Alejandro en het vonnis dat het meisje onder de hoede van de kruidenvrouw stelde, leek de relatie van Ana met haar man onherstelbaar: in zijn ogen had Melchors bevlieging met die zwarte vrouw hun leven definitief geruïneerd. Nee, haar moeder zou niet blij zijn met de aanwezigheid van Caridad. Ze zou haar er niet in laten. Milagros was bang voor haar reactie.

'En je nieuwe kleren?' vroeg ze belangstellend, in een poging het gevoel van uitputting te verjagen waardoor ze plotseling overmand werd.

Ondanks haar angst voor het moment dat de zon zijn hoogtepunt bereikte, ondanks haar haast, stond Caridad midden op de weg stil, te midden van de vruchtbare moestuinen en sinaasappelboomgaarden. Ze zocht in haar bundeltje en haalde de gescheurde bloes tevoorschijn, die ze met haar armen gestrekt voor het meisje omhooghield.

Milagros kon Caridads hoofd of bovenlichaam niet zien, die gingen schuil achter de omhooggehouden bloes. Wat ze wel zag, waren de scheuren in het kledingstuk. Ze voelde een onbedwingbare, tedere huivering door zich heen gaan toen ze de naïviteit zag waarmee de vrouw haar de kapotte kleren liet zien.

'Wat... wat is er gebeurd?' vroeg ze nadat ze een paar keer haar keel geschraapt had.

Ze gaf haar niet de kans om antwoord te geven. Ze had al gehoord hoe de Dikke het voor elkaar had gekregen de Vega's die twee zakken tabak afhandig te maken en dat Melchor was vertrokken om wraak te zoeken.

'We zullen ze weer maken, Cachita. Dat beloof ik je.'

Toen ze weer door wilden lopen en Caridad de bloes voorzichtig terug in haar bundeltje stopte, vond ze de sjaal die de zigeuner haar voor zijn kleindochter meegegeven had.

'Wacht. Dit heeft Melchor me voor jou gegeven.'

Milagros bekeek de lange kleurige doek liefdevol en klemde hem tussen haar vingers.

'Grootvader,' fluisterde ze. 'Hij is de enige die van me houdt. En jij natuurlijk, tenminste, dat denk ik,' voegde ze er enigszins opgelaten aan toe.

Maar Caridad luisterde niet naar haar. Zou hij ook van haar houden, die zigeuner?

# 9

In de zigeunerbuurt wijdde Caridad zich aan het draaien van de tabak en het maken van sigaren. Tomás bracht haar onder in het huisje van een ouder echtpaar, allebei even nors en onvriendelijk, dat alleen woonde en ruimte over had; hij verschafte haar ook het gereedschap dat ze voor het werk nodig had, maar vooral was hij degene die haar verdedigde tegen de agressiviteit waarmee Ana haar ontving toen ze haar met Milagros zag aankomen.

'Nicht!' schreeuwde Tomás terwijl hij tussen de vrouwen in ging staan en haar polsen vastgreep om haar te laten ophouden Caridad te slaan, die ineengedoken, proberend haar hoofd te beschermen, de schreeuwen en klappen van de zigeunerin incasseerde. 'Wanneer Melchor terugkomt, zal hij beslissen wat er met het zwartje moet gebeuren. Intussen... Intussen,' herhaalde hij terwijl hij haar door elkaar schudde om haar naar hem te laten luisteren, 'zal ze de tabak verwerken; dat heeft je vader haar opgedragen.'

Stikkend van woede spuugde Ana een fluim in Caridads gezicht.

'Ik ben niet van plan ook maar één van de sigaren die die negerin maakt te verkopen,' verzekerde ze terwijl ze zich uit de greep van Tomás losmaakte. 'Ze kunnen allemaal verrotten, en jij erbij!'

'Moeder!' riep Milagros toen ze haar in de richting van Triana zag weglopen.

Het meisje haastte zich achter haar aan.

'Moeder.' Ze probeerde haar stil te laten staan. 'Caridad heeft niets gedaan,' hield het meisje vol terwijl ze aan haar kleren trok. 'Het is niet haar schuld.'

Ana sloeg haar van zich af en liep verder.

Milagros keek toe hoe ze wegliep en keerde toen terug naar de plek waar zich inmiddels een flink aantal zigeuners verzameld had. De tranen liepen over haar wangen.

'Geen muildier met een foutje, geen vrouw zonder karakter!' oordeelde oom Tomás. 'Precies haar vader: een echte Vega. Het gaat wel over.' Milagros hief haar ogen naar hem op. 'Je moet het de tijd geven, kind. Dat van de negerin heeft niets met zigeunereer te maken: het gaat wel over.'

En terwijl Caridad zich in het huisje toelegde op het verwerken van de tabaksbladeren – sorteren, strippen, vochtig maken en laten drogen tot ze precies goed waren, snijden, rollen en ten slotte het uiteinde van de sigaar met draad dichtbinden – leerde Milagros de eerste beginselen van het maken van de drankjes en middeltjes van de kruidenvrouw, die ze overal volgde: als ze in het veld kruiden ging zoeken of als ze naar een zieke toe ging. De oude María stond het meisje niet de kleinste misstap of belediging toe, haar aanwezigheid was voldoende om Milagros onder controle te houden en aan haar wil te onderwerpen. 's Avonds gunde ze haar wat tijd voor ontspanning, die het meisje gebruikte om naar Caridad te rennen; dan liepen de twee de zigeunerbuurt uit en verloren zich in gesprekken of simpelweg in roken en naar de sterrenhemel kijken.

'Heb je die van grootvader gestolen?' vroeg het meisje op een avond nadat ze een flinke trek had genomen, toen ze samen op de oever van de Guadalquivir, vlak bij de vervallen steiger van een stel vissers, naar het kabbelende water zaten te luisteren.

De hand waarmee Caridad de sigaar van haar wilde aanpakken, bleef in de lucht hangen. Gestolen?

'Ja!' riep Milagros bij het zien van de twijfel van haar vriendin. 'Je steelt ze van hem! Het is niet erg, maak je geen zorgen, ik zeg het tegen niemand.'

'Ik... Ik heb ze niet gestolen!'

'Nou, leg eens uit dan. Als de tabak niet van jou is...'

'Het is mijn portie. Ze komen me toe.'

'Pak hem nou maar aan,' zei het meisje terwijl ze haar de sigaar toestak. Caridad gehoorzaamde. 'Wat bedoel je met mijn portie?'

'Als ik ze maak... mag ik ook roken, of niet? Bovendien zijn deze niet van gedraaide tabak, ik gebruik alleen de nerven van de bladeren en de resten, fijngehakt en in een dekblad gewikkeld. Op de plantage ging het zo. De meester gaf ons tabak voor eigen gebruik.'

'Cachita, dit is de plantage niet en er zijn hier geen meesters.'

Caridad blies een paar langgerekte kringen blauwe rook uit.

'Dus ik mag niet roken?'

'Doe wat je wilt, maar als jij je eigen portie niet meer meebrengt, wil ik je niet meer zien.' Caridad zei niets. 'Dat was een grapje, zwartje!' Het zigeunermeisje lachte schaterend, omhelsde haar vriendin en schudde haar heen en weer. 'Je niet meer zien! Dat zou ik niet kunnen!'

'Ik zou het...' stamelde Caridad.

'Wat?' spoorde het meisje haar aan. 'Wat? Zeg het, Cachita!'

'Ik zou het ook niet kunnen,' lukte het haar zonder haperen te zeggen.

'Bij alle goden, heiligen, maagden en martelaren in de hemel, dat werd tijd!'

Milagros, met haar arm nog om de schouders van Caridad, trok haar naar zich toe. De vrouw liet het zich verlegen welgevallen.

'Dat werd tijd!' herhaalde de zigeunerin terwijl ze haar een klinkende zoen op haar wang gaf. Daarna pakte ze haar arm en legde die om haar eigen schouders terwijl ze Caridad bij haar middel pakte. Die vergat zelfs de sigaar die ze tussen haar vingers hield. Milagros wilde de betovering niet verbreken en liet de tijd voorbijgaan, en terwijl ze naar het water van de rivier keken, voelde ze hoe haar vriendin haar steviger omhelsde. Ze wilde ook niet dat Caridad zag hoeveel moeite ze had om haar tranen te bedwingen.

'Je mama?' vroeg Caridad echter tot haar verbazing in het donker, met haar stem naar de rivier gericht.

'Ja,' antwoordde Milagros.

Ana had geen voet meer in de zigeunerbuurt gezet en zij mocht niet in de steeg komen.

'Het spijt me,' zei Caridad, die zich schuldig voelde, en ze drukte Milagros stevig tegen zich aan toen die haar tranen niet meer kon tegenhouden.

Ze herinnerde zich de tranen die zij zelf lang geleden had vergoten, op de dag dat ze van haar moeder en haar familie en vrienden werd gescheiden; terwijl ze tussen honderden andere ongelukkigen in de factorij op de boot wachtte; tijdens de oversteek...

Ze stopte haar herinneringen weer weg toen ze voelde dat ze haar hand aan de sigaar brandde; ze nam opnieuw een trekje. Op Cuba zocht ze de geest van haar moeder in de feesten, wanneer een van de heiligen bezit van haar nam, maar hier in Spanje probeerde ze zich alleen maar haar gezicht te herinneren.

De band tussen Milagros en Caridad werd steeds hechter, maar korte tijd later kwam er een eind aan die avondlijke uitstapjes.

'Kind,' hield de kruidenvrouw haar op een avond tegen, toen ze net het huisje wilde verlaten. Milagros draaide zich om. 'Luister naar me: verwijder je niet van je eigen mensen, van de zigeuners.'

Een vergelijkbare boodschap kreeg Caridad die dag van Tomás.

'Zwartje,' waarschuwde hij haar nadat hij het huisje was binnengekomen, waar zij voorzichtig het dekblad om een sigaar wikkelde. 'Je moet Milagros niet bij haar volk vandaan houden. Begrijp je me?' Caridad hield haar lange vingers stil en knikte zonder op te kijken.

Sinds die dag zonderden de twee zich niet meer af. Ze liepen door de enige straat van de zigeunerbuurt, Caridad als een schaduw achter het meisje, mengden zich tussen degenen die in de deur van hun huisjes gesprekken voerden, speelden, dronken, rookten en, vooral, zongen, soms begeleid door gitaren, soms op het eenvoudige ritme van het getrommel van een paar handen op een willekeurig voorwerp, maar meestal aangemoedigd door simpel handgeklap. Caridad had in de callejón de San Miguel een paar feesten bijgewoond, maar in de zigeunerbuurt was het anders: het zingen mondde daar niet uit in een feest of een wedstrijd. Het was eenvoudigweg een manier van leven, iets wat even natuurlijk was als eten of slapen; er werd gezongen of gedanst en daarna keerden ze terug naar hun gesprekken om vervolgens opnieuw te gaan zingen of allemaal uit hun stoelen op te staan en met gejuich en geklap twee bijna naakte kleine meisjes aan te moedigen die apart van de anderen samen dansten, ondanks hun jonge leeftijd al met een zekere gratie.

Caridad was bang dat ze haar zouden vragen te zingen. Niemand stelde het voor, zelfs Tomás niet. Ze accepteerden haar, met enige argwaan, dat wel, maar ze accepteerden haar: ze was de negerin van grootvader Melchor; hij zou beslissen zodra hij terugkwam. Wat Milagros betreft, die verkeerde meestal in een bedrukte stemming; ze miste haar ouders, haar grootvader en haar vriendinnen van de steeg. Maar ze werd vooral gekweld door de interne strijd die ze voerde. Ze had Alejandro op een voetstuk gezet om een dood goed te praten die, dat wist ze heel goed, was veroorzaakt door haar eigenzinnigheid, en toch dacht ze nog steeds dag en nacht aan Pedro García... Wat zou hij doen? Waar zou hij zijn? En het belangrijkste: wie van haar vriendinnen zou naar zijn gunsten dingen? Alejandro lette op haar en kende haar verlangens, spoken wisten alles, had Caridad gezegd, maar het beeld van Pedro García met de andere meisjes, die allemaal bij hem in het gevlij probeerden te komen, verteerde haar zo dat ze de gedachte aan Alejandro van zich afzette en iedere boodschap voor de oude María benutte om stiekem in de buurt van de callejón de San Miguel rond te hangen.

Ze zag veel zigeuners, ook haar vriendinnen. Op een dag moest ze zich met wild kloppend hart haastig in een portaal verstoppen toen ze haar moeder langs zag komen. Ze ging zeker tabak verkopen. Ik zou bij haar moeten zijn, haar moeten vergezellen, dacht ze terwijl ze haar vastberaden, onverschillige manier van lopen gadesloeg. Ze droogde een traan. Op een keer zag ze Pedro, maar ze durfde niet naar hem toe te gaan. Een volgende dag zag ze hem opnieuw: hij liep naast een van zijn ooms in de richting van de botenbrug, even knap en aantrekkelijk als altijd. Milagros had zichzelf honderden keren verweten dat ze hem die eerste keer niet had aangesproken. Het vonnis van de raad van ouderen, herhaalde ze bij zichzelf, was geweest dat ze bij de kruidenvrouw moest blijven en niet in de steeg mocht komen. Maar stuurde de oude María haar soms niet naar Triana om in alle vrijheid boodschappen te doen? Ze rende een straat door parallel aan die waar de zigeuner liep, om een huizenblok heen. Voordat ze de hoek omging haalde ze diep adem, streek haar rok glad en schudde haar haar los. Zag ze er mooi uit? Bijna botste ze tegen hen op.

'Moest jij niet in de zigeunerbuurt blijven, bij de kruidenvrouw?' beet de oom van Pedro haar toe zodra hij haar zag.

Milagros stamelde.

'Maak dat je wegkomt!'

'Ik...'

Ze wilde naar Pedro kijken maar de ogen van zijn oom hielden de hare gevangen!

'Heb je me niet gehoord? Wegwezen!'

Ze boog haar hoofd en liep weg. Ze hoorde ze praten terwijl ze verder liepen. Ze had het fijn gevonden als Pedro haar even aangekeken had.

'Jullie moeten het doen!'

De schreeuw van de oude María weergalmde door de woning. José Carmona en Ana Vega vermeden het elkaar aan te kijken over de tafel waaraan ze alle drie waren gaan zitten toen de kruidenvrouw op een ochtend onverwachts in hun huis verscheen.

Geen van beiden had de oude María durven onderbreken.

'Het gaat niet goed met het kind,' waarschuwde ze hen. 'Ze eet niet. Ze wil niet eten,' vervolgde ze terwijl ze de uitstekende jukbeenderen van het meisje voor zich zag, en de sinds haar teleurstellende ontmoeting met Pedro steeds scherper wordende neus. 'Ze is een meisje dat een fout heeft gemaakt, meer niet. Hebben jullie soms nooit een fout gemaakt? Zij kon niet voorzien wat de gevolgen zouden zijn. Ze voelt zich alleen, in de steek gelaten. Ze vindt zelfs geen troost meer bij het zwartje. Ze is jullie dochter! Ze kwijnt weg en ik heb geen middel tegen zielenpijn.'

Ana speelde met haar handen en José wreef meermalen over zijn mond en kin toen de kruidenvrouw het over hen had.

'Het kind mag niet onder jullie problemen lijden; zij heeft geen schuld aan wat zich tussen jullie afspeelt.'

José maakte een beweging alsof hij iets wilde zeggen.

'Het interesseert me niet,' was de oude María hem voor. 'Ik ben hier niet om jullie meningsverschillen op te lossen, zelfs niet om jullie raad te geven. Ik hoef de achtergronden van jullie situatie niet te horen; ik wil alleen maar weten: houden jullie van je dochter of niet?'

En na die bijeenkomst verschenen Ana en José Carmona op een frisse septemberavond in de zigeunerbuurt. Caridad zag ze eerder dan Milagros.

'Je ouders,' fluisterde ze tegen het zigeunermeisje ondanks dat die nog op enige afstand waren.

Milagros stond als versteend; sommige van de jongens en meisjes met wie ze stond te praten, hielden hun mond en volgden haar blik. Die was strak op Ana en José gericht, die over de straat tussen de armoedige huisjes en de krotten door kwamen aanlopen terwijl ze de zigeuners groetten die voor hun deur de tijd zaten te verdrijven. De moeder maakte gebruik van het feit dat José bij een bekende stopte, ze liep vooruit en toen ze vlak bij Milagros was, spreidde ze haar armen; het meisje had niet meer nodig en wierp zich erin. Caridad voelde een brok in haar keel, de jongeren slaakten een diepe zucht en vanuit sommige huisjes klonk zelfs applaus.

José kwam op hen toelopen. Milagros aarzelde, maar Ana gaf haar een bemoedigende duw in haar rug, waarna ze naar hem toe ging.

'Het spijt me, vader,' fluisterde ze zachtjes.

Hij bekeek haar van top tot teen, alsof hij haar niet herkende. Met geveinsde ernst bracht hij een hand naar zijn kin en nam zijn dochter opnieuw onderzoekend op.

'Vader, ik...'

'Wat is dat daar?' schreeuwde hij.

Milagros draaide zich hevig geschrokken om en keek in de richting waarin hij wees. Er was niets abnormaals, niets ongebruikelijks.

'Ik... wat? Wat bedoelt u?'

Enkele zigeuners werden nieuwsgierig. Een van hen stond op en maakte aanstalten om naar de plek te lopen waar José naartoe wees.

'Dat bedoel ik! Dat, zie je het niet?'

'Nee! Wat?' riep het meisje wanhopig, hulp zoekend bij haar moeder.

'Dat, kind,' zei deze terwijl ze naar een lege stoel bij de deur van een van de huisjes wees.

'Die stoel?'

'Nee,' antwoordde de moeder. 'Niet de stoel.'

Tegen de stoel stond een oude gitaar. Met een glimlach om haar mond draaide Milagros zich weer naar haar vader.

'Ik vergeef je pas,' zei hij, 'als het je lukt om alle zigeuners van deze buurt te betoveren.'

'Afgesproken!' accepteerde Milagros terwijl ze een fiere houding aannam.

'Dames en heren!' brulde José Carmona toen. 'Mijn dochter gaat dansen! Bereidt u voor en aanschouwt de mooiste van alle zigeunerinnen!'

'Is er wijn?' klonk het vanuit een van de huisjes.

De oude María, die het gebeuren had gadegeslagen en al bezig was een gammele kruk naar de plek waar de gitaar stond te slepen, barstte in lachen uit.

'Wijn?' riep Ana. 'Als je mijn meisje ziet dansen, steel je alle druiven in de vlakte van Triana om ze haar aan te bieden.'

En die avond, in aanwezigheid van Caridad, die vanachter de zigeuners toekeek en probeerde een paar benen stil te houden die brandden van verlangen om op de klanken van de muziek en de blijdschap die Milagros uitstraalde mee te bewegen, kon José Carmona niet anders doen dan zijn woord houden en zijn dochter vergeven.

Na het feest ging het leven in de zigeunerbuurt bij de Huerta de la Cartuja verder. Ana stemde er schoorvoetend mee in de sigaren te verkopen die Caridad maakte, in een soort wapenstilstand na de woede-uitbarsting waarmee ze haar ontvangen had; daardoor moest ze haar dochter regelmatig opzoeken. Wat Caridad betreft, die zag haar werk toenemen toen broeder Joaquín plotseling in de zigeunerbuurt verscheen met een paar van de zakken die op het strand van Manilva gelost waren.

'Je bent het me verschuldigd,' was alles wat hij tegen Tomás zei. De zigeuner maakte aanstalten er iets tegenin te brengen, maar broeder Joaquín gaf hem geen kans. 'Laten we de zaken accepteren zoals ze zijn, Tomás. Ik heb jullie altijd vertrouwd; Melchor heeft me nooit teleurgesteld, en ik ga ervan uit dat jullie een probleem hebben gehad dat jullie me, dat weet ik, nooit zullen vertellen. Maar ik moet het geld van de gemeenschap terugverdienen, begrijp je? En de sigaren die Caridad maakt verhogen de waarde van de tabak.'

Daarna ging hij haar opzoeken.

'La Candelaria heeft je al lang niet gezien,' viel hij met de deur in huis.

Caridad stond op van de stoel waarop ze zat te werken, vouwde haar handen voor haar borst en keek naar de grond. De dominicaan wierp een zijdelingse blik op de twee oude mensen met wie ze de woning deelde. Hij constateerde verbaasd dat Caridad haar oude slavenkleren weer droeg. Hij herinnerde zich hoe ze in haar rode kleren voor de Heilige Maagd geknield zat, ritmisch van voor naar achter bewegend wanneer ze zich ongezien waande. Van broeders die op Cuba woonden, wist hij van de vermenging van de Afrikaanse religies en de katholieke godsdienst, en ook van de tolerante houding van de Kerk zelf. 'Ze geloven tenminste en komen naar de mis!' had hij vele malen gehoord, en dat was waar: Caridad ging naar de kerk, terwijl de meeste zigeuners er geen voet binnen zetten. Wat zou er met haar rode kleren gebeurd zijn? Hij wilde het niet vragen.

'Ik heb nog meer tabak meegebracht om te verwerken,' kondigde hij aan. 'Voor elke bundel van vijftig sigaren die je maakt, is er een voor jou.' Caridad besefte verbaasd dat ze de broeder aankeek, die tegen haar glimlachte. 'Een van de goede, van de gedraaide, van het soort dat je van de bladeren maakt, niet van het afval.'

'En voor ons die haar onderdak verlenen is er niets?' vroeg de oude zigeuner.

'Oké,' ging de priester na een korte stilte akkoord, 'maar jullie moeten allebei elke zondag naar de kerk komen, en op alle religieuze feestdagen, en jullie moeten de rozenkrans bidden voor de zielen in het vagevuur en...'

'We zijn te oud om zo ver te lopen,' protesteerde zijn vrouw. 'Zou uwe eerwaarde niet genoegen kunnen nemen met een avondgebedje?'

'Ik wel, Hij daarboven niet,' glimlachte broeder Joaquín, waarmee hij het onderwerp als afgedaan beschouwde. 'Gaat het goed met je, Caridad?' Ze knikte opnieuw. 'Zie ik je weer in de San Jacinto?'

'Ja,' bevestigde ze met een glimlach.

'Daar vertrouw ik dan op.'

Nu Milagros nog. Hij nam afscheid, maar hij was het huisje nog niet uit of hij hoorde de zigeuners van Caridad eisen dat ze de beloofde sigaren met hen deelde. Hij klakte met zijn tong; ze zou ongetwijfeld toegeven. Hij vroeg naar het huisje van de kruidenvrouw en ze wezen het hem aan. Hij wist wat zich bij de pottenbakker had afgespeeld, want het gebeurde had grote opschudding veroorzaakt in Triana. Rafael García had ervoor gezorgd dat niemand tegenover de autoriteiten iets over de moord op de jonge zigeuner of over de brand losliet. De zigeuners kregen het bevel via de verschillende familiepatriarchen; de burgers die de ruzie hadden bijgewoond of er een rol in hadden gespeeld, stuurde hij een paar intimiderende boodschappen die afdoende waren: geen van hen wilde 's nachts met achterlating van alles moeten vluchten, zoals de pottenbakker die op de jonge zigeuner geschoten had. Desondanks verspreidden de geruchten zich net zo snel als het vuur in de werkplaats van de pottenbakker, en broeder Joaquíns maag kromp ineen toen hij van Milagros' rol in het gebeurde hoorde. Hij bad voor haar. Uiteindelijk lukte het hem achter het besluit te komen dat de raad van ouderen dankzij de bemoeienis van de oude zigeunerin had genomen, en opnieuw knielde hij neer om de Heilige Maagd van Candelaria, de heilige Ana en de heilige Jacinto voor het welwillende vonnis te bedanken. De nachten leken eindeloos door de angst dat ze haar uit Triana zouden verbannen en hij haar niet meer zou zien!

Waarom heb ik al deze nachten niet kunnen slapen? vroeg hij zich voor de zoveelste keer af toen hij het gordijn opzijschoof en afwezig over de drempel stapte van het huisje dat ze hem aangewezen hadden. Milagros en de oude María stonden gebukt over een tafel kruiden te sorteren; de twee vrouwen draaiden hun hoofd om naar de net aangekomene. Plotseling deed zijn slapeloosheid er niet meer toe; alle zorgen verdwenen bij het zien van de prachtige glimlach waarmee zij hem beloonde.

'God zij met jullie,' groette de priester zonder dichterbij te komen, alsof hij het werk van de vrouwen niet wilde verstoren.

'Eerwaarde,' antwoordde de oude María nadat ze de broeder een paar seconden had opgenomen, 'ik wacht al meer dan vijftig jaar op het moment dat die God van u zich verwaardigt naar deze armzalige stulp te komen om me een gunst te verlenen die me eindelijk van de armoede bevrijdt. Ik heb gedroomd over de duizend-en-een manieren waarop dat kon gebeuren: omringd door engelen of via een van zijn heiligen.' De oude vrouw hief haar handen en wapperde ermee in de lucht. 'Omgeven door een verblindend licht... Enfin,' besloot ze terwijl ze haar schouders ophaalde, 'feit is dat ik nooit had gedacht dat hij het zou doen via een broeder die als een onnozele sukkel met open mond in de deuropening blijft staan.'

Het duurde even voordat broeder Joaquín reageerde. De onderdrukte lach van Milagros deed hem blozen. Een onnozele sukkel! Hij rechtte zijn rug en zette een serieus gezicht.

'Vrouw,' deelde hij mee met een stem die harder was dan hij bedoelde, 'ik wil met het meisje praten.'

'Als zij ermee instemt...'

Milagros stond meteen op, streek over haar rok en haar haren en liep met een spottende grijns op haar gezicht naar de deur. Broeder Joaquín ging opzij en liet haar langs.

'Eerwaarde,' riep de oude María, 'hoe zit het met mijn rijkdommen?'

'Geloven dat God ooit naar je toe zal komen is de grootste rijkdom die een mens zich op aarde kan wensen. Wees daar tevreden mee.'

De zigeunerin sloeg met haar hand in de lucht.

Milagros wachtte buiten op de broeder.

'Waarom wilt u met me praten?' vroeg ze vleierig, zonder echter haar spottende uitdrukking te laten varen.

Waarom wilde hij met haar praten? Hij was naar de zigeunerbuurt gegaan vanwege die kwestie van de tabak en...

'Waarom lach je?' vroeg hij om een antwoord te ontlopen.

Milagros trok haar wenkbrauwen op.

'Als u zichzelf daar binnen had gezien...'

'Doe niet zo brutaal,' zei de broeder geërgerd. Moest hij tegenover dat meisje dan altijd een dwaas figuur slaan? 'Begrijp het niet verkeerd...' probeerde hij zichzelf te verdedigen, 'ik keek alleen maar zo... omdat ik zag dat je kruidenbrouwseltjes aan het maken was. Milagros...'

'Broeder Joaquín,' onderbrak ze hem op stellige toon. Maar de geestelijke had al een excuus bedacht voor zijn ongelegen bezoek. Hij rechtte zijn rug en liep met het meisje naast hem ernstig de straat door.

'Het is verkeerd wat je doet,' verweet hij haar. 'Daarom wilde ik met je praten. Je weet dat de Inquisitie heksen in de gaten houdt...'

'Ha!' snoof het meisje.

'Daar moet je niet mee spotten.'

'Ik ben geen heks en ik ben me ook niet aan het voorbereiden om er een te worden. De oude María is het niet en wil het ook niet zijn, en ze is het ook niet eens met die tovermiddeltjes waarmee burgers misleid worden. U weet het, de magische formules, de liefdesdrankjes zijn puur bedrog om argeloze vrouwen geld uit de zak te kloppen. Zij houdt zich alleen bezig met geneeskrachtige kruiden...'

'Dat is net zoiets. En hoe zit het met het boze oog?' Milagros vertrok haar gezicht.

Wist je dat de Inquisitie pas geleden een zigeunerin heeft opgepakt omdat ze het vee behekste, hier in Triana?'

'Anselma? Ja, die ken ik. Maar ze zeggen ook dat zij met hekserij de melk van burgermoeders doet stoppen en dat ze haar naakt op een stok door de ramen naar buiten hebben zien vliegen.' Milagros zweeg even om naar het gezicht van de geestelijke te kijken. 'Naakt en vliegend op een stok! Gelooft u dat van die stok? Dat is een grote leugen. Ze is geen heks. Weet u wat er moet gebeuren voordat een zigeunerin een heks wordt?'

De broeder schudde zijn hoofd, zijn blik strak gericht op de aarden weg waarop ze liepen.

'Heks word je al als jong meisje,' legde Milagros uit, 'en iedereen weet dat Anselma Jiménez niet een van de uitverkorenen was. Er bestaan water- en aarddemonen die een zigeunermeisje uitkiezen en dan in haar slaap gemeenschap met haar hebben. Dat is de enige manier om een echte heks te worden: na de geslachtsgemeenschap verwerft de zigeunerin de krachten van de demon die met haar geslapen heeft.'

'Dat betekent dat jullie inderdaad heksen hebben,' antwoordde de geestelijke nadat hij plotseling stil was blijven staan.

Milagros fronste haar wenkbrauwen.

'Maar ik ben het niet. Geen enkele demon heeft met mij geslapen. En het is ook niet nodig dat het meisje met kruiden werkt,' was ze de broeder met een ongeduldig gebaar voor toen die haar wilde onderbreken, 'dat heeft er niets mee te maken: ieder meisje kan uitverkoren worden.'

'Toch is het verkeerd, Milagros. Jij... jij bent een goed meisje...'

'Ik heb geen keus. Ik vermoed dat u van de beslissing van de raad van ouderen op de hoogte bent.'

'Ja, dat weet ik,' knikte hij. 'Maar we zouden een andere oplossing kunnen zoeken... Als jij zou willen...'

'Non, misschien? Zou u me trouwen? Zou u van een van uw vrome gelovigen een goede bruidsschat voor me kunnen krijgen? U weet dat ik nooit met een burger zou kunnen trouwen. Broeder Joaquín, ik ben een zigeunerin.'

En dat was ze zeker, moest de geestelijke tegen zijn zin accepteren, in de war gebracht door de schaamteloosheid en de arrogantie waarmee Milagros zich tot hem richtte. Ze bleven een tijdje staan vlak bij waar de straat van de zigeunerbuurt in de boomgaarden en moestuinen verdween; zij probeerde te raden wat er in het hoofd van de broeder omging, en hij hoorde de echo van haar laatste woorden: ik zou nooit met een burger kunnen trouwen. Enkele vrouwen die in de deuropening van hun huisjes manden zaten te vlechten en die hun tot dan toe slechts zijdelingse blikken hadden toegeworpen, hielden hun vaardige handen stil en namen de situatie onderzoekend op.

'Broeder Joaquín,' waarschuwde Milagros fluisterend, 'de vrouwen kijken naar ons.'

'Ja, ja, natuurlijk,' reageerde de geestelijke.

Ze draaiden om en begonnen aan de terugweg.

'Broeder Joaquín...'

'Ja?' vroeg hij toen het stil bleef.

'Denkt u dat een van uw gelovigen bereid zou zijn me een bruidsschat te geven om te kunnen trouwen?'

'Ik heb niet gezegd...' Hij aarzelde.

Wat wilde Milagros? Het laatste waar hij aan dacht was een man voor haar zoeken; hij had gehoord van de dood van Alejandro, haar verloofde, en nog steeds voelde hij een soort... blijdschap? Hoe kan ik blij zijn om de dood van een jongen? kwelde hij zichzelf onophoudelijk in de stilte van de nacht.

'Die zouden we wel vinden,' verzekerde hij haar echter om haar een plezier te doen, zonder dat hij er zelfs maar aan wilde denken, 'we zouden kunnen...'

Maar het meisje liet hem niet uitpraten en rende plotseling naar de hut van de oude María. Voordat de broeder begreep wat er gebeurde, kwam Milagros al weer teruggerend. Ze bleef hijgend voor hem staan en overhandigde hem de zorgvuldig opgevouwen rode kleren van Caridad.

'Als u een bruidsschat voor mij kunt krijgen... zou u dan ook voor elkaar kunnen krijgen dat een van uw vrouwelijke gelovigen Cachita's kleren herstelt?'

Broeder Joaquín pakte de kledingstukken aan en lachte, en dat deed hij om niet het gebruinde gezicht van het meisje of haar met linten versierde haar te strelen, om haar niet bij haar schouders te pakken en naar zich toe te trekken, en haar op haar lippen te kussen, en...

'Vast wel, Milagros,' verzekerde hij haar terwijl hij die verlangens uit zijn gedachten bande.

Caridad werkte hard. De oude mensen bij wie ze woonde behandelden haar onverschillig, alsof ze niet meer dan een voorwerp was, niet eens hinderlijk. Het echtpaar sliep in een krakkemikkig bed op poten dat de trots van de oude vrouw was; het was haar kostbaarste bezit, aangezien er in dat huisje verder weinig meer stond dan een tafel, een paar krukken en een primitief kooktoestel. Ze wezen haar een plek op de aarden grond om de stromatras uit te spreiden die Tomás haar gegeven had, en ze gaven haar alleen te eten als deze hen van tevoren van de benodigde levensmiddelen voorzag. Zelfs de kaarsen bij het licht waarvan Caridad 's avonds werkte moest Tomás haar geven. 'Als er ook maar één tabaksblad ontbreekt,' waarschuwde de zigeuner de oude mensen tot vervelens toe wanneer hij naar het huisje kwam, 'snij ik jullie je keel door.' Maar Caridad gaf van tijd tot tijd gehoor aan hun voortdurende hardnekkige gejammer en gaf hun dan een van haar eigen sigaren, die ze dan gretig samen deelden, ondanks hun gemopper dat ze sigaren moesten roken die van de nerven en de resten van de bladeren gemaakt waren. Maar zelfs zo wist Caridad ze niet voor zich te winnen, en dan dachten de oude mensen nog dat ze alle sigaren kregen die Caridad voor eigen gebruik stal; in werkelijkheid verstopte ze de sigaren die ze met Milagros rookte, zoals ze ook op de plantage deed om te voorkomen dat de andere slaven ze van haar afpikten.

Na verloop van tijd begon Caridad heimwee te krijgen naar de avonden in de callejón de San Miguel, wanneer Melchor haar vroeg om te zingen en vervolgens achter haar in slaap viel, rustig, vol vertrouwen, en zij tegelijkertijd werkte en rookte, waarbij ze voelde hoe de rook tot haar zintuigen doordrong en haar in een staat van kalme vredigheid bracht waarin de tijd niet meer bestond. Dat was het moment waarop het werk van haar lange vingers die de bladeren sneden, verwerkten en draaiden, zich vermengde met de klank van haar liederen, met de geuren en haar herinneringen, met de ademhaling van de zigeuner... en met die vrijheid waarover Milagros haar had verteld en die nu, in die vreemde hut, weer leek te vervagen.

Waar zou Melchor zijn? dacht ze in de stilte van de nacht.

Een enthousiaste, bezwete Milagros had haar tijdens een pauze van het feest waarop haar vader haar had vergeven, verteld wat ze gehoord had.

'Ik heb nieuws over grootvader,' deelde ze mee. 'Er kwam een zigeuner uit Antequera langs, die zijn brood als rondtrekkende smid verdient. Hij had een nieuwe valse verklaring nodig of zoiets, ik weet het niet precies... Nou ja, hoe dan ook, hij kwam grootvader tegen toen hij in de buurt van Osuna werkte en ze hebben een paar dagen samen doorgebracht; hij zegt dat het goed met hem gaat.'

Caridad stelde dezelfde vraag als Milagros haar moeder had gesteld toen deze haar over de rondtrekkende smid vertelde: 'Geen enkele boodschap?' Het meisje herhaalde op haar beurt tegen Caridad het spottende antwoord dat haar moeder haar gegeven had: 'Van grootvader?'

Daarna had Caridad niets meer gehoord. Ze wist wat zijn doel was, daar had ze met Milagros over gesproken: de Dikke doden. 'Je zult het zien. Je kent grootvader niet; niemand in de hele wereld kan hem beroven en daarmee wegkomen!' voegde ze er trots aan toe. Die voorspelling van Milagros achtervolgde Caridad. Zij had de mannen van de Dikke gezien, zijn adjudanten, zijn leger smokkelaars, hoe kon Melchor het tegen hen allemaal opnemen? Ze vertelde het niet aan het meisje, maar ze dacht elke nacht aan het hemelsblauwe zijden vest, ze zag het zo glanzend voor zich alsof ze het door alleen maar haar hand uit te steken zou kunnen aanraken! Datzelfde blauw dat haar naar de zigeunerbuurt had geleid toen Elegua besloot haar te laten leven, het vest dat de zigeuner op een roestige spijker hing voordat hij 's avonds naar bed ging en waarop zij van tijd tot tijd haar blik liet rusten. Caridad dacht met heimwee terug aan zijn onbeschaamdheid en zijn langzame, arrogante manier van lopen. Ze waren van een ander ras, zoals ze nooit moe werden te herhalen; had Melchor dat soms niet in de herberg van Gaucín laten zien toen hij de drager uitdaagde? En dat had hij omwille van haar gedaan! Maar toch, hoe zou de grootvader het leger van de Dikke kunnen verslaan? Als zij had... Ze had geen idee gehad dat ze van plan waren de tabak te stelen! Wat had ze trouwens kunnen doen tegenover een blanke?

Ze ging naar de San Jacinto-kerk, knielde voor de Heilige Maagd van het Licht en smeekte Oyá om Melchor Vega te beschermen. 'Oh godin,' mompelde ze, terwijl haar vingers als offergave een deel van een verfrommeld tabaksblad op de grond lieten vallen, 'laat hem niets ergs overkomen. Zorg dat hij bij me terugkomt, alsjeblieft.'

Die dag keerde ze naar de zigeunerbuurt terug met drie goede sigaren die ze van broeder Joaquín had gekregen als betaling voor haar werk.

'Verkoop ze, Cachita,' stelde Milagros voor. 'Je zult er flink wat voor krijgen.'

'Nee,' mompelde Caridad. 'Deze gaan jij en ik samen oproken.'

'Maar ze zouden je goed betalen...' zei het zigeunermeisje toen de andere vrouw de vuursteen en het tondel al klaarmaakte.

Caridad hield haar ervaren handen stil en keek Milagros aan.

'Ik begrijp niets van geld,' verklaarde ze.

'En waarvan...?'

Ze maakte haar vraag niet af; de ogen van Caridad, de behoefte aan genegenheid die haar hele wezen uitstraalde, gaven haar het onuitgesproken antwoord. Milagros glimlachte teder.

'Zo zij het,' sprak ze plechtig.

# 10

Al enkele dagen regende het onafgebroken in Triana en veel inwoners liepen naar de rivier om te kijken hoe hoog het water stond en hoe groot het risico was dat de rivier buiten zijn oevers zou treden, zoals al vele malen was gebeurd, met dramatische gevolgen. In de zigeunerbuurt bij de Huerta de la Cartuja vermengde een aanhoudende motregen zich met de rookpluimen die uit de huisjes opstegen. Op die onaangename decemberochtend van het jaar 1748 zag je buiten alleen een paar oude broodmagere rijdieren en de kinderen, die halfnaakt, zonder erg in de kou en de regen op straat speelden terwijl ze tot hun enkels in de modder zakten. De ouderen zaten binnen, lekker droog, waar ze de tijd traag voorbij lieten gaan.

Maar halverwege de ochtend verstoorde het geschreeuw van de kleintjes het nietsdoen waartoe het gure weer hen dreef.

'Een beer!'

Duizend keer weerklonken de schelle kreten van de kinderen tussen het gespetter van hun door de modder rennende voeten. Mannen en vrouwen staken hun hoofd buiten de deur.

'Melchor Vega heeft een beer bij zich!' riep een van de zigeunerkinderen met een gebaar naar de weg die naar de zigeunerbuurt leidde.

'Grootvader Vega!' krijste een ander.

Milagros, die al van de tafel was opgestaan, rende naar buiten. Caridad liet het mes vallen waarmee ze een groot tabaksblad aan het snijden was. Melchor Vega? De twee vrouwen troffen elkaar op straat.

'Waar?' vroeg het meisje terwijl ze een van de voorbijrennende kinderen vastgreep.

'Daar! Hij is er bijna! Hij heeft een beer bij zich!' antwoordde de jongen terwijl hij haar meetrok, totdat hij zich los wist te rukken en in de drukte verdween. Sommigen keken verbaasd, anderen renden naar Melchor toe en weer anderen haastten zich om de rijdieren weg te zetten, die balkten en hinnikten en aan hun halsters rukten, doodsbang voor het naderende grote dier.

'Kom mee!' spoorde Milagros Caridad aan.

'Wat is een beer?'

Het meisje stond stil.

'Dat,' wees ze.

De grootvader, een glimlach op zijn gezicht, was al bij het begin van de straat, ter hoogte van het eerste huisje; het hemelsblauw van zijn zijden vest zag donker van de regen. Achter de tweepuntige stok van Melchor liep een immense zwarte beer op vier poten, kalm, de oren rechtop, de ogen nieuwsgierig gericht op degenen die, op een veilige afstand, langs de kant stonden.

'Heilige Maagd van de Naastenliefde!' prevelde Caridad terwijl ze een paar stappen achteruit deinsde.

'Niet bang zijn, Cachita.'

Maar Caridad bleef achteruitgaan naarmate Melchor, die duidelijk verrast was hen in de zigeunerbuurt te vinden, dichterbij kwam.

'Milagros! Wat doe jij hier? Waar is je moeder?'

Het meisje stond als verlamd en hoorde hem niet eens. Melchor bereikte de plek waar zijn kleindochter stond, en met hem ook de beer, die zijn kop naar voren stak en met zijn snuit het been van de zigeuner raakte.

Milagros week achteruit net als haar vriendin had gedaan, zonder het dier uit het oog te verliezen.

'En jij, zwartje, ook hier?'

'Dat is een lang verhaal, broer,' antwoordde Tomás vanuit de groep zigeuners die hem door de straat waren gevolgd.

'Is alles goed met mijn dochter?' vroeg de grootvader meteen.

'Ja.'

'En met Carmona?'

'Ook.'

'Jammer,' bromde hij terwijl hij de beer over zijn kop aaide. Iemand lachte. 'Maar als mijn dochter en kleindochter het goed maken, dan laten we de lange verhalen maar aan priesters en vrouwen over. Kijk eens, Milagros! Kijk eens hoe hij danst!'

Op dat moment deed de zigeuner enkele stappen opzij en hief beide armen omhoog.

De beer ging op zijn achterpoten staan, strekte zijn voorpoten naar voren en volgde het ritme dat Melchor aangaf, die tegenover een beest dat twee keer zo groot was erg klein leek. Milagros ging nog verder achteruit, tot waar Caridad stond.

'Kijk dan!' riep Melchor echter. 'Kom eens hier! Kom dichterbij!'

Maar Milagros bleef staan waar ze stond.

Ondanks de motregen, die de hele ochtend aanhield, speelde Melchor de rest van de ochtend met de beer: hij dwong hem steeds opnieuw te dansen, op zijn achterpoten te lopen, te gaan zitten, zijn ogen te bedekken, door de modder te rollen en nog veel meer kunstjes te laten zien om de mensen die vol bewondering toekeken, te vermaken.

'En wat denkt u met dat beest te gaan doen?' vroegen enkele zigeuners.

'Ja, waar gaat u hem laten? Waar moet hij slapen?'

'Bij het zwartje!' antwoordde Melchor ernstig.

Caridad bracht haar handen naar haar borst.

'Dat is een grapje, Cachita,' lachte Milagros terwijl ze haar een liefdevolle por met haar elleboog gaf. Maar toen ze erover nadacht: 'Het is toch een grapje, grootvader?'

Melchor gaf geen antwoord.

'Hoe gaat u hem te eten geven?' schreeuwde een van de vrouwen. 'Het regent al dagen en al die tijd zijn de mannen niet naar buiten geweest, en we hebben nog maar een halve oude kip voor ons allemaal.'

'Dan geven we hem kinderen te eten!' Melchor maakte een gebaar of hij het dier los wilde laten om een van de meest overmoedige jongetjes te pakken, dat heel dichtbij was gekomen en nu gillend wegrende. ''s Ochtends een jongetje en 's avonds een meisje,' herhaalde hij met opgetrokken wenkbrauwen in de richting van de andere kinderen.

Aan het eind van de ochtend werd het mysterie opgehelderd: een zigeunerfamilie uit het zuiden van Frankrijk kwam met een woonwagen de buurt in om de beer op te halen. Melchor had die van hen geleend om de zigeuners van de Huerta te vermaken.

'Hoe haal je het in je hoofd? Hij had je met een enkele haal van zijn klauwen in stukken kunnen scheuren. Je weet niets van beren,' zei Tomás verwijtend toen de woonwagen de zigeunerbuurt alweer uitreed.

'Welnee! Ik woon al bijna een maand bij ze. Ik heb zelfs bij het dier geslapen. Hij is ongevaarlijk, in ieder geval ongevaarlijker dan veel burgers.'

'En zelfs dan sommige zigeuners,' suggereerde zijn broer.

'Goed, en dat lange verhaal dat je me moest vertellen?'

Tomás knikte.

'Begin maar!'

'Dat zwartje heeft de fraaie eigenschap bij al het onheil betrokken te zijn,' merkte Melchor op toen zijn broer klaar was met zijn relaas van de gebeurtenissen die Milagros naar de zigeunerbuurt hadden gebracht.

De twee broers zaten samen met de andere ouderen van de familie Vega om een kan wijn: met oom Juan, oom Basilio en oom Mateo.

'Ze brengt ongeluk, die negerin!' riep de laatste uit.

'Maar ze is goed met tabak,' voerde Tomás in haar voordeel aan. Melchor trok zijn wenkbrauwen op naar zijn broer en deze begreep zijn vraag: 'Nee, gezongen heeft ze niet. Ze werkt zwijgend. Hard, zelfs 's avonds. Harder dan welke burger ook. We verdienen goed dankzij haar, maar zingen doet ze niet.'

'Wat ga je aan die situatie met je kleindochter doen?' vroeg Mateo na een korte stilte.

Melchor zuchtte.

'Ik weet het niet. De raad heeft gelijk. Het kind heeft zich onbezonnen gedragen, maar die Vargas-jongens die met haar meegingen zijn een stelletje stommelingen. Hoe dachten ze die pottenbakker midden in zijn eigen wijk, beschermd door al zijn mensen, een lesje te leren? Ze hadden moeten wachten tot ze hem alleen troffen en hem dan zijn keel moeten doorsnijden, of stil zijn huis binnen moeten gaan... Die jongeren van tegenwoordig weten niet meer hoe ze zoiets moeten aanpakken! Ik weet het niet,' herhaalde hij. 'Misschien ga ik met de familie Vargas praten, alleen hun vergiffenis...'

'José zei dat hij het geprobeerd heeft...'

'Die kerel is nog niet in staat om zonder de hulp van mijn dochter een sigaar aan te steken. Goed,' voegde hij eraan toe terwijl hij nog een glas wijn inschonk, 'het enige wat me zorgen baart is dat ze van haar moeder gescheiden is. Voor de rest kan het helemaal geen kwaad dat mijn kleindochter hier is, bij haar familie. María zal haar leren wat haar vader haar nooit zou kunnen leren: een goede zigeunerin zijn, de vrijheid liefhebben en geen fouten meer maken. Ik laat de situatie zoals die is.'

Basilio en Mateo knikten.

'Een goede beslissing,' zei Tomás instemmend. Daarna was hij een paar seconden stil. 'En jij?' vroeg hij vervolgens. 'Hoe is het jou vergaan? Zo te zien heb je de tabak die de Dikke van ons heeft gestolen, niet teruggekregen.'

'En hoe zou ik twee zakken moeten dragen?' vroeg hij op zijn beurt terwijl hij in de binnenzak van zijn vest zocht en er een zakje uithaalde dat hij op tafel liet vallen.

Het gedempte gerinkel van geldstukken deed verder commentaar verstommen. Melchor gebaarde met zijn hoofd naar zijn broer dat hij het open moest maken: een stuk of wat gouden escudo's rolden over de tafel.

'De Dikke zal niet blij zijn,' merkte Tomás op.

'Nee,' viel oom Basilio hem bij.

'Dit is maar de helft,' onthulde Melchor, 'de andere helft is naar de beer gegaan.'

De Vega's vroegen hem te vertellen wat er gebeurd was.

'Ik hing al een aantal dagen rond in de omgeving van Cuevas Bajas, waar de Dikke met zijn familie woont; ik had zelfs al een keer 's nachts door het dorp gelopen, maar ik kon niet bedenken hoe ik die klootzak een lesje kon leren: hij wordt altijd vergezeld door een van zijn mannen, alsof hij nog niet kan pissen zonder ze.

Ik wachtte. Er moest iets komen. Op een dag vertelden een paar voorbijtrekkende Catalaanse zigeuners me over de Fransman met de beer die de dorpen in de buurt afging om het dier er te laten dansen. Ik zocht hem op, we werden het eens en we wachtten tot er weer een smokkeltocht georganiseerd werd. Toen de Dikke en zijn mannen weg waren en het dorp in handen van ouderen en vrouwen was, ging de Fransman met de beer het dorp in en gaf een voorstelling, en terwijl iedereen zich vermaakte met het dansen en jongleren van de beer, glipte ik zonder problemen het huis van de Dikke in.'

'Leeg?' onderbrak oom Basilio hem.

'Nee. Er was een trouwe bewaker die, zonder zijn post te verlaten, probeerde de beer van veraf te zien.'

Basilio en Juan wierpen hem een vragende blik toe; de anderen maakten gebaren waarmee ze een verdriet voorwendden dat ze niet voelden: als Melchor het geld van de Dikke had meegenomen, zou het de bewaker wel slecht vergaan zijn. De zigeuner liet zijn gedachten een paar seconden de vrije loop. Het had moeite gekost om de man aan het praten te krijgen. Eerst overrompelde hij hem: hij laadde zijn musket, sloop van achteren naar hem toe en bedreigde hem door de loop in zijn nek te duwen. Hij nam hem mee naar binnen en ontwapende hem. De man liep mank, daarom was hij niet met de anderen meegegaan, maar dat maakte hem niet minder sterk. Ze kenden elkaar van voordat hij mank werd.

'Dit wordt je einde, Galeier,' voorspelde de bewaker Melchor, terwijl die de loop van het wapen op de keel van de man zette en met zijn vrije hand een pistool en een grote dolk uit diens gordel haalde, die hij op de grond liet vallen.

'Ik zou me liever over mijn eigen einde druk maken, Manke, want of je werkt mee of je gaat me voor. Waar verbergt die dief zijn schatten?'

'Je bent nog gekker dan ik dacht als je denkt dat ik je dat ga vertellen.'

'Je gaat het me vertellen, Manke, zeker weten.'

Hij dwong hem met zijn armen gestrekt op de grond te gaan liggen. Buiten klonk nog steeds het gejuich en het applaus vanwege de grappige kunsten van de beer.

'Als je schreeuwt,' waarschuwde Melchor terwijl hij op zijn hoofd richtte, 'maak ik je af. Daar kun je zeker van zijn.'

Daarna trapte hij hard op de pink van zijn rechterhand. De Manke beet op zijn tanden terwijl Melchor de vingerkootjes voelde breken. Zonder iets te zeggen deed hij hetzelfde bij de andere vier vingers, waarbij hij met zijn hak over de vingers draaide. De zweetdruppels liepen de man over zijn slapen. Hij gaf geen kik.

'Behalve dat je mank bent, kun je straks ook je handen niet meer gebruiken,' zei de zigeuner toen hij naar de linkerhand overging.

'Denk je dat de Dikke je dankbaar genoeg zal zijn, dat hij je te eten zal geven als je hulp nodig hebt? Hij zal je als een hond afdanken, dat weet je.'

'Liever een afgedankte hond dan dood,' mompelde de man. 'Als ik het je vertel, vermoordt hij me.'

'Dat is waar,' beaamde de zigeuner terwijl hij zijn hak op de pink van 's mans linkerhand zette, het musket nog altijd op diens hoofd gericht. 'Een moeilijke beslissing: of hij vermoordt je of ik maak je doodongelukkig,' vervolgde hij zonder nog druk uit te oefenen, 'want hierna gaan we door met je neus en de weinige tanden die je nog hebt, om met je ballen te eindigen. Je ogen laat ik met rust zodat je zult kunnen zien hoe de mensen je minachten. Als je volhoudt, geef ik je mijn erewoord als zigeuner dat ik dit huis met lege handen zal verlaten.' Melchor zweeg even om de man erover te laten denken. 'Maar er is nog een mogelijkheid: als je me zegt waar het geld is, zal ik edelmoedig zijn en kun je ontsnappen met iets in je zak... en de rest van je lichaam ongedeerd.'

En de zigeuner hield zijn woord: hij gaf de Manke een paar gouden munten en liet hem gaan; die zou hem met dat geld in zijn zak niet verraden en hij zou tijd genoeg hebben om te ontsnappen.

'Dus,' zei Tomás toen zijn broer klaar was met zijn verhaal, 'de Dikke weet niet of jij hem hebt bestolen of dat zijn vertrouweling hem bedrogen heeft.'

Melchor hield zijn hoofd scheef en bracht instinctief zijn hand naar een van zijn oorlellen, hij glimlachte, nam een slok wijn en sprak.

'Hoeveel voldoening heb je van wraak als het slachtoffer niet weet dat jij degene was die zich gewroken heeft?'

Nadat de Manke het huis had verlaten, had Melchor een van de grote zilveren ringen uit zijn oren gehaald en die precies midden in het kistje gelegd waarin de bezittingen van de smokkelaar gezeten hadden.

'Hij weet het,' antwoordde hij zijn broer, 'natuurlijk weet hij dat ik het was! En op dit moment, op dit precieze moment, loopt hij me gegarandeerd te vervloeken en verrot te schelden, zowel 's nachts als wanneer hij wakker wordt, als hij tenminste ooit de slaap heeft kunnen vatten en...'

'Hij zal niet rusten voor hij je gedood heeft,' oordeelde oom Basilio.

'Zeker. Maar nu heeft hij andere, dringender problemen: hij kan zijn smokkelactiviteiten niet financieren, hij kan zelfs zijn mannen niet betalen. Hij is een groot deel van zijn macht kwijt. We zullen zien hoe ze reageren, al die mensen die hem haten, en dat zijn er veel.'

Basilio en Tomás knikten.

Melchor wilde niet terug naar de callejón de San Miguel; niets bond hem aan de smeden, en tussen zijn dochter en José Carmona aan de ene kant en Milagros aan de andere, koos hij voor zijn kleindochter. Na zijn gesprek met de Vega's ging hij toen het al donker werd naar het huisje waar het meisje woonde.

'Bedankt voor wat je voor het kind gedaan hebt, María,' zei hij bij zijn binnenkomen; de twee vrouwen waren bezig iets wat op een stuk vlees leek in een pan klaar te maken.

De oude vrouw draaide zich naar hem om en gebaarde met haar hand dat het niet belangrijk was. Melchor bleef een tijdje bij het grove gordijn dat als deur fungeerde naar zijn kleindochter staan kijken; die draaide van tijd tot tijd haar hoofd om, keek hem zijdelings aan en glimlachte naar hem.

'Wat wil je, neef?' vroeg de oude vrouw op vermoeide toon, met haar rug naar hem toe.

'Ik wil... een paleis waar ik met mijn kleindochter kan wonen, midden in een immense tabaksplantage...' Milagros maakte aanstalten zich om te draaien, maar de oude vrouw gaf haar met haar elleboog een por in haar zij en dwong haar haar aandacht bij het vuur te houden. Melchor kneep zijn ogen halfdicht. 'Ik wil paarden en kleurige zijden kleren; gouden sieraden, tientallen ervan, muziek en dansen en dat de burgers me elke dag eten brengen. Ik wil vrouwen, ook tientallen...' María gaf Milagros opnieuw een stoot met haar elleboog toen ze zich wilde omdraaien. Deze keer glimlachte Melchor. 'En een goede man voor mijn kleindochter, de beste zigeuner die er is...' Met haar rug naar hem toe bewoog Milagros bevallig haar hoofd van links naar rechts, alsof wat ze hoorde haar beviel en ze hem aanmoedigde verder te gaan. 'De sterkste en dapperste, rijkste, gezondste, meest vrije man die er is, en dat hij mijn kleindochter veel kinderen schenkt...'

Het meisje bleef nog een tijdje met haar hoofd heen en weer gaan totdat de oude María sprak.

'Nou, niets daarvan zul je hier vinden. Je bent op de verkeerde plek.'

'Weet je het zeker, oudje?'

De oude vrouw draaide zich om en met haar ook Milagros. Aan de uitgestrekte arm van de grootvader hing een prachtig snoer van kleine witte parels.

'Je moet ergens mee beginnen,' zei Melchor, en hij liep naar zijn kleindochter om de ketting om haar hals te doen.

'Hoe triest is het om oud te worden en te weten dat je lichaam mannen niet meer opwindt!' klaagde de kruidenvrouw terwijl Milagros met haar vingertoppen de parels streelde die om haar gebruinde hals schitterden.

Melchor draaide zich naar de oude vrouw.

'Eens kijken of je hiermee...' begon hij te zeggen terwijl hij in een van de binnenzakken van zijn blauwe vest zocht, 'een zigeuner naar je bed kunt lokken om dat lichaam te verwarmen dat niet meer...'

De oude vrouw liet hem zijn zin niet afmaken: op het moment dat Melchor een gouden, met paarlemoer ingelegd medaillon tevoorschijn haalde, trok ze het uit zijn handen en bijna zonder ernaar te kijken, alsof ze bang was dat de zigeuner er spijt van zou krijgen, stopte ze het in de zak van haar schort.

'Zoiets kleins zal niet veel mannen hiernaartoe doen komen,' voegde ze hem toe.

'Nou, hier is er een die graag wil eten en een hoekje om te slapen nodig heeft.'

'Eten zal ik je geven, maar in dit huis slapen kun je vergeten.'

'Is het medaillon niet genoeg?'

'Welk medaillon, leugenachtige zigeuner?' antwoordde zij quasiboos voordat ze zich weer naar de pan omdraaide.

Milagros kon alleen maar haar schouders ophalen.

'Zing eens wat, zwartje.'

Caridad, verdiept in haar werk bij het licht van een kaars, keek op met een grote glimlach die haar hele gezicht deed stralen. Vanuit de deuropening nam Melchor het huisje op: de oude mensen lagen al in hun bed, vanwaar ze hem afwachtend aankeken.

'Antonio,' zei de grootvader tegen de oude man, terwijl hij hem een geldstuk toewierp dat de ander uit de lucht plukte, 'jij en je vrouw kunnen op de stromatras van het zwartje slapen. Zij en ik slapen in het bed, dat is groter.'

'Maar...' begon de man te jammeren.

'Geef me dan het geld maar terug.'

De oude man streelde de munt, mopperde wat en gaf zijn vrouw een duw met zijn elleboog. Caridad kon een nieuwe glimlach niet onderdrukken toen de twee zigeuners met tegenzin opgaven wat hun kostbaarste bezit vormde.

'Wat lach je?' beet het oude mens haar toe, terwijl ze haar indringend aankeek.

Caridad trok haar gezicht in de plooi, en terwijl de oude mensen op de matras van Caridad onder een te kleine deken kropen, liep Melchor naar de tafel en betastte enkele van de sigaren die al klaar waren. Hij knipoogde naar Caridad en stak er een in zijn mond. Daarna deed hij zijn blauwe vest en laarzen uit, ging languit op het bed liggen, met zijn hoofd tegen het hoofdeinde, en stak de sigaar aan zodat het huisje met rook gevuld werd.

'Zing eens wat, zwartje.'

Caridad had ernaar verlangd het hem opnieuw te horen vragen. Hoeveel nachten had ze ernaar gesmacht om weer met die man achter zich te werken! Ze sneed deskundig het tabaksblad dat ze als dekblad ging gebruiken en begon te neuriën, maar onbewust, zonder erbij na te denken ging ze van het monotone gezang van haar Afrikaanse geboorteland over op de muziek van de plantage of het rietveld, alsof ze daar nu aan het werk was, en gebruikte die om van haar zorgen en haar illusies te verhalen, net zoals de negerslaven op Cuba deden, die alleen zingend over hun leven konden praten. En terwijl ze verder werkte, met al haar aandacht bij haar handen en de tabak, stroomden haar emoties vrijelijk en vonden een vertaling in de teksten van haar liederen. 'En die twee oude zigeuners stelen mijn portie tabak,' protesteerde ze in een ervan; 'en als ze daarna een trek van de nerven nemen, klagen ze over de tabak die het zwartje verwerkt heeft.'

Ook vroeg ze vergeving voor het feit dat ze de tabak had laten stelen: 'En ook al zegt de zigeuner dat het niet mijn schuld was, dat was het wel, maar wat kon het zwartje tegen de blanke beginnen?' Ze huilde om haar gescheurde rode kleren en ze was blij dat Milagros ze had laten maken. Ze bekende hoe ongerust ze was geweest over Melchors vertrek toen die wraak ging zoeken. Ze bedankte hem voor de rustige nachten in de callejón de San Miguel. Ze bezong de vriendschap van Milagros en de vijandigheid van haar ouders, en de verzoening van het meisje met hen, en de oude María die voor haar zorgde, en de feesten en de beer en...

'Zwartje,' onderbrak de grootvader haar. Caridad draaide haar hoofd om. 'Kom hier bij mij roken.'

Melchor klopte op de matras en Caridad gehoorzaamde. Het hout van het bed kraakte onheilspellend toen ze naast de zigeuner ging liggen, die de sigaar aan haar doorgaf. Caridad nam een krachtige haal en voelde hoe de rook haar longen helemaal vulde, en ze hield deze vast totdat ze het aangename gekriebel begon te voelen. Melchor, met de sigaar weer tussen zijn vingers, blies de rook naar het dak van riet en stro boven hun hoofden en gaf hem terug aan Caridad. Wat moet ik doen? vroeg ze zich af terwijl ze opnieuw een trek nam. Moet ik doorgaan met zingen? Melchor zei niets, zijn blik afwezig gericht op dat dak waar het regenwater doorheen sijpelde. Zij aarzelde tussen zingen en hem haar lichaam aanbieden. Elke keer dat ze in de loop van haar leven op een bed was gaan liggen, had ze dat gedaan om door een man genomen te worden: de meester, de opzichter, zelfs de jonge zoon van een andere blanke meester die op een zondag zijn zinnen op haar gezet had. Ze nam een trek. Nooit had zij zich aangeboden; altijd waren het de blanken geweest die haar lieten komen om het bed met hen te delen. Melchor nam ook een trek; de sigaar gloeide toen hij hem weer doorgaf. Hij had haar gevraagd in bed te komen... maar hij raakte haar niet aan. Ze wachtte even om de sigaar te laten afkoelen. Ze voelde de aanraking van het lichaam van de zigeuner, op zijn rug naast het hare, dicht tegen elkaar aan, maar ze merkte niets van een versnelde ademhaling, dat gehijg waarmee de mannen zich altijd op haar wierpen; Melchors ademhaling was rustig, zoals altijd. Maar zij dan, klopte haar hart soms niet sneller? Wat betekende dat? Ze nam een trek. Twee achter elkaar, genietend.

'Zwartje,' zei de grootvader toen, 'rook jij de sigaar maar op. En zorg dat je vannacht niet te veel beweegt, anders moet ik die twee nog het bed betalen. Zing nu... zoals je in de steeg deed.'

Melchor bleef strak naar het rieten dak kijken: hij hoefde zich alleen maar om te draaien en dan zou hij boven op haar liggen, bedacht hij. Hij voelde zijn begeerte: het was een jong, stevig, weelderig lichaam. Caridad zou het accepteren, dat wist hij zeker. Ze begon te zingen en de trieste slavenmelodieën vulden Melchors oren. Wat had hij die gemist! Ze zou stoppen met zingen; als hij zich op haar wierp, zou ze ermee stoppen. En vanaf dat moment zou niets meer hetzelfde zijn, zoals met vrouwen altijd gebeurde. Het verdriet en de pijn die uit die muziek spraken, wekten bij de zigeuner andere gevoelens op, die zijn begeerte wisten te doven. Die vrouw had net zoveel geleden als hij, misschien nog meer. Waarom de betovering verbreken? Hij kon wachten... waarop? Melchor verbaasde zich over zichzelf: hij, Melchor Vega, de Galeier, peinzend wat hij moest doen. Ze was werkelijk speciaal, dat zwartje! Toen legde hij een hand op haar dij en streelde die, en Caridad zweeg en bleef stilliggen, afwachtend, gespannen. Melchor merkte het aan de hard wordende spieren in haar been, aan haar even stokkende ademhaling.

'Ga door met zingen, zwartje,' zei hij terwijl hij zijn hand weghaalde.

Hij zocht haar lichaam niet opnieuw, ondanks het vuur dat hij in zich voelde wanneer hij 's nachts wakker werd en ze ineengestrengeld in elkaars armen lagen om zich tegen de kou te beschermen, de borsten van de vrouw of haar billen tegen hem aan gedrukt. Voelde ze zijn erectie dan niet? De rustige, kalme ademhaling van Caridad gaf voldoende antwoord. En Melchor aarzelde. Hij duwde haar weg, maar zij sliep door, hoogstens mompelde ze wat in een taal die de zigeuner niet kende. 'Lukumí,' had ze hem op een ochtend verteld. Ze vertrouwde hem, ze sliep vredig naast hem en 's avonds zong ze voor hem. Hij mocht haar niet teleurstellen, concludeerde hij opnieuw, elke keer weer verbaasd, voordat hij haar resoluut wegduwde.

Melchor voelde zich op zijn gemak in de zigeunerbuurt, bij zijn kleindochter en zijn familieleden, en waar ook zijn dochter Ana regelmatig langskwam. Zij was het die op een dag kwam aangerend om hem te waarschuwen dat er een paar mannen in de steeg waren opgedoken die deden of ze in een paar ketels geïnteresseerd waren; maar zelfs de meest onnozele zigeuner zou niet geloven dat dat stel iets kwam kopen. Tussen het onderhandelen door zeiden ze dat ze hem kenden en vroegen ze naar hem, maar voor zover zij wist, had niemand hun iets verteld.

Tomás verhoogde de bewaking in de zigeunerbuurt. Zodra hij hoorde dat zijn broer wraak had genomen op de bezittingen van de Dikke, had hij die maatregel genomen, maar nu drong hij er bij de jonge Vega's op aan nog beter op te letten. De zigeuners van de Huerta de la Cartuja waren gewend op hun hoede te zijn: er kwamen voortdurend alle mogelijke criminelen en door justitie gezochte lieden naar de zigeunerbuurt die er een schuilplaats zochten en probeerden op te gaan in een gemeenschap die er prat op ging met de rug naar de wetten van de burgers te leven.

'Maak je geen zorgen,' zei Melchor echter tegen zijn broer.

'Hoezo moet ik me geen zorgen maken? Zeker weten dat het de mannen van de Dikke zijn.'

'Twee maar? Jij en ik zouden ze aankunnen. Je hoeft de jongeren niet lastig te vallen, ze hebben vast wel iets anders te doen.'

'Nu hebben we geld genoeg... voor een hele tijd. Twee van hen gaan met de oude María en je kleindochter mee wanneer ze kruiden gaan zoeken.'

'Die moet je goed betalen,' kwam Melchor op zijn woorden terug.

Tomás glimlachte. 'Het valt me op dat je erg kalm bent,' zei hij toen.

'Zou ik dat dan niet moeten zijn?'

'Nee, dat zou je niet moeten zijn, maar het lijkt erop dat slapen met het zwartje je goed doet,' zei hij met een sluw lachje op zijn gezicht.

'Tomás,' zei de grootvader terwijl hij zijn arm om de schouders van zijn broer sloeg en zijn hoofd naar hem toeboog, 'ze heeft een lichaam dat in staat is het vuur van de beste minnaar te blussen.'

De andere man barstte in lachen uit.

'Maar ik heb haar niet aangeraakt.'

Tomás maakte zich los uit zijn omhelzing.

'Wat...?'

'Ik kan het niet. Ze is zo onschuldig, onzeker, triest, verscheurd. Als ze zingt... nou, je hebt haar gehoord. Ik luister graag naar haar. Haar stem vervult me en voert me terug naar de tijd dat we kinderen waren en naar het zingen van de negerslaven luisterden, weet je nog?' Tomás knikte. 'De negers van de Broederschap zijn hun wortels ontrouw en willen alleen maar witte burgers worden, maar mijn zwartje niet. Herinner je je hoe vader en moeder gefascineerd waren door hun muziek en zich vergaapten aan hun dansen? Daarna probeerden we ze na te doen in de zigeunerbuurt, weet je nog?' Tomás knikte opnieuw. 'Ik denk... ik denk dat als ik met haar zou slapen, de betovering verbroken zou worden. Dan heb ik liever haar stem... en haar gezelschap.'

'Maar dan moet je er iets aan doen. In de zigeunerbuurt wordt aan één stuk door gekletst. Bedenk dat je kleindochter...'

'Het kind weet dat we niets gedaan hebben. Dat kun je van me aannemen. Ik zou het gemerkt hebben.'

En zo was het. Milagros wist net als alle zigeuners in de Huerta van de afspraak tussen haar grootvader en het oude echtpaar, dat zich bij wie het maar horen wilde beklaagde over het weinige geld dat Melchor hun voor het gebruik van hun bed had betaald, om dat vervolgens met het zwartje te delen. Waar en wanneer had een negerin ooit in een bed op poten geslapen? Milagros kon de gedachte niet verdragen dat haar grootvader en Cachita... Na drie dagen nam ze een besluit en ging op zoek naar Caridad, die ze alleen aantrof in het huisje, waar ze bezig was met de tabak.

'Je doet het met mijn grootvader!' snauwde ze nog in de deuropening.

De glimlach waarmee Caridad de aanwezigheid van haar vriendin had begroet, verdween van haar lippen.

'Nee...' begon ze zich te verdedigen.

Maar de zigeunerin liet haar niet aan het woord.

'Ik heb niet kunnen slapen bij het idee dat jullie twee het als een stelletje honden met elkaar deden. Jij, mijn vriendin...! Die ik in vertrouwen heb genomen!'

'Hij heeft me niet aangeraakt.'

Maar Milagros luisterde niet.

'Snap je het dan niet? Hij is mijn grootvader!'

'Hij heeft me niet aangeraakt,' herhaalde Caridad.

Het meisje fronste haar wenkbrauwen, nog steeds in alle staten.

'Hebben jullie niet...?'

'Nee.'

Had ze graag gewild dat hij het deed? Dat waren de twijfels waardoor Caridad overmand werd. Ze vond het contact met Melchor fijn; ze voelde zich veilig en... wilde ze dat hij haar nam? Behalve het lichamelijke contact voelde ze nooit iets wanneer mannen haar namen. Zou het met Melchor ook zo zijn? Zodra hij die eerste nacht zijn hand van haar been haalde en haar vroeg te zingen, voelde Caridad opnieuw de betovering tussen hen ontstaan, hun beider geesten verenigd op het ritme van haar negerliederen. Zou ze graag willen dat hij haar aanraakte, dat hij haar nam? Misschien wel... of niet. Hoe dan ook, wat zou er daarna gebeuren?

Milagros begreep het zwijgen van haar vriendin verkeerd.

'Vergeef me dat ik aan je getwijfeld heb, Cachita,' verontschuldigde ze zich.

Ze vroeg niet verder.

Daarom kon Melchor tegenover Tomás volhouden dat zijn kleindochter wist dat er niets was tussen hem en Caridad. Geen van de vele keren dat de zigeuner haar opzocht, had hij iets uit hoeven leggen.

'Ik steel haar van je,' deelde hij de oude María mee, wanneer hij het huisje binnenkwam waar zij en zijn kleindochter met de kruiden bezig waren; en dan pakte hij het meisje bij haar arm zonder zich aan de bezwaren van de kruidenvrouw te storen.

En samen wandelden ze langs de oever van de rivier of door de vlakte van Triana, meestal zonder iets te zeggen, Milagros bang dat haar woorden de betovering rondom haar grootvader zouden verbreken.

Ook vroeg Melchor haar om te dansen wanneer er handgeklap klonk, hij trakteerde haar op wijn, kwam bij Caridad en haar zitten, wanneer hij hen betrapte als ze zich 's avonds met zijn tweeën verstopten om te roken: 'Ik heb geen sigaren van de broeder,' zei hij dan gekscherend, en hij vergezelde haar vaak wanneer ze met de oude zigeunerin kruiden ging plukken.

'Deze zouden niemand genezen,' mopperde de kruidenvrouw dan. 'Wegwezen!' schreeuwde ze wapperend met haar handen tegen de zigeuner. 'Dit is iets van vrouwen.'

En Melchor knipoogde naar zijn kleindochter en liep een stukje bij hen vandaan naar de zigeuners die Tomás had aangewezen om de vrouwen te bewaken en die het opvliegende karakter van de kruidenvrouw al kenden; maar na een tijdje ging Melchor weer naar Milagros toe.

Het was toen ze terugkeerden van een van die tochten dat ze het nieuws hoorden van de dood van de jonge Dionisio Vega.

Er was één plek in Triana die Melchor verafschuwde; daar kwam alles samen: de pijn, het lijden, de machteloosheid, de wrok, de geur van de dood, de haat tegen de gehele mensheid! Zelfs wanneer hij in Sevilla was, vlak bij de Torre del Oro, aan de overkant van de brede Guadalquivir, wendde de zigeuner zijn gezicht naar de stadsmuren om die plek niet te hoeven zien. Maar die voorjaarsdag voelde hij, na de dramatische begrafenis van de jonge Dionisio Vega, een onbedwingbare aanvechting om erheen te gaan.

Dionisio was nog geen zestien jaar geweest. Terwijl de vrouwen van de zigeunerbuurt en van de callejón de San Miguel, allemaal gekomen om de jongen de laatste eer te bewijzen, hun verdriet uitschreeuwden, zag Melchor de hele tijd de levendigheid en intelligentie van zijn donkere ogen voor zich, zijn doordringende blik en zijn altijd lachende gezicht. Hij was een kleinzoon van oom Basilio, die zich goed hield maar probeerde te voorkomen dat zijn blik die van Melchor kruiste. Toen Melchor zich aan het eind van de ceremonie tot zijn familielid richtte, accepteerde deze zijn rouwbeklag en stonden ze voor het eerst die dag tegenover elkaar. Basilio zei niets, want het verwijt zweefde door de zigeunerbuurt: 'Het is jouw schuld, Melchor.'

En dat was het. Die twee mannen van de Dikke over wie zijn dochter Ana hem had verteld, waren verdwenen. Misschien omdat ze zagen dat Melchor altijd in gezelschap was, misschien vanwege de veiligheidsmaatregelen. Hoe dan ook, na een tijd hield de door Tomás bevolen bewaking op. Maar hoe hadden ze kunnen denken dat de Dikke de belediging zou vergeten? Het werd lente en op een dag verliet de jonge Dionisio samen met twee vrienden de Huerta de la Cartuja om in de vruchtbare vlakte van Triana op zoek te gaan naar een makkelijk te stelen kip of een stuk oud ijzer dat hij aan de smeden kon verkopen. Twee mannen versperden hun toen de weg. Dat de jongens zigeuners waren, stond op hun donkere huid geschreven, op hun kleurige kleren en op de opvallende sieraden om hun hals en in hun oren. Zonder een woord te zeggen had een van de mannen Dionisio's hart met een degen doorboord. Daarna wendde diezelfde man zich tot de andere twee.

'Zeg tegen die lafaard van een Galeier dat de Gegordelde niet vergeeft. Zeg hem ook dat hij moet ophouden zich als een bange vrouw tussen de zijnen te verstoppen.'

Dat hij moet ophouden zich als een bange vrouw te verstoppen. De woorden van de jongens, duizend-en-een keer herhaald sinds ze met het lijk van Dionisio naar de zigeunerbuurt waren teruggekeerd, staken als gloeiende naalden in Melchors hoofd en veel zigeuners wendden hun blik af als hij langsliep. Ze denken er net zo over! kwelde Melchor zichzelf. En ze hadden gelijk: hij had zich als een lafaard, als een vrouw verstopt. Was hij oud geworden? Was hij net als Antonio geworden, die hem voor een onbeduidende munt zijn kostbare bed had afgestaan zodat hij daar met het zwartje kon slapen? Tijdens de drie dagen dat de dodenwake duurde, waarbij de vrouwen ononderbroken jammerden, hun kleren kapotscheurden en hun armen en gezichten openkrabden, bleef Melchor zelfs bij Milagros en Ana uit de buurt, die niet in staat waren hun verwijtende blikken voor zich te houden; hij dacht op het gezicht van zijn eigen dochter zelfs minachting te zien. Ook had hij niet de moed zich bij de groepen zigeuners aan te sluiten die een vergeefse zoektocht naar de mannen van de Dikke ondernamen. Intussen kwelde hij zichzelf onafgebroken met dezelfde vraag: was hij net als de oude Antonio geworden, een lafaard die de dood kon veroorzaken van jongens als Dionisio? Zelfs zijn eigen dochter meed hem!

Hij was aanwezig bij de begrafenis, in een nabijgelegen veld, schuchter tussen de andere zigeuners. Hij zag hoe de vader van de jongen, vergezeld door oom Basilio, een oude gitaar op de levenloze armen van Dionisio legde. Daarna riep hij met verscheurde stem, terwijl hij zich tot het dode lichaam van zijn zoon richtte: 'Speel, zoon, en als ik verkeerd heb gehandeld, laat je muziek me dan doof maken; maar als ik juist heb gehandeld, doe dan niets en ik zal vergiffenis krijgen.'

In een huiveringwekkende stilte wachtten Basilio en zijn zoon enkele ogenblikken. Daarna keerden ze het lijk de rug toe, waarna de overige mannen hem met zijn gitaar begroeven. Toen de aarde de eenvoudige vurenhouten kist helemaal bedekte, liep de moeder van Dionisio naar het hoofdeinde en stapelde daar zorgvuldig de schaarse persoonlijke bezittingen van de dode op: een oud hemd, een deken, een mes, een zilveren hoorntje dat hij als kind om zijn nek had gedragen om het boze oog te verjagen en een oude tweekantige hoed waar de jongen gek op was en die de moeder nu teder kuste. Daarna stak ze de stapel in brand.

Op het moment dat de vlammen begonnen te doven en de zigeuners aanstalten maakten om zich terug te trekken, liep Melchor op de brandstapel af. Velen bleven staan en keken om; ze zagen hoe de Galeier zijn hemelsblauwe zijden vest uittrok, het zakje met geld eruit haalde, dat hij in zijn gordel stopte, en het kledingstuk in het vuur wierp. Daarna stak hij zijn hand uit naar oom Basilio: de hemel zelf velde zijn vonnis.

De pijn, de angst en het schuldgevoel leidden zijn voeten langs de oever van de Guadalquivir aan de kant van Triana. Hij moest daar zijn!

'Waar gaat hij heen?' vroeg Milagros fluisterend aan haar moeder.

De twee vrouwen, en Caridad met hen, haastten zich hem te volgen zodra Melchor, met een berustende uitdrukking op zijn gezicht, zijn hoofd voor Basilio boog en richting Triana verdween. Ze volgden hem op enige afstand, ervoor zorgend dat hij hen niet ontdekte, zonder te weten dat Melchor niets van hun aanwezigheid gemerkt zou hebben, zelfs al hadden ze naast hem gelopen.

'Ik denk dat ik het weet,' antwoordde Ana.

Ze zei niets meer totdat Melchor de botenbrug was overgestoken, een stukje langs de oever had gelopen en stilstond voor de kerk van de oude Mareantes-universiteit, waar kinderen over de zee leerden en zieke zeelui verzorgd werden.

'Daar was het,' fluisterde de moeder, haar ogen gericht op het silhouet van de grootvader dat zich tegen het laatste daglicht aftekende.

'Wat is daar?' vroeg Milagros, met Caridad achter zich.

Het duurde even voor Ana antwoordde.

'Dat is de Virgen del Buen Aire-kerk, die van de zeevaarders. Kijk eens goed...' begon ze tegen haar dochter, en corrigeerde zich toen omdat Caridad erbij was: 'kijken jullie eens goed naar de hoofdingang. Zien jullie het doorlopende balkon daarboven, dat uitkijkt op de rivier?' Milagros knikte, Caridad zei niets. 'Vanaf dat balkon werd op kerkelijke feestdagen de mis opgedragen voor de boten op de rivier; op die manier hoefden de zeelui zelfs niet van boord te gaan...'

'En de galeiers ook niet.' Milagros maakte de zin voor haar af.

'Zo is het.' Ana zuchtte.

Melchor stond nog steeds rechtop voor de grote toegangsdeur van de kerk, zijn hoofd naar het balkon opgeheven, terwijl de rivier bijna aan de hakken van zijn laarzen likte.

'Je grootvader heeft me nooit iets willen vertellen over zijn jaren op de galeien, maar ik weet het, ik heb het gehoord in gesprekken die hij had met de weinige maten die die marteling overleefd hebben. Bernardo bijvoorbeeld. In de jaren dat grootvader aan de roeispanen zat, was er niets dat hem meer pijn deed, hoe erg de ontberingen en de ellende die hij moest doorstaan ook waren, dan vastgeketend aan de houten banken voor Triana naar de mis te moeten luisteren.'

Want Triana belichaamde de vrijheid en voor een zigeuner was niets kostbaarder dan dat. Melchor verdroeg de zweepslagen van de voorman, leed honger en dorst terwijl hij in zijn eigen uitwerpselen en urine zat, zijn lichaam vol zweren, en hij tot uitputtens toe moest roeien. En wat zou het, vroeg hij zich later af, was dat niet het lot van de zigeuners, of het nou op het land of op zee was? Onrecht moeten verduren.

Maar als hij voor zijn Triana lag... Als hij de geur van de vrijheid rook, haar bijna kon aanraken, die vrijheid die de zigeuners ertoe dreef alle ketenen te bevechten, dan voelde Melchor de pijn van al zijn wonden. Hoe vaak had hij in stilte tegen die priesters en die heiligenbeelden aan de andere kant van de vrijheid gevloekt? Hoe vaak had hij daar, op de rivier, tegenover het beeld van de Heilige Maagd van de Gunstige Wind met naast zich de heilige Petrus en Paulus, zijn lot vervloekt? Hoe vaak had hij gezworen nooit meer omhoog naar dat balkon te kijken?

Plotseling viel Melchor op zijn knieën. Milagros maakte aanstalten naar hem toe te rennen, maar Ana hield haar tegen.

'Nee. Laat hem.'

'Maar...' klaagde het meisje, 'wat gaat hij doen?'

'Zingen,' fluisterde achter hun rug Caridad tot hun verbazing.

Ana had nooit de 'klaagzang van de galeien' uit de mond van haar vader gehoord. Hij had die na zijn vrijlating nooit gezongen. Daarom viel de vrouw, zodra de eerste jammerklacht, lang en luguber, de avondschemering vulde, net als hij op haar knieën. Milagros voelde op haar beurt hoe ze over haar hele lijf kippenvel kreeg. Nooit eerder had ze zoiets gehoord; zelfs de gevoelige debla's van de Trianera, de vrouw van de Graaf, waren niet met die klaagzang te vergelijken. Het meisje huiverde, zocht de nabijheid van haar moeder en legde haar handen op haar schouders, waar Ana ze vastpakte. Melchor zong zonder woorden, een aaneenschakeling van jammerklachten die ernstig, rauw, gebroken klonken, allemaal met de smaak van dood en lijden.

De twee zigeunerinnen bleven ineengedoken zitten en voelden hoe dat onbestemde lied, diep en zwaarmoedig, prachtig in zijn droefheid, hen tot in hun diepste zinnen verwondde. Maar Caridad glimlachte. Ze wist het: ze wist zeker dat de grootvader alles wat hij niet kon zeggen, via de muziek kon uiten; net als zij, net als de slaven.

De klaagzang van de galeien duurde een paar minuten, totdat Melchor een laatste jammerklacht op zijn lippen liet sterven. De vrouwen zagen hem opstaan en naar de kapel spugen voordat hij stroomafwaarts, van de zigeunerbuurt af, langs de rivier wegliep. Moeder en dochter bleven enkele ogenblikken roerloos staan, leeg.

'Waar gaat hij naartoe?' vroeg Milagros terwijl Melchor in de verte verdween.

'Hij gaat weg,' wist Ana met moeite uit te brengen, haar ogen vol tranen.

Caridad, met de jammerklachten nog naklinkend in haar oren, probeerde nog een glimp van de rug van de zigeuner op te vangen. Milagros voelde haar moeders schouders schokken van het huilen.

'Hij komt wel weer terug, moeder,' probeerde ze haar te troosten. 'Hij... hij heeft niets bij zich; hij heeft geen vest, hij heeft zijn musket niet bij zich, zelfs zijn stok niet.'

Ana zei niets. De drie vrouwen werden door het nachtelijke ruisen van het water van de rivier omsloten.

'Hij komt toch weer terug, hè, moeder?' voegde het meisje eraan toe, nu met ingehouden adem.

Caridad spitste haar oren. Ze wilde een ja horen. Ze moest weten dat hij terug zou komen!

Maar Ana gaf geen antwoord.

# II

# *Lied van bloed*

# 11

*Sevilla, 30 juli 1749*

Geteisterd door de ondraaglijke zomerhitte verliep het leven in de stad traag. Degenen die daartoe in staat waren, hadden meubels, kleding en andere benodigdheden al van de bovenverdiepingen van hun huizen naar beneden gebracht, waar ze probeerden de hitte en de levant weerstand te bieden. De anderen, het grootste deel van de bevolking, zochten hun heil op een van de twee oevers van de Guadalquivir, aan de kant van Sevilla of aan de kant van Triana, waar tenminste nog iets van leven te vinden was bij de mensen die verkoeling zochten in de rivier, onder het wakend oog van bewakers die door het gemeentebestuur waren aangesteld om de vele verdrinkingsdoden te voorkomen. Zo ging de dag langzaam voorbij toen onder de inwoners plotseling een gerucht de ronde begon te doen: het leger was de stad aan het innemen. Niet de gemeentelijke rechtsdienaren of de mannen van de burgemeester van Sevilla, maar het leger! Plotseling stonden bij de dertien poorten en twee kleinere deuren in de muren van de hoofdstad gewapende soldaten opgesteld, die de mensen die buiten de muren waren, sommeerden om naar binnen te komen. Baders, handelaren, zeelieden en havenwerkers, kooplieden, vrouwen en kinderen... De menigte haastte zich de bevelen van de militairen op te volgen.

'We gaan de poorten van de stad sluiten!' schreeuwden korporaals en sergeanten aan het hoofd van gewapende detachementen.

Maar behalve die waarschuwing gaf geen enkele bevelhebber meer uitleg; de soldaten duwden de Sevillianen die bij de poorten samendrongen en vroegen wat er aan de hand was, met hun geweren naar binnen. De opschudding bereikte een hoogtepunt toen iemand schreeuwde dat de hele stad door het leger omsingeld was. Velen draaiden zich om naar Triana en zagen dat het inderdaad zo was: in de wijk op de andere oever van de rivier zag je de mensen wegrennen voor de witte uniformen van de soldaten, en op de botenbrug krioelde het van de rijdieren die zich, opgehitst door de militairen, naar de ene of de andere kant haastten.

'Wat is er aan de hand?'

'Is het oorlog?'

'Worden we aangevallen?'

Maar in plaats van antwoorden kregen de mensen duwen en klappen. Want de soldaten wisten ook niet wat de reden was; ze hadden alleen bevel gekregen de inwoners te dwingen naar binnen te komen en de poorten van de stad te sluiten. Slechts twee poorten moesten openblijven: de Puerta del Arenal en de Puerta de la Carne.

'Naar huis!' schreeuwden de officieren. 'Ga allemaal naar huis!'

Hetzelfde bevel werd omgeroepen door de verschillende patrouilles in de straten van Sevilla en Triana; een bevel dat op die 30ste juli 1749 door heel Spanje klonk, onderdeel van een minutieus opgezette, geheime militaire operatie uitgedacht door don Gaspar Vázquez Tablada, bisschop van Oviedo en voorzitter van de Raad van Castilië, en de markies van Ensenada, die een paar jaar daarvoor al had bepaald dat zigeuners die buiten hun plaats van herkomst gevangen werden genomen, strenger gestraft moesten worden: met de dood. Krachtens dat nieuwe decreet van 1749 namen de koninklijke troepen op diezelfde dag alle steden van het koninkrijk in waar zigeuners geregistreerd stonden.

Na enkele uren waren de poorten van Sevilla gesloten, terwijl de Puerta del Arenal en de Puerta de la Carne zwaar bewaakt werden; Triana was door het leger omsingeld, de brave burgers vluchtten hun huizen in en de wachtsoldaten stelden zich strategisch op in bepaalde straten. Toen kregen de soldaten eindelijk directe instructies van hun meerderen: alle zigeuners, laaghartige en schadelijke personen, oppakken, ongeacht hun geslacht of leeftijd, met confiscatie van al hun bezittingen.

De betreffende geheime ambtsberichten waren van tevoren uitgegaan naar de burgemeesters van alle dorpen en steden in het koninkrijk waar zigeunerfamilies geregistreerd stonden, zodat de burgemeester van Sevilla, in zijn functie van stadsbestuurder, de militaire leiding de huizen en plekken waar tot aanhouding moest worden overgegaan, al aangewezen had.

In heel Spanje waren de zigeuners verbijsterd door de schandelijke maatregel: in Sevilla werden ze zonder verzet opgepakt, net als in Triana gebeurde met de smeden van de callejón de San Miguel en degenen die in de Cava en omgeving woonden. Een beter lot trof de zigeuners van de Huerta de la Cartuja: omdat die in het open veld lag, konden velen van hen met achterlating van hun schaarse bezittingen ontsnappen. Toch werden ook daar twee zigeuners door de soldaten doodgeschoten toen ze probeerden te vluchten, een ander raakte gewond aan een been en weer een ander verdronk vlak voor de machteloze ogen van zijn vrouw in de rivier, terwijl zijn kleine kinderen huilden en de soldaten minachtend toekeken.

Bijna honderddertig zigeunerfamilies werden bij de massale razzia van juli 1749 in Sevilla opgepakt.

Binnen in het huisje hoorde Caridad het geschreeuw van de officieren dat boven het tumult uitsteeg.

'Pak ze allemaal op!'

'Laat er geen een ontsnappen!'

Ze stopte met het verwerken van de tabak die broeder Joaquín haar nog steeds bracht. Geschrokken door het tumult van heen en weer rennende zigeuners en soldaten, het gekrijs van kinderen en vrouwen en een enkel schot, stond ze op van de tafel en haastte zich naar de deur precies op het moment dat Antonio en zijn vrouw hinkend en elkaar ondersteunend naar binnen gerend kwamen.

'Wat...?' begon ze te vragen.

'Opzij!' riep de oude man terwijl hij haar een duw gaf.

Roerloos bleef ze daar staan, terwijl ze toekeek hoe de soldaten zich op de vrouwen wierpen en de mannen met hun geweren bedreigden. Velen wisten te ontsnappen en doorbraken moedig het cordon waarmee de militairen de zigeunerbuurt hadden geprobeerd in te nemen.

Haar blik zocht Milagros, maar ze vond haar niet; ze zag hoe oom Tomás een groep soldaten afleidde zodat een van zijn zonen met zijn gezin kon vluchten. Oom Tomás zelf werd met geweld overmeesterd, maar zijn zoon verdween tussen de boomgaarden. Geen spoor van Milagros. Sommige zigeuners ontsnapten door via de daken van de huisjes achter de muur van de Huerta de la Cartuja te springen en als een razende de vrijheid in te rennen. Antonio en zijn vrouw duwden haar opnieuw opzij toen ze het huisje weer verlieten. Caridad volgde hen met haar blik: de oude vrouw verloor de tabak en de sigaren die ze binnen had gestolen. Ze zag ze moeizaam rennen naar... de soldaten! Een van hen begon hard te lachen toen hij ze aan zag komen, oud en struikelend over hun voeten, maar zijn gezicht vertrok toen Antonio een groot mes liet zien. Een stomp met de kolf van het geweer in zijn maag was echter genoeg om te zorgen dat de oude man het mes liet vallen en zelf ook op de grond viel. De soldaat en twee van zijn makkers lachten al alsof de strijd afgelopen was, maar toen liet de zigeunerin haar tas vallen en verraste hen door zich vol haat en woede, met een verbazingwekkende kracht en lenigheid en met haar klauwende handen als enige wapen, op degene te storten die haar man geslagen had. De mannen reageerden niet meteen. Caridad zag een paar straaltjes bloed over het gezicht van de soldaat lopen. Het kostte hun moeite de oude vrouw te overmeesteren.

'Wat doe jij hier?'

Caridad was zo vol aandacht voor Antonio en zijn vrouw geweest dat ze niet had gemerkt dat de operatie bijna ten einde was en dat de rest van de soldaten de huisjes al binnenging. De zigeuners die waren opgepakt, stonden in groepjes op straat, omsingeld door soldaten. Ze sloeg haar blik neer tegenover de soldaat die haar aangesproken had.

'Wat doe jij hier, negerin?' herhaalde die toen Caridad bleef zwijgen. 'Ben je een zigeunerin?' Daarna bekeek hij haar van boven naar beneden. 'Nee. Natuurlijk ben jij geen zigeunerin. Hé!' schreeuwde hij naar een korporaal die langsliep, 'wat doen we met deze hier?'

De korporaal kwam naar hen toe en stelde dezelfde vragen. Caridad gaf nog steeds geen antwoord en bleef naar de grond kijken.

'Waarom ben je in de zigeunerbuurt? Ben je soms slavin van een van hen?' De man zelf verwierp het idee met een ontkennend hoofdschudden. 'Je bent zeker aan je meester ontsnapt, niet? Ja, dat moet...'

'Ik ben vrij,' wist Caridad met een dun stemmetje uit te brengen.

'Echt waar? Laat zien dan.'

Caridad ging het huisje in en kwam terug met haar bundeltje; ze zocht erin tot ze de documenten vond die de klerk van *La Reina* haar gegeven had.

'Het klopt.' Nadat hij ze bestudeerd en aan alle kanten betast had, alsof hij door aanraken kon herkennen wat hij niet kon lezen, accepteerde de korporaal ze. 'Wat heb je daar?'

Caridad overhandigde hem het bundeltje, maar net als bij de Puerta de Mar in Cádiz was gebeurd, stopte de militair met zoeken zodra zijn hand op de oude, ruwe en versleten deken stuitte waarmee ze zich 's winters tegen de kou beschermde, en beperkte hij zich ertoe het bundeltje op zijn hand te wegen en heen en weer te schudden om te zien of er binnenin iets rinkelde, maar wat konden die deken, de rode kleren, een paar sigaren die ze als betaling voor haar werk van broeder Joaquín had gekregen en de strohoed die eraan vastgebonden hing, wegen of rinkelen?

'Wegwezen!' schreeuwde hij toen. 'We hebben al genoeg problemen met al dit uitschot.'

Caridad gehoorzaamde en ging op weg naar Triana. Ze treuzelde echter toen ze langs de opgepakte zigeuners liep. Zou Milagros erbij zijn? De soldaten waren bezig ze te ontwapenen en namen hun juwelen en sieraden af terwijl een nieuw leger, van klerken dit keer, pogingen deed om hun namen op te schrijven en welke spullen van hen waren.

'Van wie is deze muilezel?' schreeuwde een soldaat met de halster van een mager muildier in zijn hand.

'Van mij!' riep een van de zigeuners.

'Leugenaar!' viel een vrouw uit. 'Die is van een boer in Camas!'

Sommige zigeuners lachten.

'Hoe kunnen ze lachen?' verbaasde Caridad zich terwijl ze nog steeds keek of Milagros erbij stond. Ze zag oom Tomás, en Basilio en Mateo... de meeste oude Vega's. Ook zag ze Antonio en zijn vrouw, elkaar stevig vasthoudend. Maar Milagros vond ze niet.

'Oké,' hield de soldaat van de muilezel koppig vol, 'van wie is dit beest?'

'Van hem,' antwoordde iemand terwijl hij naar de eerste de beste zigeuner wees.

'Van die man uit Camas,' zei een ander.

'Van mij,' klonk het uit de groep.

'Nee. Van mij,' lachte een derde.

'Die van jou is die andere.'

'Nee, dat is die van die man uit Camas.'

'Had die man uit Camas dan twee muilezels?'

'Van de koning!' deed een jongeman een duit in het zakje. 'Van de koning,' herhaalde hij toen hij zag dat de soldaat kwaad werd. 'Het is de muilezel die we voor hem bewaren om bij een bezoek aan Triana te berijden!'

De zigeuners barstten opnieuw in lachen uit. Caridad verbreedde haar lippen tot een glimlach, maar uit haar ogen sprak de bezorgdheid om het lot van Milagros.

'Ze is niet opgepakt,' schreeuwde oom Tomás, die begreep waarover ze zich zorgen maakte. 'Ze is hier niet, zwartje.'

'Wat is hier niet?' vroeg dezelfde korporaal die Caridad had ondervraagd en nu vanwege het tumult dichterbij kwam.

Caridad stamelde en keek naar de grond.

'De muilezel van de koning, kapitein,' antwoordde Tomás met geveinsde ernst. 'Uwe excellentie moet zich niet laten bedriegen: in werkelijkheid is de muilezel van de koning het beest dat die man uit Camas heeft.'

'Lachen jullie maar!' schreeuwde de korporaal terwijl hij zich tot alle gevangenen richtte. 'Lach maar nu het nog kan, want daar waar jullie naartoe gaan zal het lachen jullie snel vergaan. Dat zweer ik jullie!' Daarna draaide hij zich om naar Caridad. 'En jij, had ik niet gezegd dat je...?'

'Generaal,' onderbraken ze hem vanuit de groep, 'die plaats waar u ons heen stuurt, kunnen we daar de muilezel van de koning mee naartoe nemen?'

De korporaal werd rood en terwijl allen lachten en spottende opmerkingen maakten, gebaarde Tomás Caridad dat ze moest vluchten.

Ook Triana was door het koninklijke leger ingenomen. Een groot deel van de troepen bevond zich in de callejón de San Miguel en in de Cava Nueva, plaatsen waar de meeste zigeuners stonden ingeschreven, maar evengoed liepen er ook in de andere straten patrouilles voor het geval er een was ontsnapt of zich in het huis van een burger verstopt had. De koning had bepaald dat degenen die hen hielpen, hard gestraft zouden worden en er begon een stroom van anonieme aangiftes, al dan niet gefundeerd, op gang te komen.

Caridad kon maar één plek bedenken waar ze heen kon gaan: het San Jacinto-klooster van de predikbroeders, en daarheen richtte ze haar stappen. Maar ook de kerken en kloosters werden door de soldaten bewaakt. Dat constateerde ze toen ze Triana via de calle Castilla binnenging en langs de Nuestra Señora de la O-kerk liep. Caridad had die sobere kerk altijd met belangstelling bekeken: ze kende geen orisha die in de Heilige Maagd van de O was geïncarneerd, maar broeder Joaquín had zijn eigen liefde voor die kerk op haar overgebracht: 'De bouw is helemaal gefinancierd met de aalmoezen die de broederschap heeft opgehaald,' vertelde hij haar op een dag. 'Daarom is ze zo geliefd in Triana.'

Caridad ontweek de groep soldaten die bij de voorgevel van de kerk stonden opgesteld, en hoorde een officier verhit met een priester discussiëren. Hetzelfde gebeurde bij de Santa Ana-kerk, en bij de Sancti Espiritus, bij de Remedios, bij de Victoria, bij de kerk van het miniemenklooster en bij de San Jacinto. De koning had een pauselijke bul verkregen waarmee zigeuners die hun toevlucht in de kerk hadden gezocht, eruit gehaald mochten worden. En al diegenen die waren gevlucht en hun redding in het kerkelijk asiel hadden gezocht, werden nu dus uit de kerken gehaald, onder hevige discussies met de priesters die de rechten op grond van die eeuwenoude regeling, waarvan de zigeuners zoveel gebruikmaakten, verdedigden.

Bij de San Jacinto was de situatie erger dan bij de O-kerk. Omdat de kerk vlak bij de callejón de San Miguel en de Cava Nueva lag, hadden verschillende zigeuners daar asiel gezocht toen de troepen arriveerden. Bijna alle achtentwintig predikbroeders die de gemeenschap vormden, stonden achter hun prior, die vastbesloten was de soldaten geen toegang tot de kerk in aanbouw te geven; tegenover hem stond een luitenant die alleen maar steeds opnieuw het bevel van de koning liet zien. Broeder Joaquín zag Caridad meteen doordat haar oude strohoed opviel in de menigte die afwachtte hoe de discussie zou aflopen. De jonge priester verliet zijn broeders en rende naar haar toe.

'Wat is er in de zigeunerbuurt gebeurd?' riep hij al voordat hij bij haar was, met een gezicht verkrampt van bezorgdheid.

'De soldaten zijn gekomen... Ze hebben geschoten. De zigeuners zijn opgepakt...'

'En Milagros?'

De schreeuw trok de aandacht van de mensen. Broeder Joaquín pakte Caridad bij haar arm en ze gingen een beetje opzij staan.

'En Milagros?' herhaalde hij.

'Ik weet niet waar ze is.'

'Hoe bedoel je? Ze pakken alle zigeuners op. Hebben ze haar ook opgepakt?'

'Nee, ze is niet opgepakt. Tomás zei...'

Ze werd onderbroken door de zucht van opluchting die de geestelijke slaakte.

'Gezegend zijt gij, Vrouwe!' riep de broeder uit terwijl hij zijn blik naar de hemel hief.

'Wat moet ik doen, broeder Joaquín? Waarom pakken ze de zigeuners op? En waar zou Milagros zijn?'

'Cachita, waar ze ook is, het is altijd beter dan hier. Geloof dat maar. En waarom ze opgepakt worden...'

Het applaus en gejuich van de mensen onderbrak hun gesprek en dwong hen zich naar de San Jacinto om te draaien. De prior had toegegeven en drie zigeuners, een aantal kinderen en een zigeunerin met een baby in haar armen verlieten de kerk onder geleide van de militairen.

'Ze pakken ze op omdat ze anders zijn,' oordeelde de broeder terwijl degenen die bescherming in de kerk hadden gezocht, in de richting van de Cava verdwenen. 'Ik kan je verzekeren dat ze niet slechter zijn dan velen van degenen die zij burgers noemen.'

Zonder al te veel moeite wist broeder Joaquín een vrome familie van garnalenvissers uit de calle Larga zover te krijgen dat ze Caridad een paar dagen opvingen; een paar geldstukken uit de persoonlijke buidel van de geestelijke hielpen bij de beslissing. Caridad installeerde zich in de schuur bij een kleine moestuin achter het huis van de visser. Zittend tussen wat oud landbouwgereedschap en allerlei vissersgerei dat daar lag opgestapeld, had ze weinig anders te doen dan roken en zich zorgen maken om Milagros. De gastvrijheid van die 'goede christenen', zoals broeder Joaquín ze betitelde, verdween zodra de geestelijke weg was.

De dag na de razzia stroomde heel Triana toe om naar het vertrek van de zigeuners over de botenbrug te kijken. Caridad, die tussen de menigte stond, zag hoe Rafael García, de Graaf, met zijn voeten sleepte, zijn blik naar de grond, aan het hoofd van een lange rij mannen en jongens van boven de zeven die achter hem liepen, allemaal vastgebonden aan een dik touw. Hun bestemming: de koninklijke gevangenis van Sevilla. Ze werden door veel burgers uitgescholden of bespuugd. 'Ketters!' 'Dieven!' schreeuwden ze als ze langsliepen, terwijl ze hen met vuilnis en etensresten bekogelden. Caridad zag bij geen van hen meer de spottende houding die haar de vorige dag in de Huerta zo verbaasd had. Allemaal wisten ze nu wat de koninklijke orders waren: van de gevangenis zouden ze overgebracht worden naar La Carraca, het militaire arsenaal van Cádiz, waar ze de rest van hun leven dwangarbeid zouden moeten verrichten.

Niet alleen werd hun verhinderd zich op het kerkelijk asiel te beroepen en werden hun bezittingen in beslag genomen en openbaar geveild om de kosten van de hele operatie te betalen, ook pakten de soldaten degenen die daarover beschikten hun identiteitsbewijs of registratiebewijs af. Alleen met die officiële documenten konden de zigeuners aantonen dat ze geen zwervers of misdadigers waren; hun die afpakken – ook al waren vele ervan vals – betekende dat ze voortaan zelfs niet hun identiteit en status konden aantonen. Van de ene dag op de andere waren de meeste zigeunersmeden van de callejón de San Miguel en vele anderen die al jaren met de burgers samenwerkten en -leefden, criminelen geworden.

Halverwege het touw herkende Caridad Pedro García, de onmogelijke liefde van Milagros. Wat zou het meisje zeggen als ze hem zo zag? Milagros' ogen schitterden wanneer ze aan hem dacht, helemaal toen de geest van Alejandro haar niet meer kwelde. Caridad zag ook José Carmona, terneergeslagen, zijn gezicht verbergend voor de beledigingen.

Achter de mannen kwamen de vrouwen, de meisjes en de jongens onder de zeven, allemaal aan touwen gebonden en door de soldaten bijna nog strenger bewaakt dan de mannen. Caridad herkende Ana, de moeder van Milagros, en vele andere vrouwen die ze uit de steeg kende, sommige met hun kleine kinderen op de rug. Ze huiverde toen de zigeunervrouwen langsliepen: zij hadden hun trots niet verloren. Zij zwegen niet, ze spuugden en scholden terug ondanks dat ook zij wisten wat hun te wachten stond: opsluiting voor onbepaalde tijd in een vrouwengevangenis.

'Heksen!' hoorde Caridad schreeuwen.

Meteen kromde het touw zich; verschillende zigeunerinnen wierpen zich op de vrouwen die hen hadden uitgescholden en die nu in paniek achteruitdeinsden en zich probeerden te verbergen tussen de mensen die zich achter hen verdrongen; de soldaten moesten hun uiterste best doen om de orde te handhaven.

In het tumult zag Ana Caridad. Ze hadden geruchten gehoord van schoten, doden en gevechten in de zigeunerbuurt.

'En mijn kind?' schreeuwde ze.

Caridad had al haar aandacht bij de klappen die de soldaten uitdeelden.

'Zwartje!' Dit keer hoorde Caridad haar. 'En Milagros?'

Caridad wilde antwoord geven toen ze plotseling besefte dat veel mensen om haar heen haar bekeken alsof ze haar verweten dat ze met de zigeunervrouwen praatte. Ze aarzelde. Ze kon het niet tegen al die mensen opnemen... maar Milagros... en Ana was haar moeder! Toen ze weer opkeek, was het touw alweer in beweging gezet en zag ze alleen nog Ana's rug.

Achter de menigte langs die aan beide zijden van de straat samendromde, volgde Caridad het touw waaraan de vrouwen vastgebonden zaten. Ze liep Ana voorbij en ging op de plaza del Altozano staan, op de eerste rij, voor het kasteel van de Inquisitie, waar de zigeunerin haar onmogelijk zou kunnen missen. Maar toen ze haar dichterbij zag komen en het geschreeuw en gescheld van de menigte in haar omgeving toenam, maakte de angst zich opnieuw van haar meester.

Ana zag haar. En ze zag ook hoe ze haar hoofd boog toen het touw langskwam.

'Help me,' zei ze tegen de vrouwen die bij haar in de buurt liepen. 'Ik moet bij die negerin komen, het zwartje van mijn vader, daar links, zien jullie haar?'

'Die van de tabak?' vroegen enkele vrouwen die meer naar voren aan het touw liepen.

'Ja, die. Ik moet weten waar mijn dochter is.'

'Je zult een sigaar met haar kunnen roken,' verzekerden ze haar.

En zo was het. Toen Ana langs Caridad liep, wierpen de zigeunervrouwen zich naar links, waarmee ze de soldaten volkomen verrasten. Het touw kromde zich weer en een paar vrouwen vielen op de grond, waarbij ze zelfs een enkele militair meetrokken. Ana deed hen na en wierp zich ook op de grond.

'Caridad!' schreeuwde ze met krachtige stem vanaf de grond.

Zij reageerde op de dwingende toon.

'Kom hier!'

Ze deed wat ze vroeg en knielde naast haar.

'En Milagros? En mijn meisje?'

De soldaten begonnen orde te scheppen, sommige door de vrouwen die waren gevallen overeind te trekken, andere door zich tussen degenen die nog overeind stonden op te stellen, maar alle zigeunerinnen keken naar Ana en verzetten zich, scholden de mensen uit en bleven zich op hen werpen.

'Wat weet je van haar?' drong Ana aan. 'Hebben ze haar opgepakt?'

'Nee,' verzekerde Caridad.

'Is ze vrij?'

'Ja.'

Ana sloot een ogenblik haar ogen.

'Zoek haar! Zorg voor haar!' smeekte ze haar vervolgens. 'Het is nog maar een kind. Jullie moeten grootvader zoeken en de bescherming van de zigeuners... als er nog over zijn. Zeg tegen haar dat ik van haar hou en dat altijd zal blijven doen.'

Ineens vloog Caridad naar achteren door de schop tegen haar schouder die een van de soldaten haar gaf. Ana liet zich overeind trekken en maakte een haast onmerkbaar gebaar naar de andere vrouwen. Behalve één meisje dat naar een soldaat bleef schoppen, gaven ze het gevecht op.

Voordat ze terugkeerde naar haar plek aan het touw draaide Ana zich om: Caridad was op de grond gevallen en kroop tussen de benen van de mensen door om haar hoed terug te vinden. Had die vrouw haar gevraagd om voor haar dochter te zorgen? vroeg ze zich af terwijl ze voelde dat haar hele lichaam nat werd van het koude zweet.

# 12

De oude María hield Milagros tegen toen het meisje naar Triana terug wilde gaan.

'Stil, kind,' beval ze haar fluisterend toen ze de infanteriesoldaten zag die hun kant op kwamen. 'Bukken.'

Ze waren van de weg afgegaan om zoethout te zoeken. Het was niet de beste tijd, had de kruidenvrouw gemopperd, maar ze had die wortels waarmee ze hoest en indigestie behandelde nodig. Sommige mensen zeiden dat ze ook lustopwekkend waren, maar de oude vrouw vermeed het Milagros over die eigenschap te vertellen, ze had nog tijd genoeg om dat te leren, zei ze bij zichzelf. In de stilte van de uitgestrekte vlakte van Triana, tussen druivenstokken, olijfbomen en sinaasappelbomen, hadden de twee vrouwen hun oren gespitst toen ze een vaag geluid hoorden dat steeds harder werd. Kort daarna zagen ze hoe een lange rij met geweren gewapende infanteristen aan kwam marcheren, gekleed in witte justaucorps waarvan de slippen naar achteren waren gevouwen en met haken bijeen werden gehouden, met strakke jasjes eronder, kniebroeken, slobkousen die boven de knieën waren vastgeknoopt, en zwarte driepunters op de ingewikkelde witte pruiken met aan elke kant drie horizontale rollen die tot in hun nek vielen en hun oren bedekten.

Milagros bekeek die soldaten met hun ernstige gezichten, zwetend in de zomerzon die loodrecht boven hen stond, en vroeg zich af waaraan een dergelijk vertoon te danken was.

'Ik weet het niet,' antwoordde de oude María terwijl ze met moeite opstond toen het leger voorbij was, 'maar het is ongetwijfeld beter om achter hun geweren te blijven en niet ervoor te staan.'

Ze kwamen er al snel achter. Ze volgden ze vanaf een voorzichtige afstand, beiden alert en klaar om zich te verstoppen. Ze zagen hoe de rij zich achter Triana in tweeën verdeelde en wisselden angstige blikken toen ze merkten hoe een van de rijen rondom de zigeunerbuurt bij de Huerta de la Cartuja posities innam.

'We moeten ze waarschuwen,' zei Milagros.

De oude vrouw gaf geen antwoord. Milagros draaide zich naar haar om en zag een gerimpeld, bevend gezicht; de kruidenvrouw had haar ogen half dichtgeknepen en dacht na.

'María,' drong het meisje aan, 'ze hebben het op de onzen voorzien! We moeten ze waarschuwen...'

'Nee,' onderbrak de oude vrouw haar met haar ogen strak op de zigeunerbuurt gericht.

De toon waarop de weigering werd geuit, langgerekt, komend vanuit het diepst van haar wezen, verraadde de berusting van een oude zigeunerin die moegestreden was.

'Maar...'

'Nee.' María was stellig. 'Het is gewoon nog een keer, de zoveelste, weer een aanhouding, maar we komen er wel weer bovenop, net als altijd. Wat wil je doen? Opstaan en schreeuwen? Het risico lopen dat een van die rotzakken je neerschiet? Naar de zigeunerbuurt rennen? Ze zouden je oppakken... En wat voor zin zou het hebben? Ze zijn al omsingeld, maar ze weten zich te verdedigen. Ik weet zeker dat je moeder en je grootvader mijn beslissing zouden steunen.' En, omdat ze twijfelde of ze haar zou gehoorzamen, pakte ze de onderarm van het meisje vast in een klemmende greep.

Ineengedoken achter een paar struiken wachtten ze tot de aanval zou plaatsvinden, alsof ze gedwongen waren de ondergang van hun volk bij te wonen, hun pijn te ervaren. Ze zagen niets. Een hele tijd hoorden ze alleen de bedrijvige drukte van de inwoners van de zigeunerbuurt, die zich vermengde met het gesmoorde snikken van Milagros, dat bij de eerste schreeuw van de aanvoerder van de compagnie om aan te vallen in een ongecontroleerd huilen veranderde. María trok het meisje terug toen ze haar hoofd omhoog wilde steken, en probeerde haar uit alle macht stil te krijgen, maar wat maakte het nog uit? De schoten van de ene partij en het geschreeuw van de andere vulden de vlakte. De oude vrouw pakte Milagros' hoofd, drukte het tegen zich aan en wiegde haar heen en weer. De zigeuners die aan de omsingeling wisten te ontsnappen, kwamen hun richting op rennen; niemand achtervolgde hen, er werden alleen in het wilde weg wat kogels afgeschoten.

'Moeder... vader...' hoorde de kruidenvrouw Milagros kreunen toen het rumoer verstomde. 'Moeder... Cachita...'

Bij iedere kreun voelde de oude vrouw een warme ademtocht over haar borst gaan.

'Het zwartje is geen zigeuner,' zei ze geruststellend. 'Ze zullen haar niets doen.'

'En mijn ouders?' draaide het meisje zich om nadat ze zich uit de omhelzing van de oude vrouw had losgemaakt. 'In Triana zal hetzelfde gebeurd zijn. U hebt gezien dat de soldaten zich verdeelden...'

De oude vrouw pakte met beide handen de wangen van dat verkrampte gezichtje met de bloeddoorlopen ogen, waar de tranen overheen stroomden.

'Zij wel, meisje. Zij zijn wel zigeuners. Maar juist daarom zijn ze sterk. Ze zullen er overheen komen.'

Milagros schudde haar hoofd.

'En ik? Wat zal er van mij worden?' snikte ze.

María aarzelde. Wat moest ze zeggen: 'Ik zal je beschermen'? Een oude vrouw en een meisje van vijftien... Wat moesten ze doen? Waar konden ze naartoe? Waarvan zouden ze leven?

'Jij bent tenminste vrij,' verweet ze haar echter, terwijl ze de handen waarmee ze haar gezicht had vastgepakt, liet neervallen. 'Wil je naar ze toe gaan? Dat kun je doen. Je hoeft maar een klein stukje te lopen...' eindigde ze haar woorden terwijl ze met haar gekromde vinger naar de zigeunerbuurt wees.

Milagros incasseerde de klap. Onder de scherpe blik van de oude vrouw snoot ze haar neus, veegde met haar onderarm het snot van haar gezicht en richtte haar hoofd op.

'Dat wil ik niet,' zei ze toen.

De kruidenvrouw knikte tevreden.

'Huil om het lot van je ouders,' zei ze, 'dat moet je doen. Maar verdedig je vrijheid, kind. Dat is wat zij zouden willen en dat is het enige wat wij zigeuners hebben.'

Verstopt tussen de struiken wachtten ze tot de avond viel.

'U kunt niet rennen,' had Milagros tegen de oude vrouw gezegd. 'We kunnen beter wachten tot het donker is.'

Ze kauwden op de wortels van het zoethout om rustig te worden. Op het middaguur, toen de zon van oost naar west sprong en de aarde van niemand was, terwijl het lawaai van het geschreeuw van de zigeuners en de schoten van de soldaten nog in de lucht hing, moest Milagros plotseling aan Alejandro denken en aan het schot met de donderbus dat zijn nek en hoofd had opgeblazen. Zijn dood was inmiddels een jaar geleden. Gehurkt op de grond zittend streek het meisje voorzichtig haar blauwe rok glad, waarop nog steeds sporen van de bloedvlekken te zien waren, die maar niet wilden verdwijnen, hoe vaak ze de rok ook wasten. Als dat niet was gebeurd, zouden ze haar opgepakt hebben, zoals ze ongetwijfeld met alle zigeuners van de callejón de San Miguel gedaan hadden. Ze dacht de aanwezigheid van de zigeuner te voelen in de rilling die over haar rug liep; het was zijn moment, het moment van de zielen van de doden. Toen de huivering wegtrok, werd ze echter overmand door een verrassend gevoel van rust, alsof Alejandro haar met dezelfde moed als waarmee hij op de deur van de pottenbakker had staan bonzen, verdedigd had.

'Een echte zigeuner!' zei ze bij zichzelf precies op het moment dat het gelach vanuit de zigeunerbuurt, waar de discussie over de zogenaamde muilezel van de koning plaatsvond, haar terugbracht in de werkelijkheid. Voordat ze María een vragende blik toewierp, stelde ze vast dat de zon zijn hoogtepunt al voorbij was.

De oude vrouw haalde haar schouders op bij de in die omstandigheden paradoxale lachgeluiden.

'Hoor je het? Ze lachen. Ze krijgen ons nooit klein,' zei ze vastbesloten.

Het dorp Camas bevond zich op nauwelijks een mijl van waar ze zich verstopt hadden; maar die nacht, waarin ze bij het licht van de maan maar langzaam vooruitkwamen omdat ze zich voortdurend moesten verstoppen en ze zelfs van hun eigen geluid schrokken, deden ze er ruim een uur over om in de buurt van het dorp te komen.

'Waar gaan we heen?' fluisterde Milagros.

María probeerde zich in het donker te oriënteren.

'Hier in de buurt is een klein boerderijtje... Die kant op,' wees ze met haar kromme vinger.

'Wie zijn het?'

'Een arm boerenechtpaar dat meer kinderen in hun huis heeft dan fruitbomen op de grond die ze pachten.' De kruidenvrouw stapte nu met ferme, vastberaden pas voort. 'Ik maakte de fout medelijden met ze te hebben en de eieren af te slaan waarmee ze me de eerste keer dat ik een van hun snotneuzen genas wilden belonen. Volgens mij bieden ze me sindsdien, elke keer als ze me laten komen, dezelfde eieren aan.'

Milagros antwoordde met een geforceerd lachje.

'Dat komt ervan als u mensen probeert te helpen,' zei ze vervolgens.

Moet ik haar vertellen dat het haar grootvader Melchor was die me vroeg dat kind te gaan genezen? vroeg de oude vrouw zich af. En erbij zeggen dat zijn huid donkerder was dan die van zijn broertjes en zusjes? Maar, lachte ze in zichzelf, tussen de andere kinderen van die boerin, met haar weelderige vlees en lichtzinnige gewoontes, waren trouwens ook weinig overeenkomsten te vinden.

'Dat soort vergissingen maak ik vaker,' antwoordde ze in plaats daarvan. 'Ik weet niet of je weet dat me kort geleden iets vergelijkbaars is overkomen met een zigeunerinnetje dat zich in de nesten had gewerkt en dat door de raad van ouderen verbannen dreigde te worden.'

María deed of ze het lelijke gezicht dat het meisje trok niet zag.

'Daar is het,' zei ze alleen, en ze wees naar een paar kleine gebouwtjes die zich tegen het donker aftekenden.

Ze werden ontvangen door het geblaf van een stel honden. Meteen verscheen er een flauw licht achter een van de ramen, waarin een lap opzij werd geschoven die de enige beschutting vormde. De gedaante van een man tekende zich af binnen in wat niet meer was dan twee samengevoegde huisjes, even armzalig of nog armzaliger dan die in de zigeunerbuurt.

'Wie is daar?' schreeuwde de man.

'Ik ben het, María, de zigeunerin.'

De twee vrouwen liepen door; de honden, inmiddels bedaard, draafden om hun voeten, terwijl de boer met iemand binnen in het huisje leek te overleggen.

'Wat moet je?' informeerde hij ten slotte, op een toon die María niet erg aanstond.

'Aan je houding te zien,' antwoordde de kruidenvrouw, 'weet je het al.'

'De rechtbank heeft iedereen die jullie helpt met gevangenisstraf gedreigd. Ze hebben alle zigeuners van Spanje in één keer opgepakt.'

Milagros en María bleven een stukje van het raam af staan. Alle zigeuners van Spanje! Alsof hij het slechte nieuws vergezeld wilde laten gaan van zijn aanwezigheid, verscheen de man in het licht: mager, weinig haar, lange, onverzorgde baard en naakt bovenlijf waarin zijn ribben te tellen waren, een bewijs van de honger die hij leed.

'Misschien zou je in de gevangenis beter af zijn, Gabriel,' snauwde de kruidenvrouw.

'En wat zou er dan van mijn kinderen terechtkomen, oude vrouw?' klaagde de man.

Laat hun vaders maar voor ze zorgen! had de zigeunerin de neiging om te antwoorden.

'Jij kent ze, je hebt ze genezen, dat verdienen ze niet.'

Ze kende ze inderdaad, natuurlijk kende ze ze! Een klein meisje, vel over been, verwaarloosd, had haar met haar grote, diepliggende ogen om hulp gesmeekt in de twee lange dagen die het duurde voor ze in haar armen stierf; ze had niets voor haar kunnen doen.

'Alle ondankbare klootzakken zoals jij zouden in de gevangenis moeten zitten!' antwoordde ze met de ogen van het meisje in gedachten.

De man dacht even na. Achter hem verschenen twee jongens die door het gesprek wakker geworden waren.

'Ik zal je niet aangeven,' verzekerde de boer haar, 'ik zweer het je! Ik zal je iets geven waarmee je verder kunt gaan, maar maak mijn leven niet kapot, oude vrouw.'

'Nu gaat hij u opnieuw die twee eieren aanbieden,' fluisterde Milagros. 'Kom, María. We kunnen die man niet vertrouwen, hij zal ons verraden.'

'Je leven is al kapot, ellendeling,' schreeuwde de oude vrouw zonder naar het meisje te luisteren.

Verder lopen was onmogelijk. Het was pikdonker. Ook hadden ze geen geld: het weinige dat ze bezaten, was in de zigeunerbuurt voor de soldaten achtergebleven, bedacht de kruidenvrouw spijtig, evenals het kostbare medaillon en de parelketting die Melchor hun had gegeven. Alle zigeuners van Spanje, had de boer gezegd. Ze was moe; haar lichaam zou het niet meer volhouden... Ze moest nadenken, haar gedachten ordenen, weten wat er was gebeurd en waar degenen die hadden weten te ontsnappen zich ophielden.

'Ga je weigeren de kleindochter van Melchor Vega te helpen?' barstte ze plotseling uit.

Milagros en de boer waren allebei even verbaasd. Waarom noemde María haar grootvader? Wat had die ermee te maken? Maar de kruidenvrouw wist wat ze deed: ze wist dat waar ze Melchor kenden – en daar kenden ze hem heel goed – ze hem zowel waardeerden als vreesden.

'Weet je wat er met je gebeurt als Melchor het hoort?' hield María aan. 'Je zult terugverlangen naar de ergste gevangenis.'

De man aarzelde.

'Laat ze binnen,' klonk een vrouwenstem.

'De zigeuner is vast en zeker opgepakt,' probeerde de man zich tegen zijn vrouw te verzetten.

'De Galeier opgepakt?' De vrouw lachte luidkeels. 'Je bent en blijft een idioot! Laat ze binnen, zeg ik!'

En als ze hem in een andere zigeunerbuurt hebben opgepakt? vroeg Milagros zich af. Al vier maanden had niemand meer iets van hem vernomen; geen enkel nieuws hadden ze gehoord, hoe zijzelf en haar moeder, en zelfs Caridad, het ook aan alle zigeuners die naar Triana kwamen gevraagd hadden. Nee, Melchor Vega kon niet opgepakt zijn.

'Maar morgenochtend zodra het licht wordt, vertrekken ze,' gaf de boer toe, Milagros uit haar gedachten halend, waarna hij uit het zicht verdween.

De twee vrouwen wachtten tot de man de planken weghaalde waarmee hij de deur van het huisje vergrendeld had. Terwijl ze luisterde naar de geluiden van het hout en de gemompelde verwensingen voelde Milagros zich bekeken: de twee jongens die achter hun vader waren verschenen, stonden nu in de raamopening en kleedden haar uit met hun ogen. Instinctief zocht het meisje, wetende dat de jongens haar in gedachten betastten, de aandacht van María.

'Wat staan jullie daar te kijken?' verweet de oude vrouw hun zodra ze merkte dat Milagros dichter bij haar kwam staan. Daarna pakte ze het meisje bij de arm en trok haar mee het huisje in, bukkend om door het gat te kunnen dat de boer geopend had.

María kende het huisje; Milagros trok een vies gezicht bij de penetrante geur die haar bij het binnenkomen tegemoetkwam en bij wat ze bij het licht van een bijna opgebrande kaars kon onderscheiden: drie of vier bezwete kinderen lagen op de grond te slapen, op stro, tussen de poten van een broodmager ezeltje dat met zijn nek en oren omlaag stond te rusten; waarschijnlijk was dat het enige bezit van die mensen. Jullie hoeven dat ezeltje niet te verstoppen, dacht Milagros. Zelfs de meest behoeftige zigeuner zou het niet meenemen. Daarna draaide ze haar hoofd naar een kapotte kruk en iets wat een tafel moest voorstellen, waarop in een verwrongen hoopje kaarsvet een kaars stond; beide meubels stonden naast de stromatras waarop de vrouw lag. Die kneep haar ogen samen in een poging om iets van Melchor in het zigeunermeisje te herkennen, waarna ze met een lusteloos gebaar van haar hand aangaf dat ze konden gaan liggen waar ze wilden.

Milagros aarzelde. María trok haar mee naar het ezeltje, dat ze met een klap op zijn achterste wegduwde, waarna ze tegen de muur, naast de kinderen, gingen zitten. Nadat hij de deur opnieuw had gebarricadeerd, ging de boer niet bij zijn vrouw liggen; ondanks de zomerhitte kroop hij naast een klein blond meisje dat in haar slaap begon te sputteren toen hij haar aanraakte. María klakte vol walging met haar tong.

'Weg hier,' barstte ze uit toen de jongens van het raam, vuil en in lompen, naast Milagros wilden gaan liggen.

Voordat ze hadden besloten waar ze dan gingen liggen, stak de vrouw van de boer haar hand uit en doofde de kaars door met haar vingertoppen de pit uit te knijpen; de plotselinge duisternis maakte dat Milagros de gemompelde protesten en het gestommel van de twee oudste zonen nog beter hoorde.

Korte tijd later klonken in het huisje alleen nog de rustige ademhalingen van de kinderen en het ezeltje, een sporadisch hoesten, het gesnurk van de boer en het zuchten van zijn vrouw, die zich voortdurend omdraaide om een makkelijke houding op de stromatras te vinden, dat alles te midden van de schaduwen die werden veroorzaakt door het maanlicht dat door de versleten lap voor het raam naar binnen drong. Vreemde geluiden en beelden voor Milagros. Wat deden ze daar, onder het armzalige dak van een stel burgers die hun met tegenzin een slaapplek gegeven hadden? Hun wet verbood het; grootvader zei altijd: een zigeuner mag niet bij burgers slapen. Zou María slapen? vroeg ze zich af. Alsof ze wist wat er door het hoofd van het meisje ging, zocht de oude vrouw haar hand. Milagros reageerde, greep de hand van de oude vrouw en drukte die stevig. Toen voelde ze nog iets anders in die dunne, verschrompelde botten: ook María, net als zij ondergedompeld in het onbekende, zocht troost. Angst? De oude vrouw kon onmogelijk bang zijn! Altijd... altijd was ze een dappere, vastberaden vrouw geweest, iedereen respecteerde haar! Maar de uitgemergelde hand die zich nu in haar handpalm drukte, bewees het tegendeel.

Ver weg waren nu de schoten, de opschudding in de zigeunerbuurt en de noodzaak om te vluchten; omringd door norse vreemden in een smerig krot, in het donker en met een hand in de hare geklemd die plotseling heel oud was geworden, drong het tot het meisje door wat hun werkelijke situatie was. Niemand zou hen helpen! De burgers hadden hen altijd al verafschuwd, en dat zou nu, nu ze met gevangenisstraf werden bedreigd, alleen maar erger worden. Ze zouden ook geen zigeuners vinden bij wie ze hun toevlucht konden zoeken; volgens die man waren ze allemaal opgepakt, en de weinige die hadden weten te ontsnappen zouden in dezelfde situatie verkeren. Er rolde langzaam en loom een traan over haar wang. Het voelde alsof het trage omlaagglijden ervan haar in eenzaamheid wilde dompelen. Ze dacht aan haar ouders en aan Cachita. Ze verlangde hevig naar de omhelzing van haar moeder, naar haar nabijheid, waar dan ook, zelfs in een gevangenis. Haar moeder had altijd geweten wat ze moest doen en zou haar getroost hebben... De oude María sliep al; haar hand lag slap in de hare, en haar hortende, snurkende ademhaling vertelde haar dat ze alleen was met haar wanhoop. Milagros gaf zich over aan haar tranen. Ze wilde niet meer denken. Ze verlangde niet...

Een klap tegen haar dij deed zelfs de stroom tranen stoppen. Milagros bleef doodstil liggen terwijl de mogelijkheid dat het een rat was geweest door haar hoofd ging. Ze reageerde pas toen ze voelde dat een paar vingers door haar kleren heen in haar kruis grepen. Een van de zonen! zei ze bij zichzelf terwijl ze haastig de hand van de oude María losliet en in het donker naar het hoofd van het ongedierte zocht. Ze vond hem op zijn knieën naast haar. De jongen betastte haar schaamstreek, kneep er hard in, en toen Milagros wilde schreeuwen, legde hij haar het zwijgen op door zijn andere hand over haar mond te leggen. Zijn gehijg stokte toen zij hele plukken uit zijn haar rukte. Door de pijn lukte het Milagros zich los te worstelen van de hand die haar mond bedekte, ze wierp zich op hem, zette haar tanden onder zijn oor en krabde hem in zijn gezicht. Ze hoorde een onderdrukte brul. Ze proefde de smaak van bloed precies op het moment dat hij haar rok en onderrok omhoogschoof. Zonder haar prooi los te laten draaide ze zich om haar as, toen ze met een pijnscheut voelde dat hij haar vagina bereikte. Nooit hadden ze haar daar aangeraakt... En ze begon als een razende te bijten, net zolang tot hij haar kruis met rust liet omdat hij allebei zijn handen nodig had om haar beten af te weren; Milagros benutte dat moment om hem weg te trappen.

Het kabaal dat de zoon van de boer bij zijn val maakte, leek niemand te interesseren. Milagros zweette en hijgde, maar vooral beefde ze, een onbeheersbaar beven was het. Ze hoorde de jongen weer in beweging komen en wist zeker dat hij haar opnieuw zou aanvallen: hij was als een blind, bronstig dier.

'Ik heb een mes!' gilde ze terwijl ze in de zakken van María's schort zocht naar het mes dat de oude vrouw gebruikte om de planten mee af te snijden. 'Ik maak je af als je bij me in de buurt komt!'

Door het geschreeuw en de opschudding schrok de oude vrouw wakker. Nog confuus stamelde ze wat klanken zonder betekenis. Milagros vond eindelijk het mes en hield het met trillende hand voor de rattenogen die ze opnieuw naast zich zag; het blad glinsterde in het maanlicht dat in het huisje doordrong.

'Ik maak je af,' siste ze woedend.

'Wat... wat gebeurt er?' wist de oude María eindelijk uit te brengen.

'Fernando,' de stem kwam uit het bed van de moeder, 'ze doet het, ze maakt je af, ze is een zigeunerin, een Vega, en als je de pech hebt dat zij het niet doet, dan zal haar grootvader het doen, maar eerst zal Melchor je ongetwijfeld castreren en je je ogen uitrukken. Laat dat kind dus met rust!'

Met het trillende mes voor haar gezicht zag Milagros hem als het beest dat hij was achteruitkruipen: op handen en voeten. Toen viel haar hand als een dood gewicht slap neer.

'Wat is er gebeurd, kind?' drong de oude vrouw aan, al wist ze intuïtief wat het antwoord was.

Nooit eerder had iemand haar daar aangeraakt, en ze had nooit gedacht dat de eerste een miserabele burger zou zijn. De dageraad trof hen wakker aan, zoals ze ook de rest van de nacht doorgebracht hadden. Naarmate het lichter werd, werden de armoede en de smerigheid in het huisje zichtbaarder, maar Milagros schonk er geen aandacht aan; het meisje voelde zich nog viezer dan dat krot. Had die smeerlap haar van haar maagdelijkheid beroofd? Als dat zo was, zou ze nooit meer met een zigeuner kunnen trouwen. Die mogelijkheid had haar al die uren niet losgelaten. Duizend-en-een keer haalde ze zich de vage beelden voor de geest en duizend-en-een keer verweet ze zichzelf dat ze niet meer had gedaan om het te verhinderen. Maar ze had getrapt, dat herinnerde ze zich; misschien was het op dat moment... het was ongetwijfeld toen geweest dat de jongen haar eer had kunnen aantasten. Na enige aarzeling nam ze María in vertrouwen.

'Hoe ver is hij gekomen?' ondervroeg de oude vrouw haar in het donker zonder haar bezorgdheid te verbergen.

María vertegenwoordigde de Vega's in het groepje van vier vrouwen die de maagdelijkheid van de bruiden moesten vaststellen. Milagros maakte een gebaar dat ze dat niet wist, maar de oude vrouw kon dat niet zien. Wat wist zij daarvan? Hoe ver had hij moeten komen? Ze herinnerde zich alleen de pijn en een verschrikkelijk vernederend en hulpeloos gevoel. Ze kon het onmogelijk beschrijven; het was alsof precies op dat moment, een seconde maar, alles en iedereen verdwenen was en zij met zichzelf werd geconfronteerd, met een bezoedeld lichaam dat haar beschaamde.

'Ik weet het niet,' antwoordde ze.

'Heeft hij in je gezeten? Hoe lang? Met hoeveel vingers is hij in je geweest?'

'Ik weet het niet!' schreeuwde ze. Milagros kromp ineen bij het licht dat het huisje binnendrong.

'Zodra het dag is,' fluisterde de kruidenvrouw, 'moet je controleren of er bloedvlekken op je onderrok zitten, al zijn het maar een paar druppels.'

En als dat zo is? vroeg het meisje zich bevend af.

Gabriel, zijn vrouw en zijn kinderen begonnen op te staan. Milagros hield haar hoofd gebogen en vermeed het de twee oudste jongens aan te kijken; wel keek ze naar een bruin, blondharig jongetje dat niet dichterbij durfde te komen maar met uitzonderlijk witte tanden tegen haar glimlachte. María trok weer een afkeurend gezicht toen het blonde meisje dat de boer in zijn slaap tegen zich aan drukte, een paar naakte beginnende borstjes liet zien toen ze zich voor de ogen van haar vader uitrekte. Josefa heette het kleintje; ze had haar een paar maanden geleden voor hardnekkige wormen behandeld. Het meisje kroop verlegen weg toen ze de kruidenvrouw in de gaten kreeg.

Op zijn hoofd krabbend liep de boer naar de planken die hij gebruikte om de deur af te sluiten; het ezeltje liep zonder halster achter hem aan. María wees met haar kin naar de deur.

'Ga nu,' zei ze tegen Milagros, die opstond en naast het dier bleef wachten.

'Waar denk je dat je heen gaat?' gromde de boer.

'Ik moet even naar buiten,' antwoordde het meisje.

'Met die kleurige kleren? Ze zouden je op een mijl afstand herkennen. Vergeet het maar.'

Milagros zocht steun bij de oude vrouw.

'Ze moet even naar buiten,' bevestigde deze, terwijl ze naast het meisje kwam staan.

'Geen sprake van.'

'Sla deze maar om.'

Gabriel en de zigeunerinnen draaiden zich om naar de vrouw van de boer. Die stond ongekamd, gekleed in een eenvoudig hemd waaronder zich een stel forse heupen en een paar immense hangende borsten aftekenden, naast de matras en gooide Milagros een doek toe die het meisje opving en om haar schouders legde.

De boer vloekte zachtjes en liet hen erdoor zodra hij de laatste plank verwijderd had. Het ezeltje ging als eerste naar buiten. Daarna Milagros, maar toen de oude vrouw haar wilde volgen, probeerden de twee oudste jongens voor haar naar buiten te glippen.

'Waar denken jullie dat je heen gaat?' wilde María weten.

'Wij moeten ook naar buiten,' antwoordde een van hen.

De oude vrouw zag de wond onder zijn oor en stelde zich, zo klein als ze was, in de deuropening op, met haar benen wijd en een priemende blik in haar zigeunerogen.

'Niemand gaat hier naar buiten, begrepen?' Daarna draaide ze zich om naar Milagros en gebaarde haar een stuk het veld in te lopen.

Het duurde lang voor de jonge zigeunerin had vastgesteld of ze haar eer verloren had. Lang genoeg voor de oude María, die zag hoe wellustig de nachtelijke aanvaller keek, om de volle omvang van de situatie waarin ze zich bevonden te beseffen: ze hadden de nacht overleefd, ze zouden dat moment overleven als de jongen, die onrustig van de ene voet op de andere stond te wiebelen, haar niet opzij duwde en naar Milagros rende om opnieuw te proberen haar te verkrachten.

Niemand zou het hem kunnen verhinderen.

Plotseling voelde ze zich kwetsbaar, vreselijk kwetsbaar; het was daar niet zoals bij hun mensen, ze respecteerden haar niet. Een vader die met zijn dochtertje sliep? Hij zou niets doen om het te verhinderen, misschien zou hij er zelfs genoegen in scheppen om mee te doen. Ze keek naar de vrouw: die brak verstrooid, afwezig, stukjes van een homp oud brood af. Als ze hen vermoordden, zou Melchor er nooit achter komen... Als ze die ochtend overleefden, wat zou er dan de volgende dag gebeuren en de volgende? Hoe moest ze Milagros beschermen? Het meisje was mooi en aantrekkelijk, iedere beweging die ze maakte, straalde sensualiteit uit. Voordat ze een paar mijl gelopen hadden, zou een of andere man zich op het kind storten, en zij zou niets anders kunnen doen dan schreeuwen en schelden. Dat was de harde realiteit.

Een geluid achter haar deed haar omkijken. De glimlach van Milagros bevestigde dat ze nog maagd was, of dat in ieder geval geloofde. Ze liet haar niet dichterbij komen.

'We gaan,' gebood ze. 'De doek is voor de eieren die jullie me schuldig zijn,' voegde ze eraan toe richting de boerin, die haar schouders ophaalde en doorging met brood eten.

'Wacht,' riep Milagros toen de oude vrouw al naar haar toekwam. 'Hebt u dat blonde jongetje met die donkere huid gezien?' María knikte en sloot haar ogen. 'Hij lijkt slim. Roep hem eens. Hij kan iets voor ons doen.'

Broeder Joaquín keek toe hoe Caridad en Milagros elkaar innig omhelsden.

'Godzijdank is alles goed met je,' riep de geestelijke uit toen hij de afgelegen Patrocinio-kapel, midden in de vlakte buiten Triana, bereikte, voordat Milagros en Caridad op elkaar af renden.

'Laat God er maar buiten!' riep María meteen, wat de blijdschap van het gezicht van de broeder deed verdwijnen en maakte dat hij zich naar haar omdraaide. 'De laatste keer dat uwe eerwaarde over God sprak, zei u dat Hij naar mijn huis zou komen en in plaats daarvan kwamen de soldaten van de koning. Wat is dat voor een God, die toestaat dat vrouwen, oude mensen en onschuldige kinderen worden opgepakt?'

Broeder Joaquín stamelde wat voordat hij zijn armen spreidde ten teken dat hij het ook niet wist. Daarna zeiden broeder en oude vrouw, van elkaar verwijderd, niets meer, terwijl Milagros Caridad met vragen bestookte; de negerin was echter nauwelijks in staat om antwoord te geven.

Het bruine jongetje van het boerengezin in Camas liet zijn wakkere blik van de een naar de ander gaan, onrustig door het onverwachte antwoord van de kruidenvrouw en vanwege de zilveren armband die Milagros hem had beloofd als hij broeder Joaquín, van het San Jacinto – het meisje had het verschillende keren herhaald – naar de Patrocinio-kapel bracht. De oude María hield niet van geestelijken, ze wantrouwde ze allemaal, de seculiere en de reguliere, de priesters en de broeders, maar ze schikte zich naar de wensen van Milagros.

'En mijn moeder? En mijn vader?'

'Opgepakt,' antwoordde Caridad. 'Ze hebben ze allemaal meegenomen, vastgebonden aan een touw en bewaakt door de soldaten. De mannen aan de ene kant, de vrouwen en kinderen aan de andere. Je moeder heeft me naar je gevraagd...'

Milagros smoorde een zucht toen ze zich voorstelde hoe de trotse Ana Vega als misdadigster behandeld werd.

'Waar zijn ze?' wilde ze weten. 'Wat zijn ze met hen van plan?'

Het ronde gezicht van Caridad draaide zich hulpzoekend naar de broeder.

'Vertel haar maar wat die God van u voor hen in petto heeft,' gromde de kruidenvrouw.

'God heeft hier niets mee te maken, vrouw,' verdedigde broeder Joaquín zich deze keer.

Hij zei het echter heel zacht, zonder de zigeunerin aan te kijken. Hij wist dat het niet waar was; er werd verteld dat de biechtvader van koning Fernando VI de razzia van de zigeuners had goedgekeurd om het geweten van de monarch te sussen: 'Een groot geschenk geeft de koning aan God Onze Heer,' had de jezuïet gezegd, 'als hij deze mensen weet uit te roeien.'

Maar daarna stokten de woorden in de keel van de broeder, toen hij zag dat Milagros en Caridad hem afwachtend aankeken, de een bang het te weten, de ander bang het te horen.

'Wat gaat er met onze mensen gebeuren?' drong de oude María aan, ervan overtuigd dat hij háár wel antwoord zou geven.

En zo was het ook, en hij vertelde het bijna in één adem.

'De mannen en jongens boven de zeven worden als dwangarbeiders in de arsenalen tewerkgesteld, die van Sevilla in La Carraca in Cádiz;

de vrouwen en andere kinderen worden opgesloten in openbare instellingen. Ze zijn van plan ze naar Málaga te sturen.'

'Voor hoe lang?' vroeg Milagros.

'Levenslang,' stamelde de broeder, ervan overtuigd dat Milagros bij die onthulling opnieuw in huilen uit zou barsten. Niet alleen deed het hem pijn haar te zien huilen, hij voelde ook de onbedwingbare behoefte met haar mee te lijden.

Maar tot zijn verbazing beet het meisje op haar lip, maakte zich los van Caridad en ging voor hem staan.

'Waar zijn ze nu? Hebben ze ze al meegenomen?'

'De mannen zitten in de koninklijke gevangenis; de vrouwen en kinderen in Triana, op een omheind stuk grond van een herder, onder een eenvoudig afdak.' Er viel een stilte tussen hen. De honingkleurige ogen van het meisje keken kwaad, strak, doordringend, alsof ze de broeder haar ellende verweten. 'Waar denk je aan, Milagros?' wilde hij weten terwijl hij belaagd werd door schuldgevoelens. 'Ontsnappen is onmogelijk. Ze worden bewaakt door het leger. Ze hebben niet de minste kans.'

'En grootvader? Is er iets bekend van mijn grootvader?'

Die grootvader weet wel wat hij doet, dacht hij. Die weet altijd...

'Nee. Ik heb niets over Melchor gehoord. Geen van de tabakssmokkelaars heeft hem gezien.'

Milagros boog haar hoofd. Het jongetje uit Camas kwam naar haar toe, ongerust over de wending die de situatie nam en de armband die hem beloofd was. Broeder Joaquín wilde hem opzij duwen, maar het meisje verhinderde dat.

'Hier,' fluisterde ze nadat ze het sieraad had afgedaan.

De jongen had zijn taak volbracht. Hoe belangrijk kon een armband nu nog zijn? besloot ze toen de knul er zonder zelfs gedag te zeggen met zijn schat vandoor ging.

De drie vrouwen en de broeder keken toe hoe hij wegrende, ieder voor zich verloren in de wirwar van zorgen, haat, angst en zelfs verlangens die hen belaagden.

'Wat doen we nu?' vroeg Milagros op het moment dat het jongetje tussen de fruitbomen verdween.

Caridad gaf geen antwoord; de oude María ook niet; beide vrouwen bleven in de verte staren, naar waar het jongetje nog steeds aan het rennen moest zijn. Broeder Joaquín... broeder Joaquín drukte de nagels van zijn ene hand in de rug van de andere en slikte voordat hij sprak.

'Kom met mij mee,' stelde hij voor.

Hij had erover nagedacht. Hij had het besloten zodra de jongen uit Camas met de boodschap van het meisje naar hem toe gekomen was. Onderweg naar de Patrocinio-kapel had hij alles overdacht, en hij was sneller gaan lopen en had naar de wereld geglimlacht terwijl hij zichzelf ervan overtuigde dat het mogelijk was; maar nu het zover was, strandden zijn argumenten en verlangens op de schok van verbazing in de schouders van Milagros, die zich niet eens omdraaide, en op het geschreeuw van de oude vrouw, die zich als een bezetene op hem stortte.

'Doortrapte hond!' Ze ging op haar tenen staan en woest met haar armen maaiend spuugde ze hem in zijn gezicht.

De jonge broeder hoorde haar niet, zag haar niet; zijn aandacht was gericht op de rug van Milagros, die zich eindelijk omdraaide, haar gezicht een en al verwarring.

'Ja,' drong de geestelijke aan terwijl hij een stap naar voren deed en de kruidenvrouw opzij duwde, die ophield met schreeuwen. 'Kom met mij mee. We vluchten samen... De oceaan over als het nodig is! Ik zal voor je zorgen nu...'

'Nu wat?' bemoeide María achter hem zich ermee. 'Nu ze haar ouders hebben opgepakt? Nu er geen zigeuners meer zijn?'

De oude vrouw bleef verwensingen schreeuwen, terwijl Milagros de broeder strak aankeek en geschokt haar hoofd schudde. Ze wist dat hij op haar viel, ze had altijd gemerkt dat hij door haar aangetrokken werd, maar hij was een broeder. En een burger. Ze liep naar Caridad, die het tafereel met open mond gadesloeg, om steun bij haar te zoeken.

'Mijn grootvader zou u doden,' zei Milagros ten slotte.

'Hij zou ons niet vinden,' liet de broeder zich ontvallen.

Meteen begreep hij zijn fout. Milagros richtte zich op, haar kin ferm omhoog. De oude María hield op met tekeergaan. Zelfs Caridad, die alle aandacht bij haar vriendin had, draaide haar gezicht naar hem toe.

'Het is onmogelijk,' besloot het meisje toen.

Broeder Joaquín slaakte een diepe zucht.

'Vlucht dan,' zei hij terwijl hij probeerde een kalmte en een zelfverzekerdheid voor te wenden die hij niet voelde. 'Jullie kunnen hier niet blijven. De soldaten en de rechters van alle koninkrijken zijn op zoek naar de zigeuners die niet opgepakt zijn. Degenen die zich niet vrijwillig overgeven, worden zonder vorm van proces geëxecuteerd op de plek waar ze aangetroffen worden.'

Twee zigeunerinnen, dacht de oude María toen, een van hen een prachtige, begeerlijke jonge vrouw, de ander een oude vrouw die zich niet kon herinneren wanneer ze voor het laatst gerend had zoals dat jongetje uit Camas had gedaan, als ze dat al ooit gedaan had. En dan nog samen met een negerin, die zo zwart was dat ze van mijlen ver de aandacht zou trekken. Vluchten? Ze glimlachte droevig.

'Eerst wilt u er met het kind vandoor gaan en nu wilt u ons dood,' zei ze cynisch.

Broeder Joaquín keek naar zijn handen en tuitte zijn lippen bij het zien van de vier langwerpige sneetjes op de rug van de rechterhand.

'Lever je het meisje dan liever aan de soldaten uit?' vroeg hij terwijl zijn blik naar Milagros ging, die nog steeds in dezelfde houding stond, uitdagend, alsof ze met haar gedachten stil was blijven staan bij de mogelijkheid dat ze haar grootvader niet meer terug zou zien.

Er volgde een stilte.

'Waar zouden we heen moeten vluchten?' vroeg de oude vrouw ten slotte.

'Naar Portugal,' antwoordde hij zonder aarzelen.

'Daar houden ze ook niet van zigeuners.'

'Maar ze pakken ze niet op,' voerde de broeder aan.

'Ze verbannen ze alleen maar naar Brazilië. Noemt u dat geen oppakken?' De oude María kreeg spijt van haar woorden toen ze bedacht dat ze ook niet veel alternatieven hadden. 'Wat zeg jij, Milagros?'

Het meisje haalde haar schouders op.

'We zouden naar Barrancos kunnen gaan,' stelde de kruidenvrouw voor. 'Als er één plek is waar we Melchor zouden kunnen vinden of waar ze ons nieuws over hem kunnen geven, is het daar.'

Milagros reageerde: honderden keren had ze uit de mond van haar grootvader de naam van dat smokkelaarsnest aan de andere kant van de grens met Portugal gehoord. Caridad keerde zich met glinsterende ogen naar de oude kruidenvrouw; Melchor vinden!

'Barrancos,' bevestigde Milagros intussen.

'En jij, zwartje?' vroeg María. 'Jij bent geen zigeunerin, niemand achtervolgt je, zou je met ons meegaan?'

Caridad aarzelde geen moment.

'Ja,' zei ze onomwonden. Hoe kon ze niet meegaan om Melchor te zoeken? En ook nog samen met Milagros.

'Dan gaan we naar Barrancos,' besloot de oude vrouw.

Als om elkaar te bemoedigen, glimlachte María, knikte Milagros met haar hoofd en toonde Caridad zich euforisch. Ze keek naar Milagros, naast haar, en sloeg een arm om de schouders van haar vriendin.

'Ik zal voor jullie bidden,' zei broeder Joaquín.

'Doe dat als u dat wilt,' antwoordde Milagros, waarmee ze het te verwachten gesnuif van de oude María voor wilde zijn. 'Maar als u me echt wilt helpen, hou dan het lot van mijn ouders in de gaten: waar ze heen worden gebracht en wat er met hen gebeurt. En als u mijn grootvader ziet of iets van hem hoort, zeg hem dan dat we in Barrancos op hem wachten. Wij zullen proberen het hem ook via de smokkelaars te laten weten; ze kennen Melchor Vega allemaal.'

'Ja,' fluisterde de geestelijke toen, terwijl hij quasi-aandachtig de wonden op de rug van zijn hand bestudeerde. 'Ze kennen Melchor allemaal,' voegde hij eraan toe met een stem die trilde van droefheid en ergernis tegelijk.

Milagros maakte zich los van Caridad en liep naar de broeder toe; het speet haar dat ze zijn gevoelens gekwetst had.

'Broeder Joaquín... Ik...'

'Zeg maar niets,' smeekte hij. 'Het is niet belangrijk.'

'Het spijt me. Het had nooit iets kunnen worden,' zei ze echter toch.

# 13

Ze waren inmiddels vier dagen onderweg en moesten zuinig doen met de voorraad water en gezouten varkensvlees die broeder Joaquín hun bij hun vertrek had meegegeven; zelfs de oude María begon te denken dat de geestelijke met zijn goden en duivels misschien nog gelijk kreeg toen ze, nadat ze hadden besloten naar Portugal te vluchten, samen met broeder Joaquín hun route uitstippelden. Hoewel terneergeslagen, was hij vastbesloten hen te helpen, alsof hij daarmee boete deed voor de fout die hij begaan had.

'Er zijn twee hoofdroutes die jullie moeten vermijden,' raadde hij aan, 'die van Ayamonte, naar het zuiden, en die van Mérida, naar het noorden. Dat zijn de drukste. Er is een derde route, die zich in de buurt van Trigueros afsplitst van die van Ayamonte en richting Lissabon gaat, via Paymogo, vlak bij de grens. Die moeten jullie nemen, de route door het gebied van de Andévalo, steeds maar richting het westen; trek om de bergen heen in de richting van Valverde del Camino en daarna opnieuw naar het westen. Daar hebben jullie minder kans op vervelende ontmoetingen met gerechtsdienaren of soldaten.'

'Waarom?' vroeg Milagros nieuwsgierig.

'Dat zullen jullie wel zien. Ze zeggen dat toen God de aarde schiep, hij na de grote inspanning die hij moest leveren voor de schitterende kusten van de Betische zee, moe was en besloot te rusten, maar om het scheppingswerk niet te onderbreken, liet hij de duivel verder gaan. Daaruit ontstond het gebied van de Andévalo.'

En ze zagen het.

'Nou, die God van je broeder koos een goed moment uit om moe te worden, kind!' klaagde de oude María voor de zoveelste keer, terwijl ze zich net als de andere twee in de augustuszon met haar blote voeten over de droge, dorre paadjes sleepte.

Ze meden de wegen en de dorpen en liepen door zonder beschutting te zoeken in de schaduw van bomen, aangezien daar waar bosjes steen- of kurkeiken stonden, kuddes schapen of geiten samendromden, of kuddes varkens, die gehoed werden door herders die ze niet wilden ontmoeten.

'Wij moesten weer zo nodig een luie God treffen!' mompelde de oude vrouw.

Maar met uitzondering van die weiden, waren de meeste velden die niet in de buurt van een dorp lagen, verlaten: grote lege uitgestrekte gebieden. Na Sevilla waren de keren dat ze in de loop van die dagen een boer hadden gezien, op één hand te tellen. Van veraf stonden die boeren allemaal in dezelfde houding: ze leunden onveranderlijk op hun spade, met hun hand als een zonneklep boven hun ogen, alsof ze zich afvroegen wie die reizigers waren die vermeden dichterbij te komen.

Ze reisden bij het krieken van de dag en het vallen van de avond, wanneer de brandende hitte leek af te nemen. Ze liepen vier of vijf uur achter elkaar, waarmee ze niet in de buurt kwamen van de twaalf tot vijftien mijl die ze zich hadden voorgenomen, maar dat wisten ze niet. Lopend door die onvruchtbare velden, alleen en zonder oriëntatiepunten, bekroop hun een gevoel van moedeloosheid: ze wisten niet waar ze waren noch hoe ver het nog was; ze wisten alleen – dat had broeder Joaquín hun verteld – dat ze door het gebied van de Andévalo naar het westen moesten lopen tot ze bij de rivier de Guadiana kwamen, die voor een groot deel de grens met Portugal afbakende.

Ze liepen achter elkaar, Milagros voorop.

'Let jij op María,' had ze Caridad opgedragen, terwijl ze met haar duim naar achter wees, toen deze op een gegeven moment naast haar wilde komen lopen.

Milagros kreeg de kans niet om de toon waarop ze het had gezegd te betreuren of om de openlijke teleurstelling van haar vriendin te zien. Haar gedachten voerden haar naar haar ouders, van elkaar gescheiden, van haar gescheiden... Ze durfde zich zelfs niet voor te stellen waar ze waren en wat ze deden. En ze huilde. Ze zag de wegen door een waas van tranen en wilde niet dat iemand haar in haar verdriet zou storen. Dwangarbeid voor de mannen, had broeder Joaquín gezegd. Ze wist niet wat er in het arsenaal van La Carraca in Cádiz gemaakt werd. Waartoe zouden ze haar vader dwingen? Ze herinnerde zich de laatste keer dat hij haar vergeven had, zoals zoveel keren in de loop van haar leven! 'Pas als het je lukt alle zigeuners van deze wijk te betoveren,' had hij geëist. En zij had gedanst om zijn goedkeuring te krijgen, had haar lichaam bewogen op het ritme van de vaderlijke trots die in zijn ogen fonkelde. En haar moeder? Alleen al bij de herinnering aan haar schroefde haar keel zich dicht en leken haar benen niet meer verder te willen lopen, alsof ze haar door haar vlucht verraadde. Duizend keer dacht ze erover om terug te gaan, zich over te geven, haar te zoeken en zich in haar armen te storten... maar ze durfde niet.

Wanneer de zon brandde of de nacht viel, zochten ze een veilige plek. Ze aten gezouten varkensvlees, dronken een paar slokjes warm water en rookten de sigaren die Caridad nog in haar bundeltje had. Daarna zat het meisje, uitgeput door de hitte, in stilte te snikken; de twee anderen respecteerden haar verdriet en lieten haar met rust.

'Het lijkt erop dat broeder Joaquín gelijk had: dit land kan alleen maar het werk van de duivel zijn,' zei ze vol afschuw aan het eind van die dag terwijl ze naar een eenzame vijgenboom wees die zich tegen de ondergaande zon aftekende.

Achter haar gromde de oude vrouw.

'Kind, de duivel heeft ons misleid: hij had bezit genomen van het lichaam van die broeder die ons zover heeft weten te krijgen dat we op weg gingen. Moge die vervloekte priester rotten in die hel van hem!'

Het meisje gaf geen antwoord; ze was sneller gaan lopen. Caridad, achter haar, aarzelde en draaide zich om naar de kruidenvrouw: kromgebogen kwam ze aangehinkt, zachtjes vloekend bij iedere stap. Caridad wachtte op haar.

Het duurde een tijdje voor de oude María, uitgeput door de inspanning, haar ingehaald had. Ze hield haar hoofd schuin, overdreven kreunend, en keek omhoog naar de versleten strohoed waarmee Caridad haar hoofd bedekte.

'Zwartje, met die bos haar die je op je hoofd hebt, weet ik niet waarom je een hoed draagt.'

Caridad nam de hoed af en hield die met haar bundeltje voor haar grijze, grof linnen hemd.

'Wat ben je toch zwart!' riep de kruidenvrouw uit. 'Ben jij ook door de duivel gestuurd?'

'Nee,' haastte ze zich met een angstig gezicht te ontkennen.

De oude vrouw veroorloofde zich een trieste grijns bij het zien van een dergelijke naïviteit.

'Natuurlijk niet,' probeerde ze haar gerust te stellen. 'Help me eens.'

María wilde haar een arm geven, maar Caridad zette haar hoed weer op en voordat de andere vrouw kon protesteren, tilde ze haar vliegensvlug op en zo, met María in haar armen alsof ze een klein meisje was, liep ze achter Milagros aan, die inmiddels al een heel eind verder was.

'Zou de duivel u soms dragen?' vroeg Caridad met een glimlach.

De oude María knikte tevreden.

'Het is weliswaar geen draagstoel in de stijl van de adellijke Sevilliaanse dames,' merkte de oude vrouw op toen ze eenmaal van Caridads onverwachte actie was bekomen; ze had haar arm om haar nek geslagen en een comfortabele houding gezocht, 'maar het is goed genoeg. Dank je wel, zwartje, en zoals die broeder die ons heeft misleid zou zeggen: God zal je lonen.'

De zigeunerin bleef aan één stuk door praten en jammeren over de toestand van haar voeten, haar ouderdom, de broeder en de duivel, de burgers en dat ruige, onontgonnen land totdat Caridad op enige afstand van een vijgenboom plotseling stilstond. María voelde de spanning in haar armen.

'Wat...?'

Ze zweeg toen ze naar de boom keek: tegen het roodachtige licht dat al over de velden streek, tekende de gedaante van Milagros zich af, en tegenover haar een andere gedaante, langer dan zij, zonder twijfel van een man, die haar vastpakte en haar heen en weer schudde.

'Zet me neer, zwartje, voorzichtig,' fluisterde ze terwijl ze in de zak van haar schort naar het snoeimes zocht. 'Heb je ooit gevochten?' vervolgde ze toen ze weer op de grond stond, het mes in haar hand.

'Nee,' antwoordde Caridad. Had ze ooit gevochten? Voor haar geest doemden de keren op dat ze haar dagelijkse portie tabak of de maïspap met stokvis had moeten verdedigen tegenover de andere slaven: simpele ruzies tussen ongelukkige hongerlijders. 'Nee,' herhaalde ze, 'nog nooit.'

'Dan wordt het nu tijd,' zei de andere vrouw resoluut terwijl ze haar het mes overhandigde. 'Ik heb niet de kracht en ook niet de leeftijd voor dit soort dingen. Steek het in zijn oog als dat nodig is, maar laat hem met zijn vingers van het kind afblijven.'

Plotseling stond Caridad met het wapen in haar hand.

'Schiet op, vervloekte negerin!' schreeuwde de oude vrouw terwijl ze woest in de richting van de man gebaarde, die het meisje inmiddels tegen zich aan getrokken had.

Caridad aarzelde. Het in zijn oog steken? Nog nooit... maar Milagros had haar nodig! Ze wilde net een stap zetten toen het meisje door María's geschreeuw hun aanwezigheid opmerkte. Ze maakte zich los van de man, hief haar arm op en zwaaide naar hen.

'Wacht!' riep de kruidenvrouw bij het zien van de rust die uit het gebaar van het meisje sprak. 'Misschien is vandaag niet de dag dat je... dat je moet laten zien hoe moedig je bent,' zei ze met nadruk op de laatste woorden.

Het was een zigeuner en hij heette Domingo Peña, een rondtrekkende smid uit El Puerto de Santa María, een van de plaatsen waar de meeste zigeuners waren opgepakt, en hij was al een paar weken in de Andévalo, waar hij rijdieren besloeg en landbouwgereedschap repareerde.

'Met uitzondering van de grote plaatsen, en dat zijn er maar weinig,' legde de zigeuner uit toen ze met zijn allen onder de grote bladeren van de vijgenboom zaten, 'zijn de smeden in alle andere plaatsen inmiddels verdwenen, hoewel ze onmisbaar zijn voor het werk op het land,' voegde hij eraan toe terwijl hij naar zijn gereedschap wees: een klein aambeeld, een oude schaapsleren blaasbalg, een tang, een paar hamers en enkele oude hoefijzers.

De kruidenvrouw bekeek hem nog steeds met enige argwaan.

'Wat deed die man met je?' had ze Milagros fluisterend verweten zodra ze bij haar was.

'Hij omhelsde me!' verdedigde het meisje zich. 'Hij is al een tijd in de Andévalo en wist niets van de razzia op ons volk. Hij huilde om het lot van zijn vrouw en kinderen.'

'Dan laat je je nog niet omhelzen. Dat is nergens voor nodig. Laat ze maar op een andere schouder huilen.'

Milagros incasseerde het standje met gebogen hoofd en knikte.

Onder de vijgenboom vroeg Domingo hun meer te vertellen over de aanhouding van de zigeuners. Hoewel ze Caló spraken, de taal van de zigeuners waarvan Caridad in de zigeunerbuurt wat woorden had opgepikt, werd haar aandacht vooral getrokken door de gebaren van wanhoop en de angst op het gezicht van de man, die even mager als pezig was, met sterke smidsarmen, waarin de lange aderen opzwollen door de spanning van het moment. Domingo had drie jongens van boven de zeven achtergelaten, de leeftijd waarop ze zoals de vrouwen hem net hadden verteld, van hun moeder gescheiden zouden worden en dwangarbeid zouden moeten verrichten. 'Juan,' zei hij met een dun stemmetje, terwijl María en Milagros ineengedoken naar hem luisterden, 'de jongste, een buitengewoon levendig jochie. Hij hield ervan om resten ijzer op het aambeeld te beslaan en soms neuriede hij zelfs iets wat een martinete leek op het ritme van het gereedschap. Francisco van tien, stil maar intelligent, voorzichtig, altijd alert; en de oudste, Ambrosio, maar een jaar ouder dan zijn broer.' Zijn stem brak. De jongen was als kind van een rots gevallen, waardoor zijn benen nu misvormd waren. Zouden ze Ambrosio ook van zijn moeder hebben gescheiden om hem in de arsenalen dwangarbeid te laten verrichten? Noch de oude vrouw noch het meisje durfde hem te antwoorden, maar Domingo drong ontredderd aan en herhaalde zijn vraag: 'Zouden ze daartoe in staat zijn geweest?' En toen het opnieuw de stilte was die hem antwoordde, sloeg hij zijn handen voor zijn gezicht en barstte in huilen uit. Hij huilde in aanwezigheid van de vrouwen zonder zich voor zijn zwakte te schamen. En hij brulde naar de hemel die inmiddels vol sterren stond, met smartelijke kreten die de warme lucht om hen heen verscheurden.

'Ik ga me overgeven,' deelde Domingo de volgende ochtend vroeg mee. Hij zag zichzelf niet de dorpen afgaan om in ruil voor een armzalig geldstuk zijn smidswerk te blijven doen, wetende hoe zijn kinderen op datzelfde moment leden. Hij zou ze gaan zoeken en zich overgeven.

Door de toon van zijn stem en zijn houding begreep Caridad het gewicht van de woorden van de zigeuner.

'Ik twijfel of ik het zal doen,' gaf Milagros toe.

De oude María was niet verbaasd over die bekentenis: ze had er een voorgevoel van. Vier dagen onophoudelijk huilen om de aanhouding van haar ouders was te veel voor het meisje. Ze had haar 's nachts gehoord, wanneer ze dacht dat de andere twee sliepen; ze had haar onderdrukt horen snikken in de lange uren van de dag waarin ze voor de hitte schuilden, en toen ze achter haar liep, had ze gezien hoe haar schouders schokten en haar lichaam huiverde. En het was niet de wanhoop of de ondraaglijke pijn die door de dood van een geliefd persoon wordt veroorzaakt, zei de oude vrouw bij zichzelf; het leed van de scheiding kon worden geheeld: door zich over te geven.

'Ik denk de hele tijd...' ging Milagros verder, toen de smid haar in de rede viel.

'Doe het niet, kind,' raadde de zigeuner het haar af. 'Ik zou niet willen dat mijn zonen zich overgaven. Ik weet zeker dat je ouders dat ook niet willen. Behoud je vrijheid en leef; dat is het beste wat je voor ze kunt doen.'

'Leven?' Milagros wees met een open hand naar de dorre velden die binnen korte tijd opnieuw hun voeten zouden verschroeien.

'Verlaat de Andévalo en ga naar de kust, naar het laagland...'

'Ze zullen ons oppakken!' wierp het meisje tegen.

'Wat zouden we daar kunnen doen?' vroeg de oude vrouw met belangstelling.

'Daar zullen jullie zigeuners vinden. De koning heeft dan misschien de zigeuners die in de dorpen en steden woonden laten oppakken, maar er zijn er veel meer, degenen die rondtrekken; die hebben ze vast niet gevonden. En er zijn er ook veel die zich in dorpen hadden gevestigd waar zigeuners niet mochten wonen, die hebben die plaatsen waarschijnlijk allemaal verlaten. Ze zijn in het laagland, dat weet ik. Dat is een rijker gebied dan de Andévalo.'

'We zijn op weg naar Barrancos.'

De zigeuner trok zijn wenkbrauwen op naar Milagros.

'Waarom?'

'We vertrouwen erop dat we mijn grootvader daar zullen vinden.'

María luisterde maar half. Er waren zigeuners in het laagland en Domingo wist waar. Dat was wat ze al die dagen dat ze hadden gelopen, gewenst had: hun mensen tegenkomen. Ondanks de beslissing die ze in Triana hadden genomen, was de oude vrouw huiverig om naar Barrancos te gaan. Ze had er vier lange dagen over na kunnen denken: Melchor verscheen misschien niet of pas na een hele tijd, waardoor ze net zo alleen tegenover de gevaren die hen belaagden zouden staan als nu.

'Jullie vertrouwen erop? Jullie weten het niet zeker?' zei de man verbaasd. Daarna bekeek hij Milagros van boven naar beneden, schudde zijn hoofd en draaide zich om naar de oude vrouw. 'Het is een smokkelaarsdorp. Barrancos... ligt tussen ravijnen, helemaal geïsoleerd. Beseffen jullie waar je je in begeeft?' Hij liet zijn vraag vergezeld gaan van een expressief gebaar in de richting van Milagros en Caridad, die zich wat afzijdig hield. 'Een mooi, begeerlijk zigeunermeisje... een maagd, en een weelderige negerin. Jullie overleven daar geen twee dagen, wat zeg ik, niet eens een paar uur.'

Even luisterden de vier naar wat het kraken van de droge aarde om hen heen leek.

'Hij heeft gelijk,' zei de oude vrouw na een tijdje.

'Wat bedoelt u?' barstte Milagros uit, die voorzag wat María van plan was. 'Grootvader...'

'Je grootvader is zigeuner,' onderbrak de oude vrouw haar. 'Melchor zal de zijnen zoeken. Als we het bericht verspreiden onder onze mensen, zullen we hem op een dag vinden of hij ons, maar we moeten niet naar dat dorp gaan, kind.'

Dat hij moet ophouden zich als een bange vrouw te verstoppen. Maanden voor de grote razzia, nadat Melchor zich voor de open kapel van de Heilige Maagd van de Gunstige Wind in Triana met het zingen van de klaagzang van de galeien had gemarteld, kwelden die honende woorden zijn voetstappen. Met de zwijgende veroordeling van oom Basilio vanwege de dood van zijn kleinzoon Dionisio en bovenal met het minachtende gezicht van zijn dochter Ana in zijn geweten gebrand, ging de zigeuner op weg naar de grens met Portugal; daar zou hij de Dikke tegen het lijf lopen wanneer de smokkelaar er totaal niet op bedacht was en dan... Melchor spuugde. Dan zouden ze zien wie er een bange vrouw was! Hij zou hem afmaken als de hond die hij was en zijn keel doorsnijden... zijn ballen afsnijden of misschien een hand, iets wat hij oom Basilio publiekelijk als genoegdoening kon aanbieden.

Onderweg vermeed hij herbergen en dorpen, op één na, waar hij zich net lang genoeg ophield om wat eten en tabak te kopen, het lot vervloekend dat hij ervoor moest betalen, in een kleine winkel die door de koning gedwongen werd de tabak voor een tiende van de prijs te verkopen, zoals in al die plaatsen gebeurde waar het niet lonend was om een koninklijke tabakswinkel te vestigen. Hij sliep drie nachten in de openlucht tot hij bij de hoofdstad van het gebied kwam, Aracena, die door de hellingen van de Sierra Morena omsloten werd. Melchor kende de plaats: hij was er vaak geweest. Op twaalf mijl daarvandaan bevond zich Jabugo, de plek waar de smokkeltabak geladen werd, en op eenentwintig mijl de grens met Portugal, met de plaatsen Barrancos en Serpa, centra van illegale handel. Aracena, dat tot de heerlijkheid van de graaf van Altamira behoorde, telde zesduizend inwoners, verdeeld over een twintigtal straten aan de voet van de ruïne van een imposant kasteel dat de stad domineerde; vier pleinen, de Asunción-kerk, ondanks de inspanningen van het dorp nog steeds onvoltooid, een paar kapellen en vier kloosters, twee van broeders en twee van nonnen.

De zigeuner voelde de kou van de bergen; de temperatuur was daar in de lente niet dezelfde als in Triana en hij had zijn blauwe vest niet meer; dat had hij tijdens de rampzalige begrafenis van de jonge Dionisio bij de bezittingen van de jongen op de brandstapel gegooid. Elke zaterdag was er markt, waar de Extremaduraanse boeren naartoe kwamen om hun graan te verkopen op een plek waar nauwelijks graangewassen verbouwd werden. Hij zou een jasje of een vest vinden, al zou het waarschijnlijk niet zo mooi zijn als het vest dat hij voor de jongen had geofferd... of voor zichzelf? 'Het is donderdag,' antwoordde een inwoner. Hij zou tot zaterdag wachten. Hij was niet van plan daar langer te blijven, de plaats lag een beetje te ver van de tabaksroute. Hij liep naar een kleine herberg die hij kende en waarvan de eigenaar zijn mond kon houden. Hij wilde beslist niet dat zijn aanwezigheid daar in de buurt bekend werd en de Dikke of zijn mannen ter ore zou komen.

'Melchor,' begroette de baas hem zonder te stoppen met wat hij aan het doen was.

'Welke Melchor?' vroeg deze. De herbergier kneep alleen even zijn ogen dicht. 'Ik heb niemand gezien die Melchor heet, jij?'

'Ik ook niet.'

'Dat is goed. Is de achterkamer vrij?'

'Ja.'

'Breng me dan maar wat eten en drinken.'

De zigeuner gaf hem een geldstuk, genoeg om de kosten te dekken en zijn stilzwijgen te kopen, en sloot zich op in het kleine kamertje dat de herbergier zijn schaarse gasten bood. Hij rookte, at en dronk. Hij rookte opnieuw en dronk tot zijn herinneringen en zijn schuldgevoelens de vorm kregen van vage vlekken zonder onderling verband. Hij probeerde te slapen maar het lukte hem niet. Hij dronk nog meer.

Het ochtendlicht dat door het enige raampje in de kamer naar binnen glipte, trof hem voorovergebogen en verstijfd van kou, met zijn rug tegen de muur op de grond zittend aan het voeteneind van het slechte bed. Hij greep naar de fles wijn naast hem: leeg. Hij wilde roepen om meer wijn te bestellen, maar er kwam slechts een schor, hees geluid uit zijn mond dat zijn keel kapot leek te schuren. Hij probeerde te slikken; zijn mond was kurkdroog, zodat hij zo goed en zo kwaad als het ging opstond, de nog gesloten herberg inliep, een nieuwe fles wijn pakte en terugging naar het kamertje. Staande verdroeg hij de reeks braakneigingen die hem na de eerste lange, gretige slok overvielen. En terwijl zijn maag aan de straf wende, liet hij zich met zijn rug langs de muur omlaag glijden tot hij op dezelfde plek zat als waar hij wakker geworden was. Drinkend en rokend om aan zichzelf te ontsnappen, zonder het eten aan te raken dat de herbergier hem bracht, doodde hij de uren tot de zaterdag, die hem aantrof met één enkele obsessie, zelfs de wraak was inmiddels in de bittere wijn van de bergen verdronken: het beste vest kopen dat hij op de markt van Aracena kon vinden.

De plaza Alta was ingenomen door Extremaduraanse boeren van over de bergen die graan, gerst en rogge verkochten, gewassen die daar niet verbouwd werden. Naast hen boden mensen uit de nabijgelegen dorpen hun handelswaar aan. De drukte en het geschreeuw overvielen hem. Vuil en met bloeddoorlopen ogen liep Melchor langs het gemeentehuis, en hij besefte dat hij geen papieren had die hem toestonden zich in dat dorp of in welk ander ook te bevinden: hij had er niet aan gedacht een van de verklaringen mee te nemen waarover hij beschikte. Toen spande hij zijn ogen in, die kurkdroog aanvoelden, en keek vanaf het gemeentehuis naar de andere kant van het plein, naar de Asunciónkerk, die nog steeds niet voltooid was; met de aanzet van de pilaren en de muren van de derde en vierde beuk blootgesteld aan weer en wind, op verschillende hoogtes, als kartelranden rondom de tweeënhalve wel voltooide hoofdbeuken waar de mis opgedragen werd. Zo was het al meer dan honderd jaar. Hoe kon hij denken dat ze hem zouden oppakken in een dorp dat niet in staat was zijn belangrijkste kerk te voltooien? Met zijn hand boven zijn ogen om zich tegen de zon te beschermen, keek hij om zich heen naar de verschillende stalletjes en kramen op de markt en naar de mensen die ertussendoor liepen. Er stond een frisse bries. Hij ontdekte het stalletje van een voddenhandelaar en liep ernaartoe: gebruikte kledingstukken van herders en geitenhoeders, donker en honderden keren hersteld. Hij zocht ertussen, maar zonder veel overtuiging: een blauw, rood of geel vest, met gouden of zilveren filigraan zou hem direct zijn opgevallen.

'Wat zoek je?' vroeg de voddenman, die al aan de ringen in zijn oren en de met goud afgebiesde kousen had gezien dat Melchor zigeuner was.

Melchor hief zijn gebruinde, met rimpels doorgroefde gezicht op naar de koopman.

'Een goed rood of blauw vest, iets wat je volgens mij niet hebt.'

'In dat geval, wegwezen bij de kraam,' beval de voddenman met een laatdunkend gebaar van zijn hand.

Melchor zuchtte. De minachting deed hem ontwaken uit een kater van twee dagen onbeheerst koppige, scherpe wijn drinken.

'Je zou moeten hebben wat ik zoek.'

Hij zei het zacht, op ernstige toon, terwijl zijn zigeunerogen die van de man vasthielden, die als eerste zwichtte en zijn ogen neersloeg; hij kon schreeuwen of een gerechtsdienaar roepen, maar wie verzekerde hem dat er niet meer zigeuners waren en dat die later geen wraak kwamen nemen? Ze reisden altijd in groepjes!

'Ik... ik...' stotterde hij.

'En wat is het dat je zo graag wilt hebben dat je deze goede man bedreigt?'

De vraag kwam vanachter Melchors rug. Een vrouwenstem. De zigeuner bleef roerloos staan, terwijl hij probeerde in de gezichtsuitdrukking van de voddenman een aanwijzing te vinden waaruit hij kon afleiden wie of wat er achter hem stond. Er ging een voortdurende stroom van mensen door de smalle paadjes tussen de stalletjes. Eén vrouw? Verschillende mensen? De gerechtsdienaar? De voddenman leek er niet geruster op te worden; waarschijnlijk één vrouw, wel met lef, dacht Melchor voordat hij zich omdraaide en antwoordde: 'Respect. Dat is wat ik wil.'

Ze was klein en sterk. Een door de zon verweerd gezicht en grijs haar dat onder een hoofddoek uit sprong. Melchor schatte haar ongeveer vijftig jaar, even oud als haar versleten kleren leken te zijn. Aan haar rechterarm hing een mand met op de markt gekocht graan.

'Stel je niet zo aan!' riep de vrouw uit. 'Jullie zig... jullie mannen,' corrigeerde ze zichzelf, 'zijn steeds sneller op jullie tenen getrapt. Ik weet zeker dat Casimiro je niet heeft willen beledigen. Het is een moeilijke tijd. Nietwaar, Casi?'

'Zo is het,' antwoordde de voddenman.

Maar Melchor lette al niet meer op hem. De vrijmoedigheid van de vrouw beviel hem. En ze had gulle borsten, dacht hij terwijl hij ze ongegeneerd bekeek.

'En jij hebt het over respect?' verweet ze hem zijn onbeschaamde blikken. De glimlach die zich op haar lippen aftekende, paste echter niet bij haar woorden.

'Is er groter respect mogelijk dan de bewondering van wat God ons biedt?'

'God?' antwoordde de vrouw terwijl ze haar ogen op haar borsten richtte. 'Ik ben de enige die dit aanbiedt, God heeft er niets mee te maken. Van mij zijn ze en ik doe ermee wat ik wil.'

Melchor schaterde het uit. De voddenman zag de mensen voorbij lopen zonder dat iemand naar het stalletje kwam waar het tweetal voor stond. Hij maakte een dringend gebaar naar de vrouw, maar zij lette alleen op de zigeuner, die over zijn kin wreef en vervolgens zei: 'Slechte zaak dan. Volgens de priesters is God buitengewoon gul.'

Nu was zij het die lachte.

'Waar denk je aan? We zijn gewoon twee... eenzame zielen?' Melchor knikte; de vrouw dacht even na en trok een gezicht voordat ze de zigeuner van boven naar beneden bekeek. 'Jij en ik? Zelfs God zou er bang van worden?'

'Nicolasa, alsjeblieft,' zuchtte de voddenman terwijl hij haar gebaarde zijn kraam te verlaten.

Melchor hief zijn hand op ten teken dat hij moest zwijgen.

'Nicolasa,' herhaalde hij alsof hij die naam wilde onthouden. 'Wel, als God zo bang is aangelegd, laat de duivel ons dan vergezellen.'

'Hou je mond!' riep zij uit terwijl ze naar alle kanten keek om te zien of iemand zijn voorstel gehoord had. Casimiro maakte daarvan gebruik om haar nog een keer te smeken weg te gaan. 'Hoe haal je het in je hoofd je aan de duivel toe te vertrouwen?' fluisterde ze nadat ze gehoor had gegeven aan de smeekbede van de voddenman en de zigeuner een eind bij de kraam weggetrokken had. Alsof de man de verloren tijd probeerde in te halen, was hij meteen begonnen luidkeels zijn kledingstukken aan te prijzen.

'Vrouw, om bij jou te zijn zou ik naar de hel afdalen en een glas wijn met Lucifer zelf drinken.'

Nicolasa bleef abrupt staan, midden tussen de mensen, haar gezicht een en al verwarring.

'Ze hebben me vaak het hof gemaakt...'

'Daar twijfel ik niet aan,' onderbrak Melchor haar.

'Toen ik jong was, beloofden ze me de hemel en de sterren...' ging ze verder, 'vervolgens kreeg ik slechts een paar varkens, verschillende kinderen die me verlaten hebben en een man die besloot dood te gaan,' klaagde ze, 'maar nog nooit heeft iemand me beloofd voor mij naar de hel af te dalen.'

'Wij zigeuners kennen die goed.'

Nicolasa keek hem ondeugend aan.

'Mager als een lat,' spotte ze, 'heb je nog iets anders dan armen en benen?'

Melchor hield zijn hoofd schuin. Zij deed hem na.

'Weet dat de duivel me de hel uitgegooid heeft toen hij dat zag wat armen noch benen zijn.' Ze gaf hem lachend een duw. 'Echt waar! Heb je wel eens van de staart van Lucifer gehoord? Nou, die is niets vergeleken...'

'Opschepper! Dat moet ik zien!' riep de vrouw uit terwijl ze aan zijn arm ging hangen.

# 14

Na de dag van de grote razzia nam de ellende alleen maar toe voor de zigeuners, die er nog altijd op vertrouwden dat het wel weer voorbij zou gaan, zoals zoveel andere keren gebeurd was. Op de ochtend van 16 augustus 1749 werden bijna driehonderd Sevilliaanse zigeuners door de soldaten vanuit de koninklijke gevangenis naar de haven van de stad gebracht. Belaagd en uitgescholden door de inwoners van de stad, gingen ze daar aan boord van vrachtschepen om over de Guadalquivir naar het La Carraca-arsenaal in Cádiz te worden gebracht. Diezelfde middag vertrokken meer dan vijfhonderd vrouwen en hun kleine kinderen onder bewaking van het leger op huifkarren en allerlei andere soorten grote en kleine karren richting het Alcazaba van Málaga, het fort dat de markies van Ensenada als gevangenis voor de zigeunervrouwen had aangewezen.

Hetzelfde gebeurde in heel Spanje: rond de twaalfduizend zigeuners, verachtelijke, schadelijke mensen volgens de autoriteiten, werden bij die rampzalige razzia van eind juli opgepakt met maar één doel: de uitroeiing van hun ras. De mannen en de jongens boven de zeven werden, als ze Sevilliaan waren, naar La Carraca gebracht, naar Cartagena, in het oosten, of naar El Ferrol, in het koninkrijk van Galicië; anderen zouden in de mijnen van Almadén als slaven te werk gesteld worden voor de winning van kwik, waarmee het zilver uit de overzeese gebiedsdelen behandeld werd. De vrouwen en hun kinderen werden naar Málaga gebracht of naar Valencia, naar de kastelen van Oliva en Gandía. Zij werden zelfs als nog gevaarlijker dan de mannen beschouwd: 'Er zal in het bijzonder worden toegezien,' aldus de verordening van juni 1749, 'op het oppakken en vastzetten van de vrouwen, aangezien dit een zeer adequate manier is om het doel van deze voor de rust in het koninkrijk zo belangrijke beschikking te bereiken.'

Maar al die mensen vormden slechts een deel van de Spaanse zigeunergemeenschap, en bovendien het deel dat de meeste moeite had gedaan om zich aan de burgers aan te passen en hun cultuur over te nemen. In de veertiende eeuw waren de zigeuners, hoewel oorspronkelijk afkomstig uit India, naar Europa gekomen, sommige via de Kaukasus en Rusland, andere vanuit Griekenland, via de Balkan of zelfs via de Afrikaanse Middellandse-Zeekust. In Spanje arriveerden ze aan het eind van de veertiende eeuw als groepen exotische nomaden die werden aangevoerd door mannen die zich graaf of hertog van 'klein-Egypte' noemden en vertelden dat ze op pelgrimstocht waren, waarvoor ze aanbevelingsbrieven van de Paus en van verschillende koningen en edelen bij zich droegen. In het begin werden ze goed ontvangen, de heren van de gebieden waar ze doorheen trokken onthaalden hen feestelijk en garandeerden hun veiligheid, maar die situatie duurde niet lang. Het waren de Katholieke Koningen die het eerste decreet uitvaardigden tegen degenen die toen 'Egyptiërs' werden genoemd: ze moesten binnen zestig dagen het koninkrijk verlaten tenzij ze een officieel beroep hadden of in dienst van feodale heren waren. Zweepslagen, het afsnijden van oren, verbanning en slavernij waren de straffen die op het overtreden van dat koninklijke decreet stonden. In de loop van de zestiende eeuw moesten er nieuwe decreten uitgevaardigd worden; de listige zigeuners legden de koninklijke besluiten naast zich neer, hun drang naar vrijheid en onafhankelijkheid overwon elk obstakel. De halsstarrigheid waarmee die mensen vasthielden aan hun eeuwenoude gewoontes bracht de opeenvolgende monarchen ertoe talrijke nieuwe wetten uit te vaardigen om hen te onderwerpen: er kwam een verbod op hun taal en kleding, op rondtrekken en zelfs op eenvoudige verplaatsingen, het werd hun verboden dieren te verhandelen, te smeden en handel te drijven... Het bestaan van al die wetten en de daaruit voortvloeiende beschikkingen, waarvan vele met elkaar in tegenspraak waren, was gunstig voor de zigeuners: de rechters in de dorpen en plaatsen waar ze doorheen liepen of woonden, wisten niet welke ze moesten toepassen en of ze er wel een moesten toepassen. Ook werden er plaatsen aangewezen waar ze moesten wonen: zigeuners mochten alleen in bepaalde plaatsen in het koninkrijk wonen en zich inschrijven, en dat was de fout die koning Fernando VI en de markies van Ensenada maakten. De grote razzia van juli 1749 concentreerde zich op de zigeuners die zich aan de decreten hielden, op de door de autoriteiten aangewezen plaatsen woonden en zich naar behoren hadden laten registreren. De nomadische of rondtrekkende zigeuners, degenen die nergens geregistreerd stonden of die op niet-geautoriseerde plaatsen woonden, bleven buiten schot.

Die 16e augustus 1749 omklemde Ana stevig de hand van een jochie van hooguit zes jaar dat in de drukte verdwaald was. Toen het donker werd en de vrachtschepen met de mannen naar La Carraca waren vertrokken, verschenen de soldaten met een stuk of dertig karren bij de hekken van de omheinde ruimte waar de vrouwen inmiddels een halve maand opgesloten zaten. In overeenstemming met de decreten die de dorpen en steden van het koninkrijk verplichtten het leger te voorzien van karren en proviand voor het transport van de troepen en hun wapens en munitie, hadden de vervoerders en ezeldrijvers van Sevilla het leger verschillende karren ter beschikking gesteld, waaronder acht grote met vier wielen, sommige overdekt met doek en getrokken door zes muildieren; de rest bestond uit kleinere karren en huifkarren op twee wielen die door twee of vier muildieren getrokken werden. Bij het terrein was een menigte nieuwsgierigen samengedromd. De militairen probeerden de zigeunervrouwen en hun kinderen op een ordelijke manier de omheining te doen verlaten, maar dat ging al meteen mis.

'Waar brengen jullie ons heen?' richtte een van hen zich fel tegen de soldaten.

'Wat gaan jullie met ons doen?' wilden andere vrouwen weten.

'En onze mannen?'

'Mijn kinderen hebben honger!'

De soldaten gaven geen antwoord. Van buiten de omheining scholden de mensen hen uit. Ana kwam in de verdrukking toen de vrouwen samendromden.

'Jullie krijgen ons hier niet uit!'

'Het is onrechtvaardig! We hebben geen enkel misdrijf begaan!'

'En onze mannen? Wat hebben jullie met ze gedaan?'

'En onze zonen?'

Buiten nam het geschreeuw toe. De soldaten wisten niet wat ze moesten doen en keken elkaar vragend aan, de korporaals de sergeanten en die weer de kapitein.

'Op de karren!' beval de laatste. 'Zet ze op de karren!'

Het zesjarige jongetje omklemde Ana's bovenbeen toen de militairen de vrouwen met hun vuisten en met de kolf van hun geweren begonnen te slaan. Het was een complete chaos. Ana hielp een oude vrouw opstaan die op de grond lag.

'Van wie is dit kind?' riep ze steeds weer.

Ze zag hoe een groep soldaten Rosario, María, Dolores en andere vriendinnen van Milagros de omheining uit duwden; met hun armen probeerden de meisjes hun jonge lichamen te bedekken, wat met de voddige restanten van hun kleren niet meer lukte na een halve maand binnen die omheining opgesloten te hebben gezeten, op elkaar gepropt, zonder water, slapend op talloze lagen verdroogde mest. Een soldaat pakte Rosario bij haar bloes en trok haar met geweld naar buiten. De bloes scheurde en bleef achter in de handen van de militair, die ongelovig naar het kledingstuk keek en vervolgens in lachen uitbarstte terwijl de omstanders floten en klapten bij de kortstondige blik op de volle borsten van het meisje.

Blind van woede wilde Ana zich op de soldaat storten maar het enige resultaat was dat ze het jongetje dat zich nog steeds aan haar been vastklampte over de grond sleurde; ze was hem vergeten. De soldaat kreeg haar in het oog en gebaarde autoritair dat ze de omheining moest verlaten. Er waren nog maar weinig vrouwen binnen. De zigeunerin gehoorzaamde. De karren, opgesteld in een lange rij en door het leger bewaakt om te voorkomen dat de omstanders zich erop zouden storten, zaten al overvol. De kleurige kleding van de zigeunervrouwen oogde flets, zelfs onder de stralende Sevilliaanse augustuszon; allemaal waren ze beroofd van de juwelen en sieraden die ze altijd droegen; zelfs de linten van hun jurken waren verdwenen. Uit de monden van de vrouwen en hun kleine kinderen klonk gehuil, gejammer, geschreeuw en gesmeek. Ana voelde haar benen slap worden; wat voor een ellendige toekomst stond hun te wachten?

'Van wie is dit...?' begon ze te roepen. Maar ze zweeg en pakte de hand van het kind stevig vast; het had geen zin.

'Klim op de kar!' schreeuwden ze haar toe terwijl ze met een geweer in haar rug porden.

Op de kar klimmen? Ze draaide zich langzaam om en zag een baardeloze jongeman, zijn witte pruik scheef op zijn hoofd. Ze nam hem onderzoekend van boven naar beneden op.

'Tabak!' riep ze meteen. 'Ik verkoop je tabak voor een goede prijs!' voegde ze eraan toe terwijl ze deed alsof ze in haar rok zocht. 'Van de beste!'

De jongen stamelde wat en schudde naïef zijn hoofd.

'Tabak!' brulde Ana toen in de richting van de mensen, terwijl ze deed of ze een sigaar rookte.

Achter haar verstomde het gesnik van de zigeunervrouwen die al op de kar zaten.

Ze glimlachte, alsof ze het bloed weer door haar aderen voelde stromen, toen een van de vrouwen op de kar zich bij haar pantomime aansloot.

'De toekomst! Ik lees je de hand! Wil je dat ik hem lees, jongeman?'

Van kar tot kar begonnen de zigeunerinnen te reageren.

'Een aalmoes!'

'Manden! Wil je een mand, markiezin?' vroeg een zigeunerin aan een zwaarlijvige vrouw die verbouwereerd naar het spektakel stond te kijken, net als het schriele mannetje dat haar vergezelde. 'Daar kun je je man in meedragen!'

De mensen lachten.

Langzaam maar zeker stopten vrouwen en kinderen met huilen en begonnen in plaats daarvan allemaal door elkaar te roepen. Ana knipoogde naar de jonge soldaat.

'We steken er een andere keer wel eentje op,' zei ze voordat ze zich omdraaide en het jongetje op de achterste kar tilde. Ten slotte, toen de stoet zich op bevel van de kapitein in beweging zette, klom zij er ook op.

Naast Ana op de kar bood Basilia Monge de mensen denkbeeldige beignets aan.

'Breng me de pan en het deeg,' schreeuwde ze tegen de soldaten te paard die de stoet sloten, 'want het vet om ze te bakken haal ik wel uit de pens van jullie sergeant.'

Ana Vega liet de lachsalvo's van de soldaten en de verontwaardiging van de sergeant voor wat ze waren en knielde bij het kind dat ze meegesleurd had.

'Hoe heet je, kleintje?' vroeg ze terwijl ze met wat speeksel op haar vinger probeerde de vuile sporen op zijn gezicht schoon te vegen; aan de tranen die ze hadden veroorzaakt, had ze nog helemaal geen aandacht kunnen besteden.

De karavaan met kinderen en vrouwen deed er bijna een week over om Málaga te bereiken. Op de slechte weg naar het zuiden werden ze blootgesteld aan de vijandigheid van de autoriteiten en de inwoners van Arahal, La Puebla de Cazalla, Osuna, Álora, Cártama voordat ze de beroemde stad aan de kust van de Middellandse Zee bereikten. De koning had bepaald dat de kosten van het eten en het vervoer van de zigeuners uit de opbrengst van de verkoop van hun bezittingen moesten worden betaald, maar er was geen tijd geweest om die te veilen, en de burgemeesters en rechters van de dorpen weigerden om op rekening van een koning die hun dat geld zo goed als zeker niet zou terugbetalen, meer te geven dan het hoogstnoodzakelijke, en dat alleen om te voorkomen dat die vrouwen in hun rechtsgebied zouden overlijden en hen in de problemen zouden brengen. De honger begon dus zijn sporen na te laten bij de zigeunervrouwen, die hulpeloos moesten toezien hoe de soldaten hun porties stalen en die het beetje wat er overbleef bovendien voor hun kinderen bewaarden.

De eerste nacht liep Ana de rij karren langs op zoek naar de moeder van Francisco, want zo heette het jongetje; ze vond haar terwijl ze dezelfde zoektocht maakte als zij maar in omgekeerde richting, van kar tot kar vragend naar haar zoontje. Ze was een zigeunerin uit Sevilla, die even het wanhopige van hun situatie vergat en haar kind met uitgestrekte armen van haar aanpakte. Zonder zich uit zijn omhelzing los te maken, keek ze Ana aan.

'Dank je wel...'

'Ana,' stelde ze zich voor. 'Ana Vega.'

'Manuela Sánchez,' zei de andere vrouw.

'Het is een lieve jongen,' merkte Ana op terwijl ze door het vieze haar van Francisco woelde, 'en hij kan goed zingen.'

Ana had hem tijdens de ongemakkelijke, eindeloos durende tocht op de kar met liedjes beziggehouden.

'Ja, net als zijn vader.'

Manuela's glimlach verdween van haar gezicht. Ana stelde zich voor dat ze aan haar man dacht. En José? Opnieuw voelde ze het onbehagen dat haar niet met rust had gelaten in de dagen van haar gevangenschap op het terrein van de herder, te midden van het voortdurende geklaag en gejammer van de vrouwen omdat ze van hun mannen gescheiden waren. Zij... De tranen sprongen haar niet in de ogen als ze aan José dacht. Wat was er met hen gebeurd? Waar was de liefde gebleven die ze ooit voor haar man dacht te voelen? Alleen Milagros bond hen. Ze klemde haar lippen op elkaar. Het kind was tenminste vrij. Dat was haar enige troost, de rest kon haar weinig schelen, als haar kind maar vrij bleef. Ze richtte zich op. Ze moesten vechten! De koning had haar in haar jeugd van haar vader beroofd; de veroordeling tot de galeien had tot de dood van haar moeder geleid, en nu beroofde een andere koning haar van... haar eigen vrijheid. Ze was niet bereid zich te onderwerpen, te bidden en te smeken, zich voor de burgers en voor priesters en broeders op de grond te werpen zoals ze met haar moeder had gedaan toen ze nog een kind was! Nee! Dat zou ze niet doen. De tijd... of de dood zou een eind aan de situatie maken.

'Laat eens horen hoe goed je kunt zingen, Francisco,' vroeg ze toen tot verbazing van Manuela.

Ana begon zacht in haar handen te klappen, haar vingers gestrekt en gespannen.

'Zing dan, jongen,' viel de moeder haar liefdevol bij.

Het jongetje voelde zich bekeken en met zijn ogen strak op de grond gericht, zijn blote tenen spelend met het zand, begon hij de liedjes te neuriën waarmee ze tijdens de reis tegen de verveling hadden gevochten. Ana begon harder te klappen.

'Kom op, Francisco!' moedigde de moeder hem met enigszins schorre stem en tranen in haar ogen aan.

De andere zigeunervrouwen kwamen dichterbij, maar niemand durfde het kind te onderbreken of hem zelfs maar aan te vuren. Er klonken geen gitaren of castagnetten, ze hadden zelfs geen tamboerijn, alleen het geklap van Ana was te horen en het zachte gemompel van het jongetje, dat echter aarzelde toen hij omhoogkeek en het betraande gezicht van zijn moeder zag.

'Als je vader, zoon, zing zoals je vader,' bracht deze met moeite uit.

En Francisco barstte los en zong zonder begeleiding, op kinderlijke toon, scherp, de klinkers lang aanhoudend totdat hij moest ademhalen, net zoals zijn vader deed, net zoals wanneer ze samen zongen. Maar daar lachte niemand, niemand vuurde hem aan, niemand danste; het jongetje werd omringd door huilende vrouwen, hun hoofden gebogen, die bij het flauwe licht van de ondergaande zon hun kinderen stevig vastpakten alsof ze bang waren dat ze hun die ook af zouden nemen. Toen een van die vrouwen met haar handen voor haar gezicht voorover op haar knieën viel, stierf de stem van Francisco langzaam weg totdat hij verstomde en het jongetje zich in de armen van zijn moeder wierp.

'Heel goed,' prees deze hem terwijl ze hem tegen zich aan drukte.

Ana bleef in haar handen klappen.

'Bravo,' prees iemand in de groep zigeunerinnen op een vermoeide fluistertoon.

Bijna niemand verroerde zich. Het weinige dat Francisco had gezongen, had hen teruggevoerd naar hun huizen, naar hun mannen, grootouders, ouders, ooms en tantes, neven en nichten, kinderen; veel vrouwen meenden het lachen van hun zonen van boven de zeven, die met de mannen mee hadden gemoeten, te hebben gehoord.

Ana klapte nog harder.

'Zingen!' spoorde ze hen aan. 'Zing en dans voor de soldaten van de koning van Spanje!'

'Zigeunerin, wil je soms de spot met ons drijven?'

De vraag verraste Ana, die zich omdraaide en bij het licht van de grote vuren het gezicht van een soldaat boven de kar uit zag steken.

'Nee...' begon ze te antwoorden toen een grote steen de soldaat midden op zijn voorhoofd trof.

Ana draaide opnieuw haar hoofd om en in het halfduister, een beetje apart van de rest, onderscheidde ze de Trianera, die haar met een cynische lach aankeek voor ze opnieuw een steen gooide. Ze kreeg geen tijd om te reageren.

'Ze vallen ons aan!' klonk het onder de soldaten.

Ana moest bukken om de stenenregen te ontwijken die onder gescheld en gekrijs losbarstte.

De soldaten die op wacht stonden luidden de noodklok.

Manuela, ineengedoken naast Ana, krijste als een bezetene, en zelfs de kleine Francisco gooide stenen... Ana zocht de beschutting van de kar toen de soldaten te paard zich tussen hen in begaven en de vrouwen opzij duwden, waarbij ze sommige uiteendreven en andere op de grond gooiden en vertrapten. De schoten in de lucht van de andere soldaten die hen omsingelden maakten de meeste vrouwen bang. Het duurde maar een paar minuten; de rook van de geweersalvo's hing nog in de lucht toen de opstand alweer neergeslagen was.

Ana's hart kromp ineen bij het horen van de kreten van pijn en de snikken, en vaag zag ze de schaduwen van kinderen en vrouwen die probeerden op te staan of van de ene kant naar de andere hinkten om hun familieleden te zoeken. Nog slechts af en toe een losse belediging, waar de soldaten nu om lachten, herinnerde aan de reden van die afstraffing. Het was waanzin om het leger uit te dagen! Ze draaide haar hoofd om naar de Trianera en zag hoe de vrouw met een voor haar doen ongebruikelijke lenigheid wegglipte. Ze vluchtte. Waarom...?

Het antwoord kwam vanachter haar rug: een paar sterke armen grepen haar stevig vast.

'Dit is de aanstichtster, kapitein,' hoorde ze een soldaat zeggen terwijl hij haar heen en weer schudde tot de kapitein, die haastig kwam aangereden op een nerveus briesend paard, bij hen was. 'Ik heb gehoord hoe ze de spot met ons dreef en de andere vrouwen ophitste om voor de koning te dansen. Toen hebben ze ons met stenen bekogeld.'

'Ik...'

'Zwijg, zigeunerin!' Het bevel van de kapitein kwam tegelijk met de klap op haar hoofd waarmee de soldaat die haar vasthield probeerde te voorkomen dat ze zich verontschuldigde. 'Keten haar vast en breng haar naar de eerste kar.'

'Klootzak!' vloekte ze terwijl ze naar de hoeven van het paard spuugde.

De soldaat sloeg haar opnieuw. Ana draaide zich om en wierp zich bijtend op hem. Andere soldaten schoten de eerste te hulp, die haar uit alle macht van zich af probeerde te houden. Met zijn allen wisten ze haar onder controle te krijgen: ze pakten haar bij armen en benen terwijl zij hen luid brullend uitschold en bespuugde. Er waren vier mannen nodig om de zigeunerin, haar kleren door de worsteling gescheurd, benen en borsten ontbloot, naar de eerste kar te slepen.

Daarin bracht ze de rest van de reis naar Málaga door, op water en brood, bijna naakt, met boeien om haar polsen en enkels die door kettingen met elkaar waren verbonden.

# 15

Nicolasa woonde net buiten Jabugo, iets meer dan vierentwintig mijl van Barrancos. Nadat ze bijna drie uur hadden gelopen, waarin ze weinig spraken en veel naar elkaar verlangden, knikte Melchor tevreden toen ze naar een alleenstaande hut boven op een heuvel wees, vanwaar je over het omringende bergland uitkeek: gemengde eiken- en kastanjebossen afgewisseld met lage steeneiken. De plek, dacht Melchor meteen, kon hem de afzondering bieden die hij zocht en was tegelijk perfect om op de hoogte te blijven van elke belangrijke bende smokkelaars die in de richting van de Portugese grens ging.

Samen met de twee grote honden die Nicolasa tegemoet kwamen gerend, klommen ze omhoog naar de hut: een rond stenen bouwsel zonder ramen, met een lage, smalle deur, en een kegelvormig dak van takken en bladeren op een frame van boomstammen. Binnen kon je hooguit vier stappen achter elkaar zetten.

'Mijn man was varkenshoeder,' begon Nicolasa te vertellen terwijl ze het graan dat ze in Aracena had gekocht op een gemetselde stenen bank bij de vuurplaats zette.

Melchor liet haar niet verder praten; hij duwde zich van achteren tegen haar aan, sloeg zijn armen om haar heen en betastte haar borsten. Nicolasa bleef stilstaan en begon te beven toen hij haar aanraakte; ze had al lang geen man meer gehad – de altijd geladen donderbus van haar echtgenoot ontmoedigde iedereen die misschien iets wilde of van plan was – en ze was ook al lang geleden opgehouden zichzelf aan te raken in haar eenzame nachten: haar vagina droog, haar verbeelding uitgeput, haar illusies verloren. Was het een vergissing geweest hem uit te nodigen? Ze kreeg geen kans die vraag te beantwoorden. De handen van de zigeuner gleden over haar hele lichaam. Hoeveel jaar had ze haar lichaam verwaarloosd? verweet ze zichzelf. Toen hoorde ze hartstochtelijk gefluister, hortend door Melchors sneller gaande ademhaling, en ze merkte verbaasd dat ze de hare aan dat beginnende gehijg aanpaste. Kon het waar zijn? Hij verlangde naar haar! De zigeuner deed niet alsof. Hij was gestopt bij haar dijen, over haar heen gebogen pakte hij ze stevig vast en streelde ze, terwijl zijn handen naar haar schaamstreek gleden om vervolgens weer over haar dijen omlaag te gaan. En naarmate haar twijfels begonnen te verdwijnen, gaf Nicolasa zich over aan lang vergeten gevoelens. De staart van de duivel, lachte ze bij zichzelf terwijl ze zich tegen hem aandrukte en met haar grote billen tegen hem aanschurkte. Ten slotte draaide ze zich om en duwde hem met geweld naar de stromatras waarop ze de nachten van de laatste jaren verspild had.

'Roep de duivel, zigeuner!' schreeuwde ze bijna toen Melchor op de matras neerviel.

'Wat zeg je nou?'

'Je zult zijn hulp nodig hebben.'

Nicolasa neuriede tijdens het werken in de varkensstal, een klein omheind terrein achter de hut. Ze had vier goede zeugen en enkele speenvarkens, die ze voedde met eikels die ze op de bosweiden kocht, kruiden, knollen en bosvruchten. Net als veel mensen in Jabugo en omstreken leefde ze van die dieren, van hun hammen en hun gerookte vlees, die ze bereidde in een vervallen zouterij waarvan ze de ramen en gaten op basis van haar ervaring opende en sloot voor de berglucht.

Terwijl zij werkte, liet Melchor de dagen zittend in een stoel bij de deur van de hut voorbijgaan, rokend en vergeefs proberend de twee grote honden met hun dikke vacht weg te jagen die per se bij hem wilden blijven, alsof ze hem wilden bedanken voor de verandering van humeur die hij bij hun bazin teweeggebracht had. De zigeuner keek ze met gefronst voorhoofd aan. Bij deze dieren lukt het niet, herhaalde hij bij zichzelf terwijl hij terugdacht aan het effect dat zijn woedende blikken op mensen hadden. Hij gromde ook tegen ze, maar de honden kwispelden. En wanneer hij zeker wist dat Nicolasa hem niet kon zien, schopte hij naar ze, zachtjes, zodat ze niet jankten, maar zij zagen dat als een spel. 'Vervloekte monsters,' bromde hij dan bij de herinnering aan de vuistslag van Nicolasa de eerste de beste keer dat hij een van de dieren een flinke trap had proberen te geven.

'Je zult hier in de hele omgeving geen wolf zien,' legde de vrouw daarna uit. 'Deze honden beschermen me, mij en de varkens. Waag het niet ze te mishandelen.'

Melchors gezicht verstrakte, nog nooit had een vrouw hem geslagen. Hij wilde reageren, maar Nicolasa was hem voor.

'Ik heb ze nodig,' voegde ze eraan toe, op zachtere toon, 'net zo erg als jouw duivelse staart.'

De vrouw bracht haar hand naar het kruis van de zigeuner.

'Doe dat nooit meer,' waarschuwde hij.

'Wat?' informeerde de vrouw met liefkozende stem, terwijl ze met haar hand in zijn broek zocht.

'Me slaan.'

'Zigeuner,' zei ze op dezelfde toon, terwijl ze merkte hoe Melchors lid op haar strelingen begon te reageren, 'als je mijn dieren nog één keer mishandelt, vermoord ik je.' Op dat moment kneep ze hard in zijn ballen. 'Het is heel simpel: als je niet bereid bent met ze samen te leven, moet je maar verder trekken.'

Zittend bij de deur van de hut schopte Melchor opnieuw in de lucht, waarop een van de honden reageerde door op zijn achterpoten te gaan staan en rondjes te draaien. Nicolasa zou haar dreigement ongetwijfeld uitvoeren. Die vrouw beviel hem. Ze was geen zigeunerin, maar ze had het karakter van iemand die in de eenzaamheid van de bergen gehard was... En bovendien bevredigde ze hem 's nachts met die tomeloze hartstocht die hij bij het stalletje van de voddenhandelaar al in haar vermoed had. Er was maar één ding dat hij miste: het zingen van Caridad in het donker en in de stilte van de nacht. Een goede vrouw, dat zwartje. Soms stelde hij zich 's nachts voor hoe ze hem haar lichaam aanbood zoals Nicolasa deed, en steeds meer van hem eiste, zoals hij had gewild dat ze zou doen wanneer hij in de zigeunerbuurt met haar in zijn armen ontwaakte. Behalve die liederen waarvoor hij ervan afgezien had Caridad te bezitten, had hij alles wat hij wenste. Hij was zelfs met Nicolasa tot een akkoord kunnen komen toen deze eiste dat hij zou gaan werken.

'Zolang die staart tussen je benen zijn werk doet,' zei ze terwijl ze met haar handen in haar zij voor hem ging staan, 'is mijn lichaam gratis... maar je eten moet je verdienen.'

Melchor bekeek haar nonchalant van boven naar beneden: klein, brede heupen en schouders, royaal in het vlees en een vuil gezicht dat sympathiek werd wanneer ze lachte. Nicolasa doorstond de inspectie.

'Ik werk niet, vrouw,' zei hij zonder omwegen.

'Ga dan op wolven jagen. In Aracena betalen ze je twee dukaten voor elke wolf die je doodt.'

'Als het om geld gaat...' Melchor zocht in zijn gordel tot hij het zakje vond met wat hij van de Dikke gestolen had. 'Hier,' zei hij terwijl hij haar een gouden munt toewierp. 'Is dat genoeg om te zorgen dat je me niet meer lastigvalt?'

Nicolasa antwoordde niet meteen. Ze had nog nooit een gouden munt gehad; ze klopte erop en beet erin om te controleren of hij echt was.

'Genoeg,' gaf ze ten slotte toe.

Sindsdien was Melchor vrij om te doen wat hij wou. Soms zat hij de hele dag bij de deur van de hut, de wijn drinkend en de tabak rokend die zij voor hem uit Jabugo meebracht, vaak samen met Nicolasa, als ze klaar was met de varkens en haar andere werk. De vrouw zat altijd op de grond – ze hadden maar één stoel – en respecteerde zijn zwijgen terwijl ze haar blik over een omgeving liet dwalen waarvan ze zich niet had kunnen voorstellen dat ze er weer van zou genieten.

Op andere dagen, wanneer Nicolasa al een tijdje niet naar Jabugo was geweest, trok Melchor erop uit om de bergen te inspecteren en zelf vast te stellen of de Dikke eraan kwam. Dat was de enige informatie die hij Nicolasa gegeven had.

'Elke keer dat je naar het dorp gaat,' zei hij, 'moet je informeren of er iets bekend is van een grote smokkelexpeditie. In kleine dragers die de grens oversteken of in Jabugo werken, ben ik niet geïnteresseerd.'

'Waarom?' vroeg zij.

De zigeuner gaf geen antwoord.

Zo gingen de rest van de lente en een deel van de zomer voorbij. De dagen begonnen Melchor lang te vallen. Na de eerste weken van hartstocht had Nicolasa hem al verschillende keren met dezelfde heftigheid afgewezen als waarmee ze zich voorheen op hem stortte. De vrouw had haar vuur verruild voor een liefdevolle houding, alsof zij die situatie, die voor de zigeuner slechts tijdelijk was, als eeuwig zag. Daarom besloot Nicolasa te zwijgen toen het bericht van de razzia tegen de zigeuners het dorp bereikte. Niet alleen om hem te beschermen, maar ook omdat ze bang was, en terecht, dat die raszigeuner zodra hij het hoorde zou vertrekken om de zijnen te zoeken.

Elke keer dat hij erop uitging, keek Nicolasa hem bezorgd, onverholen angstig aan en gaf ze een van de honden bevel hem te volgen, maar Melchor ging niet naar het dorp. Uiteindelijk had de zigeuner dat gezelschap geaccepteerd dat hem met een bijna onmerkbaar gegrom waarschuwde voor de aanwezigheid van een mens of dier op de eenzame weggetjes en paadjes van de bergen.

Nicolasa had hem een oud legerjasje met schouderkwasten en goudkleurige versieringen gegeven dat nog iets liet zien van zijn oorspronkelijke gele kleur. Melchor lachte dankbaar en ontroerd om de kinderlijke zenuwachtigheid waarmee ze hem het kledingstuk overhandigde: 'Casimiro vertelde me wat je in zijn kraam op de markt van Aracena zocht,' bekende ze terwijl ze probeerde haar gespannenheid achter een geforceerd lachje te verbergen. De twee honden woonden het tafereel bij en bewogen hun hoofd van de een naar de ander. Melchor trok het jasje aan, dat hem veel te groot was en als een zak om zijn schouders hing, en grijnsde goedkeurend terwijl hij aan de revers trok en zichzelf bekeek. Ze vroeg hem rond te draaien zodat ze hem helemaal kon zien. Die nacht was het Nicolasa die zijn lichaam zocht.

Maar de tijd ging voorbij, Nicolasa's antwoord was elke keer dat ze van Jabugo terugkwam ontkennend, en Melchor, die de smokkelroutes kende, kwam alleen een paar miserabele dragers tegen die hun waar in de beschutting van de nacht te voet van Portugal naar Spanje brachten. 'Waar ben je, Dikke?' mompelde hij onderweg. De hond, vlak achter hem, liet een langgerekt gejank horen dat de stilte verbrak en zich tussen de bomen door verspreidde; hij had die nieuwe baas al vaak de naam van de Dikke horen noemen met een haat die zelfs een steen zou kwetsen. 'Waar ben je, klootzak? Je zult komen. Zo zeker als de duivel bestaat zul je komen! En die dag...'

'Ik heb sigaren voor je meegebracht,' deelde Nicolasa hem bijna een week later mee toen ze terugkwam uit Jabugo, terwijl ze hem een bundeltje *papantes* gaf, dichtgebonden met de karakteristieke rode draad:

de middelgrote sigaren die in de fabriek van Sevilla werden gedraaid en die door rokers als de beste beschouwd werden.

Ze hield haar blik naar de grond gericht. Melchor, die op de stoel bij de deur van de hut zat, fronste zijn voorhoofd en pakte het bundeltje aan. Nicolasa wilde naar binnen gaan toen de zigeuner vroeg: 'Heb je me verder niets te zeggen?'

Ze stond stil.

'Nee,' antwoordde ze.

Die keer kon ze niet nalaten hem in de ogen te kijken. Melchor zag dat ze waterig stonden.

'Waar zijn ze?' wilde hij weten.

Over Nicolasa's wang liep een glinsterende traan.

'Vlak bij Encinasola.' Daarover durfde ze niet te liegen. Melchor had haar gevraagd hem te informeren als ze iets hoorde, zodat ze met bevende stem vervolgde: 'Een paar mannen uit Jabugo hebben zich bij hen aangesloten.'

'Wanneer worden ze in Encinasola verwacht?'

'Over één, hooguit twee dagen.'

Tegenover hem staande, haar benen naast elkaar, haar handen ineengestrengeld voor haar buik, met dichtgesnoerde keel, terwijl de tranen inmiddels over haar gezicht stroomden, zag Nicolasa hoe de man die haar leven had veranderd een ander mens werd: de rimpels in zijn doorgroefde gezicht spanden zich en de glinstering van zijn zigeunerogen onder de gefronste wenkbrauwen leek feller te worden, alsof het een wapen was. Alle toekomstfantasieën waarmee de vrouw naïef in haar dromen had gespeeld, vervaagden zodra Melchor met een verwilderde blik uit de stoel opstond en met zijn gedachten al heel ver weg aan de panden van zijn gele jasje trok.

'Hou de honden bij je,' zei hij op een fluisterende toon die Nicolasa als een donderslag voorkwam. Daarna zocht hij in zijn gordel en haalde er nog een gouden munt uit. 'Ik heb nooit verondersteld dat de eerste die ik je gaf, voldoende zou zijn,' verklaarde hij. Hij pakte een van haar handen, opende die, legde de munt erin en sloot hem weer. 'Vertrouw nooit een zigeuner, vrouw,' voegde hij eraan toe voordat hij zich omdraaide en de heuvel af begon te lopen.

Nicolasa weigerde het eind van haar dromen toe te geven. In plaats daarvan concentreerde ze haar blik op het bundeltje papantes met hun rode draadjes dat Melchor op de stoel voor de hut had laten liggen.

Het hing ervan af waar ze zouden overnachten. Van Encinasola naar Barrancos was nauwelijks zes mijl, en Melchor wist dat de Dikke – als het zijn bende tenminste was – al het mogelijke zou doen om Barrancos te bereiken. Anders dan in Spanje was er in Portugal geen staatsmonopolie op tabak. In het buurland werd de handel gegund aan de meestbiedenden, die op hun beurt twee soorten zaken opzetten: die voor de verkoop aan de Portugezen zelf en die voor de smokkel met de Spanjaarden. Melchor herinnerde zich het grote gebouw in Barrancos met opslagruimtes voor de Braziliaanse rooktabak, kamers, ruimte voor de smokkelaars om te rusten en talrijke goed uitgeruste stallen. Méndez, de vergunninghouder, rekende niets voor al dat gemak waarop hij zijn klanten vergastte, vooral niet als het grote bendes waren zoals die van de mensen uit Cuevas Bajas en omstreken, maar ook niet aan eenvoudige dragers, voor wie hij zelfs borg stond bij hun smokkelacties of ze voor hen financierde.

Ja, de Dikke zal proberen Barrancos te bereiken om zijn pens te vullen met goed eten, zich te bezatten en met vrouwen te slapen, op veilige afstand van de incompetente maar altijd hinderlijke koninklijke patrouilles, besloot Melchor zittend op een boomstronk halverwege tussen Encinasola en Barrancos. De twee plaatsen, beide op een rots gelegen, leken het in de verte tegen elkaar op te nemen met hun kastelen – dat van Encinasola in het dorp zelf, dat van Barrancos iets erbuiten – die boven het dal uittorenden dat tussen hen in lag en dat weinig gemeen had met de ruige natuur van Jabugo en omstreken.

Het was vlak na het middaguur en de zon stond loodrecht op de aarde. Melchor was de mogelijke komst van de smokkelaars ruim voor en zat al sinds zonsopgang op dat ongemakkelijke stuk dood hout, vlak bij de oever van de Múrtiga, waar hij een groepje bomen had gevonden dat hem tegen de zon beschermde. Soms keek hij naar het dorp, hoewel hij wist dat dat niet nodig was: het kabaal zou hen voorgaan. Het hoefde niet eens erg hard te zijn, want het was zo stil dat Melchor zelfs zijn eigen ademhaling kon horen. Enkele boeren, niet veel, liepen langs op weg naar hun velden en hun akkers. Melchor beperkte zich tot een bijna onmerkbare hoofdbeweging als antwoord op hun angstige groeten in het dialect van de streek. Iedereen wist dat de smokkelaars in de buurt waren, en die zigeuner met zijn grote ringen in zijn oren en zijn vale gele jasje moest wel een van hen zijn. Tussen de vluchtige blikken in de richting van Encinasola en het terughoudende groeten aan de boeren door dacht Melchor aan oom Basilio, aan de jonge Dionisio en aan Ana. Nooit, wat hij ook had gedaan, had zijn dochter hem iets verweten! Wat zou hij doen als de bende van de Dikke kwam? Hij probeerde die zorg nog even van zich af te zetten; dat zou hij dan wel beslissen. Zijn bloed kookte. Niemand zou ooit kunnen zeggen dat Melchor Vega, van de familie Vega, zich voor iemand verborgen hield! Ze zouden hem doden. Misschien zou de Dikke hem niet eens de kans geven om hem uit te dagen: hij zou een van zijn mannen opdracht geven hem daar ter plekke neer te schieten en daarna zou hij met een glimlach om zijn mond, misschien zelfs luid lachend, zijn weg vervolgen; waarschijnlijk zou hij hoog vanaf zijn paard op zijn lijk spugen, maar het kon hem niet schelen.

Een groepje vrouwen beladen met manden brood en uien voor hun mannen liep met gebogen hoofd zwijgend voorbij. Hij had te lang geleefd, dacht hij toen hij hen nakeek. De goden van de zigeuners of de god van de priesters hadden hem een aantal jaren cadeau gegeven. Hij leefde in geleende tijd. Hij had op de galeien moeten sterven, zoals zoveel anderen, maar als hij niet als galeiroeier op een van de koninklijke schepen was gestorven... Hij klemde zijn lippen opeen en keek naar zijn handen: zijn huid was bezaaid met donkere vlekken die zelfs in zijn zigeunerkleur opvielen. Hij probeerde het zich op de stronk gemakkelijk te maken, maar al zijn spieren deden pijn, verstijfd door het urenlange zitten; misschien was hij nog slechts een oude man, zoals die die hem in de zigeunerbuurt voor een armzalige munt zijn bed had afgestaan. De littekens op zijn rug, veroorzaakt door de zweep van de voorman, jeukten akelig. Hij zuchtte en draaide zijn hoofd richting Encinasola.

'Als ik niet op de galeien van die klotekoning ben gestorven,' zei hij hardop tegen zichzelf, terwijl hij naar een plek keek ver voorbij het dorp dat voor hem lag, 'wat is dan een beter moment om het te doen dan nu, nu ik nog slechts een zak botten ben, en op die manier iedereen die me met een vrouw wil vergelijken de mond te snoeren?'

Zoals hij had verwacht, hoorde hij ze aankomen, lang voordat ze op de weg vanaf Encinasola te zien waren, halverwege de middag. Een lange, chaotische stoet mannen: sommige te paard; andere, de meeste, met paarden, muildieren of ezels aan een halster. Onder hen ook veel eenvoudige dragers. Geschreeuw, gescheld en gelach vergezelden hen, maar het lawaai verstomde in Melchors oren zodra hij aan het hoofd van de stoet de Dikke herkende, geflankeerd door zijn twee adjudanten. Zwartje, dacht hij toen met een flauwe glimlach om zijn lippen, wat heb je me aangedaan? Caridads geprevel van de sombere, monotone liederen verving ieder ander geluid in Melchors hoofd. De zigeuner, zijn blik strak gericht op de stoet die naderbij kwam, verbreedde zijn glimlach.

'Het enige waarvan ik spijt heb, is dat ik zal sterven zonder jouw lichaam te hebben geproefd, zwartje,' zei hij hardop. 'We zouden zeker een goed stel zijn geweest: een oude galeier en de zwartste slavin van heel Spanje.'

Het duurde niet lang voor de Dikke en zijn mannen hem bereikten, maar ze herkenden hem niet meteen: de zon brandde in hun ogen. De stoet mannen hoopte zich achter de rug van hun aanvoerder op toen deze en de twee die naast hem reden, plotseling hun paarden inhielden.

Melchor en de Dikke keken elkaar strak aan. Na hun aanvankelijke verrassing controleerden de adjudanten de omgeving: bomen en struiken, stenen en hobbels, voor het geval er sprake was van een hinderlaag. Melchor zag hoe zenuwachtig ze waren. Aan die mogelijkheid had hij niet gedacht: ze dachten dat hij niet alleen was.

'De Galeier...' Het nieuws ging razendsnel door de rijen smokkelaars. 'De Galeier is hier,' fluisterden ze tegen elkaar.

'Ben je uit je hol gekropen?' vroeg de Dikke.

'Ik ben hier om je te doden.'

Uit de rijen smokkelaars steeg een gemompel op, totdat de schaterlach van de Dikke hen deed zwijgen.

'Wie breng je daarvoor mee?'

Melchor gaf geen antwoord. Hij verroerde zich ook niet.

'Ik zou je zonder een voet op de grond te zetten kunnen afmaken,' dreigde de smokkelaar.

De zigeuner liet een paar seconden voorbijgaan. Hij had het niet gedaan. Hij had niet geschoten. De Dikke aarzelde; de anderen ook.

'Alleen jij en ik, Dikke,' zei Melchor ten slotte. 'We hebben niets tegen de anderen,' voegde hij er met een gebaar naar de adjudanten aan toe.

Het gebruik van het meervoud dwong de laatsten opnieuw hun blik over het gebied te laten gaan; het wegrennen van een vluchtend dier, het ruisen van de wind door de bladeren, het kleinste geluidje trok hun aandacht, net als bij de Dikke het geval was toen er een simpel vogeltje wegfladderde. Er konden zigeuners verstopt zitten die hun wapens op hen gericht hadden. Hij wist van de massale aanhoudingen, maar hij wist ook dat veel zigeuners van de zigeunerbuurt bij de Huerta de la Cartuja hadden weten te ontsnappen en dat de meesten daarvan tot de familie Vega behoorden, trouw tot in de dood aan hun mensen en aan hun bloed: aan de Galeier. Er hoefde er maar één te zijn die op dat precieze moment een geweer op zijn hoofd gericht hield! Het bestond niet dat de Galeier alleen was gekomen om het tegen een hele bende mannen op te nemen, zo gek was hij niet. Waar konden ze zijn? Tussen de takken van een van de bomen? Liggend achter een rots?

Melchor maakte van dat moment van besluiteloosheid gebruik en stond op van de stronk. Zijn spieren reageerden alsof het gevaar, het op handen zijnde gevecht en de onzekere afloop ervan ze een vreemd soort vitaliteit ingeblazen hadden.

'Je kunt vluchten, Dikke,' schreeuwde hij zodat iedereen het hoorde, 'je kunt je paard de sporen geven en misschien... misschien heb je geluk. Wil je het proberen, smerige vetzak?' voegde hij eraan toe.

Alleen het onrustige geschuifel van de mannenvoeten op de aarden weg en het briesen van een van de rijdieren verbraken de stilte die op de belediging volgde.

'Ik ben gekomen om jou te doden, klootzak. Alleen jij en ik.' De zigeuner haalde zijn mes uit zijn gordel en opende het langzaam, totdat het blad glinsterend uit het benen heft stak. 'Niemand anders hoeft gewond te raken. Ik ben gekomen om te sterven!' brulde Melchor met het geopende mes in zijn hand, 'maar als dat niet gebeurt in een man-tegen-mangevecht met jullie aanvoerder, dan zullen velen van jullie de gevolgen ondervinden. Is dit soms niet de beste manier om problemen op te lossen?'

Terwijl er achter zijn rug instemmend werd gemompeld, merkte de Dikke dat zijn twee adjudanten hun rijdieren niet voldoende inhielden en steeds verder van hem vandaan kwamen te staan.

Melchor, die maar een klein stukje van het paard af stond, terwijl de felle zon het verbleekte geel van zijn jasje deed opleven, zag het ook.

'Ben je van plan er als een bange vrouw vandoor te gaan?' daagde hij hem uit.

Als hij het probeerde, zou hij het respect van zijn mannen verliezen en daarmee iedere mogelijkheid om ooit nog een bende aan te voeren, en dat wist de Dikke. Hij brieste geërgerd, spuugde naar de voeten van de zigeuner en stapte moeizaam af.

Hij had de grond nog niet geraakt of zijn mannen barstten uit in gejuich en begonnen weddenschappen af te sluiten. De adjudanten gingen aan de kant van de weg staan. De anderen wilden een kring om de twee tegenstanders vormen, maar Melchor verhinderde dat: hij moest het misverstand van de hinderlaag laten voortduren. Als ze de Dikke met zijn allen aan het zicht onttrokken... Melchor deed met uitgestoken hand een paar stappen achteruit, om de groep mannen die op hem af kwamen te beduiden dat ze moesten blijven staan.

'Dikke!' schreeuwde hij op het moment dat de voorsten gehoorzaamden. 'Voordat je mannen ons hebben omringd, is je kop eraf geschoten! Heb je dat begrepen? Allemaal achter jou, op de weg... Nu!'

De smokkelaar maakte een gebiedend gebaar naar zijn adjudanten, die ervoor zorgden dat de anderen op de weg bleven. Velen van hen klommen op de rijdieren die ze aan de halster meevoerden, om beter te kunnen zien. Degenen die achteraan stonden, schreeuwden tegen de voorsten dat ze moesten gaan zitten, en zo, in een soort halve maan die breder was dan de weg, als een soort amfitheater, klapten en juichten ze om hun aanvoerder aan te moedigen toen deze een groot mes opende en het op de zigeuner richtte. Een paar boeren en hun vrouwen, op de terugweg naar het dorp, keken vanuit de verte verbijsterd toe.

De twee tegenstanders tastten elkaar af, om elkaar heen draaiend, armen en messen naar voren gestrekt, ervoor zorgend dat de zon niet in hun ogen scheen. De Dikke bewoog zich met een lenigheid die niet bij zijn omvang paste, zag Melchor. Hij moest hem niet onderschatten. Je kon geen bende smokkelaars uit Cuevas Bajas aanvoeren als je niet kon vechten om die positie voortdurend te verdedigen. Dat waren zijn gedachten op het moment dat de Dikke zich op hem stortte en probeerde hem in zijn lever te steken; Melchor wist het mes maar nauwelijks te ontwijken en wankelde op zijn benen toen hij de aanval van de smokkelaar afsloeg.

'Je bent oud geworden, Galeier,' beet die hem toe terwijl Melchor probeerde zijn evenwicht te hervinden en het geschreeuw en het applaus van de omstanders waarmee ze die eerste aanval hadden beloond verstomden. 'Was jij het nou die me vergeleek met een vrouw die ervandoor wilde gaan? Heb je zoveel met vrouwen gevochten dat je bent vergeten hoe mannen dat doen?'

Het gelach waarmee de smokkelaars die woorden ontvingen, maakte de zigeuner razend, maar hij wist dat hij zich niet door zijn woede moest laten meeslepen. Hij fronste zijn voorhoofd en bleef om de ander heen draaien, terwijl hij hem met zijn wapen uitdaagde.

'De laatste vrouw met wie ik heb gevochten,' loog hij terwijl hij zich op een tweede aanval voorbereidde, 'was de hoer die ik met het medaillon van je vrouw betaald heb. Weet je nog, vetklomp? Ik heb haar op jouw kosten gepakt en ondertussen aan je vrouw en dochters gedacht!'

Zoals Melchor verwachtte, liet het antwoord niet op zich wachten. De Dikke had meer aandacht voor de gespannen stilte onder zijn mannen dan dat hij de voorzichtigheid in het oog hield, en stortte zich met zijn mes in de lucht zwaaiend naar voren. Melchor ontweek hem, draaide om hem heen en verwondde hem met een steek ter hoogte van zijn borst, waardoor het wit van zijn hemd de kleur aannam van de rode gordel die zijn enorme buik omspande.

Ik heb hem! zei de zigeuner bij zichzelf toen hij zag hoe de Dikke met verkrampt gezicht wankelde, terwijl het bloed uit zijn borst stroomde, en met zijn mes door de lucht zwaaide. Melchor wist zijn blinde aanvallen een, twee, drie keer te ontwijken. Hij raakte hem opnieuw, in zijn linkerbovenbeen, en barstte vervolgens in schaterlachen uit, waarmee hij de stilte verbrak die de mannen van de bende bewaarden.

'En de parels van je vrouw...' De zigeuner sprong van de ene naar de andere kant, waarmee hij zijn vijand nog meer in verwarring bracht. Hij voelde zich jong en uitzonderlijk lenig. Hij ontweek een nieuwe aanval en stak zijn mes in de rechteroksel van de Dikke, die zich daardoor gedwongen zag het mes in zijn linkerhand te pakken. 'Die draagt mijn kleindochter nu, smerige hond!' schreeuwde Melchor nadat hij een paar stappen naar achteren gedaan had.

'Ik zal haar doden zodra ik met jou klaar ben,' antwoordde de ander zonder zich gewonnen te geven, 'maar eerst geef ik haar aan mijn mannen zodat ze van haar kunnen genieten. Heb je haar meegebracht?' voegde hij eraan toe terwijl hij met zijn mes voorbij de weg wees, in de richting van de bomen.

Melchor besloot er een eind aan te maken, hij klemde zijn wapen stevig in zijn hand en liep op zijn tegenstander af om hem de doodssteek te geven.

'Ze was beter af geweest tussen al dat zigeunergespuis dat vorige maand in Triana is opgepakt...'

De Dikke maakte zijn zin niet af. De vastbeslotenheid waarmee Melchor op hem af kwam, was bij het horen van die woorden ineens verdwenen. De smokkelaar zag de verwarring op het gezicht van de zigeuner; zijn armen en benen leken verlamd. Hij wist het niet! Hij wist niets van de razzia! De Dikke maakte gebruik van de aarzeling bij zijn tegenstander en stak het lange mes met een snelle beweging diep in zijn buik.

Melchor boog zich met een verbaasd gezicht voorover, bracht zijn vrije hand naar de wond en deinsde een paar stappen achteruit.

'Er zijn geen zigeuners!' krijste de Dikke opgewonden onder het gejuich en geklap van zijn mensen na die messteek. 'Hij is alleen!'

'Hij is van jou!' moedigde een van zijn adjudanten hem aan. 'Maak hem af!'

Het geschreeuw was oorverdovend.

Terwijl zijn rechterarm slap langs zijn zij hing, stortte de smokkelaar zich op Melchor, die struikelde toen hij probeerde de aanval te ontwijken, en op zijn rug op de grond viel. De mannen, die nu niet meer vreesden voor een hinderlaag, stonden op en renden naar de Dikke toe, die staand boven Melchor zijn cynische glimlach herwonnen had. Velen van hen zagen hoe de zigeuner ineenkromp en met beide handen naar zijn buik greep, verslagen; maar anderen zagen alleen in een flits twee grote honden uit het niets opduiken die zich op hun aanvoerder stortten, één op zijn been, op de bloedende wond die Melchor hem had toegebracht; de ander sprong rechtstreeks naar zijn keel nadat de Dikke door de aanval van de eerste op de grond gevallen was.

De meeste mannen bleven als verlamd staan; sommige probeerden de honden te naderen, maar het gegrom waarmee die hen zonder hun prooi los te laten ontvingen, deed hen daarvan afzien. De Dikke lag vlak bij Melchor, even stil als nu de twee grote honden stonden, die, gewend om met de wolven in de bergen te vechten, met hun machtige kaken precies genoeg druk uitoefenden, alsof ze wachtten op het definitieve bevel om hun scherpe hoektanden in het vlees van de smokkelaar te zetten.

'Schiet ze neer!' stelde iemand voor.

Zonder iets te durven zeggen wees de Dikke dat idee vanonder het dier dat zijn been vasthad, met een woest gebaar van zijn hand af.

'Jullie zouden de Gegordelde kunnen verwonden!' wierp een van de adjudanten op datzelfde moment tegen. 'Laat niemand schieten of dichterbij komen.'

'Doorbijten,' wist Melchor moeizaam uit te brengen. De honden gehoorzaamden hem niet maar reageerden op zijn stem met een kwispelen van hun staarten dat de zigeuner niet kon zien. 'Bijt dan door, vervloekte beesten!' brulde hij met een kreet van pijn.

'Dat zullen ze niet doen.'

De smokkelaars draaiden zich om naar Nicolasa, die met het wapen van haar overleden echtgenoot in haar handen aan de kant van de weg stond.

'Dat zullen ze niet doen... zolang ik niet het bevel daartoe geef.'

Ze sprak met trillende stem. De pijn die ze in haar eigen buik had gevoeld toen ze zag hoe de smokkelaar zijn mes in die van Melchor stak, was nu tot een ijzeren klem geworden. Ze had de honden opgehitst toen ze hem op de grond zag vallen en begreep dat zijn lot bezegeld was. Daarna was ze blind de weg op gestapt, vastbesloten voor de zigeuner te vechten, maar plotseling zag ze zich omringd door ruwe, norse kerels, allemaal reusachtig vergeleken met haar.

'Als het de vrouw is die het bevel moet geven... laten we haar dan doden!' stelde een van de smokkelaars voor terwijl hij aanstalten maakte zich op Nicolasa te storten.

Het schot daverde en de man vloog naar achteren, zijn gezicht verwoest door de loden kogels uit de donderbus.

Nicolasa durfde niet naar de anderen te kijken. Ze had geschoten zoals ze dat deed wanneer de wolven haar hut naderden: zonder na te denken. Nooit eerder had ze op een man geschoten, hoe ze daarover ook opschepte als er een haar domein naderde. Het gegrom van de honden bracht haar terug in de realiteit. De Dikke sloeg met zijn vrije hand opnieuw verwoed op de grond. Zij herlaadde het wapen terwijl ze probeerde het beven van haar handen onder controle te krijgen en de mannen om haar heen wantrouwig in de gaten hield.

'Laat niemand iets doen,' herhaalde de adjudant.

Nicolasa haalde diep adem terwijl ze voor de tweede en laatste keer de laadstok in de loop van de donderbus stak. Daarna begon ze het fijne kruit in de kamer van het wapen te stoppen. Alle ogen waren op haar gericht... en op de honden. Ze schraapte haar keel.

'Als iemand probeert me iets aan te doen...' zei ze terwijl ze opnieuw haar keel schraapte – praten kostte haar moeite – 'zullen de honden me verdedigen, maar eerst zullen ze met die ellendeling daar afrekenen, net zoals ze dat met de wolven doen. Ze laten een vijand nooit in leven.' Ze controleerde of het wapen gereed was, knikte en richtte opnieuw. Sommige mannen gingen opzij en ze voelde zich sterk. 'Eén beet van die kaken en jullie aanvoerder sterft,' voegde ze eraan toe terwijl ze naar de plek liep waar Melchor lag. Toen keek ze omhoog naar een van de adjudanten, die nog op hun paarden zaten, en zag een uitdrukking op zijn gezicht die haar leek aan te moedigen. Wat...? Ambitie! Dat was wat zijn ogen weerspiegelden. 'Of zouden jullie misschien juist willen dat hij sterft?' vroeg ze zachtjes, rechtstreeks aan de adjudant. 'Wat moeten jullie met een laffe, dikke en bovendien eenarmige aanvoerder? Ik heb het gevecht gezien. Die wond in zijn oksel zal niet genezen.'

De adjudant bracht een hand naar zijn kin, dacht een paar seconden na, greep zijn wapen stevig vast en knikte.

Nicolasa glimlachte flauwtjes: het zou goed aflopen, ze zou het overleven.

'Wat...?' wilde de tweede adjudant zich verzetten toen een onverwacht schot van de ander zijn protest deed verstommen en hij met een kogel in zijn borst van zijn paard viel.

Er ontstond rumoer onder de mannen, maar geen van hen verhief zijn stem: het was een zaak tussen de leiders, zoals ze er al zoveel hadden meegemaakt.

'Jij en jij,' richtte de vrouw zich tot twee smokkelaars die vlak bij haar stonden, en ze wees vervolgens op Melchor, 'til hem op...' Ze hapte naar adem bij het zien van de handen van de zigeuner, onder het bloed en verkrampt tegen zijn buik gedrukt. 'Til hem op een paard!' besloot ze met moeite.

'Toe maar,' bevestigde hun inmiddels nieuwe aanvoerder, terwijl hij naar het paard van de Dikke wees.

Melchor kon zich niet overeind houden in het zadel. Ze legden hem er als een baal dwars overheen. Zijn hoofd hing naar beneden.

'Je gaat sterven, Dikke,' spuugde de zigeuner uit voordat zijn gezicht van pijn verkrampte.

En terwijl de smokkelaar opnieuw met zijn hand op de grond sloeg, greep Nicolasa de teugel van het paard waarop Melchor lag en verdween met het dier tussen de bomen.

Een hele tijd durfde niemand zich te bewegen. De twee honden hadden nog steeds hun prooi vast, die zijn inmiddels krachteloze slagen met gekreun begeleidde. Na een tijdje klonk er een schel gefluit tussen de bomen vandaan. Toen trok een van de honden aan het been alsof hij het van de romp wilde scheuren, en de andere zette zijn muil in de keel van de Dikke. Het dier hoefde zijn kop alleen maar een paar keer hard heen en weer te schudden om te weten dat zijn prooi dood was. Anders dan de wolven, die voor hun leven vochten, had de man zich als een varken laten slachten. Daarna renden de twee honden achter hun bazin aan.

Voordat de dieren Nicolasa in het dichte bos bereikten, praatte Melchor al weer.

'Wist je dat van de zigeuners?'

Ze gaf geen antwoord.

'Laat me sterven,' fluisterde hij.

'Stil,' zei de vrouw. 'Je moet je niet inspannen.'

'Laat me sterven, vrouw, want als het je lukt me te genezen, zal ik je verlaten.'

De komst van de honden met hun bebloede snuiten gaf Nicolasa de kans haar keel te schrapen, die bij het dreigement van Melchor dicht was gaan zitten.

'Brave jongens,' fluisterde ze tegen de dieren die tussen de poten van het paard rondrenden. 'Je liegt, zigeuner,' zei ze toen.

# 16

Málaga, een stad van iets meer dan dertigduizend inwoners, maakte deel uit van het koninkrijk Granada en was in de 8e eeuw voor Christus door de Feniciërs gesticht. Na periodes onder de Carthagers, de Romeinen, de Visigoten en de moslims vertoonde het Málaga van de 18e eeuw, dat druk bezig was de schitterende stadsmuren van de Nazaríes te slopen, een stedelijk patroon in de vorm van een kruis, met de plaza Mayor in het midden en grote, talrijke religieuze gebouwen langs de armen.

De oude Fenicische stad was echter niet voorbereid op de komst van de opgepakte zigeunervrouwen. De razzia was eind juli uitgevoerd, maar omdat die geheim was gehouden, ontvingen de autoriteiten het bevel waarmee hun stad als huis van bewaring voor de vrouwen en hun kinderen werd aangewezen, pas op 7 augustus, zodat ze geen tijd hadden om ook maar enige voorbereidingen te treffen. En tot wanhoop van het gemeentebestuur kwamen er naar de hoofdstad karavanen vol vrouwen uit Ronda, Antequera, Écija, El Puerto de Santa María, Granada, Sevilla...

Het Alcazaba, het kasteel dat de markies van Ensenada als gevangenis had gedacht, bleek te gevaarlijk omdat daar het kruit van het leger lag opgeslagen, iets waarmee de edelman geen rekening gehouden had. De eerste vrouwen werden dus naar de koninklijke gevangenis gebracht, maar de constante aanvoer maakte dat die al snel overvol was. Daarom vorderde het gemeentebestuur een aantal huizen in de calle Ancha de la Merced, die ook ontoereikend bleken. En als de voorzieningen voor huisvesting al tekortschoten, dan deden die voor het levensonderhoud van dat enorme aantal personen dat helemaal. Het gemeentebestuur diende bij de markies een verzoek in om geen nieuwe zigeunerinnen meer te sturen, terwijl het hem tegelijkertijd om de benodigde fondsen verzocht om de vrouwen die er al waren van onderdak en eten en drinken te voorzien. De edelman bepaalde dat de nieuwe groepen zigeunervrouwen naar Sevilla moesten worden gebracht: 'rechtstreeks en veilig,' beval hij.

Ten slotte vorderden de autoriteiten de huizen in de calle del Arrebolado, in een wijk die buiten de stadsmuren lag. Ze sloten de uitgangen af en creëerden zo één grote gevangenis waar, gehuld in vodden, hongerig en ziek meer dan duizend zigeunervrouwen met hun kinderen van onder de zeven, boven op elkaar zaten. Als aanstichtster van de opstand onderweg naar de stad werd Ana Vega echter naar de koninklijke gevangenis gebracht om daar haar proces af te wachten.

En als de situatie in Málaga wanhopig was, bij het arsenaal van La Carraca was het zeker zo erg. José Carmona kwam eind augustus in Cádiz aan, samen met zeshonderd andere zigeuners – vijfhonderd mannen en honderd jongens – afkomstig uit verschillende plaatsen. Maar anders dan in Málaga, waar het gemeentebestuur huizen kon vorderen om de onverwachts aangekomen vrouwen in onder te brengen, was het arsenaal van La Carraca niet meer dan een omheinde militaire scheepswerf, die continu bewaakt werd om te voorkomen dat de gevangenen en de slaven die dwangarbeid verrichten zouden ontsnappen. Net als in Cartagena was er ook in La Carraca geen plaats voor de zigeuners; maar terwijl het arsenaal van Murcia ze kon onderbrengen in oude, nutteloze en ongezonde galeischepen die daar waren vastgelopen, werden ze in Cádiz op binnenplaatsen en in alle mogelijke bijgebouwen ondergebracht. Van weinig nut waren de verzoekschriften die de directeur van het arsenaal bij de raad indiende, waarin hij de ontoereikendheid van de voorzieningen en het risico op opstanden bij de komst van dat contingent wanhopige mannen naar voren bracht.

In het tijdperk van de rede en de beschaving was het antwoord van de autoriteiten kort maar krachtig: waar zoveel gevangenen hadden gepast, moest het ook mogelijk zijn de zigeuners onder te brengen. De directeur kreeg opdracht de ingehuurde arbeiders te ontslaan en ze door die schadelijke, luie mensenmassa te vervangen; op die manier zouden ze resultaten boeken die overeenkwamen met de idealen van de Bourbonse monarchie, die ver afstonden van de vrome berusting waarmee de samenleving armoede tot dan toe geaccepteerd had, met aalmoezen als enige oplossing. Werken was eervol. In een tijd waarin de Spanjaarden het voorouderlijke begrip van eer, dat hen had verhinderd mechanisch en derhalve laag aangeslagen werk te verrichten, langzaam achter zich begonnen te laten, mocht niemand lui zijn, en zeker de zigeuners niet; die moesten zich nuttig maken voor de natie, net als de landlopers en vagebonden die overal in het koninkrijk werden opgepakt en als dwangarbeiders te werk gesteld werden.

Zeer tegen zijn zin gehoorzaamde de directeur van La Carraca: hij breidde de bewakingstroepen uit, installeerde schandblokken en galgen om de zigeuners te ontmoedigen, ontsloeg de ingehuurde vrije arbeiders en verving die door de net aangekomen zigeuners. Maar uit angst voor mogelijke opstanden weigerde hij hun boeien en kettingen los te maken.

De maatregelen hadden geen enkel resultaat. Het arsenaal van La Carraca, de oudste scheepswerf in Spanje, lag aan de smalle kanalen of bevaarbare riviertjes die vanaf de baai van Cádiz landinwaarts stroomden; het was een moerassig gebied, gevormd door sedimentatie rondom een oude kraak die daar gezonken was. De markies van Ensenada zelf had besloten die werven uit te breiden door de inlijving van het eiland León, ook op drassige grond.

José Carmona werd net als de andere zigeuners gedwongen te werken terwijl hij tot zijn heupen in de modder wegzakte; ze moesten het onderheien van de dokken voorbereiden en de grote heimachines helpen om de lange, stevige eikenhouten palen in die onstabiele bodem te slaan. Geketend probeerden de zigeuners zich door de modder voort te bewegen, maar de kettingen maakten iets wat op zich al onmogelijk leek, nog moeilijker. Er moest zo veel mogelijk modder uit de van te voren afgebakende bekisting worden gehaald, waarna de heipalen in de grond werden geslagen voor de montage van een houten frame dat de basis van de constructie zou vormen. Terwijl de voormannen schreeuwden en hun zwepen lieten knallen deed José, net als vele anderen tot zijn buik in de modder staand, zijn uiterste best om zich met een mand vol klei te verplaatsen. Ze hadden kunnen doen alsof en in de modder blijven luieren, maar allen wilden zo veel mogelijk uit de buurt blijven van de gevaarlijke heimoker, die telkens opnieuw werd geheven om zwaar op de kop van de heipaal neer te vallen. Ze hadden al een ongeluk gezien: door de instabiele grond was de heipaal door de klap van de grote ijzeren moker krom geslagen, en twee arbeiders die ernaast stonden, waren zwaar gewond geraakt.

Andere keren werd José ingezet bij de kranen die de zware scheepsartillerie moesten laden of lossen. Vier mannen draaiden met hendels het wiel rond dat aan het touw om de houten arm van de kraan zat. De 24-kaliberkanonnen wogen soms wel bijna zesduizend pond! Bij de minste aarzeling sloegen de bewakers met hun zwepen, terwijl het kanon via de lucht op de kade gelost werd.

En wanneer hij niet in de modder of bij de kranen werkte, moest hij bij de hoospompen of in het want van de boten aan de slag, altijd geketend, zelfs bij de zigeuners die in de ziekenzaal werden opgenomen mochten de boeien niet af. De nachten bracht hij buiten door, blootgesteld aan weer en wind, beschutting zoekend tussen de hopen verrotte spanten die voor een van de magazijnen van het arsenaal lagen. Daar viel José uitgeput neer, maar het kostte hem moeite de slaap te vatten, zoals ook de meeste anderen die daar bij de spanten lagen. Op het vlakke terrein voor het magazijn stonden verschillende schandblokken waarin de lichamen van enkele in opstand gekomen zigeuners vastgeklemd zaten. Hoe konden ze uitrusten terwijl hun rasgenoten daar met hun hoofd in het schandblok naar hen keken?

'Ze komen bijna allemaal uit de zigeunerbuurt,' hoorde José op een nacht een van de smeden uit de callejón de San Miguel op beschuldigende toon zeggen. 'Zij en hun opstandigheid zijn er de oorzaak van dat we hier zijn.'

Het verwijt kreeg geen bijval.

'Ik wou dat ik hun moed had,' beklaagde een ander zich na een stilte van enkele ogenblikken waarin velen van hen hun blikken kruisten met die van de gestraften.

Moed? José onderdrukte een reactie. Natuurlijk waren zij het geweest! En die anderen die langs de wegen zwierven en hadden weten te ontsnappen. De Vega's. Het waren zigeuners zoals de Vega's geweest, Melchor en zelfs Ana, die er verantwoordelijk voor waren dat hun enkels onder de boeien bloedden. José Carmona probeerde zijn ijzers te verschuiven zodat ze zo min mogelijk over de wonden op zijn benen schuurden. 'Vervloekt zijn ze allemaal!' spuugde hij bij een pijnscheut.

De directeur gaf in de kwestie van de ketenen niet toe, maar tot zijn wanhoop waren de zigeuners niet rendabel, de mannen noch de jongens, want hoewel het de bedoeling was dat de laatsten het ambacht van het kalefateren van schepen zouden leren, weigerden timmerlieden en breeuwers ronduit om zigeunerkinderen in hun gilden toe te laten.

Intussen volgden de muiterijen en opstanden in het arsenaal elkaar op. Ze werden allemaal wreed onderdrukt. Geen enkele vluchtpoging had succes en de zigeuners werden nog steeds gedwongen te werken, harder zelfs dan de Moorse slaven met wie ze de gevangenis deelden. Maar niet het lijden, want de slaven brachten Algiers op de hoogte van de omstandigheden waarin ze door de Spanjaarden werden gedwongen te werken en de Berberse autoriteiten reageerden met gelijke behandeling: zo slecht als de Moren in de arsenalen werden behandeld, zo werden ook de gevangen Spanjaarden in Berberije behandeld. En de Bourbonse diplomatieke diensten sloofden zich uit om die middenweg te vinden die aan de belangen van beide partijen tegemoetkwam.

Anders dan de Moorse slaven hadden de zigeuners echter niemand tot wie ze zich konden wenden. Alleen hun onderlinge solidariteit beschermde hen. In lompen gehuld, bijna naakt, hongerig en geketend, gewond, velen ziek, overleefden ze de eerste klap van hun gevangenschap tot hun trotse, fiere karakter zich weer deed gelden: zij werkten niet voor de koning en niet voor de burgers, en er was geen zweep ter wereld die hen kon dwingen.

# 17

De oude María voelde dat de winter, die in de wolken aan het eind van die oktobermaand van 1749 reisde, naderde toen ze haar handen wreef en haar stramme vingers in elkaar bleven haken; ze begonnen pijn te doen. Ze hadden toen het al bijna donker was halt gehouden op een afgelegen plek, een eindje van de weg die van Trigueros naar Niebla liep, tussen de schaarse struiken en pijnbomen die in dat gebied te vinden waren. Santiago Fernández, het hoofd van een familie van ruim twintig leden, had hen daarheen geleid. Zoals van een patriarch van een nomadengroep verwacht mocht worden, kende hij het gebied op zijn duimpje.

María boog en strekte haar vingers om ze weer soepel te maken. Alles verliep in perfecte orde, zoals elke keer dat ze in een nieuwe streek overnachtten: de mannen spanden de lastdieren uit en bonden ze vast, de kinderen renden heen en weer op zoek naar droog hout om vuur te maken, en de vrouwen, op wie de oude vrouw nu toeliep, zetten handig de tenten op waarin ze tijdens de nacht beschutting vonden; sommige doeken werden aan staken gebonden die in de grond waren gestoken, andere simpelweg aan struiken of bomen. Die avond leken ze echter allemaal meer haast te hebben dan gewoonlijk en grapten en lachten ze terwijl ze intussen druk bezig waren.

'Laat maar, laat maar! Bekommert u zich maar om uw kruiden,' zei

Milagros toen María haar met een paar touwen probeerde te helpen. 'Cachita!' schreeuwde ze toen zonder nog enige aandacht aan de oude vrouw te schenken, 'zodra je kunt, kom dan even hier om deze staak dieper in de grond te slaan, stel je voor dat de duivel vannacht niest en onze tent de lucht in vliegt.'

'Cachita, ik heb je eerst nodig!' klonk het uit de mond van een andere vrouw.

Op de kleine open plek waar ze gestopt waren zocht María naar haar vriendin. Cachita hier, Cachita daar! En zij liep maar heen en weer. Nadat ze hun aanvankelijke wantrouwen hadden overwonnen, hadden de zigeunervrouwen in de sterke en altijd bereidwillige Caridad een onschatbare hulp voor welke taak dan ook gevonden.

De oude vrouw stond naast Milagros.

'Ga eens opzij,' mopperde het meisje opnieuw tegen haar terwijl ze probeerde naar de andere kant te gaan van wat al begon te lijken op een onregelmatig gevormde tent, even onregelmatig als het doek dat ze hadden gekregen: vlak, laag, net hoog genoeg voor de drie vrouwen om eronder te kunnen schuilen. 'Cachita!' schreeuwde Milagros opnieuw, 'ik ben eerst!'

María zag hoe Caridad tussen de half opgezette tenten en de kinderen die stengels en brandhout stapelden stil bleef staan.

'Zwartje,' zei de andere vrouw die haar had geroepen, 'als je me niet helpt, pak ik je je mooie rode kleren af.'

Caridad sloeg met haar hand in de lucht en liep naar de vrouw die haar gedreigd had. Milagros barstte in lachen uit. 'Hoe anders is alles nu!' dacht María bij het horen van de vrolijke lach van het meisje. Domingo, de rondtrekkende smid, was bereid geweest hen naar het laagland te vergezellen tot ze Santiago en zijn mensen tegenkwamen. De man hoefde niet al te veel van zijn route naar El Puerto de Santa María af te wijken, en hij had ook geen haast om zich aan de burgers over te geven, bekende hij hun doodsbenauwd.

Twee maanden geleden hadden ze zich bij Santiago en de zijnen gevoegd, en ze waren niet de eersten geweest. Een neef van hen, ook een Vega, zijn vrouw en hun kleintje van twee, die uit de zigeunerbuurt hadden weten te ontsnappen, hadden zich al eerder aangesloten; daarbij hadden ze echter hun dochtertje van vier moeten achterlaten, dat tijdens de hectische vlucht uit de armen van haar moeder gegleden was; honderden keren had María het huilen en de verklaringen aangehoord waarmee het jonge echtpaar probeerde het schuldgevoel kwijt te raken dat hen niet losliet. Twee jongens uit Jerez en een vrouw uit Paterna completeerden de lijst vluchtelingen in de Fernández-clan.

In de loop van die weken had de oude vrouw Milagros zien veranderen, hoewel ze in de nachten dat ze niet uitgeput neerviel nog steeds gesmoord lag te snikken. Dat was goed, dacht de kruidenvrouw. Huil maar! moedigde ze haar in stilte aan, vergeet de jouwen nooit. Al met al leek het karakter van het meisje door het rondtrekken te zijn veranderd; haar persoonlijkheid was losgebarsten, alsof haar leven in de zigeunerbuurt haar in slaap gehouden had. 'Leve de vrijheid,' mompelde de oude vrouw wanneer ze haar zag rennen, of 's avonds bij het vuur zag zingen en dansen in een kamp als dat wat ze nu aan het opzetten waren. Overdag, druk met de typische zigeunerbezigheden, betrok Milagros' gezicht alleen wanneer degenen die ze onderweg tegenkwamen of de inwoners van de dorpen hun niets over het lot van de opgepakte zigeuners konden vertellen, alsof dergelijke criminelen hun totaal niet interesseerden. Wat Melchor betreft, Santiago had Milagros beloofd alles te doen wat in zijn macht lag om nieuws over hem te krijgen.

Het leven was hard voor de zigeuners. De manden en potten verkopen die aan de muildieren en paarden hingen; voor het dagelijkse eten zorgen, door het te kopen als ze geld hadden of te stelen als dat niet het geval was; voor wat muntgeld een fandango of een sarabande dansen in een herberg of op een kruispunt van twee straten; de toekomst voorspellen; versjacheren wat ze onderweg vonden, voortdurend op hun hoede voor rechters en burgemeesters, gerechtsdienaren en soldaten, voortdurend gunsten kopend; altijd klaar om het kamp op te breken en te vluchten... waarheen en hoe lang nog?

'Zie je dat daar, kind? Daar gaan we heen,' had Santiago tegen Milagros gezegd terwijl hij naar de horizon wees zonder echter iets concreets aan te duiden. 'Hoe lang nog? Wat doet het ertoe! Het enige wat telt is dit moment.'

Alleen 's nachts onder het tentdoek, omringd door de geluiden van het veld, gaf Milagros zich over aan haar herinneringen, zag ze haar onzekere toekomst en kon ze haar tranen niet bedwingen, hoewel ze overdag probeerde te leven zoals Santiago haar had geleerd en zoals, zo besefte ze, haar grootvader deed.

Die avond waren ze op zo'n twee mijl van de stad Niebla bezig om met veel lachen, dollen en schreeuwen hun nieuwe kamp op te zetten.

Milagros deed haar best om het doek van de tent zo strak mogelijk te spannen om te voorkomen dat de wind, het niezen van de duivel, het 's nachts zou optillen; de oude María liet haar blik van de ene naar de andere kant gaan, en Caridad rende van hot naar her om iedereen te helpen, totdat hun aandacht werd getrokken door tumult bij de mannen: twee van hen hielden een schaap vast dat ze in het dorp Trigueros hadden gestolen, en Diego, een van de zonen van Santiago, liep er met een ijzeren staaf in zijn hand op af. Het dier kreeg zelfs geen tijd om te blaten: een afdoende, trefzekere klap in zijn nek deed hem dood neervallen.

'Vrouwen!' riep Santiago terwijl de mannen bij het lijk van het schaap vandaan gingen, alsof hun taak volbracht was. 'We hebben honger!'

Gazpacho en boven het vuur geroosterd schaapsvlees. Wijn en hard brood. Gebakken bloed. Een stuk kaas dat iemand had verstopt en nu besloot te delen. Zo verliep het eerste deel van de avond, de zigeuners etend en drinkend rondom het vuur, hun gelaatstrekken gebroken door de trillende vlammen, totdat het stemmen van een gitaar de muziek aankondigde.

Milagros huiverde bij het horen van de eerste akkoorden.

Verschillende zigeuners, onder wie de oude Santiago, richtten hun blik op het meisje om haar aan te sporen; een paar meisjes veranderden haastig van plek en gingen op de grond naast haar zitten.

De gitaar drong aan. Milagros schraapte haar keel en haalde een aantal keer diep adem. Een van de meisjes die naast haar waren komen zitten, begon vrijmoedig met het instrument mee te klappen.

En Milagros hief een lange, diepe jammerklacht aan, met hese stem, haar gezicht vertrokken en haar handen geopend voor zich, gespannen, alsof haar stem voor alles wat ze wilde overbrengen niet toereikend was.

Het temperament maakte zich meester van die open plek tussen het lage struikgewas en de pijnbomen: de schaduwen van dansende mannen- en vrouwengedaanten die zich met vage bewegingen tegen het vuur aftekenden, de jankende gitaren, het geklap dat tussen de bomen weerkaatste en de liederen die emoties opriepen, deden Caridads hart ineenkrimpen.

'Het is je gelukt, zwartje,' fluisterde de oude María, die naast haar zat en raadde wat er in het hoofd van de andere vrouw omging, haar in het oor.

Caridad knikte zwijgend, haar ogen strak op Milagros gericht, die haar lichaam sensueel kronkelde in een gepassioneerde dans; in sommige van die zinnenprikkelende bewegingen herkende ze alles wat ze haar in de loop van die maanden geleerd had.

'Leer haar zingen,' had de kruidenvrouw haar op een dag voorgesteld, kort nadat ze zich bij de groep van Santiago hadden gevoegd, terwijl ze met haar kin gebaarde naar een sombere Milagros die lusteloos met de groep meesjokte.

Caridad beantwoordde het voorstel met een gebaar van verbazing.

'Melchor hield van jouw manier van zingen en zoals het meisje er nu aan toe is, zou het haar goeddoen het te leren.'

Caridad verloor zich een paar seconden in de herinnering aan Melchor, in die aangename nachten... Waar zou hij nu zijn?

'Wat zeg je ervan?' drong de oude vrouw aan.

'Waarvan?'

'Dat je het haar leert.'

'Ik weet niet hoe ik iemand iets moet leren,' wierp Caridad tegen. 'Hoe...?'

'Probeer het gewoon,' onderbrak María haar, die al wist dat de andere vrouw alleen naar bevelen luisterde.

Milagros haalde alleen maar haar schouders op bij het horen van María's plan, en vanaf die dag trok de oude kruidenvrouw de twee anderen bij de minste gelegenheid mee, bij de groep vandaan, om naar een afgezonderde plek te zoeken waar ze konden zingen en dansen. De eerste dagen werden ze door de kinderen van de troep bespioneerd, maar al snel begonnen die mee te doen.

'Guinese negerdansen, *cumbés*, sarambeques, sarabandes en chaconnes,' legden de twee zigeunervrouwen Caridad de eerste dag uit, nadat Milagros er met tegenzin een gedanst had, met als enige begeleiding het moeizame handgeklap van een kruidenvrouw met stramme vingers. Het waren dansen en liederen die door talrijke negerslaven naar Spanje gebracht waren. De teksten van de liederen leken in niets op de liederen die ze op Cuba zongen, maar Caridad dacht dat ze de Afrikaanse dansen die ze zo goed kende, erin hoorde.

Caridad liet haar handen langs haar zij hangen en deed geen moeite om haar verwarring voor de zigeunervrouwen te verbergen.

'Kom op!' drong María aan. 'Nu jij!'

Het was lang geleden dat ze had gedanst en ze miste de trommels en de andere slaven. Ze liet haar blik door de omgeving gaan: ze waren in het veld, in de open lucht, omringd door bomen. Het waren niet de uitbundige Cubaanse bergen, met hun ficussen en hun heilige kapokbomen en koningspalmen, waarin de goden en de geesten huisden, maar... alle bergen waren heilig. Struikgewas en grassen, zelfs in het kleinste steeltje zat een geest verborgen. En als dat zo was op Cuba en de overige eilanden, in heel Afrika, in Brazilië en op veel andere plaatsen, waarom zou het in Spanje dan anders zijn? Caridad voelde een rilling over haar rug lopen toen ze begreep dat haar goden ook daar waren. Ze draaide zich om haar as en zag ze in het leven en in de natuur om haar heen.

' Zwartje...!' begon de oude María op verwijtende toon, ongeduldig, maar Milagros legde haar het zwijgen op door zachtjes haar hand op haar onderarm te leggen: ze voelde de verandering die haar vriendin onderging.

In welke van deze bomen zou Oshún zitten? vroeg Caridad zich af. Ze wilde haar weer in zich voelen, zou het mogelijk zijn dat de godin weer bezit van haar nam? Dansen. Ze zou het doen. Maar de bergen zijn heilig, zei ze bij zichzelf, een berg benader je met respect, zoals een kerk. Ze had een offergave nodig. Ze draaide zich om naar de zigeunerinnen en pakte haar bundeltje, dat bij María's voeten lag. Onder de oplettende blik van de andere twee vrouwen rommelde ze er wat in, ze had... Daar was het! Een sigarenpeuk die ze van een van de zigeuners hadden gekregen. Ze liep een eindje weg en tussen een paar pijnbomen hief ze haar hand met de sigaar erin omhoog.

'Wat gaat ze doen?' fluisterde de kruidenvrouw.

'Ik weet het niet.'

'Domme vrouw,' fluisterde María weer toen ze zag dat Caridad de sigaar tussen haar vingers verfrommelde en de plukjes tabak door de lucht vlogen. 'Het was de enige sigaar die we hadden,' klaagde ze.

'Stil.'

Daarna zagen ze haar tussen de bomen zoeken, totdat ze met vier stokken in haar handen terugkwam. Ze gaf er twee aan Milagros.

'Luister,' zei ze.

En ze sloeg de stokken op elkaar in het eenvoudigste ritme dat ze zich kon herinneren, dat van de clave; drie slagen met een rust ertussen en dan twee achter elkaar, en zo steeds opnieuw. Na een paar keer begon Milagros mee te slaan. Caridads voeten waren al in beweging toen ze haar stokken aan María gaf, die ze aanpakte en ze ook op elkaar begon te slaan.

Toen sloot de voormalige slavin haar ogen. Dit was haar muziek, heel anders dan die van de zigeuners en die van de Spanjaarden, die melodieus waren. De negers zochten geen melodie: ze zongen en dansten eenvoudig op het ritme van het percussie-instrument. Voor Caridad vermengde het simpele ritme van de stokken zich steeds meer met het dreunen van de batás-trommels. Toen zocht ze Oshún en danste ze te midden van haar goden voor de orisha van de liefde, in het bijzijn van de twee verbaasde zigeunerinnen, die hun ogen opensperden bij het zien van de woeste, schaamteloze bewegingen van die zwarte vrouw die vleugels aan haar voeten leek te hebben.

Een paar dagen later was Milagros begonnen het negerdansen van Caridad na te doen, terwijl twee van de zigeunermeisjes die hen eerder hadden bespioneerd, de stokken op elkaar sloegen.

Moeilijker was het om het meisje aan het zingen te krijgen.

'Ik kan het niet,' jammerde Milagros.

De drie vrouwen zaten in een kringetje op de grond, onder een pijnboom; de schemering hulde de velden en bossen in droefheid.

'Leer het haar,' zei de oude vrouw op bevelende toon tegen Caridad.

Caridad aarzelde.

'Hoe moet ze dat doen?' kwam Milagros haar te hulp. 'Om die dansen van haar te leren hoef ik alleen maar goed op te letten en haar na te doen, maar als ik zeg dat ik niet kan zingen is dat omdat ik goed naar degenen kijk die het kunnen, en hoe meer ik kijk, hoe zekerder ik weet dat ik het niet kan.'

Er viel een stilte tussen hen drieën. Ten slotte gaf María met een berustend gebaar van haar handen toe; met het dansen had ze al bereikt dat het meisje afgeleid werd. Dat was haar doel.

'Ik kan ook niet zingen,' zei Caridad toen.

'Grootvader zegt dat je het heel goed kunt,' sprak Milagros haar tegen.

De andere vrouw haalde haar schouders op.

'Wij negers zingen allemaal hetzelfde. Ik weet niet... Het is onze manier van praten, van klagen over ons leven. Daar, op de plantages, werden we gedwongen om onder het werken te zingen, zodat we geen tijd hadden om na te denken.'

'Zing eens wat, zwartje,' vroeg de oude vrouw haar na een nieuwe stilte.

Caridad dacht verlangend terug aan Melchor, ze sloot haar ogen en zong in het Lukumí, met een diepe, vermoeide, monotone stem.

De zigeunerinnen zaten stil, steeds meer in zichzelf gekeerd, te luisteren.

'Nu jij,' smeekte de oude María Milagros toen Caridad haar prevelende gezang eindigde. 'Toe dan, kind,' drong ze aan toen het meisje zich verzette.

De oude vrouw wilde haar niet over de pijn vertellen. Die moest ze zelf ontdekken. Wat waren de debla's, de martinetes of de klaagzang van de galeien anders dan liederen van angst en pijn? Wie durfde te ontkennen dat het zigeunervolk net zo erg vervolgd werd als dat van de negers? Had het kind soms niet al veel moeten doorstaan?

'Zing met me mee,' moedigde Caridad haar aan terwijl ze tegenover haar ging staan en haar handen uitstak naar Milagros, die de hare erin legde.

Caridad begon opnieuw en al snel neuriede Milagros het gezang aarzelend mee. Ze zocht hulp in de donkere ogen van haar vriendin, maar ondanks dat die haar blik strak op haar had gericht, leken haar ogen in de verte te staren, alsof ze dwars door alles wat op hun weg kwam heen keken. Ze voelde de aanraking van haar handen: ze drukten de hare niet hard en toch had ze het gevoel dat die erin gevangen zaten. Het was... het was alsof Caridad verdwenen was, opgegaan in haar eigen muziek, één geworden met die Afrikaanse goden die haar gestolen hadden. En ze begreep het leed dat uit haar stem sprak.

Die dag eindigde met een verwarde Milagros, maar Caridad en de oude María waren ervan overtuigd dat het meisje in staat zou zijn haar leed in de liederen uit te storten.

En dat was zo. De eerste keer dat Milagros haar eigen emoties met een lied openbrak, barstte het groepje kinderen dat hen vergezelde in applaus uit.

Het meisje zweeg verrast.

'Doorzingen tot je bloed proeft!' spoorde de oude María haar aan, terwijl ze het grut een verwijtende blik toewierp, waarna het snel achter de bomen verdween.

Vanaf dat moment was het allemaal eenvoudig. Wat tot dan toe niet meer dan vrolijke deuntjes waren geweest, gezongen met een slecht begrepen hartstocht, veranderde in hartverscheurende kreten van pijn: om de gevangenschap van haar ouders en om haar liefde voor Pedro García; om de verdwijning van haar grootvader; om de verkrachting van Caridad en de dood van Alejandro; om het voortdurende vluchten en het door de burgers bespuugd worden; om de honger en de kou; om de onrechtvaardigheid van de autoriteiten; om het verleden van een vervolgd volk en zijn onzekere toekomst.

Die avond, in het kamp dat in de nabijheid van Niebla was opgezet, merkten Caridad en de oude María, naast elkaar bij het vuur zittend, dat de nieuwe zinnelijke en vrolijke manier waarop Milagros danste en de diepe toon van haar zang om het ongelukkige lot van de zigeuners, gemengde gevoelens bij hen opriepen.

# 18

Niebla, de stad waaraan het graafschap dat in die tijd tot het huis van Medina Sidonia behoorde, zijn naam ontleende, was een belangrijke Arabische en middeleeuwse militaire enclave geweest. De stad was omringd door hoge, stevige muren en verdedigingstorens, en er stond een imposant kasteel met donjon. Halverwege de achttiende eeuw had de stad echter haar oorspronkelijke betekenis verloren en was de bevolking afgenomen tot iets meer dan duizend inwoners. Traditioneel had zij echter drie jaarmarkten: die van de heilige Michaël, die van Allerheiligen en die van Maria-Onbevlekte-Ontvangenis, alle drie gewijd aan het kopen en verkopen van vee, saai en leer.

De jaarmarkten waren dezelfde weg gegaan als de stad en werden inmiddels door iedereen zonder aarzeling bestempeld als onbeduidend, armoedig, vooral gewijd aan de verkoop van oud vee voor consumptie in de nabijgelegen stad Sevilla. Daarheen nu was Santiago met zijn troep zigeuners op weg. Op 1 november, feest van Allerheiligen, gingen Diego, Milagros, een jongen van een jaar of acht, Manolillo genaamd, mager en vies maar met ondeugende zwarte ogen, en andere leden van de familie Fernández, beladen met manden en potten alsof ze die wilden verkopen, naar de stadsmuren. Daarbuiten werd op een vlak terrein de jaarmarkt gehouden. Honderden stuks vee – koeien en ossen, varkens, schapen en paarden – werden in een rumoerige drukte te koop aangeboden. Verstopt langs de weg waren de oude patriarch, Caridad, María, de kleinere kinderen en de oude vrouwen achtergebleven.

Manolillo zocht bescherming bij Milagros toen de burgemeester in gezelschap van een gerechtsdienaar hen tegemoetkwam: jaarmarkten waren verboden terrein voor zigeuners, helemaal als daar vee verhandeld werd. Terwijl Diego klaagde en druk met zijn handen gebaarde, bad en smeekte in naam van God Onze Heer, de Maagd Maria en alle heiligen, maakten zij twee zich ongemerkt los van de groep om te voorkomen dat de burgemeester of de gerechtsdienaar zijn aandacht richtte op de zakken die ze bij zich droegen, met daarin vier versufte wezels die ze onderweg met veel moeite hadden weten te vangen. Ten slotte liet Diego een paar munten in de handen van de stadsbestuurder vallen.

'Ik wil geen ruzies,' waarschuwde de burgemeester terwijl hij het geld opborg.

Zodra ze de autoriteiten van Niebla kwijt waren, maakte Diego Fernández een gebaar naar de andere zigeuners, die zich over het marktterrein verspreidden; daarna knipoogde hij naar Milagros en Manolillo: kom op, jongens, moedigde hij ze aan.

Meer dan driehonderd paarden stonden dicht opeen tussen schamele hekken van planken en rietstokken. Tussen handelaren, kopers en een massa nieuwsgierigen liepen Milagros en Manolillo erheen terwijl ze een kalmte voorwendden die ze niet voelden. Toen ze bij het eind van de hekken kwamen, waar die samenvielen met de buitenkant van de stadsmuren, wierpen ze een snelle blik om zich heen en glipten door het hek. Verscholen tussen de paarden gaf Milagros haar zak aan de jongen, haalde een flesje azijn uit haar rok en leegde dat in de zakken. Daarna schudden ze die hard heen en weer en de dieren, die sinds ze gevangen waren geen eten hadden gehad, begonnen te gillen en woest te bewegen. Ze zochten beschutting bij de muren en lieten de wezels los. Die renden blind, luid piepend, als gekken rond, botsten tegen de paarden en beten die in hun poten. Op hun beurt zetten de paarden het op een hinniken, ze trapten op elkaars hoeven, schopten en beten naar elkaar. De wilde vlucht liet niet op zich wachten. De driehonderd dieren braken met gemak door de zwakke hekken en galoppeerden wild over de jaarmarkt.

In de chaos die de paarden veroorzaakten, wisten Diego en zijn mannen er vier te pakken te krijgen, die ze snel de stad uit voerden, naar waar de patriarch op hen wachtte; Milagros en Manolillo, die na alle spanning hun lachen niet konden bedwingen, waren daar al.

'Lopen!' schreeuwde Santiago, wetend dat de burgemeester hen binnen de kortste keren zou beschuldigen.

Ze gingen op weg met hun ketels, manden en potten op hun rug, naast wat kleren en doeken die de zigeunerinnen in de verwarring hadden weten te stelen. Een van hen liet trots een paar schoenen met leren zolen en zilveren gespen zien.

De patriarch gaf opdracht naar Ayamonte te gaan.

'Gisteren heb ik gehoord,' legde hij uit, 'dat er een rijke edelman is gestorven die in zijn testament bijna vijfduizend realen voor zijn begrafenis bestemd heeft: begrafenisplechtigheid en missen voor zijn zielenheil – meer dan duizend heeft de kwezelaar er besteld! –, rouwbetoon en aalmoezen. Alle pastoors en kapelaans van de stad zijn opgeroepen, net als de broeders en nonnen van enkele kloosters. Flink wat geld zullen ze opstrijken, die dwazen. Er zullen veel mensen zijn...'

'En veel aalmoezen!' klonk het vanuit de zigeunervrouwen.

Ze liepen parallel aan de weg die naar Ayamonte leidde; voordat ze bij San Juan del Puerto kwamen, moesten ze echter op de weg zelf gaan lopen om per boot de rivier de Tinto over te kunnen steken; de schipper durfde zelfs niet te discussiëren over de prijs die Santiago bood om hen naar de overkant te brengen. Diezelfde middag wisten ze twee van de paarden te versjacheren aan de eigenaar en een klant van een herberg langs de weg; geen van beiden was geïnteresseerd in de herkomst van de dieren. Ook haalden ze wat geldstukken op bij de weinige klanten die in de herberg zaten, nadat Milagros op een suggestieve manier had gezongen en gedanst, zoals Caridad haar had geleerd, en de begeerte van de aanwezigen geprikkeld had. Het was niet de diepe, hese zang waarmee de zigeuners 's avonds rond het vuur in het kamp hun pijnen en hartstochten herbeleefden, maar zelfs de oude patriarch betrapte zich erop dat hij lachend stond te klappen toen het meisje in vrolijke fandango's en sarabandes uitbarstte.

Ondanks de kou waren Milagros' gezicht, haar armen en de aanzet van haar borsten met zweetdruppels bedekt. De herbergier bood haar een glas wijn aan toen het zigeunermeisje onder bewaking van Diego tussen de tafels doorliep waaraan de klanten zaten te drinken en met een zucht van vermoeidheid aan de tafel ging zitten vanwaar Caridad en María haar gadegeslagen hadden.

'Bravo, kind!' feliciteerde de kruidenvrouw haar.

'Bravo,' viel de herbergier haar bij terwijl hij haar de wijn serveerde. 'Na de razzia,' ging hij verder, terwijl zijn ogen afdwaalden naar het decolleté van het meisje, 'waren we bang dat we niet meer van jullie dansen zouden kunnen genieten, maar na de vrijlating...'

De stoel viel om, de wijn viel om en zelfs de tafel viel om.

'Welke vrijlating?' schreeuwde het meisje, staand tegenover de herbergier.

De man spreidde zijn handen tegenover de kring zigeuners die plotseling om hem heen dromden.

'Weten jullie het nog niet?' vroeg hij. 'Nou, ze zijn ze dus aan het vrijlaten.'

'Zelfs de koning van Spanje krijgt ons niet klein!' klonk het vanuit de groep zigeuners.

'Weet je het zeker?' vroeg Santiago.

De herbergier aarzelde. Milagros stond heftig gebarend voor hem.

'Weet je het zeker?' herhaalde ze.

'Zeker, zeker...? Dat is wat ze zeggen,' zei hij ten slotte schouderophalend.

'Het is waar.'

De zigeuners draaiden zich om naar de tafel vanwaar de bevestiging gekomen was.

'Ze zijn ze aan het vrijlaten.'

'Hoe weet je dat?'

'Ik kom net uit Sevilla. Ik heb ze gezien. Ik ben ze tegengekomen op de botenbrug naar Triana.'

'Hoe weet je dat het zigeuners waren?'

De Sevilliaan glimlachte ironisch bij die vraag.

'Ze kwamen van Cádiz, van La Carraca; ze zagen er haveloos en smerig uit. Ze werden vergezeld door een klerk die de verklaring van hun invrijheidsstelling bij zich had en verschillende gerechtsdienaren die de groep begeleidden...'

'En de vrouwen in Málaga?' onderbrak Milagros hem.

'Van de zigeunervrouwen weet ik niets, maar als ze de mannen vrijlaten...'

Milagros draaide zich om naar Caridad.

'We gaan terug naar huis, Cachita,' fluisterde ze met schorre stem, 'we gaan terug naar huis.'

In de arsenalen waren de zigeuners niet rendabel. Ze werkten niet, klaagden de directeuren. Zowel in Cartagena als in Cádiz, zo voerden ze aan, hadden ze zoals hun was opgedragen het ervaren personeel vervangen door die onwetende arbeidskrachten die wars van iedere inspanning waren en zelfs voor het eten dat ze kregen niet genoeg opleverden. De zigeuners, drongen ze aan, zorgden voor problemen en waren gevaarlijk: ze vochten, ruzieden en beraamden vluchtpogingen. Er waren niet voldoende troepen om ze in toom te houden en ze waren bang dat de wanhoop van een aantal mannen met levenslang, ver van hun vrouw en kinderen, zou leiden tot een oproer dat ze niet zouden kunnen onderdrukken. De zigeunervrouwen, die net zoveel of nog meer problemen gaven dan hun mannen, werkten helemaal niet, en de kosten van hun levensonderhoud drukten zwaar op de schaarse middelen van de gemeenten waar ze opgesloten zaten.

De verzoekschriften van de bestuurders van arsenalen en gevangenissen kwamen al snel bij de markies van Ensenada terecht.

Maar het waren niet alleen de ambtenaren die hun beklag deden bij de machtige minister van Fernando VI. De zigeuners zelf deden dat ook en dienden vanuit de plekken waar ze vastzaten klachten en smeekbeden bij de raad in. Daarbij voegden zich enkele edelen die hen beschermden, geestelijken en zelfs voltallige gemeenteraden die zagen hoe bepaalde werkzaamheden waar de samenleving behoefte aan had, niet uitgevoerd werden bij gebrek aan arbeidskrachten: ijzersmeden, hoefsmeden of simpele landbouwers. Zelfs de stad Málaga, die niet een van de bij koninklijk besluit aangewezen plaatsen was om zigeuners op te nemen, steunde de smeekbeden van de daar ingeschreven zigeunersmeden om hen niet op te pakken.

In de bureaus van de koninklijke raad stapelden de smeekbeden en verzoeken zich op. Binnen twee maanden waren de ondoeltreffendheid, het gevaar en de enorme kosten van de grote razzia duidelijk geworden. Bovendien waren de aangepaste zigeuners opgepakt, degenen die zich naar de wetten van het koninkrijk voegden, terwijl vele andere, de ongewensten, hun kamp overal op het grondgebied van Spanje vrij opsloegen. Dus kwam de markies van Ensenada eind september 1749 op zijn besluit terug en gaf de schuld aan de ondergeschikten die de razzia hadden uitgevoerd: de koning had de zigeuners die zich aan de wetten hielden nooit kwaad willen doen.

In oktober vaardigde de raad de benodigde bevelen uit, zodat tot de vrijlating van de onterecht opgepakte zigeuners kon worden overgegaan: de burgemeesters moesten geheime dossiers opstellen over het leven en de gewoontes van iedere zigeuner uit hun plaats die was opgepakt, waarin ze aangaven of de betreffende zigeuner volgens de decreten en verordeningen van het koninkrijk leefde; bij de dossiers moest een verslag van de pastoor worden gevoegd, ook geheim, waarin bovenal moest worden vermeld of de zigeuner voor de kerk getrouwd was.

Degenen die aan al die voorwaarden voldeden zouden in vrijheid worden gesteld, ze zouden naar hun plaats van herkomst worden teruggebracht en hun in beslag genomen bezittingen terugkrijgen, met het uitdrukkelijke verbod zonder schriftelijke vergunning hun dorpen te verlaten, en in ieder geval nooit voor een bezoek aan een jaarmarkt of een gewone markt.

Degenen die er niet aan voldeden zouden in de gevangenis blijven of arbeid moeten verrichten in werken van openbaar of koninklijk nut; zigeuners die vluchtten zouden onmiddellijk opgehangen worden.

Ook voor de zigeuners die niet bij de grote razzia waren opgepakt, werden concrete verordeningen uitgevaardigd: zij kregen een termijn van dertig dagen om zich te melden; als ze dat niet deden, zouden ze worden beschouwd als 'rebellen, bandieten, vijanden van de openbare orde en beruchte dieven'. Zij zouden allemaal de doodstraf krijgen.

De zigeunerbuurt was verwoest. 's Avonds hielden Milagros, de oude María en Caridad stil bij het begin van de straat die parallel aan de muur rondom het land van de kartuizers liep en waartegen de huisjes stonden. Geen van de vrouwen zei iets. De hoop en de illusies die ze de laatste twee dagen onderweg hadden gekoesterd, terwijl ze elkaar moed inspraken en een terugkeer naar hoe het was beloofden, verdwenen op slag toen ze de zigeunerbuurt zagen. Na de razzia en de inbeslagname van de bezittingen waren plunderaars toegesneld om zich zelfs de armoede toe te eigenen. Daken waren verdwenen, zelfs die van takken en bladeren, en sommige muren waren ingestort doordat alles wat de soldaten niet hadden meegenomen later alsnog geroofd was: muurijzers, het schaarse houten lijstwerk, muurkasten, schoorstenen...

Toch waren sommige huisjes bewoond, zagen ze.

'Er zijn geen kinderen,' merkte de oude vrouw op. Milagros en Caridad bleven zwijgen. 'Het zijn geen zigeuners, het zijn criminelen en hoeren.'

Als om haar woorden te bevestigen, kwam uit een van de huisjes vlak bij hen een stel naar buiten: hij een oude mulat; zij, mee naar buiten gekomen om afscheid te nemen, een in lompen gehulde vrouw met verwarde haren, haar hangende borsten ontbloot.

De twee groepjes bekeken elkaar.

'Kom, we gaan,' maande de kruidenvrouw de andere twee. 'Dit is gevaarlijk.'

Achtervolgd door de schaterlach van de hoer en een reeks obsceniteiten uit de mond van de mulat, haastten ze zich naar Triana.

Een tijd later liepen de drie vrouwen langzaam door de wijk. De angstige beklemming die hen tot bij de Nuestra Señora de la O-kerk had vergezeld, nadat ze hadden gezien hoe hun huisjes, hoe armzalig ze ook geweest waren, in schuilplaatsen van vogelvrijen waren veranderd, maakte langzaamaan plaats voor ontzetting: de Vega's zouden dat nooit toegelaten hebben. Als ze vrij waren geweest, zouden ze al die bedelaars eruit gegooid hebben. De oude María werd gesterkt in haar pessimisme; Milagros, die niet hardop durfde te zeggen wat ze allebei vreesden, klampte zich vast aan de mogelijkheid dat haar familie in de steeg op haar wachtte; haar vader was een Carmona en woonde niet in de zigeunerbuurt, maar als ze de Vega's niet vrijgelaten hadden...

De kou van die novemberavond, voor het gevoel van de drie vrouwen heviger dan alle avonden daarvoor, had hen overvallen. De callejón de San Miguel ontving hen met een ongastvrije stilte; alleen het zwakke schijnsel van een paar kaarsen achter de ramen hier en daar verraadde de aanwezigheid van bewoners. De oude María schudde haar hoofd. Milagros ontsnapte uit het groepje en rende naar haar huis. De put op de binnenplaats van het woonblok, altijd verborgen tussen stukken oud verwrongen en verroest ijzer, ontving haar nu als een fier opgericht, eenzaam lichtbaken. Het meisje staarde er even naar en rende toen de trap op.

Kort daarna vonden Caridad en María haar daar boven, terneergeslagen op de grond zittend: ze had geen stap in de woning durven zetten, alsof de volkomen lege ruimte haar ter plekke met één klap had geveld. Ze trilde op het ritme van haar snikken en drukte haar handen tegen haar gezicht, doodsbang om opnieuw met de werkelijkheid geconfronteerd te worden.

Caridad bukte naast haar en fluisterde in haar oor: 'Rustig maar, het komt allemaal goed. Je zult zien dat ze binnenkort naar huis komen.'

Het gehamer op de aambeelden wekte hen toen het al licht was. Nadat María Milagros had weten te kalmeren en haar had tegengehouden toen ze naar andere woningen wilde gaan, waar misschien criminelen huisden, waren ze ingedommeld, Milagros van tijd tot tijd huilend, met zijn drieën onder een deken en het doek van de tent die Santiago hun voor onderweg meegegeven had. Het zonlicht kwetste omdat het liet zien hoe kaal de woning was, zonder een spoor van meubels; alleen de stukken van gebroken borden op de grond, onder het stof, bewezen dat daar een familie gewoond had. Zwijgend luisterden de drie vrouwen naar het geklop van de hamers. Het leek in niets op het verwoede gehamer waaraan ze gewend waren; de slagen van deze hamers kwamen schaars, langzaam, vermoeid zou je kunnen zeggen.

Ondanks haar stramme vingers verraste de oude María hen met een ferme klap in haar handen.

'Aan de slag!' riep ze uit terwijl ze het initiatief nam en opstond.

Caridad volgde haar voorbeeld. Milagros daarentegen trok het tentdoek over haar hoofd.

'Heb je me niet gehoord, kind?' zei de oude vrouw. 'Als ze ijzer smeden, dan zijn het zigeuners. Geen burger zou dat hier, in de steeg, durven doen. Sta op.'

María gaf Caridad met haar blik een teken dat ze de dekens van het meisje moest aftrekken. Het duurde even voor ze gehoorzaamde, maar uiteindelijk trok ze doek en deken weg en onthulde een Milagros in foetushouding.

'Je ouders zouden in een ander huis kunnen zijn,' ging de kruidenvrouw niet al te overtuigd verder. 'Er zijn huizen zat nu, en hier...' – ze draaide zich om en wees de kamer rond – 'zouden ze niet één vervloekte stoel tot hun beschikking gehad hebben.'

Milagros stond met bloeddoorlopen ogen en een hoogrood gezicht op.

'En zo niet,' ging María verder, 'dan moeten we erachter zien te komen wat er aan de hand is en hoe we ze kunnen helpen.'

Het gehamer kwam uit de smidse van de Carmona's, die ze via de binnenplaats van het woonblok bereikten. Binnen was het effect van de koninklijke verordening om bij de razzia alle bezittingen in beslag te nemen duidelijk te zien: gereedschap, aambeelden en smeltovens, ketels, bakken voor het temperen van het ijzer... alles was verdwenen. Twee jongens, die niet merkten dat de vrouwen binnenkwamen, zaten geknield bij het smidsvuur en werkten, zo zag Milagros, met een draagbare smidse zoals die van Domingo, de zigeuner uit El Puerto de Santa María die ze in de Andévalo waren tegengekomen: een heel klein aambeeld waarop een van hen een hoefijzer sloeg, en een schaapsleren blaasbalg waarmee de ander de gloeiende houtskool aanblies die in een eenvoudig gat in de aarden grond lag te gloeien.

Het meisje kende ze, de oude vrouw ook. Caridad had ze wel eens gezien. Het waren Carmona's. Neven van Milagros. Doroteo en Ángel heetten ze, maar ze waren erg veranderd: terwijl ze met ontbloot bovenlichaam het ijzer bewerkten, waren hun ribben te tellen en in hun uitgemergelde gezichten staken de jukbeenderen bijna door hun huid. Ze hoefden hun aanwezigheid niet kenbaar te maken. Doroteo, degene die op het aambeeld hamerde, sloeg mis, vloekte, sprong op en liet de hamer vallen.

'Het is onmogelijk te werken met deze...!'

Hij zweeg toen hij ze zag. Ángel draaide zijn hoofd in de richting naar waar zijn neef keek. María wilde iets zeggen, maar Milagros was haar voor.

'Wat weten jullie van mijn ouders?'

Ángel liet de blaasbalg los en stond ook op.

'Oom is niet vrijgelaten,' antwoordde hij. 'Hij zit nog in La Carraca.'

'Hoe gaat het met hem? Heb je hem gezien?'

De jongen wilde geen antwoord geven.

'En mijn moeder?' vroeg Milagros met een dun stemmetje.

'We hebben haar niet gezien. Hier is ze niet.'

'Maar als ze oom niet hebben vrijgelaten, zullen ze haar ook niet vrijgelaten hebben,' voegde de ander eraan toe.

Milagros voelde dat ze flauw ging vallen. Ze werd bleek en haar benen trilden.

'Help haar,' zei María tegen Caridad. 'En jullie ouders,' ging ze verder nadat ze zich ervan had vergewist dat Caridad Milagros vasthad voordat die in elkaar zakte, 'zijn ze vrij? Waar zijn ze?' vroeg ze toen ze hen zag knikken.

'De ouderen,' antwoordde Doroteo, 'zijn aan het onderhandelen met de burgemeester van Sevilla om onze bezittingen terug te krijgen. We hebben alleen deze...' – de jongen keek verontwaardigd naar het kleine aambeeld – 'waardeloze draagbare smidse kunnen krijgen. De koning heeft opdracht gegeven dat ze ons onze spullen moeten teruggeven, maar degenen die ze hebben gekocht, weigeren dat als ze niet het geld terugkrijgen dat ze ervoor betaald hebben. Wij hebben geen geld, en de koning noch de burgemeester wil betalen.'

'En de vrouwen?'

'Alle zigeuners die niet in het gemeentehuis zijn, zijn vanochtend vroeg naar Sevilla gegaan om te bedelen, werk te zoeken of eten te vinden. We hebben niets. Van de Carmona's zijn alleen wij hier. Met dit hier,' wees hij opnieuw misprijzend naar het aambeeld, 'kunnen maar twee man werken. In andere smederijen hebben ze ook oud smidsgereedschap zoals dat van de rondtrekkende smeden, maar wij hebben niet genoeg ijzer en houtskool... en kunnen er ook niet mee werken.'

Op dat moment, alsof de ander hem eraan had herinnerd, knielde Ángel opnieuw bij het smidsvuur en blies in de houtskool, waardoor hij een rooksliert in zijn gezicht kreeg. Daarna pakte hij het hoefijzer waar Doroteo mee bezig was geweest en dat inmiddels koud was geworden, en hield dat opnieuw in de gloeiende houtskool.

'Waarom hebben ze ze niet vrijgelaten?'

De vraag ontsnapte aan de lippen van Milagros, die zich, nog steeds bleek, losmaakte uit Caridads armen en aarzelend naar haar neef liep. Doroteo draaide er niet omheen.

'Nicht, je ouders waren niet volgens de rituelen van de Kerk getrouwd, dat weet je. En dat is een vereiste om vrij te komen. Naar het schijnt wilde je moeder het niet...' Hij zei het ronduit, zonder een zeker gevoel van wrok te verbergen. 'Voor zover ik weet, is geen enkele Vega uit de zigeunerbuurt vrijgelaten. Behalve een kerkelijk huwelijk willen ze ook getuigenverklaringen dat ze niet als zigeuners leefden...'

'Je moet ons ras niet verloochenen, jongen,' waarschuwde de oude vrouw.

Doroteo durfde niet te antwoorden; in plaats daarvan spreidde hij zijn handen voordat er een stilte tussen hen viel.

'Doroteo,' verbrak Ángel de stilte, 'de houtskool koelt af.'

De zigeuner zwaaide met zijn hand in een gebaar dat een mengeling leek tussen zijn wens om aan het werk te gaan en zijn machteloosheid tegenover de situatie; hij keerde hun zijn rug toe, pakte de hamer en maakte aanstalten bij het aambeeld neer te knielen.

'Weet je iets van grootvader Vega, van Melchor?' vroeg de oude vrouw.

'Nee,' antwoordde de jongen. 'Het spijt me,' vervolgde hij tegen de vrouwen voor hem, die zo gretig naar goed nieuws verlangden.

Via de deur van de smidse liepen ze de steeg in. Zoals Doroteo had gezegd, klonk ook in andere smederijen onregelmatig, dof gehamer; verder was de plek verlaten.

'Laten we naar broeder Joaquín gaan,' stelde Milagros voor.

'Kind!'

'Waarom niet?' hield het meisje aan terwijl ze naar de uitgang van de steeg liep. 'Hij zal zijn dwaze ideeën nu inmiddels wel vergeten zijn.' Ze stond stil; de oude vrouw weigerde haar te volgen. 'María, hij is een goed mens. Hij zal ons helpen. Dat heeft hij toen ook gedaan...'

Ze zocht de steun van Caridad, maar die was ver weg met haar gedachten.

'We kunnen het altijd proberen,' voegde Milagros eraan toe.

Het stelde hen gerust dat de mensen niet verbaasd waren over hun aanwezigheid; ze wisten dat de zigeuners teruggekomen waren. Bij de San Jacinto kregen Milagros en Caridad echter een nieuwe klap te verwerken. Broeder Joaquín, deelde de portier hun mee, was niet meer in Triana. De broeder leek weinig geneigd meer informatie te geven, maar Milagros drong zo aan, ze trok zelfs aan zijn habijt, dat hij iets meer vertelde, zij het enigszins argwanend, vooral om van hen af te zijn.

'Hij heeft Triana verlaten,' zei hij. 'Hij werd plotseling gek,' voegde hij toe terwijl hij met zijn hand in de lucht sloeg. Hij dacht even na en besloot zijn hart te luchten: 'Ik had het al aan zien komen,' zei hij hardop, met zichtbare eigendunk. 'Ik heb het verschillende keren tegen de prior gezegd: deze jongeman gaat ons problemen geven. De tabak, zijn vrienden, zijn komen en gaan, zijn onbeschaamdheid en die preken van hem, zo... zo oneerbiedig! Zo modern! Hij wilde uittreden. De prior overtuigde hem het niet te doen. Ik weet niet wat voor vreemde voorkeur de prior voor die jongen had.' Hij liet zijn stem dalen. 'Ze zeggen dat hij broeder Joaquíns moeder nogal goed kende; volgens sommigen zelfs te goed. Broeder Joaquín voerde aan dat niets hem meer bond hier in Triana! En zijn gemeenschap dan? En zijn geloof? En God? Dat niets hem meer hier bond...' herhaalde hij snuivend. De broeder onderbrak zijn betoog, sloot zijn ogen en schudde zijn hoofd, verbaasd, boos op zichzelf toen hij besefte dat hij uitleg stond te geven aan twee zigeunerinnen en een zwarte vrouw, die hem verbijsterd aanhoorden.

'Waar is hij heen gegaan?' vroeg Milagros.

Hij wilde het hun niet vertellen. Hij weigerde verder nog met hen te praten.

Met gebogen hoofd keerden ze terug naar de steeg. Caridad liep achteraan, met haar ogen op de grond gericht.

'Hij zou zijn dwaze idee dus vergeten zijn, hè?' zei María spottend.

'Misschien is het niet om...' begon Milagros.

'Wees niet zo naïef, kind.'

Ze liepen zwijgend verder. Behalve de twee munten die Santiago hun had gegeven, hadden ze geen geld. Ze hadden ook geen eten. Ze hadden geen familie! Er was niet één Vega in Triana, had Doroteo gezegd. De oude kruidenvrouw kon een zucht niet onderdrukken.

'We zullen wat eten kopen en dan gaan we kruiden plukken,' kondigde ze aan.

'En waar gaat u die klaarmaken?' vroeg Milagros sarcastisch. 'In uw...?'

'Hou je mond!' onderbrak de oude vrouw haar. 'Je hebt het recht niet. We hebben het allemaal moeilijk. Als iemand ziek wordt, dan zullen ze heus wel een plek zoeken waar ik ze kan klaarmaken.'

Milagros kromp ineen bij die terechtwijzing. Ze liepen langs de Cava, waar het afval zich nog steeds ophoopte. María wierp een steelse blik op het meisje en zodra ze de eerste snik hoorde, gebaarde ze naar Caridad dat ze haar moest troosten, maar Milagros versnelde haar pas en liet hen achter zich, alsof ze wilde ontsnappen.

Caridad had het gebaar van de oude María niet gezien. Haar gedachten waren nog steeds bij Melchor. Ik zal hem in Triana vinden, had ze tijdens de terugweg voortdurend tegen zichzelf gezegd. Ze stelde zich het weerzien voor: weer voor hem zingen, zijn aanwezigheid... zijn aanrakingen. Als hij was opgepakt, zoals ze tijdens hun vlucht zo vaak hadden verondersteld, zouden ze hem met de anderen vrijgelaten hebben, en als ze hem niet hadden opgepakt, dan was het ondenkbaar dat hij niet naar Triana zou komen als hij hoorde dat de zijnen vrijgelaten waren. Maar hij was er niet, en de twee Carmona's zeiden dat geen enkele Vega het arsenaal verlaten had. Honderden keren had haar maag zich in de loop van die ochtend omgedraaid bij de aanblik van de uitgemergelde gezichten en de broodmagere bovenlichamen van Milagros' neven. Als dat de gevolgen waren bij jonge mannen, hoe zou Melchor er dan aan toe zijn? Ze voelde haar ogen vochtig worden.

'Ga naar haar toe,' zei de kruidenvrouw terwijl ze naar Milagros wees.

Caridad probeerde haar gezicht te verbergen.

'Jij ook?' vroeg María wanhopig.

Caridad snoot haar neus; ze probeerde haar tranen in te houden.

'En waarom huil jij dan, zwartje?'

Caridad gaf geen antwoord.

'Als het om Milagros was, dan zou je wel naar haar toe gaan. Ik betwijfel of Carmona je ook maar een enkele keer goed heeft behandeld en wat Ana Vega betreft...' María zweeg plotseling, ze strekte haar oude nek en keek haar verbaasd aan: 'Melchor?'

Caridad kon zich niet langer inhouden en barstte in tranen uit.

'Melchor!' riep de oude María ongelovig uit terwijl ze met haar hoofd schudde. 'Zwartje!' trok ze ten slotte haar aandacht. Caridad deed een poging om haar aan te kijken. 'Melchor is een oude zigeuner, een Vega. Je zult hem terugzien.' Caridad glimlachte flauwtjes. 'Maar nu heeft zij je nodig,' drong de kruidenvrouw aan terwijl ze weer naar Milagros wees, die steeds verder voor hen uit liep.

'Zal ik hem terugzien? Weet je het zeker?' wist Caridad stotterend uit te brengen.

'Bij andere zigeuners zou ik dat niet durven voorspellen, maar bij Melchor wel: ja, je zult hem terugzien.'

Caridad sloot haar ogen, tevredenheid maakte zich meester van haar gelaatstrekken.

'Ga naar Milagros toe!' drong de oude vrouw aan.

Caridad veerde op, rende haastig naar voren, bereikte haar vriendin en sloeg een arm om haar schouders.

Niemand troostte broeder Joaquín die gure ochtend dat hij Triana achter zich liet, vlak voordat Milagros en haar reisgenotes naar de zigeunerbuurt terugkeerden. In zijn zak zat de missievergunning van de aartsbisschop van Sevilla; broeder Pedro de Salce, de beroemde prediker, liep naast hem litanieën van de heilige Maagd Maria te zingen, zoals hij altijd deed wanneer hij missiewerk ging doen. Daarbij werd hij vergezeld door twee lekenbroeders, die ieder een muildier meetrokken beladen met kazuifels, kruisen, boeken, fakkels en andere voor de evangelisatie benodigde zaken.

Sommige mensen die ze tegenkwamen, vielen op hun knieën en sloegen een kruis terwijl broeder Pedro hen zonder stil te staan zegende; anderen pasten hun ritme aan dat van de geestelijken aan en baden mee.

'Bedroefd?' vroeg de prediker hem tussen het zingen door, zich bewust van de pijn van de ander.

'Intens blij vanwege de kans om God te dienen die uwe eerwaarde me gegeven heeft,' loog broeder Joaquín.

De broeder verhief tevreden zijn stem om de volgende litanie aan te heffen terwijl de gedachten van broeder Joaquín zich voor de zoveelste keer sinds de dag na de grote razzia op Milagros stortten. Hij had met haar mee moeten gaan! Milagros zou door de onherbergzame Andévalo trekken, tot aan Barrancos. Waar zou ze nu zijn? Hij huiverde bij de gedachte aan het lot van het meisje als ze in handen was gevallen van de soldaten of van de struikrovers die dat wetteloze gebied bevolkten. De gal borrelde omhoog tot in zijn mond bij het beeld van Milagros in handen van een bende schurken.

Honderden van dergelijke prangende, ongemakkelijke vragen hadden hem belaagd sinds Milagros uit zijn gezichtsveld was verdwenen. Hij wilde haar achterna rennen. Hij aarzelde, kon niet besluiten, liet de kans voorbijgaan. En terug in San Jacinto zakte hij weg in melancholie; hij was afwezig, rusteloos, ontroostbaar. Milagros verdween niet uit zijn hoofd en ten slotte besloot hij naar de prior te gaan om te zeggen dat hij wilde uittreden.

'Natuurlijk heeft het zin dat je in de orde blijft!' sprak deze hem tegen toen broeder Joaquín zijn zonden en zijn twijfels opbiechtte. 'Het gaat wel weer over. Je bent niet de eerste. Grote mannen binnen de Kerk hebben ergere fouten dan die van jou gemaakt. Je hebt geen gemeenschap met haar gehad. De tijd en de heilige Dominicus zullen je helpen, Joaquín.'

Niettemin vond de prior van het San Jacinto een oplossing voor die door het klooster dwalende geest die nu ongeïnspireerd en zonder zijn vroegere energie zijn grammaticalessen gaf. Broeder Joaquín had een schok nodig, dacht de prior. De oplossing deed zich voor toen hij hoorde van de dood van de metgezel van don Pedro de Salce, de bekendste van de missionarissen die door het koninkrijk Sevilla trokken om het evangelie en de christelijke leer te prediken. De prior deed zijn invloed in het aartsbisdom gelden om broeder Joaquín, eveneens beroemd om zijn preken, tot zijn nieuwe metgezel te laten benoemen. Het kostte hem weinig moeite om dat te bereiken; ook kostte het hem nauwelijks moeite om de broeder ervan te overtuigen dat hij de benoeming moest accepteren.

Broeder Pedro de Salce en broeder Joaquín waren op weg naar Osuna. Voordat hij een dorp of stad uitkoos, bestudeerde de ervaren priester de plaatsen die de laatste jaren niet geëvangeliseerd waren; Osuna en de omliggende dorpen voldeden daaraan. Ze deden er drie dagen over om er te komen, en het was al donker toen ze de stad naderden. De silhouetten van de huizen tekenden zich af tegen het licht van de maan en er klonk geen enkel geluid. Broeder Joaquín was moe en don Pedro hield stil. De jonge broeder wilde net vragen waar ze zouden slapen toen hij zag dat de broeders die de muildieren meevoerden in de zadeltassen zochten.

'Wat...?' verbaasde broeder Joaquín zich.

'Volg mij maar,' onderbrak de missionaris hem terwijl hij een kazuifel omhing en hem aanspoorde hetzelfde te doen.

Ze zetten een groot kruis in elkaar dat ze in delen bij zich hadden en broeder Pedro gaf broeder Joaquín opdracht het te dragen. De lekenbroeders ontstaken twee fakkels van espartogras en teer, die een rook verspreidden die zwarter was dan de nacht, en zo, de priester gewapend met een bel in zijn rechterhand, liepen ze naar het dorp.

'Sta op, zondaars!'

Ter hoogte van de eerste poort werd de stilte door de schreeuw van broeder Pedro verbroken. Broeder Joaquín stond versteld over het volume van een stem die in de drie dagen dat ze onderweg waren, bijna onophoudelijk psalmen, liederen, gebeden en rozenkransen gemompeld had.

Het leek er niet op dat ze zouden gaan uitrusten. Broeder Joaquín legde zich erbij neer terwijl de prediker hem maande het kruis omhoog te houden.

'Hou het hoog, zodat ze het allemaal kunnen zien,' vervolgde hij terwijl hij de bel luidde. 'Noch de overspelige, noch de jongeling met lelijke zonden zal het rijk der hemelen binnengaan!' schreeuwde hij toen. 'Sta op! Volg mij naar de kerk! Kom luisteren naar het woord van de Heer!'

Luide aanroepingen en oproepen; dreiging met het eeuwige vuur en alle mogelijke soorten ellende voor wie hen niet volgden; het luiden van de bel in don Pedro's handen; de mensen die hun huizen uitkwamen of op hun balkons verschenen, beduusd, verbaasd; de kerkklok die de pastoor, zodra hij de oproep van de missionarissen hoorde, haastig begon te luiden; degenen die zich al bij de processie hadden aangesloten, blootsvoets, slecht gekleed of bedekt met dekens terwijl de broeders, het kruis hoog tussen de fakkels van de lekenbroeders, door de straten trokken van een Osuna dat in absolute chaos gedompeld was.

'Inwoners van Osuna: ik heb jullie geroepen, zegt de gekruisigde tot jullie,' schreeuwde broeder Pedro met een gebaar naar het kruis, 'maar jullie hebben niet geluisterd; jullie hebben mijn raadgevingen en dreigementen versmaad, maar wanneer de dood jullie haalt, zal ik ook om jullie lachen!'

En de mensen knielden neer om zich te bekruisen en schreeuwend om vergiffenis te smeken. Broeder Pedro bracht ze allemaal bijeen in de kerk, en daar, na een gloedvolle preek en het bidden van Weesgegroeten, kondigde hij het begin aan van een missie die zestien dagen zou duren. De pastoor noch de gemeenteraad kon zich ertegen verzetten, want ze hadden een vergunning van de aartsbisschop. De priester gaf opdracht om voor de aanvang van de missie een halfuur lang de kerkklok te luiden, en de autoriteiten droeg hij op de inwoners van de dorpen in de omgeving op te roepen; ze moesten hun land, hun ambacht en hun werkzaamheden in de steek laten en onder leiding van hun pastoors aan de oproep van de Heer gehoor komen geven.

Het was zaak, zo legde broeder Pedro broeder Joaquín die avond uit, de burgers 's nachts te verrassen en bang te maken, zodat ze naar de missies kwamen. Allerlei geruchten, die hij zelf of anderen zoals hij de afgelopen jaren vanaf de preekstoel in omloop hadden gebracht, deden de ronde onder de armen en analfabeten: een schoenmaker die was gestorven omdat hij de missionarissen niet gevolgd was; een vrouw die een kind had verloren; een ander wiens oogst was mislukt terwijl degene die wel gedaan had wat hem werd opgedragen en zijn gewassen in Gods handen liet, bij zijn terugkeer zag hoe goed die gedijd hadden.

'Het zijn zondaars! Je moet ze kwellen,' onderrichtte de priester hem nadat hij de beschaafde preken van broeder Joaquín gehoord had. 'De angst voor zonde en hel moet in hun zielen verankerd worden.'

En dat lukte broeder Pedro, en of hem dat lukte! Die arme zielen lieten meer dan twee weken al hun bezigheden in de steek om elke dag naar de mis te komen en naar zijn preken te luisteren. En de mensen uit de dorpen in de omgeving kwamen van mijlen ver in processie, de rozenkrans zingend achter hun respectievelijke pastoors naar het uitgekozen dorp gelopen.

Gedurende die weken waren er dagelijks missen, werd er in de kerken, in de straten en op de pleinen gepreekt en werden er algemene processies gehouden, met liederen en gebeden waar duizenden mensen aan meededen en die hun hoogtepunt vonden in de boetprocessie. Deze verliep in volmaakte volgorde: eerst de meesters van alle dorpen met hun leerlingen, die het kindje Jezus op een baar droegen en werden gevolgd door de mannen zonder speciale processiekleding. Daarachter de boetelingen met witte, paarse of zwarte tunieken – degenen die geen tuniek hadden droegen een simpel laken – en een kruis op hun schouders, een doornenkroon op hun hoofd en een touw om hun nek; die werden gevolgd door degenen die hun lichamen in braamtakken hadden gewikkeld, op hun knieën liepen of zelfs over de grond kropen; daarna de gekruisigden, met hun armen horizontaal aan stokken gebonden; degenen van de 'droge discipline', waaronder zelfs kinderen van tien, die hun rug ranselden met geselkatten, en na dezen maar vóór de geestelijken, de autoriteiten, de vrouwen en het koor die de processie afsloten, de flagellanten, degenen die hun huid tot bloedens toe geselden.

Voorafgaand aan die sublieme publieke oefening van berouw hadden de missionarissen de gelovigen voorbereid. Halverwege de missieperiode, wanneer het schuldgevoel van de mensen door de preken was aangewakkerd, riep de kerkklok 's avonds op tot tuchtiging. De mannen kwamen naar de kerk en als iedereen binnen was, werden de deuren gesloten en beklom broeder Pedro het preekgestoelte.

'Het is niet genoeg dat jullie in je hart berouw hebben!' waarschuwde hij schreeuwend tijdens de preek. 'Jullie zintuigen moeten ook lijden, want als jullie je lichaam niet straffen, zullen de verleidingen, passies en slechte gewoontes jullie opnieuw tot zonde verleiden.'

Wanneer de priester zijn opzwepende toespraak beëindigde, liet hij een belletje rinkelen om aan te geven dat de kaarsen en fakkels die de kerk verlichtten, gedoofd zouden worden, waarna broeder Joaquín, net als de honderden in de kerk samengedromde mannen, zich uitkleedde. 'Wij geestelijken moeten het voorbeeld geven,' spoorde broeder Pedro hem aan. In het donker rinkelde het belletje drie keer en het geluid van de slagen met de touwen en de zwepen op het vlees vermengde zich in die sinistere ceremonie met het miserere dat door het koor werd ingezet.

In het donker, in totale verwarring door het geluid van de zweepslagen en de jammerklachten van de verzamelde mannen, door het miserere dat hen tot berouw aanspoorde, door de krachtige stem van broeder Pedro die hen boven alles uit opriep voor hun zonden te boeten, klemde broeder Joaquín zijn tanden op elkaar en liet zijn vlees bloeden terwijl het gezicht van Milagros stralend, als in een visioen, voor hem verscheen. Maar hoe meer hij zich geselde, hoe meer het meisje naar hem glimlachte, en naar hem knipoogde of de spot met hem dreef door plagerig haar tong naar hem uit te steken.

Nadat ze het San Jacinto hadden verlaten zonder dat de portier hun wilde zeggen waar broeder Joaquín was, kon María Milagros slechts een paar uur bezighouden met het verzamelen van kruiden. November was geen goede tijd, hoewel ze rozemarijn en droge vlierbessen vonden; maar hoe dan ook, dacht de kruidenvrouw, moeder aarde zou hun niets goeds geven wanneer een van hen haat uitwasemde, vloekte en huilde, want het meisje sprong van de pijn en de tranen naar het beledigen van de Kerk, Jezus Christus, de Maagd Maria en alle heiligen, de koning, de burgers en de hele wereld. De oude vrouw wist dat dat niet de juiste instelling was om de natuur mee te benaderen. Ziektes werden door demonen of goden veroorzaakt, en daarom moesten ze de aardgeesten te vriend houden, die hun de geneeskrachtige middelen gaven tegen de wil van die superieure wezens in.

Het lukte haar niet Milagros van houding te doen veranderen. De eerste twee keer dat ze haar tot de orde riep, antwoordde het meisje zelfs niet.

'Wat kunnen mij die geesten en hun vervloekte kruiden schelen!' barstte het meisje uit toen de oude vrouw haar voor de derde keer berispte. 'Vraag ze mijn ouders vrij te laten!'

Caridad bekruiste zich diverse malen bij die belediging van de natuur; María besloot dat ze naar Triana terug zouden gaan.

Toen ze echter al in de wijk waren, vroeg ze zich af of het ondanks het risico dat ze de geesten zouden beledigen, niet beter was geweest in het open veld te blijven.

'Of ik iets van je moeder weet?' herhaalde Anunciación, een vrouw van de familie Carmona die ze naast de put op de binnenplaats van het woonblok aantroffen.

Voordat ze antwoord gaf, wierp de zigeunerin een vragende blik op María. De oude vrouw knikte: wat die blik ook betekende, vroeg of laat zou het meisje er toch achter komen.

'Zodra we in Málaga aankwamen, gooiden ze haar voor het aanzetten tot opstand in de gevangenis. De rest van ons werd afgezonderd in een afgesloten en bewaakte wijk buiten de muren.' Anunciación zweeg even, richtte haar blik naar de grond, haalde diep adem alsof ze moed verzamelde en keek weer omhoog naar Milagros. 'Ik heb haar een maand voor ze me vrijlieten gezien: ze hadden haar gegeseld... niet zo erg!' voegde ze er snel aan toe bij het zien van de angstige uitdrukking op het gezicht van Milagros, 'twintig of vijfentwintig zweepslagen heb ik begrepen. Ze hadden haar... haar haren afgeschoren. Ze brachten haar bij ons en zetten haar vier dagen lang in het schandblok.'

Milagros kneep haar ogen stijf dicht in een poging het beeld van haar moeder in het schandblok te verjagen. María zag haar echter wel voor zich: haar bloedende rug, op de grond geknield, met haar polsen en hals tussen twee grote planken met gaten geklemd, haar hoofd geschoren en haar handen aan weerszijden daarvan hangend.

Een smartelijke jammerklacht weergalmde door het woonblok. Milagros greep met beide handen naar haar haren en trok er schreeuwend twee grote plukken uit. Toen ze het opnieuw wilde doen, alsof ze haar moeder in de schande wilde vergezellen, pakte Anunciación haar handen vast en hield haar tegen.

'Je moeder is sterk,' zei ze. 'Niemand heeft haar bespot toen ze in het schandblok zat. Niemand heeft haar bespuugd of geslagen. Alle vrouwen...' haar stem stokte, 'alle vrouwen hadden respect voor haar.' Milagros deed haar ogen open. De zigeunerin liet de handen van het meisje los en bracht een vinger naar haar gezicht om een traan die over haar wang liep op te vangen. 'Ana heeft niet gehuild, ondanks dat velen van ons dat in haar bijzijn wel deden. Ze bleef sterk en klemde elke keer dat ze in het schandblok gezet werd haar tanden op elkaar. We hebben haar nooit één klacht horen uiten!'

Milagros snoot haar neus.

Anunciación verzweeg dat ze haar vaak een mondknevel omdeden.

'Hoe vaak hebben ze haar gestraft?' vroeg María verbaasd.

'Nogal vaak,' gaf Anunciación toe. Toen klemde ze haar lippen als in een halve glimlach op elkaar en maakte een lichte hoofdbeweging. 'Het zou me niets verbazen als ze nu weer in het schandblok zit.' Zelfs Caridad richtte zich op bij het horen van die woorden. 'Ja, telkens als de soldaten te ver gaan bij een vrouw, gaat zij de strijd met hen aan. Ze eist beter en meer eten, en dat de chirurgijn wordt gehaald om de zieke vrouwen te behandelen, en kleren die we niet hadden en... van alles! Ze is voor niemand bang, deinst nergens voor terug. Daarom is het niet raar dat ze haar met het schandblok straffen.'

'Heeft ze jullie geen boodschap voor het kind meegegeven?' informeerde María na een korte stilte.

'Ik weet dat ze voor onze vrijlating met Rosario heeft gepraat.'

María knikte. Ze zag Rosario voor zich: de vrouw van Inocencio, de patriarch van de Carmona's.

'Waar is Rosario nu?'

'In Sevilla. Ze zal zo wel komen.'

'Vergeet nooit dat je een Vega bent.' Dat was kort en bondig de boodschap die Rosario Carmona haar bij de ingang van het woonblok in de callejón de San Miguel overbracht. Bijna alle zigeuners die ze hadden vrijgelaten, waren inmiddels teruggekeerd en Rafael García, de Graaf, had de raad van ouderen op de binnenplaats bijeengeroepen.

'Is dat alles?' vroeg Milagros verbaasd.

'Ja,' antwoordde de oude Rosario. 'Onthou dat, meisje,' voegde ze er nog aan toe voordat ze zich omdraaide en doorliep.

Terwijl de mensen langs haar liepen, haar zelfs opzij duwden, en de binnenplaats op gingen, bleef Milagros doodstil staan. Ze probeerde de woorden van haar moeder te begrijpen. Wat moest ze ervan denken? Ze wist al dat ze een Vega was! Ik hou van je, zou zij tegen haar hebben gezegd, dat is het eerste wat ze haar zou hebben laten weten. Ze had graag...

'Daar ligt alles in besloten,' hoorde ze María zeggen, die haar bij haar onderarm pakte en bij de ingang vandaan trok.

'Wat?'

'Dat in die woorden alles besloten ligt wat je moeder tegen je zou kunnen willen zeggen: dat je een Vega bent. Dat je een zigeunerin bent, uit een familie die daar trots op is, en dat je net zo sterk en dapper moet zijn als zij. Dat je zo moet leven, als een zigeunerin en bij de zigeuners.

Dat je voor je vrijheid moet vechten. Dat je de ouderen moet respecteren en je aan de zigeunerwet moet houden. Dat...'

'Houdt ze niet van me?' onderbrak Milagros haar. 'Ze heeft niet gezegd dat ze van me houdt, zelfs niet dat ze me mist... of dat ze wou dat ze bij me was.'

'Is het soms nodig dat ze dat zegt, kind? Twijfel je daaraan?'

Milagros draaide haar hoofd naar de oude María. Caridad luisterde naar het gesprek tussen de twee vrouwen, die nu tegen de muur van het huis waar de Graaf woonde gedrukt stonden. Ondertussen bleven de mannen en vrouwen toestromen.

'Waarom niet? Ik weet dat ik een Vega ben, is het soms nodig dat ze me daaraan herinnert?'

'Natuurlijk, kind, maar dat, het feit dat je een Vega bent, zou je misschien op een dag kunnen vergeten. De liefde van je moeder zal je daarentegen tot aan je graf vergezellen, of je wilt of niet.' Het meisje fronste nadenkend haar wenkbrauwen. María wachtte even en zei toen: 'Laten we naar binnen gaan, anders hebben we zo geen plek meer.'

Ze voegden zich bij de zigeuners die zich voor de deur verdrongen en zich langzaam naar binnen persten.

'Jij niet,' waarschuwde de oude vrouw Caridad. 'Wacht in het huis op ons.'

De binnenplaats was vol; de trappen naar de bovenverdiepingen waren vol; de galerijen die op de binnenplaats uitkeken, waren vol. Alleen in de middencirkel, daar waar de ouderen zaten, was nog ruimte. Drie lege stoelen stonden symbool voor degenen die nog in de arsenalen zaten. Toen er niemand meer bij paste, sommigen hingen zelfs over balustrades of uit ramen, opende Rafael García, die de raad voorzat, de bijeenkomst.

'Volgens onze schatting...' – hij hief zijn hand op en wachtte tot het stil was – 'volgens onze schatting,' herhaalde hij toen, 'is bijna de helft van de opgepakte zigeuners vrijgelaten.'

Zijn woorden werden met afkeurend gemompel ontvangen. De Graaf wachtte opnieuw, liet zijn blik over de aanwezigen gaan en stuitte op de oude María en Milagros, die tot de eerste rijen hadden weten door te dringen. Hij wees naar het meisje; de vinger waaraan vroeger een indrukwekkende gouden ring prijkte, zag er na de inbeslagname van alle persoonlijke bezittingen naakt uit.

'Wat doe jij hier?' Zijn stem deed de hier en daar nog hoorbare commentaren verstommen.

Veel mensen draaiden zich om naar de vrouwen; anderen, die achteraan stonden, vroegen wat er gebeurde, en sommigen bogen zich om beter te kunnen zien nog verder over de balustrades van de galerijen.

'Je mag niet in de steeg komen,' voegde hij eraan toe.

Milagros voelde zich klein worden en drukte zich nog meer tegen de oude vrouw aan.

'Rafael,' zei María, 'vergeet je wrok. Denk je niet dat dat in deze situatie gepast is? De ouders van het meisje zitten nog vast en...'

'En dat zullen ze blijven ook!' onderbrak de Graaf haar. 'Het is hun schuld dat we zijn opgepakt en ons in deze situatie bevinden, zonder bezittingen, zonder gereedschap, zonder eten of geld, zonder... zelfs zonder kleren.' De Graaf trok met beide handen aan zijn gescheurde hemd om het iedereen te laten zien. Het gemompel zwol weer aan. 'En dat alleen maar omdat de Vega's en anderen zoals zij hardnekkig iedere toenadering tot de burgers weigeren en zich niet aan hun wetten willen houden.'

'De enige wet waaraan we ons moeten houden, is de zigeunerwet, de onze!' schreeuwde de kruidenvrouw, waarmee ze de anderen het zwijgen oplegde.

De zigeuners stonden in tweestrijd: ze voelden dat het zo moest zijn, dat het altijd zo geweest was. Dat was wat ze allemaal wensten! Maar...

'Laat haar met rust.' Het was Rosario die zich tot haar man richtte, de patriarch van de Carmona's, die links van de Graaf zat. 'Die wet waarover María het heeft, is de wet die de moeder van dit meisje ertoe bracht ons in Málaga te verdedigen. En dat zal ze blijven doen, dat weet ik.' Daarna zocht Rosario tussen de aanwezigen naar Josefa Vargas, de moeder van Alejandro, de jongen die door Milagros' eigenzinnigheid gestorven was. 'Wat zeg jij?' vroeg ze nadat ze haar tussen de aanwezigen ontdekt had.

De vrouw sprak langzaam, alsof ze de scène op datzelfde moment opnieuw beleefde.

'Ana Vega heeft gevochten met een soldaat die het waagde mijn dochter aan te raken.' Milagros voelde dat ze kippenvel kreeg; haar keel schroefde dicht. 'Het heeft haar een pak slaag opgeleverd. Ik kan niet zeggen wie er gelijk heeft over welke wet we moeten gehoorzamen, de Garcia's of de Vega's, maar laat haar dochter met rust.'

'Zo zij het,' viel de patriarch van de familie Vargas, de overgrootvader van Alejandro, haar bij.

Die woorden betekenden dat Milagros zonder dat Rafael García er iets tegen kon doen vergeven werd. De Trianera, zijn vrouw, die vlak bij hem stond, wierp hem een verwijtende blik toe. Ik had je gewaarschuwd, leek ze te zeggen. De Graaf aarzelde even, maar pakte de draad van de bijeenkomst weer op. 'Ik weet heel goed welke wetten we moeten gehoorzamen. De zigeunerwet uiteraard, de onze. Laat niemand het bloed van de García's in twijfel trekken!' schreeuwde hij in reactie op María's woorden. 'Maar we moeten ook die van de burgers gehoorzamen. Niets verhindert ons dat te doen. Vooral moeten we toenadering tot hun Kerk zoeken, al is het maar om hen te misleiden. We hebben erover nagedacht,' vervolgde hij met een gebaar naar de andere patriarchen, 'en we hebben besloten dat we een broederschap moeten oprichten...'

'Een broederschap?' riep een verontwaardigde stem.

'Het waren de priesters die ons opgepakt hebben!' schreeuwde een ander. 'Zij zijn het die ons vrijlaten of in de gevangenis houden.'

María schudde haar hoofd.

'Ja zeker,' bevestigde de Graaf alsof hij zich rechtstreeks tot haar richtte. 'Een broederschap van boetelingen. De broederschap van de zigeuners. Net als die van de burgers, zoals die van de Christus van de Grote Macht, die van de Heilige Vijf Wonden van Jezus Christus of die van de Allerheiligste Jezus Christus van de Derde Val; net als iedere andere broederschap die in de processies van de Goede Week meeloopt. Het zal niet gemakkelijk zijn, maar we moeten het voor elkaar zien te krijgen. En dat alles,' wees hij naar María, die nog steeds haar hoofd schudde, 'zonder onze wetten te overtreden of onze eigen overtuigingen op te geven, begrijp je, ouwe?'

'Met welk geld gaan we dat allemaal doen?' vroeg een zigeuner.

'Broederschappen zijn duur,' merkte een ander op. 'Er moet een kerk zijn die ons accepteert, we moeten beelden kopen, ze verzorgen, kaarsen en lantaarns hebben, priesters betalen... Een processie kan wel tweeduizend realen kosten!'

'Dat is een ander verhaal,' antwoordde de Graaf. 'Het is niet de bedoeling die broederschap nu al op te richten. Dat zal tijd kosten, jaren waarschijnlijk, naast het feit dat we zoals de zaken ervoor staan nu ook geen toestemming zouden krijgen. En het is waar, we hebben geen geld. We zullen de in beslag genomen spullen niet terugkrijgen.'

De Graaf maakte gebruik van zijn betoog om dat nieuws te laten vallen. Dat was de ware reden voor de bijeenkomst: de zigeuners wilden weten hoe de onderhandelingen met de burgemeester van Sevilla liepen. Dit keer begonnen de aanwezigen luid te schreeuwen.

Rafael García en de andere patriarchen wachtten tot de mensen bedaarden.

'Laten we ze zelf gaan terughalen!' klonk het ten slotte.

'Nee.' Het was Inocencio, het hoofd van de Carmona's, die ertegenin ging. 'Een van ons heeft een bakker uit Santo Domingo neergestoken omdat die hem zijn twee muildieren niet wilde teruggeven. Ze hebben hem in de gevangenis gegooid.'

'We zouden er niets mee bereiken,' gromde de patriarch van de familie Vargas.

Rafael García hernam het woord.

'Ze hebben gedreigd ons weer in La Carraca op te sluiten als we onze spullen opeisen.'

'Maar de koning heeft gezegd...!'

'Dat is waar. De koning heeft gezegd dat ze ons alles moeten teruggeven. En? Ben je van plan je spullen te gaan opeisen?'

De zigeuners begonnen opnieuw onder elkaar te discussiëren.

'Is dat de wet die we van jou moeten eerbiedigen, Rafael García?' Het was opnieuw de stem van María die boven het gekrakeel uit klonk.

De Graaf wachtte, met zijn ogen strak op de kruidenvrouw gericht.

'Ja, ouwe,' beet hij haar na een tijdje woedend toe. Milagros kromp ineen van angst. 'Die is het. Dezelfde die ze al ons hele leven op ons toepassen. Vind je dat zo vreemd? De burgers hebben altijd gedaan wat ze wilden. Wie wil, kan naar de koninklijke rechtbank gaan om zijn spullen op te eisen. Ik zal het niet doen. Je hebt gehoord wat er in Málaga met de vrouwen gebeurt. In La Carraca werden we slechter behandeld dan de Moorse slaven. Nee, ik ga ze niet opeisen; ik werk liever voor de smeden in Sevilla. Die hebben ons nodig. Ze zullen ons geven wat we nodig hebben. Mijn kleinzonen zullen niet wegrotten in dat arsenaal waar ze hun leven lang als honden zouden moeten werken, voor de koning en zijn vervloekte vloot.'

Milagros volgde de hand van Rafael García, die om zijn woorden kracht bij te zetten, naar zijn familie wees. Pedro! Pedro García! Ze had zijn aanwezigheid tussen al die mensen niet opgemerkt. Net als haar neven zag ook hij er uitgemergeld en verzwakt uit, en toch... zijn hele wezen straalde nog steeds kracht en trots uit.

Het meisje hoorde de rest van het beraad niet meer. Zich aan de Sevilliaanse smeden verkopen? Ze zouden uitgebuit worden. Maar wat konden ze anders doen? Milagros kon haar aandacht niet van Pedro García losmaken. Rafael, zijn grootvader, overviel iedereen met zijn aankondiging dat hij met de burgers onderhandelde om zijn familie zonder verder oponthoud aan werk te helpen. Ten slotte voelde de jongeman dat er naar hem gekeken werd. Het was onmogelijk die blik die hem leek te willen aanraken niet te voelen. Hij draaide zich om naar Milagros. 'Wat zal er gebeuren met degenen die nog vastzitten?' vroeg iemand. De ouderen wendden hun blik somber naar de grond, schudden hun hoofd of klemden hun lippen op elkaar alsof ze niet in staat waren antwoord te geven. 'We zullen blijven aandringen op hun vrijlating,' beloofde de Graaf zonder overtuiging. Pedro García stond nog steeds met een strak gezicht aan de andere kant van de binnenplaats, tegenover Milagros, die een slap gevoel in haar benen had. 'Hoe willen we op hun vrijlating aandringen als we niet eens in staat zijn om wat van ons is op te eisen?' riep een dikke zigeunerin. Toen de zigeuners opnieuw in discussies verwikkeld raakten, dacht het meisje te zien dat Pedro voordat hij van haar wegkeek even zijn ogen dichtkneep. Betekende dat iets? Had hij haar opgemerkt?

# 19

Ze hadden niets te eten. De twee munten die Santiago hun had gegeven waren evenzoveel dagen meegegaan. Ze konden ook niet bij de andere zigeuners aankloppen: die waren er net zo aan toe; maar weinigen hadden geld en die hadden in hun eigen families vele monden te voeden. De onderhandelingen met de Sevilliaanse smeden sleepten zich voort en de smidsvuren in de steeg werden nog steeds met kleine schaapsleren handblaasbalgen brandend gehouden. De autoriteiten hadden echter besloten houtskool te verstrekken aan de zigeuners, die het ijzer vervolgens bewerkten door het te slaan op gewone stenen die uiteindelijk spleten. Ze waren ook bang: de dreiging dat ze weer opgepakt en naar Málaga of La Carraca teruggestuurd zouden worden, weerhield mannen en vrouwen van stelen – al waren er enkelen die het toch riskeerden – en van de rest van hun slimme trucs om in hun levensonderhoud te voorzien. Vrouwen en kinderen sloten zich aan bij het leger bedelaars dat de straten van Sevilla bevolkte in afwachting van wat armzalige geldstukken die de Kerk uitdeelde. Maar om er daar een van te krijgen – behalve in de nauwe calle de los Pobres, waar de kartuizerbroeders het zo geregeld hadden dat de bedelaars er een voor een in liepen en er met hun aalmoes aan de andere kant weer uit gingen – moesten ze niet alleen vechten met de werkelijk wanhopigen maar ook met een menigte handwerkslieden, metselaars en boeren die liever van de liefdadigheid van de gulle stad leefden dan zich in het zweet te werken. In Sevilla krioelde het van de mensen die vrijwillig werkloos waren. Zelfs de tot dan toe meest zekere manier om aan geld te komen, het stelen van snuiftabak, was onmogelijk geworden.

In de oude tabaksfabriek van San Pedro, tegenover de kerk met dezelfde naam, werkten meer dan duizend mensen in dag- en nachtploegen. Het was de grootste industrie in Sevilla en een van de belangrijkste in het hele koninkrijk. De fabriek had stallen voor tweehonderd paarden die de molens moesten laten draaien, een eigen gevangenis, een kapel en alle ruimtes die nodig waren voor de verwerking van de tabak: ontvangst en opslag van de bundels ruwe tabak, 'ontbundeling', droging op de platte daken, opnieuw opslag, daarna vermalen in de molens, schiften in de grote zeven, wassen, opnieuw drogen en tot slot verpulveren tussen molenstenen van een uiterst fijne structuur. Sinds de 17e eeuw was de fabriek echter explosief gegroeid door de steeds grotere vraag naar tabak, die in vijftig jaar tijd zes keer voor snuiftabak en vijftien keer voor sigaren was toegenomen, zodat de fabriek een heuse wijk in de stad was geworden, met een wirwar van smalle straatjes en steegjes en nutteloze ruimtes. Daarom was men begonnen met de bouw van een nieuwe fabriek buiten de stadsmuren, naast de Puerta de Jerez, die in staat zou zijn aan de groeiende vraag naar sigaren te voldoen, maar hoewel er sinds de aanvang al twintig jaar waren verstreken, waren ze nog niet verder gevorderd dan de onderrand van de muren. Intussen moest de fabriek van San Pedro blijven draaien en vooral ook de diefstallen en fraudes blijven controleren. De veiligheidsprocedures waren standaard maar effectief: na het werk gingen de arbeiders in een rij naar buiten en werden ze allemaal een voor een nauwgezet door de portiers op tabak gefouilleerd. Bovendien wees de hoofdopzichter een of meer arbeiders aan om een paar andere die al gefouilleerd waren, uit te kiezen voor een tweede controle. Als ze bij een werknemer tabak vonden, werd de portier die bij de eerste controle niets had gevonden, ontslagen en vervangen door degene die dat wel had gedaan, en de goedbetaalde portiersbaan werd door alle werknemers geambieerd.

De meeste werknemers bij wie een tweede fouillering werd gedaan, waren de net vrijgelaten zigeuners. En nu wilde het geval dat een van hen, uit noodzaak om aan geld te komen om zijn familie te voeden, bij het vervaardigen van het omhulsel van varkensdarm dat hij boordevol snuiftabak in zijn anus had gestopt, niet de benodigde voorzorgsmaatregelen genomen had. 'Kleren uit. Meekomen. Zitten. En weer staan. Je schoenen, je schoenen ook. Bukken zodat ik je haren kan controleren. Dieper. Toch maar knielen.' En ten slotte was de plug van samengeperste snuiftabak door al die bewegingen gescheurd. De zigeuner brulde van pijn, klapte dubbel terwijl hij met beide handen naar zijn buik greep, en de bewaker werd verrast door een schijterij van snuiftabak die langs de naakte bovenbenen van de dief omlaag gleed. Een tijd later werd de zigeuner ter dood veroordeeld, zoals sindsdien gebeurde met iedereen die via de methode van de plug tabak probeerde te stelen.

Het verhaal van de zigeuner en de plug kwam Milagros ter ore op de dag dat ze had besloten om de gravin van Fuentevieja om haar gunsten te vragen. Op weg naar het paleis dacht ze aan haar grootvader, die al had voorspeld dat dat vroeg of laat zou gebeuren. Waar zou hij zijn? Zou hij nog leven? Ze betrapte zich erop dat ze moest lachen toen ze dacht aan de voorzichtigheid waarmee hij de tabak die uit de kont van de zigeuners kwam, behandelde. Sinds haar terugkeer naar Triana was er niets om te lachen geweest; er was alleen maar slecht nieuws, er waren alleen maar problemen. Sinds hun blikken elkaar tijdens het beraad van ouderen hadden gekruist, maakte ze zich vaak illusies over Pedro García. Om hem te zien bespiedde ze de steeg stiekem vanuit het raam van hun huis en ze had het zelfs klaargespeeld om hem toevallig tegen te komen, maar de jongeman leek haar aanwezigheid niet op te merken. Ze lachte echter ook niet wanneer ze zich voorstelde dat ze met hem wandelde of kletste; ze voelde alleen... ze voelde alleen een verwarrende, verontrustende leegte in haar maag, die verdween zodra María haar met een van haar klachten uit haar dromen haalde.

Wat haar vriendinnen betrof, velen van hen waren teruggekeerd uit de gevangenis van Málaga, allemaal smerig en zonder sieraden, hun kleren gescheurd en met het verdriet voor altijd in hun ziel genesteld. Geen van hen lachte. Er was geen plek meer voor feesten in de steeg of om met vriendinnen samen te komen of wat rond te lopen; het enige wat hun, en hun moeders, zussen, tantes en nichten, nog interesseerde was het verkrijgen van een paar munten.

De gravin ontving haar niet. De oude María wachtte op straat. Ze hadden besloten dat Caridad niet met hen mee zou gaan, en Milagros kwam slechts met moeite via de bediendeningang het paleis binnen.

'De dochter van Ana Vega? Wie is Ana Vega?' vroeg een onbekende dienstbode nadat ze haar met een norse blik van boven naar beneden had opgenomen.

Na lang aandringen was iemand zo edelmoedig de zigeunerin te herkennen die hun de toekomst had voorspeld en lieten ze haar in een gangetje dat naar de keukens leidde. De gravin was zich aan het aankleden, zeiden ze. Wachten? Ze zou nog uren bezig zijn, de kapper was er nog niet eens!

Ze lieten haar daar staan en Milagros moest voortdurend opzijgaan voor de stroom bedienden en leveranciers van de graaf die kwamen en gingen. Haar maag knorde bij het zien van de manden boordevol vlees of groenten, fruit en taarten die langskwamen; ze bedacht dat zij daar een heel jaar van zouden kunnen eten. Ten slotte moest er iemand hebben geklaagd over dat vieze zigeunerinnetje op blote voeten dat de doorgang belemmerde, maar toen moest een ander zich haar hebben herinnerd en met een derde hebben gesproken, die op zijn beurt met een huisknecht sprak, zodat uiteindelijk de stuurs kijkende – alsof het om iets ergerlijks ging dat hij snel moest afhandelen – secretaris van de graaf verscheen. Het was een kort, afwijzend gesprek in de gang, hoewel niemand op dat moment langs durfde te lopen. 'Hunne Genades hebben al voor de zigeuners bemiddeld,' verzekerde de secretaris na het aanhoren van een zenuwachtige Milagros, die haar uiterste best deed ferm te klinken. Voor wie dan? Dat wist hij niet, dan zou hij de correspondentie na moeten kijken en daartoe was hij niet bereid, maar het waren er verschillende geweest, hij zelf had de brieven opgesteld, deelde hij onverschillig mee. 'Nog twee? Haar ouders? Waarom? Vriendinnen van de gravin?' herhaalde hij ongelovig.

'Vriendinnen... nee,' verbeterde Milagros bij het zien van het minachtende lachje waarmee de van top tot teen in het zwart geklede man die bewering opnam, 'maar ze waren in hun privésalons geweest, hadden haar en het gravinne.. en Hare Genade haar dochter en Hare Genades haar vriendinnen de hand gelezen, en ze hadden in Triana voor de graaf en gravin en hun gasten gedanst, en die hadden hen beloond met geld...'

'En als ze zoveel privileges hadden genoten van de kant van Hunne Genades,' onderbrak de secretaris het gejaagde betoog van het meisje, 'waarom zijn je ouders dan niet samen met de andere zigeuners vrijgelaten?'

Milagros twijfelde, de man bemerkte haar aarzeling. Zij bleef zwijgen en de man in het zwart drong aan.

Wat maakt het ook uit? dacht het meisje. 'Ze zijn niet voor de kerk getrouwd,' zei ze ronduit.

De secretaris schudde zijn hoofd met een grijns van voldoening omdat hij zijn heer en mevrouw voor de smeekbedes van weer zo'n afschuwelijke bedelares kon behoeden.

'Meisje, één ding is bemiddelen voor zigeuners die de wetten van het koninkrijk gehoorzamen, dat... dat is niet meer dan een vermakelijk tijdverdrijf voor Hunne Genades.' Hij vernederde haar door aanstellerig met zijn hand te wapperen. 'Maar ze zullen geen enkele moeite doen voor degenen die de voorschriften van onze heilige moederkerk overtreden.'

Toen de oude María haar het paleis uit zag komen, woest, in tweestrijd of ze zou toegeven aan het verlangen om te huilen of zou losbarsten in gescheld op de graaf en gravin, schudde ze haar hoofd.

'Wat verwachtte je dan, kind?' mompelde ze zacht voordat ze bij haar was.

Ze hadden bedacht dat dat hun laatste kans was. Enkele dagen daarvoor had Inocencio, de patriarch van de Carmona's, diep gezucht toen María en Milagros zich voor hulp tot hem wendden.

'Ik heb veel waardering voor je vader,' zei hij tegen het meisje, 'hij is een goed mens, maar er zitten er nog een heleboel gevangen, onder wie meerdere leden van onze familie. We vechten voor hun vrijheid, maar het wordt steeds moeilijker. De autoriteiten doen niets anders dan hindernissen opwerpen. Het lijkt... het lijkt alsof ze geen vrijlatingen meer willen toestaan. Ondanks de aanbevelingen die we tijdens het beraad van ouderen hebben gedaan, zijn er in heel Spanje veel zigeuners die hun bezittingen terugeisen, en dat baart de koning zorgen aangezien hij niet bereid is te betalen. Het is alsof zijn geweten door de eerste vrijlatingen voldoende gesust is. Je moet begrijpen,' zei hij koel, 'dat we weinig geld hebben om gunsten te kopen, en als hoofd van de familie moet ik me op degenen richten die werkelijk een kans maken om vrij te komen. En je vader heeft de minste kans van allemaal.' Die laatste woorden liet hij vergezeld gaan van een nog killere blik op María, alsof hij wilde zeggen dat als hij geen kans had, dat te wijten was aan zijn huwelijk met een Vega die had geweigerd voor de kerk te trouwen.

Maar Inocencio Carmona overtuigde hen er ook van dat Milagros niet zelf om hun vrijheid moest gaan smeken toen het meisje, nadat ze nog een keer tevergeefs bij de patriarch had aangedrongen, bezwoer dat ze zich bij de burgemeester van Sevilla, bij de aartsbisschop of desnoods, als ze de kans kreeg, bij de koning in eigen persoon zou laten aandienen.

'Niet doen, meisje,' adviseerde hij haar met oprechte bezorgdheid. 'Je hebt geen papieren. Je staat niet geregistreerd als opgepakt bij de razzia van juli, en ook niet als gevangene in Málaga of als vrijgelatene. Voor hen ben je een gevluchte zigeunerin. Volgens het nieuwe koninklijke decreet moet je je binnen dertig dagen bij de autoriteiten melden. En gezien de situatie van je ouders... zou het niet vreemd zijn als ze je dan in de gevangenis zouden gooien. Ben je gedoopt?'

Milagros gaf geen antwoord. Dat was ze niet. Ze dacht even na. 'Ik zou in ieder geval bij mijn moeder zijn,' fluisterde ze ten slotte.

María noch Inocencio twijfelde eraan dat het meisje echt van plan was dat offer te brengen.

'Zelfs dat niet,' stelde Inocencio haar teleur. 'Ze sturen al een tijdje geen vrouwen meer naar Málaga. Na de eerste transporten werden de andere vrouwen hier in Sevilla opgesloten. Ze zouden je ver van haar vandaan gevangen zetten. Milagros, hier in Triana, tussen de andere zigeunerinnen, val je niet op, ben je een van de velen en zullen ze denken dat je een van degenen bent die zijn vrijgelaten, maar als je een fout maakt, als ze je op de wegen betrappen, zullen ze je oppakken, maar ze zullen je niet bij je moeder brengen.'

De Carmona's, haar familie, zouden niet voor hen pleiten. De graaf en gravin ook niet. Broeder Joaquín was verdwenen en zij waren aan handen en voeten gebonden. Als haar grootvader er zou zijn... wat zou grootvader doen? Hij zou zijn dochter zeker bevrijden, al moest hij heel Málaga in brand steken om dat te doen.

Intussen leden ze honger.

Milagros en de oude María kwamen terug van het paleis van de graaf en gravin van Fuentevieja. Ze staken bij San Jacinto de Cava Nueva over en liepen zwijgend langs de oever in de richting van de callejón de San Miguel. María was de eerste die haar zag: gitzwart in het licht van de late herfstzon, met haar strohoed diep over haar oren getrokken en de slippen van haar grijze hemd omgeslagen, graaiend tussen de vuilnis die lag opgehoopt in de verdedigingsgracht. De oude vrouw bleef staan en Milagros volgde haar blik toen een bedelaar Caridad iets wat ze net gevonden had uit haar handen trok. Ze maakte niet eens aanstalten om voor haar schat te vechten; ze boog onderdanig haar hoofd.

Toen liet Milagros toe dat de tranen die ze bij het verlaten van het paleis niet had gehuild, in stromen over haar wangen liepen.

'Zwartje...!' De oude María probeerde Caridad te roepen maar haar stem stokte. Milagros draaide zich met haar ogen vol tranen verbaasd naar haar om. De andere vrouw probeerde met een gebaar van haar hand te doen alsof er niets aan de hand was, ze schraapte haar keel een paar keer en schreeuwde opnieuw, deze keer met krachtige stem: 'Zwartje, ga daar weg, straks zien ze je aan voor een zwart muildier en eten ze je op!'

Bij het horen van de stem van de kruidenvrouw stak Caridad haar hoofd uit de kuil en keek naar hen vanonder de rand van haar hoed. Ze stond tot haar kuiten in de vuilnis en glimlachte droevig.

Ze versjacherden het weinige dat ze hadden: kleurige linten, armbanden, kettingen en oorbellen, maar dat was geen oplossing, en Milagros wist dat. Als ze ten minste nog de parelketting en het gouden medaillon hadden gehad die ze van Melchor gekregen hadden... Maar die sieraden waren in de zigeunerbuurt achtergebleven, ten prooi aan de roofzuchtige soldaten. Ze waren ongetwijfeld niet geïnventariseerd en in de zak van een van hen geëindigd. Naarmate de dagen voorbijgingen, in het huis zonder meubels en toebehoren, met de versleten deken van Caridad en het tentdoek op de grond uitgespreid om te slapen, keek Caridad zijdelings, steeds ongeruster, naar het bundeltje dat in een hoek lag. Daarin zaten haar rode kleren en de magneetsteen die Melchor haar had gegeven, het enige wat ze in haar leven had bezeten en wat ze niet wilde verkopen.

De honger bleef een nijpend probleem. Het bedrag van de laatste verkoop, een kralenketting en een zilveren armbandje van Milagros, was niet voor eten bestemd geweest maar voor een nieuwe rok, donker en versteld, voor het meisje. Alleen het oude lange slavenhemd van Caridad leek de tand des tijds te doorstaan; de kleren van de zigeunerinnen rafelden en scheurden. María besloot dat het niet kon dat de dijen van het meisje door haar kapotte rok en onderrok te zien waren, of haar borsten, die inmiddels uit de bloes, die een paar maanden daarvoor nog ruim genoeg was, leken te barsten. Haar bovenlichaam kon ze bedekken met de lange sjaal met franjes van de oude vrouw, maar haar benen, die het verlangen van de zigeuners opwekten, niet. Ze had een rok nodig, zelfs al betekende dat dat ze honger zouden lijden.

Ze hoefden tenminste geen huur te betalen, troostte de oude vrouw zich. Niemand had ooit huur proberen te vragen voor de huizen in dat woonblok in de callejón de San Miguel. En dat had niets met het ras van de bewoners te maken: het was gewoon omdat niemand wist van wie ze waren. Een situatie die veel voorkwam in Sevilla, waar de laksheid van de eigenaren, voor het merendeel instellingen van allerlei aard, van religieuze instellingen tot scholen, ertoe geleid had dat uiteindelijk iedereen was vergeten wiens eigendom ze waren.

Maar met het verstrijken van de dagen begon het brood op te raken. Milagros wist niet hoe ze moest bedelen, en María zou het haar ook niet hebben toegestaan. Caridad wist het ook niet, maar als ze het haar hadden gevraagd, zou ze het hebben gedaan, liever dan naar de Cava te blijven gaan om tussen de vuilnis te zoeken. De kruidenvrouw, die slechts in uitzonderlijk ernstige gevallen werd geroepen om haar vak uit te oefenen, was op haar beurt niet in staat de zigeuners voor haar diensten te laten betalen, aangezien ze wist dat ze geen geld hadden.

Ten slotte zag de oude vrouw zich genoodzaakt het voorstel te accepteren dat Milagros alweer een tijd geleden had geopperd toen ze terugdacht aan de geldstukken die ze in de tijd met de familie Fernández soms verdiend had.

'Je gaat zingen,' deelde ze haar op een ochtend mee, toen ze wakker werden en ontdekten dat ze niets om te ontbijten hadden.

Milagros knikte met een vrolijk handgeklap in de lucht, alsof ze zich al aan het voorbereiden was. Ze had al een tijd niet gezongen, want in de steeg klonken geen gitaren meer: niemand had er een. Caridad haalde opgelucht adem: ze dacht aan haar bundeltje, dat nog steeds in een hoek lag. Het was het enige wat ze nog hadden om te verkopen, en haar inspanningen om in de Cava etensresten te vinden bleken in ieder opzicht vruchteloos.

Geen van de twee had echter een idee hoe zwaar die beslissing de oude vrouw gevallen was: de Sevilliaanse nachten waren extreem gevaarlijk, helemaal voor een meisje als Milagros en een weelderige negerin als Caridad, die erop uit waren de zinnen van de mannen te prikkelen zodat die in hun buidel tastten en hun wat munten gaven. Toen het meisje onderweg met de Fernández had gezongen, ver van rechters en gerechtsdienaren, werden ze beschermd door zigeuners die bereid waren om iedereen die iets bij haar wilde proberen neer te steken, maar in Sevilla... Bovendien was het zigeuners verboden in het openbaar te dansen.

'Wacht hier op me,' zei ze tegen de andere twee. 'En jij,' voegde ze eraan toe terwijl ze met haar verschrompelde wijsvinger naar Caridad wees, 'jij houdt op met naar die vuilnisbelt te gaan of ze zullen je echt nog eens opeten.'

Instinctief bracht Caridad een hand naar haar onderarm om de plek te verbergen waar ze door een bedelaar was gebeten toen ze besloot een botje met iets eraan wat op vlees leek, te verdedigen. Haar verzet was echter gebleven bij een naïeve zwaai met haar heup om hem de rug toe te keren. De bedelaar beet haar, Caridad liet haar vondst los en de ander kreeg uiteindelijk wat hij wilde.

De kroeg bevond zich in een kleine wijk buiten de stadsmuren tegenover de Puerta del Arenal, tussen de paseo de la Resolana, de Guadalquivir en de Baratillo-wijk, waar de arena van Sevilla gebouwd werd. De Puerta del Arenal was de enige van de dertien poorten in de stadsmuren die 's nachts openbleef. Erachter lag het oude bordeel, waar het vak ondanks het verbod nog steeds uitgeoefend werd. Het was een armenwijk, een wijk van zeelieden, boeren op doorreis, en alle mogelijke schurken; de schimmelige gebouwen waren duidelijk aangetast door de herhaaldelijke overstromingen als gevolg van het wassende rivierwater, waartegen de wijk niet beschermd werd. María vond het niet prettig, maar ze had om een gunst moeten vragen; ze had er veel te goed.

Bienvenido, de waard, even oud, mager en gekromd als zij, vertrok zijn gezicht toen hij het verzoek van de oude vrouw hoorde, terwijl zijn echtgenote, zijn derde of vierde huwelijk – de kruidenvrouw had de tel verloren –, stil naar de keuken glipte.

'Wat geef je ze?' vroeg María terwijl ze naar de vrouw wees in een vergeefse poging Bienvenido te vleien, die daar totaal niet op inging.

'Weet je wat je van me vraagt?' antwoordde hij in plaats daarvan.

María ademde de bedorven lucht van het lokaal in. Zelfs 's ochtends zaten er havenarbeiders en werkloze zeelieden te drinken tussen vermoeide hoeren die probeerden hun werk voort te zetten van de nacht ervoor, die misschien niet zo succesvol was geweest als ze gehoopt hadden.

'Bienvenido,' antwoordde de zigeunerin na een tijdje, 'ik weet wat ik je kan vragen.'

De waard ontweek de blik van María; hij dankte zijn leven aan haar.

'Een jonge zigeunerin,' mompelde hij toen, 'en een negerin! Er zal gevochten worden. Dat weet je. Ik neem aan dat ze zoals altijd door zigeuners begeleid zullen worden. Ik...'

'Natuurlijk komen we met mannen,' onderbrak María hem terwijl ze bedacht wie dat zouden kunnen zijn, 'en we zullen minstens een gitaar nodig hebben en...'

'María, in godsnaam!'

'En in naam van alle heiligen!' legde ze hem het zwijgen op. 'In naam van diezelfde heiligen die je aanriep toen je zo'n koorts had. Zijn ze je toen soms komen helpen?'

'Ik heb je betaald.'

'Dat is waar, maar ik heb het je toen al gezegd: het was niet genoeg. Je had alles wat je bezat uitgegeven aan artsen, chirurgijnen, missen, gebeden en wie weet wat voor onzin nog meer, weet je nog? En jij stemde ermee in. En je zei dat ik op je kon rekenen.'

'Nu kan ik je betalen...'

'Je geld interesseert me niet. Hou je aan je woord.'

De waard schudde zijn hoofd voordat hij om María's blik te vermijden, de zijne over de klanten liet gaan. Wat was het woord van iemand waard? Hield een van hen zich soms aan zijn woord? leek hij haar op zijn beurt te vragen.

'We zijn oud, Bienvenido,' betoogde María. 'Misschien komen we elkaar morgen in de hel tegen.' De oude vrouw was een paar seconden stil terwijl ze de nijdige ogen van de waard zocht. 'Beter als we onze rekeningen hier boven hebben vereffend, denk je niet?'

En daar, in het dranklokaal van Bienvenido, stonden de drie vrouwen een paar avonden nadat María hem aan de hel had herinnerd: de oude vrouw met haar hand op het mes in haar schortzak. Ze had het mes dat ze voor het afsnijden van de planten gebruikte niet losgelaten sinds ze de botenbrug waren overgestoken en de Sevilliaanse nacht ingegaan waren; Milagros met haar groene zigeunerrok – María had een onderrok voor haar weten te lenen – en Caridad in haar rode kleren, die strak om haar grote borsten zaten en daar waar de bloes niet op de rok aansloot een opwindende zwarte streep lieten zien. Ze werden vergezeld door twee zigeuners, Fermín en Roque, een Carmona en een lid van de familie Camacho, die de oude vrouw had weten te overtuigen met vergelijkbare argumenten als ze bij Bienvenido gebruikt had. Beide mannen speelden gitaar; beiden zagen er sterk en vervaarlijk uit, en beiden waren gewapend met messen, die María ook van de waard los had gekregen. Toch was de oude vrouw er niet gerust op.

Haar wantrouwen nam toe bij het zien van het schouwspel dat hun bij binnenkomst in het dranklokaal wachtte: matrozen, handwerkslieden, valsspelers, broeders en saletjonkers zaten dicht op elkaar aan de kleine ruwhouten tafels. Ze kaartten of dobbelden, kletsten, lachten hard alsof ze elkaar van de ene tafel naar de andere uitdaagden om steeds luidruchtiger te worden; ze ruzieden luidkeels of waren in gedachten verzonken en staarden in het niets. Ze aten, rookten of deden beide tegelijk; ze onderhandelden over vleselijk verkeer met de vrouwen die al heen en weer lopend hun charmes tentoonspreidden, of ze legden een hand op de billen van Bienvenido's dochters, die de tafels bedienden, maar iedereen, zonder uitzondering, zat te drinken.

De kruidenvrouw voelde een rilling over haar rug lopen toen ze ondanks het dichte rookgordijn in het lokaal merkte dat Milagros stond te trillen. Het meisje deinsde geschrokken achteruit in de richting van de drempel die ze net overgestapt waren. Ze botste tegen een verbijsterde Caridad op. 'Dit is waanzin!' besloot María meteen. De oude vrouw wilde tegen Milagros zeggen dat ze niet hoefde als ze niet wilde... maar het geschreeuw en gelach dat aan de tafels vlak bij hen losbarstte maakte haar dat onmogelijk.

'Kom eens hier, lekker ding!'

'Hoeveel vraag je voor een nacht?'

'Het zwartje! Ik wil het zwartje een beurt geven!'

'Je mag me afzuigen, meisje!'

Fermín en Roque liepen naar voren tot ze naast Milagros stonden en wisten het geschreeuw gedeeltelijk te doen verstommen. De twee mannen streelden dreigend over het handvat van het mes in hun gordel en doorboorden iedereen die zich tot de zigeunerin richtte met hun blikken. Hun beschermende houding gaf Milagros haar zelfbeheersing terug en stelde de oude vrouw gerust. De twee zigeuners, die groeiden in het gevaar, daagden de mannen uit; de mogelijkheid dat die zich op hen zouden storten kwam niet eens bij ze op, alsof ze ze daartoe niet in staat achtten. María wendde haar aandacht van het meisje af en concentreerde zich weer op het lokaal totdat ze bij de keuken, voorbij de voordeur, Bienvenido ontwaarde, wiens aandacht was getrokken door een geschreeuw dat hij niet herkende. De waard stond tegen de muur geleund en schudde zijn hoofd. 'Ik heb je gewaarschuwd,' meende de oude vrouw op zijn lippen te lezen. María bewoog zich niet, ze klemde haar lippen stevig op elkaar. Bienvenido strekte zijn hand uit en gebaarde dat ze naar hem toe moesten komen.

'Kom,' zei de kruidenvrouw zonder zich om te draaien.

'Kom, kind,' klonk het uit de mond van een van de zigeuners. 'Maak je geen zorgen, niemand zal je een haar krenken.'

Die ferme woorden stelden de oude vrouw gerust. Achter elkaar, stoelen, vaten, dronkaards en hoeren ontwijkend, liepen de vijf naar waar Bienvenido een tafel voor hen vrij had gemaakt: María voorop, Milagros tussen de twee zigeuners en aan het eind van de stoet, alsof ze totaal niet belangrijk was, Caridad. Ze probeerden zich in het hoekje dat Bienvenido gereed had gemaakt, op te stellen; achter hen, tegen een van de muren, stonden twee oude gitaren.

'Dit is wat er is,' was de waard de protesten van de oude vrouw voor.

Daarna liet hij hen alleen, alsof wat er eventueel zou gebeuren, vanaf dat moment zijn zaak niet meer was. Fermín pakte een van de gitaren. Roque maakte aanstalten hetzelfde te doen, maar Fermín schudde zijn hoofd.

'Eén is genoeg,' zei hij. 'Let jij op, maar breng me eerst een stoel.'

Roque draaide zich om en zonder een woord te zeggen tilde hij een jonge, modieus geklede saletjonker die met twee anderen van zijn soort zat te converseren, aan zijn kraag omhoog. De verfranste ijdeltuit wilde zich beklagen maar sloot zijn mond weer zodra hij het strakke gezicht van de zigeuner zag en diens hand op het mes. Iemand lachte luid.

'Zo, waar blijf je nu met je mooie manieren, flikker?' beet een van de mannen aan de tafel ernaast hem toe.

Roque gaf de stoel aan zijn makker, die zijn voet erop zette en de gitaar op zijn bovenbeen, waarna hij die begon te stemmen. Niemand in de kroeg leek ook maar in het minst geïnteresseerd om naar muziek te luisteren. Alleen de schaamteloos wellustige blikken op Milagros en Caridad en een enkele sneer getuigden van de aanwezigheid van de zigeuners, want het kabaal ging intussen in alle hevigheid door. Toen

Fermín, die inmiddels de gitaar bespeelde, haar een teken gaf, verzamelde María moed om Milagros aan te pakken. Dat was ze tot dan toe uit de weg gegaan.

'Ben je er klaar voor?'

Het meisje knikte, maar haar lichaam zei iets anders: haar handen trilden, haar ademhaling was gejaagd en zelfs haar donkere huid oogde bleek.

'Weet je het zeker?'

Milagros kneep haar handen stijf dicht.

'Diep ademhalen,' raadde de oude vrouw haar aan.

'Kom op, liefje,' moedigde Fermín haar aan terwijl de gitaar losbarstte. 'Een seguidilla'.

De gitaar klonk niet! Hij was niet te horen in de herrie. María begon in haar stramme handen te klappen en met een beweging van haar kin gaf ze Caridad aan hetzelfde te doen.

Milagros kon zich er niet toe zetten. Het lokaal van Bienvenido leek in niets op de herbergen waar ze, beschermd door de Fernández, voor een stuk of wat stamgasten gezongen had. Ze schraapte diverse keren haar keel, aarzelde. Ze moest naar voren tot aan de kleine cirkel vóór haar en zingen, maar ze bleef roerloos naast María staan. Fermín herhaalde het intro, en moest dat nog een keer doen. Haar geaarzel trok de aandacht van het publiek dat het dichtstbij zat. Milagros merkte dat ze naar haar keken en voelde zich belachelijk onder hun glimlachen.

'Kom op, kind,' moedigde Fermín haar opnieuw aan, 'anders wordt de gitaar moe.'

'Vergeet nooit dat je een Vega bent,' hoorde ze María zeggen, die haar met haar moeders woorden aanspoorde.

Milagros stapte naar voren en begon te zingen. De oude vrouw sloot wanhopig haar ogen: de stem van het meisje trilde. Het lukte haar niet. Niemand kon haar horen. Ze miste ritme... vrolijkheid!

De mannen die daarvoor hadden geglimlacht, sloegen met hun handen in de lucht. Iemand floot. Anderen joelden haar uit.

'Hijg je ook zo als je een beurt krijgt, zigeunerinnetje?'

Een koor van lachen vergezelde de uitroep. De tranen sprongen in Milagros' ogen. Fermín wierp María een vragende blik toe en de oude vrouw knikte met opeengeklemde kaken. Ze moest losbarsten! Ze kon het! Maar toen er resten groente in de richting van het meisje vlogen, wilde de zigeuner stoppen met het gitaarspelen. María keek naar de mannen: dronken, verhit.

'Dansen, zwartje!' beval ze.

Caridad leek gehypnotiseerd door de sfeer en stond nog steeds werktuiglijk te klappen.

'Dansen, vervloekte negerin!' schreeuwde de oude vrouw.

De verschijning van Caridad in de cirkel, met haar grote borsten onder haar strakke rode bloes, veroorzaakte een koor van applaus, gejuich en allerlei vulgariteiten. 'Dansen, vervloekte negerin!' galmde het in haar oren. Ze draaide zich om naar Milagros; de tranen stroomden over haar wangen.

'Dans dan, Cachita,' smeekte die voordat ze zich terugtrok en de ruimte aan haar liet.

Caridad sloot haar ogen en liet het kabaal bij zich binnendringen zoals het gebrul van de slaven dat soms deed op de zondagen dat het feest was in de hutjes, wanneer de extase werd bereikt en een van hen door een orisha bezeten werd. Het geluid van de gitaar achter haar zwol aan, maar zij vond haar ritme in dat onsamenhangende geschreeuw, in het slaan van de mensen op de tafels, in de bijna tastbare wellust die tussen de rook door zweefde. En ze begon te dansen alsof ze wilde dat Oshún, de godin van de liefde, haar godin, bij haar kwam: ze bewoog zich zonder enig schaamtegevoel, stootte haar onderbuik en haar heupen in de lucht, draaide haar bovenlichaam en haar hoofd rond. Roque moest zijn uiterste best doen. Hij duwde iedereen weg die naar voren kwam om haar te betasten, te kussen of te omhelzen, totdat hij ten slotte zijn mes tevoorschijn moest halen om te voorkomen dat ze zich op haar stortten. Maar hoe wilder de mannen werden, hoe meer Caridad danste.

Het publiek stond op toen de eerste dans was afgelopen: ze applaudisseerden, floten en eisten meer wijn en brandewijn. Caridad zag zich gedwongen nog een keer te dansen. Ze glom van het zweet, dat haar rode kleren doorweekte zodat de contouren van haar borsten en tepels duidelijk te zien waren.

Na de derde dans stapte Bienvenido de cirkel in om met zijn beide armen gekruist omhoog aan te kondigen dat het spektakel afgelopen was. De mensen kenden de oude waard en zijn drie zonen die de orde moesten bewaken, en begonnen mompelend en grappen makend hun tafels weer op te zoeken.

Caridad hijgde. Milagros stond nog steeds met gebogen hoofd.

'Ga geld ophalen,' zei María tegen Caridad. 'Snel, nu meteen, voordat ze het vergeten zijn.'

De naïeve blik waarmee Caridad haar aankeek, maakte de oude vrouw, die tijdens het dansen voortdurend had staan vloeken, nog kwader.

'Loop met haar mee!' snauwde ze tegen Roque en Fermín.

Bienvenido bleef bij de twee zigeunerinnen staan terwijl de anderen tussen de tafels door liepen.

Caridad ging verlegen rond met de hoed van een van de mannen terwijl de zigeuners de schuchterheid van de vrouw probeerden te compenseren door met hun wenkbrauwen te fronsen en stilzwijgend iedere man te bedreigen die zich drukte. Er waren geldstukken maar ook voorstellen, uitroepen en af en toe een vluchtig betasten, dat Caridad probeerde te ontwijken terwijl de zigeuners deden alsof ze niets merkten, wetend dat er guller gegeven werd als ze het, al was het maar even, toelieten. Per slot van rekening was Caridad geen zigeunerin.

'Zei je niet dat ze als een engel zong?' vroeg Bienvenido aan María, terwijl ze met zijn tweeën vanuit de verte het geld dat in de hoed viel telden.

'Ze zal zingen. Zo zeker als wij nog niet in de hel wegrotten, zo zeker zal ze het doen,' antwoordde de oude vrouw met stemverheffing en zonder zich om te draaien naar Milagros, voor wie die uitspraak in werkelijkheid bedoeld was.

Fermín en Roque waren tevreden met het deel dat María hun gaf, zo tevreden dat er de volgende dag verschillende mannen en vrouwen bij de woning van Milagros langskwamen, die ook deel van de groep wilden uitmaken. De oude vrouw stuurde ze allemaal weg. Ze stond op het punt hetzelfde te doen met een vrouw van de familie Bermúdez die aan de deur kwam met een baby in haar armen en twee bijna naakte kleintjes die zich vastklampten aan haar rokken, kapot en verkleurd zoals die van alle zigeunervrouwen die uit Málaga teruggekeerd waren. Maar eerst draaide ze haar hoofd om en keek naar binnen: Milagros lag nog steeds onder de deken. Zo lag ze daar al de hele dag, terwijl ze van tijd tot tijd in snikken uitbarstte. Caridad zat met haar bundeltje in een hoek en rookte een van de vier papantes waarmee de oude vrouw haar had beloond toen ze eindelijk boodschappen had kunnen gaan doen: eten en een kaars. Ze zeiden dat de papantes met Cubaans blad waren gemaakt, en dat moest inderdaad wel zo te zijn, gezien de voldoening waarmee Caridad grote rookwolken de lucht in blies, zich niet bewust van wat er om haar heen gebeurde. María klemde haar lippen op elkaar, dacht even na, knikte instemmend bij zichzelf en wendde zich weer tot de vrouw, die druk bezig was de kleintjes rustig te houden; ze had haar eerder gezien, ze kende haar.

'Rosa...? Sagrario?' probeerde de kruidenvrouw zich te herinneren.

'Sagrario,' antwoordde de ander.

'Kom vanavond maar terug.'

De dankbaarheid van de zigeunerin uitte zich in een brede glimlach.

'Maar...' María wees op de kinderen, 'alleen.'

'Maak u geen zorgen. Mijn familie zal op ze passen.'

De rest van de dag verliep in dezelfde lusteloosheid als waarmee het gehamer van de smeden klonk, die nog steeds geen gereedschap hadden. Caridad en de oude vrouw aten zittend op de grond.

'Laat haar maar,' zei María bij het zien van Caridads aanhoudende blikken op de gestalte die een stukje bij hen vandaan lag.

Wat kon ze tegen het meisje zeggen als ze opstond en ze samen aten? De vorige avond hadden ze op de terugweg gezwegen; alleen Fermín en Roque veroorloofden zich af en toe een grapje tegen elkaar. Moe als ze waren, waren de drie vrouwen naar bed gegaan zonder iets te zeggen over wat er in de kroeg van Bienvenido gebeurd was. Zou ze die avond in staat zijn te zingen? Ze moest, ze konden niet van Caridad afhankelijk zijn; dat was geen zigeunerin, iedereen kon haar verleiden en ze zou hen zonder enige aarzeling in de steek laten. María keek naar de zwarte vrouw: ze at en tussen de happen door rookte ze. Haar gedachten... waar? Melchor? Zou ze aan Melchor denken? Ze had om hem gehuild. Zou het mogelijk zijn dat die twee iets met elkaar hadden? Wat de oude vrouw wel duidelijk was, was dat de papantes in het tempo dat Caridad erop na hield, snel op zouden zijn. Ze vroeg haar de sigaar.

'Denk je nog steeds aan die zigeuner?' vroeg ze toen.

Caridad knikte. Er was iets in die oude vrouw dat haar ertoe aanzette de waarheid te zeggen, haar alles toe te vertrouwen.

'Ik weet niet hoe hij het gevonden zou hebben dat ik in de kroeg danste,' zei ze alleen maar.

De kruidenvrouw bekeek haar aandachtig. Die jonge vrouw was verliefd, dat leed geen twijfel.

'Weet je, zwartje? Melchor zou weten dat je het voor zijn kleindochter deed.'

De zwarte vrouw hield van Milagros, bedacht María onder het uitblazen van een rookwolk, maar ze was geen zigeunerin, en dat was voldoende reden om haar niet te vertrouwen. De twee stevige trekken die ze aan de sigaar deed vertroebelden haar gedachten. Ja, het kind zou die avond zingen en dansen, zei ze tegen zichzelf terwijl ze Caridad de sigaar weer toestak, en ze zou al die dronkenlappen met haar stem en haar sensuele bewegingen verrassen. Ze moest het doen! En ze zou het doen, daarom had ze Sagrario in de groep opgenomen: die vrouw zong en danste als de beste. María had haar gehoord en gezien op enkele van de feesten die voordat de razzia plaatsvond zo vaak gehouden werden.

Na het eten bleven Caridad en de oude zigeunerin in afwachting van het vallen van de avond een beetje luieren; af en toe wierpen ze een blik op Milagros maar María belette de andere vrouw naar het meisje toe te gaan om haar te troosten, al was het maar door bij haar te zijn. Ze hoorden haar niet meer snikken. Milagros lag stil onder de dekens en het tentdoek totdat ze plotseling begon te bewegen. Ze schokte wild heen en weer, als een pruilend, nukkig klein meisje dat de aandacht wilde trekken. De oude vrouw moest lachen toen ze zich voorstelde hoe graag het meisje zou willen weten wat er zich in de hardnekkige stilte rondom haar holletje afspeelde. Ze moest honger en dorst hebben, maar ze was net zo'n stijfkop als haar moeder... en als haar grootvader. Een Vega, die niet toe zou geven! Vanavond zul je het laten zien, beloofde ze haar terwijl ze toekeek hoe ze opnieuw onder de dekens heen en weer schokte.

Sagrario en de twee mannen kwamen tegelijk aan. María liet hen voor de deur wachten.

'Kom, Milagros, we gaan!'

Het meisje antwoordde met een harde trap onder de dekens. María had veel tijd gehad om te bedenken hoe ze die te verwachten situatie zou aanpakken: alleen gekwetste trots, de angst voor een grotere schande zou haar ertoe brengen te gehoorzamen. Ze liep naar haar toe om de deken weg te trekken, maar Milagros hield die stevig vast. Toch lukte het de oude vrouw voor een deel.

'Moet je haar zien!' zei ze tegen de drie bij de deur, terwijl ze aan de deken bleef trekken die het meisje vasthield. 'Kind, wil je dat alle zigeuners weten hoe laf je bent? Zelfs je moeder zou het te horen krijgen!'

'Laat mijn moeder met rust!' schreeuwde Milagros.

'Kind,' drong María aan met ferme stem; de deken waarmee het meisje zich bedekte stond strak in haar hand, 'er is niet één mannelijke Vega in Triana. Op dit moment ben ik de oudste vrouw in de familie en jij bent niet meer dan een jong zigeunermeisje dat aan geen enkele man toebehoort; je moet me gehoorzamen. Als je niet opstaat, zal ik Fermín en Roque zeggen dat ze je moeten dragen, hoor je? Je weet dat ik het zal doen en je weet dat ze me zullen gehoorzamen. En ze zullen je als een verwend klein meisje door de steeg dragen.'

'Dat zullen ze niet doen. Ik ben een Carmo...!'

Milagros maakte de zin niet af. Toen María hoorde wat ze zei, opende ze haar hand en liet de deken vallen met een minachting die het meisje niet zag maar wel in al haar hevigheid voelde. Had ze op het punt gestaan haar Vega-afkomst te verloochenen? Voordat de oude vrouw zich kon omdraaien, stond Milagros al overeind.

En ze zong. Ze werd bij de hand genomen door Sagrario, die met haar krachtige, vrolijke stem, en geholpen door de uitwerking van een glas rode wijn dat de oude María het meisje bij binnenkomst in de kroeg had gedwongen te drinken, de taak op zich nam Milagros' angsten en schaamtegevoelens te verhullen. Ook Caridad danste weer, en zette opnieuw een publiek in vuur en vlam dat iets talrijker was dan de avond ervoor. Het gerucht had de ronde gedaan. Maar nog niet zo snel als het na de derde avond zou doen, toen Sagrario, nadat ze met Milagros had gedanst, uit de kring stapte en het meisje met een overdreven buiging voorstelde. Dat had ze met de oude vrouw afgesproken. Milagros stond plotseling alleen, te midden van het nog aanhoudende applaus. Ze hijgde, ze straalde... en ze glimlachte! zag María met kloppend hart. Toen hief het meisje een hand op, waaraan al een paar kleurige linten hingen, net als in haar haren, en vroeg om stilte. De kruidenvrouw voelde een rilling door haar stijve ledematen gaan. Hoe lang was het geleden dat ze dat plezier had gevoeld? Fermín, met zijn voet op de stoel en de gitaar op zijn linkerbovenbeen, wisselde een triomfantelijke blik met de oude vrouw. De aanwezigen waren moeilijk tot zwijgen te brengen; iemand tikte met een mes tegen een glas en het gesis om stilte werd luider.

Milagros weerstond de ogen die op haar gericht waren.

'Kom op, schatje!' vuurden ze haar vanaf een van de tafels aan.

'Zingen, zigeunerin!'

'Zing, Milagros,' moedigde Caridad haar aan. 'Zing zoals alleen jij dat kunt.'

En ze barstte los en zong zonder begeleiding, totdat Fermín haar met de gitaar bijviel.

'Ik vertel u het verhaal van een zigeunerin...' Haar levendige stem met het schitterende timbre vulde de hele kroeg; een zigeuner-seguidilla, herkenden Fermín en de anderen meteen, maar, verrukt van haar zang lieten ze haar de strofe zonder begeleiding afmaken: 'die het hart van een adellijke jongeling veroverde.'

Toen Milagros de tweede strofe inzette, ontvingen de mensen het invallen van de gitaar en het handgeklap van de vrouwen met applaus en complimentjes voor het meisje. María huilde terwijl ze klapte, Caridad beet hard op een van haar papantes. Milagros zong verder, zelfverzekerd, vastberaden, jong, mooi, als een godin die genoot in de wetenschap dat ze aanbeden werd.

Sevilla: school van de zang; universiteit van de muziek; atelier waar de stijlen zich vermengen voordat ze aan de wereld aangeboden worden. Caridad wond de mannen op met haar provocerende dansen, de zigeunerinnen deden hetzelfde met hun volgens priesters en godvruchtigen heiligschennende sarabandes, maar niemand, geen van die mannen of vrouwen, hoeren of schurken, wasvrouwen of handwerkslieden, broeders of dienstmeisjes, kon zich onttrekken aan de schitterende betovering van een lied waarin alle emoties besloten lagen.

En toen was iedereen in extase: gejuich, ovaties en applaus. Duizend-en-een beloftes van eeuwige liefde aan Milagros vormden het slot van het optreden van het meisje.

# 20

'Ze is een Vega,' zei de Graaf fluisterend om de andere leden van zijn familie die bij hen sliepen niet wakker te maken.

Rafael García en zijn vrouw lagen met hun ogen open in het donker, languit en geheel gekleed, op een berg stro en droge takken die dienst deed als matras. Reyes trok een versleten deken over zich heen. Ze was een oude vrouw en had het koud. De smidsvuren hadden de bovenverdiepingen altijd warm gehouden, maar Rafael had nog geen definitieve overeenstemming met de burgersmeden bereikt en ze werkten nog steeds met handblaasbalgen en gaten in de grond.

'We zouden veel geld kunnen verdienen,' drong de Trianera aan.

'Ze is de kleindochter van de Galeier!' wierp Rafael opnieuw tegen, nu met enige stemverheffing.

Geluiden van lichamen die zich omdraaiden en een paar in een droom geuite onverstaanbare woorden volgden op zijn uitroep. Reyes wachtte tot de ademhalingen weer rustig klonken.

'We hebben al maanden geen nieuws van Melchor gehad. De Galeier is vast dood, iemand zal wel met hem afgerekend hebben...'

'De klootzak,' onderbrak haar man haar, opnieuw fluisterend. 'Ik had het zelf moeten doen, lang geleden al. Maar het meisje blijft zijn kleindochter, een Vega.'

'Het meisje is een goudmijn, Rafael.' Reyes was een paar ogenblikken stil en blies naar het afgebladderde plafond van de woning; de woorden die volgden kreeg ze slechts met veel moeite over haar lippen: 'Ze is de beste zangeres die ik ooit gehoord heb,' gaf ze met tegenzin toe.

Het succes van Milagros was van mond tot mond gegaan, en zoals veel andere zigeuners was Reyes, gedreven door nieuwsgierigheid, naar de kroeg gegaan om haar te horen zingen. Ze was in de deuropening blijven staan, ineengedoken achter het elke avond talrijker wordende publiek. En hoewel ze haar niet zag, hoorde ze haar wel. Mijn god, of ze haar hoorde!

'Akkoord, ze zingt goed, nou en?' zei de Graaf, waarmee hij een eind aan het gesprek leek te willen maken. 'Ze blijft een Vega en ze haat ons net zo erg als haar grootvader en haar moeder dat doen. Ik hoop dat ze haar stem kwijtraakt!'

'We laten Pedro met haar trouwen,' hield zij aan, het voorstel dat de discussie veroorzaakt had herhalend.

'Je bent gek,' herhaalde Rafael op zijn beurt.

'Nee. Dat meisje is verliefd op onze Pedro. Dat is ze altijd geweest. Ik heb gezien hoe ze hem bespiedt en achtervolgt. Ze smelt wanneer hij voor haar staat. Luister naar me. Ik weet waar ik over praat. Wat ik niet weet, is of Pedro bereid is om...'

'Pedro zal doen wat hem gezegd wordt!'

Na die uiting van machtsvertoon zweeg de Graaf. Reyes glimlachte opnieuw naar het afgebladderde plafond. Hoe gemakkelijk was het om een man, al was hij nog zo machtig, te laten doen wat je wilde. Je hoefde alleen maar zijn trots te prikkelen.

'Als ze met Pedro trouwt, zal ze jou moeten gehoorzamen,' zei Reyes toen.

Rafael wist dat, maar hij vond het heerlijk om het te horen: hij de baas over een Vega!

Reyes had echter een verandering in zijn houding opgemerkt, die niets te maken had met de woede waar zijn mond van overliep zodra hij de Vega's noemde. Rafael dacht al verlekkerd aan het geld. En hoe krijgen we het voor elkaar? zou hij nu kunnen vragen. Of misschien: María, de kruidenvrouw, zal zich ertegen verzetten. Ze zal naar de raad van ouderen gaan als het nodig is. Elk van deze vragen kon de volgende zijn.

De oude vrouw. Het was de oude vrouw.

'Een opvliegend oud mens?' zei Reyes alleen maar. 'In feite is het kind een Carmona. Nu haar ouders er niet zijn, is Inocencio, als patriarch van de Carmona's, degene die beslist. Hij zou het niet durven als de Galeier of de moeder er waren, maar zonder die twee...'

'En de negerin?' vroeg de Graaf tot haar verbazing. 'Ze zijn altijd samen.'

Reyes onderdrukte een schaterlach.

'Dat is maar een domme slavin. Geef haar een sigaar en ze doet wat je wilt.'

'Toch geeft die negerin me een ongeluksgevoel,' gromde haar man.

Op een middag liep Pedro García vanuit de smidse van zijn familie Milagros in de steeg tegemoet en glimlachte tegen haar. Sinds ze in de kroeg zong, waren er velen die tegen haar glimlachten of een praatje met haar wilden maken, maar Pedro niet. Ook haar vriendinnen waren naar haar toe gekomen om te proberen haar met vleierijen over te halen hen in de groep op te nemen. 'Heeft een van hen ooit iets voor jou gedaan toen de raad je de toegang tot de steeg verbood?' kapte de oude María dat meteen af.

Die middag, bij een ontmoeting waarvan ze vermoedde dat die niet toevallig was, fronste de oude vrouw haar wenkbrauwen net zo als toen ze hoorde van Milagros' idee om het dansen in de kroeg met een van haar vriendinnen uit te breiden. Ze trok aan de arm van het meisje dat, totaal van de kaart, roerloos voor de jonge García was blijven staan. Ze zag haar stamelen en rood worden als... als een belachelijk schuchter en verlegen meisje.

'Hoe gaat het met je?' vroeg de zigeuner met geveinsde belangstelling voordat María luid in zijn richting snoof.

'Tot nu toe goed!' kapte de oude vrouw hem af. 'Ben je nog van plan door te lopen? Heb je niets anders te doen?'

De jongeman trok zich niets aan van de aanwezigheid en het geschreeuw van de oude vrouw. Hij glimlachte breed en liet een rij perfecte witte tanden zien die prachtig afstaken tegen het donker van zijn huid. Daarna, alsof hij tegen zijn zin verder moest, kneep hij zijn ogen half dicht en sloot zijn lippen in wat het begin van een kus zou kunnen zijn.

'Ik zie je wel weer,' groette hij.

'Blijf bij haar uit de buurt,' waarschuwde María hem toen de jongeman hun de rug al toekeerde.

'Ze is niet voor jou,' stond ze op het punt eraan toe te voegen, maar het heftige kloppen van Milagros' hart dat ze in de onderarm voelde waaraan ze haar vasthield, bracht haar in verwarring en verhinderde dat.

'Kom,' dwong de oude vrouw haar terwijl ze haar meetrok. 'Kom, zwartje!' schreeuwde ze naar Caridad.

De moeite die María moest doen om verder te kunnen lopen vormde een groot contrast met de voldane grijns op het gezicht van de Trianera, die verscholen achter een klein raam op de verdieping boven de smidse tevreden knikte toen ze hen de steeg zag oversteken en naar het gebouw zag lopen waar de Carmona's woonden: de kruidenvrouw demonstratief vloekend, Milagros alsof ze zweefde, en het zwartje... het zwartje achter hen, als een schaduw.

Ze waren op weg naar Inocencio. Als er geld nodig was om de ouders van Milagros vrij te krijgen, dan hadden zij dat, en ze vertrouwden erop dat ze nog meer zouden krijgen, ondanks de steekpenningen die ze de gerechtsdienaren moesten betalen om hen in de kroeg te laten zingen en niet in de archieven te zoeken om te kijken of ze bij de razzia waren opgepakt en in Málaga vrijgelaten waren. María voelde aan de zak met geldstukken; ze hadden slechts op één punt moeten toegeven.

'De negerin moet stoppen met dansen,' deelde Bienvenido, die ook zeer tevreden was over de winst, op een avond mee.

De oude vrouw vloekte.

'Anders sluiten ze mijn zaak,' hield Bienvenido aan. 'We kunnen de ambtenaren omkopen om een meisje te laten zingen, en zelfs dansen, maar er zijn al verschillende broeders en priesters geweest die vol afschuw klachten hebben ingediend over Caridads onzedelijke manier van dansen, en tegen hen kunnen we niets beginnen, María. Ik heb de gerechtsdienaar toegezegd dat de negerin niet meer zal dansen. Hij zal me geen tweede kans geven.'

En die zouden ze hem inderdaad niet gegeven hebben, erkende de oude vrouw bij zichzelf. Sinds Sevilla het monopolie van de handel met de overzeese gebiedsdelen had verloren, was de rijkdom afgenomen; de handelaren waren verarmd en de kloof tussen degenen die in absolute armoede leefden – de grote meerderheid – en een minderheid van corrupte ambtenaren, arrogante edelen die uitgestrekte landerijen bezaten, en duizenden geestelijken, reguliere of seculiere, had zich verdiept. Voor de geestelijken was het een geschikte tijd om door middel van preken, missen, rozenkransen en processies de christelijke leer van berusting onder het volk te verkondigen. Nooit waren er zoveel openbare preken geweest die de losbandig levende gelovigen met alle mogelijke straffen en ziektes dreigden. En wat in de hoofstad Madrid, met zijn twee theaters en zijn twee vaste toneelgezelschappen, dat van het Cruz-theater en dat van het Coliseo del Príncipe, niet gebeurde, had de aartsbisschop van Sevilla in het gebied van zijn aartsbisdom wel voor elkaar gekregen: een verbod op toneel, opera en komedies.

'Zolang er in Sevilla geen komedies worden opgevoerd, zullen de mensen gevrijwaard blijven van de pest,' had een vurige jezuïetenpater aan het eind van de voorgaande eeuw voorspeld. En de stad die aan de wieg van de toneelkunst had gestaan, die het eerste overdekte theater van Spanje had gesticht, zag hoe haar inwoners zich moesten verbergen en zich met verhullende sjaals moesten bedekken om van de zang van een virtuoos zigeunermeisje te kunnen genieten. Het dansen van een Caridad die met haar borsten zwaaide en haar onderbuik en heupen de lucht in stootte, betekende echter een vleselijke verleiding die eeuwige verdoemenis verdiende.

'Jij danst niet meer,' zei María tegen Caridad toen de mensen al om haar aanwezigheid riepen.

María keek aandachtig naar het gezicht van de negerin om te zien hoe ze reageerde. Maar dat deed ze niet; misschien was ze blij met het verbod. Te midden van het geschreeuw, het boegeroep van de mensen en de duidelijke voldoening van een gerechtsdienaar die tussen de menigte stond, leek Caridad volkomen onverschillig onder haar woorden te blijven.

Wat Milagros betreft... die stond, nog steeds van de kaart, een beetje dommig te lachen. Feit was dat Pedro García, dat moest María toegeven, ieder meisje in vuur en vlam kon zetten: een fiere, trotse zigeuner, donkere huid, lang zwart haar en ogen van dezelfde kleur, een intense blik, knap en sterk, hoe de honger ook zijn best deed zijn kenmerken op dat zeventienjarige lichaam achter te laten.

'Je bent een Vega!' María stond stil bij de deur van Inocencio's huis; het verwijt kwam eruit bij de gedachte alleen al dat het meisje en die... die schoft elkaar zouden kussen of aanraken of... 'En hij een García!' schreeuwde ze toen. 'Vergeet die jongen!'

De jonge Pedro García stond in de smidse, met zijn benen een stukje uit elkaar en zijn handen in zijn zij, tegenover zijn grootvader en zijn vader, Elías, alle drie op een afstandje van de overige leden van de familie García die met de handblaasbalgen worstelden.

'Ik zal geen problemen met dat meisje hebben,' snoefde de jongeman glimlachend.

'Pedro, het gaat niet om een zoveelste scharrel,' waarschuwde de Graaf hem bezorgd, denkend aan de avontuurtjes van zijn kleinzoon, gelukkig allemaal met burgervrouwen, waarbij hij hem uit de problemen had moeten helpen. Soms was het voldoende geweest de vaders of bedrogen echtgenoten te bedreigen, andere keren had het hem geld gekost, waarna hij tegenover de andere leden van de familie had gedaan alsof hij dat geld met extra werk weer terugverdiend had; hij was gek op de jongen, het was zijn favoriete kleinzoon. 'Je gaat met dat meisje trouwen,' verklaarde hij plechtig. 'Je moet je met haar aan de zigeunerwet houden: je raakt haar niet aan totdat de bruiloft heeft plaatsgevonden.'

De jonge zigeuner antwoordde met een spottende armzwaai. De gelaatstrekken van zijn grootvader en vader verhardden meteen, wat meer dan voldoende was om de andere man te doen begrijpen hoe groot het belang was van wat er beraamd werd.

'Je mag... je moet met haar praten, haar zelfs af en toe een cadeautje geven, maar verder niets. Verboden samen de steeg te verlaten als er geen volwassen leden van de families meegaan; ik wil geen klachten van de oude vrouw of van de Carmona's. Ik beloof je dat je niet lang zult hoeven wachten, het wordt geen lange verloving. Begrepen?'

'Ja,' zei Pedro ernstig.

'Goede zigeuner,' feliciteerde zijn grootvader hem met een klapje tegen zijn wang.

De Graaf wilde zich al omdraaien toen hij de uitdrukking op het gezicht van zijn kleinzoon zag, die hem met opvallend hoog opgetrokken wenkbrauwen vragend aankeek.

'Wat?' vroeg hij.

'En intussen?' wilde Pedro weten terwijl hij van de een naar de ander keek. 'Vanavond word ik verwacht bij de vrouw van een Sevilliaanse timmerman...'

Vader en grootvader lieten een klinkende lach horen.

'Vermaak je zoveel je wilt!' moedigde de Graaf hem lachend aan. 'Naai haar ook voor mij. Je grootmoeder...'

'Vader!' zei Elías verwijtend.

'Gaat u met me mee, grootvader?' stelde de kleinzoon voor. 'Ik verzeker u dat die vrouw genoeg voor ons alle twee heeft.'

'Praat geen onzin!' kwam de vader van de jongen er opnieuw tussen.

'U hebt haar niet gezien!' drong Pedro aan terwijl de Graaf glimlachte. 'Ze heeft een kont en een stel tieten...'

'Ik bedoelde...'

De grootvader sloeg met zijn hand in de lucht.

'We weten wat je bedoelde,' onderbrak hij zijn zoon. 'Hoe dan ook, Pedro, pas op dat je dat meisje Vega niet boos maakt; als ze ook maar een beetje op haar grootvader lijkt, zal ze trots zijn,' voegde hij eraan toe terwijl zijn gezicht betrok bij de herinnering aan de Galeier. 'Het meisje mag niets van je avontuurtjes weten.' Rafael García maakte gebruik van de ernst van het moment om zijn kleinzoon te waarschuwen: 'Pedro, je grootmoeder, ik, je vader, onze hele familie heeft veel belang bij dat huwelijk. Stel ons niet teleur.'

'Ouwe!'

Er waren er veel die haar 'ouwe' noemden, maar María wist precies wanneer het liefkozend bedoeld was en wanneer ze haar wilden beledigen. Bij die gelegenheid twijfelde ze er geen moment aan dat het om het tweede ging. Ze deed of ze de kreet die uit de smidse was gekomen niet hoorde en liep verder over de binnenplaats van het woonblok, alleen. Milagros had geweigerd mee te gaan met boodschappen doen en was tot haar wanhoop in de bovenwoning met Caridad blijven smoezen... Over Pedro García ongetwijfeld.

De jongen zat al dagen achter haar aan en deed zonder het voor María of voor wie er dan ook bij was te verbergen, alsof hij haar toevallig tegenkwam in de callejón de San Miguel. Alleen Milagros leek niets in de gaten te hebben en smolt elke keer dat ze hem zag, totdat María de zigeuner wegjoeg. Daarna kwamen de ruzies, die de kruidenvrouw afkapte door Milagros aan de woorden van haar moeder te herinneren: Vergeet nooit dat je een Vega bent. Ze doelde op de haat tussen beide families. Maar wat ze niet tegen kon houden, was haar gesmoes met Caridad, die met haar eeuwige sigaar in haar mond altijd aandachtig luisterde, en dat irriteerde haar zo dat ze had bedacht dat ze geen tabak meer voor het zwartje zou kopen.

'Ouwe!' klonk het opnieuw, deze keer al vanaf de binnenplaats zelf.

Ze draaide zich om en zag Inocencio staan in de deur van de smidse die uitkwam op de binnenplaats, waar zich alweer stukken oud roestig ijzer begonnen op te hopen die de zigeuners met het gereedschap dat ze hadden echter niet konden bewerken.

'Hou je tong in bedwang, Inocencio!' waarschuwde ze.

'Ik heb niets gezegd waaraan je je zou kunnen ergeren,' antwoordde de patriarch van de Carmona's terwijl hij naar haar toe kwam.

'Maar dat ga je doen, of vergis ik me?'

'Dat hangt ervan af hoe je het opneemt.'

Inocencio was inmiddels bij haar. Net als alle patriarchen was hij al oud. Misschien niet zo oud als de Graaf en zeker niet zo oud als María, maar hij was het wel: een oude zigeuner, gewend bevelen te geven en gehoorzaamd te worden.

'Zeg wat je te zeggen hebt,' spoorde ze hem aan.

'Je moet ophouden tussen Milagros en de jonge García te komen.'

De oude vrouw hapte naar adem. Een dergelijke waarschuwing had ze niet verwacht.

'Ik zal doen wat ik wenselijk acht,' wist ze uit te brengen. 'Ze is een Vega. Ze staat onder mijn...'

'Ze is een Carmona.'

'Dezelfde Carmona's die haar voor de raad van ouderen verdedigd hebben?' lachte ze sarcastisch. 'Jullie hebben haar uit de steeg verbannen en aan mij toevertrouwd. Zelfs haar vader heeft ermee ingestemd. Het meisje staat onder mijn bescherming.'

'En waarom woont ze dan in de steeg?' gaf Inocencio terug. 'De straf is ingetrokken, dat weet je. De familie Vargas heeft haar vergeven. Ze is een Carmona en valt net als alle andere Carmona's onder mijn gezag.'

Misschien heeft hij gelijk, bedacht María, en ze kon bij die gedachte een huivering niet bedwingen.

'Waarom heb je je gezag niet eerder opgeëist? We zijn al een maand...'

'Het meisje voelt zich een Vega,' gaf Inocencio toe. 'Ik ben niet geïnteresseerd in haar geld en al helemaal niet in een conflict met de Vega's, hoewel nu...'

'Melchor komt terug,' probeerde zij hem bang te maken.

'Ik wens die ouwe gek niets kwaads toe.'

Hij leek oprecht.

'Nou, waarom nu dan ineens? Waarom wil je haar relatie met Pedro García stimuleren? Kon je geen andere man voor Milagros vinden? Iemand die geen García is, iemand anders dan die losbol; iedereen weet van zijn avontuurtjes. Je zou veel huwelijkskandidaten voor het meisje vinden en alle families zouden het ermee eens zijn.'

'Dat kan niet.'

María stak haar kromme hand naar voren in een vragend gebaar.

'Jullie hebben me gevraagd pogingen te doen om Ana en José vrij te krijgen, en daarvoor heb ik de hulp van Rafael García nodig.'

De hand van de oude vrouw, nog steeds ter hoogte van haar schrale borsten, verkrampte. Inocencio zag het.

'Ja,' bevestigde hij toen. 'De Graaf heeft als voorwaarde gesteld dat het meisje met zijn kleinzoon trouwt.'

María sloot haar hand met kracht en zwaaide hem wanhopig heen en weer. Met haar klauwvormige vingers was ze niet in staat de vuist te maken waarmee ze Inocencio had willen slaan. Ze had het gevoel alsof de argumenten haar via die kromme vingers ontglipten.

'Waarom is de bemiddeling van Rafael nodig?' vroeg ze, ook al wist ze het antwoord.

'Hij is de enige die ervoor kan zorgen dat de pastoors van de Santa Ana-parochie een huwelijksverklaring voor de ouders van het meisje aanleveren. Zonder dat papier geen vrijheid. Hij is degene die uit naam van de raad van ouderen altijd met hen gesproken heeft; mij zouden ze niet eens ontvangen. En dat is zijn enige voorwaarde: Milagros en Pedro moeten trouwen.'

'Ana Vega zal er nooit mee instemmen dat ze vrijgelaten wordt in ruil voor die verbintenis.'

'Ana Vega zal zich voegen naar wat haar echtgenoot beveelt,' zei Inocencio kortaf, 'en de Carmona's hebben niets tegen de García's.'

'Zolang haar moeder niet terug is, zal ik geen toestemming geven voor die relatie,' protesteerde de kruidenvrouw.

In het ochtendlicht dat tussen het roestige ijzer op de binnenplaats drong, keken de twee elkaar uitdagend aan. Inocencio schudde zijn hoofd.

'Luister, ouwe: je hebt niets te vertellen. Je zult doen wat ik gezegd heb; anders verbannen we je uit Triana en neem ik het meisje onder mijn hoede, desnoods met geweld. Zij wil dat haar ouders terugkomen... en ik heb begrepen dat ze ook niet onwelwillend tegenover een relatie met die kleinzoon van Rafael staat. Wat wil je nog meer? José Carmona is een lid van mijn familie: hij is de zoon van mijn neef en ik zal alles doen wat in mijn macht ligt om hem, en al degenen die we nog missen, vrij te krijgen. Ik zal niet toestaan dat de Graaf zich door jouw halsstarrige houding terugtrekt. Hij is aan het onderhandelen over de vrijlating van een Vega! De dochter van de Galeier, zijn bitterste vijand! Wil je dat ik met Milagros praat?' María deed een stap naar achteren, alsof Inocencio haar met dat dreigement een duw gegeven had; ze haalde haar blote voeten open aan een stuk ijzer. 'Wil je dat ik haar vertel dat jij de vrijheid van haar ouders in gevaar brengt?'

De oude vrouw voelde zich plotseling misselijk worden. Haar mond vulde zich met speeksel en de okerkleur van het roestige ijzer, die de schittering van de zonnestralen deed verbleken, danste vanuit alle hoeken van de binnenplaats voor haar ogen. Inocencio wilde haar helpen, maar zij duwde hem onhandig weg. Wat zou er gebeuren als hij echt met Milagros ging praten? Het kind was in de ban van de jonge García. Ze zou haar kwijtraken. Ze voelde dat ze flauw ging vallen. De gestalte van Inocencio vervaagde. Toen drukte ze haar voet krachtig in het ijzer waarop ze had getrapt, tot ze voelde hoe een van de scherpe randen in haar voet stak en het bloed uit haar eeltige voetzool begon te lopen. De echte, fysieke pijn gaf haar opnieuw kracht om het hoofd te bieden aan die Carmona, die zwijgend toekeek hoe zich rondom de voet van de oude vrouw een klein donker plasje vormde dat de aarde doorweekte.

Beiden begrepen de betekenis van het letsel dat de oude vrouw zichzelf had toegebracht en waarvan ze de pijn probeerde te verbergen: ze gaf zich over.

'Spaar je bloed... María. Je bent te oud om het te verspillen,' raadde de patriarch van de Carmona's haar aan voordat hij zich omdraaide en naar de smidse terugliep.

Uren later liet de oude vrouw Milagros alleen toen Pedro García hen tegemoetkwam. Zonder iets te zeggen hinkte ze weg met haar verbonden voet, ondanks alles proberend dat met opgeheven hoofd te doen. Milagros was verbaasd over die onverwachte vrijheid die ze kreeg van degene die tot dan toe een verwoede strijd had gevoerd om haar de omgang met de jongeman onmogelijk te maken. En bovendien... ze mompelde geen scheldwoorden meer! De glimlach en de warme blik waarmee Pedro haar uitnodigde naar hem toe te komen en wat met hem te praten, maakten dat ze de oude vrouw helemaal vergat en met een dwingend gebaar van haar hand gaf ze zelfs Caridad een teken dat die zich ook uit de voeten moest maken. Ieder vanaf zijn eigen kant van de steeg wisselden de Trianera en Inocencio, beiden duidelijk zichtbaar, als getuigen die het nakomen van een overeenkomst wilden controleren, goedkeurende blikken toen ze zagen dat María zich terugtrok.

's Avonds moest de oude vrouw toegeven dat in de stem waarmee Milagros haar publiek in de herberg bedwelmde, een gevoel doorklonk dat er tot dan toe nooit geweest was. Achter zijn gitaar draaide Fermín zijn hoofd naar haar toe en vroeg haar met zijn ogen wat er gebeurd was; ook Roque en Sagrario keken haar vragend aan. María gaf geen van hen antwoord. Ze had Milagros de reden van haar veranderde houding niet uitgelegd, ze wilde het niet, en het meisje had het haar ook niet gevraagd, misschien omdat ze bang was dat ze daarmee de betovering zou verbreken.

Diezelfde avond sprak de Graaf opnieuw met zijn vrouw, beiden liggend op de matras van stro en takken. Hij had de huwelijksverklaring gekregen en ook de toezegging van de priesters dat ze in het geheime dossier zouden getuigen ten gunste van José Carmona en Ana Vega; ook had hij de steun van de gerechtsdienaar van Triana. Reyes feliciteerde hem.

'Je zult er geen spijt van krijgen,' voegde ze eraan toe.

'Dat hoop ik,' zei hij. 'Het heeft veel geld gekost. Meer dan wat Inocencio me gegeven heeft. Ik heb documenten moeten tekenen waarmee ik me tot betaling van die schuld verplicht.'

'Je zult dat geld dubbel en dwars terugkrijgen.'

'Ik heb de priesters ook moeten beloven dat Carmona en die Vega voor de kerk zullen trouwen zodra ze vrij zijn, dat het meisje wordt gedoopt en dat ze met Kerstmis in de Santa Ana-kerk kerstliedjes zal zingen. Ze hadden over haar gehoord.'

'Dat zal ze doen.'

'Ze willen bewijzen zien dat wij zigeuners daadwerkelijk toenadering tot de Kerk zoeken, dat we publiekelijk willen uitkomen voor ons voornemen, dat iedereen het ziet en beseft. Ze hebben me gedwongen te biechten! Ik weet niet...'

'Is dat niet wat bij de laatste bijeenkomst van de raad is afgesproken?

Heb je met ze over het oprichten van een broederschap gepraat?'

'Ze lachten erom. Maar ik denk dat het ze in hun hart genoegen doet.' De Graaf was een tijdje stil. 'En als die Vega weigert voor de kerk te trouwen?'

'Wees niet zo naïef, Rafael! Ze zullen Ana Vega nooit vrijlaten. Sinds ze in Málaga zit, is ze vaker veroordeeld dan een crimineel. Ze zit alleen bij de zigeunerinnen opgesloten omdat ze haar niet in de gevangenis willen hebben. Ze zullen haar niet vrijlaten.'

'Dan... kan ze niet trouwen.'

'Des te beter. Ana Vega zou het toch nooit gedaan hebben.' Reyes draaide hem haar rug toe, waarmee ze aangaf het gesprek als beëindigd te beschouwen, maar Rafael hield aan.

'Ik heb het toegezegd. Als ze niet trouwt...'

'En wat kun jij eraan doen als ze haar niet vrijlaten? Jij hebt je excuus, en tegen die tijd is Pedro al met het meisje getrouwd,' onderbrak ze hem. 'Als de priesters zo graag willen dat die Vega trouwt, laat ze dan met de koning gaan praten, misschien verleent die haar gratie.'

Halverwege december, toen ze bevestigd kregen dat het geheime dossier was afgehandeld en naar La Carraca en Málaga gestuurd, verzamelden de families García en Carmona zich op de binnenplaats van het woonblok van de aanstaande bruid, die voor de gelegenheid leeg en vrij van stukken roestig ijzer was; Inocencio had opdracht gegeven die naar de smidse te brengen. Enkele dagen daarvoor had hij María opnieuw aangesproken.

'Zeg jij het haar of zal ik het haar zeggen?' vroeg hij.

'Jij bent de patriarch,' zei de oude vrouw meteen. Maar voordat Inocencio haar aan haar woord kon houden, corrigeerde ze zich: 'Ik zal het doen.'

De woning was nog net zo leeg als toen ze naar Triana terugkeerden; de grootste verandering sindsdien bestond in een hoop houtskool onder in de nis waarin het fornuis stond, een oude ketel en een opscheplepel, drie grote geschilferde koppen van Trianees aardewerk, allemaal verschillend, en wat levensmiddelen in een gemetselde muurkast die de soldaten niet hadden kunnen roven.

'Wacht beneden op ons,' beval María Caridad.

Zodra Milagros hoorde dat de oude vrouw Caridad op die strenge toon wegstuurde, liep ze naar het raam dat op de steeg uitkeek en leunde met haar ellebogen op de vensterbank. Ze wilde haar preken niet horen. Ze was zich ervan bewust dat ze het onderwerp al dagen vermeden, maar zij had de tijd van haar leven: Inocencio had haar verzekerd dat haar ouders vrijgelaten zouden worden, ze zong en werd bijna net zoveel om haar stem bewonderd als om haar relatie met Pedro García. De andere zigeunermeisjes, haar vriendinnen, benijdden haar! Ze leunde met haar bovenlichaam uit het raam, alsof ze aan de klachten van de oude vrouw wilde ontsnappen. Wat wist zij van de liefde? Wat wist ze van de magie die er tussen Pedro en haar was wanneer ze elkaar ontmoetten? Ze praatten en lachten over van alles: de kleren van de mensen, een simpel stuk oud ijzer, het jongetje dat struikelde... Ze lachten en bleven lachen. En ze keken elkaar teder aan. En soms raakten ze elkaar lichtjes aan. En wanneer dat gebeurde, voelde het alsof er een gloeiend stukje as uit het smidsvuur sprong: een speldenprik. Milagros was nooit door de vonken uit het smidsvuur geraakt, maar Pedro zei dat het zoiets was wat hij voelde toen ze op een dag dichter bij elkaar kwamen dan gepast was. Hij was achteruitgedeinsd alsof hij verlegen was, en Milagros had gewenst dat dat moment eeuwig zou duren. Alle twee draaiden ze zich om naar de steeg of iemand hen gezien had. 'Ja, als gloeiende as!' bevestigde zij met trillende benen. Dat was het, zonder enige twijfel. Wat wist de oude vrouw van gloeiende as als speldenprikken? Nee! Ze wilde María's gepreek niet horen.

Maar de oude vrouw zei toch wat ze wilde zeggen.

'Over een paar dagen...' Milagros bracht haar handen naar haar oren om ze te bedekken, 'zal Inocencio de kleinzoon van de Graaf je hand geven.'

Ze had haar oren nog niet bedekt. Had ze het goed gehoord? Ze draaide zich met een ruk om. Bij het zien van de blijdschap op het gezicht van het meisje vergat María haar verdere betoog.

'Wat hebt u gezegd?' vroeg ze bijna schreeuwend. Haar scherpe toon trof de oude kruidenvrouw als een afgeschoten pijl.

'Wat je gehoord hebt.'

'Zeg het nog eens.'

Dat wilde ze niet.

'Je zult met hem trouwen,' gaf ze ten slotte toe.

Milagros uitte nog een schrille kreet en bracht haar handen naar haar gezicht; ze haalde ze onmiddellijk weer weg om ze naar de oude vrouw uit te steken, als om haar uit te nodigen haar blijdschap te delen. De passieve houding van de kruidenvrouw maakte dat ze haar poging opgaf. Ze huilde en zwaaide met gebalde vuisten heen en weer. Ze draaide zich om en schreeuwde tussen haar snikken door opnieuw. Ze keek uit het raam en hief haar blik omhoog naar de hemel. Daarna draaide ze zich om naar María, iets gekalmeerd, maar de tranen stroomden over haar wangen.

'Je kunt je verzetten,' waagde de kruidenvrouw te zeggen.

'Haha!'

'Ik zou je helpen, ik zou je steunen.'

'U begrijpt het niet, María: ik hou van hem.'

'Je bent een...'

'Ik hou van hem! Ik hou van hem, ik hou van hem, ik hou van hem.'

'Je bent een Vega.'

Het meisje ging fier tegenover haar staan.

'Die ruzie is al zo oud. Ik heb niets te maken met...'

'Het is je familie! Als je grootvader je hoorde...'

'En waar is mijn grootvader dan?' De schreeuw was tot in de steeg te horen. 'Waar is hij? Hij is er nooit als je hem nodig hebt.'

'Je...'

'En de Vega's, waar zijn die Vega's waar u de mond zo vol van heeft?' onderbrak Milagros haar kwaad, de woorden uitspugend. 'Er is er niet één meer, niet één! Ze zitten allemaal vast, en degenen die niet vastzitten, zoals die die we met de Fernández tegenkwamen, blijven liever bij andere families dan naar Triana terug te keren. Over welke Vega hebt u het, María?'

De oude vrouw wist niet wat ze moest antwoorden.

'Die jongeman is niet goed voor je, kind,' zei ze in plaats daarvan, wetend hoe nutteloos haar waarschuwing was. Maar ze moest het zeggen, ondanks de reactie van het meisje.

'Waarom? Omdat hij een García is, die geen schuld heeft aan wat zijn grootvader heeft gedaan? Omdat u dat besloten hebt? Of misschien heeft mijn grootvader dat besloten, waar hij ook is?'

Omdat hij een huichelachtige schooier en een versierder is, die alleen uit is op je geld en je ongelukkig zal maken. Dat was het antwoord dat in het hoofd van de oude vrouw opkwam. Ze zou haar niet geloven. En bovendien een García, ja, een kleinzoon van de man die je grootvader naar de galeien stuurde; een kleinzoon van de man die je grootmoeder de dood injoeg en je moeder in de ellende stortte.

'Je wilt het niet begrijpen,' klaagde ze in plaats daarvan.

María gaf het meisje niet de kans om nog iets te zeggen. Ze draaide zich om en verliet de woning.

Nu, op de opgeruimde binnenplaats van het woonblok, terwijl de Carmona's en de García's elkaar feliciteerden en de wijn dronken die ze met het geld van haar laatste avond in de kroeg hadden gekocht, miste Milagros de oude vrouw. Ze had haar sindsdien niet meer gezien. Vijf dagen waarin ze onvermoeibaar naar haar had gevraagd. Ze had zich zelfs samen met Caridad in de zigeunerbuurt gewaagd, zonder resultaat; daarna hadden ze de straten van Sevilla afgelopen, ook tevergeefs. Behalve bij Pedro, die een paar minuten bij haar was geweest om zich daarna bij de andere mannen te voegen en met hen te drinken, te praten en te lachen, en bij Caridad, voelde Milagros zich een vreemde tussen die mensen. Je zag weer kleurige kleren en versieringen in het haar, gekleurde linten en bloemen; de zigeuners mochten dan honger lijden, ze zouden nooit als burgers gekleed gaan. Ze kende ze allemaal, dat wel, maar... hoe zou haar leven bij hen zijn? Hoe zou haar dagelijkse leven eruitzien als ze de steeg eenmaal was overgestoken, naar het blok waarin de García's woonden? Ze keek naar de Trianera, even dik als zelfgenoegzaam, die rondliep alsof ze een echte gravin was, en haar maag kromp ineen. Net op het moment dat ze steun bij Pedro wilde zoeken, verzochten de twee patriarchen, Rafael en Inocencio, om stilte. En terwijl de mensen zich om hen heen verdrongen, riep de eerste zijn zoon Elías en zijn kleinzoon Pedro bij zich en Inocencio Carmona haar.

'Inocencio,' kondigde Elías García luid en op formele toon aan, 'in jouw hoedanigheid als hoofd van de familie Carmona, wil ik je voor mijn zoon Pedro, hier aanwezig, de hand vragen van Milagros Carmona, dochter van José Carmona. Mijn vader, Rafael García, hoofd van onze familie, heeft zich in zijn en mijn naam verplicht veel geld te betalen voor de vrijheid van Milagros' ouders, waarmee we ervan uitgaan de zigeunerwet te hebben gehoorzaamd en de prijs van het meisje te hebben voldaan.'

Voordat Inocencio antwoord gaf, wisselde Milagros een zenuwachtige blik met Pedro. Hij glimlachte haar bemoedigend toe. Zijn kalmte stelde haar gerust.

'Elías, Rafael,' hoorde ze Inocencio antwoorden, 'wij Carmona's beschouwen het geld dat betaald is voor de vrijlating van een van onze familieleden en zijn vrouw als voldoende. Ik geef jullie Milagros Carmona. Pedro García,' voegde Inocencio eraan toe terwijl hij zich tot de jongeman richtte, 'ik geef je de hand van het mooiste meisje van Triana, de beste zangeres die ons volk tot nu toe voortgebracht heeft. Een vrouw die je kinderen zal schenken, je trouw zal zijn en je zal volgen waar je ook gaat. De bruiloft zal aan het begin van het nieuwe jaar gevierd worden. Wees gelukkig met haar.'

Daarna liepen Inocencio en Rafael García naar voren om de overeenkomst publiekelijk, elkaar in de ogen kijkend, met een lange, krachtige handdruk te bezegelen. Op dat moment voelde Milagros de kracht van die verbintenis alsof de patriarchen haar eigen lichaam in die klemmende greep hielden. En als María gelijk had? werd ze ineens door twijfel overvallen. Vergeet nooit dat je een Vega bent; de woorden die haar moeder haar had laten overbrengen flitsten door haar hoofd. Maar ze kreeg geen tijd om er dieper over na te denken.

'Laat niemand het wagen deze verloving te verbreken!' hoorde ze Rafael García uitroepen.

'Vervloekt hij die dat probeert!' viel Inocencio hem bij. 'Moge deze verbintenis in de hemel noch op aarde eindigen!'

En met die zigeunereed die met applaus werd onthaald, wist Milagros dat er zojuist over haar lot beslist was.

Het was het eerste feest sinds men met de vrijlating van de zigeuners uit de arsenalen en gevangenissen begonnen was. De zigeuners van de callejón de San Miguel legden het weinige eten en drinken dat ze hadden bij elkaar. Er verschenen een paar gitaren en enkele castagnetten en tamboerijnen, allemaal gebroken en beschadigd. Desondanks wisten mannen en vrouwen hun oude bezieling te hervinden en tokkelden ze net zo lang op de instrumenten tot ze er weer de muziek uit kregen die ze lang geleden gemaakt hadden. Milagros zong en danste, door iedereen aangevuurd, aangeschoten door de wijn, beduusd onder de adviezen en felicitaties die ze maar bleef krijgen; ze danste met andere zigeunerinnen en verschillende keren met Pedro, die in plaats van zich op háár ritme te bewegen, haar met korte, afgepaste bewegingen leidde, fier en arrogant, alsof hij niet danste voor de handenklappende zigeuners, maar hun allemaal toeschreeuwde dat die vrouw van hem zou zijn, alleen van hem.

Toen het avond werd, barstte de Trianera los in een debla zonder begeleiding die ze met haar hese stem extreem lang aanhield, net zo lang totdat de vrouwen tranen in hun ogen hadden terwijl de mannen ze met een haastige beweging van hun onderarm probeerden te verbergen. Milagros kende die gevoelens van pijn die bij hen allen naar boven kwamen en stond net zo te trillen als de anderen. Verschillende keren dacht ze te merken dat Pedro's grootmoeder haar uitdaagde. Tot nu toe is jouw succes alleen maar te danken aan de vrolijke, domme deuntjes die je in een armzalige kroeg zingt, leek ze haar toe te spugen. En de pijn van het zigeunervolk? daagde de oude vrouw haar uit, en het ernstige *cante jondo* dat wij zigeuners voor onszelf bewaren?

Milagros nam de uitdaging aan.

De lange jammerklacht die uit haar opsteeg deed het applaus verstommen waarin de zigeuners losbarstten zodra de stem van de Trianera ophield hun leed te bezingen, alsof ze hen met haar plotselinge stilte getroost had. Milagros zong zonder in het midden van de kring te gaan staan, met Caridad en de andere zigeunerinnen naast haar. Zij voelde zich niet vrij! Integendeel, de stem van de oude Reyes had haar teruggebracht naar een namiddag aan de oever van de rivier, tegenover de Virgen del Buen Aire-kerk, de open kapel van de Sevilliaanse zeevaarders, en naar haar grootvader die daar op zijn knieën was gevallen. Waar bent u, grootvader? dacht ze terwijl haar stem brak en gekweld, als een hartverscheurende jammerklacht, haar keel verliet. Zing tot je bloed proeft, had María gezegd. En de oude vrouw? En haar ouders? Milagros dacht dat bloed te proeven op het moment dat de Trianera haar hoofd boog en zich gewonnen gaf. Ze zag het niet maar ze wist het, want de zigeuners bleven lang stil toen ze klaar was, wachtend tot de echo van haar laatste verzuchting uit de steeg wegstierf. Daarna juichten ze haar toe zoals ook de Sevillianen in de herberg dat konden doen.

'Ik ga.' Pedro García maakte van het kabaal gebruik om het zijn grootvader in een onderonsje mee te delen.

'Waarheen, Pedro?'

De jongeman gaf hem een knipoog.

'Vandaag is het geen dag...' protesteerde zijn grootvader.

'Zeg maar dat u me om een boodschap hebt gestuurd.'

'Nee, Pedro, vandaag niet.'

'Om een Vega?' wierp de jongen hem in het gezicht. Rafael García stoof op terwijl zijn kleinzoon liefdevol glimlachte voor hij verder ging: 'U was net als ik, of vergis ik me? We zijn precies hetzelfde.' Pedro sloeg een arm om zijn schouders en drukte hem stevig tegen zich aan. 'Gaat u mij beletten te genieten om tegenover een Vega de schijn op te houden?'

'Ga dan maar en amuseer je,' gaf de patriarch meteen toe.

'Naar de kerk. Zeg maar dat ik de rozenkrans ben gaan bidden,' zei de jongen spottend, terwijl hij naar de uitgang van de steeg liep.

Toen Pedro al vlak bij de plaza del Salvador was, nadat hij de botenbrug was overgestoken en Sevilla ingegaan was, moest zijn grootvader wel naar Milagros toe gaan: het meisje keek al een hele tijd rond of ze haar verloofde ergens zag.

'Hij is met de pastoor van de Santa Ana over je doop gaan praten,' kalmeerde hij haar.

Zelfs Milagros zou niet geloven dat Pedro zich bij een van de meer dan honderd processies had aangesloten die Weesgegroeten zingend en rozenkrans biddend door de straten van Sevilla trokken! Milagros wist dat ze gedoopt moest worden; dat had Inocencio haar verteld toen hij aankondigde dat ze met kerst in de parochiekerk kerstliedjes zou zingen. Het was een voorwaarde voor de vrijlating van haar ouders. En precies op het moment dat Pedro de plaza del Salvador overstak en de calle de la Carpintería bereikte, accepteerde zij het smoesje van de Graaf en mengde zich weer onder de feestvierders.

Verdekt opgesteld op een hoek van de plaza del Salvador tuurde Pedro de straat af waar de timmerlieden woonden, van wie sommige gitaarbouwers waren geworden, voordat hij die overstak naar het huis waar de weelderige maar onbevredigde vrouw van de ambachtsman op hem wachtte. Een minuscuul stukje gele stof dat als toevallig achter de tralies voor een van de ramen van de werkplaats was achtergebleven, gaf aan wanneer ze alleen was. Zijn hart ging sneller kloppen en niet alleen van verlangen: het risico dat de echtgenoot zou verschijnen, meestal dronken, zoals een keer eerder was gebeurd, toen hij zich moest verstoppen tot de vrouw de man in slaap had weten te krijgen, verhoogde hun beider genot. In het donker glimlachte hij bij de herinnering: 'Hij komt eraan,' schreeuwde de vrouw zenuwachtig terwijl Pedro haar heftig bereed, zij met haar benen omhoog, haar dijen stevig om zijn heupen geklemd, 'hij doet de deur open en ik hoor zijn voetstappen,' lachte ze hijgend, 'hij betrapt ons en...' Haar woorden gingen op in een lange kreun op het moment dat ze klaarkwam. Die avond was de timmerman niet verschenen, herinnerde de jongeman zich opnieuw glimlachend toen de schaduw die zijn aandacht had getrokken in de calle de la Cuna verdween en de calle de la Carpintería er weer verlaten bij lag. Toen liep hij haastig de straat in.

Een uur later verliet hij het huis en liep afwezig de straat uit, met de aanrakingen, de smaak, de geur en het gekreun van de vrouw nog in zijn zintuigen, tot hij ter hoogte van een op straat geschilderd retabel kwam dat aan de Heilige Maagd van de Hulpelozen gewijd was.

'Smerige hond!'

Het scheldwoord verraste hem. Hij had haar niet gezien: een ineengedoken schaduw naast het retabel. De oude María ging verder: 'Zelfs op de dag dat je je met het meisje verlooft, ben je niet in staat je... je lusten te beteugelen.'

Pedro García keek strak naar de oude kruidenvrouw, die zo arrogant was om een respect af te willen dwingen dat... Ze was alleen in een verlaten straat van Sevilla, midden in de nacht! Welk respect kon ze verwachten, al was ze nog zo'n oude zigeunerin?

'Ik zweer op het bloed van de Vega's dat Milagros niet met jou zal trouwen!' dreigde María. 'Ik zal haar vertellen...'

De zigeuner luisterde niet meer. Hij beefde bij de gedachte aan zijn woedende grootvader en vader als het meisje weigerde met hem in het huwelijk te treden. Hij bedacht zich geen twee keer. Hij greep de kruidenvrouw bij haar keel, waardoor haar stem in een onverstaanbaar gekras veranderde.

'Stom oud wijf,' mompelde hij.

Hij kneep haar keel met één hand dicht. María snakte naar adem en sloeg haar kromme vingers, alsof het klauwen waren, in de armen van haar aanvaller. Pedro García deed niets om zich te bevrijden. Hoe gemakkelijk was het, ontdekte hij terwijl de seconden verstreken en de ogen van de oude vrouw uit hun kassen dreigden te springen. Hij kneep harder, tot hij in de hals van de oude vrouw iets hoorde kraken. Het bleek zo eenvoudig, snel, stil, verschrikkelijk stil te gaan. Hij liet haar los en María zakte, klein en gerimpeld als ze was, in elkaar.

De broederschap die verantwoordelijk was voor de erediensten bij het retabel zou wel voor het lijk zorgen, dacht hij voordat hij haar daar op straat achterliet, en de autoriteiten waarschuwen, die haar ergens in Sevilla zouden opbaren, of misschien ook niet, voor het geval iemand haar zocht. Hoogstwaarschijnlijk zouden ze haar op kosten van de vrome gelovigen in een anoniem graf begraven.

# 21

De Santa Ana-parochie in het hart van Triana was de grootste van Sevilla, met meer dan tienduizend gelovigen, en werd bediend door drie pastoors, drieëntwintig presbyters, een subdiaken, vijf lagere geestelijken en twee tonsuren. Maar ondanks het grote aantal gelovigen en priesters deed de Santa Ana Milagros huiveren. Het gebouw was een massieve gotische constructie met een rechthoekig grondplan en drie beuken, waarvan de middelste breder en hoger was dan de andere twee en in het midden door het koor onderbroken werd. Het was in de achttiende eeuw in opdracht van koning Alfonso x gebouwd als dankbetuiging aan de moeder van de Maagd Maria nadat zij op wonderbaarlijke wijze zijn oog genezen had.

Milagros vond het gebouw donker en overvol met vergulde retabels, beelden en schilderijen van een lijdende, gewonde Christus, heiligen, martelaren en maagden die haar onderzoekend aankeken en leken te ondervragen. Het meisje probeerde dat beklemmende gevoel kwijt te raken toen ze ineens voelde dat haar blote voeten over een ruw oppervlak liepen; ze keek naar de grond en sprong opzij met een onderdrukte vloek die in geblaas bleef steken: ze stond op een van de vele stenen waaronder de resten van de weldoeners van de kerk rustten. Ze zocht bescherming bij Caridad en de twee bleven roerloos staan. Onder de boog van Onze-Lieve-Vrouw van Antigua, in de beuk van het Evangelie, waarachter zich de sacristie bevond, verscheen een priester. Hij bewoog zich zo geruisloos mogelijk om de gelovigen niet te hinderen, merendeels vrouwen die een noveen baden om zich aan de heilige Anna aan te bevelen, hetzij om de gewenste vruchtbaarheid te bereiken hetzij om hun overduidelijke zwangerschap goed te laten verlopen; het was in Triana en in heel Sevilla bekend dat de heilige al eeuwenlang de voorspraak was voor vrouwen die zwanger waren of het wilden worden.

Milagros keek naar de priester en Reyes, die een stukje verder stonden te fluisteren; zij wees de hele tijd naar haar en de pastoor bekeek haar met een norse blik. De Trianera had in haar leven de plaats van de oude María ingenomen. Waar is die koppige oude vrouw? vroeg Milagros zich voor de duizendste keer in die dagen af. Ze miste haar. Ze zouden elkaar kunnen vergeven, waarom niet? Ze probeerde de oude vrouw uit haar hoofd te bannen toen de priester haar met een autoritair gebaar wenkte hem te volgen: María zou het er niet mee eens geweest zijn dat ze daar was om zich aan de Kerk te onderwerpen en haar doopsel voor te bereiden, zeker niet. Toen ze langs Reyes liepen, maakte de Trianera een beweging om Caridad tegen te houden.

'Zij gaat met me mee,' zei Milagros terwijl ze haar vriendin meetrok om te voorkomen dat ze bij de zigeunerin bleef staan.

Na de vlucht van de oude María en tot de terugkomst van haar ouders was Cachita de enige die ze nog had van de mensen met wie ze had samengeleefd, en het meisje zocht meer dan ooit haar gezelschap, een enkele keer zelfs als ze daarvoor een ontmoeting met Pedro moest laten schieten, hoewel ze ook moest toegeven dat de houding van haar jonge verloofde sinds het huwelijk door de twee families was afgesproken, een subtiele verandering had ondergaan: net als daarvoor lachte hij naar haar, kletste hij met haar en kneep hij zijn ogen dicht in dat tedere gebaar dat haar altijd weer ontroerde, maar er was iets in hem veranderd... iets waar ze niet de vinger op kon leggen.

De priester wachtte haar op onder de boog van de Heilige Maagd van Antigua.

'Ze gaat met me mee,' herhaalde Milagros toen ook hij bezwaar wilde maken tegen de aanwezigheid van Caridad.

Het verwijtende gezicht waarmee de man van God haar woorden ontving maakte het meisje duidelijk dat haar toon misschien overdreven scherp was geweest, maar toch nam ze Caridad mee de sacristie in. Ze begon het zat te worden dat iedereen haar vertelde wat ze moest doen; María deed dat niet, die klaagde en mopperde alleen, maar Reyes... ze ging overal met haar mee, waar ze ook naartoe ging! In de kroeg van Bienvenido gaf ze zelfs aan welke liedjes ze moest zingen. Ze probeerde zich te verzetten, maar de gitaren gehoorzaamden de Trianera en er zat niets anders op dan zich daarnaar te voegen. Fermín en Roque maakten geen deel meer uit van de groep, Sagrario ook niet. Ze waren allemaal vervangen door leden van de familie García, en alleen de García's deden nog mee. De Trianera had zelfs Caridad verboden bij de liederen en dansen mee te klappen. 'Wat weet een negerin nou van het klappen bij een fandango of een seguidilla?' beet ze Milagros toe. En Caridad bleef gedurende het hele optreden onbeweeglijk staan, alsof ze aan de muur van de keuken van de herberg vastgemetseld zat, zonder zelfs een slechte sigaar om tussen haar lippen te houden. Reyes stak al het geld dat ze kregen bij zich om het aan Rafael, de patriarch, te geven, en anders dan de oude María gewoon was, leek de Graaf niet bereid Caridad met papantes te belonen.

Het enige moment dat Milagros aan het toezicht van de Trianera kon ontsnappen was 's avonds, wanneer ze sliep. Inocencio had niet goed gevonden dat ze dat voor de voltrekking van het huwelijk in het woonblok van de García's deed, en Caridad en zij sliepen nog steeds in de oude, troosteloze woning van haar jeugd. Om Milagros te controleren had de Trianera hen echter met een oude tante opgezadeld. Bartola heette de vrouw, die weduwe was.

'Wat zijn de geboden van de Heilige Moederkerk?'

De vraag haalde Milagros terug naar de realiteit: ze stonden samen in de sacristie, voor een bewerkte houten tafel waarachter de priester, die inmiddels was gaan zitten, haar met een streng gezicht ondervroeg. Hij bood hun geen stoel aan. Het meisje had geen idee van die geboden. Ze stond op het punt haar onwetendheid toe te geven, toen ze zich de raad herinnerde die haar grootvader haar op een dag, toen ze nog heel klein was, gegeven had: 'Je bent een zigeunerin. Je moet burgers nooit de waarheid vertellen.' Ze glimlachte.

'Ik ken ze... ik ken ze...' antwoordde ze dus. 'Ze liggen op het puntje van mijn tong, hier,' voegde ze eraan toe terwijl ze haar tong aanraakte. De priester wachtte een paar seconden, zijn handen gevouwen op het tafelblad. 'Maar ze willen niet komen, die...'

'En de gebeden?' onderbrak de geestelijke haar voordat het meisje iets ongepasts zou zeggen. 'Welke gebeden ken je?'

'Allemaal,' antwoordde zij stellig.

'Zeg het onzevader op.'

'Uwe eerwaarde heeft me gevraagd of ik ze ken, niet of ik ze op kan zeggen.'

De priester vertrok geen spier. Hij kende het karakter van de zigeuners. Helaas hadden ze hem de onzalige opdracht gegeven om zich over die brutale zigeunerin te ontfermen, maar de hoofdpastoor leek het nogal belangrijk te vinden dat ze werd gedoopt en dat de zigeunergemeenschap naar de kerk kwam, en hij was maar een eenvoudige presbyter zonder parochie en met weinig inkomsten. Het uitblijven van een reactie van de kant van de geestelijke gaf Milagros moed, die tot een vergelijkbare conclusie kwam: de priesters wilden dat ze gedoopt werd.

'Welke drie personen vormen de Heilige Drie-eenheid?' hield de man aan.

'Melchior, Caspar en Baltasar,' riep Milagros uit terwijl ze een schaterlach onderdrukte. Ze had dat haar grootvader vaak horen zeggen, in de zigeunerbuurt, wanneer hij de spot wilde drijven met oom Tomás. Iedereen begon dan te lachen.

Deze keer veerde zelfs Caridad op, die in haar slavenkleren en met haar strohoed in haar handen achter Milagros stond. De priester verbaasde zich over die reactie.

'Weet jij het?' vroeg hij haar.

'Ja... pater,' antwoordde Caridad.

De geestelijke probeerde haar er met gebaren toe aan te zetten ze op te noemen, maar Caridad had haar blik alweer neergeslagen en keek strak naar de grond.

'Wie zijn het dan?' vroeg hij.

'De Vader, de Zoon en de Heilige Geest,' somde zij op.

Milagros draaide zich om naar haar vriendin en in die houding hoorde ze de volgende vragen, allemaal aan Caridad gericht.

'Ben je gedoopt?'

'Ja, pater.'

'Ken je het Credo, de andere gebeden en de geboden?'

'Ja, pater.'

'Nou, leer ze haar dan!' riep de man uit terwijl hij naar Milagros wees.

'Je wilde toch begeleid worden? Wanneer een volwassene... of iemand die dat lijkt,' voegde hij er spottend aan toe, 'het heilige sacrament van het doopsel wil ontvangen, ben ik als priester verplicht die persoon te leren kennen en te getuigen dat zijn leven in het teken staat van de drie christelijke deugden: geloof, hoop en liefde. Luister: de eerste beperkt zich tot wat iedere goede christen moet geloven, en dat staat in het Credo. De tweede heeft betrekking op hoe hij moet handelen, waarvoor hij de geboden van God en die van de Heilige Kerk moet kennen, en tot slot de derde: wat kan hij van God verwachten? Dat staat in het onzevader en de andere gebeden. Kom pas terug als je dat allemaal geleerd hebt,' voegde hij eraan toe terwijl hij het idee liet varen om de zigeunerin in de catechismus van pater Eusebio te onderrichten. Hij zou al tevreden zijn als die schaamteloze vrouw het Credo kon opzeggen!

Zonder haar de kans te geven iets terug te zeggen stond de priester op van de tafel en wapperde met beide handen, de vingers gestrekt, in hun richting, alsof hij een paar hinderlijke beestjes verjoeg, ten teken dat ze de sacristie moesten verlaten.

'Hoe ging het daarbinnen?' vroeg de Trianera geïnteresseerd. Ze wachtte hen op bij een van de ingangen van de kerk, waar ze de tijd had benut om discreet om aalmoezen te vragen, waarbij ze iedere jonge vrouw die naar binnen ging vruchtbaarheid voorspelde.

'Ik ben al half gedoopt,' antwoordde Milagros ernstig. 'Echt waar,' hield ze vol toen ze de achterdocht op het gezicht van de oude zigeunerin zag, 'alleen de andere helft moet nog.'

Maar Reyes was geen saaie burgervrouw en deed niet voor haar onder.

'Nou, pas maar op, kind,' antwoordde ze met een waarschuwende vinger ter hoogte van de taille van het meisje, 'straks snijden ze je nog doormidden om de andere helft te dopen, en ontglipt je die gevatheid van je via de ene of de andere kant.'

Milagros kon de gebeden of die geboden van God of van de Kerk die Caridad haar probeerde te leren door ze langzaam op te zeggen, net zoals ze 's zondags bij de missen in de Cubaanse suikerfabriek altijd gedaan had, niet onthouden. De oude Bartola, zittend op de stoel die ze, alsof het haar grootste schat was, van de andere kant van de steeg had meegebracht en in het huis van Milagros bij het raam had gezet, was de ochtendlijke, steeds onderbroken herhalingen zat en loste het probleem met een schreeuw op.

'Zing ze, meisje! Als je ze zingt, onthoud je ze wel.'

Vanaf die dag veranderde het apathische gestamel in wijsjes en begon Milagros de gebeden en voorschriften op het ritme van fandango's, seguidilla's, sarabandes en chaconnes te leren.

Het was precies die natuurlijke aanleg, die gave die de zigeunerin bezat om muziek en liederen in zich op te nemen, die haar de grootste problemen en narigheden gaf toen het uur gekomen was om de kerstliederen te leren die ze in de Santa Ana moest zingen.

'Kun je partituren lezen?'

Voordat Milagros antwoord kon geven, sloeg de dirigent met zijn hand in de lucht; hij had zich meteen gerealiseerd hoe belachelijk die vraag was.

'Het enige wat ik kan lezen zijn de lijnen in een hand,' antwoordde het meisje, 'en één oogopslag was voor mij genoeg om in die van u veel ongeluk te lezen.'

Milagros was gespannen. De leden van de voltallige muziekkapel van Santa Ana beoordeelden haar en het kostte haar geen moeite zich voor te stellen wat de kinderen van het koor, de tenor, de andere zangers en de organist van haar dachten; behalve de kinderen waren het allemaal beroepsmusici. Waarom moest een smerige zigeunerin op blote voeten in hun kerk kerstliederen zingen? kon het meisje op hun gezichten lezen.

En wat ze nu op dat van de kale, dikbuikige dirigent las, was een triomfantelijke grijns, die vervolgens omsloeg in een donderend schreeuwen.

'De lijnen in een hand lezen? Eruit!' De man wees naar de deur. 'De kerk is geen plek voor zigeunerwaarzeggerij! En neem je negerin mee!' voegde hij eraan toe richting Caridad, die op ruime afstand van hen was blijven staan.

De Trianera, die buiten bij de ingang op hen wachtte en ondertussen weer om aalmoezen vroeg, nu openlijk, alsof het feit dat Milagros kerstliederen zou gaan zingen haar een soort vrijbrief gaf, rende onmiddellijk naar haar man om te vertellen dat het meisje de kerk uitgezet was.

'Als ze al met Pedro getrouwd was, zou ik dat wispelturige kind een klap in haar gezicht geven,' zei ze.

'Je zult nog kans genoeg krijgen om dat te doen,' verzekerde haar man haar, en hij ging haastig naar de Santa Ana voor hij door de pastoor op het matje geroepen zou worden.

Rafael kwam ziedend terug: hij had honderden keren vergiffenis moeten vragen en zich tegenover een woedende priester moeten vernederen. In de steeg zag hij Milagros, die verrukt naar Pedro luisterde, alsof er die stralende winterdag niets gebeurd was. Hij verwierp de gedachte om haar daar meteen aan te spreken en riep de hulp van Inocencio in, met wie hij terugkeerde naar de plek waar de twee jonge mensen stonden te praten.

Het meisje zag hen niet eens aankomen, maar Pedro wel, en door de manier van lopen en het gesnuif van zijn grootvader voorzag hij wat er zou gebeuren; hij deed een paar stappen opzij.

'Ze zullen je ouders niet vrijlaten,' zei de Graaf meteen en zonder omwegen tegen Milagros.

'Wa...wat...?' stamelde ze.

'Dat ze ze niet zullen vrijlaten, Milagros,' loog Inocencio om de Graaf te helpen, die de pastoor had beloofd dat Milagros terug zou komen en zich zou gedragen.

'Maar... waarom? Ze zeiden dat de dossiers al op weg naar Málaga en La Carraca waren.'

'Ze zullen gewoon zeggen dat er een nieuwe getuige is verschenen die alle andere geheime informatie weerlegt,' antwoordde de Graaf. 'Niet alleen moest je voor de kerk getrouwd zijn, je moest ook aantonen dat je niet als een zigeuner leefde, en met de Vega's in de buurt zal het hun weinig moeite kosten dat te bewijzen.'

Milagros sloeg haar handen voor haar gezicht. Wat heb ik gedaan? vroeg ze zich af, ontroostbaar.

'Wat kan het hun schelen of ik wel of niet in de kerk zing?' probeerde ze zich te verdedigen.

'Je begrijpt het niet, meisje. Voor hen is niets belangrijker dan het terugbrengen van de verloren schapen naar God. En nu ze de Joden en Moren hebben verdreven, zijn wij die verloren schapen: de zigeuners. Er worden al jaren geen kerstliederen in de Santa Ana meer gezongen, en de priesters hebben toegezegd die traditie in ere te herstellen, en dan zouden de liedjes ook nog door een zigeunerin gezongen worden! Het feit dat jij kerstliederen in de kerk zou zingen betekende dat ze in het openbaar konden laten zien dat het hun gelukt was ons in de schoot van de kerk op te nemen. Zelfs de aartsbisschop van Sevilla was op de hoogte van het plan! Maar nu...'

Toen de twee patriarchen zagen dat Milagros' kin begon te trillen, wisselden ze een samenzweerderige blik; het meisje stond op het punt in huilen uit te barsten. De twee mannen maakten aanstalten weg te lopen.

'Nee!' hield ze hen tegen. 'Ik zal zingen! Ik zweer het! Wat kunnen we doen? Wat kan ik...?'

'Dat weten we niet, kind,' antwoordde Inocencio.

'Misschien als je vergiffenis zou gaan vragen...' suggereerde Rafael terwijl hij zijn mond vertrok ten teken dat ze zelfs zo weinig kans had.

En ze vroeg vergiffenis. Aan de pastoors. Aan de dirigent. Aan alle leden van de muziekkapel, inclusief de kinderen. Caridad sloeg haar gade: met gebogen hoofd, deemoedig voor hen staand, niet wetend wat ze met die handen moest doen die gewend waren vrolijk om haar heen te fladderen, schraapte ze de woorden bijeen die Inocencio haar had aangeraden te zeggen.

'Het spijt me. Vergeef me. Ik wilde niemand beledigen en zeker niet Jezus Christus en de Maagd Maria in hun eigen huis. Ik smeek jullie me te vergeven. Ik zal mijn best doen om te zingen.'

De Trianera was opgehouden de burgers voor een aalmoes te achtervolgen en was de kerk binnengekomen om van de vernedering van het meisje te genieten. 'Je zult nog kans genoeg krijgen,' had haar man haar verzekerd, en allemachtig, zeker weten dat ze de kans zou ze krijgen om haar de klap te geven die ze verdiende.

Nadat verschillende kinderen van het koor en enkele van de oudere musici haar verontschuldigingen hadden geaccepteerd, sommeerde een van de presbyters haar tegenover het hoofdaltaar op de grond te knielen en te bidden om voor haar fout te boeten. Daar, tegenover de zestien panelen die het altaarstuk vormden dat precies in de achtzijdige apsis van de kerk paste, stamelde Milagros tijdens de twee lange uren die de repetities van de muziekkapel duurden, het lied dat ze geleerd had. Kerstmis kwam dichterbij en alles moest klaar zijn.

Ondanks haar verontschuldigingen vormden de volgende dagen, waarop ze van Rafael niet meer in de herberg mocht zingen zodat ze zich helemaal op Santa Ana zou storten, een ware marteling voor het meisje; nu de vrijheid van haar ouders op haar geweten drukte, moest ze op haar tong bijten bij het geschreeuw van de dirigent, die de repetities telkens stillegde om haar te beschuldigen en uit te schelden, roepend dat het godgeklaagd was dat hij de pech had te moeten werken met een ongeletterde die niets van solfège wist, noch van zang, en niet in staat was de muziek van handgeklap en gitaren door die van het orgel te vervangen.

'Een zigeunerin!' schreeuwde hij schor terwijl hij naar haar wees, 'een vieze bedelares die niet veel meer heeft gedaan dan vulgaire liefdesliedjes zingen voor dronkenlappen en hoeren! Dievegges zijn het, allemaal, alle vrouwen van haar soort!'

Milagros, die de beschimpingen in het bijzijn van alle aanwezigen onderging, verdroeg het zonder de tranen te verbergen die over haar wangen liepen, en wanneer de muziek opnieuw klonk, zette ze zich met hart en ziel in. Ze had het gevoel... ze wist zeker dat de dirigent en de anderen van plan waren haar te beletten met Kerstmis te zingen en dat ze alles op alles zouden zetten om daarin te slagen.

Drie dagen voor Kerstmis werden haar vermoedens bevestigd. De dirigent verscheen op de repetitie vergezeld door de drie pastoors van de Santa Ana; andere presbyters hadden postgevat naast de sacristie. Die keer schold hij haar niet uit, maar hij hield niet op met klagen en de repetitie onderbreken, steeds gevolgd door wanhopige blikken naar de pastoors in een poging hun duidelijk te maken dat dat onmogelijk goed zou kunnen gaan.

'Ik verwacht niet eens,' beklaagde de dirigent zich een van die keren, 'dat ze een aria in Italiaanse stijl zingt, hoewel deze grote kerk dat zeker zou verdienen. Ik heb een Spaans kerstlied uitgekozen, klassiek, met refreinen en coupletten, maar zelfs dan!'

Milagros zag de priesters met elkaar praten en werd doodsbang toen ze zag hoe hun bezorgdheid zich door het misbaar dat de dirigent maakte, langzaam omzette in de zekerheid dat ze een fout gemaakt hadden. Ze zou niet zingen! Ze beefde over haar hele lichaam. Ze keek naar Caridad, onbeweeglijk op dezelfde plek. Ontzet zag ze hoe de hoofdpastoor zijn handen hief ten teken dat hij het opgaf.

Ze gingen weg! Milagros dacht dat ze flauw ging vallen. De dirigent verborg een glimlach terwijl hij een kleine buiging maakte toen de pastoors langsliepen. 'Klootzak!' mompelde het meisje zachtjes. Haar flauwte veranderde in woede; gore klootzak!

'Kloot...!' wilde ze uitbarsten toen een andere kreet haar onderbrak.

'Maestro!' Reyes rende, zo dik als ze was, de kerk door. Ze stond stil voor het hoofdaltaar om een onhandige kniebuiging te maken en een kruis te slaan, kwam overeind en liep, terwijl ze kruisen op haar voorhoofd en borst bleef slaan, naar hen toe. 'Eerwaarden,' hijgde ze met gespreide armen om te voorkomen dat ze verder liepen, 'weet u wat ze bij ons zeggen?'

De dirigent zuchtte, de pastoors bleven onbewogen staan, alsof ze haar welwillend de kans gaven het te vertellen.

'Voor de oude ezel de zwaarste last en het slechtste tuig,' zei de Trianera zonder omwegen.

Iemand van de muziekkapel lachte, misschien een van de kinderen van het koor.

'Weet u wat dat betekent?'

Milagros keek ongelovig van de een naar de ander.

'Vertel het ons maar,' gaf de hoofdpastoor haar met een toestemmende knik opnieuw de gelegenheid.

'Ja. Ik zal het u vertellen, eerwaarde: het betekent dat de ouderen, zij dus,' wees ze naar de zangers, die aandachtig naar de zigeunerin luisterden, 'degenen zijn die de zwaarste last moeten dragen en het slechtste tuig krijgen. Niet het meisje. Het zal u niet lukken met haar,' voegde ze eraan toe richting de dirigent, 'ze is maar een eenvoudige zigeunerin, zoals Uwe Genade niet moe wordt te herhalen, een zondares die gedoopt wil worden. Wij zijn het, de zigeuners, die naar deze kerk willen komen en een van de onzen willen horen zingen om het kindje Jezus op zijn geboortedag te eren. Luister. Luister allemaal. Ze kent ze. Ze kent de kerstliederen. Stil iedereen!' waagde Reyes hun te bevelen. Sluw als ze was, merkte ze dat haar betoog de pastoors was bevallen, nu... nu moest het zingen van Milagros hun nog bevallen. 'Zing, kind, zing zoals alleen jij dat kunt.'

Milagros barstte uit in een kerstlied, op haar manier, met voorbijgaan van de ingewikkelde instructies van de dirigent. Haar stem verhief zich en weergalmde door de verder lege kerk. De pastoors draaiden zich om naar het meisje. Achter hen, in de sacristie, leunde een van de presbyters tegen de muur en liet zich met gesloten ogen door het kerstlied meevoeren; een andere, oudere priester stond het ritme van de verzen met zijn hand mee te zwaaien. Ze klapten niet voor haar zoals in de kroeg, niemand schreeuwde onbeschaamdheden, maar zodra ze stopte met zingen, wist het meisje dat ze hen betoverd had.

'Hebt u haar gehoord?' Reyes ging tegenover de dirigent staan.

De man knikte met samengeknepen lippen, zonder naar de pastoors te durven kijken.

'Wel, vanaf nu moet u de zwaarste last bij de oude ezels leggen!'

Milagros, niet in staat zich te bewegen om te zien of ze het deden, vroeg zich af of een van hen nu zou lachen.

'Laat de oude ezels zich aanpassen aan het ritme van het meisje, aan haar toon, aan haar solfège of hoe u al die apekool ook noemt; zij is maar een onwetende zigeunerin, de jonge ezelin.'

Gedurende enkele ogenblikken dachten zowel Reyes als Milagros dat ze de priesters konden horen nadenken.

'Zo zij het,' oordeelde de hoofdpastoor na een blik met de anderen te hebben gewisseld. 'Maestro, het meisje zal op haar manier zingen, net zoals ze zojuist heeft gedaan, en de anderen moeten zich aan haar aanpassen.'

En daar stond Milagros op kerstochtend 1749, in een van de pastoors geleende zwarte cape van grof laken met mouwen, die haar van haar hoofd tot haar blote voeten bedekte. De dag ervoor was ze gedoopt nadat ze had laten zien dat ze de gebeden en de geboden kon prevelen. Meer kennis eisten ze niet van haar en omdat ze volwassen was, besprenkelden ze haar slechts in plaats van haar in het bijzijn van haar peetouders, Inocencio en Reyes, in de doopvont onder te dompelen. Nu keek het meisje heimelijk, zenuwachtig, naar de menigte die langzaam maar zeker de Santa Ana-kerk vulde, allemaal schoon, allemaal met hun beste kleren aan; de mannen in streng zwart, op zijn Spaans, want er waren in Triana niet veel verfransten die zich volgens de militaire mode kleedden; de vrouwen sober, bedekt met zwarte of witte mantilla's, talrijke rozenkransen van paarlemoer en zilver, sommige zelfs van goud, en oneindig veel waaiers die door de regelmatige beweging van gehandschoende handen continu wapperden. Milagros probeerde zich voor te stellen dat ze in de herberg was, waar ze met hulp van de oude María en Sagrario het trillen van haar handen en de druk op haar borst waardoor ze bijna geen lucht kreeg had weten te bedwingen, maar de sfeer in de kerk leek in niets op het kabaal van de glazen wijn of brandewijn die van tafel tot tafel gingen en van de mannen die zich op de hoeren stortten. Heel Triana was naar de kerk gekomen, heel Triana was in afwachting van de kerstliederen die de zigeunerin ging zingen en waarmee een traditie in ere werd hersteld die heel wat jaren geleden verloren gegaan was.

Ze vestigde haar aandacht op de kale, dikbuikige dirigent. Hij droeg een bril die ze niet kende van de repetities en die hem een ernstig uiterlijk gaf dat contrasteerde met zijn driftige heen en weer lopen om het koor steeds opnieuw op te stellen. Hij verwaardigde zich niet door die nieuwe bril naar Milagros te kijken. Terwijl ze luisterde naar het geroezemoes van de mensen die wachtten tot de mis begon en het geluid van de honderden waaiers en de tegen elkaar ketsende kralen van de rozenkransen, voegde het meisje bij de zenuwen die ze al had de angst dat de dirigent haar misschien een streek zou leveren. De laatste repetities, aangepast aan haar manier van zingen, waren fantastisch gegaan, in ieder geval in de ogen van de zigeunerin, maar wie verzekerde haar dat de dirigent met zijn gekwetste trots zich niet zou wreken op de dag dat heel Triana zijn ogen op haar gevestigd had? De pastoors zouden kwaad zijn en de vrijlating van haar ouders zou opnieuw onzeker zijn.

Wat het meisje niet wist, was dat anderen hetzelfde hadden gedacht toen Reyes over haar openlijke botsing met de dirigent vertelde. Rafael en Inocencio hadden aan één blik genoeg om elkaar te begrijpen en diezelfde kerstochtend wachtten drie zigeuners, twee García's en een Carmona, de dirigent bij het krieken van de dag op bij de deur van zijn huis. Weinig woorden waren nodig om de man te doen begrijpen dat hij ervoor moest zorgen dat die dag de mooiste van zijn leven werd.

Intussen was de mis begonnen, plechtig opgedragen door de drie pastoors van de Santa Ana, uitgedost met schitterende kazuifels met goudborduursel; de andere diakens volgden de ceremonie vanaf het hoofdaltaar of vanuit het koor, bijna aan het eind van het middenschip. Milagros keek naar de rijen gelovigen het dichtst bij het hoofdaltaar, waar de families van de hoofden van Triana zaten. Op de eerste rij herkende ze aan een van de uiteinden Rafael en Inocencio met hun vrouwen, nederig in hun kleding en in hun houding, alsof ze voor die gelegenheid de typische zigeunertrots thuisgelaten hadden. De anderen, inclusief Caridad, stonden waarschijnlijk achter in de kerk, als ze tenminste naar binnen hadden gekund, want de Santa Ana was niet groot genoeg voor alle gelovigen.

De muziek klonk en de liturgische gezangen werden ingezet; muziek en liederen in Italiaanse stijl, die sinds de komst van de Bourbons op de Spaanse troon eerder tot doel hadden de parochianen te laten genieten dan hun geestelijke passie te bevorderen, zoals de componisten tot dan toe met het gebruik van het contrapunt hadden geprobeerd; rede versus gevoel, dat was op dat moment de discussie tussen de dirigenten van de grote kathedralen. Milagros vond in de lichte melodie de rust die ze nodig had. Stil naast de musici staand, leek het alsof ze het tegen haar hadden, meer dan tegen wie ook; de noten bereikten haar helder, niet vermengd met gefluister, rumoer of vage geluiden. Ze sloot haar ogen, verscholen in de zwarte cape die haar van top tot teen bedekte, en liet zich door de schitterende meerstemmige liederen van het kinderkoor meevoeren tot ze omhuld was door een muzikaal delirium waarin zij voor het eerst sinds lange tijd niet de hoofdrol speelde.

De schitterende koorzang die de kerk vulde, eindigde abrupt en maakte plaats voor de woorden van de celebranten. Milagros reageerde op het grove contrast van die schorre maar zalvende stem door haar ogen te openen, die vochtig waren van tranen die ze niet eens had voelen opkomen. Ze keek met een wazige blik om zich heen, zonder daar iets aan te doen, alsof ze de ervaring van zojuist wilde verlengen. Toen voelde ze zijn aanwezigheid; ze voelde die net zoals ze even daarvoor door de klanken van de violen was geraakt. Al zagen haar ogen niet meer dan een wazige vlek tussen Rafael en Inocencio, ze wist dat hij het was. Eindelijk droogde ze haar tranen met haar onderarm; de glimlach van haar vader was belangrijker dan zijn uitgemergelde uiterlijk, de snee die tot aan zijn voorhoofd over zijn wang liep, het verschrikkelijk opgezwollen blauwe oog of de belachelijke, bij elkaar geraapte kleren die ze hem hadden aangetrokken om naar de kerk te gaan. Milagros wilde naar hem toe rennen, maar een gebaar van zijn kant hield haar tegen. Zing, zei hij met zijn lippen. En moeder? vroeg zij op dezelfde manier terwijl ze haar tevergeefs zocht tussen de aanwezigen. Zing, herhaalde hij toen hun blikken elkaar weer kruisten. En moeder? De uitdrukking op het gezicht van haar vader bij die herhaalde vraag deed haar verstijven. Plotseling drong het tot Milagros door: de dirigent keek haar ongelovig aan, de musici ook en zelfs de priesters bij het hoofdaltaar; de zangers... De hele kerk wachtte op haar! Ze had niet ingezet op het moment dat ze dat had moeten doen. Ze beefde.

'Zing, meisje van me,' moedigde haar vader haar aan voordat het gemompel van de mensen de stilte zou verbreken.

Milagros, in de ban van de immense liefde waarmee ze zich door die woorden omringd voelde, deed een stap naar voren. De dirigent gaf de musici opnieuw aan dat ze moesten inzetten. De eerste noot kwam schor en timide uit de keel van het meisje. De tweede zwol aan bij het zien van de tranen waarmee haar vader die stem verwelkomde die hij had gedacht nooit meer te zullen horen. Ze zong voor het pasgeboren kind. Het refrein, dat door de kinderen van het koor werd gezongen, gaf haar de kans haar blik over de gelovigen te laten gaan en ze zag dat ze zich aan haar overgegeven hadden. Daarna, toen het koor zweeg, stak ze haar handen naar voren en strekte haar hals alsof ze wilde dat haar stem uit de boogribben van het dakgewelf van de Santa Ana kwam om over het wonder van Jezus' geboorte te blijven zingen.

Toen Milagros klaar was met zingen moest de pastoor een paar keer zijn keel schrapen voordat hij de mis kon voortzetten, maar zij had alleen aandacht voor haar vader, die zijn best deed zijn tranen te onderdrukken en fier te blijven.

Achter in de kerk, ingeklemd tussen twee mannen, zo vol was de kerk, vroeg Caridad, die kippenvel had gekregen, zich af hoe het met de oude María zou zijn en met Melchor. Ook al was het in een kerk, ze wist zeker dat ze Milagros graag hadden horen zingen.

# 22

Hij zou gewoon kunnen verdwijnen, zoals hij in Triana gedaan had. Wie had hem ooit om een verklaring gevraagd? Hij zou het kunnen doen wanneer Nicolasa in Jabugo was. Ze zou terugkomen, het huisje leeg aantreffen en begrijpen dat hij zijn dreigementen eindelijk waargemaakt had. Heb je niet gezegd dat ik een zigeuner nooit moest vertrouwen? Je liegt. Je zult bij me blijven... Zo waren de reacties van de vrouw, de ene keer deed ze alsof ze Melchors dreigementen niet serieus nam, de andere keer leek het alsof ze in zijn ogen naar zijn ware bedoelingen zocht. Hij had haar gezegd dat ze hem moest laten sterven. Dat had hij haar gezegd! Hij was er klaar voor. Hij had haar gewaarschuwd dat hij haar zou verlaten, maar ze besloot niet naar hem te luisteren: ze had hem stervend naar het huisje gebracht, dat vertelde Nicolasa hem zodra hij na vele dagen van koorts en vechten met de dood weer bij bewustzijn kwam. Ze had, zo zei ze, een chirurgijn gezocht, aan wie ze al het geld van de Dikke dat Melchor nog restte uitgegeven had.

'Alles?' protesteerde een verzwakte Melchor vanaf zijn stromatras. Het verlies van zijn geld deed hem meer pijn dan het trekken van de dichtgenaaide wond.

'De chirurgijnen willen zigeuners niet behandelen,' antwoordde ze. 'Wat kan het je eigenlijk schelen? Als je gestorven was, zou je het ook niet meer hebben. Ik heb gedaan wat me het beste leek.'

'Maar dan was ik rijk gestorven, vrouw,' klaagde hij.

'Ja, en?'

'Wie weet wat er na de dood is? Wij zigeuners mogen vast en zeker terugkomen om te pakken wat van ons is en er de duivel mee betalen.'

Twee maanden later, toen Nicolasa hem hielp om van de stromatras naar de stoel in de deuropening te komen zodat hij de bergwind kon voelen, toen de chirurgijn niet meer kwam omdat die hem genezen achtte, biechtte de vrouw Melchor op dat ze de man ook het paard van de Dikke had moeten geven... en haar twee gouden munten.

'Hij dreigde de gerechtsdienaar te vertellen dat je hier was.'

Melchor wilde woedend overeind komen, maar hij kon niet eens op zijn benen staan en viel bijna op de grond. De honden begonnen al te blaffen voordat Nicolasa hem vermanend kon toespreken. Weer een beetje soepel kunnen lopen zou hem nog een paar maanden kosten.

'Wacht tot het voorjaar wordt,' raadde ze hem aan toen hij opnieuw plannen maakte om weg te gaan. 'Je bent nog erg zwak, de winter is hard en de bergen zijn gevaarlijk. De wolven hebben honger. Bovendien hebben ze je familie misschien al vrijgelaten; neem de tijd.'

Nicolasa had hem steeds verteld wat ze in Jabugo over het lot van de zigeuners hoorde; dragers en smokkelaars wisten dingen. Eerst had ze die woorden van de Dikke moeten bevestigen, die hem bijna het leven hadden gekost: ja, in het hele koninkrijk waren alle zigeuners tegelijk opgepakt; Sevilla en daarmee Triana waren geen uitzondering geweest. Melchor vroeg niet waarom ze het hem niet eerder verteld had: hij wist het antwoord al. Maar in november kwam Nicolasa echter met goed nieuws naar hem toe gerend: ze werden vrijgelaten!

'Het is zeker,' herhaalde ze. 'De mensen praten over groepen zigeuners uit Cáceres, Trujillo, Zafra en Villanueva de la Serena die naar hun dorpen en naar de tabak teruggekeerd zijn. Ze hebben ze gezien en gesproken.'

'Neem de tijd,' smeekte ze hem die dag opnieuw.

Nicolasa vroeg alleen tijd. Voor wat? vroeg ze zich af zonder een antwoord te vinden. Melchor was vastbesloten; ze zag het aan zijn ogen, aan de inspanningen van de luie zigeuner die, terwijl hij daarvoor zittend in de deur van het huisje de uren voorbij liet gaan, weer probeerde te lopen; aan de bijna tastbare melancholie wanneer hij naar de horizon staarde. En zij? Zij bad slechts om de volgende dag... ze bad dat ze hem bij terugkomst van waar ze ook naartoe was gegaan, daar weer zou aantreffen. Heimelijk had ze honden bevolen om bij Melchor te blijven, maar de dieren voelden haar angst, gehoorzaamden niet en weken niet van haar zijde, alsof ze beloofden dat zij haar nooit in de steek zouden laten. Waarvoor wilde ze die tijd, vroeg ze zich af, als ze een angstig voorgevoel kreeg, wanhopig van de varkensstal of de zouterij terugrende, om dan zonder dat hij haar zag te constateren dat hij er nog was? Maar ze hield van hem; tijdens de lange dagen waarin ze het als haar plicht zag bij de koortsige, ijlende man te waken, had ze om hem de tranen vergoten die ze haar eigen kinderen onthouden had. Ze had hem gevoerd alsof hij een vogeltje was, hem gewassen en zijn wonden en zweren verzorgd; talloze beloften aan Christus en alle heiligen waren van haar lippen gevloeid als ze hem maar lieten leven! Tijd... ze zou er een lief ding voor overhebben als hij maar één dag langer bij haar bleef!

'Goed,' gaf Melchor na lang nadenken toe. Hij had het gevoel dat hij moest vertrekken zelfs als dat vanwege de kou en zijn zwakke gezondheid gevaarlijk was. Zijn intuïtie zei hem dat dit het moment was, maar Nicolasa... het vuile gezicht van de vrouw overtuigde hem. 'Ik zal in het voorjaar gaan,' bevestigde hij, er zeker van dat er niet meer over te discussiëren viel.

'Je liegt me niet voor?'

'Je snapt er niets van, vrouw. Hoe zou je weten of ik je niet opnieuw voorlieg als ik zeg van niet?'

Kort voordat het lente werd, luisterde Milagros zonder uit het raam te durven kijken naar het geschreeuw in de callejón de San Miguel van de honderden zigeuners die naar haar bruiloft gekomen waren. In weerwil van de omstandigheden had de uitnodiging van de families García en Carmona aan hun verspreid wonende verwanten een massale toestroom veroorzaakt van zigeuners uit alle hoeken van Andalusië en sommige van nog verder. Een aantal van hen was zelfs helemaal uit Catalonië gekomen! Milagros bekeek haar eenvoudige jurk: wit, zoals van de burgerbruiden, versierd met een paar kleurige linten en bloemen; na de mis zou ze hem verruilen voor een groen-met-rode jurk die ze van haar vader cadeau gekregen had.

Over de wangen van het meisje rolden een paar tranen. Haar vader kwam naar haar toe en pakte haar bij haar schouders.

'Ben je zover?'

José Carmona had de door Inocencio geregelde verbintenis bekrachtigd; hij was zich ervan bewust dat hij zijn vrijheid aan deze bruiloft dankte en hij zou zijn woord aan de patriarch gestand doen.

'Ik wou dat ze erbij was,' antwoordde Milagros.

José kneep zacht in de schouders van zijn dochter, alsof hij niet dichter bij haar durfde te komen uit angst de witte jurk vuil te maken. Zoals de Trianera al had voorspeld, was Ana niet vrijgelaten en haar man had het bericht stiekem met genoegen ontvangen. Ana Vega zou niet hebben toegestemd in die bruiloft, en de discussies en problemen zouden zich herhaald hebben. Met Ana in Málaga en Melchor godweetwaar genoot José van zijn dochter zoals hij zich niet kon herinneren dat ooit eerder gedaan te hebben. In de zevende hemel vanwege haar verloving met Pedro García had Milagros haar geluk met haar vader gedeeld, en door de genegenheid die zijn dochter hem ieder ogenblik toonde, leefde José sinds zijn terugkeer uit La Carraca in een gelukzalige roes. Waarom zou hij willen dat ze zijn vrouw vrijlieten? Toch waren ze om Milagros te kalmeren samen bij de autoriteiten gaan klagen, maar hun inspanningen waren tevergeefs. Wat deed het ertoe dat die Ana Vega getrouwd was en dat er getuigen waren die bevestigden dat ze volgens de wetten geleefd had? Onmogelijk! Ze logen! Ze was door de rechtbank van Málaga veroordeeld en vanaf dat moment kwam er geen einde aan de reeks aanklachten en straffen die ze vergaarde.

'De dag voordat de burgemeester van Málaga op ons officiële verzoek reageerde,' vertelde een ambtenaar hun terwijl hij met een vinger op de over zijn bureau uitgespreide papieren tikte, 'stortte je vrouw zich op een soldaat en beet hem zijn halve oor af. Hoe kun je verlangen dat ze zo'n wild beest vrijlaten? Wees voorzichtig met wat je zegt, meisje!' waarschuwde de man toen hij zag dat Milagros wilde reageren. 'Pas maar op anders eindig jij in de stadsgevangenis en moet je vader naar La Carraca terug.'

Milagros vroeg haar vader om samen met haar naar Málaga te gaan om te zien of ze Ana mochten bezoeken.

'We mogen niet reizen,' bracht hij ertegen in. 'Binnenkort ga je trouwen. Stel dat je wordt opgepakt, wat dan?'

Ze boog haar hoofd.

'Maar...'

'Ik ben bezig om haar via anderen te bereiken,' loog José. 'We doen allemaal wat we kunnen, kind, dat kan ik je verzekeren.'

José Carmona was een van de laatste zigeuners die in vrijheid gesteld werden. Vanaf 1750 stroomden bij de Raad de aangiften binnen over zigeuners die ambtenaren onder druk zetten om de geheime dossiers te manipuleren, en de autoriteiten waren van mening dat iedereen die vóór de maand december niet door het onderzoek was gekomen, schuldig moest worden bevonden... aan het zigeuner zijn. Duizenden van hen, met inbegrip van Ana Vega, zagen zich vanaf dat moment voor een leven in slavernij gesteld.

'Je moeder zal altijd bij ons zijn,' hervatte José het gesprek op de dag van de bruiloft, waarbij hij zijn best deed overtuigend te klinken. 'Op een dag komt ze terug. Dat weet ik zeker!'

Milagros tuitte haar lippen; ze wilde haar vader geloven. Nu ze verlost waren van het geschreeuw waarbij ze tot dan toe hadden staan praten, echoden zijn woorden vreemd door de woning van de Carmona's. Vader en dochter keken elkaar aan. In de steeg heerste stilte.

'Ze komen eraan,' waarschuwde José haar.

Reyes en Bartola van de kant van de García's; Rosario en een oudere vrouw die Felisa heette van de kant van de Carmona's. De vier zigeunerinnen staken plechtig de steeg over naar het ouderlijk huis van de bruid. Naarmate ze dichter bij het huis kwamen, gingen de mensen voor hen opzij en stopten ze met praten. Op het moment dat hun gestalten via de binnenplaats in het woonblok verdwenen, verdrongen mannen en vrouwen zich zwijgend onder het raam van Milagros' huis.

'Ik hou van je, kindje,' waren de afscheidswoorden van José Carmona toen hij de vrouwen al in de open deur hoorde. De oude vrouwen hoefden hem niet weg te sturen. 'Kom zwartje,' riep hij tegen Caridad terwijl hij de trap afliep.

Caridad wierp Milagros een geforceerde glimlach toe – ze wist waarom die oude vrouwen daar waren, het meisje had het haar verteld – en volgde José, die haar nadat hij gehoord had hoe ze zijn dochter tijdens de razzia en hun vlucht had geholpen, uiteindelijk als een van de zijnen geaccepteerd had.

De Trianera verloor geen tijd met getreuzel.

'Ben je er klaar voor, Milagros?' vroeg ze.

Ze durfde de vrouwen niet in de ogen te kijken. Hoe anders zou het zijn geweest als één van hen de oude María was! Die zou mopperen, jammeren, maar uiteindelijk zou ze haar liefdevol behandelen, wat ze van deze vrouwen niet hoefde te verwachten. Ze had haar vader gevraagd naar haar op zoek te gaan, na te gaan wat er van haar geworden was. Zelf informeerde ze nog steeds bij alle nieuwe zigeuners die naar Triana kwamen, voor het geval María had besloten ergens anders heen te gaan. Niemand wist iets; niemand kon haar iets vertellen.

'Ben je er klaar voor?' herhaalde de Trianera.

'Ja.' zei ze aarzelend. Was ze er klaar voor?

'Ga op de stromatras liggen en doe je rok omhoog,' hoorde ze hen zeggen.

Die handtastelijke jonge schooier uit Camas had haar pijn gedaan toen de smeerlap een van zijn weerzinwekkende vingers in haar stak. Ze had zich besmeurd gevoeld... en schuldig! En nu werd ze opnieuw door angst overvallen.

'Milagros,' zei Rosario Carmona zachtjes, 'er staan veel mensen te wachten in de steeg. Ze mogen niet ongeduldig worden en denken dat... Ga alsjeblieft liggen.'

En als die uit Camas haar van haar maagdelijkheid beroofd had? Dan zou ze niet met Pedro trouwen, zou er geen bruiloft zijn.

Ze ging op die matras liggen en deed met oogleden die trilden door de kracht waarmee ze haar ogen dichtkneep, haar rok en onderrok omhoog om haar schaamstreek te ontbloten. Ze merkte dat iemand naast haar neerknielde, maar durfde niet te kijken.

De seconden verstreken en niemand deed iets. Wat...?

'Spreid je benen,' onderbrak de Trianera haar gedachten. Hoe wil je anders dat...?'

'Reyes!' kapittelde Rosario de vrouw om haar toon. 'Meisje, doe alsjeblieft je benen wijd.'

Milagros deed ze beschroomd een beetje van elkaar. De Trianera hief haar hoofd op en schudde van nee naar Rosario Carmona. Wat doe ik nu? vroeg ze haar met een ongeduldig gebaar. Een paar dagen daarvoor had Rosario geprobeerd met Milagros te praten. 'Ik weet wat het is,' had ze gezegd en daarmee ieder verder gesprek afgekapt. Alle zigeunervrouwen wisten het! Bovendien had de oude María haar verteld wat het inhield, maar ze had haar er nooit op voorbereid en was ook niet in details getreden, en nu lag ze daar met ontbloot onderlijf op de stromatras en liet ze schaamteloos haar intieme delen zien aan vier vrouwen die haar op dat moment onbekenden leken. Zelfs haar moeder had haar nooit zo gezien!

'Kind...' stond Rosario op het punt haar te vragen.

Maar de Trianera onderbrak haar, pakte Milagros' benen en spreidde die zo ver ze kon.

'Trek nu je benen op,' gebood ze met een resoluut gebaar.

'Niet op je lippen bijten, meisje!' waarschuwde een van de andere vrouwen.

Milagros gehoorzaamde haar precies op het moment dat de in een zakdoek gewikkelde vingers van de Trianera haar vulva betastten tot ze de opening van haar vagina vonden, waar de vrouw die met zo'n kracht in stootte dat het voelde als een dolksteek: ze kromde haar rug, balde haar vuisten en haar tranen vermengden zich met het koude zweet op haar gezicht. Toen ze de vingers in haar vagina voelde krabben, onderdrukte ze een schreeuw van pijn. Maar ze brulde het uit toen de Trianera haar vanbinnen begon te bevoelen.

'Niet schreeuwen!' eiste Rosario.

'Volhouden!' maande een andere vrouw.

Een helse pijn. De vingers trokken zich terug.

Milagros liet zich op de stromatras terugvallen. De hoofden van de vier vrouwen bogen zich over de zakdoek terwijl Milagros haar longen vulde met de lucht die haar vanaf het begin ontbroken had. Ze lag met haar ogen dicht te kermen en draaide haar hoofd woest van de ene kant naar de andere.

'Goed, Milagros!' hoorde ze Rosario zeggen.

'Bravo, meisje!' feliciteerden de anderen haar.

En terwijl Rosario haar rok en onderrok weer omlaag deed, liep Reyes García naar het raam en toonde met een triomfantelijk gebaar de met bloed bevlekte zakdoek aan de zigeuners die onder het raam stonden. Het gejuich liet niet op zich wachten.

Milagros had ze verborgen gehouden en gaf ze haar als verrassing voordat ze naar de kerk vertrokken, nadat de Trianera en de andere drie vrouwen haar vader en Caridad weer in het huis toegelaten hadden: een bloedkoralen ketting, een gouden armbandje en een mantilla van zwart satijn bedrukt met kleurige bloemen, die ze voor de bruiloft had kunnen lenen. De zigeunerin glimlachte breed toen ze bij binnenkomst in de Santa Ana-kerk Caridad op de eerste rij naast haar vader zag zitten. Ze probeerde net zo fier rechtop te staan als de zigeuners om haar heen en droeg haar rode kleren, de mantilla over haar schouders en de sieraden om haar hals en pols. Wat het meisje ontging was hoe geforceerd de glimlach was waarmee Caridad de hare beantwoordde: ze voorvoelde dat hun vriendschap na de huwelijksvoltrekking zou verflauwen.

'Zullen we na de bruiloft nog vriendinnen zijn?' had Caridad haar een paar dagen voor de bruiloft, na lang eromheen draaien met veel keelschrapen en aarzelen, eindelijk met trillende stem durven vragen.

'Natuurlijk!' zei Milagros stellig. 'Pedro zal mijn echtgenoot, mijn man zijn, maar jij zult altijd mijn beste vriendin zijn. Hoe zou ik kunnen vergeten wat we samen meegemaakt hebben?'

Caridad onderdrukte een zucht.

'Je komt bij me wonen,' had Milagros haar daarna verzekerd.

De stortvloed van dankbaarheid en genegenheid die uit de ogen van haar vriendin stroomde, maakte het haar onmogelijk toe te geven dat ze dat nog niet met Pedro besproken had.

'Ik hou van je, Cachita,' fluisterde ze in plaats daarvan.

Toch was er al een zekere afstand tussen hen ontstaan. Na de kerst had Milagros niet meer in de Santa Ana-kerk of in de kroeg gezongen. Soms regelde Rafael García privésoirees voor haar ten huize van Sevilliaanse aristocraten en notabelen, die meer geld opleverden dan de paar armzalige geldstukken waarmee de klanten van Bienvenido hen beloonden. Caridad werd in opdracht van de Trianera van die feesten uitgesloten. Met dat geld en nog eens zoveel dat ze hadden moeten lenen, konden de ouders van bruid en bruidegom zich de luxe van een drie dagen durende bruiloft permitteren; er was in Spanje geen zigeunerfamilie die zich niet voor een bruiloft ruïneerde.

Doordat ze slechts een vluchtige blik met elkaar wisselden, zag Milagros niet hoe geforceerd de glimlach van haar vriendin was. Haar aandacht was gericht op Pedro García, de jonge zigeuner die, gekleed in een paars vest, een witte kniebroek, rode kousen, schoenen met vierkante punt en zilveren gespen, zijn hoed in de hand, haar met zijn schitterende aanwezigheid leek aan te moedigen om naast hem, voor het altaar te komen staan. Zou zij er net zo mooi en elegant uitzien? vroeg het meisje zich af.

Pedro stak een hand uit en alleen al zijn aanraking deed haar onzekerheid over haar uiterlijk onder honderden speldenprikken verdwijnen, alsof er gloeiende vonken uit het grootste smidsvuur in Triana om haar heen vlogen. De jonge zigeuner drukte haar hand op het moment dat ze zich naar de priester omdraaiden en Milagros sloot haar zintuigen af voor alles behalve het contact met zijn handen, zijn geur, zijn huiveringwekkende nabijheid; niets daarvan had ze kunnen voelen in de drukte van de eerder gehouden zigeunerplechtigheid, waarbij Pedro's grootvader een brood in tweeën had gebroken; nadat de stukken met zout waren bestrooid, hadden zij die aan elkaar gegeven waardoor ze volgens hun wet getrouwd waren. Daar in de kerk, waar de eerbiedige stilte een contrast vormde met het geschreeuw en de felicitaties die nog in haar oren naklonken, gingen de preken en gebeden langs Milagros heen, en ze woonde de mis bij met tegenstrijdige gevoelens. Daar voor het altaar, op het punt in het huwelijk met een García te treden, werd ze gekweld door gedachten aan haar moeder, haar grootvader en de oude María; geen van hen zou in die verbintenis toegestemd hebben. Vergeet nooit dat je een Vega bent, klonk het in haar herinnering. Bij elke twijfel die ze voelde, zocht Milagros steun bij Pedro: ze drukte zijn hand en hij reageerde daarop; ze hadden een gelukkige toekomst voor zich, dat voelde ze, en ze keek naar hem om het gekwetste gezicht van haar grootvader kwijt te raken. Wat was hij knap! Ik heb het u gezegd, moeder, ik hou van hem, wat verwijt u me? Ik heb u gewaarschuwd. Ik hou van hem, ik hou van hem, ik hou van hem.

Het klokgelui aan het eind van de mis maakte een eind aan haar innerlijke strijd. Ze bekeek de ring aan haar vinger; Pedro had hem daar aan gestoken terwijl hij haar toelachte en met zijn ogen streelde, en haar met zijn aanwezigheid geluk beloofde. Haar man! Vanaf de kerk werd ze bijna naar de steeg gedragen. Ze kreeg geen gelegenheid om andere kleren aan te trekken, zoals ze van plan was geweest. De vrouwen ontvingen haar daar met manden vol koekjes die de zigeuners elkaar vervolgens toegooiden. Met haar kersverse echtgenoot danste ze op de binnenplaats van de García's, op een bed van marsepeinkoekjes die veranderden in een platgetrapte massa die aan hun voeten bleef plakken en tegen hun lichamen opspatte. Pedro kuste haar hartstochtelijk en zij huiverde van genot; hij kuste haar opnieuw en Milagros dacht dat ze smolt. Daarna danste ze op de laag marsepeinkoekjes met de andere leden van de twee families, waarna ze zonder tijd te krijgen om na te denken naar de steeg vol drinkende, etende, zingende en dansende zigeuners geduwd werd. Daar ging ze tot de avond viel in een koortsachtig tempo van de een naar de ander, alsof de wereld op het punt stond te vergaan; ze zag Caridad niet meer, en ze kon ook niet meer met Pedro dansen en zich in een van zijn heerlijke kussen verliezen.

De grote toestroom van genodigden maakte dat alle huizen in de steeg stampvol zaten. Voor het pasgetrouwde stel was echter een kamer in het huis van de Graaf vrijgehouden. De obscene commentaren van de jongemannen die hen, nadat Pedro haar voor het oog van iedereen uit een dans met een onbekende weggetrokken had, tot aan de deur waren gevolgd werden onverstaanbaar. Milagros was uitgeput, haar hoofd duizelde door de wijn, het geschreeuw en al het draaien en zwieren dat ze haar die dag hadden laten doen.

Zodra ze alleen waren, wilde Milagros gaan zitten; ze was een instorting nabij, maar haar jonge echtgenoot stond dat niet toe.

'Kleed je uit,' haastte hij haar terwijl hij zijn hemd uittrok.

Milagros keek hem aan zonder hem te zien, alsof hij in een dikke wolk schuilging. Haar hoofd tolde.

Pedro begon zijn broek uit te trekken.

'Kom!'

Terwijl de jongemannen die hen naar de deur hadden begeleid en nu onder het raam stonden oorverdovend schreeuwden, hoorde Milagros dat hij haar maande op te schieten.

Pedro's grote, stijve lid deed haar geschrokken een stap achteruit doen.

'Niet bang zijn,' zei hij.

Milagros hoorde geen enkele tederheid in zijn stem. Ze zag hem naderbij komen en voelde hoe hij verwoede pogingen deed haar jurk uit te trekken. Terwijl hij met haar kleren worstelde raakte zijn penis haar telkens aan. Toen was ze opnieuw naakt, net als 's ochtends met de Trianera, maar nu helemaal. Hij kneep in haar borsten en beet in haar tepels, liet zijn handen over haar billen en tussen haar dijen glijden, en begon te hijgen. Hij likte een paar droge kruimels marsepein van haar huid en ondertussen speelden zijn vingers met haar schaamlippen, op zoek naar... Er ging een rilling door Milagros' lichaam toen hij haar clitoris vond. Wat was dat? Ze voelde zich vochtig worden en merkte dat ze sneller ademhaalde. De vermoeidheid die haar wat afstandelijk had gemaakt, verdween en ze omhelsde haar man.

'Ik ben niet bang,' fluisterde ze.

Dicht tegen elkaar aan stonden ze heen en weer te wiebelen en te lachen tot ze zich lieten neervallen op een bed op poten dat Rafael en Inocencio voor de gelegenheid te leen gevraagd hadden. Milagros spreidde haar benen zoals ze eerder voor Reyes had gedaan, en Pedro ging bij haar naar binnen. De pijn die het meisje voelde ging verloren in haar hijgende liefdesverklaringen.

'Ik hou van je... Pedro. Hoe lang... hoe lang heb ik niet van dit ogenblik gedroomd!'

Hij reageerde niet op de beloften die uit Milagros' mond kwamen. Met zijn handen op het bed steunend, zijn lichaam boven haar, keek hij met rood aangelopen gezicht op haar neer terwijl hij zich zo dicht mogelijk tegen haar schaamstreek drukte en met kracht in haar stootte, haar stevig omklemmend om met haar te versmelten. De pijn die Milagros had gevoeld, ebde weg tegelijk met haar woorden. Vanuit haar onderbuik voelde ze ineens een tot dan toe ongekend, onvoorstelbaar genot naar de meest geheime plek van haar lichaam stromen. Pedro bleef stoten en Milagros huiverde van een genot dat angstaanjagend leek... omdat het eindeloos duurde. Ze begon te hijgen en te zweten. Ze voelde haar tepels hard worden, alsof ze wilden openbarsten maar dat niet konden. Ze drukte zich tegen hem aan en zette haar nagels in zijn onderarmen om zich te bevrijden van een gevoel dat haar gek dreigde te maken. Wat kon het doel zijn van dat verlangen dat om bevrediging vroeg, dat eiste dat een voor haar onbekende climax bereikt werd? Opeens kwam Pedro in haar klaar met een gebrul dat tijdens zijn laatste stoot aanhield, waarna het onbeheersbare verlangen van Milagros onbevredigd oploste in het geschreeuw van buiten dat niet was opgehouden en nu de kamer weer vulde om haar ervan te doordringen dat alles voorbij was. Pedro liet zich op haar vallen en overdekte haar hals met kussen.

'Vond je het fijn?' vroeg hij met zijn lippen bij haar oor.

Had ze het fijn gevonden? Ze wilde meer, of niet? Wat moest ze verwachten?

'Het was heerlijk,' fluisterde ze terug.

Plotseling stond Pedro op, trok zijn broek aan en ging met zijn naakte bovenlijf voor het raam staan, vanwaar hij naar de zigeuners zwaaide die daarbuiten stonden te wachten. De tweede keer op één dag dat iemand vanuit het raam publiekelijk met haar pronkte, beklaagde Milagros zich toen ze het aanzwellende gejuich hoorde. Daarna kwam hij terug naar het bed en streelde met de rug van zijn hand over haar wang.

'De mooiste zigeunerin van de wereld,' vleide hij haar. 'Slaap en rust uit, schoonheid, je hebt nog twee dagen feesten voor je.'

Hij kleedde zich verder aan en ging de straat op.

'Kom mijn bed verwarmen, zwartje,' zei José Carmona op bevelende toon.

Caridad legde de sigaar neer die ze aan het draaien was. Ze werkte voor José bijna vanaf de dag dat de Graaf haar, na het bruiloftsfeest, ronduit had verboden bij Milagros te blijven en in het huis van de García's te wonen. Aangedaan door het huilen van zijn dochter, had José Carmona haar toen in zijn huis opgenomen, hoewel Caridad betwijfelde of de tranen van haar vriendin haar golden of de klap in haar gezicht waarmee de Trianera aan Milagros' klagen en jammeren in wat haar nieuwe thuis zou zijn een eind gemaakt had. Later had de zigeuner tabaksbladeren gehaald die zij moest draaien, zodat hij op die manier zijn schamele inkomsten kon verhogen Vanaf toen tot het moment dat hij haar bij zich riep om zijn bed te verwarmen, was er nauwelijks een week voorbijgegaan.

'Heb je me niet gehoord, zwartje?'

De vaardige vingers van Caridad verkreukelden het blad dat het dekblad van de sigaar moest vormen. De dekbladen waren de beste bladeren, die waar de koper op afging. Zoiets had ze nog nooit gedaan: dat goede tabaksblad vernielen dat ze zo zorgvuldig had uitgekozen om het binnengoed in te wikkelen, maar ze zag stomverbaasd dat haar nagels het kapotscheurden, alsof haar vingers een eigen leven leidden.

Ze stond op van de tafel waaraan ze werkte en liep naar de stromatras waar José Carmona op lag. Ze wist dat de zigeuner haar een tijdje zou betasten, haar van voren of van achteren zou nemen, over haar onverschilligheid zou klagen – 'Ik kan nog beter een ezel naaien,' had hij de laatste keer tegen haar gezegd – en zich ten slotte aan haar vast zou klemmen en in slaap zou vallen.

Ze trok met opeengeklemde tanden en vochtige ogen haar slavenhemd uit en ging naast de zigeuner liggen. José stak zijn hoofd tussen haar borsten en beet op haar tepels. Het bijten deed haar pijn maar ze deed niets om het hem te beletten; ze verdiende die straf, zei ze avond na avond bij zichzelf. Caridad was veranderd. Dat wat tot op dat moment van haar leven geen enkel gevoel bij haar had opgeroepen – van hand tot hand gaan zoals het dier dat ze haar op de tabaksplantage geleerd hadden te zijn – vervulde haar nu met walging en afkeer. Melchor! Ze was hem ontrouw. José Carmona liet zijn handen over haar lichaam glijden. Caridad kon niet voorkomen dat ze ineenkromp, gespannen werd. De zigeuner merkte het niet eens. Wat zou er van Melchor geworden zijn? Veel zigeuners gingen ervan uit dat hij dood was, ook Milagros. De geruchten over een vechtpartij tussen smokkelaars waar hij bij betrokken was hadden ook Triana bereikt, maar niemand had ze kunnen bevestigen. Iedereen praatte over wat anderen hadden verteld, die het bericht op hun beurt weer van anderen gehoord hadden. Maar ze wist dat het niet waar was, dat Melchor niet dood was. Van José mocht ze niet zingen, hij zei dat hij moe werd van negerliederen, maar hij had het opgegeven haar te verbieden zachtjes die deuntjes te neuriën die haar samen met de geur van de tabak terugvoerden naar waar ze vandaan kwam. En Caridad neuriede onder het werken en verbeeldde zich dan dat de man die achter haar lag Melchor was. In pikdonkere nachten, wanneer José diep in slaap was, riep ze haar goden aan: Oshún, Oya... Elegua! Hij die naar willekeur over de levens van de mensen beschikt, hij die haar had laten leven toen Melchor haar onder een boom vond. Dan rookte en danste ze om haar zinnen te bedwelmen en ze te openen voor de aanwezigheid van de grootste der goden. Melchor leefde. Elegua had het bevestigd.

José Carmona kronkelde over Caridads lichaam in een poging bij haar naar binnen te gaan. Ze weigerde haar benen te spreiden.

'Beweeg dan, verdomde negerin!' eiste de zigeuner die nacht opnieuw.

En ze deed het, terwijl het schuldgevoel alle hoeken van haar geweten bestookte, maar wat kon ze anders? Ze zou Milagros verliezen. José zou haar eruit gooien. Rafael García zou haar zonder pardon de steeg uit zetten. Ze moest daar op Melchor wachten, bij zijn mensen, bij de zigeuners, bij zijn kleindochter. Ze sloot haar ogen en gaf zich opnieuw over aan de ontmoeting met dat voor haar zo nieuwe, onbekende gevoel voor een man die haar besteeg: walging.

'Zwartje!'

Caridad deed haar ogen een stukje open. Het eerste ochtendlicht liet het grootste deel van het huis nog in het donker. Het kostte haar moeite te begrijpen. José lag met zijn armen om haar heen te snurken. Ze probeerde haar ogen wijder te openen. Naast haar stond een vage gele vlek.

'Wat doe je daar?'

Caridad kwam met een ruk overeind toen ze de stem herkende.

'En mijn dochter? Waar is Ana?'

Melchor! Caridad besefte dat ze met blote borsten op de stromatras zat. Ze trok de deken naar zich toe om ze te bedekken; een golf benauwende warmte steeg naar haar gezicht. José gromde in zijn slaap.

Melchor kon niet verhinderen dat zijn blik naar die zwarte borsten en de grote tepels getrokken werd. Hij had ernaar verlangd... en nu....

'Waarom lig je in bed met die... die...?' Hij kreeg de woorden niet uit zijn mond; in plaats daarvan wees hij met een trillende vinger naar José.

Caridad zweeg, durfde hem niet aan te kijken.

'Maak die smeerlap wakker,' zei hij.

De vrouw schudde José heen en weer, die niet meteen doorhad wat er aan de hand was.

'Melchor,' groette hij met een dikke stem, terwijl hij met verwarde haren overeind kwam en probeerde zijn hemd recht te trekken, 'het werd tijd dat je terugkwam. Je presteert het altijd te verdwijnen op het moment dat...'

'En mijn dochter?' viel de zigeuner hem met een rood aangelopen gezicht in de rede. 'Wat doet het zwartje in jouw bed? En waar is mijn kleindochter?'

Carmona wreef over zijn kin voordat hij antwoord gaf.

'Met Milagros gaat het goed. Ana zit nog vast in Málaga.'

José keerde zijn schoonvader de rug toe en liep naar de muurkast om een glas water in te schenken uit een volle kan die Caridad daar altijd had staan.

'Onmogelijk om haar vrij te krijgen,' vervolgde hij terwijl hij, na een slok te hebben genomen, voor hem ging staan. 'Het bloed van de Vega's lijkt altijd problemen te veroorzaken. Het zwartje,' zei hij met een minachtend gebaar naar Caridad, 'houdt me 's nachts warm, veel meer kun je van haar niet verwachten.'

Caridad realiseerde zich tot haar verbazing dat ze Melchor zat te bestuderen: de rimpels die zijn gezicht doorkliefden leken zich te hebben vermenigvuldigd, maar hoewel het gele jasje als een zak om zijn schouders hing, had de zigeuner niets van zijn trotse houding verloren, noch van die blik waarmee hij in staat was een steen te doorboren. Melchor merkte dat Caridad hem zat op te nemen en draaide zijn hoofd naar haar toe; ze verdroeg zijn blik niet en trok de deken waarmee ze haar borsten bedekte nog hoger; ze had hem teleurgesteld, zijn ogen verweten het haar.

'Ze zingt goed,' zei Melchor toen op zo'n verschrikkelijk trieste toon dat Caridad er kippenvel van kreeg.

'Zingen zeg je?' lachte José.

'Wat weet jij daar nou van,' mompelde Melchor op slepende toon, zijn ogen nog steeds op Caridad gevestigd. Hij was naar haar gaan verlangen maar had van zijn lichamelijke behoefte afgezien om naar die van pijn doortrokken liederen te kunnen blijven luisteren, en nu trof hij haar aan in handen van die Carmona. Hij schudde zijn hoofd. 'Wat heb je gedaan om mijn dochter vrij te krijgen?' viel hij opeens met vermoeide stem uit.

Door die vraag wist Caridad dat ze niet langer voorwerp van Melchors aandacht was. Ze hief haar hoofd op om de twee zigeuners in het ochtendlicht te bekijken: de graatmagere grootvader in zijn gele jasje; de smid met zijn stevige borst, nek en armen, die arrogant tegenover de oude man stond.

'Om mijn vrouw vrij te krijgen...' corrigeerde José hem met nadruk, 'heb ik alles gedaan wat in mijn vermogen lag. Het is jouw schuld, ouwe: het stigma van jouw bloed is haar ondergang geworden, en die van alle Vega's. Alleen de gratie van de koning zou haar uit de gevangenis kunnen krijgen.'

'Wat doe je dan hier, in bed met mijn negerin, in plaats van aan het hof te zijn en om die gratie te vragen?'

Alsof hij dat onmogelijk achtte, schudde José slechts zijn hoofd en kneep zijn lippen samen.

'Waar is mijn kleindochter?' vroeg Melchor toen.

Caridad begon te trillen.

'Die woont bij haar man,' antwoordde José, 'zoals haar plicht is.'

Melchor wachtte op een toelichting die niet kwam.

'Welke man?' vroeg hij ten slotte.

De ander rechtte dreigend zijn rug.

'Weet je dat niet?'

'Ik heb dag en nacht gelopen om hier te komen. Nee, ik weet het niet.'

'Pedro García, de kleinzoon van de Graaf.'

Melchor probeerde iets te zeggen, maar zijn woorden veranderden in een onbegrijpelijk gestamel.

'Vergeet Milagros. Ze is jouw probleem niet,' snauwde José.

Melchor hapte naar adem. Caridad zag dat hij een hand naar zijn zij bracht en met een van pijn vertrokken gezicht dubbelsloeg.

'Je bent oud geworden, Galeier...'

Melchor hoorde de rest van de woorden van zijn schoonzoon niet meer. Je bent oud, Galeier, dezelfde woorden die de Dikke hem op de weg naar Barrancos toegebeten had. Caridad overgeleverd aan die Carmona, zijn dochter gevangen in Málaga, en Milagros, zijn kleine meisje, het liefste wat hij in deze verrotte wereld had, woonde bij Rafael García, gehoorzaamde Rafael García, bedreef de liefde met de kleinzoon van Rafael Garcia! De wond waarvan hij dacht dat die was genezen, probeerde nu uit alle macht zijn buik open te scheuren. Voor Milagros, dat schepseltje dat Basilio hem bij zijn terugkeer van de galeien in de armen had gelegd, had hij van zijn wraak op Rafael García afgezien. Wat voor zin had dat gehad? Zijn bloed, het bloed van de Vega's, van datzelfde kleine meisje, zou zich vermengen met dat van degenen die hem hadden verraden en tien jaar van zijn leven gestolen hadden. Hij kromp ineen van pijn. Doodgaan wilde hij. Zijn meisje! Hij wankelde. Greep om zich heen voor steun. Caridad sprong op van de stromatras om hem te helpen. José zette een stap naar hem toe. Geen van de twee was op tijd. Voordat ze hem bereikten trok hij verblind door haat, gedreven door de pijn omgezet in woede, het mes uit zijn gordel, klapte het open en stortte zich op zijn schoonzoon.

'Verrader, vuile schoft!' brulde hij terwijl hij het wapen in Carmona's borst stak ter hoogte van zijn hart.

Wat hij had gedaan, drong pas in volle omvang tot hem door toen hij de verbaasde ogen van José Carmona, die zijn dood voelde naderen, op zich gericht zag. Hij had net de vader van zijn kleindochter vermoord!

Caridad, nog steeds naakt, bleef halverwege stilstaan en was getuige van de laatste stuiptrekkingen van de zigeuner, die in een steeds groter wordende plas bloed op de grond lag. Melchor probeerde rechtop te gaan staan, maar slaagde daar niet helemaal in; hij bracht zijn bebloede hand met het mes naar de wond die de Dikke hem toegebracht had.

'Verrader,' herhaalde hij, meer tegen Caridad dan tegen het lijk van Carmona. 'Hij was een verraderlijke hond,' zei hij in een poging zich te verontschuldigen toen hij het geschrokken gezicht van de vrouw zag. Hij dacht een ogenblik na en liet zijn blik door de kamer gaan. 'Kleed je aan en ga mijn kleindochter halen,' haastte hij haar. 'Zeg dat haar vader haar nodig heeft. Zeg niets over mij; niemand mag weten dat ik hier ben.'

Caridad gehoorzaamde. Terwijl ze de steeg overstak en terugkwam met Milagros, die bang werd door het hardnekkige zwijgen waarmee de zwarte vrouw haar vragen beantwoordde, sleepte Melchor het lijk van José met veel moeite naar de aangrenzende kamer om het te verbergen. Hoe zou Milagros reageren? Hij was haar vader en ze hield van hem, maar die Carmona had erom gevraagd... Hij had geen tijd om het bloedspoor en de enorme glimmende bloedvlek in het midden van de kamer te verwijderen, noch om het mes en zijn gele jasje schoon te maken; Milagros zag alleen hem en wierp zich in zijn armen.

'Grootvader!' riep ze. Daarna bleven de woorden, vermengd met snikken van blijdschap, haar in de keel steken.

Melchor aarzelde, maar ten slotte omhelsde hij haar ook en wiegde haar even heen en weer.

'Milagros,' fluisterde hij telkens opnieuw.

Achter hen stond Caridad, wier blik onwillekeurig richting het bloedspoor naar de andere kamer werd getrokken, voordat ze haar ogen op de kleindochter en de grootvader richtte, en ten slotte op de bloedvlek midden op de vloer.

'We moeten gaan, kind,' riep Melchor onverwacht.

'Maar u bent er net!' sputterde Milagros tegen terwijl ze zich met een brede glimlach van hem losmaakte en hem bij zijn armen pakte om hem goed te bekijken.

'Nee...' legde Melchor uit, 'ik bedoel dat we hier weggaan... weg uit Triana.'

Milagros zag het bevlekte jasje van haar grootvader. Ze vertrok haar gezicht en keek toen naar haar eigen kleren, die ook vol bloed zaten.

'Wat...?'

Het meisje staarde langs Melchor heen.

'We moeten weg, kind. We gaan naar Madrid om de vrijlating van...'

'En dat bloed?' onderbrak ze hem.

Ze liet haar grootvader los en maakte een gebaar dat hij haar niet tegen moest houden. Ze had het bloedspoor ontdekt. Caridad zag dat ze begon te trillen en vervolgens met haar handen naar haar hoofd greep. Geen van beiden volgde haar naar de andere kamer, waaruit al snel een gillen klonk dat zich vermengde met het hameren van de smeden, die hun werkdag begonnen waren. Caridad deinsde terug, alsof het hartverscheurende gillen van haar vriendin haar achteruitduwde, tot ze de muur tegen haar rug voelde. Melchor bracht een hand naar zijn gezicht en sloot zijn ogen.

'Wat hebt u gedaan?' De beschuldiging welde gebroken op uit Milagros' keel; het meisje zocht steun bij de deurpost tussen de kamers. 'Waarom...?'

'Hij heeft ons verraden!' antwoordde Melchor met stemverheffing.

'Moordenaar.' Milagros straalde haat uit. 'Moor-de-naar,' herhaalde ze met nadruk op iedere lettergreep.

'Hij heeft de Vega's verraden door je te laten trouwen met...'

'Hij was het niet!'

Melchor strekte zijn hals en keek zijn kleindochter met samengeknepen ogen aan.

'Nee, grootvader, hij was het niet. Dat was Inocencio. En die deed het om moeder uit de gevangenis van Málaga te krijgen.'

'Ik... dat wist ik niet... het spijt me...' stamelde Melchor, aangeslagen door het verdriet van zijn kleindochter. 'Maar je moeder,' herstelde hij zich onmiddellijk, 'zou die verbintenis nooit geaccepteerd hebben. Een García! Je bent met een García getrouwd! Zij zou liever in de gevangenis gebleven zijn. Dat had je vader ook moeten doen!'

'Die familievetes!' snikte Milagros, alsof ze niet had gehoord wat haar grootvader zei. 'Hij was mijn vader. Hij was geen Vega, en ook geen García en zelfs geen Carmona... hij was mijn vader. Begrijpt u dat? Mijn vader!'

'Ga met me mee. Verlaat die...'

'Hij was alles wat ik had,' jammerde ze.

'Je hebt mij, kind, en we zullen de vrijlating van je...'

Milagros spuugde naar de voeten van haar grootvader voordat deze zijn zin kon afmaken.

Het minachtende spugen door de persoon van wie hij het meest hield deed alleen zijn lippen en oogleden even trillen. Melchor zweeg zelfs toen hij zag dat ze zich krijsend op Caridad stortte.

'En jij?'

Caridad kon geen kant op; met lamheid geslagen als ze was had ze sowieso geen stap kunnen verzetten. Milagros stond tegen haar te schreeuwen.

'Wat heb jij gedaan, hè? Wat heb jij gedaan?' verweet ze haar telkens opnieuw.

'Het zwartje heeft niets gedaan,' verdedigde Melchor haar.

'Dat is het nou juist!' gilde Milagros. 'Kijk me aan!' eiste ze. En omdat Caridad haar hoofd niet ophief, sloeg ze haar in het gezicht. 'Vuile rotnegerin! Dat is het nou juist: je doet nooit iets. Je hebt nooit iets gedaan! Je hebt hem gewoon laten vermoorden!'

Milagros begon met twee vuisten tegen haar borsten te slaan. Caridad verweerde zich niet. Caridad antwoordde niet. Caridad was niet in staat Milagros aan te kijken.

'Jij doet nooit iets!' schreeuwde het meisje bij elke slag. En bij elke slag sprongen er tranen in Caridads ogen. 'Jij hebt hem vermoord!'

Voor het eerst in haar leven voelde Caridad in alle hevigheid wat pijn was en ze besefte dat deze wond, in tegenstelling tot die van de mishandelingen door de opzichter of de meester, nooit zou helen.

De ene vrouw sloeg en schreeuwde; de andere huilde.

'Moordenaar,' snikte Milagros, waarna ze haar armen slap langs haar zij liet vallen, niet in staat nog een keer te slaan.

Een paar seconden lang was alleen het gehamer uit de smederijen te horen. Milagros zakte ineen op de grond, voor de voeten van Caridad, die zich net als Melchor niet durfde te bewegen.

'Zwartje,' hoorde ze hem zeggen, 'pak je spullen. We gaan ervandoor.'

Caridad keek verwachtingsvol naar de zigeunerin, hopend dat Milagros iets zou zeggen...

'Ga weg,' snauwde die echter. 'Ik wil je nooit meer zien.'

'Pak je spullen,' drong de zigeuner aan.

Caridad ging haar bundeltje halen, de rode kleren en de strohoed. Terwijl zij haar schaarse bezittingen bijeenzocht, probeerde Melchor, zonder naar zijn kleindochter te durven kijken, de gevolgen van zijn daad te overzien: als ze in de callejón de San Miguel of in Triana werden gepakt, zouden ze vermoord worden. Maar zelfs als ze vluchtten, zou de raad van ouderen het doodvonnis over hem en zeer waarschijnlijk ook over het zwartje uitspreken, en daarvan zouden ze alle zigeunerfamilies in het koninkrijk op de hoogte stellen. Het hing van Milagros af of ze levend uit Triana konden ontsnappen.

Caridad kwam terug met haar spullen en wierp een laatste blik op degene die de enige vriendin in haar leven geweest was. Ze aarzelde toen ze langs het ineengedoken, huilende, tussen het snikken door vloekende meisje liep. Ze had Melchor onmogelijk tegen kunnen houden. Ze herinnerde zich dat ze op hem afschoot, maar het volgende wat ze had gezien, was het zwaargewonde lichaam van José geweest.

Milagros had gezegd dat ze haar nooit meer wilde zien. Ze wilde zeggen dat zij er niets aan had kunnen doen, maar op dat moment duwde Melchor haar naar buiten.

'Het spijt me voor jou, kind. Ik vertrouw erop dat je verdriet op een dag minder zal zijn,' zei hij tegen zijn kleindochter voordat hij de deur uit liep.

Vervolgens verlieten de twee haastig het huis. Ze moesten tijd hebben om te vluchten. Als Milagros alarm sloeg zouden ze het eind van de steeg niet eens halen.

# III

## *De stem van de vrijheid*

# 23

Ze verlieten Triana via de botenbrug en doken aan de andere kant de straatjes van Sevilla in. Melchor liep rechtstreeks naar het huis van een oude notaris die niet meer praktiseerde.

'We hebben valse paspoorten nodig om ons vrij door Madrid te kunnen bewegen,' hoorde Caridad de zigeuner zonder omwegen tegen de oude man zeggen.

'De negerin ook?' informeerde deze terwijl hij vanachter een massief houten bureau, afgeladen met boeken, documenten en papieren, naar haar wees.

Melchor, die in een van de bezoekersstoelen voor het bureau was gaan zitten, draaide zich naar haar toe.

'Ga je met me mee, zwartje?'

Natuurlijk wilde ze met hem meegaan! Maar... Melchor raadde wat er door Caridads hoofd ging.

'We gaan naar Madrid om Ana vrij te krijgen. Mijn dochter zal zorgen dat alles weer goed komt,' voegde hij er vol overtuiging aan toe.

Hoe kan Ana de dood van José weer goedmaken? vroeg Caridad zich af. Toch klampte ze zich vast aan die hoop. Als Melchor op zijn dochter vertrouwde, was zij niet de persoon om daar tegenin te gaan, dus knikte ze.

'Ja,' bevestigde Melchor toen tegen de notaris, 'de negerin ook.'

De oude man had een halve ochtend nodig om de vervalste documenten te maken waarmee ze naar Madrid konden reizen. Op grond van een oude bepaling van het gerechtshof van Sevilla verhief hij Melchor tot 'oud-Castiliaan' vanwege de verdiensten van zijn voorouders tijdens de oorlogen om Granada, toen een aantal zigeunersmeden in de legers van de Katholieke Koningen meetrok. Hij voegde er een tweede document aan toe: een paspoort waarmee Melchor naar Madrid mocht reizen om de vrijlating van zijn dochter te bepleiten. Caridad, die hem de akte van vrijlating toonde die ze op het schip had gekregen, maakte hij tot Melchors dienstmeid. Hoewel ze geen zigeunerin was, had ook zij een paspoort nodig.

Terwijl hij de documenten opmaakte, wachtte het tweetal in de hal van het huis. Caridad leunde uitgeput tegen de muur, maar durfde zich niet met haar rug langs de tegels omlaag te laten zakken om op de grond te gaan zitten, haar gezicht te verbergen en te proberen orde te scheppen in de gebeurtenissen van die ochtend; Melchor liep, in een poging te vluchten voor het bloed waarmee zijn gele jasje was besmeurd, onophoudelijk heen en weer in de kleine ruimte.

'Hij is goed, deze man,' sprak hij in zichzelf, zonder de aandacht van zijn toehoorster te vragen. 'Hij is me veel gunsten verschuldigd. Ja, hij is goed. De beste!' vervolgde hij met een luide lach. 'Weet je, zwartje? Notarissen verdienen de kost met de leges die ze heffen op processtukken, zoveel per vel, zoveel per letter. Die verdomde letters zijn duur! En omdat ze geld krijgen voor het zetten van krabbels op papieren, ontketenen veel notarissen ruzies, twisten en conflicten tussen de mensen. Zo worden er rechtszaken aangespannen en verdienen zij aan het opmaken van de stukken. Telkens als ik door Eulogio's ambtsgebied kwam, gaf hij me opdracht een of andere rel te schoppen: iemand aan te klagen; een ander te beroven en de buit in het huis van weer een ander te verstoppen... Een keer wees hij me het huis van een pooier die de charmes van zijn echtgenote te gelde maakte. Verukkelijke vrouw!' riep hij terwijl hij bleef staan, zijn hoofd ophief en zijn kin in de lucht stak. 'Als ze van mij was geweest...'

Hij onderbrak zijn relaas en keerde zich naar Caridad, die naar haar trillende handen staarde. De vrouw van de pooier was nooit van hem geweest, maar Caridad... Toen hij haar in bed naast José had aangetroffen, had het gevoeld alsof ze inderdaad de zijne was geweest en Carmona haar van hem gestolen had.

Caridad hield haar blik op haar handen gericht. De louche zaakjes van Melchor en de notaris konden haar weinig schelen. Ze kon aan niets anders denken dan aan dat afschuwelijke drama waarvan ze getuige was geweest. Het was zo snel gegaan...! De verschijning van Melchor, haar schaamte over haar naaktheid, de ruzie, de messteek en het bloed. Milagros was niet opgehouden met naar de reden te vragen, toen ze met haar mee naar haar vaders huis liep, en zij had maar wat gestameld, en daarna... Om het trillen van haar handen tegen te gaan, drukte ze ze stijf tegen elkaar.

Melchor begon opnieuw door de hal heen en weer te lopen, zwijgend nu.

Ze kregen de documenten plus een aanbevelingsbrief van de oude notaris voor een collega die in Madrid praktijk hield.

'Ik geloof dat hij nog leeft,' zei hij erbij. 'En hij is absoluut betrouwbaar,' voegde hij er met een knipoog naar de zigeuner aan toe.

De twee kameraden namen met een hartelijke omhelzing afscheid van elkaar.

Om niet door Triana te hoeven, verlieten ze Sevilla via de Puerta de la Macarena en liepen ze naar het westen, richting Portugal, over dezelfde weg die Milagros, Caridad en de oude María bijna een jaar daarvoor gegaan waren. Wat zou er van haar geworden zijn? dacht de vroegere slavin zodra het open veld zich voor haar uitstrekte. Als de oude María er was geweest, zou het misschien niet gebeurd zijn: dat Milagros, van wie ze zoveel hield, haar nooit meer wilde zien, haar schreeuwend uit haar leven had gegooid, haar zo hard had geslagen. Caridad streek over een van haar borsten, maar hoeveel pijn konden de vuisten van haar vriendin doen? De pijn zat vanbinnen, in het diepste en meest verborgene van haar lichaam. Als María er maar bij geweest was... Maar de oude vrouw was verdwenen.

'Zing eens wat, zwartje!'

Een eenzaam pad tussen moestuinen en akkers door. De zigeuner liep voor Caridad uit met zijn veel te grote, vaalgele jasje om zijn schouders; hij had zich niet eens naar haar omgedraaid.

Zingen? Ze had redenen om dat te doen, om haar verdriet uit te huilen en met haar stem van haar ellende te getuigen, zoals de zwarte slaven deden, maar...

'Nee!' schreeuwde ze. Het was voor het eerst dat ze weigerde voor hem te zingen.

Melchor stond even stil en liep toen weer verder.

'Je hebt Milagros' vader gedood!' viel Caridad achter hem uit.

'Met wie jij in bed lag!' schreeuwde de zigeuner op zijn beurt, terwijl hij zich plotseling omdraaide en een beschuldigende vinger naar haar uitstak.

In een vertwijfeld gebaar spreidde de vrouw haar handen.

'Wat...? En wat kon ik anders doen? Ik woonde bij hem. Hij dwong me.'

'Weigeren!' antwoordde Melchor. 'Dat is wat je had moeten doen.'

Caridad wilde zeggen dat ze dat zou hebben gedaan als hij iets van zich had laten horen. Ze wilde hem zeggen dat ze te lang slavin was geweest, een gehoorzame zwarte slavin, maar haar woorden bleven steken in snikken.

Nu was het de zigeuner die vertwijfeld zijn handen spreidde. Caridad stond voor hem, een paar stappen van hem af; haar inmiddels sleetse groflinnen hemd bewoog mee op het ritme van haar huilen.

Melchor aarzelde. Hij liep naar haar toe.

'Zwartje,' suste hij.

Hij maakte een beweging alsof hij haar wilde omhelzen, maar zij deed een stap achteruit.

'Je hebt hem gedood!' verweet ze hem opnieuw.

'Dat is niet waar,' antwoordde de zigeuner. 'Hij heeft zijn eigen dood gezocht.' Voordat Caridad kon reageren, vervolgde hij: 'Voor een zigeuner is dat een groot verschil.'

Hij draaide zich om en vervolgde zijn weg.

Zij keek toe hoe hij verder liep.

'En Milagros dan?' schreeuwde ze.

Melchor klemde zijn tanden stijf op elkaar. Hij was er zeker van dat het kind er wel overheen zou komen. Zodra hij haar moeder had bevrijd...

'Wat gebeurt er met Milagros?' drong Caridad aan.

De zigeuner keek om.

'Zwartje, kom je nou of niet?'

Ze volgde hem. Terwijl ze Sevilla achter zich lieten, sjokte ze op haar blote voeten achter de zigeuner aan en gaf zich over aan een traanloos, inwendig huilen, zoals ze ook had gedaan toen ze van haar moeder en van haar kleine Marcelo gescheiden werd. Toen waren het de blanke meesters die haar trieste lot bepaalden, maar nu... nu was het Milagros zelf geweest die aan hun vriendschap een einde gemaakt had. De twijfels over haar schuld achtervolgden haar: ze had alleen maar iedereen gehoorzaamd, zoals ze altijd deed. In haar verdriet hoorde ze opnieuw het applaus waarmee Milagros haar had begroet die eerste keer dat ze haar rode kleren droeg. Hun lachen, de genegenheid, de vriendschap! Het leed waaronder ze na het oppakken van de zigeuners gebukt gingen. Zoveel momenten samen...

Terwijl ze zo liep te piekeren, stonden ze stil bij een klooster en Melchor zei haar voor de deur te blijven wachten.

Hij kwam weer naar buiten met geld en een goed, met zadeltassen uitgerust muildier.

'Nog meer broeders die me, net zoals die van Santo Domingo de Portaceli, niet meer zullen vertrouwen als ze zien dat ik ze niet de beloofde tabak breng', merkte de zigeuner op toen ze weer op weg gingen.

Caridad herinnerde zich dat voorval en de lange, grijze prior die niet had durven optreden tegen een paar zigeuners die hem minder balen tabak brachten dan ze overeengekomen waren. Alles door mijn schuld, verweet ze zichzelf.

'Maar het belangrijkste is mijn dochter,' ging de zigeuner verder, 'en we hebben dit geld nodig om meer geld te maken en er gunsten aan het hof mee te kopen. Ik weet zeker dat hun God het begrijpt, en als hun God het begrijpt, dan zullen zij het ook moeten begrijpen, nietwaar?'

Zolang ze liepen praatte Melchor door zonder antwoord te verwachten. Maar wanneer ze stopten, verviel hij in de melancholie die Caridad zo goed van hem kende; dan praatte hij in zichzelf, hoewel hij haar soms aankeek op zoek naar een goedkeuring die zij hem niet gaf.

'Ben je het ermee eens, zwartje?' vroeg hij nog eens. Caridad antwoordde niet; Melchor besteedde er geen aandacht aan en vervolgde: 'Ik moet zorgen dat ze mijn dochter vrijlaten. Alleen Ana zal dat kind in het gareel kunnen brengen. Trouwen met een García! De kleinzoon van de Graaf! Je zult zien, zwartje, alles wordt weer als vroeger zodra Ana er weer is...'

Caridad luisterde niet meer naar hem. Alles wordt weer als vroeger. De tranen versluierden het zicht op de zigeuner met het muildier vóór haar.

'En als de broeders het er niet mee eens zijn,' zei Melchor, 'dan moeten ze me maar komen halen. Ze zouden zich aan kunnen sluiten bij de García's, want die zullen dat ook willen. Zeker weten, zwartje. Ga er maar van uit dat de raad van ouderen op dit moment bijeen is om ons doodvonnis uit te spreken. Misschien ontkom jij eraan, hoewel ik het betwijfel. Ik zie het voldane lachje van Rafael en die hoerige vrouw van hem al voor me. Ze zullen het lijk van Carmona verbergen om te voorkomen dat justitie zich ermee bemoeit en vervolgens zullen ze de zigeunerwet in gang zetten. Binnen de kortste keren zullen alle zigeuners in Spanje op de hoogte zijn van het vonnis en kan iedereen dat uitvoeren. Hoewel... niet alle zigeuners gehoorzamen de García's en de ouderen van Triana,' voegde hij er na een tijdje aan toe.

Ze trokken door dorpen zonder er te stoppen. Met het geld van de broeders kochten ze tabak en eten, en ze sliepen onder de blote hemel. Steeds in noordwestelijke richting, naar de grens met Portugal. 's Nachts stak Melchor een sigaar op en deelde die met Caridad. De twee inhaleerden diep om hun longen te vullen; beiden lieten ze zich meevoeren door het aangename lome gevoel dat de tabak bij hen veroorzaakte. Melchor vroeg haar niet meer om te zingen en zij kon er zelf ook niet toe besluiten.

'Milagros komt er wel overheen,' hoorde ze Melchor een van die nachten opeens de stilte doorbreken. 'Haar vader was geen goede zigeuner.'

Caridad zweeg. Dag na dag voelde ze in haar diepste wezen, zonder iets te laten merken, Milagros' vuisten weer op haar borsten, en haar dromen werden verstoord door het woedende gezicht van het meisje dat haar uitschold en haar toeschreeuwde dat ze haar nooit meer wilde zien.

Ze bereikten de Sierra de Aracena. Melchor vermeed Jabugo en maakte een omweg om in Encinasola en vandaar in Barrancos te komen, in dat niemandsland tussen Spanje en Portugal waarover die smid vertelde die ze op hun vlucht door de Andévalo ontmoet hadden.

De zigeuner werd als een vriend ontvangen door de eigenaar van de zaak die de Spaanse smokkelaars van tabak voorzag.

'We dachten dat je dood was, Galeier,' zei Méndez na een hartelijke begroeting. 'De mannen van de Dikke vertelden dat je wonden...'

'Het was mijn tijd nog niet. Ik had hier nog dingen te doen,' onderbrak Melchor hem.

'Ik heb die Dikke nooit gemogen.'

'Hij stal op het strand van Manilva twee balen tabak van me, en daarna liet hij de kleinzoon van mijn neef vermoorden.'

Méndez knikte peinzend.

Zo vernam Caridad dat de aanvoerder van de groep smokkelaars die haar op het strand misleid had en zoveel narigheid en problemen had veroorzaakt, niet meer leefde. Ze zag dat Melchor steelse blikken op haar wierp toen Méndez informeerde naar de met een donderbus gewapende vrouw die het tegen een hele groep mannen had opgenomen en op een smokkelaar geschoten had, die met de twee grote honden die de Dikke hadden doodgebeten, en naar hoe die vrouw ervandoor was gegaan met wat iedereen al als het lijk van de Galeier beschouwde.

'Ze heeft je leven gered,' verzekerde Méndez hem. 'Je zult haar wel dankbaar zijn.'

Caridad spitste haar oren. Melchor voelde dat ze nieuwsgierig was en wierp nogmaals een zijdelingse blik op haar voordat hij antwoord gaf.

'Jullie burgers, vrouwen inbegrepen, hebben een verkeerd idee van dankbaarheid.'

Ze namen hun intrek in een van de kamers van de tabakshandelaar en, net als hij in de herberg van Gaucín had gedaan, zorgde Melchor ervoor dat alle daar langskomende dragers en smokkelaars goed beseften dat Caridad van hem was en niemand dus een vinger naar haar mocht uitsteken. De eerste drie dagen was Melchor voortdurend in overleg met Méndez.

'Niet te ver weg gaan, zwartje,' waarschuwde de zigeuner, 'er loopt hier altijd veel gespuis rond.'

Caridad gehoorzaamde hem en hing een beetje rond bij de stallen en in de omgeving van het complex, terwijl ze naar het landschap keek dat zich aan haar voeten uitstrekte en aan Milagros dacht; of ze nam nieuwsgierig de komende en gaande reizigers met hun rugtassen en knapzakken op, om dan weer opnieuw aan Milagros te denken; of ze verdrong haar verdriet met de tabak die daar in overvloed aanwezig was en dacht aan zichzelf... en aan Melchor.

'Wie was die vrouw die je van de Dikke gered heeft?' vroeg ze hem op een nacht toen ze in de grote kamer die ze met andere smokkelaars deelden naast elkaar op hun stromatrassen lagen. Ze hoefde niet zachtjes te praten; aan de andere kant van de ruimte vermaakte een drager zich met een van de vele prostituees die op de geur van geld afkwamen. Het was niet voor het eerst dat dat gebeurde.

Een paar seconden lang was alleen het gehijg van het stel te horen.

'Iemand die me geholpen heeft,' zei Melchor toen Caridad al geen antwoord meer verwachtte. 'Ik geloof niet dat ze het nog eens zou doen,' voegde hij eraan toe met een zweem van verdriet in zijn stem die bij de vrouw niet onopgemerkt bleef.

Het gehijg groeide uit tot gesmoorde kreten op het moment dat ze het hoogtepunt bereikten. Die vrouwen genoten van de mannen, dacht Caridad, iets wat voor haar niet weggelegd leek te zijn.

'Zing eens wat, zwartje,' onderbrak de zigeuner haar gedachten.

Wist hij soms wat ze dacht? Ze wilde zingen. Ze moest zingen. Ze wilde dat alles weer werd zoals vroeger.

Ze wachtten op de komst van een partij Franse snuiftabak, legde Melchor uit toen Caridad hem vroeg hoe lang ze daar zouden blijven en waarom ze niet naar Madrid gingen om te proberen Ana vrij te krijgen.

'Meestal komt die via Catalonië het land binnen,' vervolgde de zigeuner, 'maar de tabakspatrouille is steeds waakzamer en het wordt lastig. Het is heel moeilijk en duur om eraan te komen, maar we zullen er een mooie winst op maken.'

Het gebruik van rapé, de tabak die in Frankrijk tot grove snuif was verwerkt, was in Spanje verboden; snuiven mocht alleen met de ragfijne, goudkleurige Spaanse snuif, die in de tabaksfabriek van Sevilla met oranjebloesemwater werd gearomatiseerd, beter dan welke rapé ook volgens velen. Hoewel er andere soorten snuif bestonden, zoals die van stelen en nerven, de met geurige klei gearomatiseerde en die van klaverzuring of zwarte toorts, was de goudkleurige de beste. De voorliefde voor alles wat Frans was, dus ook de rapé, was echter sterker, zelfs tegen de verordeningen van de kroon in, en de eersten die ze overtraden waren de hovelingen zelf. De koning had zeer zware straffen uitgevaardigd voor degenen die de snuiftabakbepalingen ontdoken: de hoge en lagere adel riskeerden hoge boetes en vier jaar verbanning bij de eerste veroordeling; een tweemaal zo hoge boete en vier jaar dwangarbeid in Afrika bij de tweede gelegenheid, en definitieve verbanning en verlies van al hun bezittingen bij de derde. Andere mensen, het gewone volk, werden veroordeeld tot boetes, zweepslagen, galeien, en zelfs de dood.

Maar de charme van het snuiven van rapé in plaats van de Spaanse snuif, gekoppeld aan het risico en de aantrekkingskracht van het verbodene, leidde ertoe dat het hof en de adel in hun salons het Franse poeder gewoon bleven snuiven. Hoe zou een saletjonker zich kunnen verlagen tot het gebruik van Spaanse snuif, al stond dit in heel Europa bekend om zijn kwaliteit? Zelfs aan het hof was het snuiven van rapé zo in de mode dat de autoriteiten in hun naïviteit ook geheime aangiften accepteerden: de aangever had recht op het geld van de boete die aan de beschuldigde werd opgelegd, en de rechter moest hem dat niet alleen persoonlijk overhandigen maar ook zijn identiteit geheimhouden. Spanje was echter geen land voor geheimhouding, en het snuiven en smokkelen van rapé ging gewoon door.

Méndez had hem een mooie variëteit beloofd: donker poeder, zo grof als zaagsel, in Frankrijk geproduceerd volgens technieken die elke fabriek geheim hield. De vlezigste en dikste bladeren werden vermengd met een aantal chemische elementen (nitraten, kaliumcarbonaten of zouten) en met natuurlijke elementen (wijn, brandewijn, rum, citroensap, melasse, rozijnen, amandelen, vijgen...). In de fabriek werd het mengsel nat gemaakt en gekookt; hierna liet men het zes maanden lang gisten en vervolgens werd het in rolletjes geperst die men nog eens zes tot acht maanden liet rijpen. De Franse aristocraten raspten de rolletjes of *carottes* zelf met kleine raspjes, maar in Spanje was dat niet de gewoonte, zodat de rapé kant-en-klaar aankwam om de neuzen, baarden en snorren van de snuivers zwart te maken, zo zelfs dat er aan het hof geen witte zakdoeken meer werden gebruikt maar grijze om de kleur van het door aanhoudend niezen geproduceerde neusvocht te camoufleren.

'Nemen we de rapé mee naar Madrid?' vroeg Caridad.

'Ja. Daar zullen we die verkopen.'

Melchor twijfelde, maar uiteindelijk besloot hij te zwijgen over de straffen die ze riskeerden als ze met een partij rapé in hun bezit werden aangehouden. Ze zaten met zijn tweeën in de zon, op een grote rots met uitzicht over het hele dal van de Múrtiga, en lieten lui de uren voorbijgaan.

'Hoe lang moeten we nog wachten?'

'Dat weet ik niet. Het spul moet uit Frankrijk komen, eerst per schip en daarna nog hiernaartoe.'

Caridad klakte geïrriteerd met haar tong: hoe eerder ze in Madrid aankwamen, des te eerder zouden ze Ana kunnen bevrijden, en zij, als Milagros' moeder, zou zorgen dat alles weer goed kwam. Melchor vatte haar klakken verkeerd op.

'Weet je, zwartje?' zei hij. 'Volgens mij kunnen we wel wat profiteren van het feit dat we moeten wachten.'

De volgende ochtend vroeg, bij het eerste daglicht, staken Caridad en Melchor beladen met rugzakken als simpele dragers de grens over naar Spaans gebied. Méndez had de zigeuner verteld dat de priesters van Galaroza tabak nodig hadden.

'Van nu af aan, zwartje,' waarschuwde Melchor haar terwijl ze vanuit Barrancos via een steil, nauwelijks zichtbaar geitenpad naar beneden liepen, 'moet je stil zijn, kijk goed waar je loopt en... haal het niet in je hoofd om te gaan zingen.'

Ze kon een zenuwachtig lachje niet onderdrukken. Het was een opwindend idee om samen met Melchor te smokkelen.

Het waren misschien de mooiste dagen van haar leven. Magische, intieme dagen waarin de twee zwijgend over eenzame paden trokken, tussen bomen en akkers door, en naar elkaars ademhaling luisterden, elkaar af en toe toevallig aanraakten wanneer ze zich verstopten omdat ze een groep ruiters hoorden naderen. Om er later, wanneer bleek dat het niet de tabakspatrouille was, samen om te lachen. Melchor vertelde haar over de wegen, over de tabak, over het smokkelen en over zijn familie, en legde haar de dingen gedetailleerder uit dan hij ooit aan iemand anders gedaan had. Caridad luisterde gefascineerd; af en toe stopte ze om wat kruiden te plukken met de bedoeling die na terugkomst te drogen: rozemarijn, kruizemunt... vele andere die ze niet kende, maar ze roken zo heerlijk dat ze die ook meenam. Melchor liet haar begaan; hij zette de rugzak neer en ging, geboeid door haar bewegingen, haar lichaam, haar sensualiteit naar haar zitten kijken; het gebeurde met die Carmona raakte steeds meer op de achtergrond.

Ze hadden geen haast. De tijd was van hen, de wegen waren van hen. De zon behoorde hun toe; en ook de maan die hun eerste nacht buiten verlichtte was van hen, bij het verre huilen van de wolven en het geritsel van de nachtdieren.

Bijna een maand, die razendsnel voorbijging, duurde het voordat de beloofde rapé arriveerde. Melchor en Caridad gingen verschillende keren op pad om smokkelwaar te verkopen.

'Zing eens wat, zwartje,' vroeg de zigeuner haar.

Ze waren die avond laat teruggekeerd naar Barrancos, inmiddels bevrijd van de vracht tabak en van het risico dat de tabakspatrouille hen daarmee zou betrappen. Het voorjaar was in volle gang en in de beek waarlangs Melchor besloot te stoppen hoorde je het water stromen. Nadat ze wat van het ingelegde vlees en het brood hadden gegeten, en een paar slokken wijn uit de meegenomen wijnzak hadden gedronken, ging de zigeuner op een oude deken op de grond liggen.

Caridad zat een stukje bij hem vandaan aan de kant van de beek te roken. Ze draaide zich om en keek naar hem. Sinds ze enkele dagen na hun aankomst in Barrancos besloten had weer te zingen, had ze het telkens wanneer Melchor het haar vroeg gedaan. Maar zodra ze de eerste klaaglijke tonen aanhief, trok de zigeuner zich terug in zijn eigen wereld en was dan verder afwezig. Caridad deelde al dagenlang haar levenskracht met hem. Ze wilde niet dat hij weer in dat diepe gat zou zakken dat hem zo leek aan te trekken; ze wilde voelen dat hij leefde.

Ze liep naar hem toe, ging naast hem zitten en bood hem haar sigaar aan. De zigeuner nam een trekje en gaf haar de sigaar weer terug. Het gemurmel van het water in de beek vermengde zich met hun gedachten. Langzaam maar zeker verried hun ademhaling hoe ze naar elkaar verlangden.

'En als daarna alles verandert en je niet meer op dezelfde manier zingt?'

Caridad vond geen woorden om te zeggen wat ze dacht. Ze zou veranderen, ongetwijfeld, maar het was iets waar ze met haar hele lichaam naar verlangde.

'Bedoel je dat mijn zang niet meer droevig zal zijn?' vroeg ze.

'Ja.'

'Ik zou gelukkig willen zijn. Een... gelukkige vrouw.'

Tot Melchors eigen verbazing benaderde hij haar met een tederheid die hij nooit eerder een vrouw had betoond, heel voorzichtig alsof hij bang was haar te breken. Caridad gaf zich over aan zijn kussen en liefkozingen. Ze genoot en ontdekte honderden plekjes in zichzelf die hartstochtelijk reageerden op alleen al de aanraking van een vingertop. Ze wist dat hij van haar hield. Melchor beminde haar teder. Melchor praatte zachtjes tegen haar. Ze huilde, en de zigeuner bleef stil liggen tot hij begreep dat het geen droevige tranen waren, en hij fluisterde lieve woordjes in haar oor die ze nooit eerder gehoord had. Caridad begon te hijgen en jankte ten slotte net zo hard als de wolven in de dicht beboste bergen.

Later, bij het licht van de maan, naakt, terwijl het water van de beek aan haar knieën likte, riep ze Melchor net zo lang tot hij naar haar toe kwam. Ze schopte hem nat, zoals Marcelo op de plantage bij haar deed als ze door een plas liepen. De zigeuner protesteerde en Caridad stampte opnieuw met een voet in het water en spatte hem nog eens nat. Melchor maakte een beweging alsof hij weer wilde gaan liggen, maar draaide zich toen opeens om en stortte zich op haar. Caridad gaf een gil en vluchtte weg door de beek. Ze speelden naakt in het water, zaten elkaar achterna en spatten elkaar nat als een stel kinderen. Daarna vielen ze uitgeput neer, dronken en rookten wat, keken elkaar aan, verkenden elkaar, bedreven opnieuw de liefde en bleven liggen tot de zon hoog aan de hemel stond.

'Je zingt al niet meer zoals vroeger.'

Hij verweet het haar in de kamer in Méndez' huis. Ze hadden hun stromatrassen tegen elkaar geschoven, maar als bij stilzwijgende afspraak bedreven ze de liefde niet daar waar de smokkelaars en dragers met de prostituees naar bed gingen. Liever deden ze het buiten, onder de beschutting van de blote hemel.

'Heb je liever niet dat ik zing?' vroeg ze, haar lied onderbrekend.

Melchor antwoordde niet meteen; ze beloonde zijn aarzeling met een liefdevolle stomp tegen zijn schouder.

'Zwartje, je moet een zigeuner nooit slaan.'

'Wij zwarte slavinnen mogen onze zigeunermannen slaan,' zei ze op besliste toon.

En ze ging door met zingen.

Er bestond een weg die Madrid via Badajoz met Lissabon verbond. Vanaf Barrancos zou het voor hen simpel zijn geweest om via Jerez de los Caballeros naar Mérida te gaan, en dan de weg te volgen naar Trujillo, Talavera de la Reina, Móstoles, Alcorcón, en de hoofdstad via de Puerta de Segovia binnen te gaan; iets meer dan tweehonderd mijl scheidden hen van Madrid, een tocht van bijna twee weken. Het kostte hun nauwelijks meer tijd om haastig over verlaten en bij Melchor onbekende paden te trekken. De rust waarvan ze in Barrancos hadden genoten, was voorbij; ze hadden de rapé en moesten Ana bevrijden. Voor een in het geel geklede zigeuner, een negerin en een muildier beladen met een grote verzegelde aarden kruik die naar gearomatiseerde tabak rook, was het echter onmogelijk om over de hoofdwegen te reizen.

Maar terwijl de zigeuner hier al zijn intuïtie moest gebruiken en hij Caridad en het muildier vaak op een veilige plek moest achterlaten om bij een herberg of een boerenwoning de weg te vragen, was dit in Madrid niet nodig: hij was daar al twee keer eerder geweest. 'Ik ken Madrid,' verzekerde hij. Bovendien was de stad regelmatig onderwerp van gesprek bij de smokkelaars, die allerlei ervaringen, adressen en contacten uitwisselden. Er ging veel geld om in Madrid: daar woonde de koning, omringd en bediend door een grote schare hovelingen, de bijna voltallige Spaanse adel, buitenlandse ambassadeurs en handelaren, duizenden geestelijken, een heel leger van hoge ambtenaren met voldoende middelen en een grote behoefte om edeler van geboorte te lijken dan ze waren, en vooral een eindeloze stoet verfranste saletjonkers die genieten als enige levensdoel leken te hebben.

Op iets meer dan een halve mijl voor Madrid hielden ze stil. Melchor nam een flink monster van de rapé en daarna verstopten ze de kruik onder de struiken.

'Zul je je herinneren waar...?' begon Caridad bezorgd toen ze begreep dat de zigeuner de kruik daar achter wilde laten.

'Zwartje,' onderbrak hij haar ernstig, 'ik verzeker je dat ik me eerder de weg hiernaartoe herinner dan die naar Triana.'

'Maar als iemand...?' hield Caridad vol.

'Vrouw!' onderbrak de zigeuner haar opnieuw. 'Roep het ongeluk niet over ons af.'

Even verderop, in een herberg, verkochten ze het muildier.

'Ik zal met jou naast me al genoeg bekijks hebben,' grapte Melchor liefdevol. 'Bovendien geloof ik nooit dat we er met het muildier 's nachts in komen.'

In het zicht van de stad verstopten ze zich in de boomgaarden buiten de muren. Melchor ging tegen een boom zitten en sloot zijn ogen.

'Maak me maar wakker zodra het donker wordt,' zei hij na een overdreven geeuw.

Vanaf het dal van de Manzanares liet Caridad haar blik dwalen over het Madrid dat aan de andere kant van het dal voor hen oprees. Het hoogste punt was een paleis in aanbouw aan de voet waarvan ze een grote stad met een bonte schakering aan huizen bespeurde. Wat zou die plek voor hen in petto hebben? Haar gedachten gingen weer naar Milagros... en naar Ana. Zou de zigeuner gelijk hebben met zijn bewering dat Ana zou zorgen dat alles weer goed kwam?

Er gingen enkele uren voorbij voordat de zon boven Madrid begon onder te gaan, de gebouwen in gloed zette en rode fonkelingen ontlokte aan de klokkentorens en torenspitsen die daarbovenuit staken.

Bij het licht van de maan zetten ze koers naar de Puente de Toledo. Komend vanuit Portugal hadden ze over de Puente de Segovia de stad moeten binnengaan, maar dat leek Melchor geen goed idee.

'Die ligt heel dicht bij het vroegere paleis van de koning en bij veel huizen van de adel en hooggeplaatste personen aan het hof. Op die plekken wordt altijd meer gepatrouilleerd.'

Ze staken de brug behoedzaam over, gebukt, dicht langs de balustrade, zelfs zo dicht dat ze de halfronde balkons met uitzicht over de Manzanares volgden in plaats van rechtdoor te lopen. Hoewel er bewaking moest zijn, was die niet aanwezig, al was het ook zo dat zich tussen de rivier en de Puerta de Toledo waardoor men de stad binnenkwam, nog een groot gebied met moestuinen en heuvels uitstrekte, en zelfs ware kloven waarboven de buitenste gebouwen van Madrid zich verhieven.

Die gebouwen vormden de grens van de stad: bouwen voorbij de muur die Madrid omsloot was verboden, en de groeiende bevolking hoopte zich daarbinnen op. Melchor herinnerde zich die muur goed. Het was geen brede muur zoals die rondom Sevilla of veel andere steden en zelfs dorpen in het koninkrijk, hoe klein ze ook waren, maar een eenvoudige muur van metselwerk. Bovendien werd de stadsmuur van Madrid, op veel plekken onderbroken en samenvallend met de gevels van de laatste gebouwen van de stad, alleen bij epidemieën door de inwoners gerespecteerd. In die gevallen werden de toegangen tot de stad gesloten, maar zolang er geen sprake was van een dergelijk gevaar, zaten er over de hele lengte van de stadsmuur talloze gaten in; en wanneer die werden gerepareerd, ontstonden er op een ander stuk onmiddellijk weer nieuwe. Het was net zo eenvoudig om een gat in de stadsmuur te maken als om de medewerking te verkrijgen van de eigenaar van een van de huizen waarvan de gevels met die stadsmuur samenvielen.

Melchor en Caridad liepen de moestuinen door en kwamen uit bij de Puerta de Toledo: een poort die 's nachts werd gesloten, met een paar simpele rechthoekige doorgangen, zonder een enkele versiering en aangebracht in een deel van de stadsmuur dat de gelijknamige straat afsloot. Aan de rechterkant bevond zich op de plaats van de muur het slachthuis voor koeien en schapen, met diverse deuren naar het buitengebied, waardoor het vee direct vanaf het boerenland naar binnen geleid kon worden.

Je hoeft alleen maar te wachten tot er een smokkelaar verschijnt die een manier weet om binnen te komen, had Melchor ooit in een herberg van een smokkelaar gehoord. Dan loop je met hem mee, je betaalt en gaat naar binnen. En als die niet verschijnt? had een ander gevraagd. De eerste had heel hard gelachen. In Madrid? Daar is het 's nachts drukker dan overdag.

Ze posteerden zich voor het slachthuis en wachtten verscholen bij een stal die dienst deed als droogplaats voor huiden en hooiopslag; Melchor herinnerde zich dat ze hem hadden verteld dat via dat slachthuis veel mensen onopgemerkt binnenkwamen.

Maar de tijd verstreek en niets wees erop dat iemand van plan was om die nacht Madrid binnen te gaan. En als ze nog stiller zijn dan wij? dacht Melchor.

'Zwartje,' zei hij toen met luide stem, bereid om de aandacht te trekken van iedereen die daar rondliep, en met een vinger tegen zijn lippen ten teken dat Caridad niets moest zeggen, 'als ik je niet hoorde ademhalen, zou ik betwijfelen of je wel bij me was. Wat ben je zwart en stil! Achter die deuren en het slachthuis wordt dit hele deel van Madrid in beslag genomen door de wijken Rastro en Lavapiés. Het is goed volk dat daar woont, *manolos* worden ze genoemd. Wat een naam! Trots en dapper, altijd klaar om hun mes te trekken als een woord hun niet bevalt of iemand een onbescheiden blik op hun vrouwen werpt. En wat voor vrouwen!' Hij zuchtte even terwijl hij zo geruisloos mogelijk zijn mes openklapte; hij had verdachte geluiden gehoord. Vervolgens fluisterde hij tegen Caridad: 'Pas op en blijf uit de buurt van degenen die eraan komen. En wat voor vrouwen!' herhaalde hij toen bijna schreeuwend, 'ik zeg je, het enige wat ze missen is zigeunerbloed! De laatste keer dat ik in Madrid was, nadat de koning me had vereerd met de gunst om in zijn galeien te mogen roeien...'

De aanvallers dachten dat ze de zigeuner bij verrassing konden overrompelen. Melchor, gespannen, al zijn zintuigen alert en het mes in zijn vuist geklemd, wilde de twee mannen die hij naderbij hoorde komen, niet doden; hij had ze nodig.

'Jullie...!' onderbrak een van de overvallers Melchors betoog.

Meer kon de man niet zeggen. Melchor draaide zich om en stak hem in de hand waarin hij het glinsterende lemmet van een mes had bespeurd, en nog voordat het wapen de grond bereikte, had hij de man al in een houdgreep en zette hem het mes op de keel.

De zigeuner wilde hem met de dood bedreigen maar de woorden bleven in zijn keel steken: hij was buiten adem. Ik ben ook niet meer de jongste! moest hij toegeven. En alsof hij dat gevoel wilde ontkennen, drukte hij het mes tegen de keel van zijn gevangene, die ten slotte in zijn plaats schreeuwde.

'Blijf daar, Diego!' smeekte hij zijn verbaasde metgezel, die maar één stap van hen af stond.

Die Diego aarzelde terwijl hij probeerde in de duisternis iets te ontwaren.

'Diego... bij de Heilige Maagd van Atocha...' herhaalde de eerste man.

Melchor was weer op adem gekomen en kon weer praten.

'Luister naar hem, Diego,' raadde de zigeuner hem aan. 'Ik wil jullie geen kwaad doen. We kunnen dit goed afhandelen. Het enige wat we willen is Madrid binnenkomen, net als jullie.'

Melchor was vergeten Caridad te vertellen dat die mensen die manolo's werden genoemd niet alleen stoutmoedig, trots en onverschillig waren, maar ook trouw. Als voorvechters van de traditionele Spaanse leefwijzen voerden ze een aanhoudende strijd tegen wat zij zagen als de oppervlakkigheid en de genotzucht van de adel en de verfranste heersende klassen. Het eergevoel waardoor de geschiedenis van Spanje met zo enorm veel heldhaftige episoden was bezaaid en waar de autoriteiten nu nog maar weinig waarde aan hechtten, verplichtte hen hun beloften na te komen, alsof ze daarmee de identiteit verdedigden waarvan men ze wilde beroven.

'Erewoord!' hoorde Melchor uit beider mond.

Dit is waarin de manolo's verschillen van de zigeuners, zei Melchor glimlachend bij zichzelf terwijl hij vol vertrouwen het mes van 's mans keel wegnam, het dichtklapte en weer tussen zijn gordel stopte: het woord dat een zigeuner een burger gaf had geen enkele waarde.

Melchor hielp zelfs de wond aan de hand van Pelayo, zoals de eerste overvaller heette, te verbinden met een strook die hij van het hemd van de man gescheurd had. Daarna volgden Caridad en hij hen naar het slachthuis naast de Puerta de Toledo, waar een man hen na het uitwisselen van wachtwoorden doorliet. Melchor dong af op het bedrag dat de man van het slachthuis als betaling eiste.

'Ik wil geen koe van je kopen,' beet hij hem toe onder het uittellen van een paar munten.

Diego en Pelayo betaalden niet met geld; in plaats daarvan openden ze de zak die ze bij zich hadden, grabbelden erin en haalden er een kleine steen uit die roodachtig glansde in het licht van de lantaarn waarmee de slachter hen had ontvangen. Met het geld van de een en de steen van de anderen was de man tevreden en via een smal straatje tussen de huizen die tegen de achterkant van het slachthuis stonden, bracht hij hen naar de calle de la Arganzuela.

'Valse stenen, is dat waar jullie je mee bezighouden?' vroeg Melchor zodra ze in de straat liepen.

'Ja,' gaf Pelayo toe. 'Goeie handel; zelfs valse stenen kun je voor veel geld verkopen.'

Melchor wist het, hij was maar al te goed op de hoogte van de prijzen van sieraden. Behalve de parels, die niet als kostbare stenen werden beschouwd, had de koning het gebruik en de handel verboden van alle valse diamanten, robijnen, smaragden, topazen.

'Vrouwen en mannen die geen echte kunnen kopen, de meeste Madrilenen dus,' vervolgde Pelayo, 'dragen ze nog steeds graag, ook al zijn het valse. Het is buitengewoon winstgevende handelswaar.'

De zigeuner prentte de informatie in zijn hoofd terwijl Caridad de omgeving in zich opnam. Het was zo goed als volkomen duister: slechts een paar kaarsen en olielampen vormden de schaarse verlichting in een paar huizen die, in het maanlicht gezien, slechts één verdieping telden, al hadden ze in tegenstelling tot de huisjes in de zigeunerbuurt wel een puntdak. In het donker onderscheidde ze vaag mensen die heen en weer liepen en hoorde ze gelach en gepraat. Verderop in de straat verlichtte een stel hun stappen met een lantaarn. Maar wat het meest haar aandacht trok was de stank die ze inademde en ze vroeg zich af waardoor die veroorzaakt kon worden. Toen begreep ze dat waar ze met haar blote voeten in stond niets anders was dan uitwerpselen die zich op de aarden grond opgehoopt hadden.

'Wij moeten ervandoor,' kondigde Pelayo aan. 'Waar gaan jullie heen?'

Melchor kende een zigeuner die aangetrouwde familie was van de Vega's en in Madrid woonde: de Flierefluiter, een lid van de familie Costes, die meer dan vijfentwintig jaar geleden met een nicht van Melchor getrouwd was; verschillende Vega's van de Huerta de la Cartuja, ook hijzelf, waren aanwezig geweest bij de grote bruiloft waarmee de verbintenis tussen de twee families bezegeld werd. Desondanks werd hij door twijfel achtervolgd vanaf het moment dat Méndez hem vertelde over de partij rapé die hij verwachtte en hij nog in Barrancos al plannen begon te maken. Wat als ze de zigeuners van Madrid ook hadden opgepakt en hij er geen één meer vond? Hij zei bij zichzelf dat de hoofdstad een ander verhaal was: die was niet officieel als geautoriseerde woonplaats van zigeuners aangewezen, zodat daar – net als in vergelijkbare plaatsen – niemand opgepakt zou zijn. Bovendien was het algemeen bekend dat de Madrileense zigeuners ondanks het verbod om in Madrid te wonen zo vastbesloten waren er te blijven dat geen van de telkens opnieuw uitgevaardigde koninklijke decreten tot uitzetting leidde.

Er zouden vast wel nakomelingen van die nicht in Madrid wonen, maar het was goed mogelijk dat die sinds zijn laatste bezoek, voordat hij tot de galeien werd veroordeeld, met andere families waren getrouwd, vijanden van de Vega's. Hij zou het moeten uitzoeken. Wat Melchor wél zeker wist was dat zolang hij dat niet had gedaan, de zigeuners van Madrid niets van Caridads aanwezigheid mochten weten; het doodvonnis dat de raad van ouderen van Triana ongetwijfeld had uitgesproken zou ook daar inmiddels bekend zijn. Milagros... zijn kleine meisje had naar zijn voeten gespuugd en Ana zat vast in Málaga. Hij kon het risico niet lopen dat hij ook het zwartje zou verliezen.

'Pelayo,' zei de zigeuner, 'ik koop zo'n steen van jullie als je ons naar een betrouwbaar adres brengt waar we kunnen slapen. Het moet vooral onopvallend zijn.'

Ze gingen akkoord. Gevieren liepen ze verder door de calle de Toledo en iets verderop sloegen ze rechts af de calle de Carnero in. Begeleid door het loeien en krijsen van de dieren die 's nachts werden gedood, bereikten ze de helling van de Rastro, een kleine heuvel tussen de gebouwen, vlakbij het oude slachthuis, die onbebouwd werd gehouden om het gebied van frisse lucht te voorzien. In de donkere nacht plasten ze door het bloed dat vanaf het slachthuis door de calle de Curtidores naar beneden stroomde, en vervolgens staken ze, nog steeds rechts aanhoudend, Embajadores en Mesón de Paredes over. Daar namen ze afscheid van Diego, die met de valse stenen een huis binnenging. Pelayo liep met Melchor en Caridad verder naar een clandestien logement in de calle de los Peligros. Hij zei dat hij Alfonsa, de weduwe die het beheerde, goed kende zodat ze geen problemen zouden krijgen. Zij zou de gerechtsdienaren niet inlichten, zoals logementhouders verplicht waren te doen met alle gasten die ze onderdak verschaften.

Het kostte hun moeite Alfonsa wakker te krijgen.

'Had je soms de hertog van Alva verwacht?' snauwde Melchor bij de wantrouwige blik die de logementhoudster op hen wierp nadat ze met Pelayo gesproken had.

De vrouw wilde antwoorden maar zweeg toen ze het geld zag dat de zigeuner haar liet zien. Pelayo nam afscheid. Alfonsa nam wat haar toekwam, en Caridad en Melchor volgden haar een donkere trap op, die even smal als steil was; achter elkaar lopend schuurden ze langs de vochtige, afgebladderde muren, totdat ze bij de zolder kwamen: een smerig hok van een kamer dat ze moesten delen met nog drie andere gasten, die al sliepen. Alfonsa wees hun een veldbed.

'Meer heb ik niet,' zei ze zonder moeite te doen om zich te verontschuldigen voordat ze hun de rug toekeerde om naar beneden te gaan, naar haar woning op de verdieping eronder.

'En nu?' vroeg Caridad.

'Nu hoop ik dat je je aan één kant van het bed oprolt, zodat we een beetje kunnen slapen. Het is een zware dag geweest.'

'Ik bedoel...'

'Ik weet wat je bedoelt, zwartje,' onderbrak Melchor haar, terwijl hij haar meetrok en probeerde de over de grond verspreide eigendommen van de andere gasten te ontwijken. 'Morgen ga ik op zoek naar iemand die ons kan helpen.'

# 24

Ze zat daar nu al vijf dagen opgesloten. Niets kon ze doen in dat smerige kamertje dat ze deelde met een metselaar, de zuster van de metselaar, die beweerde dat ze kleren waste in de Manzanares, en een derde gast die ongetwijfeld in duistere zaakjes verwikkeld was, hoe de man ook volhield, net zo hardnekkig als de wasvrouw, dat hij uitbeender was.

'Ik ga de notaris zoeken. Blijf in het logement,' had Melchor de eerste ochtend tegen haar gefluisterd, toen de andere gasten zich nog aan het uitrekken waren. 'Praat met niemand, vertel niets over mij en nog minder over de rapé.'

Hij maakte aanstalten om te vertrekken maar bleef toen staan. Hij voelde aan het heft van zijn mes en wierp een moordzuchtige blik op de anderen, de wasvrouw inbegrepen, die alle drie naar hen keken. Toen draaide hij zich om en kuste Caridad op haar mond.

'Heb je het begrepen, zwartje? Misschien duurt het langer dan ik denk, maar ik kom terug, twijfel daar niet aan. Wacht hier op me en bewaak het bed, anders verhuurt die vriendin van Pelayo het straks nog als "half met schoon".'

'Half met schoon.' Caridad wist niet wat het betekende en Melchor had het haar ook niet uitgelegd voordat hij de trap afliep. Het was een vaste uitdrukking in het Madrid van de rekestranten, van de bedelaars en de leeglopers, de criminelen en allerlei types die zonder middelen van bestaan door de straten van de grote stad zwierven, sommigen hopend op een koninklijke gunst – een toelage, een baan bij de overheid, een positieve uitkomst van een proces – anderen in afwachting van de lucratieve handel waarmee ze zich aan dat grootse hof zouden verrijken, en de overigen actief met zakkenrollen, de handel in tweedehands goederen, zelfs met stelen. Velen van die mensen zochten 's nachts onderdak in huizen waar ze voor twee escudo een bed konden huren dat ze met een ander moesten delen, maar alleen als die schoon was, dat wil zeggen, als die geen luizen, schurft of hoofdzeer had.

Madrid was niet in staat om de aanhoudende stroom immigranten op te nemen. Opgesloten binnen de muur die de stad omgaf en waarbuiten bebouwing verboden was, werd twee derde van de oppervlakte in eigendom tussen de Kroon en de Kerk verdeeld; de bijna honderdvijftigduizend inwoners die de hofstad halverwege de eeuw telde moesten het doen met het resterende derde deel en dat wat die twee instituten besloten te verpachten, en dan waren de huizen ook nog slecht, met kleine donkere kamers waarin ieder comfort ontbrak. Dit was het resultaat van de bouw van 'listige huizen', een truc die Madrilenen in de voorgaande eeuwen hadden gebruikt om de hand te lichten met het verblijfsprivilege dat hen verplichtte een deel van hun woning af te staan voor gratis gebruik door leden van de koninklijke hofhouding. Daarom, en ondanks de koninklijke kwaliteitseisen aan de bouwwerken die de hoofdstad van het koninkrijk moesten sieren, telde meer dan de helft van de tienduizend huizen uit de voorgaande eeuw maar één verdieping, zodat ze ongeschikt waren om de ministers en bedienden van de Kroon te herbergen. Pas in het begin van de achttiende eeuw, toen het woonruimteprivilege door een financiële bijdrage werd vervangen, kwam de hervorming van het Madrileense huizenbestand langzaam op gang en werden de huizen van één enkele verdieping herbouwd of gewoon hoger gemaakt om de voortdurende stroom immigranten naar Madrid te kunnen huisvesten.

Als gevolg van deze behoefte ontstonden de clandestiene logementen, zoals dat waar Melchor en Caridad logeerden. De stad beschikte weliswaar over voldoende herbergen en dranklokalen, maar er waren maar weinig openbare logementen. En behalve dat die duur waren, werden ze ook constant in de gaten gehouden en geïnspecteerd door rechters en gerechtsdienaren wanneer die hun ronde liepen. Zo ontstonden de clandestiene logementen, waarvan niemand precies wist hoeveel het er waren, maar die allemaal leken op de smerige, rommelige zolderkamer waar Caridad de uren telde, zonder een sigaar om op te steken en er de honger mee te verdrijven, een honger die niet werd gestild door de waterige stoofschotel waarmee Alfonsa haar gasten pretendeerde te voeden, en waarin de kikkererwten, knolrapen, uien en knoflookbollen geen plaats leken te hebben overgelaten voor varkens-, schapen-, kalfs- of kippenvlees.

Het was inmiddels vijf dagen geleden dat Melchor het logement had verlaten en Caridad verkeerde in kwellende onzekerheid. Zou hem iets overkomen zijn? Milagros en haar moeder waren met het verstrijken van de dagen langzaam maar zeker uit haar gedachten verdwenen. Melchor, Melchor en Melchor! De zigeuner was haar enige zorg. Hij had haar gezegd in het logement te blijven, zei ze steeds opnieuw tegen zichzelf terwijl ze de kamer op en neer liep, opgesloten tussen die muren, walgend van de stank die uit de straat opsteeg. Ze had geen ander contact met de buitenwereld dan het lawaai van de straat en de voorbijgangers dat door het raampje hoog boven haar hoofd naar binnen drong. Ze schold op dat nutteloze raampje en ging op het bed zitten. Hij had gezegd dat ze het moest bewaken... Ze glimlachte verdrietig. Waar zit je, verdomde zigeuner? Ze kon naar buiten gaan, maar ze wist niet waarheen of wat ze moest doen. Ze kon moeilijk naar de rechters gaan om de verdwijning van een smokkelende zigeuner aan te geven. Bovendien had Melchor ook gezegd dat ze met niemand over hem mocht praten. Zelfs de glans van de valse saffier die ze van hem had gekregen en in haar hand klemde, leek te zijn gedoofd.

In de loop van die dagen hadden de metselaar en de vrouw die zich zijn zuster noemde elke poging om meer dan een enkel woord uit haar te krijgen opgegeven, maar Juan, de uitbeender, bleef haar maar uithoren en vragen stellen, en ondanks het zwijgen en het gebogen hoofd waarmee Caridad op zijn vragen reageerde, hield hij koppig vol.

'Waar is je meester? Wat komt hij in Madrid doen?'

De uitbeender verraste Caridad toen hij op de ochtend van de vijfde dag, toen de andere twee al vertrokken waren, naar het logement terugkwam. Juan was een man van middelbare leeftijd, lang, kaal, met een pokdalig gezicht en tanden die net zo zwart waren als de lange nagels aan zijn vingers, die op dat moment een contrast vormden met de homp witbrood in zijn hand. Ongewild dwaalden Caridads ogen af naar die homp brood: ze had honger. De man merkte het.

'Wil je een stuk?'

Caridad aarzelde. Wat deed de man daar op die tijd?

'Ik heb het gekocht op de Red de San Luis,' zei de man terwijl hij de homp in tweeën brak en haar een van de helften aanreikte. 'Jij en ik zouden veel van dit soort hompen kunnen krijgen. Toe dan,' drong hij aan, 'ik zal je niets doen.'

Caridad pakte het niet aan. De uitbeender kwam dichterbij.

'Je bent een aantrekkelijke vrouw. Er zijn nog maar weinig zwarte vrouwen in Spanje, ze zijn allemaal steeds witter geworden.'

Ze deinsde een paar stappen achteruit totdat ze met haar rug tegen de muur stond. Ze zag hoe de gloeiende ogen van de uitbeender haar nog voordat hij bij haar was doorboorden.

'Hier, pak aan.'

'Ik wil het niet.'

'Pak aan!'

Caridad gehoorzaamde en pakte het met de hand waarin ze niet de valse saffier hield.

'Zo mag ik het zien. Waarom zou je het weigeren? Het heeft me flink wat gekost. Eet!'

Ze beet een klein stukje van de halve homp brood af. De uitbeender keek een paar seconden toe en stak toen zijn hand uit naar een van haar borsten. Tot aanraken kwam het niet; Caridad had het zien aankomen en sloeg hem weg. De uitbeender hield vol en ze sloeg zijn hand opnieuw weg.

'Wil je het me moeilijk maken?' gromde de man terwijl hij zichtbaar opgewonden het brood op een van de veldbedden gooide en zich in zijn handen wreef. Zijn schaamteloze glimlach ontblootte zijn zwarte tanden.

Het brood en de saffier vielen op de grond toen Caridad haar handen naar voren stak om de aanval van de uitbeender af te weren. Na een worsteling slaagde ze erin hem tegen te houden door hem bij zijn polsen te grijpen. Ze was zo verbaasd over haar eigen reactie dat ze aarzelde: het was voor het eerst dat ze weerstand bood aan een blanke! De man profiteerde van haar besluiteloosheid: hij rukte zich los, schreeuwde iets onverstaanbaars en sloeg haar in het gezicht. Ze voelde geen pijn en keek hem in de ogen. Hij sloeg haar opnieuw. Ze bleef hem aankijken.

Haar passieve houding wond de uitbeender nog meer op. Caridad dacht dat hij haar opnieuw zou slaan, maar in plaats daarvan omhelsde hij haar en begon in haar nek en oren te bijten. Vergeefs probeerde ze zich van hem los te maken. De man, inmiddels buiten zichzelf, greep haar nu bij haar kroeshaar en zocht haar mond, haar lippen...

Opeens liet hij haar los en klapte dubbel. Ze boog haar hoofd naar opzij, alsof ze met haar volle aandacht wilde luisteren naar de doffe, langgerekte kreun die rechtstreeks uit de keel van de uitbeender opwelde. Ze had het haar vriendin María, de mulattin met wie ze altijd samen zong, op een vrije zondag op de suikerplantage zien doen. María had de neger die haar belaagde dichtbij laten komen, ze had zich laten omhelzen, hem opgewonden laten worden en toen had ze hard met haar knie in zijn kruis gestoten. Die neger was net zo dubbelgeslagen en had net zo gebruld als de uitbeender, die met beide handen naar zijn kruis greep. Caridad hijgde geagiteerd terwijl ze met haar ogen naar de saffier zocht. Ze bukte zich en stak haar hand uit om hem te pakken. Haar handen trilden, ze had ze niet onder controle. De woede leek binnen in haar tot uitbarsting te komen. Ze pakte de steen en ook het brood, dat ernaast lag, en stond op, in verwarring door de opeenhoping van al die nieuwe gevoelens.

'Ik vermoord je!'

Ze richtte haar blik op de uitbeender; hij had zich enigszins hersteld en kon al bijna weer rechtop blijven staan. Hij zou het doen, hij zou haar vermoorden; zijn verwrongen gezicht vertelde het haar; het mes dat in zijn hand blonk spoorde haar aan, alsof hij al klaarstond om haar neer te steken. De logementhoudster was haar enige redding! Caridad rende de trappen af. De deur van de woning was dicht. Ze bonsde hard, maar haar bonzen werd overstemd door het schreeuwen van de uitbeender die achter haar aan naar beneden kwam.

'Hoer! Ik snij je je strot af!'

Caridad rende de laatste trap af. Ze botste tegen twee vrouwen toen ze de calle de los Peligros op stormde, een smalle straat, niet meer dan vijf stappen breed. De protesten van de vrouwen gingen verloren in het lawaai dat ze die vijf dagen lang had gehoord en dat nu in alle hevigheid op haar af kwam. Ze keek heen en weer naar beide uiteinden van de straat zonder te weten wat ze moest doen. Een van de vrouwen probeerde een enorme hoeveelheid kikkererwten die door de botsing op de grond waren gevallen bij elkaar te rapen; de andere schold haar uit. De mensen keken nieuwsgierig toe; veel voorbijgangers stonden stil om te zien wat er gebeurde, net als de uitbeender, die in de deur was blijven staan. Nauwelijks drie stappen scheidden hen. Hun blikken kruisten elkaar. Daar, voor het oog van iedereen, probeerde Caridad zich gerust te stellen, zou hij haar niet durven vermoorden. Aan het berustende gezicht van de man, die zijn mes wegstak en een hand naar zijn kin bracht, zag ze dat hij tot dezelfde conclusie gekomen was. Caridad blies de lucht uit haar longen, het voelde alsof ze die al vanaf het moment dat ze de trap afrende ingehouden had.

'Dief!' weerklonk het toen tussen de huizen. 'Mijn brood! Ze heeft mijn brood gestolen!'

Caridads blik ging van de halve homp brood in haar hand naar de uitbeender, die grijnsde.

'Houd de dief!'

De schreeuw die achter haar klonk, smoorde haar poging de beschuldiging te ontkennen. Iemand probeerde haar bij haar arm te grijpen. Ze rukte zich los. De vrouw die de kikkererwten opraapte keek naar haar, degene die haar had uitgescholden stortte zich op haar, evenals de uitbeender. Caridad ontweek de vrouw; ze duwde haar tegen de man aan en maakte van het moment gebruik om te ontsnappen en de straat uit te rennen.

De anderen zetten de achtervolging in. Ze rende door, blindelings. Ze botste tegen mannen en vrouwen op, ontweek er een aantal en sloeg om zich heen om zich te bevrijden van anderen die haar tegen probeerden te houden. Het lawaai en geschreeuw van degenen die haar achternazaten dreef haar voort als in een roes. Ze liet de calle de los Peligros achter zich en kwam uit op een brede laan. Daar werd ze bijna overreden door een luxe rijtuig dat door twee opgetuigde muildieren getrokken werd. De koetsier schold haar vanaf de bok uit terwijl hij de zweep in haar richting liet knallen. Caridad wankelde even. Er reden meer rijtuigen: karossen, calèches en merkwaardige draagstoelen met één muildier ervoor en één erachter. Caridad zigzagde overal tussendoor tot ze een zijstraat ontdekte die ze in rende. Het leek alsof het geschreeuw in haar oren was blijven hangen, ze realiseerde zich niet dat het al ver achter haar gebleven was.

De achtervolgers hadden het opgegeven. Het was de moeite niet waard om zich druk te maken voor een ordinaire negerin die een homp brood gestolen had. De uitbeender stond nu midden in de calle de Alcalá tussen allerlei soorten rijtuigen, koetsiers en lakeien – die van de adel in livrei en andere, die van degenen die zonder tot de adel te behoren koninklijke toestemming hadden om karossen te gebruiken, in gewone kledij. De kreten waarmee hij degenen aanspoorde van wie hij tot dat moment had gedacht dat ze achter hem aankwamen, stokten in zijn keel bij het zien van de minachtende blikken van de koetsiers en van de lakeien die de karossen van hun heren te voet begeleidden. Hij, een vuile schooier uit het volk, had alleen maar te verliezen als hij zich daar, tussen de groten, zou manifesteren.

'Uit de weg!' schreeuwde een koetsier.

Een van de lakeien maakte aanstalten om naar hem toe te komen. De uitbeender deed of hij het niet zag en verdween in de richting vanwaar hij gekomen was.

Alleen het benauwde, beklemmende gevoel op haar borst kon de koortsachtig doorrennende Caridad doen stoppen. Ze hield stil, steunde met haar handen op haar knieën en hoestte. Tussen het hoesten door wist ze een braakneiging te bedwingen. Ze keek om en zag alleen een paar mensen die haar nieuwsgierig bekeken en daarna onverschillig hun weg vervolgden. Ze rechtte haar rug en zoog de lucht in die haar ontbroken had. Voor haar, aan het einde van een smalle straat, rezen twee torens op, een aan elke kant van de straat, die door spitsen met kruisen bekroond werden. In de linker zag ze ook klokken hangen: een kerk. Ze bedacht dat ze daar misschien een schuilplaats zou kunnen vinden. Ze keek nog een keer om: niemand achtervolgde haar, maar ze wist ook niet waar ze was. Ze kneep haar ogen dicht en voelde het snelle kloppen van haar hart in haar slapen. Ze had het gevoel dat ze heel Madrid door had gerend. Ze was ver van het logement afgeraakt en wist niet hoe ze daar weer naar terug moest komen. Ze wist niet waar het logement was. Ze wist niet waar ze zelf was. Ze wist niet waar Melchor was. Ze wist niet...

Vlak voor de plek waar ze stond, een klein stukje verder, zag ze een ijzeren hek dat toegang verschafte tot een grote tuin achter de kerk. Het hek stond open. Ze liep ernaartoe terwijl ze zich afvroeg of ze haar in de kerk zouden toelaten. Ze was maar een negerin op blote voeten, bezweet, en gekleed in een voddig slavenhemd. Wat moest ze de pastoor antwoorden als hij vragen stelde? Dat ze op de vlucht was geslagen omdat ze ervan beschuldigd werd brood te hebben gestolen? Een homp brood die ze nog in haar hand hield.

Een rottingsgeur, sterker nog dan die van de Madrileense straten vol uitwerpselen die door de bewoners uit het raam werden gegooid, sloeg haar in het gezicht toen ze het ijzeren hek doorging en de begraafplaats van de kerk betrad. Niemand bewaakte de graven op dat moment. Misschien ben ik hier veiliger dan in de kerk, dacht ze terwijl ze zich tussen een klein grafmonument en een nissenmuur verborg. Ze wist waar die stank vandaan kwam: van lijken in ontbinding, zoals die van de gevluchte negerslaven die soms tussen het suikerriet gevonden werden.

Ze nam een hap van het brood en proefde de geur van de dood in haar speeksel, zo dik dat je er haast op kon kauwen; ze zette de gebeurtenissen op een rij en begon te bedenken wat ze zou kunnen doen. Ze had de tijd tot het donker werd, wanneer de geesten tevoorschijn zouden komen... en op die plek moesten er honderden zijn.

Niet ver van het kerkhof van de San Sebastián-kerk, waar Caridad vijf dagen later een schuilplaats zou vinden, stond de Santa Cruz-kerk, waarvan de honderdvierenveertig voet hoge toren het gelijknamige plein domineerde. Het was daar dat de Broederschap van de Naastenliefde op palmzaterdag, vóór de teraardebestelling op de begraafplaats van de kerk, de schedels tentoonstelde van de mensen die ter dood veroordeeld en onthoofd waren, nadat ze deze hadden weggehaald bij de wegen waarlangs ze ter afschrikking van de burgers te kijk gesteld waren. De San Ginés-parochie zorgde voor de lichamen van de gehangenen en die van San Miguel voor die van degenen die aan de wurgpaal geëxecuteerd waren.

Op diezelfde plaza de Santa Cruz werd onder de galerij de grootste markt voor huispersoneel gehouden. Daar stonden de huisknechten zonder werk en vooral de voedsters en kindermeisjes in afwachting van iemand die hen in dienst nam. Madrid had veel voedsters nodig voor het zogen van het steeds grotere aantal verlaten en te vondeling gelegde kinderen, maar ze werden vooral ingehuurd door vrouwen die hun borsten wilden sparen en hun kinderen daarom niet zelf wilden zogen. De 'ijdelheid van de borst' werd het genoemd door degenen die borstvoeding door de moeder bepleitten.

Maar op dat plein stond ook een van de koninklijke tabakswinkels voor de verkoop aan particulieren, die samen met die op Antón Martín, de Rastro en de Puerta del Sol de schatkist de grootste winsten opleverde van de in totaal tweeëntwintig tabakswinkels die Madrid telde. Daarnaast werd tabak verkocht in twee staatsgroothandels: nooit minder dan een kwart pond tabak in poeder of in blad, zodat daar alleen klanten kwamen die een dergelijke hoeveelheid konden betalen, met alle verkwisting die daarmee gepaard ging.

Diezelfde ochtend dat hij Caridad in het logement had achtergelaten, constateerde Melchor dat de tabakswinkel op Santa Cruz, die uitsluitend tabakspoeder verkocht, eerder een winkel in geneesmiddelen leek dan een die zich bezighield met de verkoop van de nog tamelijk nieuwe maar steeds populairdere rooktabak die de lagere klassen gebruikten. Midden op de toonbank, in het zicht van het publiek zoals was verordend, stond een precisieweegschaal om het tabakspoeder te wegen; op de planken aan de muren stonden rijen potten van verglaasd aardewerk of van blik waarin de tabak werd bewaard om te voorkomen dat het aroma verloren ging, zoals het geval was met papieren zakjes, die streng verboden waren.

Ramón Álvarez, de tabaksverkoper, vertrok zijn gezicht toen hij de zigeuner zag met zijn vale gele jasje, zijn oorringen, de honderden rimpels die zijn bruine gezicht doorkliefden en die ogen die je leken te doorboren, maar op aandringen van Carlos Pueyo, de oude notaris die hem vergezelde en met wie hij al eerder een paar even duistere als lucratieve zaken had gedaan, stemde de man er met tegenzin in toe om met de zigeuner te praten. De vrouw van Álvarez paste op de winkel terwijl Carlos en Melchor de nors kijkende tabaksverkoper naar het woongedeelte boven de zaak volgden.

Ramón Álvarez zette echter al zijn achterdocht opzij toen hij de rapé opsnoof van een monster dat Melchor hem gaf. Alleen al het horen van de hoeveelheid waarover de zigeuner beschikte deed zijn gezicht opklaren.

'Je krijgt er nooit spijt van als je met mij in zee gaat,' verweet de notaris de tabaksverkoper zijn aanvankelijk achterdochtige houding.

Melchor vestigde zijn blik op de oude notaris: met diezelfde woorden had deze, toen hij zich met een aanbeveling van Eulogio bij hem aandiende, het gesprek over de situatie van zijn dochter Ana in de gevangenis van Málaga beëindigd. Hij had hem over de kruik rapé verteld bij het onderhandelen over zijn honorarium en dat van de tussenpersoon die hij nodig zou hebben om bij de autoriteiten te bemiddelen voor de vrijlating van de zigeunerin. Ze zijn duur, die tussenpersonen, maar ze zijn goed bekend met het hof en weten wie ze moeten omkopen, verklaarde Carlos Pueyo.

Op dat moment, in dat huis waar de stank van de Madrileense straten werd verhuld door het aroma van de tabak die sinds jaren op de begane grond werd opgeslagen, herkende Melchor in het gezicht van de tabaksverkoper dezelfde hebzucht die hij bij de notaris gezien had.

'Waar heb je de rapé?'

Dezelfde vraag had de ander hem ook gesteld. De zigeuner herhaalde even ernstig zijn antwoord: 'Dat hoef je niet te weten. Het spul is veilig opgeborgen, evenals jouw geld om het te kopen dat zal zijn.'

Ramón Álvarez kwam snel in actie: hij kende de markt, wist wie interesse in die verboden waar zou kunnen hebben, en bovenal wist hij wie de hoge prijs ervoor zou kunnen betalen. Hij was slechts een door de Kroon betaalde tabaksverkoper die een paar realen per dag verdiende, zoals iedereen die een goedlopende winkel dreef. Er waren anderen, mensen die kleinere hoeveelheden verkochten of zij die in de dorpen, waar de verkopen niet genoeg opleverden voor het salaris en de kosten van een tabakswinkel, door de Kroon werden verplicht om tabak aan gemengde winkels te leveren. Zij betaalden een tiende: tien procent van de totale verkoop.

Maar hoezeer de tabaksverkopers ook in een bevoorrechte positie verkeerden, want ze waren vrijgesteld van lasten en plichten, van het verstrekken van karren en levensmiddelen aan langstrekkende legers, en konden niet voor het leger worden opgeroepen, ze kregen ontheffing van tol-, brug-, of veergeldbetaling en mochten niet worden beledigd of gekwetst: die paar realen waren niet toereikend om hun leven in te richten met de pracht en praal van degenen die vergelijkbare privileges genoten. Madrid was een dure stad en een partij rapé van de kwaliteit van die van Melchor was een buitenkans, die bovendien geen invloed had op de verkoop van Spaanse snuiftabak.

Terwijl de tabaksverkoper op zoek ging naar geld – 'Vanavond heb ik het bij elkaar en dan ronden we de verkoop af,' zegde hij toe om te voorkomen dat de handel aan zijn neus voorbij zou gaan – ging Melchor op zoek naar zijn familie.

De calle de la Comadre de Granada. Die naam zou hij nooit vergeten. Eigenaardig: hoe zou een straat in de hoofdstad aan zo'n rare naam komen? Daar woonde de Flierefluiter met zijn familie, net als veel andere zigeuners, en als ze er niet meer woonden zou hij daar vast wel informatie kunnen krijgen. Hij vroeg hoe hij er moest komen. 'Die kant op. Het is hier niet zo ver vandaan,' wezen ze hem. De calle de la Comadre lag in het arme Madrid van de dagloners. Aan beide zijden van wat slechts een eenvoudige landweg was die op de Barranco de Embajadores uitkwam, strekten zich saaie rijen van tientallen lage, armoedige huizen uit, met smalle gevels en kleine erven erachter, als ze tenminste niet uitgebreid waren met andere bouwsels, waarmee ze kamers en de uitgang deelden. Melchor was zich ervan bewust dat hij op die manier kenbaar zou maken dat hij in Madrid was, maar het was duidelijk dat hij die operatie niet alleen kon uitvoeren. Ze zouden hem gewoon kunnen beroven, zich de kruik kunnen toe-eigenen en hem vermoorden.

'Die kant op,' wees een vrouw hem, nadat hij een paar keer de straat op en neer had gelopen zonder de woning te vinden. 'Het is voorbij de calle de la Esperancilla, het tweede of derde huis...'

En zelfs als ze hem niet beroofden, hoe moest hij de kruik naar Madrid vervoeren en zich er daar mee verplaatsen? Hij kon op de hulp van Caridad rekenen, maar hij wilde haar er niet in betrekken; liever liep hij het risico verraden te worden. Hij moest iemand anders zoeken, en wie beter dan een familielid, al vloeide er nog zo weinig Vega-bloed door diens aderen.

Elke zweem van twijfel verdween bij de ondoorgrondelijke blikken die Melchor en de Flierefluiter met elkaar wisselden, terwijl ze elkaar bij de onderarmen pakten en die vol wederzijdse genegenheid en als een belofte van loyaliteit drukten. Bij het eerste contact met zijn familielid, nu de patriarch van zijn familie zoals bleek uit het eerbiedige zwijgen van de mensen om hen heen, wist Melchor dat die van zijn doodvonnis op de hoogte was.

'En tante Rosa?' informeerde Melchor belangstellend nadat ze elkaar met hun ogen alles gezegd hadden.

'Overleden,' antwoordde de Flierefluiter.

'Ze was een goede zigeunerin.'

'Dat was ze zeker, ja.'

Melchor begroette een voor een de leden van de uitgebreide familie van de Flierefluiter. Zijn zuster, weduwe. Zoilo, zijn oudste zoon, picador, stelde zijn vader hem trots voor, waarna hij zijn schoondochter en kleinkinderen aanwees. Verder twee dochters met hun respectievelijke echtgenoten, een ervan met een baby op de arm en een paar kleintjes die zich achter haar benen verscholen, en de jongste zoon, Martín, een jongen die zijn groet met bewondering op zijn gezicht beantwoordde.

'U bent de Galeier?'

'We hebben het de laatste tijd nogal veel over je gehad,' vertrouwde de Flierefluiter hem toe toen Melchor knikte en de jongen een klapje op zijn wang gaf.

Bijna twintig personen woonden er in dat kleine huis in de calle de la Comadre.

Terwijl de vrouwen het eten klaarmaakten gingen Melchor, de patriarch en de andere mannen op het kleine achtererf zitten, onder een afdakje, sommige in een paar krakkemikkige stoelen, andere op simpele kisten.

'Hoe oud ben je?' vroeg Melchor aan Martín, die vanachter het gordijn dat als deur dienstdeed naar hen keek.

'Bijna vijftien.'

Melchor zocht met zijn ogen de toestemming van de Flierefluiter.

'Dan ben je al een echte man,' zei hij toen die knikte, 'kom bij ons zitten.'

Diezelfde middag, op het notariskantoor, bevestigde Carlos Pueyo hem dat de tabaksverkoper het geld bij elkaar had om de rapé te kopen.

'Hij was in staat geweest om zijn vrouw en dochter te verkopen om het nog vanavond bij elkaar te krijgen,' zei de notaris bij het zien van het verraste gezicht waarmee de zigeuner op het bericht reageerde. 'Voor de vrouw zou hij niet veel gekregen hebben,' grapte hij. 'Maar de dochter is allercharmantst.'

Ze spraken af dat de verkoop die avond om elf uur, het tijdstip waarop de tabakswinkel mocht sluiten, zou plaatsvinden.

'Waar?' vroeg Melchor.

'In de tabakswinkel natuurlijk. Hij moet de kwaliteit controleren, de rapé wegen... Is dat een probleem?' vroeg de notaris toen hij de zigeuner zag nadenken.

Dat was over zeven uur.

'Geen enkel,' zei hij.

Samen met de Flierefluiter en alle mannen van zijn familie, inclusief de jonge Martín, verliet Melchor Madrid via de Puerta de Toledo. Hij glimlachte bij de gedachte aan Caridad toen ze bij het struikgewas kwamen waar de kruik verborgen lag. Zie je wel dat hij er nog ligt, zwartje? zei hij bij zichzelf terwijl Zoilo en zijn zwagers hem opgroeven. Wat moesten ze doen nadat de zaak was afgehandeld? Zoilo en zijn vader waren duidelijk geweest.

'Vanaf het moment dat je een voet in de calle de la Comadre zette, wisten de García's dat je in Madrid bent, daar kun je zeker van zijn.'

'Wonen hier García's?'

'Ja, één tak, neven van de Graaf. Ze kwamen uit Triana.'

'Dat moet dan geweest zijn...'

'Ongeveer toen jij op de galeien roeide. Je tante Rosa haatte ze. Wij begonnen ze ook te haten en zij haten ons.'

'Ik wil jullie niet in problemen brengen,' zei Melchor.

'Melchor,' zei de patriarch ernstig, 'de familie Costes en degenen die aan onze kant staan zullen voor je opkomen. Wil je soms dat de geest van je tante me 's nachts een pak slaag komt geven? De García's zullen zich wel tweemaal bedenken voordat ze zich hieraan branden.'

Zouden ze ook voor Caridad opkomen? Toen ze hem over het vonnis vertelden hadden ze het ook over de vrouw gehad; maar niemand vroeg naar haar; ze was geen zigeunerin. Zolang hij in Madrid was, zou hij altijd door de mannen van de Flierefluiter beschermd moeten worden; hij zou bij hen moeten wonen, maar hij betwijfelde of ze bereid waren om zich problemen op de hals te halen voor een zwarte vrouw.

Ze wachtten tot het donker genoeg was om met de kruik terug te keren. Ze zouden Madrid verlaten, besloot Melchor tijdens het wachten. Hij zou dat van Ana regelen en daarna zouden ze met zijn tweeën tabak gaan smokkelen, zij samen, zonder zich bij een of andere groep aan te sluiten. Nooit eerder had hij zo van het smokkelen genoten als toen met het zwartje in Barrancos! Het risico... het gevaar kreeg een nieuwe dimensie door de mogelijkheid dat ze haar zouden oppakken, en dat blies hem nieuwe energie in. Ja, dat zouden ze doen. Af en toe zou hij teruggaan naar Madrid, alleen, om te zien hoe ver ze met de vrijlating van Ana waren.

Via een huis dat deel van de stadsmuur uitmaakte, gingen ze de stad weer binnen. Ze hoefden zelfs niet te betalen.

'Ook een picador,' legde de Flierefluiter uit.

Met de kruik tussen hen in liepen ze naar de plaza de Santa Cruz. Als iemand in de donkere Madrileense straten in de verleiding zou komen om zich die schat toe te eigenen, zou hij er bij het zien van de groep mannen eromheen meteen van afzien.

Over elven die avond stonden Melchor en zijn zigeuners met de kruik in de woning boven de tabakswinkel, zonder een woord te zeggen, ernstig en dreigend, net als de twee mannen die de tabaksverkoper had laten komen. Hij en zijn vrouw controleerden de kwaliteit van de rapé en wogen de ponden met voldoening. Ramón Álvarez knikte en gaf Melchor zwijgend een zak met geld. Die keerde de zak om op een tafel en telde het geld. Vervolgens haalde hij er een paar gouden munten uit en stak die de notaris toe.

'Ik wil mijn dochter Ana over een maand vrij hebben,' eiste hij.

Carlos Pueyo liet zich niet intimideren en pakte ook het geld niet aan.

'Melchor, voor wonderen moet je daar zijn, aan de andere kant van het plein, in de Santa Cruz-kerk.' Ze keken elkaar een ogenblik strak in de ogen. 'Ik zal alles doen wat in mijn vermogen ligt,' vervolgde de notaris. 'Meer kan ik niet beloven. Dat heb ik je al eerder gezegd.'

De zigeuner aarzelde. Hij draaide zich om naar Zoilo en de Flierefluiter, die hun schouders ophaalden. Eulogio had hem aanbevolen en hij had hem iemand geleken die wist hoe hij de zaken aan moest pakken – de snelle verkoop van de rapé was daarvan het beste bewijs – maar nu hij het geld moest overhandigen wankelde zijn vertrouwen. Hij dacht aan Ana die in Málaga gevangen zat en aan zijn dierbare kleindochter Milagros die hem de rug toegekeerd had en nu door haar huwelijk bij de García's hoorde, en hij zei bij zichzelf dat dat geld niet belangrijk was. Duizenden kon hij verdienen als zijn familie dat nodig had!

'Akkoord,' gaf hij toe.

De gespannen sfeer verdween zodra de notaris zijn hand uitstak en Melchor de munten erin liet vallen. Vervolgens gaf hij er ter plekke ook een paar aan de Costes, zonder de jonge Martín te vergeten, die ze pas aan durfde te nemen toen zijn vader instemmend knikte.

'Dit moet gevierd worden!' riep Zoilo.

'Wijn en feest,' voegde een van zijn zwagers eraan toe.

De tabaksverkoper greep met zijn handen naar zijn hoofd en zijn vrouw verbleekte.

'De nachtwacht... de rechters...' waarschuwde de man. 'Als ze ons met rapé betrappen... Stil toch, alsjeblieft.'

Maar de zigeuners zwegen niet.

'Melchor, hier aan de overkant,' greep de notaris in terwijl hij naar buiten wees, 'staat de rechtbank met zijn gevangenis. Daar zitten de gerechtsdienaren en verzamelen de nachtwachten zich. Behalve bij het Buen Retiro-paleis met de koning en zijn lijfwachten hadden jullie in de hele stad geen slechtere plek kunnen uitzoeken om lawaai te schoppen.'

Melchor en de Flierefluiter begrepen het en maanden de andere zigeuners met gebaren tot zwijgen. Daarna werden ze door de tabaksverkoper en zijn vrouw min of meer de woning uitgeduwd en verlieten ze het pand, waarbij ze hun commentaren niet voor zich konden houden en zachtjes grinnikten.

'Over een paar dagen kom ik bij je kantoor langs om te horen hoe het staat met de vrijlating van mijn dochter,' waarschuwde Melchor de notaris, die zich samen met de tabaksverkoper achter de deur verschanst had.

'Je moet geduld hebben,' gaf deze ten antwoord.

Melchor wilde nog reageren, maar de deur ging al dicht en ze stonden buiten tegenover het indrukwekkende gebouw – twee verdiepingen plus de zolder en drie grote torens bekroond met kapitelen – waarin de rechtbank en de gevangenis gevestigd waren, de plek waar recht gesproken werd. Toen ze met de kruik aankwamen, waren ze omgelopen om het te vermijden, maar nu zagen ze dat de notaris gelijk had: de gerechtsdienaren liepen af en aan, met dikke stokken in hun handen en uitgedost in pakken met plooikragen zoals ze in vroeger tijden droegen, hun nek gestrekt, gevangen in de stroken gevoerd karton, waarvan de koning het gebruik door het volk verboden had.

'Laten we met de jongeren gaan feestvieren,' stelde de Flierefluiter Melchor voor.

De Galeier aarzelde. Caridad zat vast op hem te wachten.

'Heb je iets beters te doen?' drong de ander aan.

'Oké,' gaf Melchor toe, niet in staat hem te vertellen dat er een negerin op hem wachtte, hoe mooi ze ook was. Per slot van rekening zouden ze Madrid de volgende dag verlaten.

Ze posteerden zich tegen een van de muren van de Santa Cruz-kerk, daar waar boven het straatniveau van de calle de Atocha het voorplein lag dat toegang tot de hoofdingang van de kerk verschafte; er lagen een paar daklozen te slapen, maar die leken voor de gerechtsdienaren niet interessant te zijn. Op een teken van Zoilo slopen ze langs het voorportaal en liepen door de calle de Atocha naar beneden. Ze wisten dat ze een risico namen: ze waren gewapend en 's nachts na twaalven – een uur dat de klok al een tijdje geleden geslagen had – moest iedereen die in de straten van Madrid met een wapen werd betrapt en geen lantaarn droeg om zijn weg te verlichten, gearresteerd worden. Maar toen ze het portaal van het klooster van de Geschoeide Trinitariërs voorbij waren en de rechtbank met zijn gevangenis en talloze ambtenaren ver achter hen lag, begonnen ze ontspannen te praten, ervan overtuigd dat geen enkele nachtwacht het tegen zes zigeuners op zou durven te nemen. Ze lachten luid bij het oversteken van de plaza de Antón Martín, waar vaak een van de wijkrechters stond opgesteld, en liepen onbezorgd verder door de calle de Atocha, waarbij ze geen acht sloegen op dronken mannen en vrouwen, over op de grond liggende bedelaars heen stapten en het zelfs waagden de figuren uit te dagen die gewikkeld in lange capes, hun gezicht verborgen in de schaduw van breedgerande hoeden, wachtten op een argeloze voorbijganger die ze konden beroven.

Aan het eind van de straat, voorbij het Hospital General, liepen ze de Prado de Atocha op. Daar eindigde de muur rondom Madrid niet bij de laatste gebouwen van de stad maar liep deze achter moestuinen en olijfgaarden door om ten slotte het koninklijke Buen Retiro-paleis met zijn vele dependances en tuinen te omringen. Al snel hoorden ze muziek en rumoer: de bewoners van Lavapiés en de Rastro hadden zich daar op het open veld verzameld om te drinken, te dansen en plezier te maken.

Ze hadden genoeg geld bij zich. Melchors onrust vanwege Caridad ebde weg naarmate het feest vorderde en er meer wijn en sterkedrank gedronken werd, en Melchor hoorde de Flierefluiter zelfs chocola uit Caracas eisen, de beste, met suiker, kaneel en een paar druppels oranjebloesemwater. Ze aten de zoetigheden die de straatventers aanprezen: kransjes, 'domme' of 'slimme', afhankelijk van of ze al dan niet met een laagje suiker, eiwit en citroensap gezoet waren; met room gevulde hoorntjes en de verrukkelijke wafels die de verkopers aan de man probeerden te brengen. Bij het zien van een paar geldzakken die hoeveel er ook uit werd gehaald, niet leger leken te worden, voegden zich andere zigeuners bij hen en ook een paar vrouwen, met wie de mannen slechts flirtten, want de patriarch hield de eer van zijn dochters nauwlettend in de gaten.

'Ga jij maar,' moedigden de anderen de jonge Martín echter aan, 'je hebt geld en je bent vrijgezel. Geniet maar van die burgermeisjes!'

Maar de jongen weigerde en bleef bij Melchor, de Galeier die de martelingen overleefd had en tabak had gesmokkeld, die in staat was geweest zijn eigen schoonzoon te doden om de eer van de Vega's te redden. Martín hing aan zijn lippen, lachte om zijn grapjes en voelde zich trots wanneer Melchor het woord tot hem richtte. In de loop van de nacht praatten Melchor en Martín over de familie Vega, over eer, trots en vrijheid, over de zigeunerbuurt en dat deze zigeuner uit Triana liever had gezien dat zijn kleindochter iemand als hij had uitgekozen in plaats van een García. 'Ze zal niet hebben beseft wat ze deed,' argumenteerde Melchor. 'Ongetwijfeld,' beaamde de jongen. Fandango's en seguidilla's begeleidden hun gesprekken tot in de vroege ochtend. De zigeuners in hun kleurige kleren vermengden zich met het Madrileense volk uit de buurt: de manolo's met hun kleurige korte jasje en vest, zijden gordel, strakke kuitbroek, witte kousen, schoenen met bijna op de punt een grote gesp, met franje versierde cape en pet, altijd gewapend met een goed mes en eeuwig een sigaar tussen de lippen; de manola's met hun witte bloes, korte jak en lange rok met stroken, hoofddoek of mantilla en zijden schoenen.

Melchor miste het zigeunergevoel meer dan zijn kameraden; de betovering van die rauwe stemmen die spontaan opklonken uit de meest onvermoede plekken in de zigeunerbuurt bij de Huerta de la Cartuja. Desondanks klonken de vrolijkheid en het geschreeuw en geklap nog na in zijn oren toen de muziek zweeg en het daglicht hen terugvond op een veld waar alleen nog wat achterblijvers rondhingen.

'Hebben jullie honger?' vroeg Zoilo toen.

Ze stilden hun honger in het Mesón San Blas, in de calle de Atocha, tussen voerlieden, ezeldrijvers en koeriers uit Murcia en La Mancha, die daar altijd halt hielden. Net zoals op het feest van de vorige avond pronkten ze met hun geldzak en brachten hun tijd door met het eten van sneden geroosterd brood in water gedrenkt, in reuzel gebakken en met suiker en kaneel bestrooid waren. Daarna aten ze kip gestoofd in een saus van fijngehakte kippenlevertjes tot het hoofdgerecht klaar was: een prachtig, in tweeën gehakt schapenhoofd, toebereid met peterselie, gestampte knoflook, zout, peper en plakken spek onder het kraakbeen, en daarna weer bijeengebonden en gewikkeld in vellen pakpapier gebraden. Ze smulden van de hersens, de tong, de ogen en het vlees dat er aan zat en dat soms mals, soms geleiachtig was, het geheel besprenkeld met een zware, robuuste Valdepeñas die niet was aangelengd, zoals je mocht verwachten in die herberg vol vuile, schreeuwerige mannen die hun, onmiskenbaar jaloers, steelse blikken toewierpen.

'Een rondje voor iedereen,' schreeuwde Melchor verzadigd, aangeschoten door de wijn.

Voordat die mannen hem voor het genereuze gebaar konden bedanken, schalde een luide stem door de herberg: 'We hoeven van jou geen wijn!'

Melchor en de Flierefluiter, die er met hun rug naar de deur zaten, zagen dat de gezichten van Zoilo en zijn twee zwagers tegenover hen zaten, zich spanden. Martín, die naast Melchor zat, was de enige van de groep die zich omdraaide.

'Zo snel had ik ze niet verwacht,' zei de patriarch tegen Melchor.

Opgetogen over de op handen zijnde ruzie trokken de meeste klanten zich terug in de hoek tegenover die waar de zigeuners zaten, en maakten de weg vrij voor de nieuwaangekomenen. Maar weinig mensen verlieten de herberg. De Flierefluiter en Melchor bleven strak voor zich uit kijken.

'Hoe eerder hoe beter,' zei de laatste en hij onderdrukte een zucht van spijt dat hij niet eerder was weggegaan. Dan zou hij nu bij Caridad zijn, en veilig. Of niet? Misschien ook niet, wie weet? Hij klakte met zijn tong. 'Gedane zaken nemen geen keer,' mompelde hij voor zich uit.

'Wat zeg je?'

'Ze wachten op ons,' antwoordde de Galeier terwijl hij ging staan, zijn hand al aan het heft van zijn mes.

De Flierefluiter deed hetzelfde, de anderen ook. De García's waren zo te zien met zijn achten, misschien meer, zoals ze daar allemaal bij de deur samendromden, was het niet met zekerheid te zeggen.

'Idioten,' gromde Melchor zodra zijn blik die van de ogenschijnlijke leider van de groep kruiste. 'De wijn die een Vega betaalt zal alleen over de graven van de García's vloeien, waar jullie allemaal in zouden moeten liggen.'

'Manuel,' klonk het uit de mond van de Flierefluiter, inmiddels omringd door zijn mannen, 'je begaat de grootste fout van je leven.'

'De wet van de zigeuners...' probeerde deze hem van repliek te dienen.

‘Hou op met dat geklets!’ viel Melchor hem in de rede. ‘Kom me maar halen als je durft.’

Een van de aanwezigen klapte bij die provocerende woorden toe.

Door de herberg weerklonk het klikken van messen die tegelijk werden opengeklapt; de lemmeten schitterden in het donker.

‘Waarom...?’ begon de Flierefluiter tegen Melchor.

‘Hier hebben ze niet genoeg ruimte,’ antwoordde die. ‘We zullen ongeveer even sterk staan. Buiten zouden ze ons afmaken.’

Hij had gelijk. Hoeveel tafels en stoelen de García’s op hun weg ook aan de kant gooiden, ze konden zich niet als hele groep tegenover de Vega’s opstellen. Zes tegen zes, zeven op zijn hoogst. De rest komt straks, dacht Melchor toen hij de eerste messteek toebracht, die met verbazingwekkend gemak de onderarm van de García die hij voor zich had verwondde. De anderen bleven elkaar uitdagen zonder de strijd aan te gaan. Toen realiseerde hij zich een nog belangrijker feit: ze konden niet vechten. Die zigeuners hadden nooit door bergen en over vlakten gezworven: ze woonden comfortabel in Madrid en hadden geen ruzies met smokkelaars of criminelen, meedogenloze vechtersbazen die zelfs voor hun eigen leven geen cent gaven. Hij haalde nog eens uit, met gestrekte arm, en de gewonde García week zo ver achteruit dat hij tegen het familielid achter hem opbotste.

Maar op datzelfde moment voelde Melchor het koude zweet over zijn rug lopen. Martín! Die stond naast hem, zoals hij de hele tijd had gedaan, en terwijl de anderen nog steeds aarzelden, zag Melchor in een flits hoe de jongen zich als een wildeman blindelings op een andere García stortte. Het mes! Hij wist niet hoe...! Hij hoorde de kreet van afgrijzen uit de mond van de Flierefluiter toen de aangevallen tegenstander de pols van zijn jongste zoon verwondde en hem het wapen uit handen sloeg.

‘Stop!’ schreeuwde Melchor, precies op het moment dat de García naar de hals van de jongen wilde uithalen.

Het mes stopte. De hele wereld leek voor Melchor te stoppen. Hij liet zijn mes vallen en glimlachte verdrietig in de richting van de hevig geschrokken jongen.

‘Jullie mogen me hebben, vuile rothonden,’ zei hij en hij spreidde zijn armen ten teken dat hij zich overgaf.

Hij keek niet naar hem, hij wilde hem niet vernederen, maar hij wist dat de Flierefluiter zijn blik op de grond gericht hield, misschien op zijn eigen mes. Hij liep naar de García's, en voordat deze zich op hem stortten, zag hij nog kans om Martín door zijn haar te strijken.

'Het bloed van de Vega's moet in jou blijven stromen, niet in oude mannen zoals ik,' verklaarde hij voordat ze hem scheldend, schoppend en duwend de herberg uit sleurden.

Uit angst ontdekt te worden durfde ze niet te kuchen, hoe erg ze de geur van de dood ook aan haar droge mond voelde kleven. De voorjaarsnacht had haar overvallen en ze had dorst, heel veel dorst, een behoefte die echter verdween zodra het uiterst zachte windje haar lichaam streelde en haar kippenvel bezorgde; ze beefde, ze voelde zich belaagd door de geesten die, daar was ze van overtuigd, uit de vele graven op dat kerkhof kwamen. En terwijl de mannen achter de steen waartegen Caridad beschutting had gezocht hun weddenschappen sloten en hun inzetten verhoogden met een gefluister dat haar als geschreeuw in de oren klonk, bleven de rillingen vanwege de tot leven gekomen doden haar onophoudelijk over de rug lopen.

Ze waren het kerkhof opgekomen precies toen zij het wilde verlaten om een fontein te zoeken waarin ze haar dorst kon lessen. Vijf, zes, zeven mannen, ze had ze niet kunnen tellen, die door de koster zelf werden binnengelaten; later, in de loop van de nacht, hoorde ze af en toe dat een paar mannen het kerkhof verlieten, waarschijnlijk platzak, en er weer nieuwe bij kwamen. Een simpele lantaarn op een grafkruis verlichtte de steen waarop ze al een paar uur zaten te kaarten. De koster hield de nachtwachten in de gaten. Een paar keer waarschuwde hij dat er gerechtsdienaren aankwamen en dan hielden zij, en ook Caridad, in de plotselinge absolute duisternis hun adem in totdat het gevaar geweken was en het verboden spel hervat kon worden.

Het was tijdens die paar keer, toen het flauwe licht van de lantaarn haastig en bang werd gedoofd, dat Caridad de aanwezigheid van de geesten het sterkst voelde. Ze bad. Ze bad tot Oshún en tot de Heilige Maagd van de Naastenliefde, want de doden rustten niet alleen in hun graven maar waren ook vermengd met de aarde waarop ze zat, dezelfde aarde waarmee ze had zitten spelen om de tijd te verdrijven, die waarop de rest van de homp brood was gevallen die ze verstrooid had afgeveegd voordat ze er weer in beet. Ze had het uit de monden van de clandestiene gokkers gehoord.

'Die stank is niet te harden,' fluisterde een van hen.

'Daarom zijn we juist hier,' was het antwoord. 'Deze plek is het ergst van Madrid. Er komen weinig mensen.'

'Maar zo...' hield de eerste vol.

'Ga dan naar een ander kerkhof als je wilt,' reageerde een andere, rustige stem. 'Dat van San Sebastián is het beste om het speelverbod te ontduiken. Hier hebben ze geen plaats meer voor de doden en ieder voorjaar wordt er geruimd, de laatste keer was een paar dagen geleden: ze ruimen de lijken die twee jaar begraven liggen en verhuizen ze naar een algemeen graf, veel resten blijven in de aarde achter maar dat kan niemand wat schelen. Daarom stinkt het zo: naar dood. Verdomme! Speel je nou of niet?'

En Caridad kon niets doen om zich te bevrijden van al die doden om haar heen, van de stank die haar keel prikkelde en haar in sombere vermoedens deed verzinken. Melchor! Wat zou er van hem geworden zijn? Waarom had hij haar in het logement achtergelaten? Er moest iets ergs met hem gebeurd zijn, of niet? Kon... zou de zigeuner in staat zijn geweest haar...? Nee, zeker niet. Zijn laatste kus voordat hij wegging en de gelukkige momenten in Barrancos verdreven die gedachte onmiddellijk weer. Intussen probeerde ze, net zoals ze in Triana had gedaan, stil, met haar hand geklemd om de steen die ze van hem had gekregen, zich te concentreren om haar goden aan te roepen: 'Elegua, kom tot mij, vertel me of Melchor nog leeft, en of alles goed met hem is.' Maar al haar pogingen waren tevergeefs en ze voelde dat de geesten haar aanraakten... Plotseling sprong ze op. Het was alsof ze door een enorme boog de lucht in geschoten werd. Ze vreesde dat het de doden waren die haar kwamen halen. Paniekerig wreef ze over haar haren, haar gezicht, haar hals... Haar hoofd was kletsnat van een plakkerig, warm vocht.

'Goeie genade!' klonk het over het kerkhof. 'Wat krijgen we nou?'

De kreet kwam van de man die op het graf was gaan staan waarachter Caridad verstopt zat en die zich niet meer durfde te verroeren zo verbaasd en geschrokken was hij, niet in staat om in het donker de aard van die heftig bewegende zwarte schim te herkennen. De straal urine die bereikte wat de geesten niet hadden kunnen bereiken, dat Caridad haar schuilplaats prijsgaf, werd steeds dunner en stopte ten slotte helemaal.

Caridad reageerde even traag als de ogen van de man aan de duisternis wenden. Toen stonden ze tegenover elkaar: zij aan haar arm ruikend toen ze begreep wat er was gebeurd; hij met zijn inmiddels verschrompelde penis nog in de hand.

'Een negerin!' klonk het uit de mond van een van de spelers die op het rumoer afgekomen waren.

'En een hele zwarte,' voegde een ander eraan toe.

Op Caridads gezicht verscheen een glimlach die haar witte tanden in de duisternis deed oplichten. Ondanks de walging die ze voelde, waren dit mensen, geen geesten.

Terwijl ze daar voor die mannen stond, in het licht van de olielamp die een van hen in zijn hand hield, volgden de commentaren elkaar op.

'En wat deed ze daar, zo verstopt?'

'Nu begrijp ik waarom ik zo'n pech heb.'

'Dat wijf heeft anders een paar flinke tieten!'

'Dat van jou is geen pech. Jij weet niet eens hoe je je kaarten in je hand moet houden.'

'Over handen gesproken, blijf je de hele nacht met je lul in je hand staan?'

'Wat doen we met dat zwartje?'

'Wij?'

'Laat ze zich gaan wassen. Ze zit onder de pis!'

'Negerinnen maakt dat niets uit.'

'Heren, de kaarten wachten.'

Een instemmend gemompel rees op onder de mannen, en zonder nog langer aandacht aan Caridad te schenken, draaiden ze zich om en gingen weer rond het graf zitten waarop ze speelden.

'Verderop, als je de calle de Atocha doorloopt, op de plaza de Antón Martín, vind je een fontein. Daar kun je je wassen,' zei de man die over haar heen had geplast en inmiddels zijn lid in zijn broek teruggestopt had.

Caridad keek om toen ze hem fontein hoorde zeggen: de verschrikkelijke dorst die haar had gekweld en haar droge mond deden zich opnieuw voelen, samen met de dringende behoefte om zich te wassen. De speler stond op het punt om zich weer bij zijn kameraden te voegen toen Caridad hem tegenhield.

'Waar?' vroeg ze.

'Op de plaza de...' begon hij te herhalen voordat hij begreep dat Caridad Madrid niet kende. 'Luister: je gaat het kerkhof uit en slaat bij de hoek links af...' Ze knikte. 'Goed. Dat is die smalle straat hierachter.' Hij wees naar de nissenmuur die het kerkhof afsloot. 'De calle del Viento. Die loop je door, om de kerk heen naar links, en dan kom je uit op een grotere straat, dat is Atocha. Die loop je naar beneden en dan vind je de fontein. Het kan niet missen. Je bent heel dichtbij.'

De man wachtte haar antwoord niet af en liep weg.

'Ah!' riep hij nog terwijl hij omkeek, 'En het spijt me. Ik wist niet dat je daar zat.'

De dorst dreef Caridad tot haast.

'Dag, zwartje,' hoorde ze de spelers nog zeggen toen ze onder de verbaasde blikken van de waakzame koster haastig het kerkhof uitglipte.

'Ga je maar goed wassen.'

'Zeg tegen niemand dat je ons gezien hebt.'

'Succes!'

Twee keer naar links, herhaalde ze bij zichzelf toen ze om de San Sebastián-kerk heen was gelopen. En nu die brede straat in. Ze stak een zijstraat over en bij het licht van de lantaarns aan twee gebouwen ontwaarde ze het pleintje en, in het midden daarvan, de fontein: een hoog monument met een engel erbovenop, onderaan sculpturen van kinderen, en water dat uit de bek van enorme dolfijnen stroomde.

Caridad dacht aan niets anders dan zich wassen en haar dorst lessen. Ze lette niet op een paar mannen met bedekte gezichten die zich buiten het schijnsel van de lantaarns aan de gebouwen schuilhielden. Die hielden haar echter constant in het oog, al vanaf het moment dat ze in het bassin van de fontein stapte om haar lippen aan de tuit van een van de vissenbekken te zetten. Ze stond gulzig te drinken toen de twee mannen op haar afkwamen. Toen haar benen en de onderkant van haar slavenhemd al nat waren, knielde ze, hield haar hoofd onder de straal en liet het frisse water over haar nek en haren lopen, over haar schouders en haar borsten, en ze voelde zich schoon worden, bevrijd van het vuil en van alle geesten die haar op het kerkhof belaagd hadden. Oshún! De orisha van de rivier, die heerst over de wateren; ze had haar op Cuba, op de plantage, vaak eer bewezen. Ze stond op en hief haar ogen ten hemel, naar ver boven de engel op de top van de fontein.

'Waar ben je, mijn godin?' smeekte ze hardop. 'Waarom help je me niet? Waarom wil je geen bezit van me nemen?'

'Als zij het niet doet, zal ik het met alle plezier doen.'

Caridad draaide zich verbaasd om. De ogen van de twee mannen, aan de rand van het bassin, sperden zich begerig open toen ze zagen hoe haar het kletsnatte grauwe hemd tegen haar weelderige borsten plakte, tegen haar buik en tegen haar brede heupen.

'Ik kan je droge kleren geven,' bood de ander aan.

'Maar dan zul je eerst deze uit moeten doen,' lachte de eerste onbeschaamd.

Caridad sloot wanhopig haar ogen. Ze was gevlucht voor een uitbeender die haar wilde verkrachten en nu...

'Kom eens hier,' spoorden ze haar aan.

'Kom eens wat dichterbij.'

Ze bleef roerloos staan.

'Laat me met rust.'

Haar verzoek klonk half smekend, half waarschuwend. Ze verkende de straat achter hen: eenzaam, donker.

De twee mannen wisselden vragende blikken uit en knikten glimlachend, alsof ze een vulgair spelletje in gedachten hadden.

'Niet bang zijn,' zei de een.

De ander gebaarde met zijn hand dat ze naderbij moest komen.

'Kom bij me, negerinnetje.'

Caridad deinsde achteruit naar het midden van de fontein totdat haar rug het monument raakte.

'Doe nou niet zo dom, je zult veel plezier met ons hebben.'

Een van de mannen sprong het bassin in.

Caridad keek om zich heen: ze kon niet ontsnappen, ze stond klem tussen twee van de grote, waterspuwende dolfijnen.

'Waar wil je naartoe?' vroeg de andere man toen hij haar bedoeling raadde, en op hetzelfde moment sprong hij vanaf de andere kant ook het bassin in, zodat al haar vluchtwegen afgesloten waren. 'Je hebt vast geen plek om naartoe te gaan.'

Caridad drukte zich nog dichter tegen het monument aan en voelde hoe het steen haar rug schuurde, net voordat de twee zich allebei tegelijk op haar stortten. Ze schopte en sloeg om zich te verdedigen, de valse steen van Melchor in haar gebalde vuist geklemd. Ze kon niet tegen ze op. Ze schreeuwde. De mannen grepen haar vast en ze hoorde vol walging hoe ze luid lachten, alsof het niet genoeg was haar te verkrachten en ze haar met hun grappen nog meer wilden vernederen. Ze betastten haar en trokken aan haar hemd, worstelend om het uit te krijgen: de een probeerde het stuk te scheuren, de ander wilde het over haar hoofd trekken. Ze voelde hoe ze hun nagels in haar kruis zetten en in haar borsten knepen terwijl ze maar bleven lachen en obsceniteiten uitbraken.

'Halt! Wie is daar?'

Opeens voelde ze zich alleen; door het hemd over haar gezicht kon ze niets zien. Het heftige klotsen van water duidde erop dat de mannen wegvluchtten. Toen ze het hemd van haar ogen haalde, stond ze oog in oog met twee in het zwart geklede mannen die verlicht werden door de lamp die een van hen droeg. De ander had een stok in zijn hand. Beiden droegen stijve kragen om hun hals die wit moesten lijken.

'Bedek je,' zei degene met de olielamp. 'Wie ben je?' informeerde hij terwijl ze pogingen deed om een van haar blote borsten te bedekken. 'Wat was je aan het doen met die mannen?'

Caridad wendde haar ogen af naar het water. De autoritaire toon van de blanke man deed haar reageren zoals ze op de plantage altijd gedaan had. Ze zei niets.

'Waar woon je? Wat doe je voor de kost?'

'Meekomen,' besloot de andere man op vermoeide toon toen hij het vruchteloze van de ondervraging inzag, en hij tikte met zijn stok op de rand van het bassin.

Ze liepen de calle de Atocha in.

# 25

Prostitutie!

Dat was de beschuldiging die een van de gerechtsdienaren aanvoerde bij de portier van de Galera, nadat deze hen had binnengelaten in de vrouwengevangenis van Madrid, in diezelfde calle de Atocha, iets voorbij het plein waar ze haar gearresteerd hadden. Caridad, met gebogen hoofd, zag niets van de heftige gebaren waarmee de portier de gerechtsdienaren na een snelle blik op haar ontving.

'We zitten vol,' protesteerde hij.

'Natuurlijk niet,' wierp een van de gerechtsdienaren tegen.

'Gisteren hebben jullie twee vrouwen vrijgelaten,' herinnerde de ander hem.

'Maar...'

'Waar is de directeur?' onderbrak de gerechtsdienaar met de stok zijn gesputter.

'Waar zou hij zijn? Dat weet je best: die slaapt.'

'Ga hem halen,' beval hij.

'Pablo, dat kan ik niet maken!'

'In dat geval blijft ze hier.'

'De zalen zitten vol,' hield de portier vol, al met veel minder overtuiging; het was iedere avond hetzelfde liedje. 'We kunnen ze niet eens te eten geven...'

'Ze blijft hier,' viel Pablo hem in de rede op dezelfde toon als die van zijn collega.

De portier slaakte een lange zucht.

'Ze is zwart!' grapte de tweede gerechtsdienaar. 'Hoeveel heb je er daar al van?'

De drie mannen liepen naar een kamertje links van de ingang, waar een zwart walmende vetkaars een versluierd licht op een aftandse schrijftafel wierp. Caridad liep tussen hen in.

'Zwart, zwart, zo zwart als deze...' antwoordde de portier terwijl hij achter het bureau ging zitten, 'geen enkele. Alleen een paar halfbloeden. Hoe heet ze?' vroeg hij terwijl hij zijn pen in de inkt doopte.

'Dat heeft ze ons niet willen vertellen. Hoe heet je?'

'Caridad,' antwoordde ze.

'Ze kan dus toch praten.'

'Caridad hoe?' vroeg de portier.

Ze heette alleen Caridad. Meer niet. Ze gaf geen antwoord.

'Heb je geen achternaam? Ben je een slavin?'

'Ik ben vrij.'

'In dat geval moet je een achternaam hebben.'

Hidalgo, herinnerde ze zich toen dat de douanebeambte bij de Puerta de Mar in Cádiz in haar papieren had gelezen; de achternaam van don José.

'Hidalgo. Dat is de achternaam die ze me op het schip hebben gegeven, toen mijn meester gestorven was.'

'Schip? Was je een slavin? Als je zegt dat je nu vrij bent, moet je een akte van vrijlating hebben.' De portier bekeek haar van onder tot boven: nog steeds nat, op blote voeten, met haar grijze hemd als enige kleding. Hij snoof. 'Heb je die akte?'

'Die zit in mijn bundeltje, bij mijn spullen, in de kamer...'

Ze zei niets meer.

'Welke kamer?'

Caridad beperkte zich tot een gebaar met haar hand toen ze zich de waarschuwing van Melchor herinnerde. Vertel niemand iets, had hij gezegd.

'Wat heb je daar in je hand?' vroeg de portier ineens, verwonderd over het feit dat ze die de hele tijd stevig gesloten hield. Ze sloeg haar ogen neer. 'Wat heb je daar?'

Caridad, met trillende kin en opeengeklemde tanden, gaf geen antwoord. De stok sloeg op haar rug.

'Laat zien,' beval de gerechtsdienaar.

Die steen voelde als het enige wat haar nog aan Melchor bond, aan de dagen die ze in Barrancos en onderweg naar Madrid beleefd hadden. Het bundeltje, haar rode kleren, haar papieren en het geld van het smokkelen in Barrancos dat Melchor met haar had gedeeld en dat zij zo angstvallig bewaard had; alles wat ze had was in het logement achtergebleven. De stok kwam hard op haar rug neer. Ze opende haar hand en liet de valse saffier zien.

'Hoe kom je daaraan?' De portier sprong op om hem over de tafel heen uit haar hand te grissen.

'Wat doet dat er nu toe?' vroeg de gerechtsdienaar geïrriteerd. 'Het is laat en we moeten verder met onze ronde. We kunnen hier niet de hele nacht blijven. Beperk je tot het opschrijven van de naam, achternaam, datum en uur waarop ze is binnengekomen, bezittingen die op haar zijn gevonden, en reden van aanhouding. De rest is onbelangrijk.'

Met haar ogen strak gericht op de blauwe steen die de portier op de schrijftafel had gelegd, luisterde Caridad naar het krassen van de pen over het papier.

'En wat is de reden van de aanhouding?' vroeg de man ten slotte.

'Prostitutie!' weerklonk het in het kamertje.

De koninklijke Galera-gevangenis voor onzedige en aanstootgevende vrouwen was gevestigd in een rechthoekig, twee verdiepingen hoog gebouw met een centrale binnenplaats. Ernaast, in hetzelfde blok, stond het La Pasión-ziekenhuis, ook uitsluitend voor vrouwen, dat weer door een traverse over de calle del Niño Perdido in verbinding stond met het Hospital General, dat op de Puerta de Atocha uitkeek.

Nadat de gerechtsdienaren hun handtekening in het register hadden gezet en waren vertrokken om hun ronde voort te zetten, volgde Caridad de portier naar de bovenverdieping. De man had een stok gepakt en de kaars van de schrijftafel, waarmee hij probeerde een langwerpige zaal te verlichten, een galerij met ramen naar de binnenplaats en naar de straat, vol slapende vrouwen, van wie sommige op veldbedden lagen maar de meeste gewoon op de grond. Caridad hoorde de portier tekeergaan tegen een bewaakster die toezicht op de gevangenen moest houden. Ze had liggen slapen. 'Altijd hetzelfde,' leek de man te berusten. Alsof hij geen stap verder wenste te zetten, verlichtte hij met de kaars de hoek rechts van hem, bij de deur, waar twee vrouwen opgerold tegen elkaar aan lagen. Hij gebruikte zijn stok om ze wakker te maken. De twee protesteerden.

'Opschuiven,' beval hij.

De vrouw die het dichtst bij de muur lag reageerde op het porren in haar rug waarmee de portier hen tot gehoorzamen maande, door de andere vrouw weg te duwen. Het porren hield pas op toen er een kleine ruimte tussen de vrouw en de muur was ontstaan.

'Kruip daar maar tussen,' gebaarde hij Caridad met de stok.

Voordat ze kon gaan liggen was de man alweer verdwenen, en met hem ook het licht van de walmende kaars, dat langzaam maar zeker werd vervangen door het schijnsel van de maan en de talloze schaduwen die dit op de muren en de vloer tekende.

Caridad ging op de grond liggen, op de smalle plek tussen de muur en de vrouw. Met moeite maakte ze haar arm vrij om die als kussen onder haar hoofd te leggen. Zodra ze een enigszins prettige houding had gevonden, kwam de beschuldiging van prostitutie weer in haar gedachten. Ze was helemaal geen prostituee. Ze voelde zich moe, maar ook getroost door het contact met de vrouw tegen wie ze aan lag. Ze was banger dan ooit: bang voor wat er met haar zou gebeuren, bang vanwege Melchor, die naar het logement terug zou keren en haar daar niet zou aantreffen. Ze luisterde naar de nachtelijke geluiden. Gehoest en gesnurk. Gezucht en in de slaap gesproken woorden. Zoals in de hut op de plantage, toen ze bij de andere slaven sliep. Dezelfde geluiden. Alleen was Marcelo er nu niet... Ze streek over haar hoofd net zoals ze bij haar zoon had gedaan en sloot haar ogen. Hij zou vast wel door iemand verzorgd worden. En ondanks alles viel ze uitgeput in slaap.

Ze moesten om vijf uur 's ochtends opstaan, wanneer het eerste daglicht door de ramen kroop. Verschillende bewaaksters, geselecteerd uit betrouwbare gevangenen, liepen de verschillende galerijen van de tweede verdieping af om de andere vrouwen wakker te schreeuwen. Het kostte Caridad een paar seconden om te begrijpen waar ze was en waarom er vóór haar, in de hoek bij de deur, dertig of veertig vrouwen stonden die geeuwden, zich uitrekten of de bewaaksters uitscholden.

'Een nieuwe, hè?'

De woorden kwamen van de vrouw die naast haar had liggen slapen:

ze was om en nabij de veertig en mager, met een door ontberingen getekend gezicht en net zo'n warrige haardos als de vrouw naar wie ze zich omdraaide om naar Caridad te wijzen. Er werd verder niets gezegd, niemand voorgesteld; in plaats daarvan zwol het geroezemoes aan, hier en daar vermengd met een schreeuw of een discussie. Caridad sloeg de vrouwen gade: velen waren in de rij gaan staan om in een pot te plassen. Ze zag de ene na de andere vrouw ongegeneerd haar rokken optillen en boven de pot hurken. Wanneer degene die aan de beurt was meer tijd nodig had omdat ze ook moest poepen, werd ze door de anderen tot haast gemaand. Daarna pakten ze de pot, klommen op een kist om bij het hoge raam te kunnen komen, gooiden de urine erdoor naar buiten en zetten de pot weer neer voor de volgende.

'Pas op, water!' hoorde ze een enkele vrouw roepen als ze de urine op straat gooide.

'Kijken of je het op de kale knikker van de directeur kan gooien!'

Het idee werd met luid gelach ontvangen.

Caridad voelde aandrang om te plassen en ging in de rij staan.

'Gisteren hadden we hier toch nog geen negerin?'

De opmerking kwam van een dikke vrouw die achter haar was gaan staan.

'Niet dat ik me herinner,' klonk het uit de rij.

'Nou, deze zou je je zeker herinnerd hebben,' lachte de dikke vrouw achter haar.

Caridad voelde zich door veel vrouwen bekeken. Ze probeerde te glimlachen, maar niemand reageerde. De vrouw die de pot vóór haar gebruikte, zat haar de hele tijd dat ze plaste schaamteloos aan te kijken.

'Hij is helemaal van jou,' zei ze nadat ze was opgestaan. Ze leegde de pot niet.

Caridad aarzelde.

'Zwartje,' zei de dikkerd achter haar, 'Frasquita plast altijd veel. Je hebt kans dat met dat van jou erbij de pot overstroomt, je billen nat worden en je alles vuil maakt. En dat moet dan allemaal weer schoongemaakt worden!'

Caridad gooide de urine van Frasquita door het raam, plaste en herhaalde de handeling. Ze verliet de rij. Niemand had haar gezegd wat ze na het plassen moest doen, maar ze zag dat veel van de gevangen vrouwen de trappen afliepen en ze voegde zich bij hen. Achter haar werden de vrouwen die nog boven waren door de schreeuwende bewaaksters aangespoord om op te schieten.

De mis. Ze woonde de mis bij in een kleine stampvolle kapel op de begane grond, staand, samen met zo'n honderdveertig andere gevangenen, die door de priester voortdurend werden berispt om hun oneerbiedige houding tijdens de viering, hun geklets en zelfs af en toe een luide schaterlach. Ten slotte baden ze de litanie van het Allerheiligste Sacrament, een gebed dat Caridad niet kende. Ze verlieten de kapel en vormden opnieuw een lange rij bij de toegang tot een andere ruimte, met een fornuis, waar ze een stuk taai, oud brood kregen. Ook mochten ze met een grote lepel water uit een emmer drinken. Toen ze in de rij stond, zag Caridad de portier van de avond daarvoor naar haar wijzen terwijl hij stond te praten met een paar bewaaksters die zonder hun ogen van haar af te houden voortdurend knikten. Voordat ze naar de galerij van de bovenste verdieping terugkeerde, had ze het hele stuk brood al opgegeten.

'Kun je naaien, zwartje?' vroeg een van de bewaaksters haar.

'Nee,' antwoordde ze.

En terwijl de andere vrouwen zich bezighielden met het naaien van witgoed – lakens, slopen en hemden – voor de belendende ziekenhuizen, moest Caridad dweilen en schoonmaken. Om twaalf uur werd ze geroepen voor het eten: een stukje vlees en weer een stuk taai, oud brood. Opnieuw werken, tot zes uur 's middags, het uur waarop ze wat groenten aten, de rozenkrans en het salve regina baden en zich terugtrokken om te gaan slapen. Ze ging naar dezelfde plek als de avond daarvoor.

De volgende dag nam de bewaakster van haar galerij haar vóór het middagmaal mee naar de portier. Daar werd ze opgewacht door een gerechtsdienaar die haar zonder iets te zeggen meenam naar buiten, de calle de Atocha in. Caridad stond even stil op straat; de hoog aan de hemel staande zon verblindde haar. De gerechtsdienaar duwde haar vooruit, maar dat kon haar weinig schelen. Voor het eerst sinds haar aankomst in Madrid zag ze die stad die volgens Melchor zo belangrijk was; alle voorgaande keren was het 's nachts geweest of had ze als een gek gerend toen de uitbeender haar achtervolgde. Ze trok verdrietig haar lippen samen bij die herinnering: ze had aan hem weten te ontsnappen om vervolgens als prostituee in de gevangenis te eindigen. Dat was wat de portier in de papieren had opgetekend.

'Pas op, zwartje!'

De schreeuw kwam van de gerechtsdienaar. Caridad kon nog net opzij springen voor een krakkemikkige kar op twee wielen, beladen met zand en getrokken door een muildier, die in dezelfde richting ging. Ze liet haar ogen door de straat dwalen en kreeg het benauwd: overal liepen mensen. Aan beide zijden van een van de breedste straten van Madrid strekten zich rijen huizen uit, de meeste met winkels en allerlei soorten nering op de begane grond. Ze lieten het Hospital General achter zich, evenals het La Pasión-vrouwenziekenhuis, de Galera-gevangenis en het klooster ertegenover. Terwijl ze achter de gerechtsdienaar aan liep dwaalde haar blik naar beide zijden van de straat: een kaarsenwinkel, een schoenmakerij, timmerwerkplaatsen, slijterijen, kroegen en zelfs een boekhandel, maar ook een begijnenhuis en het armenweeshuis. De mensen liepen in en uit, beladen met manden en waterkruiken; ze praatten, lachten en ruzieden in een universum dat haar vreemd was. Even later ontdekte ze voor zich de fontein met de engel erbovenop waar ze vlak voor haar aanhouding zo dorstig ingestapt was. Daarna veranderde het straatbeeld: tussen de huizen verrezen indrukwekkende gebouwen. Caridad bleef maar naar links en naar rechts kijken: het ziekenhuis voor herstellenden vlak voor je bij het plein kwam; het Nuestra Señora del Amor de Dios, waar venerische ziekten behandeld werden, of het Nuestra Señora de Montserrat, dat alleen mensen opnam uit het koninkrijk Aragón en waarvan de overdadig versierde gevel maakte dat ze zich heel klein voelde; de Loreto-school rechts, voorbij het plein. Daarna het Antón Martín-ziekenhuis en de San Sebastián-kerk met erachter het kerkhof waar ze zich verscholen had. Bij het zien van het kerkportaal bleef ze bijna stilstaan: op het boven de straat gelegen platform voor de ingang van de kerk stond een groot aantal saletjonkers druk te praten. In Sevilla had ze ze ook wel gezien, maar nooit zoveel tegelijk op een plaats... Ze keek verbaasd naar de kleurige uitdossingen, de witte pruiken, hun manier van bewegen, lachen, het drukke gesticuleren terwijl ze praatten.

'Kom, zwartje,' sommeerde de gerechtsdienaar, nadat hij haar even van het tafereel had laten genieten.

Na het kerkplein volgde het blok met het Trinidad-klooster en dat van Santo Tomás. De Santa Cruz-kerk...

'We zijn er.'

'Waar?' vroeg ze gedachteloos.

'Bij de gevangenis van de rechtbank.'

Caridad draaide zich naar links: het indrukwekkende gebouw van rode baksteen verhief zich op een driehoekig plein, de plaza de la Provincia, met een fontein in het midden. Ze staken het plein over, zigzaggend tussen de mensen door en langs de rijtuigen waarmee het vol stond, en gingen naar binnen.

'Moet ik naar een andere gevangenis?' vroeg Caridad toen.

'Hier zullen ze je straf bepalen,' legde de gerechtsdienaar uit.

De plotselinge rust die Caridad had overvallen – na het rumoer van de menigte op het plein – toen ze onder de klassieke geveldriehoek boven de drie deuren van het gebouw door ging, verdween zodra ze onder aan de trap stond die het gebouw in tweeën verdeelde. Bodes, gerechtsdienaren, griffiers, advocaten, procureurs en officieren van justitie; arrestanten en verdachten met hun familieleden; kooplieden en zelfs leden van de adel, allemaal kwamen of gingen ze, haastig, gespannen, schreeuwend, met dossiers onder de arm of gevangenen met zich meetrekkend. Caridad kromp ineen; velen keken naar haar, anderen duwden haar zonder pardon opzij. Ze volgde de gerechtsdienaar naar een wachtkamer waar ze staande bleven wachten. De gerechtsdienaar sprak met een van de bodes en wees naar Caridad; de man bekeek haar, verifieerde vervolgens zijn papieren en knikte.

Iedere ochtend legden de verschillende gerechtsdienaren al vroeg verantwoording af aan de rechters van de wijken waarin Madrid verdeeld was, over de resultaten van hun nachtelijke rondes, over de aangehouden personen en de incidenten die zich hadden voorgedaan. Iedere ochtend maakten de wijkrechters gezamenlijk in de rechtbank een rapport op voor de Raad waarin ze al die incidenten vermeldden: de doden, de natuurlijke zowel als de onnatuurlijke; de gewonden die in de ziekenhuizen waren opgenomen; de voorvallen die in het theater of op straat hadden plaatsgevonden; de resultaten van de voedsel- en wareninspectie door de bevoegde rechter, met speciale vermelding van de staat waarin het voedsel was aangevoerd en de prijs van de levensmiddelen die op de plaza Mayor, in de vleeshal en bij andere openbare verkooppunten verkocht werden. Iedere ochtend, na het bijwonen van de mis, verdeelden de rechters zich over twee zalen om civiele zaken te behandelen en recht te spreken over de verdachten van een strafbaar feit.

Caridad werd naar de tweede zaal gebracht.

Nadat ze samen met de gerechtsdienaar had toegekeken hoe de wetsovertreders de zaal ingingen om er na een paar minuten weer uit te komen, sommige terneergeslagen, andere boos, was het haar beurt. Ze richtte haar blik op het donkere houten beschot zodra ze de figuren daarachter ontwaarde: in het zwart geklede mannen met baretten en pruiken, allemaal op een verhoging achter indrukwekkende tafels gezeten, door wie ze zich kritisch bekeken voelde. Maar ze schonken haar niet de minste aandacht. Een prostituee. Een onbeduidende zaak van het soort waarin ze onmiddellijk en zonder veel plichtplegingen uitspraak deden en met een donderpreek tegen de veroordeelde vonnis wezen.

'Don Alejandro,' zei een van de mannen die tegenover haar zaten, 'is armenadvocaat. Don Alejandro zal je verdedigen.'

Verbaasd hief Caridad haar hoofd op en zag, op een in haar ogen onoverbrugbare afstand in die grote zaal, op een podium dat zich boven alle andere verhief, een man zitten die naar rechts wees. Ze volgde de richting van zijn vinger en zag een andere man die haar blik niet eens beantwoordde, zo verdiept was hij in het lezen van een paar documenten. 'Caridad Hidalgo...' Nog voordat ze tijd had om haar blik weer neer te slaan, was de griffier al begonnen met het voorlezen van de aanklacht van de gerechtsdienaar die haar had opgepakt. Daarna werd ze door de officier van justitie ondervraagd:

'Caridad Hidalgo, wat deed je op dat late, nachtelijke uur alleen in de straten van Madrid?'

Ze aarzelde.

'Geef antwoord!' schreeuwde de rechter.

'Ik... Ik had dorst,' mompelde ze.

'Ze had dorst!' klonk het luid door de zaal. 'En wilde je die dorst met twee mannen lessen? Was dat het soort dorst dat je had?'

'Nee.'

'Op het moment van aanhouding was je bijna naakt en in gezelschap van twee mannen die je kusten en betastten! Klopt dat?'

'Ja,' stamelde ze.

'Hebben ze je soms gedwongen?'

'Ja. Ik wilde niet...'

'En dit? Wat is dit?' brulde de officier van justitie.

Caridad sloeg haar ogen op van de grond en richtte ze op de officier van justitie. In zijn hand fonkelde de valse saffier.

Een paar seconden verstreken voordat ze een poging deed om te antwoorden.

'Dat... nee... dat is een cadeau.'

De officier van justitie barstte in lachen uit.

'Een cadeau?' vroeg hij cynisch. 'Wil je ons soms doen geloven dat iemand edelstenen, zelfs al zijn ze vals, cadeau geeft aan een vrouw als jij?' Hij stak zijn hand omhoog en liet de leden van de rechtbank de saffier zien.

Caridad, op blote voeten, vuil, met haar slavenhemd als enige kleding, kromp ineen tegenover al die mensen.

'Is het niet eerder zo,' beet de officier van justitie haar toe, 'dat die steen de betaling was voor je bereidheid jezelf aan die twee mannen te geven?'

'Nee.'

'Wat dan?'

Ze wilde Melchor niet noemen. Die mannen die het in Madrid voor het zeggen hadden mochten niets van hem weten... als hij tenminste nog leefde. Ze zweeg en sloeg haar ogen neer. Ze zag dan ook niet hoe de officier van justitie zijn schouders ophaalde en zijn handen spreidde in de richting van de rechters die de rechtbank voorzaten: er valt weinig recht meer te spreken, vertelde hij hun met dat gebaar.

'Wat voor werk doe je?' vroeg een van de rechters. 'Waar leef je van?' drong hij aan zonder haar de tijd te geven om te antwoorden.

Caridad bleef zwijgen.

'Ben je vrij?' vroegen ze door.

Ze zeiden dat ze volhield dat ze vrij was.

'Waar zijn je papieren?'

De vragen volgden elkaar op, kwetsend, schreeuwend. Ze gaf op geen een ervan antwoord, hield haar hoofd gebogen. Waarom had Melchor haar alleen gelaten? De tranen biggelden al een poosje over haar wangen.

'Slechts vergelijkbaar met de meest verfoeilijke zonde!' hoorde ze de officier van justitie schreeuwen aan het eind van een kort betoog dat hij was begonnen zodra de ondervraging geëindigd was.

'Geachte verdediger van de armen, hebt u iets aan te voeren?' vroeg een van de rechters.

Voor het eerst sinds de aanvang van het proces sloeg de advocaat zijn ogen op van de papieren waarin hij verdiept was.

'De vrouw weigert te spreken voor deze illustere rechtbank,' argumenteerde hij op lijzige toon. 'Wat zou ik tot haar verdediging kunnen aanvoeren?'

Een blik van verstandhouding tussen de rechters was voldoende.

'Caridad Hidalgo,' vonniste de voorzittende rechter, 'we veroordelen je tot twee jaar gevangenisstraf in de koninklijke Galera-gevangenis van Madrid. Moge God zich over je erbarmen, je beschermen en je de rechte weg wijzen. Voer haar weg!'

# 26

Milagros liet zich in een stoel vallen en legde haar handen op haar buik, alsof ze wilde verhinderen dat het kind dat ze droeg er voortijdig uit zou komen. Ze schatte dat het nog vijf à zes maanden zou duren voordat het geboren werd, maar de opeenvolgende plotselinge, heftige krampen die ze had gevoeld toen ze hoorde dat ze haar grootvader in Madrid te pakken hadden gekregen, deden haar vrezen dat ze het zou verliezen. Dat was het nieuws dat in de callejón de San Miguel van mond tot mond was gegaan tot het de smidse van de García's bereikte en van daaruit de woningen erboven, waar het met gejuich en omhelzingen ontvangen werd. De zigeunerin zuchtte diep. De pijn nam af en haar hart hervond langzaam zijn normale ritme.

'Dood aan de Galeier!' hoorde ze in een van de aangrenzende kamers roepen.

Ze herkende de hoge, schelle stem: van een kind, een van Pedro's neefjes; waarschijnlijk was hij niet ouder dan zeven. Wat kon dat snotjong tegen haar grootvader hebben? De gemengde gevoelens pijnigden haar voor de zoveelste keer sinds de woede om de dood van haar vader plaats had gemaakt voor het intens eenzame, kwellende verdriet. Haar grootvader had hem vermoord, ja, maar moest hij daarom ook sterven? Een vlaag van woede, dat was het geweest, een vlaag van woede, zei ze vaak bij zichzelf als ze met haar verdriet worstelde. Ze gaf toe dat hij straf verdiende, maar het idee dat hij dood zou zijn, leek haar verschrikkelijk.

Ze luisterde naar de gesprekken in de aangrenzende kamer, die vol zat met de mannen uit de smidse. Een betrouwbare koerier die tussen Madrid en Sevilla op en neer reisde, een van die mannen die voor rekening van anderen spullen vervoerden of boodschappen overbrachten, was met het nieuws gekomen: 'De García's van Madrid hebben Melchor te pakken gekregen,' meldde de koerier. Hoe hebt u zich kunnen laten pakken, grootvader? treurde Milagros te midden van het gejuich. Waarom hebt u dat laten gebeuren? Iemand riep dat de familie in Madrid wilde weten wat ze met hem moesten doen: ze konden hem niet met andere mensen in een huifkar vervoeren, en de reis met een geketende man naar Sevilla zou langzaam en gevaarlijk zijn. 'Laten ze hem afmaken, hoe eerder hoe beter!' 'Laten ze hem eerst castreren!' 'En zijn ogen uitsteken,' riep het snotjong tussen het geschreeuw van de anderen door.

'De wraak is aan de Carmona's. Laten ze hem in ieder geval hiernaartoe brengen, hoe lang ze er ook over doen. Het vonnis moet hier in Triana, in het bijzijn van ons allemaal, voltrokken worden.'

Het besluit van Rafael García maakte een eind aan de discussie.

Waarom? huilde Milagros in stilte. Wie waren die García's om over het lot van haar grootvader te beslissen? Ze voelde een haat tegen haar nieuwe familie opborrelen die bijna tastbaar was; alles was doortrokken van wraakzucht. Ze streek over haar buik om het kind te voelen; zelfs dat kind, vrucht van het huwelijk tussen een Vega en een García, leek die oeroude haat tussen de twee families niet te kunnen temperen. Haar moeder had haar gewaarschuwd: Vergeet nooit dat je een Vega bent. Ze had erom geruzied met de oude María, van wie ze al zo lang niets meer had gehoord maar aan wie ze met het vorderen van haar zwangerschap steeds vaker terugdacht. De woorden van haar moeder hadden zelfs voor het altaar aan haar geweten geknaagd, maar zij had haar toevlucht bij Pedro gezocht. Domme gans die ze was. Daar, in die juichkreten om de ellende van haar grootvader die elkaar in de aangrenzende kamer opvolgden, daar lag het antwoord. Van haar moeder had ze tot de dood van haar vader niets meer vernomen. Reyes, de Trianera, had met veel plezier een bode naar Málaga gestuurd om haar het bericht over de dood van José Carmona door Melchors hand en over Milagros' huwelijk met een García te brengen. Zeg tegen mijn dochter dat ze geen lid meer van de familie Vega is. Het voldane gezicht waarmee de Trianera haar de boodschap van haar moeder had overgebracht, stond in Milagros' geheugen gebrand.

Ze wilde het niet geloven. Ze wist dat het waar was; ze was ervan overtuigd dat dat het antwoord van haar moeder was geweest, maar ze weigerde te accepteren dat ze niets meer met haar te maken wilde hebben, dat ze haar zelfs verstoten had. Ze werkte elke avond, voor een vast bedrag. Ze zong en danste waar de Graaf dit had geregeld: in herbergen, huizen en paleizen, op soirees... 'Milagros van Triana' hadden de mensen haar gedoopt. Ze pakte een paar munten weg, haar eigen geld, dat werd beheerd door de hebzuchtige Trianera, die altijd dicht bij haar in de buurt bleef, en in het geheim overreedde ze een zigeuner van de familie Camacho om naar Málaga te gaan. Hier is genoeg geld voor jou, om wie dan ook om te kopen en om mijn moeder wat te geven, had ze hem gezegd.

'Het spijt me. Ze wil niets van je weten,' had hij haar bij zijn terugkomst verteld. 'Ze beschouwt je niet meer als haar dochter. Ze wil het niet,' zei hij, en gaf het voor Ana bedoelde geld aan haar terug.

'Wat nog meer?' vroeg Milagros met een dun stemmetje.

Dat ze geen geld meer moest verspillen om met haar in contact te komen; ze moest het maar aan de García's geven, om er degenen mee te betalen die haar grootvader moesten doden.

'Ze noemde het ironisch,' vervolgde die Camacho bijna onmerkbaar met zijn hoofd schuddend, 'dat een Vega de García's onderhield. En ze zei dat ze liever in Málaga gevangen zat, samen met de vrouwen en hun kleine kinderen die niet werden vrijgelaten omdat ze zigeunerinnen waren, dan dat ze naar Triana terugkeerde om daar een verraadster te vinden.'

'Ik een verraadster?' viel Milagros uit.

'Meisje,' – de man trok een serieus gezicht – 'de vijanden van iemand in jouw familie, de vijanden van je grootvader, van je moeder, zijn ook jouw vijanden, alle leden van die familie zijn dat. Dat is de wet van de zigeuners. Verraadster, ja, dat vind ik ook. En er zijn er velen die zo denken.'

'Ik ben een Carmona!' probeerde ze zich te verontschuldigen.

'Jouw bloed is Vega-bloed, meisje. Dat van je grootvader, de Galeier...'

'Mijn grootvader heeft mijn vader vermoord!' gilde Milagros.

De man sloeg met zijn vuist in de lucht.

'Je had niet mogen trouwen met de kleinzoon van de man die je vijand was; je vader had het niet mogen toestaan, al was het alleen maar vanwege het bloed dat door jouw aderen stroomt. Hij kende de afspraak: zijn vrijheid in ruil voor jouw verloving met die jonge García. Hij had moeten weigeren en zich moeten opofferen. Je grootvader deed wat hij doen moest.'

Ze had niemand meer: haar moeder, haar grootvader, haar vader, María... Cachita. Ze spitste haar oren: niemand in de aangrenzende kamer noemde Cachita. Zij was ook veroordeeld, maar een negerin leek hun weinig te interesseren. Ze zou haar tijdens haar zwangerschap graag bij zich gehad hebben. Grootvader had gezegd dat zij niets gedaan had. Dat was ongetwijfeld waar: Cachita was niet in staat iemand kwaad te doen. Ze was te hard voor haar geweest. Hoe vaak had ze zich niet schuldig gevoeld omdat ze zich zo door haar woede mee had laten slepen! En nu, nu ze hoorde dat haar grootvader vastgehouden werd, moest ze de hele tijd aan het zwartje denken: als ze haar niet tegelijk met hem hadden meegenomen... Waar was Cachita? Alleen?

Alleen of niet, waarschijnlijk was ze beter af dan zij, probeerde ze zichzelf te overtuigen. Diezelfde avond zou ze zingen, aangezien dansen in haar toestand niet echt mogelijk was. In een herberg vlak bij Camas, had de Trianera haar terloops gezegd, zonder haar mening, laat staan haar toestemming te vragen. Ze zou erheen gaan onder begeleiding van enkele García's, maar zonder Pedro, die nooit meeging. Ik ben bang dat ik me uiteindelijk niet zou kunnen beheersen en een ongeluk bega aan een van die verwaande kwasten die kwijlend naar je staan te kijken als je danst, had hij zich sinds het begin van hun huwelijk verontschuldigd. Bij mijn neven ben je veilig. Maar het was een feit dat hij haar ook niet vergezelde wanneer ze niet voor de burgers zong of danste. Pedro werkte nauwelijks meer in de smidse; zijn aandeel in de verdiensten van zijn vrouw, dat hij nooit vergat bij Rafael en Reyes op te eisen, maakte dat mogelijk. Hij hing voortdurend in de herbergen en dranklokalen van Triana en Sevilla rond, en het kwam regelmatig voor dat hij pas tegen de ochtend thuiskwam. Hoe vaak had ze haar oren niet moeten sluiten voor het geroddel van een paar valse wijven over de avontuurtjes van haar man! Ze wilde ze niet geloven! Het was niet waar! Ze waren alleen maar jaloers. Jaloers! Wat had Pedro dat hij haar alleen al door zijn aanraking aan zich kon onderwerpen? Een vage glimlach op het mooie gebruinde gezicht met de harde trekken, een vleiend woord, een complimentje: Schoonheid! Stuk! Je bent de mooiste vrouw van Triana!, een of ander onbeduidend cadeautje, en Milagros vergat haar boosheid en haar slechte humeur omdat Pedro haar verwaarloosde sloeg om in genot. En wanneer ze de liefde bedreven... Mijn god! Dan was het alsof ze doodging. Of ze gek werd. Pedro voerde haar naar het hoogtepunt, een, twee, drie keer. Natuurlijk kletsten de andere vrouwen wanneer haar hijgen en kreunen de woning van de García's, het huis, de hele callejón de San Miguel vulde. Maar daarna verdween hij opnieuw en Milagros' leven bleef een eindeloze, wanhopige afwisseling van eenzaamheid en tomeloze passie, van twijfel en blinde overgave.

Milagros had niemand om mee te praten en in vertrouwen te nemen. De Trianera hield haar dag en nacht in de gaten, en zodra ze haar met iemand in de steeg zag praten kwam ze snel aanlopen om zich in het gesprek te mengen. Ze liep vaak langs de San Jacinto en keek dan weemoedig naar de kerk en het komen en gaan van de broeders. Met broeder Joaquín had ze wel kunnen praten, hem had ze over haar leven kunnen vertellen, over haar problemen, en hij zou naar haar geluisterd hebben, daar twijfelde ze niet aan. Maar ook hij was uit haar leven verdwenen.

Broeder Joaquín was inmiddels bijna een jaar op missiereis; samen met broeder Pedro trok hij door Andalusië, waar ze 's avonds eenvoudige mensen overvielen, die ze met alle denkbare ziektes angst aanjoegen, en waar ze de mannen verplichtten hun lichaam te kastijden in de kerken terwijl de vrouwen dat in de beslotenheid van hun huizen moesten doen met brandnetels onder hun kleren, alsem in hun mond, steentjes in hun schoenen en strak omgebonden ruwe touwen, koorden met knopen of ijzerdraden die in hun buik, borsten of ledematen sneden.

Milagros verdween niet uit zijn gedachten.

De algemene biecht, het ultieme doel van de missies, had ten slotte zijn wil en zijn geest gebroken. Door de missievergunning van de aartsbisschop van Sevilla had hij de bevoegdheid gekregen om alle zonden te vergeven, ook die welke door hun extreme zwaarte aan het exclusieve oordeel van de kerkprelaten voorbehouden waren. Hij hoorde honderden, duizenden biechten waarmee de mensen de algemene absolutie hoopten te verkrijgen voor zonden die ze nooit aan hun eigen pastoor zouden hebben verteld, omdat die ze niet kon vergeven. Maar omdat ze arm en eenvoudig waren, hadden ze ook geen toegang tot bisschoppen en prelaten om zonden als incest en sodomie op te biechten. Met een kind? had broeder Joaquín zelfs een keer geschreeuwd, waarmee hij de nieuwsgierigheid van de wachtenden gewekt had. Van welke leeftijd? vroeg hij toen op zachtere toon, om zijn vraag onmiddellijk te betreuren. Hoe kon hij de man vergeven na het horen van de leeftijd? Maar de man bleef zwijgend op zijn absolutie wachten. Heb je berouw? had hij zonder veel overtuiging geïnformeerd. Moorden, schakingen, ontvoeringen, bigamie, een hele reeks wandaden die zijn principes geweld aandeden en hem stap na stap, missie na missie, steeds dichter bij het idee brachten dat broeder Pedro van hen had: onverbeterlijke zondaars die alleen uit angst voor de duivel en het hellevuur kwamen biechten. Wat bleef er over van de christelijke deugden, van de blijdschap en de hoop?

'Je hebt er lang over gedaan om je te realiseren dat dit niet de weg is die God je gewezen heeft,' zei broeder Pedro toen hij hem zijn voornemen om de missies te verlaten meedeelde. 'Je bent een goed mens, Joaquín, en ik heb je leren waarderen, maar jouw preken en vermaningen roepen de mensen niet op tot boetvaardigheid en berouw.'

Broeder Joaquín wilde niet terug naar Triana. De hoop waarmee hij dat een paar maanden na zijn eerste reis had gedaan – vanwege de vrijlating van de aangepaste zigeuners waar iedereen over sprak – was de bodem ingeslagen zodra hij van Milagros' huwelijk gehoord had. Hij had zich in zijn cel opgesloten en had, net als tijdens de missiereizen, gevast en zijn lichaam gekastijd. Boos, teleurgesteld, gefrustreerd in zijn fantasieën kon hij nu begrip opbrengen voor de aanvallen van jaloezie, woede, wrok en haat waarmee de boetvaardigen in de biecht probeerden hun zware zonden te rechtvaardigen. Hij ging niet nog eens; liever bleef hij dromen van het meisje dat spottend haar tong tegen hem uitstak dan de kwelling te riskeren haar op een dag in gezelschap van haar man in de straten van Triana tegen te komen. De volgende rustpauzes had hij met broeder Pedro doorgebracht, ver van huis, waarbij de prediker slechts naar de redenen van zijn helper kon gissen.

'Ik heb gehoord dat een edelman uit Toledo, uit kringen rond de aartsbisschop, een leraar Latijn en gouverneur voor zijn dochters zoekt,' stelde hij hem voor toen broeder Joaquín toegaf dat hij niet wist wat hij vanaf dat moment moest gaan doen.

Broeder Pedro regelde alles: zijn aanzien opende zoveel deuren voor hem als hij wilde. Hij stelde zich in verbinding met de edelman, bezorgde Joaquín de nodige documenten, zowel van de seculiere als van de kerkelijke autoriteiten, gaf hem een muildier en voldoende geld voor de reis, en kwam de ochtend waarop hij zou vertrekken met een pak onder zijn arm afscheid nemen.

'Zorg goed voor haar, opdat ze je levensweg begeleidt, je twijfels wegneemt en je geest tot rust brengt,' wenste hij hem bij het overhandigen van het pak.

Broeder Joaquín wist wat het was. Toch trok hij het doek dat het bovenste gedeelte bedekte weg. Het gekroonde hoofd van een Onbevlekte Maagd kwam tevoorschijn.

'Maar dit...'

'De Maagd wenst je te vergezellen,' viel de priester hem in de rede.

Broeder Joaquín aanschouwde het beeld en het perfecte, blozende gezicht dat hem vriendelijk aankeek: een waardevol houten beeld, tamelijk groot, meesterlijk gesneden, met een kroon van goud en briljanten. De gelovigen bedankten de missiepredikers voor de vergeving van hun zonden met vele geschenken en geldstukken. Broeder Pedro, een man met een sobere levensstijl, wees alles af wat ze niet direct voor hun levensonderhoud nodig hadden, maar bij het zien van het beeld dat een rijke grootgrondbezitter hem schonk had zijn integriteit hem in de steek gelaten. Waar kan Onze-Lieve-Vrouw uiteindelijk beter zijn dan bij de zielzorgers in de missie? zei hij bij zichzelf om de afbrokkeling van zijn soberheidsprincipe te rechtvaardigen. Toen hij het broeder Joaquín overhandigde leek hij zichzelf van een last te bevrijden.

# 27

In de Barquillo-wijk van Madrid, in het noordwesten van de stad, woonden in eenvoudige lage huizen van maar een verdieping de zogeheten *chisperos*, Madrileense volkstypes die net zo trots en arrogant waren als de manolo's van de Rastro of Lavapiés, maar zich bezighielden met smeden en de handel in ijzeren gebruiksvoorwerpen. Daar woonden de García's samen met een groot aantal andere zigeuners, en daar hing de jonge Martín Costes met zijn verbonden pols al tien dagen rond, zo onopvallend mogelijk om niet de aandacht te trekken wanneer hij telkens opnieuw door de smerige, verlaten straatjes liep.

Zijn vader en zijn broer Zoilo zeiden dat ze begrepen wat hij deed, dat ze hem steunden, maar dat de dingen nu eenmaal zo waren. 'Het is fout gegaan,' erkende de Flierefluiter beschaamd. Vervolgens probeerden ze de jongen ervan te overtuigen dat hij moest stoppen met zoeken. 'Het is tijdverspilling,' zei de een. 'Oom Melchor is vast al dood of op weg naar Triana,' verzekerde de ander. 'Wat kan het voor kwaad om het te proberen?' reageerde de jongen.

Hij vroeg discreet rond en vond het huis van Manuel García, in de calle del Almirante. Vanaf het eerste moment wist hij dat de Galeier nog daarbinnen was: in tegenstelling tot bij de andere huizen waren er altijd een paar zigeuners die in en uit liepen, of in de buurt rondhingen zonder al te ver bij de deur vandaan te gaan. Halverwege de dag werden ze door anderen vervangen, alsof het om het wisselen van de wacht ging; ze fluisterden wat tegen elkaar, wezen naar het huis; vaak ging een van de pas aangekomenen het huis in, kwam er weer uit en dan begon het gefluister opnieuw totdat de eersten met een glimlach om hun mond vertrokken, elkaar op de rug slaand alsof ze de wijn die ze wilden gaan drinken al proefden.

'Heb je hem gezien?' vroeg de Flierefluiter aan zijn jongste zoon.

Nee, hij had hem niet gezien, moest hij toegeven. Hij moest zekerheid zien te krijgen. Op een avond, toen de calle del Almirante in diepe duisternis was gehuld, drukte Martín zich tegen de muur onder het openstaande raam.

'Ze wachten op instructies uit Triana,' riep hij tegen zijn vader nadat hij hem bij zijn terugkomst 's nachts wakker gemaakt had. 'Hij is daarbinnen. Ik weet het zeker.'

Ze zouden geen familieoorlog ontketenen. Dat was het besluit dat zijn vader hem, tot wanhoop van de jonge zigeuner, meedeelde nadat hij de kwestie met de hoofden van andere, bevriende families besproken had.

'Zoon,' probeerde de Flierefluiter zich te verontschuldigen, 'ik heb de dood in je ogen gezien. Het is lang geleden dat ik zoiets heb meegemaakt. Ik wil niet dat ze je doden. Ik wil geen van mijn dierbaren gedood zien. Niemand wil zijn familie zien sterven voor een zigeuner uit Triana die ter dood is veroordeeld omdat hij de man van zijn dochter vermoord heeft! Oom Melchor... De Galeier is van een ander kaliber. Hij heeft zich voor jou overgegeven. Hoe denk je dat hij het zou vinden als jij of andere Vega's, nadat hij zich aan de García's heeft overgegeven, alsnog om hem het leven laten?'

'Maar... Ze zullen hem doden!'

'Geef antwoord: leeft hij nog op dit moment?' vroeg zijn vader op ernstige toon.

'Ja.'

'Dat is het enige wat telt.'

'Nee!'

De jonge zigeuner stond op van zijn stoel.

'Beloof me,' smeekte zijn vader terwijl hij hem bij zijn hemd greep om hem tegen te houden, 'dat je niets zult doen wat je in gevaar kan brengen.'

‘Moet ik u dat beloven op de herinnering aan mijn moeder, een Vega?’

De Flierefluiter liet hem los en boog zijn hoofd.

Vanaf dat moment deed Martín niets anders dan rondhangen bij het huis waar ze Melchor vasthielden. Tegen de García’s kon hij niets beginnen. Als hij ze overviel, zou hij misschien een van de bewakers kunnen overmeesteren, maar niet allebei. Bovendien waren er vrouwen binnen, en misschien nog meer mannen. Hij dacht zelfs even aan brandstichten, maar dan zou de Galeier tegelijk met de anderen omkomen. Hij probeerde via de achterkant het huis in te komen, glipte binnen in een vervallen smidse en bestudeerde de binnentuinen. Onmogelijk. Er was slechts één raampje en het was helemaal niet zeker dat de Galeier daarachter zat. En als hij het paard van zijn broer dat deze bij het stierenvechten gebruikte eens leende? Hij moest lachen bij het idee dat hij het huisje te paard zou bestormen. Ook kwam de mogelijkheid bij hem op ze aan te klagen bij de gerechtsdienaren, maar bij de gedachte alleen al haalde hij zijn schouders op, alsof hij dat idee op die manier van zich af kon zetten. De dagen verstreken en Martín kon alleen maar absurde, onzinnige plannen bedenken. Een jongen van vijftien, alleen, tegen een hele familie. En wanneer de nacht viel, keerde hij terug naar de calle de la Comadre, verslagen, zwijgend, om daar een nog beklemmender stilte te vinden; zelfs de kinderen leken de lust tot schreeuwen, spelen en vechten verloren te hebben.

Hij gaf niet op en bleef naar Barquillo gaan om de García’s binnensmonds uit te schelden. Op zijn minst zou hij er dan zijn. Het kan wel meer dan een maand duren voordat ze uit Triana die instructies krijgen waarop ze volgens jou zitten te wachten, zei Zoilo tegen hem. ‘Ben je van plan daar al die tijd elke dag naartoe te gaan?’ Hij gaf zijn oudere broer geen antwoord. Natuurlijk zou hij ernaartoe gaan! Hij had zijn leven te danken aan de Galeier. Misschien kreeg hij dan een kans, wanneer ze met hem naar buiten kwamen om hem naar Triana te brengen of wanneer... Ze zouden hem toch niet in hun huis doden?

Op de tiende dag dat hij vertwijfeld rond het huis van de García’s had gezworven, liep Martín ’s avonds terug naar de calle de la Comadre. Het geroezemoes dat hij dacht te hebben gehoord, werd luider zodra hij de hoek van de calle Real del Barquillo omsloeg, en bleek van een rozenkransprocessie te komen, dezelfde die hij al zo vaak in de verte gehoord had. Twee keer per dag, ’s morgens en ’s avonds, vertrokken er vanuit de vele kerken in de stad processies van Madrilenen die al rozenkrans biddend door de straten trokken. Madrid telde bijna vijftienhonderd verschillende broederschappen. De processie trok door de calle Barquillo en kwam hem tegemoet. Hij dacht erover zich om te draaien en een omweg te maken, zoals hij altijd deed. De rozenkransprocessies stonden er om bekend dat de deelnemers iedereen die ze tegenkwamen aanspoorden zich bij hen te voegen, soms zelfs met geweld als ze het niet vrijwillig deden. Het ontbrak er nog aan dat zijn avond tussen een stoet rozenkrans biddende gelovigen eindigde! Bruten waren het bovendien, want het was niet ongebruikelijk dat wanneer twee van die processies elkaars wegen kruisten, de aanhangers van de ene heilige met die van de andere op de vuist gingen en daarbij stokken of zelfs messen gebruikten.

Martín wilde al omkeren, toen hij plotseling stilstond. Hij had iets bedacht. Waarom niet? dacht hij. Hij rende naar de stoet en mengde zich tussen de rozenkransbidders.

'Door de calle del Almirante,' mompelde hij.

Iemand voor hem vroeg waarom.

'Daar... die mensen hebben het het hardst nodig dat...' Hij aarzelde, herinnerde zich niet meer hoe je dat zei. 'Dat ze door Onze-Lieve-Vrouw verlicht worden!' kon hij ten slotte uitleggen, waarmee hij een instemmend geprevel oogstte.

'Door de calle del Almirante,' hoorde hij toen de broederschapsleden naar voren doorgeven, tot aan de kop van de stoet. Onder het opdreunen van de rozenkransgebeden merkte Martín tot zijn verbazing dat hij pogingen deed om het beeld van de Maagd te zien dat zich tussen een paar fakkels een weg door de straten baande. Zocht hij haar hulp?

Hij voelde zijn knieën knikken naarmate de stoet traag voortbewegend, opeengeperst in het smalle straatje, het huis van de García's naderde. En als het mislukte? Hij werd gekweld door twijfel. De monotone, steeds weer herhaalde litanie belette hem helder te denken. Ze waren er! De Galeier. Die had hem van de dood gered. Hij verliet de stoet en gaf in de duisternis van de nacht een harde trap tegen de deur van het huis, die wijd openzwaaide. Hij sprong naar binnen en zonder ook maar een seconde acht te slaan op de verbaasde García's die daar zaten, schreeuwde hij zo hard als hij kon:

'Verdomde Maagd! Ik heb schijt aan de Maagd en aan alle heiligen!'

De García's kregen de kans niet om hem te grijpen. Ze waren amper uit hun stoelen opgestaan toen een woedende, schreeuwende menigte het huis binnendrong. Martín knielde op de grond en begon als een gek kruisen te slaan.

'Zij daar! Zij waren het!' brulde hij, met zijn vrije hand op hen wijzend.

De messen die Manuel García en zijn mensen trokken haalden niets uit. Tientallen verontwaardigde mensen stortten zich woedend op de zigeuners. Martín stond op en ging op zoek naar Melchor. Hij zag een dichte deur, liep om de mensen heen die zich op de García's uitleefden, en deed hem open. Daar stond een stomverbaasde Melchor, met zijn handen op zijn rug gebonden.

'We gaan ervandoor, oom!'

Hij gaf hem geen tijd om te reageren: hij duwde hem de kamer uit en trok hem mee. De processiegangers waren bezig met de García's; desondanks probeerden er een paar hun de weg te versperren. 'Zij zijn het, die daar!' schreeuwde Martín om ze af te leiden, terwijl hij tussen hen door glipte. Met een paar stappen waren ze bij de deur naar de straat die door de menigte geblokkeerd werd.

'Deze man...' begon Martín terwijl hij op Melchor wees.

Degenen bij de deur keken hem afwachtend aan, benieuwd naar wat hij ging zeggen. Melchor begreep de bedoeling van de jongen en tegelijk stormden ze met zijn tweeën op de menigte af alsof ze een muur voor zich hadden.

Een aantal mannen viel op de grond. Martín en Melchor ook. Degenen erachter weken achteruit. Anderen struikelden. Buiten heerste de duisternis. De Heilige Maagd wankelde. De meeste broederschapsleden verplaatsten hun aandacht naar het beeld. Martín, gevangen in een wirwar van benen en armen, stak opnieuw een hand uit naar Melchor, die zich met zijn op de rug gebonden handen zelf niet kon redden, en hielp hem op te staan; ze liepen een paar mensen onder de voet en renden weg.

Veel mensen begrepen niet wat er gebeurd was: tussen het gejammer en gevloek door klonk een schaterlachen dat geleidelijk aan door de calle del Almirante wegstierf.

De jonge Martín was verbaasd toen Melchor, na hem met een paar welgemeende zoenen te hebben bedankt voor zijn hulp, weigerde mee te gaan naar het huis van de Flierefluiter en in plaats daarvan vroeg hem naar de calle de los Peligros te brengen.

'Goed, oom,' ging de jongen akkoord, terwijl hij zijn nieuwsgierigheid bedwong, 'maar de andere García's... zodra ze over uw ontsnapping horen...'

'Maak je geen zorgen. Breng me nou maar naar de calle de los Peligros.'

Elf hele dagen en nachten. Melchor had ze geteld. Zou het zwartje nog in het logement zijn? dacht hij terwijl hij de jongen tot haast aanzette. Een Alfonsa met verwarde haren, die ze na diverse keren bonzen op de deur van haar huis uit bed haalden, maakte meteen een eind aan de hoop van de zigeuner. 'Ze is vertrokken met de uitbeender,' zei ze, 'dat vertelde de wasvrouw.' Die was er ook niet meer; haar gasten kwamen en gingen al naargelang hun beurs vol of leeg was, wat trouwens vaak veranderde, vervolgde ze, toen Melchor de wasvrouw wilde spreken. Van de uitbeender wist ze ook niets. Had ze hém soms om een referentie gevraagd toen hij zich midden in de nacht met Pelayo en een negerin aandiende? Wat kon er met Caridad gebeurd zijn terwijl hij gevangen zat? Melchor had met ontelbare mogelijkheden rekening gehouden, de ene nog verontrustender dan de andere; maar niet met de mogelijkheid dat ze vrijwillig met een andere man meegegaan zou zijn.

'Dat kan niet!' beet hij haar toe.

'Zigeuner,' antwoordde de logementhoudster met gespeelde weerzin, 'je bent weggegaan, je hebt haar dagenlang alleen gelaten. Waarom verbaast het je dat ze er met een ander vandoor is?'

Omdat hij naar haar zingen luisterde. Omdat hij de enige vriend was die ze had. Omdat hij van haar hield en zij... Hield Caridad van hem? Ze had het nooit toegegeven, maar hij was ervan overtuigd, want hoeveel vrouwen hij in zijn leven ook had gekend, vóór Caridad had hij nooit die vereniging van lichaam en geest gevoeld die het genot zo'n ongekende dimensie gaf, als een niet te stillen begeerte, een verlangen dat echter door de simpele streling met de rug van zijn hand over de wang van het zwartje bevredigd werd. Absurd en verwarrend: constante begeerte en bevrediging, die elkaar voortdurend afwisselden. Natuurlijk hield het zwartje van hem! Want hij hoorde haar schreeuwen van genot, want ze lachte naar hem en streelde hem; want haar liederen begonnen zich los te maken van het verdriet en de pijn die haar onophoudelijk leken te achtervolgen.

Alfonsa weerstond de blik van de zigeuner, nu triest en zonder het vuur dat deze uitstraalde op de avond dat hij met Caridad voor de deur gestaan had. Ze had de uitbeender eruit gegooid nadat ze had gehoord wat er gebeurd was; aan schandalen in haar logement had ze geen enkele behoefte. Daarna had ze de spullen van Caridad bijeengepakt en zich het geld uit haar bundeltje toegeëigend. De papieren waren in het haardvuur beland, en de rode kleren en de hoed had ze voor een appel en een ei aan een uitdragerij verkocht. Als de vrouw op een dag terugkwam en haar versie van het gebeurde zou tegenspreken, hoefde ze alleen maar vol te houden dat dit was wat de wasvrouw haar verteld had. En als ze naar haar spullen vroegen, zou ze gewoon zeggen dat de uitbeender en de wasvrouw die onder elkaar verdeeld moesten hebben...

'Oom...' Martín probeerde Melchors aandacht te trekken toen hij zag hoe ontdaan hij was. 'Oom...' herhaalde hij, nadrukkelijker nu.

'We gaan,' reageerde de zigeuner ten slotte nadat hij zijn ogen, die nu weer schitterden, zij het met een angstaanjagende glans, op de logementhoudster had gericht. 'Vrouw, als ik erachter kom dat je me bedriegt, kom ik terug om je te vermoorden.'

De jongen sloeg de richting van de calle de la Comadre in.

'Wacht,' maande Melchor hem ter hoogte van de calle de Alcalá.

Het was een pikdonkere nacht, er heerste een bijna absolute stilte. De Galeier pakte Martín bij de schouders en keek hem strak aan.

'Ben je van plan me naar het huis van je vader te brengen?'

Martín knikte.

'Ik geloof niet dat ik daar naartoe moet gaan,' zei Melchor.

'Maar...'

'Jij hebt me bevrijd en ik zal je mijn leven lang dankbaar blijven, maar verder was er niemand, geen enkele andere Costes, geen enkele met de Costes bevriende zigeuner.' Melchor zweeg een paar ogenblikken. 'Je vader... jouw vader heeft besloten dat er niet omwille van mij gevochten zou worden, nietwaar?' Het gebogen hoofd van de jongen, die strak naar de grond keek, zei Melchor genoeg. 'Door nu naar zijn huis te gaan zou ik hem alleen maar vernederen en beschamen, hem en jouw hele familie.'

Melchor bespaarde Martín het gevoel van wantrouwen dat hem tegelijk bekroop: als ze hem daar niet hadden geholpen, welke garantie had hij dan dat ze hem niet opnieuw aan de García's zouden uitleveren? Misschien niet de Flierefluiter, maar wel die mensen om hem heen met wie hij moest hebben overlegd voordat ze besloten dat ze hem aan zijn lot over zouden laten. Dat was niet iets wat hij alleen besloten kon hebben.

'Begrijp je dat?' vroeg hij.

Martín hief zijn hoofd op. Hij schaamde zich voor de houding van zijn familie.

'Ja,' antwoordde hij.

'Maak je om mij geen zorgen, ik red me wel. Ik moet... ik moet iemand zoeken...'

'Het zwartje?' viel Martín hem in de rede.

'Ja.'

'Is zij de vrouw die ook veroordeeld is in Triana?'

'Ja, maar praat er met niemand over.'

'Ik zweer het u bij het bloed van de Vega's,' verzekerde de jongen.

Hij zou zijn woord houden, zei Melchor bij zichzelf.

'Goed. Het probleem ben jij.'

Martín hoorde hem verbaasd aan.

'Je moet verdwijnen, jongen. Hier in Madrid zullen ze je vandaag of morgen doden. Ik weet dat het hard aankomt wat ik nu ga zeggen, maar je moet niemand vertrouwen, zelfs je vader niet. Hij zal je waarschijnlijk... zeker niets kwaads toewensen, maar hij zou gedwongen kunnen worden om tussen jou en de rest van de familie te kiezen. Je moet weg uit Madrid. Ga afscheid nemen van je vader en vertrek, vannacht nog als je kunt. Zoek geen bescherming bij andere leden van je familie, zelfs niet in andere steden, zelfs niet als je vader erop aandringt, want ze zullen je vinden. Ik weet ook niet waar nog andere Vega's zijn, ik vrees dat ze allemaal gevangen zitten. Maar er is een plek op de grens met Portugal, Barrancos, waar je bescherming zult vinden. Neem de weg naar Mérida en sla dan af naar Jerez de los Caballeros. Vanaf daar is het makkelijk te vinden. Ga op zoek naar een tabakshandelaar die Méndez heet en zeg dat ik je gestuurd heb; hij zal je helpen en je de kunst van het smokkelen leren. Vertrouw ook hem niet, maar zolang je nuttig voor hem bent, zul je geen problemen hebben.'

Melchor nam de jongen van top tot teen op. Hij was nog maar vijftien, maar had al meer moed en eergevoel laten zien dan zijn vader. Hij was zigeuner. Een Vega, en leden van die familie sloegen zich overal doorheen.

'Heb je me begrepen?'

Martín knikte.

'Dan gaan we hier uit elkaar, hoewel ik een voorgevoel heb dat we elkaar weer tegen zullen komen, als de duivel me tenminste niet eerder haalt.'

Melchor had hem nog steeds bij zijn schouders vast. Zijn handen begonnen licht te trillen. Hij trok de jongen naar zich toe en omhelsde hem stevig. De kleinzoon die zijn dochter hem niet had geschonken!

'Nog iets,' waarschuwde hij nadat ze zich van elkaar hadden losgemaakt, 'daarbuiten zul je nog slechtere mensen tegenkomen dan de García's. Trek je mes niet voordat je goed hebt geleerd hoe je ermee om moet gaan.' Melchor schudde hem even door elkaar toen hij terugdacht aan Martíns aanval in de herberg, het mes recht vooruitgestoken alsof het een lans was. 'Laat je bij een vechtpartij niet meeslepen door je woede, dan maak je fouten en dat wordt je dood, bedenk dat je niets aan moed hebt als die niet gestuurd wordt door intelligentie.'

Het ochtendlicht trof Melchor zittend tegen de muur van de kabeljauwopslag bij de Portillo de Embajadores. Aan zijn voeten gaapte de kloof die achter de stadsmuur lag. Daar eindigde de stad; na zijn afscheid van de jonge Martín had hij daar een schuilplaats gezocht om er de rest van de nacht door te brengen. De duisternis en de vermoeidheid hadden hem in een slaap gedompeld die voortdurend door het beeld van Caridad verstoord werd. De ene keer probeerde Melchor zich ervan te overtuigen dat het zwartje er onmogelijk met de uitbeender vandoor kon zijn gegaan; de andere keer werd hij door angst gekweld als hij piekerde over waar ze zou kunnen zijn. Terwijl hij stil bleef zitten, probeerde hij zijn gedachten te ordenen: ze zouden hem zoeken, de García's en hun verwanten zouden al naar hem op zoek zijn; hij kon naar niemand toe en had geen rooie cent. Zelfs zijn mes niet of zijn gele jasje. Hij snoof. Slecht begin. De García's hadden hem alles afgenomen. Hij moest Caridad vinden. Het bestaat gewoon niet dat ze met een andere man is meegegaan, herhaalde hij in het licht van de zon bij zichzelf, maar... waarom had ze dan niet in het logement gewacht? Tien, elf, twintig dagen als het nodig was. Het zwartje was daartoe in staat, ze was geduldig als geen ander en had genoeg geld om de huur te betalen. Terwijl er een rilling over zijn rug liep, zette hij de mogelijkheid uit zijn hoofd dat haar iets akeligs was overkomen, dat iemand haar verkracht en vermoord had. Nee. Justitie dan misschien. Zouden ze haar hebben opgepakt? In dat geval zouden ze ook Alfonsa hebben gearresteerd, omdat die haar in een clandestien logement verborgen had; bovendien had het zwartje haar papieren in orde en raakte ze nooit betrokken bij problemen, in ieder geval niet vrijwillig, glimlachte de zigeuner bij de herinnering aan het strand van Manilva en de balen tabak die ze van hem gestolen hadden. Het enige wat hij kon bedenken was... Ze was een buitengewoon begeerlijke vrouw, weelderig, zwart als ebbenhout, opvallend, fascinerend voor de wellustige Madrilenen. Iedere pooier zou uitstekend aan haar kunnen verdienen. Zijn maag kromp ineen en hij beefde toen hij zich voorstelde hoe Caridad van hand tot hand ging, schandelijk verkocht werd in een of ander smerig hol. Hij zou haar vinden! Verstijfd stond hij op, steun zoekend bij de muur. Hij was zo in gedachten verzonken dat hij niet had gemerkt dat de Madrilenen inmiddels opgestaan en aan het werk gegaan waren. Op een vlak stuk grond beneden in de kloof werden paarden en ezels verhandeld. Hij strekte zijn hals en de wind bracht hem de geluiden van het loven en bieden, en het gehinnik en gebalk van de dieren, maar niet hun geur, die door die van de kabeljauwopslag verhuld werd. Het water waarin de arbeiders van de centrale markt de gezouten kabeljauw weekten om de vis daarna te verkopen, werd in de kloof gegooid. Madrilenen aten veel kabeljauw, meer dan andere vissoorten als sardine, heek of tonijn. De vrome Spaanse christenen betaalden hun bitterste vijanden, de Engelse ketters, enorme geldbedragen voor de aanvoer van voldoende gezouten kabeljauw voor hun talloze vastendagen. De paarden, de visgeur, het herinnerde hem aan Triana, aan de Guadalquivir, aan de botenbrug die Triana met Sevilla verbond, aan de callejón de San Miguel en de zigeunerbuurt. Daar, tussen de sinaasappelbomen, had hij Caridad gevonden. En Milagros, hoe zou het met zijn meisje gaan? Zou ze hem al vergeven hebben? Die Carmona had die messteek verdiend. Hij zuchtte terwijl hij bedacht dat Ana de enige was die kon zorgen dat het weer goed kwam. Ze was haar moeder. Naar haar zou ze luisteren... als hij haar vrij kon krijgen.

Madrid leefde op straat, en uiteindelijk werd dat ook het thuis van de zigeuner, die opging in het leger bedelaars dat de straten vulde; hij had zijn rechterbeen onder zijn kniebroek gespalkt, zodat hij kreupel leek, en hij was uitgedost met een gestolen oude pet en een gerafelde deken, die hij zelfs in de zomerse hitte zo om zich heen sloeg dat een deel van zijn gezicht ermee bedekt werd.

Melchor begon een zoektocht naar Caridad. Hij doorkruiste de wijken van de elf districten waarin Madrid verdeeld was. Of het nu in Lavapiés was, in Afligidos, in Maravillas of in welke andere wijk dan ook, dagenlang zat hij in straten en op pleinen, op zijn hoede voor de rechters die hem op hun ronde konden aanhouden, te kijken naar het dagelijkse komen en gaan van de Madrileense vrouwen: naar de kerk, om eten te kopen, kruiken met water te vullen, brood te bakken, kleren te wassen, versteld goed te verkopen of allerlei boodschappen te doen; maar weinig vrouwen bleven langer dan strikt noodzakelijk in hun naargeestige woningen, en de zigeuner luisterde naar hun gesprekken en was getuige van hun talloze woordenwisselingen.

Mannen. Zij waren de oorzaak van de felste ruzies tussen de vrouwen in een samenleving waarin het aantal weduwen en ongehuwde of verlaten vrouwen dat van de getrouwde met duizenden oversteeg. Hij herhaalde bij zichzelf dat het niet moeilijk zou zijn om tussen al die vrouwen een negerin te ontdekken. Hij zag er verschillende: een paar kon hij zelfs van verre al uitsluiten, andere achtervolgde hij hinkend tot hij teleurgesteld werd. Op feestdagen, dankzij de religieuze ijver bijna honderd per jaar, zag hij de Madrileense vrouwen lachend en koket hun huizen uit komen, opgedoft en volgens de Spaanse traditie gekleed in jurken met nauwe taille en diep uitgesneden hals, met mantilla's en sierkammen, en hij volgde ze naar de tuinen van Soto de Migascalientes, naar de oever van de Manzanares of naar de nabijgelegen Tejafontein, waar ze met de mannen flirtten, iets aten, zongen en dansten totdat de mannen elkaar met stenen begonnen te bekogelen. Ook daar vond hij het zwartje niet.

Melchor verplaatste zich echter vooral 's nachts. Hij zocht prostituees.

'Je bent mooi,' vleide hij. 'Maar...' – hij deed of hij aarzelde – 'ik wil iets bijzonders.'

Voordat ze hem konden beledigen of bespugen zoals een paar van hen eerder hadden gedaan, liet Melchor hun zijn geld zien.

'Zoals?' vroegen ze soms bij het zien van de munten.

'Een maagdelijk meisje...'

'Daar zul je van je leven niet genoeg geld voor hebben.'

'Dan... een negerin. Een negerin, ja. Weet je er een?'

Ze waren er wel. Ze namen hem overal mee naartoe, naar donkere stegen en armoedige kamers. Elke keer verspilde hij aan de koppelaarsters het weinige geld dat hij met zoveel moeite bijeengesjacherd had.

'Nee! Een echte negerin,' drong hij aan als hij merkte dat de vrouw haar vak verstond. 'Ik wil een pikzwarte negerin. Jong, mooi. Wat ze ook kost. Vind die voor me en ik zal je goed betalen.'

Geld. Dat was zijn grootste probleem. Zonder geld kon hij de hebzucht niet voeden van de lichtekooien die voor hem naar Caridad moesten zoeken. In zijn dagelijks brood werd door de kerk voorzien, maar hij had al tijden geen sigaar gerookt of een kan goede wijn gedronken. 'Ik moet wel veel van je houden, zwartje!' zei hij hardop wanneer hij de talloze herbergen en dranklokalen voorbijliep. Als de honger hem kwelde, voegde hij zich bij de lange rijen armen die voor de poorten van een klooster wachtten op de restjessoep die elke dag bij de meeste werd verdeeld. Ook hield hij de ronde met brood en eieren in de gaten die iedere nacht vanuit de San Antonio de los Alemaneskerk vertrok om de armen te voeden. Drie leden van de Broederschap voor de Hulp aan Armen en Behoeftigen – onder wie een priester – gingen samen met een knecht die de straten met een lantaarn verlichtte, de wijken van Madrid af om de doden op te halen, de zieken naar een ziekenhuis te brengen, de stervenden geestelijke bijstand te bieden en de andere mensen voedsel: een homp brood en twee gekookte eieren; grote eieren zoals kon worden verwacht van een vooraanstaande broederschap, want de kleine, de eieren die door het gat vielen dat de broeders in een houten plankje hadden gemaakt om de grootte te controleren, kwamen niet in aanmerking.

Hij stal waar hij kon en behalve een mes dat hij besloot te bewaren, gebruikte hij alles om er de zoektocht naar Caridad mee te betalen. Hij herinnerde zich de manier waarop Martín hem bevrijd had en liep, net zoals de jongen had gedaan, mee in rozenkransprocessies totdat hij er door insinuaties in slaagde om twee ervan tegen elkaar op te zetten, de ene was vanuit de San Andrés-kerk vertrokken, de andere vanuit het San Francisco-klooster, en ze kruisten elkaar op het plein voor de Puerta de Moros. In de chaos die door het gevecht ontstond wist hij een aantal voorwerpen te pikken, die hij vervolgens verkocht. Een dergelijke truc haalde hij ook met een groep blinden uit. Melchor voelde zich aangetrokken tot dat leger slechtzienden in de straten en op de pleinen van Madrid. Spanje was een land van blinden; het waren er zoveel dat sommige buitenlandse artsen de kwaal toeschreven aan de gewoonte zich te aderlaten om een blekere huid te krijgen of om het evenwicht tussen de lichaamssappen te herstellen. De blinden verplaatsten zich in groepen en vermaakten de mensen met verhalen, muziek en zang. Daarbij hadden ze altijd een trits bladen aan een koord bij zich, waarop de teksten van de liedjes of van de voorgedragen werken stonden, die ze in kleine clandestiene werkplaatsen drukten, zonder vergunning, zonder betaling van koninklijke leges en zonder ze aan de censuur te onderwerpen. Ze verkochten de bladen tegen een zeer lage prijs aan het publiek, en de meestal eenvoudige mensen kochten ze gretig want de teksten gingen over hen, over de manolo's van de hoofdstad; ze verheerlijkten hun bravoure, hun gewoontes en hun niet aflatende strijd om het Spaanse karakter levend te houden, terwijl ze alles wat verfranst aandeed bespotten en verachtten. De blinden waren van nature wantrouwig en je hoefde ze maar een valse munt toe te stoppen of ze gingen de mensen om hen heen met hun stokken en vuisten te lijf. Het lukte de zigeuner twee keer, waarbij hij van de chaos profiteerde om zo veel mogelijk te stelen, maar de derde keer dat hij het probeerde leken de blinden hem te ruiken en begonnen ze voordat hij naderbij kon komen al te schreeuwen en hem uit te schelden.

Ook werd hij door een paar prostituees herkend. 'Ben je nog steeds op zoek naar je negerin?' schamperde een van hen. 'Val me niet lastig!' riep een tweede. 'Ga maar naar een ander met je smoesjes, sukkel!'

Hoe lang zocht hij al naar het zwartje? De zomer en een deel van de herfst waren inmiddels voorbijgegaan; het werd kouder en hij had 's nacht zelfs al in een van de vele ziekenhuizen van Madrid onderdak moeten vragen. Hij miste het warme weer van Triana. Soms werd hij niet toegelaten, voerden ze aan dat er geen plaats meer was, en dan moest hij naar het grote San Antonio de los Alemanes-ziekenhuis, van waaruit de brood-met-eierenronde vertrok en dat een heel blok tussen de Corredera Baja de San Pablo en de calle de la Ballesta besloeg.

Caridad was nergens te vinden, moest hij op een koude, grijze ochtend concluderen. Af en toe had hij zijn zoektocht onderbroken om te informeren hoe het met de onderhandelingen over de vrijlating van zijn dochter stond; hij was zo vaak naar het kantoor van Carlos Pueyo, in het portaal van de kledingverkopers in de calle Mayor, gegaan dat de notaris hem niet meer te woord wilde staan en hem door een nors kijkende klerk zonder pardon de deur liet wijzen. Toen hij hem op een dag wel ontving was dat om hem te zeggen dat de tussenpersoon meer geld vroeg, waarmee hij alle hoop die Melchor had gekoesterd de bodem insloeg. De zigeuner protesteerde. De ander haalde zijn schouders op. Melchor schreeuwde.

'Als je liever hebt dat we het hierbij laten en er niet mee doorgaan...' onderbrak de notaris hem.

Melchor trok zijn mes. De klerk die de notaris assisteerde ging gealarmeerd achter hem staan en richtte een musket op hem.

'Dat is niet de manier, Melchor,' reageerde Carlos Pueyo kalm. 'Ambtenaren zijn inhalig. Ze eisen meer geld, dat is alles.'

'Hij zal het krijgen,' beet de zigeuner hem toe terwijl hij zijn mes wegstopte en overwoog of hij hem nog een dreigement naar zijn hoofd zou slingeren. Hij deed het niet. 'Geef me wat tijd,' vroeg hij in plaats daarvan.

Alle tijd van de wereld kreeg hij. Wat kon hij nog doen? Caridad was niet te vinden, hoewel hij Madrid een aantal keren had doorkruist en alle bordelen had afgezocht. Het verlangen zijn dochter vrij te zien was steeds groter geworden, was zelfs uitgegroeid tot een obsessie, maar hij was afhankelijk van die notaris die hem kaalplukte met het excuus van een tussenpersoon die hij niet eens kende. Die dag gaf hij zijn laatste realen uit aan sigaren en wijn, met onbedekt gezicht, zonder de deken om zich heen, zijn rechterbeen jeukend nu het bevrijd was van de spalk die het maandenlang stijf gehouden had. Tabak, zo concludeerde hij bij zichzelf terwijl hij met zijn handen een inmiddels lege wijnkan ronddraaide; dat was de enige manier om aan het geld te komen dat de notaris van hem verlangde. Daarna liep hij, zijn zintuigen uitgeschakeld, doof voor het rumoer van de mensen, de stad door naar de Puerta de Segovia. Niets hoefde hij voor de reis te pakken, van niemand hoefde hij afscheid te nemen. Hij was alleen. Voordat hij de brug over het dunne stroompje van de Manzanares overstak, keek hij om naar Madrid.

'Het is me niet gelukt, zwartje,' fluisterde hij met hese stem; het koninklijk paleis in aanbouw verhief zich op een heuvel boven hem, wazig door de tranen die in zijn ogen opwelden. 'Het spijt me. Het spijt me echt, Cachita.'

# 28

Caridad had het eerste jaar van haar straf in de koninklijke Galera-gevangenis uitgezeten.

Die ochtend, terwijl ze op de grond van de galerij waar ze sliepen zaten te werken, hief Frasquita haar blik van het laken op en keek naar Caridad. Frasquita, die over de vijftig was, voelde een schok van genegenheid bij het zien van die vrouw die volledig opging in het stuk beddengoed waaraan ze met vlugge vingers aan één stuk door zat te naaien. Ze had geprobeerd haar te vernederen toen ze haar na het door de rechtbank uitgesproken vonnis naar de Galera teruggebracht hadden. Ze was elke ochtend vlak voor Caridad in de rij voor de po gaan staan, zodat die steeds haar ontlasting weg moest gooien. En Caridad deed het zonder klagen, totdat ze haar met haar geduld vermurwd had. Maar de dag dat Frasquita besloot op te houden met de vernederingen en op een andere plek in de rij ging staan, riep Caridad haar terug om haar oude plek weer in te nemen. Op een andere gevangene was ze misschien boos geworden, maar dat ronde gitzwarte gezicht had haar zonder de minste zweem van wrok, spot of uitdaging toegelachen. Ze ging op de plek staan die Caridad haar wees, plaste, maar gooide de inhoud van de pot zelf onder het roepen van 'Pas op, water!' door het raam. Veel van de gevangenen waren blij met haar besluit; per slot van rekening, zeiden ze in stilte, waren ze allemaal gelijk:

vrouwen die hun ellende met elkaar deelden.

En toch... Caridad was niet ongelukkig; dat had ze haar een tijd geleden bekend, toen Frasquita haar moest uitleggen waarom sommige vrouwen klaagden.

'In hun vonnis wordt geen strafmaat genoemd. Ze zitten al jaren gevangen zonder te weten wanneer ze vrij zullen komen.' Caridad knikte alsof dat normaal was; voor een vroegere slavin was dat helemaal niet vreemd. 'Maar zelfs als ze wel een termijn vaststellen,' vervolgde de andere vrouw, 'als je geen gerespecteerd man kent die je onder zijn hoede neemt en zich verantwoordelijk voor je stelt, laten ze je ook niet vrij.'

Caridad keek op van haar werk.

'Dat is waar,' beaamde Herminia, een kleine, blonde vrouw die Caridad had leren naaien.

De andere twee keken elkaar aan toen ze zagen dat Caridad haar werk weer opnam, alsof ze zich daarmee wilde troosten.

'Heb je iemand daarbuiten?' wilde Herminia weten.

'Nee... ik geloof van niet,' antwoordde ze na een paar tellen.

Ze had in haar leven alleen haar moeder gehad, een paar broers en een eerste halfbloedje van wie ze haar hadden gescheiden, daarna Marcelo, Milagros en Melchor... Ze had al een jaar lang niets van hem gehoord. Soms zeiden haar goden haar dat hij leefde, dat het goed met hem ging, maar ze bleef door twijfels overvallen worden. Af en toe kromp haar maag ineen, maar de tranen die over haar wangen stroomden sleepten de gelukkige herinneringen naar de vergetelheid. Wat kon een zwarte slavin tenslotte verwachten? Hoe had ze zo onnozel kunnen zijn om over een gelukkige toekomst te fantaseren?

'Ik zit hier goed,' mompelde ze.

Ja. Dat soort leven was het hare, het leven dat ze kende en dat bij haar hoorde, dat de blanken haar met zweepslagen hadden geleerd: slapen, opstaan, de mis bijwonen, ontbijten, werken, eten, bidden... Het routinematig uitvoeren van een aantal vaste taken. Grotere zorgen had ze niet. Soms kon ze zelfs roken. Op zaterdag mochten de gevangenen voor zichzelf naaien om wat geld te verdienen, een schijntje, maar voldoende om de portier of de 'boodschappenvrouw', degene die buiten de Galera dingen voor hen kocht, hun wat tabak te laten bezorgen.

Bovendien leken de meeste andere vrouwen haar vanaf het moment dat Frasquita haar eigen urine uit het raam gooide, geaccepteerd te hebben.

'Kijk wel uit met wie je omgaat,' waarschuwde Frasquita haar op een dag, toen ze over de centrale binnenplaats liepen; als het goed weer was mochten ze dat voor het slapengaan doen. Ze wees haar op een eenzame vrouw met een boos gezicht en boze ogen. 'Isabel, bijvoorbeeld. Dat is een slechte vrouw: ze heeft haar pasgeboren kind vermoord.'

'Op Cuba doden veel moeders hun kinderen. Dat zijn geen slechte vrouwen; ze doen het om hun een leven in slavernij te besparen.'

Frasquita nam haar woorden in zich op. Toen begon ze kalm te praten, alsof ze het tot dat moment nooit zo bekeken had.

'Isabel zegt ook zoiets: de vader liet het afweten, zij kon het niet onderhouden, en in het vondelingenhuis sterven acht van de tien weeskinderen voor hun derde jaar. Ze zegt dat ze het beeld van haar kind in dat tehuis, ziek en onverzorgd, zieltogend tot het zou sterven, niet kon verdragen.'

Desondanks ontweek Caridad Isabel en nog twee andere gevangen vrouwen die hetzelfde hadden gedaan. Dat lukte haar echter niet met een prostituee voor wie Frasquita haar ook gewaarschuwd had. Het toeval wilde dat die vrouw op een ochtend tijdens de mis achter haar stond, tussen andere hoeren met wie ze binnen de Galera een gevreesde groep vormde. Caridad hoorde hen ongegeneerd fluisteren totdat de priester hen schreeuwend tot de orde riep; toen lachten ze zachtjes en na een paar seconden begonnen ze opnieuw te kletsen. Wie was die Maria Magdalena, die de geestelijke hun in elke preek opnieuw als voorbeeld stelde? vroeg Caridad zich af. In Cuba had niemand het over haar.

'Zondaressen!'

Zijn stem galmde door de kleine kapel waar de gedwongen parochianen opeengehoopt stonden. Al beangstigd door het geschreeuw van de priester waarmee deze biecht, berouw, boetedoening en nog honderden andere offers van hen eiste, schrok Caridad toen ze ineens een hand op haar schouders voelde. Ze durfde niet achterom te kijken.

'Ze zeggen dat je voor hoererij veroordeeld bent,' hoorde ze.

Ze was bang dat ze de aandacht van de geestelijke zou trekken en hij haar toe zou schreeuwen. Ze reageerde niet. De vrouw schudde haar heen en weer.

'Zwartje, ik zei wat tegen je.'

Frasquita was niet bij haar. Die ochtend was ze laat geweest, zodat ze in een van de rijen achter in de kapel moest blijven staan. Caridad sloeg angstig haar ogen neer en had spijt dat ze niet op degene die haar kon beschermen gewacht had.

'Laat haar met rust,' sprong de vrouw naast haar voor haar in de bres.

'Bemoei je met je eigen zaken, vuile teef.'

Een andere prostituee gaf de vrouw die voor haar opgekomen was een flinke duw. Die botste tegen degenen die voor haar stonden, die op hun beurt even wankelden.

De priester bemerkte de opschudding en onderbrak zijn preek; de portier baande zich een weg tussen de vrouwen door en kwam naar hen toe.

'Exotische zwarte hoeren zoals jij pikken onze klanten af,' zei de vrouw die haar bij haar schouder had gepakt beschuldigend tegen Caridad, zonder zich druk te maken over de stok waarmee de portier dwars door de rijen gevangenen op hen af kwam. 'Zeg op, hoeveel betalen ze je om met je naar bed te mogen?'

'Herminia, meekomen!' sommeerde de man zodra hij bij hen was.

'Ik heb niet...'

'Stilte!' schreeuwde de priester vanaf het altaar.

De stok die in haar richting wees, was voor Herminia voldoende om niet meer te protesteren en de man te volgen. Caridad wierp haar een dankbare blik toe. Die vrouw was voor haar opgekomen en ze stond bij haar in het krijt.

'Ik pik niemand af,' beet Caridad de prostituee toe. 'Ze hebben me nooit ergens voor betaald!'

Haar verbazing was groot toen ze zich omdraaide en een vrouw onderdanig naar de portier zag gebaren dat het niet haar schuld was.

'Zwartje, jij ook meekomen,' hoorde ze deze bevelen.

'Stomme negerin.'

De belediging van de prostituee achter haar ging verloren tussen de woorden van de priester, die verder ging met de mis.

Zo raakte Caridad innig bevriend met Herminia: bij wijze van straf stonden ze samen een week op water en brood.

'Wie is Maria Magdalena?' vroeg ze op een dag aan haar nieuwe vriendin.

'Welke van de twee?'

Caridad keek verwonderd.

'We hebben hier twee Magdalena's die ons het leven vergallen,' legde de ander uit.

'Die van de mis, die waar de pastoor het altijd over heeft.'

'O die!' lachte Herminia. 'Een hoer. Ze zeggen dat ze de geliefde van Jezus Christus was.'

'Jezus!'

'Die ja. Het schijnt dat ze uiteindelijk berouw heeft getoond, waarna ze haar heilig verklaard hebben. Daarom gebruiken ze haar dag in dag uit als voorbeeld. Hebben ze jullie op Cuba nooit over haar verteld?'

'Nee. Daar vroegen ze ons nooit om ergens berouw over te hebben, ze zeiden alleen dat we moesten gehoorzamen en hard moesten werken omdat Onze-Lieve-Heer dat wilde.' Caridad zweeg even. 'En die andere Magdalena?' vroeg ze ten slotte.

Herminia snoof voordat ze antwoord gaf.

'Die is erger dan de eerste. Sor Magdalena de San Jerónimo – ze sprak de woorden nadrukkelijk en vol walging uit – was een non uit Valladolid die meer dan honderd jaar geleden de galeien voor vrouwen bedacht. Vanaf dat moment hebben alle Spaanse koningen haar instructies ijverig opgevolgd: dezelfde straffen als de mannen en een strenge discipline om ons tot gehoorzaamheid te dwingen, vernedering, wreedheid als het nodig is; hard werken om ons onderhoud te betalen. Heb je je gerealiseerd dat we door de hoogte van die ramen de straat niet kunnen zien?' Caridad knikte. 'Een idee van die Magdalena: ons afzonderen van de brave burgers. En daarnaast missen en preken zodat we ons leven beteren en goede dienstbodes worden... Dat is ons voorland, als we hier ooit uitkomen: dienen. God bewaar ons voor de Magdalena's!'

Maar met uitzondering van de vrouwen die het onherroepelijk trieste lot van hun kinderen hadden willen voorkomen door ze te doden, van de groep prostituees en van een enkele gewelddadige, norse misdadigster, zat het grootste deel van de honderdvijftig vrouwen daar gevangen voor onbeduidende overtredingen als gevolg van onwetendheid of armoede.

Ze kende het vonnis van Frasquita: losbandig leven, hadden de rechters geoordeeld.

'Ze hielden me op een avond aan terwijl ik met een schoenmaker wandelde,' legde ze Caridad uit. 'Een goeie man... We deden niets! Ik leed honger en kou en zocht alleen een beschutte plek om te slapen. Maar ze snapten me met een man.'

Frasquita wees haar op nog veel meer vrouwen die in de Galera hun straf uitzaten voor overtredingen van die even uitgebreide als vage lijst misdrijven tegen de goede zeden. Ze werden veroordeeld voor aanstoot geven, zedeloos gedrag, ontucht, wellust, losbandigheid, omdat ze door niemand onderhouden werden, het land schade berokkenden... Een hele groep ongelukkige vrouwen die niet zoals de mannen naar het leger of naar openbare bouwprojecten gestuurd konden worden en daarom in de vrouwengevangenis terechtkwamen.

Herminia, de kleine blonde vrouw die uit een naburig dorp afkomstig was, had geen ander misdrijf begaan dan te proberen in de straten van Madrid een paar knoflookstrengen te verkopen. Ze had dat geld nodig, bekende ze Caridad gelaten. Er zaten veel kleine straathandelaarsters als zij onder de gevangenen: vrouwen die slechts in hun onderhoud probeerden te voorzien door uien en allerlei soorten groenten te verkopen, iets wat verboden was.

Caridad leerde nog twee andere vrouwen kennen. Een simpele ruzie zonder grote gevolgen had hen naar de Galera gebracht. Vechten en beledigen was ook verboden voor vrouwen, evenals een herberg bezoeken of 's nachts alleen over straat lopen. Ze werden gevangengezet omdat ze geen vaste verblijfplaats of werk hadden, omdat ze arm waren maar zich niet als dienstmeid wilden verhuren, omdat ze bedelden...

Op een zaterdag, de dag dat de weektaken onder de gevangenen werden verdeeld – dweilen, schoonmaken, de lantaarns aansteken en doven, het eten opdienen – was Caridad aan de beurt om het taaie brood uit te delen. Ze deed dat samen met een jonge vrouw wier frisse jeugdige uiterlijk nog geen tijd had gehad om te verleppen. Het meisje was Caridad al opgevallen: ze leek nog verlegener en hulpelozer dan zijzelf. De twee stonden bij de broodmand te wachten tot de portier de andere vrouwen binnen zou laten.

'Ik heet Caridad,' stelde ze zich voor, boven het rumoer uit van de vrouwen die in de rij stonden.

'Jacinta,' antwoordde de jonge vrouw.

Caridad glimlachte en de andere vrouw deed een poging daartoe. De portier gebaarde met zijn stok dat de verdeling kon beginnen.

'Waarom ben je hier?' vroeg Caridad onder het uitdelen van de hompen oud brood. Ze was nieuwsgierig. Ze wilde dat het meisje zou zeggen dat het om iets onbeduidends was, zoals veel andere vrouwen. Ze wilde haar niet als een slechte vrouw moeten beschouwen.

'Waar wacht je op, kind?' Een van de gevangenen maande Jacinta, die zich door de belangstellende vragen van Caridad had laten afleiden.

Ze had niet met haar baas willen slapen, vertelde Jacinta haar toen ze klaar waren met brood uitdelen en de manden opstapelden, terwijl de anderen al zaten te eten. Caridad keek haar vragend aan: in aanmerking genomen dat de meeste vrouwen juist voor het tegenovergestelde waren veroordeeld, leek het haar een merkwaardig misdrijf.

'Eerdere keren had ik toegegeven en zo was ik zwanger geraakt. De vrouw van don Bernabé sloeg me en schold me uit, ze noemde me hoer en varken en nog veel meer; later dwong ze me het kind naar het vondelingenhuis te brengen.' Het meisje vertelde het alsof ze nog steeds niet in staat was te begrijpen wat er gebeurd was. 'Daarna... Ik wilde niet weer een kind krijgen!'

Ze onderdrukte een snik. Caridad kende die pijn. Ze aaide het meisje over haar arm en voelde haar trillen.

Duizenden meisjes als Jacinta ondergingen eenzelfde lot in de grote hoofdstad; volgens de berekeningen bestond twintig procent van de werkende bevolking in Madrid uit huispersoneel. De meisjes werden door hun familie vanuit alle hoeken van Spanje naar Madrid gestuurd om in de huizen of werkplaatsen te dienen. De meesten kregen te maken met handtastelijkheden van hun bazen of van hun zoons en ze konden niet weigeren. Als ze vervolgens zwanger werden, durfden sommigen naar de rechter te stappen voor een bruidsschat om te kunnen trouwen, als degene die hen zwanger had gemaakt getrouwd of van adel was, of om een vrijgezel zijn huwelijksbelofte te laten nakomen. De echtgenotes en moeders beschuldigden de dienstbodes ervan hun mannen voor geld of een positie te verleiden, en dat had ook de echtgenote van don Bernabé bij Jacinta gedaan, nadat ze haar had uitgescholden en geslagen. Ze was maar een meisje uit een dorpje in Asturië dat haar ogen naar haar jonge, volle borsten had neergeslagen toen de vrouw die aanwees als de oorzaak van de wellust en de daaruit voortvloeiende misstap van haar man. Ze had zich zelfs schuldig gevoeld toen ze daar stond en aangevallen werd, in de salon van een huis dat een paleis leek vergeleken bij het armoedige boerenhuisje waar ze vandaan kwam. Wat zouden haar ouders zeggen? En dat Asturiaanse familielid dat in Madrid woonde en haar aanbevolen had? Ze gaf toe, en zweeg. Op een nacht beviel ze in het armenziekenhuis, ook in de calle de Atocha. Daar namen ze de weeskinderen van boven de zeven op, hadden veertig bedden de opgegeven oude vrouwen, de zogeheten ‘wrakken’, die naar de enige plek in de hoofdstad die er voor hen was kwamen om te sterven, en er was ook een kamer waar arme stakkers als Jacinta konden bevallen. Veel moeders lieten het leven tijdens de bevalling; veel kinderen ondergingen hetzelfde lot. Jacinta overleefde het. De Broederschap van de Liefde Gods bracht de vrucht van haar schoot onder in het vondelingenhuis, waar het kind uiteindelijk zou sterven, en het meisje ging terug om te dienen.

‘Maar als je niet met je meester naar bed wilde...’ hield Caridad vol, ‘waarom hebben ze je dan gevangengezet?’

‘Dat was een beslissing van don Bernabé. Hij zei dat ik niemand in het huis wilde bedienen, dat ik een slechte dienstmeid was en dat ik hem niet gehoorzaamde.’

Zo ontdekte Caridad dat er naast de vrouwen die de wet hadden overtreden en degenen die wanhopig waren nog een andere groep was, wier enige misdrijf was dat ze als vrouw en ondergeschikt aan de man geboren waren. Vrouwen zoals Jacinta, die alleen omdat hun echtgenoot, vader of baas dat wilde, gevangengezet waren. Zoals de al bijna bejaarde María, die opgesloten zat omdat ze zonder toestemming van haar man een hemd had verkocht; Ana, die daar zat omdat ze zonder toestemming de echtelijke woning had verlaten, en een derde wier enige misdaad was dat ze vriendschap met een visser gesloten had. Het grootste deel van die eerzame vrouwen die op beschuldiging van hun echtgenoten in de gevangenis terechtkwamen, werd naar de gevangenis van San Nicolás of die van Pinto gebracht, maar sommige eindigden in de Galera. Het enige verschil tussen hen en degenen die een of ander misdrijf hadden begaan, was dat de man die om hun internering verzocht door de rechtbank werd geraadpleegd over de straf die ze de vrouw moesten opleggen. Die man moest, zolang de vrouw gevangen zat, ook de kosten van haar onderhoud dragen. Soms kregen ze na een tijdje vergeving en mochten ze de gevangenis verlaten.

‘Dat zei don Bernabé tegen me voordat ze me hier brachten,’ bekende Jacinta ten slotte: ‘dat hij me zou vergeven, zodra ik me voor hem beschikbaar stelde.’

Caridad bekeek het meisje van boven tot onder. Hoe lang zou het duren voordat ze, opgesloten in een plaats als deze, de schoonheid verloor waardoor haar baas zo aangetrokken werd?

De dag dat Herminia haar vroeg of ze iemand buiten de gevangenis had, ging Caridad, wetend dat ze door haar lotgenotes werd geobserveerd, zwijgend door met haar naaiwerk. Haar vingers, zo vaardig in het platstrijken en vervolgens zorgvuldig ineendraaien van de tabaksbladeren, waren al snel aan het naaien gewend geraakt. Ze zat daar goed: ze had veel vrouwen om zich heen, van wie de meeste goede mensen waren, met wie ze praatte en zelfs lachte, en ze kreeg te eten, hoe armoedig en slecht het voedsel ook was. Sommige vrouwen klaagden en rebelleerden zelfs, iets wat hun alleen maar zware straffen opleverde. Caridad probeerde hun houding te begrijpen: ze had hen horen praten over de honger en de ellende waaraan velen van hen hun gevangenisstraf weten, en ze begreep hun klachten niet. Ze herinnerde zich de maïspap en de eeuwige kabeljauw die ze jarenlang dag in dag uit op de plantage te eten gekregen had.

En de vrijheid... dacht Caridad. Die vrijheid die hun afgenomen was, waar de andere vrouwen het zo vaak over hadden, die vrijheid had haar slechts naar een ongastvrij land gevoerd en in contact gebracht met vreemde mensen die haar ten slotte aan haar lot overgelaten hadden. Wat zou er van Milagros geworden zijn? Soms dacht ze aan de zigeunerin, hoewel ze steeds verder weg leek. En Melchor... Ze voelde dat haar ogen vochtig werden en verhinderde met een zogenaamde hoestbui dat haar vriendinnen het zagen. Nee, de vrijheid was niet iets wat ze miste.

# IV

# *Ingehouden passie*

# 29

*Sevilla, 1752*

Milagros was sinds de dag dat ze naar het paleis van de graaf en gravin van Fuentevieja was gegaan om hun om hulp bij de vrijlating van haar ouders te verzoeken, daar niet meer teruggekeerd. Er waren bijna drie jaar voorbijgegaan en het meisje dat de norse secretaris van Zijne Genade niet verder had laten komen dan de sombere gang naar de keuken, bewoog zich nu zelfverzekerd door een van hun luxueuze salons. Tussen die rijke adellijke vrouwen die zich veelvuldig lieten aderlaten om bleke wangen te krijgen, met hun hoepelrokken, in korset geregen bovenlichamen en hun hoge ingewikkelde, overdadig versierde kapsels, die te zwaar voor de draadconstructie eronder dreigden te worden en op hun immer met juwelen en linten getooide hoofden dreigden in te storten, voelde de zigeunerin zich door de mannelijke gasten op het feest van de graaf bekeken en begeerd. De secretaris had, toen hij haar die avond eind februari samen met een van de portiers ontving, een wellustige blik op haar borsten geworpen.

'Hé, jij,' zei Milagros om zich te wreken, hoewel ze zich tegelijk afvroeg of hij in haar het meisje herkende dat hij jaren daarvoor had vernederd, 'wat sta je daar te kwijlen?'

De man reageerde meteen en hief betrapt zijn hoofd op.

'Dat zou parels voor de zwijnen gooien zijn,' beet Milagros hem toe.

Een paar van de zigeuners die haar begeleidden toonden zich verrast. De portier onderdrukte een schaterlach. De secretaris wilde iets zeggen toen Milagros hem in de ogen keek en hem stilzwijgend uitdaagde: wil je me beledigen en het risico lopen dat ik vertrek? In welke positie zou je je bazen tegenover hun gasten brengen? Maar hij hield zich in en wierp de groep zigeuners slechts een minachtende blik toe.

Natuurlijk had hij haar niet herkend! Drie jaar en de geboorte van een prachtige dochter hadden haar het schitterende lichaam van een vrouw van zeventien gegeven, jong maar volledig gerijpt. Gebruind, met mooie geprononceerde gelaatstrekken en lang bruin haar dat los op haar rug hing, straalde ze met haar hele wezen trots uit. Milagros had geen korsetten of elegante kledingstukken nodig om haar charmes ten toon te spreiden: een eenvoudige groene bloes en een lange bloemetjesrok die tot op haar blote voeten viel verraadden sensuele benen, schouders, heupen, buik... en stevige, volle borsten. Het gerinkel van haar vele sieraden volgde de portier en de secretaris naar de grote salon, waar de graaf en de gravin op hen wachtten terwijl ze met hun illustere gasten praatten, likeur dronken en rapé snoven. Ze begroette de gastheer en gastvrouw en alle nieuwsgierigen die de beroemde Milagros van Triana van nabij wilden leren kennen, en terwijl haar begeleiders gingen zitten en hun gitaren begonnen te stemmen, liep ze door de salon, tussen de mensen door; ze bekeek zichzelf in de enorme spiegels, betastte afwezig een of ander beeldje en paradeerde bij het licht van de indrukwekkende kristallen kroonluchter voor mannen en vrouwen langs alsof ze hun een voorproefje gaf van de sensualiteit die even daarna zou losbarsten.

Het inmiddels ritmische tokkelen van de gitaren vereiste haar aanwezigheid in de hoek waar haar begeleiders zaten, die speciaal voor de groep van vier mannen en evenzoveel vrouwen vrijgemaakt was. De Trianera hield toezicht; ze zat met haar dikke lijf in een stoel van verguld houtsnijwerk met een roodzijden bekleding, alsof het een troon was; toen ze die zag, had ze er onmiddellijk haar zinnen op gezet en hem met heftige gebaren naar een paar bedienden vanaf het andere uiteinde van de salon naar zich toe laten brengen.

Reyes en Milagros wierpen elkaar harde, kille blikken toe; maar elk onbehaaglijk gevoel bij Milagros verdween zodra ze haar eerste lied inzette. Dit was haar universum, een wereld waarin niets en niemand anders telde. De muziek, de zang en de dans namen bezit van haar en voerden haar naar een extatische climax. Ze zong. Ze danste. Ze schitterde. Ze bracht haar publiek in vervoering: mannen en vrouwen die naarmate de avond vorderde hun stijve houding en aristocratische air lieten varen om mee te doen met het handgeklap en de aanmoedigende kreten van de zigeuners.

In de korte pauzes legden de zigeuners van de familie García hun gitaren neer en kwamen om haar heen staan, terwijl zij koket flirtte met de mannen die naar haar toe kwamen. Pedro was er niet, hij was er nooit. En Milagros zocht in de gezichten van de mannen, in de begeerte die ze kon ruiken, wie van hen bereid was haar te belonen voor een schalkse knipoog, een gewaagd gebaar, een glimlach of een grotere blijk van aandacht dan ze de anderen gaf. Een paar munten, een klein sieraad of een andere snuisterij die ze bij zich droegen: een zilveren knoop, misschien een rijk bewerkte snuifdoos. Die beschaafde, ontwikkelde aristocraten streelden haar ijdelheid door haar schaamteloos het hof te maken in het bijzijn van hun vrouwen die op een afstandje, alsof het om een of ander schouwspel ging, stonden te fluisteren en te lachen om de grote moeite die hun echtgenoten deden om andere mannen af te troeven en de prooi te bemachtigen.

Een zakhorloge. Dat was de trofee die ze die nacht veroverde en die ze onmiddellijk aan de Trianera gaf, die het horloge op haar hand woog en tussen haar kleren verborg. Milagros stond toe dat de winnaar haar hand pakte en zijn lippen erop drukte. Vanuit een ooghoek zag ze hoe een vrouw met een grote gouden strik in haar decolleté, passend bij de vele andere strikjes die haar pruik sierden, door een paar vriendinnen werd gefeliciteerd, terwijl ze met nonchalante gebaren duidelijk maakte dat ze geen enkel belang hechtte aan het kleinood dat haar man zojuist weggegeven had. Ze hebben er plezier om, dacht Milagros: welgestelde, beschaafde en beleefde aristocraten die door huwelijken tussen gelijkgestemden met elkaar verbonden zijn.

De zigeuners speelden op hun gitaren, begeleid door castagnetten en handgeklap, en Milagros zong en danste voor de adel. Dat zouden ze blijven doen totdat don Alfonso en zijn illustere gasten er genoeg van kregen, hoewel ze bij het zien van de soepen, pasteien, gebakjes en chocolade die de bedienden de hele avond serveerden, al wist dat het eindeloos ging duren. En dat was zo; de soiree duurde tot de vroege ochtend, lang nadat een uitgeputte Milagros zich gedwongen had gezien haar plaats aan de andere vrouwen in haar gezelschap af te staan, die tevergeefs probeerden haar naar de kroon te steken.

De Trianera, die op haar troon zat te dutten, stond die avond pas op toen don Alfonso een eind aan het feest maakte. De oude zigeunerin werd instinctief wakker op het moment dat de graaf zijn majordomus een bijna onmerkbaar teken gaf. De graaf moest hen betalen, hoewel hij zelf bepaalde hoeveel. Veel gasten hadden zich al teruggetrokken. Van degenen die er nog waren, hadden sommigen door de drank hun voorname houding verloren. Don Alfonso, met de zak geld in zijn hand, leek niet bij deze laatsten te horen, noch de man met wie hij naar de groep zigeuners toe kwam.

'Een aangename avond,' feliciteerde de graaf hen terwijl hij hun de zak aanreikte.

Reyes rukte hem uit zijn hand.

'Een interessante avond,' voegde zijn metgezel toe.

Zonder acht op de Trianera te slaan wendde don Alfonso zich tot Milagros.

'Ik heb je geloof ik al voorgesteld aan don Antonio de Heredia, markies van Rafal, op bezoek in Sevilla.'

De zigeunerin nam de man op: oud, wit bepoederde pruik, ernstig gezicht, openhangende zwarte justaucorps, getailleerd en met geborduurde manchetten, mouwloos vest, kanten cravate, kniebroek, witte kousen en lage schoenen met zilveren gespen. Hij was Milagros niet opgevallen, hij was niet een van de mannen die haar belaagd hadden.

'Don Antonio is de burgemeester van Madrid,' vervolgde de graaf nadat hij de zigeunerin een paar seconden gegeven had.

Milagros reageerde op zijn woorden met een lichte hoofdbuiging.

'Als burgemeester,' legde don Antonio toen uit, 'ben ik ook beschermend en privatief rechter van de komedietheaters in Madrid.'

Door de afwachtende uitdrukking op het gezicht van de burgemeester vroeg Milagros zich af of ze zich geïmponeerd moest tonen door die onthulling. Niet-begrijpend trok ze haar wenkbrauwen op.

'Je stem heeft grote indruk op me gemaakt en...' – de burgemeester draaide een paar vingers in de lucht – 'ook de manier waarop je danst. Ik wil dat je naar Madrid komt om in het Coliseo del Príncipe te zingen en te dansen. Je zult deel uitmaken van het gezelschap...'

'Ik...' onderbrak de zigeunerin hem.

Nu was het de beurt aan de graaf om zijn wenkbrauwen op te trekken. De burgemeester strekte zijn hals. Milagros zweeg, ze wist niet wat ze moest zeggen. Naar Madrid gaan? Ze draaide zich om naar de zigeuners achter haar, alsof ze hulp van hen verwachtte.

'Vrouw,' – de stem van de graaf klonk scherp in haar oren – 'don Antonio heeft je zojuist een genereus aanbod gedaan. Je wilt zijne majesteits burgemeester toch niet voor het hoofd stoten?'

'Ik...' stamelde Milagros opnieuw, zonder een spoor van de zelfverzekerdheid waarmee ze zich de hele avond bewogen had.

Reyes zette een stap naar voren.

'Neemt u het haar niet kwalijk, heren. Ze is er beduusd van... en in verwarring. Uwe Genades zullen begrijpen dat een dergelijke grote eer nieuw voor haar is. Natuurlijk zal ze in Madrid zingen,' zei ze resoluut.

Milagros, die haar ogen niet van het gezicht van de burgemeester kon afhouden, zag hoe zijn gelaatstrekken zich bij de woorden van de Trianera ontspanden.

'Uitstekend besluit,' kon ze zijn mond zien articuleren.

'Mijn secretaris en die van don Antonio zullen alles regelen,' zei de graaf. 'Morgen...' Hij zweeg even, glimlachte en keek naar een van de grote ramen waardoor de eerste zonnestralen al naar binnen kropen. 'Goed, vandaag dus,' verbeterde hij zichzelf. 'Zorg dat jullie je voor de avond bij hem melden.'

Meer tijd gunden de aristocraten hun niet. Ze namen afscheid en liepen al pratend, de een met zijn hand op de schouder van de ander, naar de grote dubbele deur van de salon. De schaterlach van de graaf voordat hij erdoor verdween, wekte Milagros uit haar verbijstering: alleen de zigeuners waren nog in de salon, en natuurlijk de majordomus die hen in de gaten hield en een tweetal bedienden die zich, zodra de echo van de lachsalvo's in de gangen van het grote paleis was weggestorven, losmaakten van de muren waartegen ze onbeweeglijk waren blijven staan. De een slaakte een zucht, de ander maakte zijn spieren los. Het licht van de zon en dat van de nog brandende kaarsen in de kristallen kroonluchter onthulden een ruimte die erom vroeg te worden teruggebracht tot de pracht en praal waarmee ze hen ontvangen had; de meubels stonden kriskras door elkaar; overal stonden glazen, kopjes met chocoladevlekken, dienbladen, borden met etensresten, en er lagen zelfs waaiers en een paar kledingstukken die de dames vergeten waren.

'Madrid?' kon Milagros toen pas uitbrengen.

'Madrid!' De stem van de Trianera weerkaatste tegen het hoge plafond. 'Of wilde je de burgemeester soms voor het hoofd stoten en opnieuw de vijandschap van de hoge heren in het koninkrijk over ons afroepen?'

Milagros keek met gefronst voorhoofd naar de Trianera. Ja, ze zou naar Madrid gaan, wist ze ineens zeker. Naar elke plaats die ver van jou en je familie is, dacht ze.

Ze maakten zich op om de reis naar Madrid te maken in een van de grote huifwagens die wekelijks tussen Sevilla en de hofstad heen en weer reden, een kar op vier wielen die overdekt was met een linnen huif en door zes muildieren getrokken werd. De huifwagen kon vijftien passagiers met hun bagage vervoeren, die er op die ochtend in maart van het jaar 1752 omheen stonden.

Deze keer zouden de zigeuners Triana verlaten met al hun vergunningen en paspoorten in orde, ondertekend en door alle vereiste autoriteiten van zegels voorzien, en bescherming van de burgemeester van Madrid zelf, zoals vermeld stond in de brief die zijn secretaris hun had verstrekt, nadat hij eerst zijn verwondering had uitgesproken over de oude zigeunerin die de García's mee wilden nemen. 'Wie moet er anders op het kind passen terwijl ze voor Zijne Genade zingt?' betoogde Rafael, de patriarch. De secretaris schudde zijn hoofd, maar in wezen kon het aantal zigeuners dat naar Madrid zou verhuizen hem weinig schelen, zodat hij toestemde. Hij zei echter wel iets van de verwijzing naar zijn heer.

'Vergis je niet,' waarschuwde hij. 'De vrouw zal niet voor mijnheer de burgemeester zingen; ze zingt in het Coliseo del Príncipe voor iedereen die daar naar de komedies komt kijken.'

'Maar één keer zal Zijne Genade toch wel komen, of niet?' Rafael García knipoogde naar de functionaris om hem deelgenoot te maken van de overdreven voorstelling die Reyes, zijn vrouw, hem had gegeven van de fascinatie van de burgemeester toen ze vertelde wat er in het paleis van de graaf gebeurd was.

De secretaris zuchtte.

'En zelfs de koning,' zei hij op spottende toon. 'Zijne majesteit, die ook.'

Rafael García verschoot van kleur en onderdrukte een scherp antwoord.

'Hoeveel zal mijnheer de burgemeester haar betalen?' vroeg hij in plaats daarvan.

De secretaris glimlachte boosaardig, geïrriteerd omdat hij zich met zigeuners moest inlaten.

'Dat weet ik niet, maar wat ik wel weet is dat ze niet de positie van eerste zangeres zal krijgen. Ik denk een bedrag van zo'n zeven à acht realen per dag, zonder recht op doorbetaling.'

'Zeven realen!' protesteerde de Graaf. Alleen het horloge dat Milagros de avond daarvoor had gekregen was al honderd keer meer waard!

De ander glimlachte nu breder.

'Dat is wat het is. Nieuwelingen worden niet doorbetaald,' beklemtoonde hij toen hij zag dat de zigeuner hem niet begreep: 'Ze krijgt alleen betaald krijgen voor de dagen die ze werkt, naar rato... ja, zeven of acht realen.'

Rafael García kon zijn teleurstelling niet onderdrukken. Ook zijn zoon en nog twee andere zigeuners die bij hem waren, toonden hun onvrede.

'In dat geval....' De zigeuner aarzelde, maar sprak ten slotte toch zijn dreigement uit: 'Voor dat geld gaat Milagros niet naar Madrid.'

'Luister,' waarschuwde de ander ernstig, 'ze zou niet de eerste komediespeelster zijn die in de gevangenis belandt omdat ze weigert de bevelen op te volgen van de burgemeester en van de raad waaronder de Madrileense theaters vallen. Madrid wordt niet in realen gemeten, zigeuner. Madrid is...' De man wapperde met zijn handen in de lucht. 'Veel komediespelers van rondreizende gezelschappen of van kleinere theaters in het koninkrijk gaan erop achteruit als ze naar Madrid geroepen worden. Kies jij maar: Madrid of de gevangenis.'

Rafael García koos, en een maand later stond zijn kleinzoon Pedro met een sigaar in zijn mond toe te kijken hoe Milagros de schaarse bezittingen van het gezin in de huifwagen tilde terwijl Bartola, haar kinderjuf, hun dochtertje op de arm hield.

Tussen het inladen van de pakken en balen door keek Milagros af en toe naar haar dochtertje. Ze was precies haar moeder, zeiden sommigen, terwijl anderen beweerden dat ze op haar vader leek, en er waren er meer die een gelijkenis met de García's zagen. Niemand had het over de Vega's. Ze wiste met een van haar mouwen het zweet van haar voorhoofd. Ze had het kind niet Ana durven laten dopen. Er kwamen veel zigeuners langs met berichten van de vrouwen die in Málaga gevangen zaten, maar geen enkel voor haar. Ze vroeg hun nooit om met Ana Vega te praten. Nog zo'n antwoord als wat ze kreeg toen ze die Camacho erheen had gestuurd, zou ze niet kunnen verdragen! Misschien op een dag... Ondertussen wist ze niets van haar moeder, en daar leed ze onder. Ze had haar dochter echter wel María gedoopt, als een geheim eerbetoon aan de oude kruidenvrouw wier plaats was ingenomen door Bartola, die met het echtpaar mee naar de hofstad zou reizen.

Nog twaalf andere mensen klommen na hen op de wagen: verschillende koeriers met pakketten, een verfranste saletjonker die alles om hem heen vol walging bekeek, een verlegen meisje dat in de hoofdstad ging dienen; een man die zei dat hij stoffenkoopman was; twee broeders en een echtpaar. Geen van de zigeuners had eerder per huifwagen gereisd, en het was duidelijk dat behalve de koeriers, die van stad naar stad gingen, de andere passagiers dat ook nog nooit hadden gedaan. Zo groot was de afkeer tegen reizen in die tijd. De huifwagen was propvol en allemaal probeerden ze een plek te vinden in die ruimte zonder banken, tussen de vele verschillende koopwaren en persoonlijke bezittingen die ze bij zich hadden, op een bodem die niet van planken was gemaakt, zoals die van de wagens die Milagros kende, maar die bestond uit een netwerk van sterke touwen dat de chaotische opeenhoping van mensen en bagage moest dragen. Ze moesten liggend reizen, zoals Milagros een van de koeriers zag doen. Om zich heen duwend legden de twee zigeunerinnen de stromatrassen die ze bij zich hadden aan een zijkant van de wagen, en gingen erop zitten, met hun rug voorzichtig leunend tegen een paar slappe matten van espartogras die als zijschotten dienstdeden.

Zo begonnen ze aan de lange reis, vergezeld door een wagen die olijfolie vervoerde en nog een muildierdrijver, die een stoet van zes lastdieren beladen met koopwaar aanvoerde. Milagros slaakte een diepe zucht op het moment dat de voerman de muildieren aanspoorde om in beweging te komen en de zware huifwagen te gaan trekken. Daarna liet ze zich wiegen op het geklingel van de belletjes aan het tuig van de lastdieren en het metalige gerinkel van de potten en pannen die aan de buitenkant van de huifwagen hingen. Elke tinkeling van die bellen verwijderde haar verder van Triana, van de Graaf, van de Trianera, van de García's en van alle ellende die haar leven had vergald. Af en toe zette het knallen van de zweep de dieren tot sneller lopen aan, wat ze een paar minuten volhielden, waarna ze weer in hun oude slome gang terugvielen. Madrid, de stad kwam weer in Milagros' gedachten. Ze was hem gaan haten toen ze over de ontvoering van haar grootvader hoorde, maar na een maand had een andere bode het bericht gebracht dat hij ontsnapt was, en terwijl de leden van haar nieuwe familie vloekten en scholden, had zij zich met de stad verzoend. Zou het er in een Madrileens theater met zijn komediespelers en beroepsmuzikanten net zo aan toegaan als in de herbergen of bij de soirees van de Sevillianen? Die onzekerheid was het enige wat haar zorgen baarde. Ze herinnerde zich de kwelling die het zingen van kerstliederen in de Santa Ana-kerk voor haar was geweest, toen de kapelmeester haar voortdurend berispte en de musici op haar neerkeken, en ze was bang dat dat zich zou herhalen. Ze was maar een zigeunerin, en de burgers... de burgers gedroegen zich tegenover de zigeuners altijd hetzelfde. Desondanks was Milagros bereid die vernedering te ondergaan, honderd keer als het nodig was, om Pedro los te weken van zijn familie in Triana, van zijn luie leventje en de nachten dat hij verdween naar... Ze kon het maar beter niet weten. Ze kneep haar ogen dicht en drukte haar kindje tegen haar borst. In Madrid zou Pedro alleen haar hebben. Hij zou veranderen. Wat kon haar het geld schelen waar de García's zoveel waarde aan hechtten? Zonder dat zou er geen wijn zijn, geen herbergen, geen dranklokalen, geen... vrouwen.

Pedro had zich krachtig verzet tegen de verhuizing naar Madrid, maar zelfs voor zijn favoriete kleinzoon was de Graaf niet gezwicht. Toen de vrijlatingen van de zigeuners kort na die van José Carmona werden opgeschort, vertrouwden velen erop dat de koning de situatie op een dag zou heroverwegen. En zij deden veel moeite om dat te bewerkstelligen. 'Hij is de burgemeester van Madrid!' had de Graaf tegen zijn kleinzoon geschreeuwd.

'Luister, Pedro,' vervolgde hij op een andere toon, 'we zoeken allemaal toenadering tot de burgers. Binnenkort, over hooguit een paar maanden, zullen we de aartsbisschop van Sevilla de regels aanbieden van de toekomstige broederschap van de zigeuners; als zetel hebben we het Espíritu Santo-klooster uitgekozen hier in Triana. We zijn er hard mee bezig. De zigeuners met een religieuze broederschap!' vervolgde hij alsof het hem een absurd idee leek. 'Wie had dat kunnen denken? We zijn niet meer alleen met de familie García, maar met alle families van de stad samen. Wil jij je... wil jij ons allemaal gehaat maken bij iemand die zo dicht bij de koning staat als de burgemeester van Madrid? Ga erheen. Het zal niet voor altijd zijn.'

De zigeuners stonden zo dicht bij die Kerk die in staat was om mensen gevangen te zetten of vrij te laten, dat het zelfs de broeders die naar Triana kwamen om de algemene biecht af te nemen, opviel hoe vroom en godsdienstig, veel meer dan de andere inwoners, ze kwamen biechten.

'Weiger dan!' hitste Milagros haar constant klagende man op een dag op. 'Laten we ervandoor gaan, vluchten uit Triana. Ik ben tegen de wil van een deel van mijn familie met jou getrouwd, kom jij nu ook in opstand. Wie is je grootvader om te beslissen wat wij moeten doen of laten?'

Precies zoals ze al dacht, durfde Pedro niet tegen zijn grootvader in te gaan en sinds die dag waren er geen discussies meer, hoewel Milagros er wel voor waakte hem haar blijdschap te tonen.

Elf eindeloze dagen hadden ze nodig om in Madrid te komen. Dagen waarop er steeds weer nieuwe vrachtjes en reizigers met dezelfde bestemming bij kwamen, anderen ergens op een kruispunt uitstapten. De wegen waren slecht en gevaarlijk, zodat de mensen elkaars gezelschap zochten. Bovendien genoten voerlieden en ezeldrijvers bepaalde voorrechten die de dorpelingen niet bevielen: ze mochten hun dieren laten grazen en hout sprokkelen op gemeenschapsgrond, en het was altijd beter om die rechten samen te verdedigen. Hoewel verstijfd en voortdurend bezig het klaaglijke huilen te stillen van een anderhalf jaar oud meisje voor wie de vermoeiende, saaie reis te veel was, leefde Milagros op toen ze merkte dat ze de grote stad naderden. Zelfs de muildieren versnelden hun trage pas naarmate het rumoer steeds duidelijker hoorbaar werd. De zon was kortgeleden opgegaan, en de huifwagen waarin ze reisden werd ingeklemd tussen de honderden wagens en de duizenden lastdieren die elke dag naar Madrid kwamen om de stad te bevoorraden. Een menigte landarbeiders, boeren, tuinders, kooplieden, vrachtrijders, met hun kleine of grote wagens, te voet, bepakt of muildieren en ossen achter zich aan trekkend, moest persoonlijk naar Madrid komen om hun producten en spullen te verkopen. Om hamsteren en prijsstijgingen te voorkomen had de koning de Madrileense handelaren, sjacheraars en kooplieden verboden om in de omgeving van de stad of op de toegangswegen etenswaren te kopen en die vervolgens in de stad door te verkopen; ze mochten dat pas na twaalf uur 's middags op de pleinen en markten doen, nadat de inwoners van de stad de gelegenheid hadden gekregen om ze bij de stalletjes en kramen tegen de oorspronkelijke prijs te kopen.

Door een kier in de huif die de zijkant van de wagen bedekte, keek Milagros naar de drukte van mensen en dieren. Ze kromp ineen bij het zien van de lawaaierige chaos. Wat stond hun te wachten in een stad die dag in dag uit zo'n leger toeleveranciers vereiste?

Ze reden Madrid binnen door de Puerta de Toledo, en in de gelijknamige straat, bij een van de vele daar gevestigde herbergen, La Herradura genaamd, eindigde de reis die hun eindeloos geleken had. Zodra ze aankwamen, moesten ze naar het Coliseo del Príncipe gaan voor instructies, zo was hun gezegd. Milagros en de oude Bartola vochten met de andere reizigers om hun stromatrassen en overige bezittingen uit te kunnen laden, terwijl Pedro zich via de voerman en de koeriers van het een en ander op de hoogte stelde.

De zon van een koude maar stralende dag bescheen de bonte menigte die de stad binnenstroomde en waar zij zich bij voegden. Pedro voorop, zijn handen vrij, terwijl de twee vrouwen de bagage met zich meesleepten en de kleine María droegen. Het groepje zigeuners dat door de calle de Toledo richting de plaza de la Cebada liep, in een van de drukste en armste wijken van Madrid, trok weinig aandacht. De mensen slenterden langs de herbergen, dranklokalen, matrassenmakers, touwslagerijen, smederijen en barbierswinkels aan beide kanten van de calle de Toledo.

María werd om de beurt door Milagros en Bartola gedragen. Toen de een het kind weer van de ander overnam, schoot Pedro, die omkeek om te zien waar ze bleven, op hen af om net op tijd te verhinderen dat de kleine een van de hemden vastgreep die aan de deur van een armoedig winkeltje in tweedehandskleren hingen.

'Moet het kind een ziekte krijgen?' verweet hij de twee vrouwen. 'Smeerlap!' riep hij toen met zijn ogen strak op het uitgemergelde gezicht van de winkelier gericht.

Want in de calle de Toledo zaten de voddenboeren, die met hun magere gezichten lieten zien welk lot de vele mensen wachtte die zich, gedreven door armoede, gedwongen zagen om voor weinig geld de kleren te kopen van degenen die in de ziekenhuizen overleden waren. Waar de zigeuners de kledingstukken van hun doden na de begrafenis verbrandden, kochten de burgers deze op, zonder zich erom te bekommeren dat er in de naden allerlei kiemen van ziekten en kwalen konden zitten. En de rokken, kniebroeken en hemden keerden telkens weer bij de voddenboeren terug, in afwachting van de volgende arme drommel die ze in een vicieuze cirkel van de dood konden besmetten.

Milagros tilde het kind hoger op haar heup; ze begreep waarom Pedro zo had gereageerd en knikte voordat ze verder liepen. Zo kwamen ze bij de plaza de la Cebada, een groot, onregelmatig gevormd plein waar niet alleen de tot de galg veroordeelden werden opgehangen, maar ook graan, spek en peulvruchten werden verkocht. Veel van de landarbeiders die tegelijk met hen door de calle de Toledo omhoogliepen, sloegen af naar het plein. Rondom de marktstalletjes zwierven honderden mensen. Andere landbouwers liepen verder naar de plaza Mayor.

Pedro leidde hen echter naar rechts, naar een straatje achter de San Millán-kerk en het bijbehorende kerkhof; dat liepen ze uit tot ze bij de plaza de Antón Martín kwamen. Daar, waar vrouwen en kinderen zich opfristen in de fontein die water uit de bek van een paar dolfijnen spoot, vroeg hij opnieuw de weg naar het Coliseo del Príncipe. Zonder succes. Een paar mannen ontweken de zigeuner en versnelden hun pas. Pedro raakte geïrriteerd en klemde zijn hand om het heft van zijn mes.

'Wat zoek je?' klonk het op het moment dat hij het aan een derde persoon wilde vragen.

Milagros zag een in het zwart geklede gerechtsdienaar die met zijn stok in de hand op haar man af kwam. De mannen praatten. Sommige voorbijgangers bleven staan om toe te kijken. Pedro liet hun papieren zien. De gerechtsdienaar las ze en vroeg naar de komediespeelster die in de papieren genoemd werd.

'Mijn vrouw, Milagros van Triana,' antwoordde de zigeuner kortaf terwijl hij naar haar wees.

Milagros, die bij de fontein stond, voelde hoe de ogen van de gerechtsdienaar en de nieuwsgierigen over haar lichaam gleden. Ze aarzelde. Ze voelde zich belachelijk met de opgerolde stromatras onder haar arm, maar ze stak haar kin in de lucht en rechtte haar rug tegenover al die mensen.

'Trotse zigeunerin!' schreeuwde de gerechtsdienaar haar toe. 'We zullen zien of je in staat bent om net zo arrogant op het podium te staan wanneer het parterrepubliek je uitjouwt. Mooie vrouwen hebben we in Madrid genoeg, goede komediespeelsters te weinig.'

De omstanders lachten en Pedro maakte aanstalten om zich op hen te storten. De gerechtsdienaar hield hem met opgeheven stok tegen.

'Niet zo snel aangebrand, zigeuner,' waarschuwde hij nadrukkelijk. 'Over een paar dagen, wanneer het komedieseizoen begint, zal heel Madrid en omstreken je vrouw bekritiseren... of de hemel in prijzen. Dat hangt van haar af. Een tussenweg is er niet. Loop maar mee,' bood hij aan op het moment dat Pedro zijn agressieve houding liet varen, 'het Príncipe is hier heel dichtbij. Ik kom er langs op mijn ronde.'

Vanaf het plein liepen ze een eindje de calle de Atocha in om vervolgens voorbij de Loreto-school rechts een zijstraat in te slaan. Milagros deed haar best om met dezelfde fiere houding als haar man langs de rij Madrileense omstanders te lopen, maar met María op haar ene arm en de stromatras onder de andere, en gevolgd door Bartola die met de andere twee stromatrassen en de rest van hun bagage achter haar liep te zuchten en te vloeken, leek de korte afstand tot de gerechtsdienaar en Pedro onoverbrugbaar. 'We komen naar je kijken, zigeunerin!' hoorde Milagros, en ze draaide zich om naar een kleine dikke man die door de grote zwarte hoed op zijn hoofd net een paddenstoel leek. 'Zorg dat we waar voor ons geld krijgen,' hoorde ze een ander roepen. Waar is de pracht en praal van het paleis van de graaf van Fuentevieja nu? beklaagde ze zich, geïrriteerd door het gelach en de commentaren toen ze voorbijliep.

Nog een blok en ze stonden in een zijstraat van de calle del Príncipe; iets verder, vanaf de hoek met de calle del Prado, wees de gerechtsdienaar naar rechts, naar een rechtlijnig gebouw met een sobere stenen gevel waarvan het puntdak ver boven de aangrenzende gebouwen uitstak.

'Daar is het,' zei hij trots, 'het Coliseo del Príncipe.'

Milagros probeerde zich een idee te vormen van de grootte van het theater, maar de smalle straat maakte dat onmogelijk. Ze draaide haar hoofd naar links, naar een ononderbroken muur zonder ramen die zich langs het noordelijke deel van de calle del Prado uitstrekte.

'Het Santa Ana-klooster,' legde de gerechtsdienaar uit toen hij zag waar de jonge zigeunerin naar keek. Toen wees hij naar het hoger gelegen gedeelte van de straat. 'Daar, in het portaal waardoor je het klooster binnengaat, zit een nis met het beeld van de moeder van de Heilige Maagd, die door veel mensen van jullie ras wordt vereerd. Je zou je aan haar moeten aanbevelen voordat je het theater binnengaat,' besloot hij lachend.

Milagros zette María op de ongeplaveide grond. De heilige Anna! In haar kerk in Triana had ze voor de burgers kerstliederen gezongen nadat ze door de kapelmeester en de musici vernederd was. Hoe ver weg leken die dagen! Maar nu verscheen diezelfde heilige naast het theater waar ze opnieuw voor de burgers zou moeten zingen. Dat kon niet alleen maar toeval zijn, het moest iets betekenen...

'Kom!' Het bevel van de gerechtsdienaar haalde haar uit haar gedachten. De zigeuners stonden op het punt om het theater in te gaan toen de gerechtsdienaar hen met zijn stok tegenhield en zei: 'Die ingang is voor het publiek. De komediespelers gaan door de achterdeur in de calle del Lobo naar binnen.'

Ze liepen om het blok heen tot ze de deur vonden. De gerechtsdienaar sprak met een portier die de ingang bewaakte, en die hem meteen binnenliet.

'Ben je van plan met een stromatras onder je arm naar binnen te gaan?' schamperde de man nadat hij Milagros had gezegd hem te volgen. 'Jullie moeten buiten blijven,' zei hij er meteen achteraan tegen Pedro en Bartola.

Pedro mocht uiteindelijk toch mee naar binnen toen hij aanvoerde dat hij haar man was. 'Wie zal me beletten met haar mee te gaan?' zei hij arrogant. De stromatras bleef buiten, samen met Bartola, María en de andere bagage. Toen de deur zich achter hen sloot, stonden ze in een grote ruimte waarop een reeks kamers uitkwam.

'De kleedkamers,' legde de gerechtsdienaar uit.

Milagros keek er niet naar; en ook niet naar de diverse draagstoelen die tegen een van de wanden stonden en de belangstelling van haar echtgenoot getrokken hadden. De zigeunerin had alleen aandacht voor de achterkant van het decor: een simpel maar reusachtig wit doek dat zich, hangend aan touwen en katrollen, bijna over de hele breedte van het podium uitstrekte. In het tegenlicht zag ze vage menselijke schaduwen: sommige bewogen en gebaarden, andere stonden stil. Ze kon niet horen wat ze zeiden. Declameerden ze? Er klonk een autoritaire schreeuw en het werd stil, waarna een nieuwe instructie volgde. De gestalte van een heftig gesticulerende vrouw. Een schaduw die op de vrouw toeliep. Ze discussieerden. De stem van de vrouw, hard en autoritair, overheerste de andere en wist die tot zwijgen te brengen. De man bleef alleen achter.

Milagros kon zijn armen langs zijn zijden zien hangen. De vrouw verdween uit haar zicht, zo niet haar gekrijs, dat steeds harder werd naarmate ze via de zijkant van het doek dichterbij kwam.

'Wie denkt die pummel wel dat hij is!' De uitroep ging vooraf aan de plotselinge verschijning van een vrouw van middelbare leeftijd, blond, goed gekleed, even weelderig als woedend. 'Om mij, míj te vertellen hoe ik mijn tekst moet zingen! Mij, de grote Celeste!'

Op weg naar haar kleedkamer liep de vrouw langs Milagros zonder haar een blik waardig te keuren.

'Nog geen twee dagen zal deze komedie gespeeld worden!' vervolgde Celeste verontwaardigd, maar haar boosheid verdween als bij toverslag toen ze een paar stappen verder op Pedro García stuitte.

De gerechtsdienaar, die naast hem stond, nam beleefd zijn hoed af.

'En wie ben jij?' vroeg de vrouw, terwijl ze met haar handen in haar zij voor de zigeuner ging staan.

Milagros kon de glimlach niet zien waarmee haar man op die plotselinge belangstelling reageerde; achter haar snelde vanaf dezelfde plek als waar de vrouw vandaan gekomen was, een twintigtal mensen toe. 'Celeste' smeekte een man, 'wind je alsjeblieft niet zo op.' 'Celeste...' Ook zij sloegen geen acht op Milagros; ze liepen haar links en rechts voorbij tot ze rondom Celeste, Pedro en zelfs de gerechtsdienaar stonden. Intussen was Pedro er met zijn zigeunerblik, zijn ogen iets toegeknepen, erin geslaagd de vrouw van haar stuk te brengen.

'Nee...' begon deze haar afwijzende reactie op de smeekbeden van degenen die waren toegesneld, haar wil in de ban van het knappe zigeunergezicht.

'Celeste, alsjeblieft, denk er nog eens over na,' klonk het. 'De eerste acteur...'

Alleen al het noemen van de eerste acteur deed de vrouw reageren alsof ze gestoken was.

'Geen sprake van!' gilde ze terwijl ze de anderen opzij duwde. 'Waar zijn mijn stoeldragers? Laat mijn stoeldragers komen!' Ze keek om zich heen tot ze de twee haveloze mannen zag, die onmiddellijk aan haar oproep gehoor gaven. Ze maakte aanstalten om zich naar een van de draagstoelen te begeven, maar eerst boog ze zich naar Pedro toe. 'Zien we elkaar weer?' fluisterde ze zachtjes met haar lippen tegen het oor van de zigeuner.

'Zo waar als ik Pedro heet,' verzekerde die even zacht.

Celeste glimlachte een beetje schalks, draaide zich om en stapte, een wolk parfum achterlatend, in de draagstoel. De stoeldragers grepen de beide stokken vast, tilden de stoel op en begaven zich tussen het gemompel door naar de deur die op de calle del Lobo uitkwam.

'Veel te veel vrouw voor jou,' waarschuwde de gerechtsdienaar hem toen de deur weer dichtging en het gefluister tot een hevige discussie aanzwol. 'Half Madrid begeert haar en de andere helft zou willen dat ze daar de moed voor hadden.'

'Als dat zo is,' snoefde Pedro met zijn ogen nog steeds op de deur gericht, 'zal half Madrid me benijden en de andere helft me toejuichen.' Toen draaide hij zich om naar de gerechtsdienaar, die net zijn hoed opzette, en keek hem doordringend aan. 'En u, tot welke helft rekent u zich?'

De man wist niet wat hij moest antwoorden. Pedro voelde een opwelling van machtsvertoon aankomen en was hem voor.

'Om dit soort vrouwen zwermen altijd vele andere. Begrijpt u me? Als wij het met elkaar kunnen vinden,' – de zigeuner zweeg even – 'zou u ook benijd kunnen worden.'

'Wie zal benijd worden?'

De twee mannen draaiden zich om. Milagros had zich een weg door de mensen kunnen banen en stond nu naast hen.

'Ik,' antwoordde Pedro, 'omdat ik de mooiste vrouw van het koninkrijk heb.'

De zigeuner legde een arm om de schouders van zijn echtgenote en trok haar naar zich toe. Maar zijn aandacht bleef op de gerechtsdienaar gericht: hij had iemand nodig die hem met de hoofdstad bekend kon maken, en wie beter dan een vertegenwoordiger van de koning? Ten slotte knikte de man.

'We moeten de directeur van het gezelschap zoeken,' zei hij opeens, alsof die hoofdbeweging niet uitsluitend voor de zigeuner bedoeld was. 'Waar is don José?' vroeg hij aan een komediespeler die hij zonder pardon bij de arm greep.

'Waarom wilt u dat weten?' snauwde deze, nadat hij zich uit de klemmende greep losgerukt had.

Het zelfverzekerde optreden van de komediespeler bracht de gerechtsdienaar even van zijn stuk.

'Er is een nieuwe aangekomen,' legde hij uit met een gebaar naar Milagros.

Met een ruk draaiden degenen die bij hem stonden zich om. Het nieuws verspreidde zich als een lopend vuurtje.

'Hé...!' probeerde de komediespeler de aandacht van zijn collega's te trekken.

'Waar is de directeur?' drong de gerechtsdienaar aan.

'Die zit te huilen,' spotte de man. 'Hij zit zich waarschijnlijk op het toneel te beklagen. Nicolás en Celeste kunnen het niet eens worden over wie de leiding heeft bij de repetities.'

'Als de eerste acteur haar met wat meer respect zou behandelen, zou de directeur niets te klagen hebben.'

'De grote Celeste?' Op het gezicht van de komediespeler verscheen een spottende uitdrukking. 'De sublieme, de grandioze, de fantastische! Als de komedies van de grillen van die vrouw zouden afhangen, of zelfs van die van de tweede zangeres, zou niemand van jullie er ooit van kunnen genieten.'

De gerechtsdienaar besloot er niet op in te gaan, hij sloeg met zijn hand in de lucht en liep naar het toneel. Samen met de andere leden van het gezelschap stapten ze langs een van de zijkanten van het decor het podium op. Nog steeds omarmd door haar man, die haar stevig vasthield alsof hij haar tegen de blikken en het gefluister wilde beschermen, bleef Milagros stilstaan zodra ze het podium betrad. Pedro spoorde haar aan met de gerechtsdienaar mee te lopen. Ze weigerde en maakte zich met een beweging van haar schouder los uit zijn omarming. Toen liep ze alleen naar de rand van het toneel, dat zich boven het parterre verhief. Ze voelde een rilling. Alsof die huivering vrij door de ruimte had gecirculeerd, zwegen enkele van de komediespelers om naar de zigeunerin te kijken die daar voor het lege theater stond, op blote voeten, in haar eenvoudige, groezelige en door de reis gekreukte kleren, haar verwarde haren tegen haar rug geplakt. Ze wisten heel goed wat ze voelde: passie, verlangen, angst, paniek... Milagros voelde het allemaal, terwijl ze met dichtgeschroefde keel haar blik door de ruimte liet dwalen: langs de stalles aan haar voeten, het parterre daarachter, de engelenbak voor de vrouwen en de snoep- en drankverkopers, langs de bovenste galerij, schuilplaats van priesters en intellectuelen, langs de tientallen gedoofde lampen, de magnifieke zuilen, de zijloges en de drie rijen frontloges tegenover haar, met rondgebogen balkons van verguld, rijk bewerkt hout... Bedreigend!

'Tweeduizend mensen!'

Milagros draaide zich om en zag een kale, magere man met een baard.

'Don José Parra, de directeur van het gezelschap,' stelde de gerechtsdienaar voor.

Don José groette haar met een haast onmerkbare hoofdbeweging.

'Tweeduizend,' herhaalde hij toen tegen Milagros. 'Dat is het aantal mensen dat hun ogen vanaf het moment dat je het toneel opkomt op je gericht zal hebben. Durf je dat? Ben je daar klaar voor?'

Milagros klemde haar lippen op elkaar en dacht even na over haar antwoord. Maar Pedro reageerde meteen.

'Als ze zegt dat ze het niet durft, krijgen we dan toestemming om naar Triana terug te gaan?'

De directeur glimlachte geduldig voordat hij zijn handen uitstak: in een ervan had hij de papieren van Milagros, opgerold tot een koker.

'En tegen de raad ingaan? Als jullie hier zijn, dan weten jullie dat dat niet mogelijk is. Veel komediespelers van buiten willen niet naar Madrid komen omdat ze er financieel op achteruitgaan. Dat is toch zo?' vroeg hij aan Milagros, die knikte. 'De burgemeester heeft me van jullie komst op de hoogte gebracht en hij leek enthousiast. Waarmee heb je zoveel indruk op zijne edelachtbare gemaakt, Milagros?'

'Ik heb voor hem gezongen en gedanst.'

'Doe het eens voor ons.'

'Nu?' protesteerde ze impulsief.

'Vind je ons geen geschikt publiek?'

Met de hand waarin hij de papieren hield wees don José naar de mensen op het toneel. Het moesten er zo'n dertig zijn: leden van het gezelschap: zangeressen en acteurs, hun vervangers, de 'schurk', de bijrolspeler en de 'komieken', degene die de oude man speelde, de garderobebeheerder, de souffleur, de dirigent en de kaartjesverkopers. Daar moesten nog bij worden opgeteld de musici van het orkest, die niet als deel van het gezelschap werden beschouwd, de toneelknecht en het theaterpersoneel dat bij het bericht dat de nieuwe was aangekomen nieuwsgierig naar het toneel gesneld was.

'Mijn vrouw is moe,' bemoeide Pedro García zich ermee. Milagros besteedde geen aandacht aan zijn excuus: haar ogen waren nog steeds op don José gericht, die ook niet naar de zigeuner luisterde en haar blik glimlachend, provocerend vasthield.

Ze ging de uitdaging aan. Ze strekte haar rechterarm en met haar hand geopend, de vingers strak, barstte ze zonder begeleidende muziek uit in een fandango zoals die op de velden van het koninkrijk Granada werden gezongen wanneer het tijd was om de groene olijven te oogsten. Het geluid van haar stem in het lege theater verraste haar, waardoor het net iets te lang duurde voordat haar handen en heupen het vrolijke ritme van het lied overnamen. De directeur verbreedde zijn glimlach, veel anderen voelden dat ze kippenvel kregen. Een van de musici maakte aanstalten om zijn gitaar te gaan halen, maar don José hield hem tegen met de omhooggeheven rol papieren van Milagros in zijn hand, hij zwaaide ermee door de lucht en zei tegen de zigeunerin dat ze zich moest omdraaien, dat ze met haar gezicht naar het verlaten parterre moest zingen.

# 30

Milagros verhief zich op de punten van haar blote tenen, met haar armen gebogen boven haar hoofd, om de fandango te beëindigen. Maar het verwachte applaus bleef uit. Ze hijgde, zweette, ze had zich gegeven als nooit tevoren, maar de ovaties en het bravogeroep die ze dacht te verdienen beperkten zich tot wat mak handgeklap vermengd met onaangenaam afkeurend gefluister dat steeds luider werd. Ze keek naar de honderden mannen die in groepjes bijeen stonden op het parterre, aan de voet van het toneel, zonder te begrijpen waar ze die lauwe reacties aan te danken had. Ze keek naar de engelenbak, een grote, aan de achterzijde gesloten ruimte achter het parterre, waar de vrouwen achteloos met elkaar zaten te praten. Ze keek omhoog naar de zijloges, die barstensvol publiek zaten: niemand leek aandacht aan haar te schenken.

'Ga terug naar Triana!'

Milagros zocht met haar ogen naar de toeschouwer die haar vanuit het achterste deel van het parterre toegeschreeuwd had.

'Je bent het geld van je reis niet waard.'

'Leer eerst maar eens dansen!'

Ze keek naar de andere kant en kon niet geloven wat ze hoorde.

'Is dit nu de grote zangeres die op het aanplakbiljet op de Puerta del Sol aangekondigd staat?'

Ze voelde haar knieën knikken.

'Met zulke liedjeszangeressen zal het publiek van het Cruz-theater blij zijn!' krijste een vrouw die over de balustrade van de engelenbak heen naar haar wees.

Milagros dacht dat ze flauw ging vallen en zocht met haar ogen naar Pedro; hij had gezegd dat hij de voorstelling zou bijwonen, maar ze zag hem nergens. Er trok een mist voor haar ogen. Het schreeuwen nam toe en de tranen rolden over haar gezicht. Precies op het moment dat ze zich wilde laten vallen, pakte een hand haar bij haar elleboog.

'Dames en heren,' riep Celeste, terwijl ze Milagros heen en weer schudde om haar weer moed te doen vatten, 'we hebben u al gezegd...! Dames en heren...!'

Het tumult hield niet op. Celeste keek vragend naar de rechter, die samen met twee gerechtsdienaren en een klerk in een hoek op het podium zat om de orde in het theater te bewaren. De rechter zuchtte, hij wist wat de eerste zangeres wilde. Hij knikte. Dat had hij nog maar nauwelijks gedaan of don José gaf de musici instructie om het stuk dat Milagros net had doen instorten, opnieuw te spelen.

Celeste liet de violen een paar maten spelen voordat ze begon te zingen. Het publiek veranderde van houding, het parterre kalmeerde.

'Jij bent grandioos, echt grandioos!' klonk het voordat ze in zingen uitbarstte.

'Schoonheid!'

Celeste zong de eerste strofe. Toen ze met de tweede moest beginnen, richtte ze zich uitdagend tot het parterre, terwijl de muziek in afwachting van een teken van haar herhaald werd.

'Is dat de mildheid voor de nieuwe komediespeelster bij haar eerste optreden waarom we jullie gevraagd hebben?'

Milagros, nog steeds door Celeste bij haar elleboog vastgehouden, herinnerde zich het begin van het intermezzo, een muzikale eenakter die niet langer dan een halfuur mocht duren en tussen het eerste en tweede bedrijf van het hoofdtoneelstuk werd gespeeld, hoewel ze al had gehoord dat het publiek meer naar het theater ging voor de intermezzo's, de eenakters en de kluchten die elkaar tussen het tweede en derde bedrijf opvolgden, dan voor het hoofdtoneelstuk. Ze hadden haar verteld dat veel toeschouwers zelfs na de klucht vertrokken en van de derde akte van de komedie afzagen. Tijdens de voorstelling had Celeste zelf, nadat ze Milagros had voorgesteld en haar talenten had aangeprezen, die met applaus en gefluit waren begroet, zich tot het publiek gericht met het verzoek om haar, de nieuwe, mild te ontvangen. 'Ze is nog maar zeventien!' riep ze, waarmee ze een enorm gejuich oogstte. Daarna hadden verschillende komediespeelsters samen gezongen en gedanst, om het slotlied, een solo, over te laten aan Milagros, die met de zelfverzekerdheid van haar jarenlange ervaring met het zingen voor de Sevillianen was losgebarsten. Het was haar echter op geen enkel moment van haar optreden gelukt om haar schitterende vertolking met haar lichaam te ondersteunen. Daarvoor hadden ze haar gewaarschuwd.

'Stop!' had Celeste tegen haar geroepen zodra ze haar bij de repetities zag dansen. 'Als je je zo aan het publiek presenteert, zul je ons ruïneren, en jou zullen ze in de gevangenis gooien.'

Toen ze verwonderd vroeg waarom, legden ze haar uit dat de autoriteiten dergelijke extreem sensuele dansen niet tolereerden.

'Je sensualiteit,' probeerde don José haar duidelijk te maken ondanks de twijfel die Milagros' vrijmoedigheid op zijn gezicht deed verschijnen, 'die moet je meer... meer...' – hij zocht naar het goede woord terwijl hij met zijn hand in de lucht zwaaide, – 'meer bedekt, verbloemd, verhuld... intiem uiten. Dat is het, ja, intiem! Je dansen moeten sensueel zijn omdat jij dat bent, omdat je van nature zo beweegt, maar nooit omdat je het publiek wilt prikkelen. Het moet lijken alsof je de gaven waarmee God je heeft bedeeld, moet verbergen en je, om je niet aan onbetamelijkheden te buiten te gaan, zo ingetogen mogelijk probeert te zijn. Begrijp je? Ingehouden passie. Begrijp je dat?'

Milagros zei ja, hoewel ze geen idee had hoe ze dat moest doen. Ook zei ze ja toen ze haar uitlegden dat die mannen in het parterre en de vrouwen in de engelenbak, de adel en de rijken in de zijloges, en de geestelijken en intellectuelen op de galerij niet alleen een goed optreden verwachtten: ze wilden ook wat ze nu zag bij de eerste zangeres. Maar in werkelijkheid had ze er niets van begrepen; haar dansbewegingen waren stijf en houterig geweest, ze had het zelf gemerkt, en wat de Madrilenen van haar verwachtten...

'Jij klaagt over het gestuntel van het meisje?' viel Celeste uit tegen een smid die om zijn intolerante houding tegenover de komediespeelsters bekendstond en zich nu weer over het optreden van de zigeunerin beklaagd had. 'Het verhaal gaat dat het eerste traliehek dat jij hebt gesmeed niet eens de maagdelijkheid van je dochter heeft kunnen beschermen.'

Het publiek barstte in lachen uit.

'Twijfel je soms aan...?' begon de man.

'Vraag het maar aan de bakkersknecht!' was iemand anders op het parterre hem voor, 'hij zal je kunnen vertellen waar het hek en de maagdelijkheid van je dochter zijn gebleven.'

Nieuwe lachsalvo's begeleidden de elegante bewegingen van Celeste over het toneel. Op een teken van don José werd het volume van de muziek opgevoerd toen de smid zich al duwend en porrend een weg door het bonte parterrepubliek probeerde te banen, op zoek naar degene die zijn dochter beledigd had. Een van de gerechtsdienaren boog zich naar voren om te voorkomen dat de zaak uit de hand liep. Milagros stond in haar eentje midden op het toneel, haar ogen gingen heen en weer tussen de smid en Celeste, die nu aan een van de uiteinden stond. Ze durfde het publiek niet de rug toe te keren, en ook niet achteruit te lopen om zich terug te trekken. In een stampvol theater op de eerste dag van het komedieseizoen bleef ze stokstijf staan waar ze stond.

Vanuit de hoek waar ze nu stond, begon Celeste opnieuw te zingen. De mensen zongen de melodie mee, ze zweeg opnieuw en wees op een vadsige, onverzorgde man met bezwete, hoogrode wangen.

'Hoe kunnen wij komediespelers gulheid verwachten van mensen die al zo gul zijn voor zichzelf?'

Voordat het publiek in lachen kon uitbarsten, zong ze alweer verder en liep naar de plek waar Milagros stond.

'Toe maar,' moedigde ze haar tussen strofe en strofe aan, 'je kunt het.'

Heel even dacht Milagros terug aan de oude María en aan Sagrario, de vrouw die haar in de Sevilliaanse kroeg van Bienvenido geïntroduceerd had. Toen had ze zichzelf overstegen en getriomfeerd. Ze was een zigeunerin! Ze haalde diep adem en zong met Celeste mee, totdat deze haar een bemoedigend duwtje in de richting van het publiek gaf.

Duizenden ogen richtten zich op haar.

'Wat kijken jullie?' viel Milagros uit naar het parterre. Ze kwam in de verleiding om sensueel met haar heupen te wiegen, maar in plaats daarvan kruiste ze quasi-ingetogen haar armen voor haar borst. 'Komen jullie soms tekort bij je vrouw?' De rechter veerde op. 'Of zijn het misschien jullie vrouwen die tekortkomen?'

De insinuatie leverde haar het applaus en gejuich op van de vrouwen in de engelenbak. Milagros deed of ze geschokt was door de obscene woorden die uit hun mond kwamen.

'Nou,' riep ze luid om zich bij het parterrepubliek verstaanbaar te maken, 'waar is jullie mannelijkheid gebleven?'

Na deze provocerende woorden draaiden velen van hen zich om naar de engelenbak om met de vrouwen te ruziën. De rechter kwam overeind en gaf don José opdracht het intermezzo te beëindigen. Een van de gerechtsdienaren stelde zich op aan de rand van het toneel en de andere, achter de rechter, fluisterde tegen de klerk: 'Die laatste woorden moet je weglaten.' De klerk hief verbaasd zijn hoofd op. 'Ik ken haar. Ze is jong. Het is geen slecht meisje, ze is alleen nieuw. Laten we haar een kans geven. U weet dat de burgemeester...'

De ambtenaar begreep het en stopte met schrijven.

Aristocraten, rijken en geestelijken genoten van de woordenwisseling en de beschuldigingen die de mannen en vrouwen elkaar toeriepen. Langzaam maar zeker, bij gebrek aan muziek, bedaarden de gemoederen en richtte het publiek zijn aandacht weer op de twee vrouwen die rustig op het podium stonden.

'Mijn man zou niet weten wat hij met jou moest beginnen, zigeunerin!' klonk het door het theater.

'De mijne zou het in zijn broek doen!'

Het lachen en klappen begon opnieuw en zwol aan toen de meeste mannen in het parterre, verheugd over de vrolijkheid en het schandaal, zich erbij aansloten.

'Schoonheid!' riep iemand vanuit het parterre naar Milagros.

Op paaszondag van het jaar 1752, begindatum van het theaterseizoen, woonde Pedro García vanaf drie uur 's middags het eerste optreden van zijn echtgenote bij, te midden van de andere mannen in het parterre, zwijgend, zonder zich te manifesteren, zijn woede over het gejoel onderdrukkend. Na afloop ging hij haar halen. Een paar soldaten die de wacht hielden weigerden hem de toegang bij de deur in de calle del Lobo.

'Geen echtgenoten of wie dan ook,' snauwde een van hen hem toe.

'Je kunt hier ook niet blijven wachten; er is een samenscholingsverbod voor de uitgang van de komedie,' zei de ander.

Pedro wachtte voorbij de hoek, samen met een groep nieuwsgierigen. Hij zag de draagstoel van Celeste naar buiten komen en glimlachte terwijl de vele bewonderaars van de eerste zangeres zich om haar verdrongen en haar de weg versperden. Over een klein uur zou hij haar bezitten. Ze hadden al afgesproken, het zoveelste rendez-vous sinds zijn komst naar Madrid. De mensen belegerden ook de andere komediespeelsters die naar buiten kwamen, en ten slotte, toen de straten leger begonnen te raken, verscheen Milagros.

De zigeunerin leek verrast door het zonlicht dat de straat nog inscheen. Ze aarzelde. Haar vermoeide blik gleed door de calle del Lobo totdat ze haar man herkende, die ze gelaten en met een uitdrukkingsloos gezicht tegemoet liep.

'Kom op!' sprak Pedro haar toe. 'Het is de eerste keer.'

Als enig antwoord trok ze haar lippen samen.

'Morgen zal het beter gaan.'

'De rechter heeft me terechtgewezen omdat ik grof was.'

'Trek je er niets van aan,' zei hij bemoedigend.

'Don José ook.'

'Die stomme ouwe zak!'

'Omhels me,' smeekte ze en ze spreidde verlegen haar armen.

Pedro knikte kort, kwam naderbij en omarmde haar stevig.

'Milagros,' riep iemand die langs hen liep, 'ik zou wel weten wat ik met jou moest beginnen!'

De onbeschaamdheid ging gepaard met een uitbundig gelach, waarop Milagros Pedro nog steviger omhelsde om te verhinderen dat hij zich op de man zou storten.

'Laat ze toch,' zei ze, terwijl ze over zijn wang aaide om te zorgen dat hij zich op haar concentreerde en niet op de groep mannen waaruit de belediging geklonken had. 'We moeten geen problemen zoeken. Laten we alsjeblieft naar huis gaan.'

Ze trok hem zachtjes mee en deed dat het hele blok dat hen van de calle de las Huertas scheidde; van daaruit naar hun huis was het nog maar een klein stukje. Milagros profiteerde ervan om zich in de aanraking van haar man te koesteren, ze had behoefte aan tederheid. De zenuwen, het theater vol stugge gezichten, de haast, het schreeuwen, de rechter, de grote stad... Ze had maar een paar uur voordat ze zich bij Marina en de andere komediespeelsters moest voegen om het nieuwe stuk in te studeren, een paar uur die ze met haar dierbaren wilde doorbrengen en zelfs... waarom niet? Er was tijd. Genoeg om alles te vergeten en de sterkte van haar man, zijn kracht, zijn energie binnen in haar te voelen.

De tinteling van verlangen die ze over haar rug voelde gaan, verdween toen ze de hoek van de calle de Amor de Dios omsloegen en Bartola en het kind zagen. De oude zigeunerin paste op María terwijl die speelde. Pedro pakte het kleintje op en tilde het hoog boven zijn hoofd, waar hij het onder de vertederde blikken van haar moeder een tijdje heen en weer zwaaide. Haar man leek vrolijk, misschien was het goed geweest om naar Madrid te komen. Toen gaf Pedro het kind lachend aan haar moeder.

'Ik moet weg,' deelde hij haar mee.

'Maar... Ik... Ik dacht... Ga alsjeblieft mee naar boven.'

'Vrouw,' onderbrak hij haar, 'ik heb zaken te doen.'

'Wat voor za...?'

De gelaatstrekken van haar man spanden zich heel even en Milagros hield haar mond.

'Pas op het kind,' zei hij bij wijze van afscheid.

Wat voor zaken? vroeg Milagros starend naar zijn verdwijnende rug zich af. Hoe kon Pedro zaken doen als ze geen geld hadden?

Pedro García zuchtte van genot onder de aanraking van de vingertoppen die over zijn rug gleden. Bevredigd na de vrijpartij lag hij naakt op zijn buik in het bed van Celeste.

'Ik zou het voor geen enkele andere komediespeelster hebben gedaan,' fluisterde de eerste zangeres op dat moment terwijl ze haar blonde haar schikte, 'hoewel ik het eigenlijk ook niet voor haar maar voor jou heb gedaan. Ik wil niet dat ze haar ontslaan.'

'Vrouw,' zei de zigeuner, 'je hebt Milagros geholpen om van mij te kunnen blijven genieten. De waarheid is dat je het voor jezelf hebt gedaan.'

Zij, naast hem op het bed gezeten, gaf hem een klinkende klap op zijn billen.

'Verwaande kwast!' schold ze voordat ze opnieuw haar vingers over zijn ruggengraat liet glijden. 'Ik kan net zoveel mannen krijgen als ik wil.'

'En heeft een daarvan je ooit zo laten genieten als ik?'

Celeste gaf geen antwoord.

'Uiteindelijk heeft je zigeunerinnetje zich goed geweerd...' zei ze in plaats daarvan.

'Ze is slim. Ze zal het wel leren. Ze weet hoe ze moet uitdagen, begeerte moet oproepen.'

'Dat heb ik gezien, maar ze moet voorzichtig zijn, anders klagen de rechters of een van de censoren haar straks nog aan.'

'Is dat niet juist het plezier waar iedereen op uit is?' vroeg Pedro, voordat Celeste zijn nek begon te strelen en hij een lange kreet slaakte.

Celeste, eveneens naakt, ging wijdbeens op de rug van de zigeuner zitten en begon zijn schouders en hals te masseren.

'Dat is het plezier waar men altijd op uit is geweest in het theater, op feesten en zelfs in de kerken waar de adellijke dames of jonge juffrouwen met hun minnaars flirten en ondertussen doen of ze naar de mis luisteren; het is de geschiedenis van de mensheid. De komedies staan in een kwaad daglicht bij de priesters... hoewel velen van hen ernaar komen kijken. De koning en zijn ministers staan ze toe omdat ze denken dat het volk zich op die manier vermaakt, en als het zich vermaakt en vrolijk en tevreden is, heeft het veel te verliezen als het tegen zijn gezag in opstand zou komen. Begrijp je?' vroeg ze terwijl ze in zijn schouders kneep. De zigeuner mompelde instemmend. 'Het is gewoon een manier om zijn onderdanen in toom te houden. Maar we moeten niet overdrijven: wij komediespelers moeten het evenwicht zien te vinden tussen wat de autoriteiten willen en wat de geestelijken en censoren bereid zijn toe te staan. Voor alle toneelstukken, inclusief de kluchten, eenakters en intermezzo's, moet eerst een vergunning van de kerkelijk rechter van de stad verkregen worden. Daarna gaan ze naar de rechtbank waar ze opnieuw kritisch bekeken worden. En zelfs daarna houdt de theaterrechter de vertolking ervan op het podium nog scherp in de gaten. Alleen het belang dat de autoriteiten erbij hebben om het volk te vermaken en het vele geld dat de theaters hun opleveren voor de ziekenhuizen, verschaffen ons bepaalde vrijheden die we ons anders nooit zouden kunnen permitteren in dit Spanje van inquisiteurs, priesters, broeders, nonnen en kwezels. Het belangrijkste voor een komediespeelster is te weten waar dat evenwicht ligt: als je te weinig durft, joelen en schelden ze je uit; als je te ver gaat, word je gekortwiekt. Snap je dat, vogeltje van me?'

Celeste boog zich over de rug van de zigeuner en beet zachtjes in zijn nek. Vervolgens ging ze op hem liggen.

'Hoe waakzaam je gerechtsdienaar buiten op straat ook is, ik geloof niet dat het nog lang zal duren voordat mijn man thuiskomt. Laat me de hemel nog eens raken,' zei ze in zijn oor, 'en ik zal je zigeunerinnetje leren wat ze moet doen.'

Waar ik het minst behoefte aan heb is dat ze dat leert, had Pedro graag willen zeggen terwijl hij voelde hoe ze worstelde om haar armen onder zijn lichaam te krijgen. 'Misschien krijgen we dan toestemming om naar Triana terug te gaan.'

'Wat mompel je?' vroeg Celeste.

De zigeuner begreep dat zijn wensen meer dan alleen gedachten waren geweest. Hij draaide zich met moeite om, duwde Celeste van zich af en ging op een elleboog steunend naast haar liggen.

'Ik zeg,' antwoordde hij, wegkijkend van de grote borsten van de komediespeelster, 'dat de enige hemel die er bestaat zich tussen jouw benen bevindt.'

Ze lachte en snorrend als een poes greep ze hem in zijn nek en trok hem naar zich toe.

Nauwelijks een halfuur later verliet Pedro García het huis van Celeste in de calle de las Huertas. Blas, de gerechtsdienaar, die al voor de deur stond te wachten voordat Pedro daar na het wegbrengen van Milagros arriveerde, kwam naar hem toe.

'Je bent veel te lang gebleven,' verweet hij hem. 'Ik moet door met mijn ronde.'

'Jouw eerste zangeres is een niet te verzadigen snol.'

De zigeuner zocht haastig in zijn geldzak om de woede op het gezicht van de ambtenaar te sussen. De man werd altijd kwaad als hij iets grofs over Celeste zei en hij had er lol in om hem uit te dagen. Hoe bestaat het dat deze sukkel op straat de wacht staat te houden, dacht hij de eerste keer, terwijl ik met het voorwerp van zijn verlangen de liefde bedrijf en vervolgens kwaad wordt als ik iets lelijks over haar zeg? Hij haalde een paar duiten uit zijn zak en gaf ze hem. Celeste gaf hem er meer: ze was de enige komediespeelster van het gezelschap die geld had, want de anderen leefden in armoede, zoals Milagros en hijzelf. De gerechtsdienaar moet betaald worden voor zijn werk... en zijn zwijgen, had Pedro van haar geëist, maar hij hield het grootste deel voor zichzelf. Hoewel hij Blas tot op dat moment geen enkele vrouw had bezorgd om zich mee te ontspannen, nam die genoegen met die paar duiten; hij zou het alleen al gedaan hebben om dicht bij Celeste te kunnen zijn. Dat moet de reden zijn dat hij kwaad wordt, concludeerde de zigeuner na de eerste dagen. Blas aanbad haar, verdroeg haar grillen alsof ze een godin was, en stond niet toe dat een ander haar daarom minachtte.

‘Als je weer op die manier over Celeste praat...’ begon de gerechtsdienaar dreigend voordat hij door Pedro in de rede gevallen werd.

‘Wat? Ik zeg het ook tegen haar. Niet te verzadigen snol.’ Pedro sprak de woorden op slepende toon uit. ‘Lekkere hoer van me. Duizend-eneen van dat soort dingen fluister ik in haar oor wanneer ik op haar...’

Hij kreeg geen kans om de zin af te maken. Blas liep rood aan en beende zonder te groeten weg. Het harde tikken van de stok tegen de muren verdween in de verte om plaats te maken voor de oproep tot gebed van de Madrileense kerkklokken. Pedro gromde. Na het klokgelui zou het gedreun van het rozenkrans bidden uit de huizen opklinken: alle vrome burgers baden dan tegelijk het avondgebed, zoals de goede zeden vereisten. Hij had honger. Celeste deelde haar bed met hem, maar de maaltijd deelde ze alleen met haar man, zei ze. Het minste wat ze kon doen als ze hem de hoorns opzette, was hem te eten geven. ‘Schrale troost,’ lachte Pedro terwijl hij door de calle de las Huertas liep op zoek naar een herberg waar hij een paar glazen wijn en iets te eten kon bestellen, misschien was haar man er zelfs ook. Hij kende hem: hij werkte als derde acteur bij het gezelschap en Pedro was hem sinds hun komst naar Madrid iets meer dan een maand geleden al eerder tegengekomen; de man leek niet veel te geven om de maaltijd waarmee zijn echtgenote het bezoedelen van zijn eer wilde compenseren.

Voordat hij bij de calle de León kwam, dwaalde zijn blik af naar de eerste zijstraat links, de calle del Amor de Dios, waar hij met Milagros, hun dochtertje en de oude Bartola in twee armoedige, vochtige en donkere kamers op de derde verdieping van een oud ‘listig’ huis woonde, waarvan de huur het grootste deel van de gage van zijn vrouw opslokte. Huertas, León, Amor de Dios, San Juan, Niño, Francos en Cantarranas: allemaal straatjes met eeuwenoude huizen waarin sinds hun bouw in de vorige eeuw komediespelers, dichters en schrijvers hadden gewoond.

‘Cervantes woonde in een slechtere kamer!’ beantwoordde de portier van het theater Pedro’s protesten toen hij hen vanuit het Príncipe naar hun nieuwe adres gebracht had. ‘Lope de Vega, Quevedo, Góngora, allemaal woonden ze in deze huizen en straten, en ze deden ze eer aan. Willen jullie, een stelletje zigeuners, je vergelijken met de groten van de Spaanse, wat zeg ik, van de universele letteren?’

En de man had hen daar achtergelaten en was schreeuwend en heftig gebarend weggelopen. Sinds die dag werd Milagros’ leven beheerst door het vaste dagritme van de komediespeelsters: 's morgens repetities en 's middags het instuderen van de rollen voor het hoofdtoneelstuk, de kluchten en de dansen en liedjes van de intermezzo's. Vanaf de aanvang van het seizoen zouden de ochtenden, zoals don José haar al had verteld, gereserveerd blijven voor de repetities onder leiding van Celeste als eerste zangeres en van Nicolás Espejo, de man met wie Celeste op de dag van Milagros' aankomst in Madrid had staan ruziën, als eerste acteur. De middagen zouden gewijd zijn aan de voorstellingen, die maximaal drie uur mochten duren, en de avonden aan het instuderen.

Milagros kwam nauwelijks voor in het hoofdtoneelstuk noch in de klucht die er in een van de twee pauzes op volgde; ze hadden haar binnengehaald om te zingen en te dansen, maar om de andere komediespeelsters te ontlasten, gaven ze haar een of andere onbetekenende bijrol, al was het er een zonder tekst: een paar kannen wijn opdienen, figureren als wasvrouw of straatverkoopster... Al met al werd het stuk waarmee het seizoen was geopend, precies zoals Celeste voorspeld had voordat ze woedend uit het Coliseo del Príncipe vertrok, niet langer dan twee dagen opgevoerd, zodat Milagros al dezelfde avond dat ze zich had voorgesteld, de rol en de teksten van de liedjes van het intermezzo in het volgende stuk moest instuderen.

'Vanaf het begin van het theaterseizoen,' had Celeste aan Pedro uitgelegd, 'is het keihard werken voor de komediespelers. Hoe lang de stukken worden gespeeld hangt af van de bereidheid van het publiek om de stoelen te verwarmen; sommige stukken worden maar een dag vertoond, andere twee of drie, de meeste vijf of zes, en als ze langer dan tien dagen spelen, kun je het een succes noemen. Ondertussen moeten wij als een gek de nieuwe stukken, de eenakters, kluchten en intermezzo's instuderen of weer uit ons geheugen ophalen.'

'En hoe leren jullie die dan?' vroeg de zigeuner.

'Dat is nog ingewikkelder. Alsof het moeten instuderen nog niet genoeg is, bestaat er vaak maar een exemplaar van het stuk dat door de auteur geschreven en door de diverse censoren gecorrigeerd is, waarmee we dan allemaal moeten werken. Met de kluchten en de intermezzo's gaat het net zo. We... ze komen bij elkaar, er zijn er zelfs bij die niet kunnen lezen.'

Pedro García vond in de calle San Juan een herberg die nog open was en ging naar binnen. Milagros was zo iemand die niet kon lezen, zodat ze veel meer tijd nodig had dan Celeste, die overigens ook niet overdreven veel moeite voor het instuderen van haar rollen leek te doen. Waarom heb je anders souffleurs? voerde ze aan. Tot het begin van het seizoen had de grote hoeveelheid werk van zijn echtgenote hem een vrijheid gegeven die nu...

'Zigeuner!'

Pedro schudde de gedachten waarmee hij de herberg was binnengegaan van zich af. Hij keek om zich heen. Guzmán, de man van Celeste, en twee andere leden van het komediegezelschap zaten aan een tafel en keken hem afwachtend aan.

'Geef eens een rondje!'

Pedro's glimlach ging gepaard met een bevestigend gebaar naar de herbergier. Hij zocht een plek tussen de anderen, en toen de man hun de wijn serveerde, hief hij zijn beker, keek Guzmán in de ogen en toostte spottend: 'Op je echtgenote, de allergrootste!'

En degene die deze wijn betaalt, voegde hij er bij zichzelf aan toe terwijl ze klonken. Toch moest hij onder het genieten van de met water aangelengde wijn erkennen dat de dingen waren veranderd, en niet ten goede: in Triana was hij degene die met het geld dat Milagros verdiende de grillen van de vrouwen bevredigde. Maar in Madrid moest hij een vrouw die misschien twee keer zo oud was als hij genot verschaffen voor een paar armzalige realen. Alles... alles om bij de burgers in de gunst te komen!

'Kastelein!' riep hij terwijl hij de beker hard op de tafel neerzette, zodat de spetters in het rond vlogen. 'Of je brengt ons goede wijn of ik snij je hier ter plekke je strot door!'

'De Ongeschoeide.' Dat was de bijnaam die het parterre van het Coliseo del Príncipe Milagros gaf. De zigeunerin weigerde dezelfde kleren te dragen als Celeste en de andere zangeressen van het gezelschap.

'Hoe moet ik daarin dansen?' protesteerde ze terwijl ze naar de korsetten en crinolines wees en ze betastte. 'Je kunt er nauwelijks in ademhalen,' zei ze tegen een van de vrouwen, 'en jij kunt je in die rok met die... hoepels niet eens bewegen.'

Ze stemde er echter wel in toe haar eenvoudige kleren te vervangen door de kledij van de Madrileense manola's: geel getailleerd lijfje zonder baleinen, nauwsluitende mouwen, witte enkellange rok met groene ruches, schortje, een om de hals vastgeknoopte groene doek en een kapje op het opgestoken haar. Waar niemand haar van kon overtuigen was dat ze schoenen aan moest trekken. Ik ben met blote voeten geboren en ik zal met blote voeten sterven, zei ze telkens weer.

'Hoe belangrijk kan het zijn?' zei don José tegen de rechter in een poging een einde aan de discussie te maken. 'Er zit toch al een lijst om het podium om te voorkomen dat het publiek de enkels van de komediespeelsters ziet? Dus als ze al niet te zien zijn, wat maakt het dan uit of ze schoenen aanheeft of niet?'

Milagros verloor al snel haar respect voor dat indrukwekkende theater dat haar op de dag van de première had doen verkrampen, en ze verloor het omdat behalve de censoren en de rechters, niemand anders het leek te hebben. Het publiek schreeuwde en schopte. Ze ontdekte de rivaliteit tussen de twee theaters van Madrid; het Coliseo en het Cruz-theater, die niet ver van elkaar af stonden. Er was nog een derde theater, het Los Caños del Peral, waar opera's opgevoerd werden. De mensen die het Coliseo bezochten werden *chorizos* genoemd, terwijl zij die liever naar het Cruz-theater gingen *polacos* heetten. Niet alleen vochten die groepen met elkaar, ze gingen ook regelmatig naar het theater van de tegenpartij om de daar opgevoerde komedie af te kraken en de komediespelers en zangers genadeloos uit te jouwen.

En niet alleen begreep ze dat hoe goed ze het ook zou doen, hoeveel passie ze ook in haar zang en dansen zou leggen, er altijd een polaco van het Cruz zou zijn die haar uit zou joelen, ze ontdekte ook dat de komediespelers van het gezelschap zich niet bepaald inspanden voor hun werk. Een eenvoudig wit gordijn achter het toneel en twee andere aan de zijkanten vormden het hele decor van de dagelijkse komedies, hoewel het decor bij andere voorstellingen zoals de blijspelen of de mysteriespelen, waarvoor het publiek meer moest betalen, iets meer uitgewerkt was. Tussen de gordijnen stond niet meer dan een tafel met stoelen eromheen, en een put of een boom als decoratie om de scène sfeer te geven.

Wanneer ze niet in het hoofdtoneelstuk speelde, keek Milagros vanaf een van de stallesbanken naar de voorstelling. Als gewone toeschouwer vond ze het teleurstellend hoe haar collega's de teksten brachten: bombastisch, met gekunstelde gebaren en bewegingen, op een dreunende en zelfs onaangename toon. Achter het decor was de schaduw van de souffleur te zien en het schijnsel van de lamp die deze bij het lezen gebruikte en die hij onophoudelijk van de ene naar de andere kant verplaatste om de tekst te souffleren die de acteurs waren vergeten of gewoon nooit gekend hadden. Het was niet ongebruikelijk dat de stem van de souffleur door die van de acteur die zijn woorden herhaalde heen te horen was. De toeschouwers verdroegen de verveling van een slecht repertoire, of anders wel van een van de eindeloze heropvoeringen van werken van de beroemde Calderón, met een stel acteurs die zich niet eens inspanden om zich met hun personages te vereenzelvigen: Griekse filosofen uitgedost in mouwloos vest, kniebroek en groene kousen; mythische godinnen met hoepelrokken en pluimhoeden...

Ze verveelden zich tot de pauzes aanbraken, en daarmee de kluchten en de intermezzo's. Dan genoten zowel het publiek als de komediespelers. De kluchten waren volkse, traditionele, komische eenakters, parodieën op de samenleving en het gezinsleven. De acteurs speelden zichzelf, hun vrienden, familieleden of kennissen; de meeste toeschouwers herkenden zich erin en droegen hen met hun geschreeuw en gelach, hun applaus en gefluit de hele voorstelling door op handen.

Wat de intermezzo's betreft... half Madrid droeg inmiddels, om te laten zien dat ze bewonderaars van Milagros waren, groene linten aan hun kleren geknoopt of genaaid, groen vanwege de kleur van de doek die ze altijd om haar hals droeg. Het advies van don José had dagenlang in haar hoofd rondgezongen: 'Ingehouden passie, ingehouden passie.' En Milagros had er lang over nagedacht en gepiekerd, totdat ze op een middag op het podium stond en, voordat ze zou gaan zingen, de blik ontmoette van een groezelige, slechtgeklede man. Zo een die de anderhalve reaal die hij niet had uitgaf aan een kaartje voor het parterre, waarschijnlijk vlak voor de terugreis naar zijn dorp in de omgeving van Madrid – Fuencarral, Carabanchel, Vallecas, Getafe, Hortaleza of welk ander dan ook – waar hij om zijn buren afgunstig en nieuwsgierig te maken, trots zou vertellen dat hij het theater bezocht had. De boer, want het moest wel een boer zijn, misschien een wijnboer uit Fuencarral, stond verrukt naar haar te kijken. Zonder haar blik van de man af te wenden zette Milagros een paar stappen op het podium, en hij volgde haar zelfverzekerde bewegingen met uitpuilende ogen en halfopen mond. Vervolgens bleef ze vlak voor hem staan en lachte hem heel even toe. De man was te verbouwereerd om te reageren. De twee violen van het kleine orkest achter een van de zijdecors, dat ook nog een cellist, een contrabassist en twee hoboïsten telde, herhaalden het intro totdat

Milagros haar lied zou inzetten. Maar ze wachtte een paar seconden, genoeg om haar blik over het parterre te laten gaan en nog veel meer gezichten als die van de wijnboer uit Fuencarral te ontdekken. Iemand spoorde haar aan te zingen, anderen riepen complimenten als 'schoonheid!', 'lekker ding!' Veel toeschouwers vroegen haar te beginnen. Ten slotte deed ze dat, zich ervan bewust dat die mensen haar bewonderden en begeerden zonder dat ze haar sensualiteit hoefde te overdrijven. Met haar bruine huid, zo verschillend van de bleekheid waarmee de hoge dames met alle geweld, zelfs ten koste van hun gezondheid, wilden pronken; uitgedost als een manola, met kleren die de koppige, stilzwijgende strijd tegen de uit Frankrijk geïmporteerde gewoontes symboliseerde; trots als de Madrilenen, net zo arrogant als zij, werd ze door hen al snel tot vertegenwoordigster van het volk verheven.

Ingehouden passie. Eindelijk begreep ze het. Ze zong en danste ingetogen, vanuit een gevoel dat ze mooi was, en ze steeg als een godin die niets hoeft te bewijzen boven het hele theater uit. Ze begreep dat ze met een zucht, een knipoog of een neerslaande blik in de richting van de stalles of het parterre, een wervelende hand in de lucht, een simpele zwaai met haar heupen of de glans van de zweetdruppels die van haar hals naar haar borsten gleden, het publiek nog meer in vuur en vlam kan zetten dan met grove opmerkingen of onbeschaamdheden.

'De mannen willen dat niet, en de vrouwen ook niet,' zei Marina, een kleine blonde vrouw die als derde zangeres optrad en met wie Milagros op een avond dat ze haar zorgen aan haar toevertrouwde, vriendschap gesloten had. 'Ze hebben onbereikbare idolen nodig; ze moeten voor zichzelf een excuus hebben voor het feit dat ze je niet kunnen krijgen. Als je naar het parterre afdaalt en je tussen hen mengt, stel je ze teleur; dan ben je net als de vrouwen met wie ze elke dag omgaan. Als je te grof uit de hoek komt, zien ze je als een van de vele prostituees die zich overal op straat aanbieden, en dan verliezen ze hun interesse.'

'En de vrouwen van de engelenbak?' wilde Milagros weten.

'Die? Dat is heel simpel: die zijn jaloers op alles wat meer aandacht van hun mannen krijgt dan zij.'

'Jaloers?' vroeg Milagros verbaasd.

'Jaloers, ja. Een drang om zo veel mogelijk op jou te lijken.'

Milagros leerde niet alleen haar sensualiteit te beheersen, ze wist ook de dialoog aan te gaan die het publiek van een komediespeelster verwachtte. Ze bracht het orkest achter het gordijn in verwarring, dat langzaam maar zeker, zonder iets te zien maar gewaarschuwd door de aanwijzingen van don José zelf, gewend raakte aan het tempo en de impulsiviteit van de zigeunerin. Milagros baseerde zich voor haar optreden op de inhoud van de intermezzo's die ze moest zingen en dansen.

'Waar is die sergeant?' vroeg ze een keer, midden in een lied over de vruchteloze pogingen van de soldaat om een gravin het hof te maken. 'Staat er een sergeant uit onze roemruchte koninklijke legers in het parterre?'

Don José gebaarde het orkest de muziek te stoppen, waarna in het parterre een paar handen omhooggestoken werden.

'Maak je niet druk,' zei ze toen tegen een van de militairen. 'Waarom zou je een dame van adellijke geboorte begeren met al die mooie vrouwen in de engelenbak die graag zouden willen zien hoe jij je... zwaard gebruikt?'

De rechter schudde zijn hoofd terwijl don José de musici met een autoritair gebaar opdracht gaf de volgende maat te spelen, om Milagros tussen alle onfatsoenlijke voorstellen uit de engelenbak door verder te laten zingen.

Ze zong voor de armen. Ze sprak met hen. Ze lachte, schreeuwde, huilde en deed of ze haar kleren stukscheurde bij het aanhoren van de ellendige situaties waarin de minstbedeelden leefden. In de loop van eindeloos veel intermezzo's wees ze moedig naar de adel en de welgestelden in de zijbalkons en ondervroeg hen, terwijl honderden blikken haar beschuldigende vinger naar het gekozen slachtoffer volgden, over hun gewoonten en buitensporige luxe. Lachend maakte ze ironische opmerkingen over de lijfstoeten van de dames en over de broeders en de vele luie abten die de straten van Madrid bevolkten op zoek naar het gezelschap van een bemiddelde vrouw om in hun onderhoud te voorzien. Haar minachting voor de saletjonkers met hun geaffecteerde maniertjes, die onverstoorbaar, alsof niets hen raakte, met nonchalante gebaren op haar spotternijen reageerden, werd met gefluit en gejoel uit het parterre en de engelenbak ontvangen.

Op die momenten, wanneer het publiek applaudisseerde, sloot Milagros haar ogen; dan verdween het hele theater en zag ze alleen de beelden van degenen die ze in het publiek had willen zien voor zich.

'Cachita, María... moet je me nu zien,' fluisterde ze dan tussen het gejuich en de loftuitingen door. Maar als ze aan haar moeder en haar grootvader dacht, werd ze bevangen door een beklemmend verdriet.

Het succes betekende meer geld. De theaterraad besloot haar gage te verdubbelen en haar op te nemen bij de leden van het gezelschap die doorbetaald werden. Don José verbaasde zich over de reactie van de zigeunerin toen hij haar dit besluit meedeelde.

'Ben je niet blij?'

Milagros reageerde met een stamelend bedankje dat de directeur niet overtuigde.

Het succes verwijderde Pedro nog meer van haar. Zoveel geld was het niet, maar genoeg voor haar man om zijn vertier nog meer buitenshuis te zoeken. 'Waar is Pedro?' vroeg ze wanneer ze uit het theater terugkwam naar de kamers die ze gehuurd hadden, en ze aan tafel gingen. 'We zouden op hem moeten wachten.' Soms vertrok Bartola haar gezicht en keek haar aan alsof ze een vreemde was. 'Hij zal dingen te doen hebben,' antwoordde ze meestal.

'Hij is een man,' verontschuldigde Bartola hem zelfs. 'Degene die nooit thuis is, ben jij. Wat wil je, dat je echtgenoot als een oude vrouw met een breiwerkje op je gaat zitten wachten? Stop liever met zingen en ga voor hem en je dochter zorgen!'

Op zulke momenten herkende Milagros in die vrouw, die Pedro's misdragingen vergoelijkte, zelfs wanneer haar man het door haar verdiende geld had opgemaakt en ze armoe leden, de García's, de Trianera, de Graaf en al hun familieleden en de nooit verhulde vijandschap die ze haar toedroegen.

'In Triana hadden we het beter,' hoorde ze de oude vrouw mopperen. 'Al die mannen die voortdurend om je heen draaien met hun groene linten als teken van... van...' Bartola maakte heftige gebaren zonder uit haar woorden te kunnen komen. 'Hoe denk je dat je man zich voelt?'

Milagros probeerde zich dat voor te stellen terwijl ze vechtend tegen de slaap op Pedro wachtte, die bijna altijd pas tegen de ochtend thuiskwam. De meeste nachten viel ze doodmoe in slaap, maar de weinige keren dat ze haar vermoeidheid kon overwinnen, en ondanks de stilte die alleen verbroken werd door de regelmatige ademhaling van haar dochtertje en het snurken van de oude zigeunerin niet in slaap viel, kreeg ze een onvast op zijn benen staande man thuis, stinkend naar alcohol, naar tabak en soms naar andere dingen die alleen iemand als zij, die er geen aandacht aan wilde schenken, niet achterdochtig maakten.

Wat voor gevoel had Pedro bij die mannen met die groene linten aan hun kleren? Ze zou er snel achter komen.

'Geven je bewonderaars je geen cadeautjes?'

Hij vroeg het haar op een nacht dat ze allebei naakt op de stromatras lagen, nadat hij haar voor de zoveelste keer naar een hoogtepunt gevoerd had. Het genot, het voldane gevoel, dat sprankje hoop om hem weer voor zich te winnen dat ze kreeg op de momenten dat hij haar bezat, verdwenen nog voor hij zijn vraag had afgemaakt. Geld. Dat was het enige waar hij op uit was! Heel Madrid was verliefd op haar, dat wist ze, de mannen verklaarden haar hun liefde in het theater en in de straten wanneer ze zich op haar draagstoel stortten. Ze stuurden briefjes naar haar kleedkamer, papiertjes die Marina haar voorlas omdat zij niet kon lezen: voorstellen en allerlei toezeggingen van de adel en de welgestelden. Na een tijdje besloot ze ze meteen te verscheuren en de cadeaus terug te sturen. Natuurlijk gaven ze haar cadeaus, maar ze wist dat als ze die aannam, Pedro ze in nog meer eenzame nachten om zou zetten. De komediespeelsters stonden niet voor niets bekend als frivool en lichtzinnig; de grote meerderheid was dat inderdaad. Sommigen veranderden de bijnaam van Milagros in 'de Schuwe'. Heel Madrid begeerde haar, maar de enige man aan wie ze zich zonder aarzelen gaf, wilde alleen haar geld.

'Dat proberen ze,' antwoordde Milagros.

'En?' vroeg hij toen het stil bleef.

'Je kunt er zeker van zijn dat ik nooit enige twijfel over jouw eer en jouw mannelijkheid zal zaaien door cadeaus van andere mannen te accepteren,' antwoordde ze na een lichte aarzeling.

'En de soirees of de privévoorstellingen die het gezelschap geeft? Die worden goed betaald, waarom doe jij die niet?'

Dat van de soirees kon hij zelf bedenken, maar hoe wist Pedro van de privévoorstellingen die de gezelschappen in de salons en theatertjes van de grote herenhuizen gaven?

'Hier in Madrid,' antwoordde ze, 'is je familie er niet om mij te beschermen. In Sevilla is mijn eer veilig; je neven en je grootmoeder zorgden daar wel voor. Madrid is iets heel anders dan de Andalusische herbergen en paleizen. Ik weet het omdat ze me dat vertellen. Wie kan zich tegen de wensen van een Spaanse grande verzetten? Wil je dat je vrouw bij iedereen over de tong gaat, zoals Marina of Celeste?'

Een tijd lang klonk alleen het gesnurk van Bartola in de kamer terwijl Milagros in afwachting van zijn reactie haar adem inhield. Die kwam echter niet. Kort daarna mompelde Pedro iets onverstaanbaars, draaide zich om en ging slapen.

Voor Milagros veranderde er die nacht iets. Haar lichaam, normaal gesproken uitgeteld na het bereiken van de extase, bleef nu gespannen, haar spieren verstijfd, zijzelf een en al onrust. Het lukte haar niet de slaap te vatten. En al snel kwamen de tranen. Ze had vaak gehuild, maar nooit zoals die nacht, toen ze begreep dat haar man niet van haar hield. Zij, die had gedacht dat Madrid de redding van haar huwelijk zou betekenen, realiseerde zich nu dat de grote stad nog erger was dan Triana. Daar kletste Pedro met andere zigeuners in de steeg en hing hij rond in bekende straten, op bekende pleinen, terwijl hier... Milagros wist dat hij hier familie had. Pedro had de Madrileense García's zelf gevonden; hij had het haar met een van woede vertrokken gezicht verteld. Een van hen had het leven gelaten bij het pak slaag dat de leden van een broederschap hem hadden gegeven vanwege de belediging van de Heilige Maagd in de calle del Almirante. De rest van de familie, mannen en vrouwen, zat wegens misdrijven tegen het geloof nog steeds in de kerkers van de Inquisitie.

'Allemaal de schuld van...' Hij aarzelde een moment. Milagros vatte zijn zwijgen verkeerd op; ze dacht dat hij haar grootvader niet wilde beschuldigen, maar wat Pedro niet wilde was dat zij wist dat er andere Vega's in de hoofdstad woonden. 'Allemaal de schuld van de Galeier. Ik zweer je dat we hem op een dag zullen vinden en dan maken we hem ter plekke af.'

Ze had niets geantwoord. Het was alweer twee jaar geleden dat Melchor aan de García's ontsnapt was. Laat u niet pakken, grootvader, wenste ze vurig. Pedro had haar toegeschreeuwd dat Melchor niet meer in Madrid was; ze hadden met een groot aantal zigeuners de stad afgezocht. Ja, het leven van Melchor liep gevaar. Ze troostte zich met de gedachte dat haar grootvader daarvan hield. Maar zij zelf dan? Alles was misgegaan: ze had niemand bij wie ze terechtkon. Een dode vader, een moeder in de gevangenis, die haar bovendien niet meer wilde kennen, een grootvader op wie gejaagd werd. Cachita en de oude María verdwenen. Zelfs het kleine meisje dat de naam van de kruidenvrouw droeg, leek meer van Bartola te houden! Hoe kon het ook anders als ze er nooit was? En wat Pedro betreft... Hij hield niet van haar: hij dacht alleen aan het geld dat hij van haar kon krijgen om zich met andere vrouwen te vermaken, gaf ze voor het eerst bij zichzelf toe.

De volgende dag, in het Príncipe, hief Milagros een van haar armen omhoog. Met de andere tilde ze haar rok tot anderhalve handpalm boven haar enkels, waarna ze heupwiegend, sierlijk begon rond te draaien. Tegelijk zong ze haar longen leeg in een slotakkoord dat zich met het kabaal van het publiek vermengde. Dat was het enige wat ze nog had: zingen en dansen; vluchten in de kunst zoals in Triana, wanneer ze een wapenstilstand met haar moeder sloot en ze samen dansten. Degenen die haar tranen over haar wangen zagen lopen, applaudisseerden des te harder omdat ze dachten dat het tranen van geluk waren.

# 31

Caridad zat al bijna twee jaar gevangen toen er een opstand uitbrak in de Galera. De ongedisciplineerdheid van een paar oude onverbeterlijke prostituees had de directeur ertoe gebracht hun een even ongekende als vernederende straf op te leggen: het afscheren van hoofdhaar en wenkbrauwen. Dat besluit riep de verontwaardiging van alle vrouwen op: ze konden ze mishandelen, maar kaalscheren... Nooit! Veel vrouwen maakten gebruik van de opschudding en legden een oude eis op tafel: ze wilden weten hoe lang ze moesten zitten, want ze zagen de jaren voorbijgaan zonder te weten wanneer ze vrij zouden komen. De gemoederen raakten verhit en de vrouwen van de Galera kwamen in opstand: ze vernielden alles wat binnen hun bereik lag, wapenden zich met stukken hout, met de scharen en andere scherpe voorwerpen die ze bij het naaien gebruikten, en namen de macht in de gevangenis over.

Toen de poorten van de Galera gesloten werden en de vrouwen de baas waren in het gebouw, stond een hijgende, opgewonden Caridad daar met een stok in haar handen. Haar hoofd dreunde nog na van het schreeuwen en rennen waaraan ze meegedaan had. Het was... het was fantastisch geweest! Een leger vrouwen, dat tot dan toe zonder eigen wil of geweten had geleefd, net als de zwarte slaven van een plantage, was in plaats van zich aan de bevelen van de meester te onderwerpen, plotseling massaal als waanzinnigen aan het vechten geslagen. Caridad keek om zich heen en zag aarzeling op de gezichten van haar medegevangenen. Niemand wist wat ze nu moesten doen. Eentje opperde dat ze een verzoekschrift aan de koning moesten schrijven, sommige vrouwen steunden haar en andere niet; een aantal stelde voor om te ontsnappen.

Terwijl ze stonden te discussiëren, marcheerde een detachement militairen de straat in om de gevangenis in te nemen. Samen met de andere vrouwen rende Caridad naar de bovenste galerijen zodra ze de eerste dreun tegen de poort naar de calle de Atocha hoorden. Veel gevangenen klommen op het dak. Kort daarna werd de poort uit zijn voegen gebeukt en verspreidde een honderdtal soldaten met geheven bajonetten zich over de centrale binnenplaats en door het gebouw. Maar tot verrassing van de gevangenen, en tot woede van de autoriteiten en officieren, traden de soldaten niet bepaald hardhandig op. Op een van de bovenste galerijen, waar goed te horen was hoe de officieren hun mannen ophitsten, werd Caridad door twee van hen in een hoek gedreven. Naïef als ze was hief ze haar stok op tegen de bajonetten. Een van de soldaten schudde slechts zijn hoofd, alsof hij het haar vergaf. De ander maakte een onopvallend gebaar met de punt van zijn bajonet, alsof hij haar duidelijk wilde maken dat ze mocht ontsnappen. Caridad zwaaide met de staak en glipte tussen de soldaten door, die slechts deden alsof ze haar probeerden te grijpen. Net zo ging het tussen de andere soldaten en de overige gevangenen, die bij het zien van de passieve houding of zelfs betrokkenheid van de soldaten van de ene kant naar de andere renden.

De situatie duurde voort. Op de gezichten van een paar officieren die zich schor schreeuwden om gehoorzaamheid te eisen, verscheen een wanhopige uitdrukking, maar hoe konden ze verwachten dat die in arme, afgelegen dorpen van Castilië geronselde soldaten de vrouwenopstand zouden onderdrukken? Velen van hen waren tot acht jaar legerdienst veroordeeld voor overtredingen die vergelijkbaar waren met die van die ongelukkige vrouwen tegen wie ze moesten optreden, en de gevangen vrouwen herinnerden hen daar tijdens de belegering voortdurend aan. De autoriteiten besloten het leger terug te trekken en de vrouwen juichten toen het sein tot de aftocht gegeven werd. De hele nacht werden er eisen geschreeuwd. De poort en de omgeving van de Galera bleven onder verscherpt toezicht van hetzelfde detachement dat niet tegen hen was opgetreden maar wel tegen de toegestroomde menigte nieuwsgierigen in de calle de Atocha, die door hen uiteengejaagd werd.

Maar de volgende ochtend verschenen de rechters in de Galera met een stadsmilitie van een vijftigtal goede, godvrezende burgers, allemaal stevige kerels, met bullenpezen, knuppels en ijzeren staven in hun handen. Die waren gekomen om hen meedogenloos af te tuigen en ontzet renden de vrouwen alle kanten op. Caridad, nog steeds gewapend met de stok, zag dat twee van de militieleden haar vriendin Herminia met een ijzeren staaf sloegen. Bij het zien van de razernij waarmee ze zich op haar uitleefden, begon haar bloed te koken. Herminia, die ineengedoken op de grond zat en haar gezicht beschermde, smeekte om genade. Caridad schreeuwde iets. Wat? Ze zou het zich nooit meer herinneren. Maar ze stortte zich op de twee mannen en sloeg er een met haar stok. Onder de regen van stokslagen die op haar neerkwam zag ze hoe Herminia vanaf de grond het been van een van de mannen vastgreep en haar tanden erin zette. De reactie van haar vriendin moedigde haar aan en Caridad begon opnieuw met de stok om zich heen te slaan. Alleen de tussenkomst van een van de rechters voorkwam dat ze doodgeslagen werd.

Een voor een werden de honderdvijftig gevangenen op de binnenplaats van de gevangenis bijeengedreven, sommige vrouwen hinkend, andere met pijn in hun zij, borst of rug, met een gebroken neus en bloedende lippen. De meeste met gebogen hoofd, verslagen. Zwijgend.

Slechts een paar uur had de directeur nodig gehad om de macht in de vrouwengevangenis van Madrid te heroveren. Nadat de opstand was onderdrukt, werd de vrouwen beloofd dat alle vonnissen waarin geen strafmaat was genoemd stuk voor stuk opnieuw bekeken zouden worden; ook werd hun meegedeeld dat de aanstichtsters van de opstand hard gestraft zouden worden.

Caridad, de negerin met de stok die de twee rechtschapen burgers had aangevallen, werd als eerste aangewezen. Vijftig zweepslagen, dat was de straf die ze voor de ogen van de anderen op de binnenplaats van de Galera zou krijgen, zij en drie andere vrouwen die als aanstichtsters van het oproer waren aangewezen door een valse straathandelaarster, die daarvoor met vrijlating beloond werd.

Na een snerpende fluittoon knalden de zweepslagen onbarmhartig op de ruggen van de vrouwen neer. De beul volgde de instructies van de autoriteiten strikt op; hoe konden ze anders korte metten maken met een opstand in de Galera, waar juist vrouwen die in andere gevangenissen rebelleerden voor straf naartoe gestuurd werden?

Het laatste wat Caridad zich herinnerde waren de kreten van haar lotgenotes toen de directeur de gruwelijke afstraffing beëindigde en ze haar de gevangenis uitsleepten. 'Hou vol, Cachita!' 'Terugkomen hoor!' 'Moed houden, zwartje!' 'Ik zal een sigaar voor je bewaren!'

'Verheug je en wees dankbaar, zondares. Onze-Lieve-Heer Jezus Christus en de Heilige Maagd van Atocha wensen je dood niet.'

Ze hoorde de woorden zonder te beseffen dat ze tot haar gericht waren. Caridad had, na een aantal dagen bewusteloos te zijn geweest, zojuist haar ogen opengedaan. Ze lag op haar buik op een veldbed, met haar kin op het kussen, en haar zicht werd steeds helderder totdat ze bij het hoofdeind een priester in een stoel zag zitten, met een gebedenboek in zijn handen.

'Laten we bidden,' hoorde ze de kapelaan van de stervenden gebieden, voordat hij een litanie begon.

Het enige wat over Caridads lippen kwam, was een lang, dof gekreun: de adem van de geestelijke op haar ontvelde rug bezorgde haar net zoveel pijn als de zweepslagen. Zonder haar hoofd te durven bewegen, draaide ze haar ogen naar opzij: ze lag in een grote zaal met rijen bedden onder een gewelfd plafond. De moeilijk in te ademen bedompte lucht, het geweeklaag van de zieken dat zich vermengde met het Latijnse geprevel van de priester: ze lag in het Pasión, naast de Galera, het vrouwenziekenhuis waarvoor de gevangenen het witgoed naaiden.

'Op dit moment... heeft jouw ziel mij niet nodig,' deelde de kapelaan haar mee toen hij zijn gebeden beëindigd had. 'Bid dat ik niet opnieuw bij je sterfbed hoef te waken. Een van je lotgenotes is al naar een beter leven overgegaan. Moge God zich over haar ontfermen.'

Zodra de kapelaan van de stervenden naar het midden van de zaal was gelopen om te kijken of hij nog een andere stervende zag, verscheen er een andere priester, deze met het voornemen haar de biecht af te nemen. Caridad kon niet eens praten.

'Water,' kon ze slechts uitbrengen toen de geestelijke aandrong.

'Vrouw,' zei de biechtvader, 'het heil van je ziel is belangrijker dan dat van je lichaam. Dat is onze missie en het doel van dit ziekenhuis: de zorg voor het zielenheil. Je mag geen seconde verliezen om in vrede met God te leven. Drinken kun je later wel.'

Biechten, ter communie gaan, dagelijkse missen voor de zielen van de gestorvenen in diezelfde zalen; lezingen uit de Heilige Schrift; preken en nog eens preken voor de verlossing van de zieken en voor hun berouw, alles met een krachtige stem die boven het hoesten, de kreten van pijn, het gejammer van de vrouwen... en hun sterven uitsteeg. Zo verstreek de maand dat Caridad in het ziekenhuis lag. Nadat de kapelaan van de stervenden haar ziel aan het leven had verloren en de biechtvader met haar stamelende, schorre biecht genoegen had genomen, deed een van de chirurgijnen zijn best om haar wonden dicht te naaien en haar rug, die in een bloederige massa was veranderd, zo goed en zo kwaad als het ging op te lappen. Caridad brulde van de pijn en viel flauw. Af en toe kwamen de arts en zijn assistenten, altijd onder het waakzame toezicht van een priester, haar rug insmeren met een zalf die haar rug deed branden alsof ze haar opnieuw hadden geslagen, nu met een gloeiend stuk ijzer. Maar vaker verscheen de aderlater, een van de gevorderde assistenten die in beide ziekenhuizen – het Hospital General en het La Pasión-ziekenhuis – van bed tot bed gingen om de zieken van hun bloed te beroven. Hij stak een canule in een van haar aders, waarna ze machteloos toekeek hoe het bloed uit haar lichaam in een bakje vloeide. Ze was getuige van het overlijden van een van de andere gestrafte vrouwen, twee bedden bij haar vandaan. Verzwakt, bleek en uitgeteerd stierf ze onder gebeden en laatste sacramenten, nadat een van de assistenten haar twee keer had adergelaten: een keer in haar linkerarm en nog een keer in haar rechterarm. 'Om het bloed in evenwicht te brengen,' hoorde Caridad hem op pedante toon zeggen. De derde gevangene besloot te ontsnappen en greep haar kans in de drukte rond een groep adellijke, rijke vrouwen die elke zondag, voor de gelegenheid uitgedost in ruw-wollen kleren, naar het La Pasión kwamen om de zieke vrouwen bij het wassen te helpen en hun zoetigheden en chocola te brengen. Vanuit een ooghoek zag Caridad haar opstaan en wankelend weglopen terwijl zij, aan bed gekluisterd, aan één stuk door ja knikte en beloofde haar gedrag te verbeteren tegenover die hoge dame, die even eenvoudig gekleed ging als haar parfum duur was en die haar kapittelde alsof ze een klein kind was, om daarna haar spijtbetuigingen te belonen met een paar zoetigheden of met een paar slokjes uit de kommen chocolade die de dames meebrachten. In ieder geval was de chocola heerlijk.

Van de gevluchte vrouw, Sebastiana heette ze als ze het zich goed herinnerde, hoorde ze nooit meer iets, zelfs niet in de Galera, nadat de artsen hadden besloten haar terug te sturen. Ze informeerde naar haar, maar niemand kon haar iets vertellen. Veel geluk, Sebastiana, zei ze bij zichzelf, net als die zondagnacht toen de nachtzuster de afwezigheid van de vrouw opmerkte en alarm sloeg. Ze benijdde haar. Naarmate ze herstelde begon ze zelf ook over vluchten te denken, maar ze wist niet waarheen, wat ze moest gaan doen... Haar ogen schoten vol tranen bij het weerzien met Frasquita en de andere vrouwen, die haar hartelijk verwelkomden, begaan met degene die de lichamelijke straf had ondergaan die ze allemaal evenveel verdienden. Haar blik zocht Herminia en ze vond haar wat achteraf, verscholen tussen de anderen. Caridad glimlachte. Veel van de vrouwen keken om naar de kleine blonde vrouw en gingen opzij. Na een korte stilte begonnen sommigen hen aan te moedigen; andere vrouwen die achter Herminia stonden, duwden haar zacht naar voren; allemaal applaudisseerden ze toen de twee tegenover elkaar stonden. De blonde vrouw wilde haar omhelzen, maar Caridad hield haar tegen, haar rug zou een aanraking niet kunnen verdragen; in plaats daarvan zoenden ze elkaar onder de geëmotioneerde blikken van veel van de andere vrouwen, bij wie de tranen in de ogen stonden.

Wat heb ik daarbuiten te zoeken? vroeg Caridad zich op dat moment af. De Galera was nu haar thuis, en de vrouwen haar familie. Met de herinnering aan het bloedspoor dat ze achterliet toen ze naar het ziekenhuis werd overgebracht, behandelden zelfs de portier en de altijd norse directeur haar met een zekere welwillendheid. Caridad was niet de aanstichtster van de opstand geweest en had er geen grotere rol in gespeeld dan de andere vrouwen, en beide mannen wisten dat. Hun minzame vriendelijkheid vertaalde zich in een ontheffing van het zwaarste werk en in een zekere tolerantie wanneer de gevangenen met hun eigen geld olie en rozemarijn kochten om een verzachtend smeersel te maken voor de verminkte en nog steeds gehavende huid van Caridads rug.

Herminia was degene die zich aanbood om haar vriendin te masseren zodra de bewaaksters de paar walmende vetkaarsen die de vrouwengalerij maar nauwelijks verlichtten, gedoofd hadden.

Wat haar pijn deed waren niet de littekens over haar hele rug, wat pijn deed waren de handen van haar vriendin die zachtjes over haar rug gleden: de tederheid waarmee ze dat deed bracht herinneringen boven die ze vergeten waande. Zigeuner! dacht ze iedere nacht, wat is er van je geworden?

'Je hoeft er niet meer mee door te gaan,' zei Caridad op een avond tegen haar vriendin. 'De wonden zijn dicht; de olie en de kruiden kosten geld en ik merk geen verbetering meer.'

'Maar...' sputterde Herminia tegen.

'Alsjeblieft.'

Op een dag werd Herminia in vrijheid gesteld. Iemand die zei dat hij haar neef was, kwam haar halen zodra ze haar straf uitgezeten had. Caridad wist wie die neef was, dezelfde man die haar de knoflookstrengen had geleverd waarvoor ze was opgepakt en veroordeeld. Zij had haar twee jaar ook uitgezeten, maar ze had geen neven die haar eruit konden halen. Enkele broederschappen die zich het lot van die arme vrouwen aantrokken, deden moeite om haar ergens als dienstbode te plaatsen, maar Caridad bleef met gebogen hoofd koppig zwijgen wanneer ze naar haar huishoudelijke vaardigheden vroegen. Wat voor zin had het om de gevangenis te verruilen voor het huis van een of andere blanke die haar zou mishandelen? Het is maar een domme negerin, zeiden degenen die haar hadden willen helpen ten slotte.

Nu had Herminia haar ook verlaten.

'Dans voor ons, Cachita,' vroeg Frasquita haar op een avond, bezorgd om de moedeloosheid waarin haar vriendin al een paar maanden was verzonken.

Caridad weigerde, maar Frasquita hield vol en veel andere vrouwen vielen haar bij. Zittend op haar stromatras bleef ze haar hoofd schudden. Frasquita trok aan haar schouder; zij maakte zich los. Een andere vrouw aaide over haar hoofd. 'Zing alsjeblieft,' vroeg ze. Een derde kneep even in haar zij. 'Dans dan!' Caridad probeerde onhandig de vrouwen rondom haar weg te duwen, maar twee van hen stortten zich op haar en begonnen haar te kietelen.

'Toe, alsjeblieft,' drong Frasquita aan, toekijkend hoe ze met zijn drieën over de stromatras rolden.

De twee vrouwen gingen net zo lang door tot ze Caridad zover hadden dat ze zich niet meer verzette en nog nahijgend meelachte, de vodden die ze aanhad scheef en slordig om haar heen hangend.

'Alsjeblieft,' herhaalde Frasquita toen.

Vanaf die dag besloot Caridad haar goden te zoeken in uitzinnige, sensuele dansen die zelfs de meest geharde gevangenen vrees inboezemden. Aan wie anders kon ze zich aanbevelen? Soms dacht ze dat haar goden werkelijk bezit van haar namen, en dan viel ze schoppend en gillend, volledig buiten zinnen op de grond. De portier waarschuwde haar een, twee, drie keer. Ten slotte zag de directeur zich gedwongen haar met het schandblok te straffen voor de opschudding die ze veroorzaakte. Maar ze hield niet op.

'En het negerinnetje deed het,' zong Caridad met monotone stem, op haar knieën zittend, haar nek en polsen gevangen tussen het hout van het schandblok dat de directeur de vorige keer dat ze werd gestraft op de binnenplaats van de gevangenis geïnstalleerd had. Met die woorden herinnerde ze zich de avond dat ze aan de verzoeken van Frasquita en de anderen toegegeven had. Net als de slaven op de plantage bezong ze haar ellende wanneer ze voor straf in het schandblok gezet werd. 'Het negerinnetje danste voor haar vriendinnen.' Vanaf de binnenplaats verbrak ze in die eindeloze nachten de stilte met haar klaagzangen, die tot in de bovenste galerijen doordrongen en haar medegevangenen in slaap wiegden.

'Hou je mond, zwartje,' schreeuwde de portier vanaf de ingang, 'of ik kom je nog een afranseling geven!'

'En toen kwam de portier,' vervolgde ze fluisterend, 'een slechte man, die portier! En hij pakte het negerinnetje bij haar arm...'

De dageraad verraste een verslagen Caridad, haar hoofd tussen de planken geklemd, in een ongemakkelijke halfslaap. Haar rug deed pijn. Haar ontvelde knieën deden pijn, en haar nek, haar polsen... Elke seconde van haar leven deed pijn, dat rampzalige leven dat haar eerst geluk bracht om het haar daarna weer af te nemen! Slaperig dacht ze de eerste bewegingen in de Galera te horen: de gevangenen die naar de mis liepen, het ontbijt. Toen de anderen de trap naar de galerij opgingen om te gaan werken, bracht Frasquita haar water en een korst brood die ze in kleine stukjes brak om die liefdevol en geduldig in haar mond te stoppen. 'Je moet de portier niet uitdagen,' zei ze.

Caridad had die nacht haar stem weer laten horen; ze had het gedaan toen ze aan Melchor dacht, aan Milagros, aan Herminia. Caridad gaf geen antwoord; ze kauwde met tegenzin.

'Je moet niet meer dansen,' vervolgde de andere vrouw haar adviezen. 'Wil je water?'

Caridad knikte.

Frasquita zocht naar de beste manier om haar de kom aan de lippen te zetten, maar het meeste water kwam op de grond terecht.

'Doe het niet, wie het ook vraagt. Begrijp je me? Het spijt me dat ik het was die...'

'Wat spijt je, Frasquita?'

De vrouw draaide zich om. Caridad probeerde haar hoofd op te richten. Achter Frasquita stonden de portier en de directeur.

'Niets,' antwoordde de gevangene.

'Dat is het probleem met jullie: jullie hebben nooit ergens spijt van,' reageerde de directeur nors. 'Uit de weg,' vervolgde hij terwijl hij de portier een teken gaf.

De man liep naar een van de uiteinden van het schandblok en rommelde aan het oude slot dat de planken op elkaar hield. Frasquita keek verwonderd toe: Caridad had nog twee dagen straf te gaan. Het koude zweet brak haar uit toen de portier de bovenste plank omhoogtilde en Caridad losmaakte. Wat als ze hadden besloten haar met de zweep te ranselen omdat ze die nacht had gezongen? Caridad zou dat niet overleven.

'N...' begon ze.

'Zwijg!' sommeerde de directeur haar.

Caridad kwam langzaam overeind, verstijfd, steunend op de planken die haar gevangengehouden hadden.

'Maar...' hield Frasquita vol.

'Ga aan je werk.'

Deze keer was het de portier die haar in de rede viel terwijl hij met zijn stok, die hij weer had opgepakt zodra hij met het schandblok klaar was, tegen haar benen sloeg.

'Gesel haar niet uwe Genade,' smeekte Frasquita terwijl ze voor de directeur op haar knieën viel. 'Het is mijn schuld dat ze danste. Ik ben de schuldige.'

De strenge directeur hield zijn ogen een tijd lang op de vrouw gericht, daarna richtte hij zich tot de portier.

'In dat geval,' besloot hij, 'zal zij de twee dagen schandblok die het zwartje nog restten volmaken.'

'Het is niet waar,' wist Caridad uit te brengen. 'Zij was het niet...'

De directeur sloeg met zijn hand in de lucht, en terwijl Caridad bleef stamelen zag ze hoe de portier haar vriendin met zijn stok gebaarde te knielen en haar nek en polsen in de gaten van de onderste plek te leggen. De scharnieren knarsten opnieuw en de bovenste plank viel omlaag.

'En jij,' zei de directeur toen tegen Caridad, 'pak je spullen en vertrek. Je bent vrij.'

Frasquita schaafde haar hals toen ze instinctief haar hoofd naar haar vriendin draaide. Caridads hart maakte een sprongetje.

'Waarom?' vroeg ze timide, met een dun stemmetje.

Directeur en portier barstten in lachen uit.

'Omdat de rechtbank het verordend heeft, zwartje,' antwoordde de eerste spottend. 'Hunne Genades hebben medelijden met ons betoond en verlossen ons van jouw negerdansen en -gezangen.'

Ze mocht geen afscheid van Frasquita nemen. De portier belette het haar met zijn stok.

'Veel geluk, Cachita,' hoorde ze haar echter vanaf het schandblok roepen. 'Tot ziens.'

'Tot ziens,' riep Caridad terug terwijl ze de binnenplaats overstak naar de trappen.

Ze keek om maar de portier, die achter haar liep, belemmerde haar het zicht. Caridad twijfelde of Frasquita haar gehoord had.

'Tot ziens, Frasquita!' herhaalde ze.

De klap met de stok tegen haar zij maakte langer omkijken onmogelijk. Ze liep de trappen op met een knoop in haar maag en tranen in haar ogen, want ze wist dat het onwaarschijnlijk was dat die wens vervuld zou worden. Wat wist ze na meer dan twee jaar in de gevangenis eigenlijk van Frasquita? Hoe zouden ze elkaar ooit kunnen weerzien?

'Wie...?' stamelde ze schor. 'Wie heeft zich verantwoordelijk voor mij gesteld?' vroeg ze de portier toen ze voor de toegangsdeur naar de galerij stonden.

'En hoe zou ik dat moeten weten?' antwoordde hij. 'Een man die bijna net zo donker is als jij. Mij interesseert het niet wie het is. Hij heeft me een officiële brief van de rechtbank laten zien; dat is het enige wat ik moet weten.'

Bijna net zo donker als zij? Er kwam maar één naam bij haar op: Melchor. De zigeuner was de enige die ze kende, dacht Caridad terwijl ze de stok gehoorzaamde en de zaal binnenging. De aandacht van de gevangenen, die verbaasd opkeken van hun naaiwerk toen ze haar zagen verschijnen, leidde haar af van haar gedachten. Ze wist niet hoe ze moest reageren; ze beet op haar lip, alsof ze zich schuldig voelde, en liet haar blik door de galerij dwalen. Veel vrouwen die in eerste instantie niets hadden gemerkt, legden nu ook hun naaiwerk neer. Sommigen gingen tegen de bevelen van de bewaaksters in staan.

'Opschieten,' haastte de portier haar. 'Ik heb veel te doen. Pak je spullen.'

'Ga je weg?'

Het was Jacinta die dat vroeg. Caridad knikte met een trieste glimlach. Het meisje had niet willen toegeven aan de verlangens van don Bernabé en nu haar schoonheid was verwelkt, was het onwaarschijnlijk dat ze door hem weer in genade aangenomen zou worden.

'Vrij, vrij?'

Caridad knikte opnieuw. Ze stonden allemaal op een kluitje voor haar, op een afstand die ze blijkbaar niet durfden te overbruggen.

'Je spullen,' drong de portier aan.

Caridad hoorde hem niet. Ze staarde naar die vrouwen met wie ze meer dan twee jaar haar leven gedeeld had: sommige oud en tandeloos, andere jong, naïef in hun pogingen om hun frisheid te behouden, allemaal vuil en in vodden.

'Zwartje...' wilde de man haar waarschuwen.

'Ben ik echt vrij?' vroeg ze.

'Dat heb ik toch gezegd.'

Caridad liep bij de portier met zijn stok en zijn eisen vandaan en zette die paar stappen die de kloof symboliseerden tussen de vrijheid en degenen die, voor het merendeel onterecht, onderworpen zouden blijven aan die stok die op dat moment dreigend achter haar opgestoken werd. Caridad zag het aan de angstige gezichten van de vrouwen.

'Cachita is vrij,' hoorde ze verscholen tussen de gevangenen een stem opklinken. 'Zullen wij allemaal gestraft worden? Net als bij een muiterij?'

Caridad wist dat de stok toegaf toen de vrouw die voor haar stond haar armen spreidde. Met dichtgeschroefde keel en tranen in haar ogen wierp ze zich erin. Ze kwamen om haar heen staan en klopten op haar inmiddels genezen rug. Ze omhelsden haar en drukten haar tegen zich aan. Ze feliciteerden haar, kusten haar, wensten haar geluk. Caridad wilde een portier die zijn woede stond in te houden, niet tot het uiterste tergen, zodat ze een rafelige deken en de nog armoediger restanten van haar slavenhemd, dat ze nog bewaarde maar geleidelijk aan door andere kleren had kunnen vervangen, bijeenpakte en onder oorverdovend applaus en gejuich van de achterblijvers de trappen van de galerij af liep.

Melchor was het niet. Een ogenblik lang had ze gedacht... maar ze kende de man niet die met de documenten in zijn hand, zichtbaar opgelaten, bij het portiershokje voorbij de deuren van de Galera op haar stond te wachten. Hij was kleiner dan zij, mager, pezig, met zwart haar onder de pet die hij niet afgenomen had. Zwart was ook zijn onverzorgde baard op een stuurs, bruin en door de zon gelooid gezicht. Hij was gekleed als een boer: leren sandalen met touwtjes om zijn enkels gebonden, een bruingrijze groflinnen kniebroek zonder kousen en een eenvoudig hemd dat waarschijnlijk ooit wit geweest was. De man nam haar schaamteloos van boven tot onder op.

'Hier is ze,' deelde de portier hem mee.

De ander knikte.

'Dan gaan we,' zei hij gedecideerd.

Caridad twijfelde. Waarom zou ze zich aan die vreemde man toevertrouwen? Ze stond op het punt om het te vragen, maar de zon die dat naargeestige gevangenisgebouw verlichtte toen de portier de poort voor hen opende, ontnam haar het zicht en zelfs haar wil. Wezenloos volgde ze de boer en stapte de drempel over om ruim twee jaar van haar leven achter zich te laten. Zodra ze een voet in de calle de Atocha zette, stond ze stil en sloot haar ogen, verblind door een julizon die een andere leek dan die welke door de hoge ramen van de galerijen kroop of de binnenplaats van de gevangenis bescheen: deze was helderder, krachtig, tastbaar zelfs. In een reflex haalde ze diep adem, een, twee, drie keer. Toen opende ze haar ogen en ontdekte de glimlach van de kleine Herminia, die aan de overkant stond te wachten, alsof ze bang was te dicht bij de Galera te komen. Impulsief rende ze naar haar toe. Veel voorbijgangers protesteerden. Caridad hoorde ze niet. Hijgend omhelsde ze haar vriendin, met duizend-en-een vragen die in haar keel bleven steken, terwijl de tranen van beiden zich op hun wangen vermengden.

'Jij...! Hier? Herminia... Waarom...?'

Verder kwam ze niet. Ze voelde dat ze flauw ging vallen. De lange nacht in het schandblok, het afscheid van Frasquita en de andere gevangenen, de omhelzingen, de toejuichingen, de tranen, de vrijheid... Caridads benen begaven het en Herminia kon haar nog net opvangen.

'Kom, Cachita. We gaan,' zei ze terwijl ze een arm om haar middel legde en haar naar een tweewielige handkar vol meloenen leidde. 'Hou je hier maar aan vast,' vervolgde ze terwijl ze de hand van haar vriendin op een van de houten zijschotten van de kar legde.

'Kunnen we?' vroeg de boer enigszins korzelig.

'Ja hoor,' antwoordde Herminia, waarna ze zich tot Caridad richtte, die zich krampachtig aan het houten zijschot vasthield. 'Ik moet Marcial helpen de kar te duwen. Jij moet je goed blijven vasthouden. We gaan naar de plaza Mayor om de meloenen te verkopen en...'

'We zijn erg laat, Herminia,' haastte de man haar.

'Niet loslaten,' herhaalde ze toen ze al naar een van de handvatten van de kar liep om die samen met Marcial de steile helling van de calle de Atocha op te duwen.

Met haar hand aan de kar liet Caridad zich voortslepen. Het rumoer van de mensen die kwamen en gingen met hun karren gonsde in haar oren. Ze zag plaatsen waar ze langsgekomen was: ziekenhuizen en kerken, de fontein met de dolfijnen en bovenin de engel waar ze haar gearresteerd hadden, het kolossale gevangenisgebouw. Meer dan twee jaar in Madrid en dat was de enige plek in de stad die ze kende: de calle de Atocha. Van de fontein met de engel naar de Galera, van de Galera naar de rechtbank en weer terug naar de vrouwengevangenis.

Nooit was ze in Madrid op de plaza Mayor geweest, waar ze de andere gevangenen zo vaak over had horen vertellen. Ze ontwaakte uit haar verbijstering op een plaats die haar gigantisch toescheen, met stalletjes en kramen in het midden, aan vier kanten omringd door de hoogste huizen die ze ooit had gezien: zes verdiepingen hoog, smal, gevels van rode baksteen met zwarte en gouden schilderingen, en smeedijzeren balkons. De harmonieuze, uniforme stijl, die aan weerskanten van het plein alleen door twee schitterende gebouwen werd onderbroken, fascineerde haar, hoewel ze wist dat de binnenkant van al die huizen dat majestueuze uiterlijk geen recht deed. Ze had gehoord dat de woningen klein, smal en somber waren, dat ze werden verhuurd of bewoond door de kooplui die de handel onder de arcaden van het plein beheerden: de galerij van de stoffen, die van de hennep en die van de zijde, garens en ijzerwaren die twee hele zijden in beslag nam en waarlangs ze het plein opgekomen waren.

'Beter?' informeerde Herminia toen Marcial hen alleen liet en zich tussen de kramen begaf om zijn meloenen te verkopen.

'Ja,' antwoordde Caridad.

Er liepen voortdurend mensen voorbij. De julizon begon te branden en ze zochten hun toevlucht in de schaduw van de galerijen.

'Waarom...?'

'Omdat je mijn vriendin bent, Cachita,' was de ander haar voor. 'Hoe kon ik je daar laten zitten?'

Vriendin. Caridad voelde een huivering; al die mensen die zeiden dat ze hun vriendin was, dat ze haar beminden of van haar hielden, waren een voor een uit haar leven verdwenen.

'Het heeft me veel moeite gekost,' onderbrak Herminia haar gedachten, 'om een serieuze, solvabele persoon te vinden die bereid was om zich bij de rechtbank voor jou garant te stellen. Zullen we er eentje opsteken?' Ze glimlachte en zocht in een tas die ze bij zich droeg naar een sigaar.

Ze vroeg vuur aan een man die voorbijliep. Er viel een stilte tussen de twee vrouwen toen de man het tondel aanstak en naar de punt van de sigaar bracht. Herminia nam een flinke trek en de tabak begon te branden.

'Hier,' bood ze haar vriendin aan.

Caridad pakte de sigaar aan, dun, slecht gedraaid, extreem donker en geurloos. Ze nam een trek: zware, scherpe tabak die langzaam en moeilijk brandde. Ze hoestte.

'Die van de Galera was nog beter!' protesteerde ze. 'Zelfs daarbinnen wordt niet zulke slechte tabak als deze gerookt.'

De een glimlachte. De ander ook. Ze durfden elkaar voor het oog van al die mensen niet in de armen te vallen, maar in een enkele seconde vertelden ze elkaar zwijgend duizend-en-een dingen.

'Aan deze smerige tabak heb je anders wel je vrijheid te danken,' verbrak Herminia de betovering.

Caridad onderzocht de sigaar. Een kleine clandestiene tabaksplantage was het, legde Herminia uit. De pastoor van Torrejón de Ardoz verbouwde een aantal planten op een stuk grond dat eigendom van de parochie was. Tot dan toe had de priester de grond met hulp van Marcial, die van de parochie de wijngaard pachtte waarachter de plantage verscholen lag, via de koster te gelde gemaakt, maar de man was te oud geworden om daarmee door te gaan. 'Ik heb een vriendin...' had Herminia haar kans schoon gezien toen ze over de situatie hoorde. Het was moeilijk geweest om Marcial en don Valerio, de pastoor, over te halen, maar bij gebrek aan alternatieven ebde het wantrouwen van de twee mannen langzaam maar zeker weg. Wie konden ze anders inhuren voor een bezigheid waar zulke zware straffen op stonden? Ze gingen akkoord en don Valerio deed een beroep op zijn oude contacten bij de rechtbank om Marcial te ontvangen en de gevangene onder zijn toezicht te stellen. Dat gaf geen problemen: Caridad had haar twee jaar gevangenisstraf uitgezeten en de boer kon bewijzen van goed gedrag en voldoende bestaansmiddelen overleggen. Op een dag kregen ze bericht dat de documenten klaarlagen.

Marcial keerde met een nog volle kar meloenen naar de galerij terug.

'We waren veel te laat!' mopperde hij met een verwijtende blik naar Herminia.

Door de vertraging die de formaliteiten bij de rechtbank en de Galera hadden opgeleverd, had hij zijn handel niet kunnen verkopen.

'Op dit uur van de ochtend wil geen enkele kraam nog meloenen.' Toen bekeek hij Caridad op dezelfde manier als hij in de gevangenis had gedaan en schudde zijn hoofd. 'Je had me niet verteld dat ze zo zwart was,' zei hij verwijtend tegen Herminia.

''s Nachts zie je het bijna niet,' reageerde Caridad gevat.

Herminia schoot in de lach. De boer trok zijn wenkbrauwen op.

'Ik ben niet van plan de nachten met jou door te brengen.'

'Dat is dan jammer voor jou,' reageerde Herminia met een knipoog naar haar vriendin.

Nee, Marcial was niet haar echtgenoot, noch haar minnaar, zelfs geen familie, bevredigde Herminia Caridads nieuwsgierigheid terwijl ze achter de boer met zijn kar vol meloenen liepen. Hij was gewoon een buurman. Het huis van de oom en tante van Herminia, waar zij woonde en waar ook het zwartje zou wonen, grensde aan dat van Marcial, en hoewel de tabaksteelt geheim moest blijven, wist het halve dorp ervan. Ze had haar oom en tante voor het onderdak van Caridad een kleine financiële bijdrage beloofd.

'Maar ik heb geen geld,' klaagde die.

'Geeft niet. Dat verdien je wel met de tabak. Absoluut! Je krijgt een deel van de opbrengst. De pastoor zal beslissen wat je toekomt zodra hij de resultaten ziet,' legde Herminia uit. 'Hoewel jouw deel altijd op het aantal gerolde sigaren gebaseerd zal zijn... Want jij weet hoe je de tabak tot sigaren moet verwerken, nietwaar? Dat heb je me verteld.'

'Het is het enige wat ik kan,' antwoordde ze op het moment dat ze een onregelmatig gevormd plein opliepen waar net zoveel of nog meer mensen samendromden dan op de plaza Mayor, 'hoewel ik nu ook heb leren naaien.'

'De Puerta del Sol,' legde Herminia uit toen ze merkte dat de ander haar pas vertraagde.

'Wacht hier,' schreeuwde Marcial tegen de twee vrouwen.

Herminia ging zwijgend opzij om de kar door te laten; ze wist wat de boer ging doen toen hij een van de straatjes die op het plein uitkwamen insloeg. Madrid telde tien door de rechtbank aangewezen plaatsen voor de verkoop van meloenen, waar ze onder toezicht van de autoriteiten, die kwaliteit, gewicht en prijs controleerden, verkocht moesten worden. Maar er waren ook talloze straathandelaarsters die zonder vaste kraam of vergunning, met het risico te worden gearresteerd en in de Galera terecht te komen, illegaal fruit en groenten opkochten om die vervolgens door te verkopen. De meloenverkoopsters hielden zich op in de omgeving van de Puerta del Sol en Marcial ging binnensmonds vloekend naar hen op zoek.

Is dit de beroemde Puerta del Sol? vroeg Caridad zich af. Ze had in de Galera ook over deze plek horen praten: de roddelhoek, waar de mensen zo kletsten dat ze uiteindelijk zelf in hun eigen verzinsels geloofden; de ontmoetingsplaats van leeglopers en luilakken, van metselaars zonder werk of van brutale, arrogante musici die wachtten op een Madrileen – met veel geld of niet maar vastbesloten om degenen die het wel hadden te overtreffen – die hen wilde inhuren om een van die gezellige avondjes die ze bij zich thuis hielden op te vrolijken.

Beide vrouwen bleven staan voor het klooster dat iedereen kende als San Felipe el Real aan het begin van het plein. Door het lagere niveau van de calle Mayor lag het plein voor de kerk, een enorme esplanade die altijd al een ontspannings- en ontmoetingsplek voor de Madrilenen was geweest, boven de hoofden van Herminia en Caridad. Geen van beiden besteedde echter enige aandacht aan het gelach en de commentaren die hen vanaf die roddelplek bereikten.

'Wil je naar binnen?' nodigde Herminia uit.

Caridad stond gebiologeerd te kijken naar de gewelven onder de trappen van de San Felipe. Onder het voorplein van de Carmen-kerk en op enkele andere plaatsen in het op heuvels gebouwde Madrid bevonden zich ook gewelven, maar de bekendste waren die van de Puerta del Sol. Een enkel was gewijd aan de verkoop van tweedehandskleren, maar in de meeste werden speelgoedartikelen verkocht, die door de winkeliers naast de deuren waren opgestapeld of aan de deurposten hingen in een vrolijke, kleurige uitstalling die de aandacht van alle voorbijgangers moest trekken.

'Mag dat?'

Herminia glimlachte bij de timide uitdrukking op Caridads ronde gezicht.

'Natuurlijk mag dat... zolang je maar niets kapotmaakt. Marcial blijft nog wel even weg.'

Ze gingen naar binnen bij een van de winkeltjes, lang en smal, naargeestig, donker, zonder ramen zodat het enige daglicht door de deur kwam. Het speelgoed lag overal, zelfs op de grond: koetsen, calèches, paarden, poppen, fluitjes, muziekdozen, zwaarden en geweren, trommels... De twee vrouwen schrokken als kleine kinderen toen er een slang uit een doosje sprong die in de vinger beet van de vrouw die het vasthad. De oude, dikke winkelierster schoot in de lach en duwde de slang terug in het doosje. De vrouw herstelde zich van de schrik en vroeg hoeveel het kostte, met de bedoeling het te kopen. Terwijl de twee over de prijs onderhandelden, vermaakten Caridad en Herminia zich te midden van de vier of vijf mensen die zich daarbinnen verdrongen, sommige ruziënd met de kinderen die ze bij zich hadden en die de hele winkel wel wilden hebben.

'Kijk die, Cachita.' Herminia wees op een blonde pop. 'Cachita?' herhaalde ze toen een reactie uitbleef.

Ze draaide zich om en zag dat Caridad gefascineerd naar een speeldoosje op een plank stond te kijken: op een groen-met-geel geschilderd platformpje stonden verschillende figuurtjes van zwarte mannen, vrouwen en kinderen – sommige waren beladen met zakken, andere droegen lange stokken waaraan tabaksbladeren hingen, en een blanke opzichter met een zweep in zijn hand maakte de compositie compleet –

in een groepje rondom iets wat een kapokboom en een aantal tabaksplanten moest voorstellen.

'Vind je het leuk?' vroeg Herminia.

Caridad antwoordde niet.

'Wacht, moet je kijken.'

Herminia draaide aan een sleuteltje onder aan het speeldoosje tot het niet verder kon. Op hetzelfde moment dat er een metalig muziekje klonk, begon het slavengroepje rond de kapokboom en de tabaksplanten te draaien en ging de arm van de blanke opzichter met de zweep op en neer.

Caridad zei niets; haar uitgestrekte hand zweefde in de lucht alsof ze aarzelde om het speeldoosje aan te raken. Herminia realiseerde zich niet dat haar vriendin bijna in een soort trance verkeerde.

'Ik ga vragen hoeveel het kost,' zei ze, en uitgelaten, vrolijk wendde ze zich tot de oude winkelierster die hen, sinds de vrouw van het doosje met de slang vertrokken was, vanachter de toonbank in de gaten hield. 'Meer dan al het geld dat we in jaren zouden kunnen verdienen!' klaagde ze bij terugkomst. 'Kom eens naar de pop kijken!'

Marcial moest een aantal gewelven langs om hen te vinden. Zijn strakke gezicht was voor Herminia voldoende om Caridad mee te trekken. Ze wist wat er was gebeurd: de straathandelaarsters hadden de meloenen opgekocht voor minder dan de helft van wat hij anders gekregen zou hebben. Ze volgden de lege kar dwars over de Puerta del Sol, voetje voor voetje, hoe Marcial ook tegen de menigte schold dat ze hen erdoor moesten laten.

Caridad zag de waterverkopers, allemaal Asturianen, rond de fontein zitten die de Mariblanca werd genoemd, hun kruiken gevuld om ze weg te brengen naar wie ze bestelden. Jacinta kwam uit Asturië en had haar over hen verteld. Zou een van die mannen het familielid zijn dat haar naar Madrid had gebracht, degene die ze niet wilde teleurstellen toen ze de eerste keer zwanger raakte? Ze sloeg hen gade; dappere, harde mensen had Jacinta gezegd, de meesten werkten in zware beroepen, zoals dat van waterverkoper, kolensjouwer of kruier. Op vrijdagen werden ze vanaf een preekgestoelte op het plein tussen de Buen Suceso-kerk en de Mariblanca-fontein door priesters en broeders streng toegesproken. Blijkbaar hadden ze dat nodig: er waren voortdurend ruzies tussen de waterverkopers en de Madrilenen die zich van water uit de fonteinen wilden voorzien, net als tussen de waterverkopers onderling wanneer een van hen probeerde meer dan een 'lading' mee te nemen: een grote kruik, twee halve, of vier kleine kruiken. Dat was het maximum dat per keer was toegestaan. Ook had Jacinta haar niet zonder enige nostalgie verteld dat de Asturianen bijeenkwamen op de Pradera del Corregidor om hun traditionele reidans te dansen. Ze kwamen dan allemaal en dansten hand in hand, maar het eindigde er altijd mee dat ze elkaar, in groepen naar dorp van herkomst, met stokken en stenen te lijf gingen.

Net als op de plaza Mayor stonden er rond de Mariblanca-fontein kramen en stalletjes voor de verkoop van vlees en fruit, maar in tegenstelling tot de uniformiteit en de grote hoogte van de gebouwen op dat enorme plein, telde de Puerta del Sol slechts een paar belangrijke gebouwen: aan de kant van de calle Mayor het San Felipe el Real-klooster en een groot huis dat een heel blok besloeg, met een hoektoren die de adeldom van de eigenaar, heer van de stad Humera, aangaf; tegenover deze toren, aan de andere kant van het plein, stond de Buen Suceso-kerk met zijn ziekenhuis, in een van de muren waarvan het vondelingenluik zat; iets verderop, aan de overkant van de straat van het ziekenhuis, stond het Victoria-klooster, waarvan de voorhof ook dienstdeed als ontmoetingsplaats voor de verfranste saletjonkers. De overige gebouwen waren lage huizen, de meeste met maar een verdieping, smal, oud en dicht opeen gebouwd, aan de gevels waarvan de kleren gedroogd en gelucht werden, en daarmee ook de intimiteit van de bewoners. De vuilnis hoopte zich op in de portalen, en de uitwerpselen die niet achteloos uit het raam waren gegooid, stonden in de nachtspiegels voor de deuren tot de latrinekar voorbijkwam om ze op te halen... als die al kwam.

Te midden van al die mensen en een rumoerigheid die haar na twee jaar gevangenis vreemd in de oren klonk, moest Caridad goed opletten om het tempo waarin Marcial de kar duwde bij te houden. Ze staken de Puerta del Sol over en sloegen de calle de Alcalá in, met zijn drukte van koetsen en karren die in beide richtingen passeerden en elkaar stopten zodat hun illustere inzittenden even met elkaar konden praten, elkaar konden begroeten of simpelweg hun rijkdom konden tonen. Caridad probeerde zich een voorstelling te maken van wat haar wachtte. Torrejón de wat? Ze herinnerde zich de naam niet meer van het dorp dat Herminia genoemd had; ze was hem vergeten zodra haar vriendin over de tabak was begonnen, een paar planten maar, een pastoor en een oude koster. Slechte tabak, zei ze bij zichzelf. De haast, de rijtuigen, de bevelen en beledigingen die de koetsiers en de naast de koetsen lopende livreiknechten schreeuwden, dwongen Caridad haar zorgen te vergeten en beletten haar zelfs aandacht te schenken aan de pronkerige gebouwen die rijken en religieuze ordes in de voornaamste straat van Madrid neer hadden laten zetten. De straat kwam uit bij de Puerta de Alcalá, waarvan de enige boog door twee torentjes werd geflankeerd, en via die boog verliet Caridad de stad nauwelijks een paar maanden nadat Milagros daar aangekomen was.

Twaalf mijl scheidden hen van Torrejón de Ardoz. Ze deden er vier uur over, waarin ze in de meedogenloos brandende zomerzon tussen de uitgestrekte korenvelden door liepen. Telen ze hier tabak? vroeg Caridad zich af met het beeld van de vruchtbare Cubaanse vlakte in haar gedachten. Ze herinnerde zich opeens haar oude strohoed: in de Galera had ze hem niet nodig gehad, maar nu, op die weg onder de brandende zon, had ze hem goed kunnen gebruiken. Hij moest in de kamer van het clandestiene logement zijn achtergebleven, samen met haar rode kleren, haar papieren en haar geld. Merkwaardig, die vrijheid, zei ze bij zichzelf. Twee jaar lang had ze niet aan haar rode kleren gedacht, zelfs niet toen ze een paar stuivers moest betalen voor een van de oude, versleten hemden die de boodschappenvrouw verhandelde, en ze had nog nauwelijks van de vrijheid geproefd of de herinneringen kwamen naar boven.

Lopend achter een geïrriteerde, zwijgende Marcial, die hen genadeloos opjoeg nadat hij Herminia schreeuwend het verlies bij de verkoop van zijn meloenen had verweten, hadden de twee vrouwen voldoende tijd om elkaar te vertellen hoe het hun vergaan was.

'Hoe gaat het met je rug?' vroeg Herminia belangstellend op het moment dat ze een brug overstaken. De Jarama, wees ze met haar kin op de bijna droge rivierbedding.

Caridad wilde haar vertellen hoe het met haar rug stond, maar ze kreeg de kans niet.

'We zullen een paar schoenen voor je moeten zien te vinden,' zei Herminia wijzend op haar blote voeten.

'Ik kan niet op schoenen lopen,' antwoordde Caridad.

Ze lieten de Viveros-brug achter zich. Het was nog drie mijl naar Torrejón de Ardoz, maar Caridad wist al alles over de familie bij wie ze zou gaan wonen: de oom en tante van Herminia, Germán en Margarita. Hij was boer, zoals bijna alle inwoners van het dorp, en zijn vrouw hielp hem zoveel ze kon.

'Mijn oom is een goede man,' fluisterde Herminia, 'net als mijn vader, hoewel die nogal koppig was. Hij heeft me als kind in zijn gezin opgenomen toen mijn moeder niet voor haar kinderen kon zorgen en ons ergens anders moest onderbrengen.'

Caridad kende haar geschiedenis, ze wist ook dat Herminia nooit meer iets van haar moeder vernomen had, net als zij. Ze herinnerde zich dat ze die nacht allebei gehuild hadden.

'Mijn tante Margarita is al oud,' legde ze uit, 'als ze niet aan de ene kwaal lijdt, lijdt ze wel aan een andere, maar ze zal je goed behandelen.'

En verder woonden daar Antón en Rosario. Caridad bemerkte een zekere nervositeit bij haar vriendin toen die zich in loftuitingen uitputte over haar neef Antón, die met zijn vader het gepachte land bewerkte, hoewel hij ook vaak bij het maken van dakpannen hielp of hooi naar Madrid vervoerde.

'Als je familieleden boeren zijn,' onderbrak Caridad haar verhaal, 'waarom houden zij zich dan niet met de tabaksteelt bezig?'

'Dat durven ze niet,' antwoordde ze.

Zwijgend liepen ze verder.

'Je weet toch dat dat met de tabak gevaarlijk is, hè?' vroeg Herminia.

'Ja.'

Caridad wist het. Ze had het gehoord van een gevangene die was veroordeeld omdat ze erin gehandeld had.

'Met Rosario moet je oppassen,' waarschuwde Herminia een poosje later. 'Ze is verwaand, haatdragend en bazig.'

De vrouw van haar neef hielp niet op het land. Ze had vier kinderen, van wie Caridad de namen zelfs niet probeerde te onthouden, en ze verdiende al jaren goed door de moedermelk die ze hun onthield aan welgestelde Madrilenen te verkopen. Herminia vertelde haar dat het kind al een halfjaar bij hen woonde, van een procureur-generaal van de Krijgsraad bij hen, een jongetje dat als pasgeborene door zijn ouders naar Torrejón was gebracht om het door Rosario te laten zogen.

'En jij?' vroeg Caridad.

'Ik wat?'

'Wat doe jij daar, in het huis van je oom en tante?'

Herminia zuchtte. Marcial liep nog een stukje door toen Caridad opeens bleef staan; ze had haar niet verteld waarom ze nog steeds in het huis van haar oom en tante woonde.

'Ik help,' zei ze alleen.

Caridad kneep haar ogen samen bij het silhouet van haar vriendin dat zich tegen de korenvelden aftekende terwijl de zon die zo anders was dan die van de Galera haar gestalte streelde.

'Ben je nooit getrouwd?'

Herminia zette haar aan tot verder lopen.

'We zijn bijna in...' probeerde ze een antwoord te ontwijken.

'Waarom niet?' drong Caridad aan.

'Een kind,' bekende Herminia ten slotte. 'Een aantal jaren geleden, nog voor ik naar de gevangenis moest. Niemand in Torrejón zal met mij trouwen. En in Madrid... in Madrid zijn de mannen bang om te trouwen.'

'Daar heb je me niets over verteld.'

Herminia keek haar niet aan en zwijgend liepen ze door. Caridad wist dat de mannen niet wilden trouwen. Veel gevangenen in de Galera klaagden over hetzelfde, dat de mannen in dat beschaafde Madrid met zijn grenzeloze luxe bang waren om te trouwen. Het aantal huwelijken daalde jaar in, jaar uit, en daarmee ook het geboortecijfer, wat gecompenseerd werd door nieuwkomers die uit alle hoeken van Spanje naar Madrid kwamen. De reden was louter en alleen dat ze niet in staat waren de buitensporige aankopen te bekostigen, voornamelijk jurken, waarmee de vrouwen elkaar probeerden de loef af te steken zodra ze getrouwd waren, zowel de adellijke als de arme vrouwen, ieder naar vermogen. Veel mannen hadden zich geruïneerd; andere werkten aan één stuk door om hun echtgenotes tevreden te stellen.

Torrejón de Ardoz was een dorp van iets meer dan duizend inwoners dat vlak bij de weg naar Zaragoza lag. Ze liepen langs het Santa María-ziekenhuis, dat aan het begin van het dorp lag, en ontweken een stuk of wat bedelaars die op hen af kwamen. Een blok verder sloegen ze de calle de Enmedio in tot ze op de plaza Mayor uitkwamen. In de calle del Hospital, tussen de San Juan-kerk en het San Sebastián-ziekenhuis, hielden ze halt voor een paar lage lemen huizen, met achtererven die direct aan de dorsvloeren grensden. Nog steeds scheen de zon.

Marcial gromde bij wijze van afscheid, gaf Caridad de papieren die haar vrijheid bevestigden, zette de kar tegen de gevel van een van de huizen en ging daar naar binnen. Caridad volgde Herminia naar het aangrenzende huis.

'Gegroet Maria, Heilige Maagd,' groette deze op luide toon op het moment dat ze over de drempel stapte.

# 32

Op 13 september 1752, drie jaar na de grote razzia op de zigeuners, arriveerden er in het Real Casa de la Misericordia van Zaragoza vijfhonderdeenenvijftig zigeunerinnen en ruim honderd kinderen. Ze waren met z'n allen in Málaga op een schip gezet naar de haven van Tortosa, in Tarragona, aan de monding van de Ebro, vanwaar ze in kleinere boten de rivier afvoeren naar Zaragoza, de hele reis onder bewaking van een regiment soldaten.

Ana Vega drukte de hand van de kleine Salvador bij het zien van de huizen van de stad en de torens die daarbovenuit staken. De jongen van bijna negen beantwoordde de handdruk van zijn tante even krachtig, alsof hij het was die háár een hart onder de riem wilde steken. Ana kon een trieste glimlach niet onderdrukken. Salvador was een Vega en Ana had hem iets langer dan een jaar geleden geadopteerd, nadat zijn moeder tijdens de tyfusepidemie die Málaga teisterde, gestorven was. De tyfus had verschrikkelijk huisgehouden onder de bevolking van de kuststad, en de zigeunerinnen die in de calle del Arrebolado gevangen zaten, ontkwamen niet aan de ramp. Er waren duizenden doden, meer dan zesduizend werd er gezegd, het waren er zoveel dat de bisschop het luiden van de klokken bij het toedienen van de laatste sacramenten en bij de begrafenissen verbood. De priesters deelden in de huizen van de zieken porties schapenvlees uit, maar de zigeunerinnen en hun kinderen kregen niets. En toen de epidemie voorbij was, kwam de hongersnood van 1751 als gevolg van de slechte oogsten. Geen van de talloze smeekbeden en boeteprocessies waartoe broeders en priesters overal in Andalusië opriepen, kon aan de verschrikkelijke droogte een einde maken.

Ana liet de hand van de jongen los, aaide teder over zijn kaalgeschoren hoofd en trok hem naar zich toe. Zaragoza lag voor hen; de meer dan vijfhonderd zigeunerinnen keken zwijgend toe hoe de stad steeds dichterbij kwam. Het grootste deel van die uitgeteerde, magere, zieke vrouwen, veel van hen naakt, met niet eens een paar armzalige vodden om hun schaamdelen te bedekken, wist niet wat het lot voor hen in petto had. Welke kwellingen had Zijne Majesteit Fernando VI nog meer voor hen uitgedacht?

De markies van Ensenada had het antwoord. De edelman volhardde in zijn obsessieve streven om het zigeunerras uit te roeien. Veel gevangenen van La Carraca waren vanuit Cádiz naar het arsenaal van El Ferrol, in het uiterste noorden van Spanje, gebracht. Over de verhuizing van de zigeunervrouwen naar het Casa de la Misericordia had de markies de strijd moeten aangaan met het bestuur van het huis. Het Misericordia was ontstaan als opvanghuis voor de armen en zwervers die de hoofdstad van het koninkrijk Aragón bevolkten. Hun vrijheid werd hun ontnomen, ze werden gedwongen te werken om de maatschappij tot nut te zijn en in bepaalde gevallen waren zelfs lijfstraffen toegestaan, maar desondanks wilde het bestuur de instelling niet in een gevangenis voor misdadigers veranderd zien. Zaragoza had zich altijd als een buitengewoon charitatieve stad beschouwd, een eigenschap die alleen maar een enorme hoeveelheid armen naar zijn straten lokte. De 'weesvader' waakte over de weerloze kinderen en organiseerde soms rondes met de 'armenkar': een getraliede huifkar die de stad door reed om de rondhangende, om aalmoezen vragende bedelaars en zwervers op te pakken en ze in het Misericordia op te sluiten. Hoe konden ze die vijfhonderd ontheemde vrouwen opnemen, en ook nog eens de tweehonderd Aragonese zigeuners die in de kerkers van het Aljafería-kasteel zaten en die de markies hun ook wilde sturen, terwijl ze al barstensvol zaten met bijna zeshonderd bedelaars?

De strijd tussen het bestuur en Ensenada werd in het voordeel van de markies beslecht: de staat zou in het levensonderhoud van de zigeunerinnen voorzien. Ook zou er een nieuwe vleugel worden gebouwd om hen in onder te brengen, er zou voor worden gezorgd dat ze geen enkel contact met de andere bewoners hadden en de kapitein-generaal zou twintig soldaten sturen om hen te bewaken.

De lange rij vuile, naakte vrouwen onder soldatenbegeleiding wekte zoveel ophef dat een hele menigte de stoet volgde naar de Puerta de Portillo, tegenover het kasteel, waar ze de stad binnengingen. Niet ver van die toegangspoort lag de arena, waaraan de tuin van het Casa de la Misericordia grensde. Het complex bestond uit lange gebouwen van baksteen en hout van een of twee verdiepingen, met schuine daken en schijnbaar lukraak geplaatste ramen zonder tralies. Daartussen lagen hier en daar binnenplaatsen en lege ruimtes, kleine dienstgebouwen en aan een uiteinde een eenvoudige kerk met alleen een middenschip, ook van baksteen en hout.

De beheerder van het Misericordia schudde zijn hoofd bij het zien van hoe vrouwen en kinderen onder begeleiding van de soldaten de poort door kwamen. De priester naast hem bekruiste zich diverse keren bij het zien van de naakte lichamen, de uitgeteerde gezichten, de magere ribbenkasten, de slappe borsten die onbeschroomd getoond werden; armen, benen en billen vel over been.

Bij binnenkomst werden ze meteen naar de speciaal voor hen gebouwde vleugel ingeduwd. Ana en Salvador, die elkaar stevig bij de hand hielden, gingen tussen de rest van de vrouwen en kinderen naar binnen. De zigeunervrouwen zagen in één oogopslag dat ze er niet allemaal in zouden passen. Het was een naargeestige, kleine ruimte. De aarden grond was vochtig door stagnerend water, en de septemberhitte en het gebrek aan ventilatie veroorzaakten een ondraaglijke stank.

Uit de monden van de vrouwen begonnen de protesten op te klinken.

'Hier kunnen ze ons niet in stoppen!'

'Zelfs een beestenstal is nog beter!'

'We zullen ziek worden!'

Veel vrouwen richtten hun blik op Ana Vega. Salvador drukte haar hand om haar aan te moedigen.

'Hier blijven we niet,' zei ze stellig. De jongen beloonde haar met een stralende glimlach. 'Kom mee, terug naar buiten!'

Ana draaide zich om en ging voorop. De vrouwen die nog bezig waren naar binnen te komen, weken achteruit toen ze op Ana Vega botsten. Weinige minuten later stonden ze allemaal weer op de esplanade die zich voor het gebouw uitstrekte, protesterend, schreeuwend, vloekend, zodat een paar soldaten zich gedwongen zagen om hun kapitein te raadplegen. De officier wendde zich tot de beheerder, die opnieuw zijn hoofd schudde: hij wist het, hij had het probleem zien aankomen. Nog geen twee maanden daarvoor had het bestuur de markies van Ensenada gewaarschuwd voor de ongezonde lucht in het nieuwe deel: het afvalwater van het Misericordia liep niet weg en bleef in de ruimte van de zigeunerinnen staan rotten. Een slechter begin was niet denkbaar.

'Naar binnen met die vrouwen!' schreeuwde hij toen luid om boven het rumoer uit te komen.

Zijn gebrul was nog niet verstomd toen Ana Vega zich slaand en bijtend op een sergeant naast haar stortte. De kleine Salvador viel een andere soldaat aan, die zich met een klap in het gezicht van de jongen van hem losmaakte voordat hij de vele andere zigeunerinnen die Ana waren gevolgd te lijf ging. Andere vrouwen, die niet tot vechten in staat waren, spoorden hun lotgenotes aan. Na een paar chaotische seconden trokken de soldaten zich terug, ze hergroepeerden zich en slaagden er met schoten in de lucht ten slotte in de woedende vrouwen te bedwingen.

De oplossing die het oproer hem bood, stemde de beheerder tot tevredenheid: hij zou zijn gezag laten gelden en het huisvestingsprobleem oplossen. Ana Vega en nog vijf vrouwen die als opstandig werden bestempeld, zouden zweepslagen krijgen en vervolgens twee dagen lang in het schandblok gezet worden; de anderen mochten buiten het gebouw slapen, onder de blote hemel, op de binnenplaatsen en in de tuin, in ieder geval zolang de hitte duurde die het stilstaande water deed stinken. Per slot van rekening was het al september, de situatie kon nooit lang duren.

In het bijzijn van de vrouwen en hun kinderen bood Ana de portier haar blote rug aan; haar schouderbladen, haar ruggengraat en haar sleutelbeenderen, die bijna door haar huid staken, toonden de littekens van de vele eerdere straffen die ze in Málaga ondergaan had. De zweep knalde door de lucht en de zigeunerin klemde haar tanden op elkaar. Tussen de slagen door keek ze om naar Salvador, die net als altijd op de eerste rij stond. De kleine jongen, de lippen opeengeklemd, de vuisten gebald, sloot zijn ogen elke keer dat het leer de rug van de vrouw verwondde. Ana probeerde naar hem te glimlachen om hem gerust te stellen, maar haar lippen kwamen niet verder dan een geforceerde grijns.

De tranen die ze over de wangen van de jongen zag lopen deden haar meer pijn dan welke zweepslag ook. Salvador had haar als plaatsvervangster voor zijn dode moeder genomen en zij had haar toevlucht bij het kind gezocht om bij hem de gevoelens te uiten die iedereen haar leek te willen ontzeggen. Tweemaal had ze haar eigen dochter verstoten. Ze was uitgebreid op de hoogte gesteld van de gebeurtenissen in de callejón de San Miguel: daar had de Trianera wel voor gezorgd. De bruiloft van Milagros met de kleinzoon van Rafael García, die jonge vechtersbaas die zij in zijn gezicht had geslagen, had haar wereld doen instorten. Haar kind weggegeven aan een García! Haar onverschillige reactie op het bericht over de moord op haar echtgenoot, niets te voelen na zoveel jaar samenleven, had haar verbaasd en verontrust, maar ze was tot de conclusie gekomen dat José geen ander einde verdiend had: hij was met dat huwelijk akkoord gegaan. En wat het doodvonnis tegen haar vader betrof...

'Heb je niets te zeggen?'

De herinnering aan het gesprek met de soldaat in Málaga onderbrak haar gedachten.

'Verwachten ze een antwoord?' vroeg zij op haar beurt.

De man haalde zijn schouders op.

'De zigeuner heeft me gezegd terug te komen zodra ik met je gesproken had.'

'Hij moet maar tegen mijn dochter zeggen dat ze geen lid van de familie Vega meer is.'

'Dat is alles?'

Ana kneep haar ogen halfdicht.

'Ja. Dat is alles.'

Een tijd later had Milagros het door middel van die Camacho nog een keer geprobeerd. Zeg maar dat ik haar niet meer als mijn dochter beschouw, had ze bevestigd. Was dat waar? vroeg Ana zich vele nachten af, was dat werkelijk wat ze voelde? Soms, wanneer de woede opborrelde bij de gedachte aan Milagros in de armen van een García, bracht de haat tegen die familie, haar zigeunertrots, haar ertoe die vraag met ja te beantwoorden, dat ze haar dochter niet meer was; andere keren, de meeste, was het pure moederliefde die zich vanuit haar binnenste een weg naar boven baande: oneindig, toegeeflijk, blind voor haar fouten. Waarom had ze zoiets vreselijks gezegd? kwelde ze zich dan. Woede en verdriet wisselden elkaar af of vermengden zich zelfs in de duisternis van die lange nachten in gevangenschap, maar altijd moest Ana uiteindelijk de tranen en het verdriet die haar op die momenten overvielen voor haar lotgenotes verborgen houden.

# 33

De huizen waarin de Madrileense aristocratie woonde, leken helemaal niet op de Sevilliaanse adellijke huizen, gebouwd ten tijde van de bloei van de handel met de overzeese gebiedsdelen, met hun lichte, door zuilen omgeven patio's vol bloemen als kern en ziel van het gebouw. Op een paar uitzonderingen na bewoonden de vele adellijke personen in Madrid, sommige met titels die ver in de Spaanse geschiedenis teruggingen, de meeste in het zadel geholpen door de nieuwe Bourbon-dynastie, grote sobere herenhuizen die vanbuiten nauwelijks verschilden van veel andere huizen in het achttiende-eeuwse Madrid.

Felipe v, een kleinzoon van de Zonnekoning en de eerste Bourbonkoning van Spanje, een geletterd en verfijnd man, verlegen en melancholiek, vroom, opgevoed in de onderdanigheid die paste bij een tweede in de lijn van de Franse troonopvolging, sprak vloeiend Latijn maar had jaren nodig om Spaans te leren spreken. Hij hield niet van dat paleis dat tot zijn komst de residentie van zijn voorgangers op de troon, de Habsburgers, was geweest. Die sobere Castiliaanse burcht, die maar net op de kleine Madrileense heuvel paste, was niet te vergelijken met de paleizen waarin de jonge Philippe zijn kindertijd en jeugd had doorgebracht. Versailles, Fontainebleau, Marly, Meudon, allemaal omringd door uitgestrekte, goed onderhouden bossen, tuinen, enorme fonteinen en doolhoven. Het Grand Canal van Versailles, waar de jonge Philippe viste met een kleine koninklijke vloot die door driehonderd roeiers werd voortbewogen, bevatte meer water dan de armzalige Manzanares, de rivier die aan de voet van het paleis kronkelde. Omringd door Franse hovelingen en bedienden woonde de koning afwisselend in de Castiliaanse burcht en in het Buen Retiro-paleis, totdat op kerstavond 1734 een brand die was ontstaan in de gordijnen van de kamer van zijn hofschilder, de hele burcht verwoestte en de definitieve verhuizing van de koninklijke familie naar het Retiro mogelijk maakte. Hoewel Felipe v zelf had bevolen dat er op de grond van de burcht een nieuw paleis naar zijn smaak moest worden gebouwd, volgde een aantal welgestelden de koning naar de omgeving van het Buen Retiro-paleis en naar de lanen die in de naastgelegen weilanden werden aangelegd. De meeste edelen bleven echter wonen in wat altijd het zenuwcentrum van de stad was geweest: de omgeving van het nieuwe koninklijke paleis dat zich in 1753 al monumentaal en indrukwekkend liet aanzien.

Het was niet de eerste keer in de afgelopen maanden dat Milagros naar een van die herenhuizen ging. Lange tijd had ze alle uitnodigingen afgeslagen – dat geld zou alleen maar voor de pleziertjes en affaires van haar man dienen, zo zei ze bij zichzelf – totdat ze een paar maanden geleden een verzoek kreeg dat ze niet kon afwijzen: de markies van Rafal, burgemeester van Madrid en beschermheer van de theaters, wilde dat ze op een soiree die hij voor een paar vrienden hield, kwam zingen en dansen.

'Dit verzoek kun je niet weigeren, zigeunerin,' waarschuwde don José, de directeur van het gezelschap, nadat hij haar de wens van de markies meegedeeld had.

'Waarom niet?' vroeg ze arrogant.

'Dan ga je de gevangenis in.'

'Ik heb niets verkeerds gedaan. Weigeren om...'

De directeur onderbrak haar door met zijn hand in de lucht te slaan.

'Er is altijd wel iets wat je verkeerd doet, meisje, altijd, en vooral wanneer een edelman van wie jij afhankelijk bent maar voor wie je je te goed acht, daarover moet beslissen. Eerst zullen het maar een paar dagen in de gevangenis zijn voor iets onbelangrijks... een brutale opmerking naar het publiek of een als ongepast beschouwde uitlating. Zodra je uit de gevangenis bent, zullen ze je opnieuw uitnodigen, en als je dan weer weigert, wordt het een maand.'

De aanvankelijke minachting op het gezicht van Milagros maakte plaats voor hevige angst.

'En zodra je weer vrijgelaten wordt, zullen ze opnieuw aandringen; edelen vergeten niet. Voor hen zal het een spel zijn. Jouw plicht is zingen en dansen in het Príncipe. Als je dat niet doet of je doet het opzettelijk slecht, zullen ze je opsluiten; als je het wel goed doet, zullen ze iets anders vinden wat hun niet bevalt...'

'En me naar de gevangenis sturen,' was Milagros hem voor.

'Ja. Maak het jezelf niet moeilijk. Uiteindelijk zul je toch voor ze zingen en dansen, Milagros. Je hebt een dochtertje, als ik me niet vergis?'

'Wat is er met haar?' stoof ze verontwaardigd op. 'Bemoeit u zich niet...'

'De gevangenissen zitten vol vrouwen met kleine kinderen,' viel de man haar in de rede. 'Het is barbaars om een kind van zijn moeder te scheiden.'

Milagros ging akkoord, ze had geen keus. Het idee dat haar dochtertje de cel in zou moeten, maakte haar doodsbang. De ogen van Pedro begonnen te schitteren toen hij het nieuws hoorde.

'Ik zal met je meegaan...' beloofde hij.

Ze wilde er iets tegenin brengen: 'Don José...'

'Ik zal wel met die man praten; bovendien, heb je niet zelf gezegd dat je bescherming nodig had? Ik zal een paar gitaarspelers en zigeunerinnen zoeken; de musici van het Príncipe snappen niet wat die mensen willen, die hebben geen temperament.'

Don José overlegde met de markies, die niet alleen toestemde maar Pedro's voorstel zelfs enthousiast omarmde. Don Antonio, de burgemeester, herinnerde zich hoe Milagros in het Sevilliaanse paleis van de graaf van Fuentevieja het publiek in vuur en vlam had gezet, en dat was precies wat hij van haar wilde: de sensuele zigeunerdansen die de censoren in het Príncipe verboden, de opwindende sarabandes die door kwezelaars en puriteinen zo gehekeld werden, en die andere ritmische bewegingen die Caridad haar had leren begrijpen en vooral voelen: Guinese vruchtbaarheidsdansen, negerdansen, gedurfd en uitdagend, chaconnes, cumbé's en sarambeques. Geen enkel lid van het komediegezelschap maakte deel uit van die groep, zelfs Marina niet, ondanks Milagros' aandringen, noch de grote Celeste, met wie Pedro de laatste banden verbroken had. Die beslissing bezorgde Milagros de antipathie van de rest van het gezelschap, behalve van Marina, die haar verontschuldigingen accepteerde, maar Pedro luisterde niet naar haar bezwaren. 'Jij bent degene die door het publiek van het Príncipe wordt toegejuicht,' voerde hij aan.

En het was waar: de mensen kwamen naar het theater voor haar, zodat wanneer de intermezzo's waren afgelopen en Celeste en de anderen op het toneel verschenen voor het derde en laatste bedrijf van de komedie, de meeste toeschouwers al vertrokken waren en de komediespelers een halfleeg en afgeleid Coliseo aantroffen.

Sinds dat eerste optreden op verzoek van de burgemeester gebeurde het zeer regelmatig dat aristocraten, welgestelden of hoge ambtenaren op een van hun talloze feesten de aanwezigheid van de beroemde Ongeschoeide verlangden. Don José wendde zich rechtstreeks tot Pedro, die alle uitnodigingen accepteerde, en Milagros haastte zich na haar optreden in het theater 's avonds naar die herenhuizen om de behoefte aan sensueel genot van de beschaafde hoogwaardigheidsbekleders van het koninkrijk en hun echtgenotes te bevredigen.

Daarom sloeg ze die voorjaarsavond van het jaar 1753 geen acht op de saaie buitenkant van het huis. Ze wist dat het binnen overdadig luxueus ingericht zou zijn: enorme kamers, eetzaal, bibliotheek, muziek- en speelkamer, werkkamers, salons met hoge plafonds en spectaculaire kroonluchters die hun licht lieten schijnen op een eindeloze hoeveelheid met schildpad, ivoor of brons ingelegde meubelen, met beschilderd glas of marqueterie van exotische houtsoorten, alle tegen de muren geplaatst; bijna altijd stond er in het midden een tafel met hooguit één stoel erbij; barokke spiegels waarin het licht van de kaarsen uit de zijkandelaars gereflecteerd werd; vloerkleden, beelden, schilderijen en wandkleden met motieven die, in tegenstelling tot die die ze in de Sevilliaanse huizen had gezien, niets met Bijbel of mythologie van doen hadden. Hetzelfde kon worden gezegd van de schouwen. In Madrid hadden de grote schouwen in Spaanse stijl afgedaan ten gunste van de Franse: klein, van marmer, met verfijnde contouren. De Franse smaak heerste tot in onvermoede uitersten.

Bij de salons en de meubels, bij de oneindige hoeveelheid bedienden waarvan het in de adellijke huizen wemelde, voegde zich de weelde aan gouden, zilveren, ivoren of edelhouten siervoorwerpen, serviezen van Chinees porselein en glazen van bergkristal die boven het rumoer uit een hoge, trillende toon lieten horen wanneer ze bij het proosten tegen elkaar stootten; dat alles te midden van zijden, fluwelen, moiré en lamé jurken met ruches, franjes, strikken, linten en zijden kant, de een nog mooier dan de ander, en van parfums, extravagante vrouwenkapsels, bepoederde pruiken van hun begeleiders. Luxe, pracht en praal, ijdelheid, hypocrisie...

Milagros was onverschillig voor al dat uiterlijk vertoon. Bij die gelegenheden gebruikte ze zelfs de kleding niet die ze in het Príncipe droeg, maar haar eenvoudige, comfortabele zigeunerkleren, versierd met kleurige linten en rinkelende sieraden. Sinds ze zich gedwongen zag om naar de adellijke huizen te gaan, ontving ze geschenken, waarvan sommige waardevol waren, hoewel degenen die haar op die manier probeerden te vleien of verleiden er niets mee bereikten. Alle geschenken en het geld dat ze met de voorstellingen verdiende, gingen rechtstreeks naar Pedro, die er in tegenstelling tot zijzelf veel beter uit was gaan zien; die avond droeg hij een rijk geborduurd kort jasje, in de stijl van de Madrileense manolo's, een zijden hemd en kousen, en schoenen met zilveren gespen die hij voortdurend door Bartola liet poetsen. Toen Milagros hem zo stralend, elegant en onweerstaanbaar zag, voelde ze een steek waarvan ze niet wist of die van pijn of van woede was. Pedro, trots op zijn zigeunerschap, richtte zich als een gelijke tot de markies van Torre Girón: ze praatten, lachten en klopten elkaar op de schouders alsof ze oude vrienden waren. Ze zag dat veel van de daar aanwezige dames met elkaar stonden te fluisteren terwijl ze hun ogen onbeschaamd op Pedro gericht hielden. Zelfs de verfranste saletjonkers die de dames het hof maakten leken hem te benijden!

Milagros liep arrogant voor hen langs, alsof ze hen wilde uitdagen. Ze kende het spel van de hofmakerij. Marina had haar uitgelegd dat de meeste dames die de zijbalkons van het Coliseo del Príncipe bezetten, niet door hun echtgenoten begeleid werden maar door de *chevaliers servants* die hen het hof maakten.

'En hun echtgenoten vinden dat goed?' had Milagros verbaasd gevraagd.

'Natuurlijk,' antwoordde Marina. 'Ze begeleiden de door hen aanbeden dame elke middag naar het theater en betalen een goede plaats voor haar,' zei ze later in de kleedkamers, 'hoewel mevrouw zich soms in een grote cape gehuld liever tussen de vrouwen van de engelenbak mengt. Wanneer ze bijvoorbeeld in de rouw is en het onbetamelijk zou zijn als men haar in het theater plezier zag maken of naar het geroddel van marktvrouwen en straathandelaarsters zag luisteren. In dat geval moet de cavalier evengoed haar entree betalen en moet hij haar bij de uitgang van het theater opwachten. Kijk goed!' spoorde ze Milagros aan. 'Ook al zijn ze bedekt, je herkent ze vast.'

'Wat moet zo'n cavalier nog meer doen?' vroeg Milagros geïnteresseerd.

'Nou, hij moet zijn aanbedene behagen,' legde Marina uit. 'Hij mag met geen enkele andere vrouw praten, zelfs niet wanneer zijn dame afwezig is, alleen met haar. 's Morgens moet hij al vroeg naar haar slaapvertrek gaan om haar te wekken, haar ontbijt te brengen, haar te helpen met aankleden en terwijl de kapper haar kamt en opmaakt, een praatje met haar te maken; daarna gaan ze naar de kerk. 's Middags begeleiden ze haar hiernaartoe, om de komedies te zien.' Marina somde de verplichtingen van de cavalier op en telde die op haar vingers mee. 'Vervolgens maken ze in een prachtig open rijtuig een lange rit over de Prado de San Jerónimo en 's avonds zijn er soirées met kaartspelen en contradansen, waarna hij haar naar huis brengt. Als zijn dame ziek wordt, moet de cavalier dag en nacht aan haar bed zitten om haar te verzorgen en haar medicijnen te geven. Ten slotte moet hij voor alles wat hij wil doen, toestemming aan zijn dame vragen.'

'Dat is alles?' vroeg de zigeunerin spottend.

Maar tot haar verbazing hervatte Marina haar relaas.

'Neeee!' antwoordde ze met overdreven nadruk. 'Ik haalde alleen even adem.' Ze lachte quasi-geaffecteerd. 'Dat is wat hij moet doen. Dan is er ook nog wat hij moet betalen: de kapper, de bloemen die hij haar elke dag moet sturen, en vooral de kleren en accessoires die zijn aanbedene moet dragen. Er zijn vrouwen die met het oog op al die uitgaven vooraf met hun cavalier afspreken tot welk maximum die kosten mogen oplopen, maar dat zijn de goedkope hofmakerijen. De ware cavalier opent een rekening bij de beste winkels, zodat zijn dame zich naar behoren kan kleden; ook moet hij op de hoogte zijn van de laatste mode aan het hof en van alles wat uit Parijs komt, om het haar te kunnen geven voordat andere vrouwen ermee pronken...'

'Ze zullen zich ruïneren,' was Milagros' commentaar.

'In Madrid wemelt het van de cavaliers die op die manier hun fortuin verloren hebben.'

'Sukkels.'

'Sukkels? Ze hebben genoten van de glimlach en het gezelschap van hun dame, van haar gesprekken en haar confidenties... zelfs van haar minachting! Wat kan een man zich nog meer wensen?'

Bij de herinnering aan die woorden moest Milagros onwillekeurig glimlachen, wat verkeerd geïnterpreteerd werd door een van de jonge saletjonkers die op het feest van de markies waren genodigd. 'Hoeveel geld heb je nog?' kwam ze in de verleiding hem te vragen juist op het moment dat een paar vermetele dames zich van de groep losmaakten en aanstellerig naar de markies en de zigeuner toeliepen. Milagros aarzelde of ze hun de pas af moest snijden. Hij was haar man! Of niet? Er waren steeds meer nachten waarin hij zelfs niet thuis kwam slapen, maar dat ging die domme ganzen die haar bij het langslopen in een wolk parfum hulden niets aan. Ze deed het niet. Toen de twee vrouwen Pedro belaagden, draaide ze haar hoofd om en verloor haar blik zich in het licht van een grote kroonluchter.

Met een feest voor bijna tweehonderd genodigden vierde de markies van Torre Girón die avond het feit dat de koning hem als Spaanse grande het voorrecht had verleend om zijn hoofd in diens aanwezigheid bedekt te houden. Net als de voorgaande keren danste en zong Milagros met evenveel passie als ze in het theater deed. Op die momenten was zij de koningin. Ze voelde het, ze wist het! Hertogen, markiezen, graven en baronnen vielen voor haar stem, en in hun ogen, op dat moment van elke adel, welstand en zelfs autoriteit ontdaan, zag ze enkel de begeerte, het verlangen dat negentienjarige lichaam te bezitten dat zich zo sensueel en vrijmoedig in een wervelend dansen aan hen toonde. En wat te zeggen van de dames? Ja, diezelfde die zich op Pedro gestort hadden. Ze sloegen hun ogen neer, wendden hun blik af naar hun eigen handen of voeten, een enkele naar haar ingesnoerde borsten, zich waarschijnlijk beklagend over het feit dat die zonder die knellende banden slap neer zouden hangen. Zelfs de allerjongste vrouwen, die beseften dat geen van hen haar charmes zo wist te gebruiken als die zigeunerin, benijdden haar. De contradans! Hoe konden ze haar met die groteske, plechtige hofdansen naar de kroon steken, haar evenaren? Zelfs in de intimiteit van hun slaapvertrekken zouden ze niet zo durven ronddraaien en met hun heupen wiegen.

De soiree zou tot diep in de nacht voortduren, misschien wel tot de ochtend, maar Milagros kreeg gelegenheid om uit te rusten toen de markies, opgetogen na de ceremonie waarin hij tegenover Zijne Majesteit Fernando VI zijn hoofd bedekte, zijn genodigden op een poppenspel vergastte.

En zo zat Pedro García, terwijl de marionetten in aanwezigheid van meer dan een kerkelijke leider op vrijmoedige, zelfs spottende wijze Bijbelse episoden uitbeeldden, op zijn gemak tussen het publiek, dicht naast een van de vrouwen die naar hem toegekomen waren om hem te veroveren, en kregen Milagros en haar metgezellen na hun eerste optreden iets te drinken in de keukens. In de verte klonk het gelach van het publiek bij wat veel moralisten als godslastering bestempeld zouden hebben, of de bewonderende kreten van verrassing van de dames bij het zien van de rook van een buskruitontploffing op het moment dat de duivel verscheen.

'Het is een schande!'

Een paar bedienden die de keukens in- en uitliepen, een dienblad in hun handen met in het midden een brandende kaars zodat de genodigden konden zien wat er werd geserveerd, struikelden bijna toen de markies opeens verscheen. De rest kromp ineen bij de schreeuw waarmee hij bij hen binnenviel.

'Ik kan niet toestaan dat een prinses als jij in de keuken wordt bediend,' vervolgde hij terwijl hij Milagros zijn arm voorhield. 'Kom alsjeblieft met me mee.'

De zigeunerin aarzelde om haar hand op de uitgestoken onderarm van de markies te leggen, maar de edelman drong aan en Milagros voelde de blikken van de bedienden, gitaarspelers en danseressen op zich gericht. Zou ze het bestaan om de hoffelijkheid waarmee de heer des huizes haar vereert, af te wijzen? leken ze zich af te vragen. Waarom ook niet? zei ze bij zichzelf. Ze boog haar hoofd schalks opzij, glimlachte en nam de uitnodiging aan.

Joaquín María Fernández de Cuesta, markies van Torre Girón, liep tegen de veertig. Hij was ontwikkeld, elegant en welbespraakt, maar hinkte licht, bijna onmerkbaar, als gevolg van een val van zijn paard. Terwijl ze door de gangen liepen, werd Milagros omhuld door het parfum dat de edelman gebruikte.

'Ik hou niet zo van poppentheater,' legde hij uit. 'Die poppenspelers zijn een stelletje verdorven figuren die de diepste overtuigingen van het volk bespotten en in twijfel trekken. De staat zou ze moeten verbieden.'

'Maar waarom hebt u ze dan laten komen?' vroeg zij.

'Vanwege de markiezin en haar vriendinnen,' antwoordde de edelman. Ze vinden het leuk om ernaar te kijken en dat plezier moet je ze gunnen. Bovendien... je wilt hen toch niet met het domme volk vergelijken!' Ze stonden stil voor een deur en don Joaquín María kondigde aan: 'Mijn werkkamer.'

Ze gingen het vertrek binnen; misschien was het groot, misschien ook niet. Door de enorme hoeveelheid boeken, meubels en voorwerpen in de kamer was Milagros niet in staat zich een idee van de werkelijke afmetingen van de kamer te vormen: tegen een van de wanden een huiskapel met een bidstoel en diverse beelden van houtsnijwerk; aan de wand ertegenover een waskast, daarnaast een staande klok met talloze figuurtjes erop, wandkleden met afbeeldingen van bossen en velden, spiegels en beelden van mythische godinnen, beeldjes van kristal, tafels, stoelen en fauteuils... De zigeunerin bleef gefascineerd staan voor een grote vergulde kooi met diverse metalen nachtegalen erin. De markies kwam naderbij en zette een mechaniekje in werking. De vogeltjes begonnen meteen te zingen.

'Je zult alles wat je hier ziet mooi vinden,' zei hij terwijl hij haar bij haar elleboog pakte.

Ze liepen om een tafel heen waarop vellen met tekeningen lagen uitgespreid; de edelman stak binnen in een kastje een licht aan.

'Kijk hier eens door,' wees hij naar een opening in een buis die uit de voorkant stak. Milagros bedekte haar linkeroog en legde het rechter tegen de buis.

'Versailles,' zei de edelman.

Ze slaakte een kreet toen ze het beeld met dieptewerking van het enorme paleis zag. De markies liet haar even genieten en schoof toen een ander glaasje in een gleuf voor de buis.

'Fontainebleau,' zei hij.

Het leek allemaal net echt! De markies bleef glaasjes inschuiven en vertellen wat ze voorstelden. 'Wat mooi!' 'Prachtig!' riep ze uit bij het zien van de paleizen, de uitgestrekte en goed onderhouden tuinen en de bossen. Nog met haar oog tegen de buis voelde ze ineens een lichte aanraking. Ze hield haar adem in en verstijfde blijkbaar zo dat de edelman meteen afstand nam.

'Pardon,' mompelde hij.

Toen ze klaar waren met de toverlantaarn, nodigde hij haar uit zoete wijn met hem te drinken in kleine kristallen glaasjes die hij uit een meubel tevoorschijn haalde.

'Op jou,' proostte hij met een gebaar alsof hij zijn glas hief, 'de Ongeschoeide, de beste komediespeelster van Madrid... en de mooiste.'

Na de eerste slok liet de markies haar uitgebreid en met onverholen trots de vele zeldzame en bijzondere voorwerpen in zijn werkkamer zien. Aanvankelijk luisterde Milagros nauwelijks naar de uiteenzettingen die vlot uit de mond van de edelman rolden. Nadat hij uiterst voorzichtig en behoedzaam het beeldje van een godin in zijn handen had laten ronddraaien, opende don Joaquín María een boek met reusachtige bladen.

'Kijk,' wees hij haar.

Zij probeerde afstand te bewaren en keek ernaar van waar ze stond, met een ongemakkelijk gevoel omdat ze alleen met een edelman in zijn werkkamer was. Hij deed of hij het niet merkte en ging door met het omslaan van de bladen en het wijzen op de prachtige tekeningen terwijl Milagros van de uitstekende zoete wijn dronk.

Waarom zou ik me schuldig moeten voelen? vroeg ze zich af. Ze had Pedro tussen het publiek zien zitten, schaamteloos flirtend met een van die sloeries. Ze deed niets verkeerds en de markies leek haar te respecteren: hij had niet geprobeerd haar te betasten en geen ongepaste opmerkingen gemaakt, zoals in de herbergen gewoonlijk gebeurde. Hij was hoffelijk tegen haar, en behalve die lichte aanraking had hij geen enkele poging gedaan dichter bij haar te komen. Milagros zette een stap naar de tafel waarop het grote boek lag en bekeek de tekeningen. Ze accepteerde meer wijn, dronk en keek haar ogen uit in die kamer vol kostbaarheden. Ze toonde op een onbevangen manier interesse in voorwerpen en meubels, in hun herkomst, hun waarde, hun gebruik, en met plezier luisterde ze naar de pogingen van don Joaquín María om, onder gelach van beiden, zijn geleerde uiteenzettingen in begrijpelijke taal om te zetten.

'Vind je die mooi?'

In haar hand hield Milagros een in goud gezette camee met de afbeelding van een vrouw in een witte steen gegraveerd.

'Ja,' antwoordde ze afwezig, zonder haar blik van het medaillon af te wenden; haar gedachten waren bij dat andere, dat haar grootvader destijds in Triana aan de oude María gegeven had.

'Het is van jou.'

De markies sloot de hand van de zigeunerin om de camee. Milagros was een paar tellen stil, verrast door de aanraking van die zachte hand, zo verschillend van die van de zigeunervrouwen of van de smeden, die ruw en eeltig waren.

Nee... wilde ze zeggen.

'Je zou me een groot genoegen doen als je het aanneemt,' drong hij aan terwijl hij haar vuist met zijn hand omklemde. 'Heb ik dat verdiend?'

Milagros knikte. Hoe zou hij dat niet verdiend hebben? Ze had een paar verrukkelijke momenten beleefd. Nooit had iemand haar met zoveel hoffelijkheid en aandacht behandeld, in een kamer vol prachtige dingen, in een groot herenhuis...

'Het is tijd,' zei de edelman opeens na een blik op een grote wandklok, waarna hij haar hand losliet.

Milagros trok haar wenkbrauwen op.

'We moeten terug.' De markies glimlachte en bood haar zijn onderarm, zoals hij ook in de keuken gedaan had. 'De poppenspelers zullen bijna klaar zijn met hun voorstelling, en het laatste wat ik wil is gemene roddels veroorzaken.'

Maar de roddels verspreidden zich toch door de spectaculaire boeketten die na die avond iedere dag in het Príncipe voor Milagros werden bezorgd, en vermenigvuldigden zich wanneer ze zong en danste met haar blik op de loge van de markies gericht.

'Ik heb hem sinds de soiree niet meer gezien!' verdedigde ze zich toen Pedro haar om uitleg vroeg nadat hij een van de boeketten waarmee ze elke dag thuiskwam uit haar handen geslagen had.

Het was de waarheid. Don Joaquín María hield zich op een afstand, alsof hij wachtte... Misschien tot zij de eerste stap zou zetten? Marina moedigde haar aan om dat te doen, eerst enthousiast, maar na de weigering van de zigeunerin zichtbaar geïrriteerd. 'Ben je gek? Hoe kan ik een relatie met een andere man beginnen, al is hij nog zo rijk en van adel?' viel Milagros uit. Maar in haar eenzame nachten, wanneer Pedro de herbergen van Madrid afschuimde en zich met andere vrouwen amuseerde, streelde ze de camee die ze tussen haar kleren verborgen hield en vroeg ze zich af wat haar tegenhield. Het ochtendgloren, het rumoer dat vanuit de straat opsteeg en María die lachend door het huis rende verjoegen de fantasieën waardoor ze zich in het donker had laten meeslepen. Ze was een zigeunerin, getrouwd, met een dochter. Misschien zou Pedro op een dag veranderen.

'Bij die soiree,' hield haar man op dat moment vol, 'was je met de markies in zijn werkkamer. Dat hebben ze me verteld.'

'En waar was jij toen?' kaatste zij op vermoeide toon terug, 'mag ik je daar even aan herinneren?'

Pedro hief zijn hand op om haar te slaan. Milagros rechtte haar rug en wachtte met gefronst voorhoofd onbeweeglijk de klap af.

'Sla me, en ik ga naar hem toe.'

Hun woedende blikken kruisten elkaar.

'Als ik je met een ander vind,' dreigde de zigeuner haar met zijn hand nog in de lucht, 'snijd ik je je strot af.'

# 34

Ze kon weggaan, het gouden spoor volgen dat de volle maan haar die lentenacht over de dorsvloer en de korenvelden achter het huis wees. Terwijl het dorp in absolute stilte verzonken lag, lokte dat magische schijnsel haar uit de schuur op het erf die ze haar hadden toegewezen, en met een starende blik in haar ogen liep Caridad door de uitgestrekte landerijen richting de maan. Een schaduw op de velden, soms stilstaand, geïntimideerd door de weidsheid, andere keren doelloos rondlopend, alsof ze op zoek was naar een weg die haar zou leiden naar... naar wat?

De ontvangst in haar nieuwe huis, maanden terug, was zeer verschillend geweest. De oom en tante van Herminia gaven geen uiting aan hun verbazing. Veel te zwart, schreeuwden hun ogen echter. Antón bekeek haar met een zweem van wellust die Herminia meteen de kop indrukte door tussen hen in te gaan staan; Caridad begreep die plotselinge reactie van haar vriendin niet helemaal. De kinderen vergaten hun argwaan al snel en bekeken haar nieuwsgierig, en Rosario verwelkomde haar met een blik vol walging.

'Is ze gezond?' beet ze Herminia toe. 'Weet je zeker dat ze Cristóbal niet met een of andere negerziekte zal besmetten?'

De angst van de min verbande Caridad naar het erf, naar een schuur vol landbouwgereedschappen naast het huis, die haar herinnerde aan de plek waar ze was ondergebracht door de goede christenen tot wie broeder Joaquín zich tijdens de razzia voor een schuilplaats had gewend. Jukken en spades vervingen hier visnetten en hengels.

Cristóbal, de zoon van de procureur-generaal... hoe zou zij hem ergens mee kunnen besmetten? De kleine jongen leek meer op een vlindercocon dan op Rosario's kind, dat ongeveer even oud was en in plaats van moedermelk in wijn gedrenkt brood kreeg en dat wanneer het niet op de grond lag, vrijelijk van hand tot hand ging. Iedere ochtend werd Cristóbal, nadat Rosario hem in koud water had gebaad en zijn liezen met meel had bepoederd, van zijn voeten tot zijn schouders door haar ingebakerd in een witlinnen doek, de armpjes strak tegen het lijfje gedrukt om door dat strakke windsel scheefgroeien te voorkomen. Zo, als een wit coconnetje waar alleen een hoofd uitstak, bracht de kleine zijn uren door in een houten boerenwieg waaruit Rosario hem alleen opnam om hem aan een van haar borsten aan te leggen. Als hij verzadigd was, sliep hij weer even, maar het grootste deel van de dag lag het jongetje te blèren, omdat het het benauwd had, zich niet kon bewegen, last had van huidirritatie door urine en ontlasting die aan zijn huid geplakt zaten, waarvan hij slechts met tegenzin werd bevrijd, want het was veel werk om hem te verschonen en opnieuw in te bakeren. Caridad had medelijden met Cristóbal. Ze vergeleek hem met de andere kinderen, die door het huis renden, met de zigeunerkinderen die ze op de binnenplaatsen van de woonblokken in Triana had zien lopen en zelfs met de halfbloedjes die in de hutten op Cuba geboren werden; die kregen twee tot drie maanden borstvoeding van hun moeder en daarna werden ze toevertrouwd aan de zorg van de oude slavinnen op de plantage die niet meer productief waren. Altijd vrij, naakt.

'Alle minnen en voedsters, ook de mevrouwen zelf, bakeren hun kinderen in,' legde Herminia haar op een dag uit. 'Het is altijd zo geweest.'

'Maar... het is onnatuurlijk!'

Herminia haalde haar schouders op.

'Ik weet het,' beaamde ze. 'Niemand haalt het in zijn hoofd om een lam of een speenvarken in te bakeren om het sterker en gezonder te laten opgroeien. Er zijn zelfs minnen die op die manier een armpje braken, een beentje, of zelfs een ribbetje... Veel kinderen groeien scheef of krijgen een bochel.'

'Waarom doen ze het dan?' vroeg Caridad vol weerzin.

'Omdat ze er zo niet op hoeven te letten. En omdat ze er ongelukken mee voorkomen. Als de min weet hoe ze moet inbakeren, zal ze het kind levend aan zijn ouders terug kunnen geven. De misvormingen zullen verschijnen of niet, maar in elk geval pas later, in de loop van de jaren, en niemand zal kunnen zeggen dat het haar schuld is. Als ze het niet inbakeren lopen ze het risico de ouders te moeten vertellen dat het kind is gevallen en iets gebroken heeft, of dat het iets in zijn mond heeft gestopt en gestikt is, of dat het een gat in zijn hoofd heeft, of...'

Caridad legde haar met een gezicht vol afschuw het zwijgen op.

Soms werden haar gedachten 's nachts in het open veld beheerst door de kleine Cristóbal: zij was maar een slavin die haar vrijheid dankte aan de 'pest van de zee' die haar meester het leven had gekost, hoewel je zou zeggen dat datzelfde onverzadigbare onheil nu bij haar het leed wilde incasseren dat het don José met zijn zwakke gestel niet had kunnen toebrengen. Maar zij kon nu naar de verleidelijke maan boven de Castiliaanse velden kijken, terwijl Cristóbal, zoon van een rijke, hoge functionaris, gevangen zat in het linnen waarin hij gewikkeld was. Soms kwam ze in de verleiding om het kind te stelen en het door de velden te laten rennen... Zou hij zich kunnen bewegen? Ze herinnerde zich haar kleine Marcelo: met zijn verdwaasde blik en geest had hij zelfs als slaaf meer vrijheid gehad dan dat arme kind.

'Welgestelde moeders willen hun kinderen niet zogen, daarom brengen ze ze naar vreemden,' had Herminia haar verteld. 'Ze willen hun figuur niet verliezen, die smalle taille waarvoor ze zo'n gevecht met de korsetten leveren, ze willen niet dat hun borsten hard worden tot ze op knappen staan en de melk eruit loopt, om mettertijd slap te worden en te gaan hangen. Ze willen niets dat hen belemmert om aan het sociale leven deel te nemen, de komedies, de balletten en de soirees bij te wonen. Maar bovenal,' – zo had Rosario haar op een dag bekend, – 'zijn ze bang voor huilende kinderen die ze niet weten te kalmeren en voor de mogelijkheid dat baby's in hun handen zullen sterven.'

Als het dan toch zo moet zijn, hebben ze liever dat iemand hun het lijkje komt laten zien! herinnerde Caridad zich de verontwaardiging van Herminia, waarbij haar groene ogen fonkelden van woede, misschien omdat ze een eigen ervaring betreurde.

Caridad vroeg niet wat er was gebeurd met dat kind waar ze onderweg over verteld had en al helemaal niet naar de identiteit van de vader, aangezien ze al een hele tijd een sterk vermoeden had dat het haar neef Antón was. Er was een stilzwijgende afspraak tussen alle leden van die familie: Rosario wilde niet opnieuw zwanger raken, want dat zou betekenen dat de procureur-generaal zijn zoon zou weghalen en ze de inkomsten zou verliezen; ondertussen zocht Antón schaamteloos toenadering tot een Herminia die zich in het bijzijn van haar vriendin even opgelaten voelde als vrolijk en bereidwillig wanneer deze er niet bij was. Er waren avonden dat Caridad zich snel naar de dorsvloeren haastte wanneer ze hen hoorde stoeien. Op zulke momenten, bij het licht van de maan en met het gefluister van de minnaars in haar oren, huilde ze om Melchor en de nachten onder de sterrenhemel waarin de zigeuner de vrouw in haar ontdekte.

In de maanden die sinds haar komst waren verstreken, had ze don Valerio leren kennen, de pastoor van Torrejón. En ook Fermín, de oude koster voor wie de tabaksteelt te veel was geworden. Don Valerio had haar van boven tot onder opgenomen, zoals ze allemaal deden, terwijl zij probeerde het wantrouwen van de koster weg te nemen, die talloze vragen op haar afvuurde, alsof het hem pijn deed zijn planten in handen van een onbekende negerin te laten.

'Meneer,' onderbrak Caridad hem ten slotte een beetje snibbig omdat ze genoeg had van al die vragen, 'ik weet hoe tabak verbouwd en verwerkt moet worden. Dat heb ik mijn hele leven...'

'Pas op met die hoogmoed van je!' vermaande don Valerio haar.

Herminia wilde iets zeggen, maar Caridad was haar voor.

'Dat is geen hoogmoed,' wierp ze tegen, zij het met een zachtere stem. 'Dat heet slavernij. Blanken zoals U Edele hebben mij als kind uit Afrika weggeroofd en me gedwongen tabak te telen en te verwerken. Alles wat ik was is omwille van die plant achtergebleven: mijn familie, mijn kinderen... ik kreeg er twee; een is nog daar op de plantage, dat voel ik,' vervolgde ze na haar ogen even te hebben dichtgeknepen, 'het andere werd als kleine jongen aan een suikerfabriek van de Kerk verkocht.'

'Je houding is anders niet die van een slavin,' vermaande de geestelijke haar opnieuw.

'Nee, eerwaarde. Dat is die van een gevangene die twee jaar van haar leven aan de koning heeft betaald omdat ze zich als slaaf liet behandelen door mensen die zich "goede christenen" noemen.'

'Je bent wel erg brutaal,' zei don Valerio met stemverheffing.

Herminia pakte Caridad bij haar arm om haar te doen zwijgen, maar deze keer was het de priester die protesteerde.

'Laat haar,' zei hij, 'ik wil horen wat ze te zeggen heeft.'

Maar Caridad kon het gevoel van die plotselinge aanraking en de smekende blik van haar vriendin niet van zich afzetten. Misschien was het waar, misschien was ze brutaal... Ze was erg veranderd in die twee jaar in de Galera, dat wist ze, maar op dat moment besloot ze zich in te houden.

'Het spijt me als ik u beledigd heb,' verontschuldigde ze zich.

'Dat zul je moeten biechten.'

Ze sloeg haar ogen neer.

Diezelfde middag vergezelde Herminia haar naar het tabaksveld. De wijngaard die Marcial onderhield, bevond zich op de plek waar het water van de Torote-beek in de Henares stroomde en de uitgestrekte korenakkers plaatsmaakten voor een laagvlakte die slechts door een enkele heuvel, olijfbomen en wijnstokken onderbroken werd, dat alles inmiddels op het grondgebied van Alcalá de Henares, de buurgemeente van Torrejón, waarvan het dorp zich in de zestiende eeuw had afgescheiden. Een lager gelegen stuk grond achter de wijnstokken van Marcial diende als schuilplaats voor de tabaksplanten, die zo aan het zicht onttrokken werden.

Caridad nam het tabaksveld van bovenaf op: chaotisch, verwilderd, schraal. Het was al juli toen ze in Torrejón aankwam en Marcial was op instructie van de koster druk bezig met oogsten; de man merkte hun aanwezigheid niet eens op. Caridad zag hoe hij de planten met een enkele haal van het kapmes onder aan de stengel afsneed, bijna gewelddadig, zoals de slaven bij het kappen van het suikerriet deden. Met de bladeren nog aan de stengel legde hij de planten vervolgens een voor een op een stapel op de grond, in de zon.

'Wat vind je ervan?' vroeg Herminia.

'Daar op de plantage selecteerden we de bladeren die klaar waren, op het juiste punt van rijping, een voor een, de ene dag deze, de volgende dag die, net zolang tot er van de plant alleen nog maar een lange, kale stengel over was.

Bij het horen van hun stemmen draaide Marcial zich naar hen om en gebaarde dat ze naar beneden moesten komen.

'Caridad zegt dat ze de tabaksbladeren op Cuba een voor een oogsten,' zei Herminia zodra ze voor de man stonden.

Tot verrassing van de twee vrouwen knikte de man.

'Dat heb ik gehoord, maar iedereen die iets met tabak te maken heeft zegt dat we het in Spanje altijd zo gedaan hebben. Feit is dat niemand het kan bevestigen, aangezien alle tabaksvelden geheim zijn, hoewel don Valerio volhoudt dat de kloosterlingen het op deze manier doen. Hij zal het wel weten, als geestelijke.'

'Wat maakt het uit of...?' begon Herminia te vragen.

'De bovenste bladeren krijgen meer zon dan de onderste,' was Caridad haar voor.

'Dat is bij alle planten het geval,' viel Marcial haar bij, en hij vervolgde glimlachend: 'Ze groeien omhoog. Het probleem is dat de bladeren een voor een oogsten veel werk is... en kennis vereist.'

Alsof ze het hun wilde demonstreren, had Caridad zich van hen verwijderd om aan de bladeren van de planten die nog overeind stonden te voelen en te ruiken. Ze scheurde er stukjes af en kauwde erop. Marcial en Herminia lieten haar begaan, gefascineerd door de verandering die ze de vrouw zagen ondergaan terwijl ze bijna in trance, zich niet bewust van haar omgeving, tussen de planten doorliep, de ene betastte, de andere schoonveegde, ertegen praatte...

Ze besloten de wijze van oogsten voor de paar planten die nog over waren niet te veranderen. 'Het is de moeite niet meer,' oordeelde Caridad. Ze had Marcial overtuigd en deze stond toe dat ze er een paar uitkoos om er het zaad voor de aanplant van het volgende jaar af te halen, waarna ze met de overvolle kar in de wijngaard wachtten tot het donker genoeg was om de tabak naar het dorp te vervoeren. Ze deelden brood, wijn, kaas, knoflook en uien met elkaar, praatten en rookten terwijl ze genoten van de weidse hemel die zich boven hen met sterren vulde.

De plaats waar de tabak werd gedroogd bleek de zolder van de sacristie te zijn, waar een slaperige Fermín hen binnenliet. Bij het licht van de lantaarn in de hand van de koster, die op een afstandje van de deuropening bleef staan, zag Caridad een grote hoeveelheid opgestapelde planten liggen. De nieuwe die ze hadden meegebracht, gooiden ze daar haastig bovenop. Hoe wilden ze goede tabak krijgen als ze er zo onverschillig mee omgingen? Ze ging rechtop staan, pakte een van de planten en wilde die bij het licht houden om...

'Wat doe je, zwartje?' vroeg de koster terwijl hij de lantaarn naar achteren hield.

'Ik...'

''s Nachts mag hier niet gewerkt worden,' onderbrak de man haar, 'dat is veel te gevaarlijk met kaarsen en lantaarns. Don Valerio staat het alleen bij daglicht toe.'

Het lag op Caridads lippen om te zeggen dat ze niet de indruk had dat daar bij daglicht veel gewerkt werd, maar ze hield haar mond. De volgende ochtend ging ze vroeg terug naar de sacristie, waar ze met Fermín discussieerde totdat don Valerio naar de zolder kwam om tussenbeide te komen.

'Zei je niet dat het te veel voor je was geworden?' vroeg hij de koster verwijtend. 'Nou, laat haar dan ook beslissen.'

En Fermín liet haar haar gang gaan en beslissen, al hield hij haar zittend op een kist nog steeds constant in de gaten en bekritiseerde hij zachtjes alles wat Caridad deed.

'Weet u, Fermín?' zei Caridad terwijl ze de bladeren van een van de planten afsneed. 'Toen ik naar Triana kwam, ontmoette ik een oude vrouw die veel op u leek: ze had overal commentaar op.' De koster gromde. 'Maar ze was een goed mens.' Caridad liet een korte stilte vallen. 'Bent u een goed mens?' vroeg ze ten slotte zonder hem aan te kijken.

Die voorjaarsavond op de dorsvloer verbaasde een naar tabak ruikende Caridad zich erover dat ze aan de oude María moest denken. In de Galera was ze soms vluchtig in haar gedachten geweest; maar nu dacht ze haar naast zich te voelen, zelfs te horen hoe haar vloeken de stilte verbraken.

'Waarom zei je dat die oude vrouw een goed mens was?' vroeg de koster de volgende ochtend, zodra hij haar in alle vroegte aan zag komen.

'Omdat ik ervan overtuigd ben dat u dat ook bent,' antwoordde ze.

Fermín dacht even na en onderdrukte een glimlach voordat hij haar de stokken gaf die ze de dag daarvoor had gezegd nodig te hebben. In tegenstelling tot hoe op de Cubaanse plantages werd gewerkt, was de zolder ingericht om de plant in zijn geheel op te hangen aan een paar haken die in de houten balken van het plafond geslagen waren. Op Cuba hangen we stukken steel met twee of drie bladeren op spijlen, had ze hem verteld, dat zijn lange stokken waaraan we ze rijgen om ze te laten drogen. Van al die planten en van nog een aantal dat Marcial die avond had gebracht, wilde Caridad de beste bladeren kiezen en ze op de manier die zij kende laten drogen, maar ze had er geen geschikte plaats voor.

'Goede spijlen,' loog ze met een kritische blik op de ruwe lange stokken die Fermín haar bracht. 'Nu moeten we nog een manier vinden om ze op te hangen.'

'Ik weet al hoe.' De koster wilde zijn mededeling vergezeld laten gaan van een knipoog, maar zijn poging strandde in de onbeholpen grijns van een inmiddels trage oude man. Caridad keek hem geroerd aan en beloonde hem met een glimlach.

Met de hulp van een geanimeerde Fermín, die door haar enthousiasme was aangestoken, koos Caridad de bladeren een voor een uit en reeg ze in paren aan die knoestige stokken; ze werkte zwijgend door, ondertussen de stokken vergelijkend met de spijlen die ze op de plantage gebruikten, die met zorg in de mangrovebossen geselecteerd waren en geduldig werden bewerkt om te voorkomen dat ze zelfs maar de geur van het hout op de bladeren zouden overbrengen. Maar waarom zouden ze dat bij die grove tabak proberen te voorkomen, als de wierook waarmee don Valerio zijn illegale activiteiten probeerde te verhullen door alle kieren van het plafond de zolder binnendrong? Ze ordende de bladeren naar bepaalde kenmerken, naar hun aroma en structuur, naar hun vochtgehalte. Ze regelde de temperatuur en de lucht van de zolder door de raampjes meer of minder open te zetten en het zo meer of minder te laten doortochten. Ze luchtte en verplaatste de bladeren en de aan het plafond hangende planten voortdurend om ze zo goed mogelijk te laten drogen. Ze controleerde ze op de aanwezigheid van insecten en parasieten. Dit alles deed ze vol overgave totdat de middennerf van de bladeren volledig droog was. Dan haalde ze de bladeren van de stokken af om ze op te stapelen en in kleine bundels bij elkaar te binden, waarna ze konden fermenteren; van dat procedé wist Fermín nauwelijks iets af. Caridad berekende de temperatuur en de luchtvochtigheid, het water waarover de planten op het veld hadden beschikt, en ze maakte de bundels steeds dikker, waarbij ze de tabak die eerst binnenin had gezeten naar de buitenkant verplaatste en de nieuwe bladeren binnenin stopte, de bundels steeds weer losmakend en vastbindend, terwijl ze eraan rook, eraan voelde, op de bladeren kauwde, de bundels verplaatste, ze iets meer of iets minder in de luchtstromen legde en de bladeren begoot met een soort pek: een mengsel dat ze van tevoren had verkregen door de plantenstelen in water te laten gisten.

Al die tijd beperkte haar leven zich tot het huis van Herminia's familie en de San Juan-kerk. 's Ochtends vroeg legde ze de korte afstand tussen het huis en de kerk af; ze ging terug om te eten, wat ze in haar eentje in de stinkende, propvolle schuur op het erf deed; Rosario wilde haar niet in de buurt van het huis hebben en Herminia was steeds verliefder op haar neef Antón, zodat ze weinig aandacht voor haar had. Caridad had er graag iets over willen zeggen, maar toen ze zich herinnerde dat Herminia haar uit de Galera bevrijd had, vergat ze haar verwijten. Ze was haar dankbaarheid verschuldigd. Daarom dwong ze zich de gevoelens van haar vriendin te respecteren en hield ze op haar zelfs maar met haar ogen te zoeken. Zodra ze het stuk brood en de kom kikkererwten, sperziebonen of tuinbonen, bijna altijd zonder vlees, ophad keerde ze terug naar de kerk, die ze pas 's avonds, onopvallend in de duisternis, weer verliet.

Don Valerio verspreidde het verhaal dat een personage aan het hof – 'Hoe zou ik zijn naam kunnen noemen?' draaide de priester zich eruit toen hij onder druk werd gezet – hem had gevraagd die ongelukkige, onterecht veroordeelde vrouw onder zijn hoede te nemen. Daarvoor had hij de hulp van Marcial ingeroepen en onderdak voor haar geregeld, en het verhaal werd door de officiële documenten van Caridad bevestigd. Desondanks dwong hij haar de kerk schoon te houden om haar aanwezigheid daar te rechtvaardigen, terwijl de altijd hulpvaardige vrouwelijke parochianen roddelden over wie die hoveling zou zijn en welke relatie hij met het zwartje zou hebben. Hun praatjes gingen ook over don Valerio: sommige vrouwen geloofden de pastoor; veel andere twijfelden, en degenen die wisten van de tabak begrepen het zonder meer. Feit was dat die vredelievende, eenzame zwarte vrouw die daar op blote voeten rondliep, langzaam maar zeker deel van het landschap ging uitmaken; zelfs de kinderen hielden op haar te achtervolgen en lastig te vallen, en Caridad wandelde, gewiegd door de voorjaarswind, in haar eentje over de paden en door de velden, met haar gedachten bij Melchor, bij Milagros, bij Marcelo.

# 35

De opsluiting van de zigeunervrouwen met hun kleine kinderen in het Real Casa de la Misericordia in Zaragoza veranderde de liefdadigheidsinstelling in een tuchthuis, hoe het bestuur van de instelling ook weigerde dat toe te geven. De straffen werden uitgebreid: zweepslagen, schandblok, voetboeien en eenzame opsluiting. Vertrouwelingen mochten niet meer naar buiten; zieken mochten niet meer naar het ziekenhuis worden gebracht en er werd een schamele ziekenboeg ingericht; de zigeunervrouwen werden gescheiden van de kinderen en van de meisjes die konden werken, en elk contact met de andere geïnterneerden werd hun verboden; zelfs de missen en preken werden afgeschaft omdat er geen priester was die voor honderden halfnaakte vrouwen durfde te staan. De soldaten bewaakten het terrein om te verhinderen dat de zigeunerinnen vluchtten, maar toch slaagden die erin, in tegenstelling tot hun echtgenoten en zonen in de arsenalen, om een gat te maken in de lemen muur die de plek moest afschermen. Daarna renden ze door Zaragoza totdat ze werden opgepakt of erin slaagden de soldaten en gerechtsdienaren te vlug af te zijn en de stad uit te vluchten.

Eén keer wisten er zelfs vijftig vrouwen tegelijk te ontsnappen. De woedende beheerder beval toen dat alle zigeunervrouwen ondergebracht moesten worden in de kelders van de galerijen, waarin geen ramen naar buiten zaten. Er was geen geld voor tralies; er was geen geld, hoe Ensenada dat ook had toegezegd, om dat hele leger haveloze vrouwen te voeden; er was geen geld voor voldoende bedden, zodat ze de beschikbare met z'n drieën moesten delen, noch voor kleren, dekens en zelfs niet voor etensborden en kommen.

En de situatie ontplofte. De vrouwen klaagden over de smerige kost die ze voorgezet kregen en over de omstandigheden in de kelders waarin ze opeengepakt zaten: vochtig en zonder ventilatie, naargeestig, ongezond. Niemand luisterde naar hun protesten, waarop ze alles om zich heen kapot begonnen te slaan: ze vernielden de veldbedden en gooiden ze samen met hun stromatrassen in de twee beerputten van het Misericordia. De ongezonde situatie die op de verstopping van de putten volgde, veroorzaakte een schurftepidemie die wreed huishield onder de vrouwen. Door de jeuk, die tussen de vingers, de billen, in de elleboogholtes en vooral rond de tepels begon en slapen onmogelijk maakte, en het krabben kwamen ze onder de korsten opgedroogd bloed te zitten, korsten waaronder duizenden mijten en hun eitjes schuilgingen en die losgetrokken moesten worden om de vrouwen te kunnen insmeren met de zwavelzalf waarmee de arts de ziekte probeerde te behandelen; ook probeerde hij hen te aderlaten, maar daar verzetten ze zich tegen. Maanden later dook de schurft opnieuw op. Enkele oude vrouwen stierven toen.

Ana Vega was niet bij de vrouwen die uit die gevangenis ontsnapten. Ze probeerde elke dag, 's morgens en 's avonds, een glimp van Salvador op te vangen wanneer hij samen met andere zigeunerkinderen en straatkinderen mee werd genomen om op het land van het Misericordia te werken. Ze vertrokken uit Zaragoza naar de korenvelden en naar de olijfgaarden, waar ze olijven moesten rapen om er olie uit te persen. Hoewel contact verboden was, deden Ana en de andere vrouwen alles om zo dicht mogelijk bij de rij vertrekkende jongens te komen. Ze straften de vrouwen. Sommige gaven het op, maar zij hield vol. Ze straften de kinderen, ze waarschuwden dat ze dat zouden doen, ze zeiden: 'Gisteren zaten ze door jullie schuld op water en brood.' Hoewel de meeste vrouwen het toen opgaven, liet Ana zich niet tegenhouden: iets dwong haar de portier te ontwijken en opnieuw naar de rij toe te gaan. Salvador beloonde haar met een stralende, trotse glimlach om zijn mond.

Op een ochtend liet de portier die de kinderen begeleidde zijn gebruikelijke heftige gebaren om Ana bij de rij weg te sturen achterwege. Ze was verbaasd, helemaal toen er vanuit de rij gelach klonk. Ze zocht Salvador. Een van de kinderen wees hem aan tussen een paar andere die lachend opzijgingen om haar te laten kijken: Salvador droeg een soort houten plooikraag die zijn hele nek omsloot en hem dwong met zijn hoofd omhoog te lopen, zijn kin op groteske wijze in de lucht gestoken. De jongen ontweek haar blik, maar Ana zag dat hij zijn tanden opeenklemde, dat zijn lippen trilden en zich op het ritme van de spottende opmerkingen van de andere jongens samentrokken.

'Je kunt hem losmaken,' wist ze met bevende stem tegen de portier uit te brengen; de tranen die ze niet om de zweepslagen en de honderden andere straffen had gehuild, stroomden nu over haar wangen.

De dikke, norse portier, Frías heette hij, richtte zich tot haar.

'Zul je bij hem vandaan blijven?'

Ana knikte.

'Beloof je dat?'

Ze knikte opnieuw.

'Ik wil het je horen zeggen.'

'Ja,' gaf ze toe. 'Ik beloof het.'

Vernedering werd uiteindelijk de zwaarste straf die de beschaafde autoriteiten van die tijd de kinderen oplegden. Op een dag weigerden de zigeunermeisjes die in de naaiateliers van het Misericordia te werk waren gesteld, aan de slag te gaan toen ze niet het eten kregen dat hun toekwam. De beheerder besloot hun de eerder verstrekte kleren en schoenen af te nemen en de meisjes naar de andere vrouwen te sturen. Tientallen jonge zigeunermeisjes stonden opeens helemaal naakt op de binnenplaatsen en galerijen, vol schaamte proberend hun lichaam, hun schaamdelen en hun borsten, bij sommigen nog maar net beginnend, bij anderen al ontwikkeld, te verbergen voor de blikken van hun moeders en van de andere geïnterneerden. Een paar dagen later werd de maatregel door de raad van beheer ingetrokken, maar het kwaad was al geschied.

Ana Vega leed, net als vele andere vrouwen, in die dagen niet alleen onder de schaamte van de meisjes, maar ook onder die van haarzelf. Die jonge lichamen, de zedigheid waarmee ze hun eerbaarheid verdedigden, maakten dat ze zichzelf eens goed bekeek.

Wat hebben ze met ons gedaan? beklaagde ze zich bij het zien van haar slappe, verdroogde borsten, de lubberende huid van haar buik, hals en armen, getekend door de striemen van de zweepslagen en de sporen van de schurft.

Ik ben nog jong, zei ze bij zichzelf. Nog maar vier jaar geleden trok haar manier van lopen de aandacht van de mannen en riep haar dansen hartstocht bij hen op. Tevergeefs probeerde ze die vonken van ijdelheid te doen herleven waarmee ze had gereageerd op die onbeschaamde blikken als ze voorbijging, op de aanmoedigingen, het handgeklap en de kreten van het publiek bij een sensuele heupzwaai, op de snelle ademhaling van een man wanneer ze samen dansten en haar borsten hem raakten. Ze bekeek haar ontvelde handen. Een spiegel was er niet.

'Hoe ziet mijn gezicht eruit?' vroeg ze opeens ongerust in de kelder waar ze opeengepakt zaten, zonder zich tot iemand in het bijzonder te richten.

Het antwoord bleef uit.

'Kijk maar naar mij, dan weet je het.'

De woorden kwamen van een zigeunerin uit Ronda. Ana herinnerde zich haar nog van Málaga: een mooie vrouw met blauwzwart haar en dezelfde kleur ogen, amandelvormig, stralend, onderzoekend. Ze wilde zich niet weerspiegeld zien in deze vrouw, in haar rimpels, in haar zwarte tanden en haar uitstekende jukbeenderen, in de donkere wallen onder haar nu doffe ogen.

'Schoften,' mompelde ze.

Veel andere zigeunervrouwen om haar heen bekeken elkaar nu ook, herkenden zich in elkaar, deelden zwijgend de pijn om de schoonheid en jeugd die hun waren afgepakt.

'Kijk nu eens naar mij, Ana Vega!'

Het was een uitgemergelde oude vrouw, bijna kaal en zonder tanden, die dit zei. Ze heette Luisa en ze was een Vega, net zoals bijna twintig van alle opgepakte vrouwen uit de zigeunerbuurt bij de Huerta de la Cartuja. Ana keek naar haar. Is dat mijn lot? dacht ze. Was dat wat de oude Luisa haar wilde zeggen? Ze dwong zichzelf haar toe te lachen.

'Kijk eens goed naar me,' drong de ander echter aan. 'Wat zie je?'

Ana spreidde haar handen in een niet-begrijpend gebaar, zonder te weten wat ze moest zeggen.

'Trots?' vroeg de oude vrouw bij wijze van antwoord.

'Wat hebben we daaraan?' Ana liet haar antwoord vergezeld gaan van een onverschillig gebaar.

'Trots maakt van jou de mooiste vrouw van Spanje. Jazeker,' reageerde Luisa op de onverschilligheid waarmee de ander het compliment ontving. 'De koning en Ensenada kunnen ons van onze mannen scheiden, zodat we geen kinderen meer krijgen. Dat schijnt hun bedoeling te zijn, nietwaar? Ons ras te laten uitsterven. Ook kunnen ze ons afranselen en laten doodgaan van de honger; ze kunnen ons zelfs onze schoonheid afnemen, maar nooit onze trots.'

De vrouwen waren opgehouden zich over hun lot te beklagen en luisterden met opgeheven hoofden naar de oude vrouw.

'Laat de moed niet zakken, Ana Vega. Je hebt ons verdedigd. Je hebt voor de anderen gevochten en daarvoor hebben ze je huid aan flarden geslagen. Dat is jouw schoonheid! Verlang geen andere, kind. Op een dag zullen ze ons zigeuners weer vergeten, zoals tot nu toe altijd is gebeurd. Ik zal het niet meer meemaken.'

De oude vrouw zweeg een ogenblik en niemand durfde de stilte te verbreken.

'Wanneer die dag komt, mogen ze er niet in geslaagd zijn ons eronder te krijgen. Begrijpen jullie dat allemaal?' vervolgde ze met schorre stem terwijl ze een trieste blik door de kelder liet gaan. 'Doe het voor mij, voor degenen die achter zullen blijven.'

Diezelfde avond haastte Ana zich naar de kinderen die terugkwamen van de velden.

'Je hebt me beloofd...' begon de portier te protesteren.

'Frías, geloof een zigeunerin nooit op haar woord,' viel ze hem in de rede terwijl ze keek of ze Salvador tussen de andere kinderen zag.

# 36

'We gaan.'

Het was al laat; de klokken hadden al tot het avondgebed opgeroepen. Milagros sprong op en draaide zich om naar haar echtgenoot, die plotseling in de deuropening was verschenen. Zodra Bartola, die lui en log in een stoel zittend de tijd doodde, de stem van de zigeuner hoorde, vluchtte ze snel naar de kamer waar het kind sliep.

'Waar wil je op dit uur nog naartoe?' vroeg Milagros.

'We hebben een afspraak.'

'Met wie?'

'Een soiree.'

'Ik wist niet... wat is het voor feest?'

'Niets vragen en gewoon meegaan.'

Buiten wachtte een rijtuig met twee luxueus opgetuigde muildieren ervoor. Op de deur was een goudkleurig wapen gegraveerd. De koetsier zat op de bok te wachten en ernaast stonden een paar livreiknechten met lantaarns in hun handen.

'En de anderen?' vroeg Milagros verbaasd.

'Die wachten daar op ons. Stap in.'

De zigeuner duwde haar in de rug.

'Waar...?'

'Instappen!'

Milagros ging op een hard, met rode zijde bekleed bankje zitten. De muildieren begonnen te draven zodra Pedro het portier dichtgetrokken had.

'Wie geeft het feest?' herhaalde Milagros terwijl Pedro tegenover haar ging zitten.

Hij zei niets. Ze peilde de blik die haar echtgenoot op haar richtte en voelde onder het ratelen van het rijtuig hoe een intense huivering door haar heen trok; zijn blik was leeg, uitdrukkingsloos, toonde geen haat, of wrok, of illusie, zelfs geen ambitie. Slechts een paar dagen waren verstreken sinds de ruzie over de markies van Torre Girón. Pedro was niet meer thuis komen slapen en zij fantaseerde steeds vaker over de vleiende opmerkingen van die edelman die haar tijdens de voorstelling van de poppenspelers met zoveel hoffelijkheid behandeld had. Marina spoorde haar iedere dag opnieuw aan.

'Krijg ik geen antwoord?'

Pedro reageerde niet.

Milagros zag dat ze de plaza Mayor overstaken; daarna sloeg het rijtuig telkens opnieuw af in het stille, donkere labyrint van smalle kronkelstraatjes rond het koninklijk paleis in aanbouw. Het rijtuig stopte voor een groot huis waarvan de zijdeur door een van de bedienden verlicht werd toen ze uitstapte. Zodra ze haar blote voet op de grond zette en naar boven keek, wist ze meteen dat daar geen enkele soiree gehouden werd: het huis stond er verlaten en stil bij, de straat was donker, en achter de ramen van het huis was geen enkel licht te bespeuren.

Paniek maakte zich van haar meester.

'Wat ga je met me doen?'

Haar vraag eindigde in een snik toen Pedro haar naar binnen duwde en haar dwong een bediende met een kandelaar te volgen, achter wie ze door lange gangen liepen, langs verschillende vertrekken, en meerdere trappen bestegen; alleen het geklikklak van de mannenschoenen en het gedempte huilen van Milagros verbraken de stilte waarin het stadspaleis was verzonken. Ten slotte hielden ze stil voor een deur. Het licht van de kaarsen liet schaduwen over het edele hout dansen.

De bediende klopte zachtjes op de deur en opende die zonder op antwoord te wachten. Milagros zag een kostbaar ingerichte slaapkamer. Ze wachtte tot de bediende naar binnen ging, maar die stapte opzij om haar door te laten. Zij probeerde hetzelfde te doen om Pedro voor te laten gaan, maar haar man duwde haar opnieuw in de rug.

Op dat moment kreeg de onbewogen blik van haar man die hij de hele weg had volgehouden, een huiveringwekkende betekenis. Milagros begreep welke fout ze had gemaakt door met hem mee te gaan: Pedro zou niet toestaan dat ze zich in de armen van de markies wierp. Hij dacht dat ze op een dag diens minnares zou worden, en dat ze dan zou stoppen met zingen voor andere aristocraten; dan zou hij de controle verliezen... en zijn inkomsten. Haar man zag dat aankomen en wilde dat verhinderen. Hij had haar verkocht!

'Nee...' smeekte ze terwijl ze achteruitdeinsde.

Pedro duwde haar met geweld naar binnen en sloot de deur achter haar.

'Wees niet bang.'

Milagros' blik ging van het enorme hemelbed naar de verste hoek van de kamer getrokken, waar in een fauteuil naast een sierlijk gevormde schouw van roze marmer, een grote man met een parelmoerachtig gezicht en strokleurig haar zat, gekleed in een eenvoudig wit hemd, kniebroek en kousen. Ze kende hem van een paar feesten. Hoe zou ze zich die glanzende wangen niet herinneren? Het was baron San Glorio. De man legde een snufje rapé op de rug van zijn hand, snoof het op, nieste, snoot zijn neus in een zakdoek en nodigde haar met een simpel handgebaar uit om in de stoel tegenover hem plaats te nemen.

Milagros bleef roerloos staan. Ze trilde en keek om naar de deur.

'Je kunt niets beginnen,' waarschuwde de edelman met een kalmte die haar nog meer angst aanjoeg. 'Je man is veel te hebzuchtig... en verkwistend. Een slechte combinatie.'

Op het moment dat de baron dit zei, rende Milagros naar een raam en schoof het zware gordijn opzij.

'Het zijn drie verdiepingen,' waarschuwde hij. 'Wil je een wees van je dochtertje maken? Kom eens bij me,' vervolgde hij.

Milagros, in het nauw gedreven, keek de enorme slaapkamer rond.

'Kom,' drong hij aan, 'laten we wat praten.'

De zigeunerin richtte haar aandacht opnieuw op de deur.

De baron zuchtte geërgerd, stond op, liep naar de deur en trok die wijd open: erachter stonden een paar bedienden opgesteld.

'Zullen we gaan zitten?' stelde hij voor. 'Ik zou graag...'

'Pedro, omwille van je dochter!' riep Milagros snikkend uit.

'Je echtgenoot staat zijn goud te kussen,' beet de ander haar toe terwijl hij de deur weer sloot. 'Dat is het enige wat hem interesseert en dat weet je. Heeft hij je soms niet hiernaartoe gebracht?'

Bij die harde woorden vervloog de weinige hoop die Milagros met betrekking tot Pedro nog gekoesterd had. Geld! Ze wist het. Maar het uit de mond van de aristocraat te horen, voelde als een messteek.

'Ongeschoeide,' onderbrak de baron haar gedachten, 'mijn bedienden zouden zich als bronstige dieren op je storten, en je man is niet meer dan een ordinaire pooier die jou verkoopt alsof je een publieke vrouw bent. In dit huis ben ik de enige man die aardig voor je zal zijn.' Hij zweeg even. 'Ga zitten, laten we wat drinken en praten voordat...'

De fluim van Milagros kwam op een van zijn benen terecht. De baron bekeek zijn kous; toen hij zijn hoofd ophief, waren zijn parelmoerachtige wangen rood van woede. Pas toen ze hem zo voor zich zag, rood aangelopen, snuivend, zag de zigeunerin hoe corpulent hij eigenlijk was: hij was ruim een hoofd groter dan zij maar woog waarschijnlijk wel twee keer zoveel.

De baron sloeg haar in het gezicht.

'Vuile schoft, klootzak, gemene hufter!' gilde Milagros terwijl ze hem met haar vuisten en voeten probeerde te bewerken.

De baron lachte hard en sloeg haar nogmaals ongenadig hard in haar gezicht. Milagros wankelde en dacht even dat ze het bewustzijn zou verliezen. Op het moment dat ze haar evenwicht hervond, scheurde de man haar bloes van haar lijf.

'Je kiest ervoor om je als hoer te gedragen?' schreeuwde hij. 'Het zij zo! Ik heb een fortuin voor deze nacht betaald!'

Hij sloeg haar opnieuw. Al haar schreeuwen en worstelen waarmee ze, inmiddels op de grond liggend, probeerde te verhinderen dat hij haar kleren uittrok, was tevergeefs. Ze beet hem. Ze proefde de smaak van zijn bloed; hij, volkomen verblind, leek de beten niet te voelen. Ontdaan van haar in flarden gescheurde kleren werd ze door de man naar het bed gesleurd en erop gegooid. Toen kleedde hij zich tergend kalm uit, waarbij hij tussen het bed en de ramen ging staan, voor het geval de jonge vrouw in staat zou zijn om naar beneden te springen. Dat idee was inderdaad even bij haar opgekomen, maar uiteindelijk drukte ze haar hoofd in de donzige bedsprei en barstte in huilen uit.

'Sodemieter nu maar op!'

De schreeuw kwam van het bed, van waaraf de aristocraat had toegekeken hoe ze pogingen deed zich met haar gescheurde, door de kamer verspreid liggende kleren te bedekken. Heb je liever dat mijn bedienden je komen aankleden? had hij spottend gevraagd toen hij haar het bed uit duwde omdat ze, net als nu bij de deur van de slaapkamer, niet wist wat ze moest doen. Ze huilde. Pedro zou daarbuiten staan wachten, en ze wist niet hoe ze hem na wat er gebeurd was onder ogen moest komen. Ze werd overvallen door tegenstrijdige gevoelens: schuld, haat, walging...

Het geschreeuw van de edelman overstemde haar twijfels:

'Heb je me niet gehoord? Eruit!'

De man, nog naakt, maakte aanstalten om op te staan. Milagros deed de deur open. Haar man duwde de twee bedienden opzij, stoof op haar af en gaf haar een klap in haar gezicht die haar deed duizelen.

'Waarom?' was alles wat ze kon uitbrengen.

De camee! Pedro hield het juweel dat de markies van Torre Girón haar had gegeven voor haar omhoog.

'Nee...' probeerde ze uit te leggen.

'Je bent gewoon een hoer,' onderbrak hij haar. 'En zo zul je van nu af aan ook leven.'

Die nacht sloeg Pedro haar opnieuw. En hij schold haar uit, noemde haar hoer op duizend-en-een verschillende manieren, alsof hij zichzelf ervan wilde overtuigen dat ze dat was. Milagros onderwierp zich aan de straf: het geweld dat haar man tegen haar gebruikte deed haar vergeten; de pijn vervaagde de herinnering aan de handen van de baron die haar lichaam betastten, aan zijn kussen en zuchten, zijn hijgen terwijl hij haar als een door lust verblind beest penetreerde.

'Toe maar! Sla me maar dood!'

Ze was zo van de kaart dat ze het huilen van haar dochtertje in de kamer ernaast niet hoorde, en ook het geschreeuw van de buren niet, die tegen de muren bonkten en dreigden de gerechtsdienaren te roepen. Pedro hoorde het wel. Hij hief nog eenmaal zijn hand op om haar in het gezicht te slaan, maar hield zich toen in. Hij moest haar gezicht sparen, dat was wat het publiek adoreerde.

'Slet,' gromde hij voordat hij naar de deur liep, 'ik denk er niet over je af te maken. Dat geluk zul je niet hebben,' vervolgde hij zonder haar aan te kijken. 'Ik zweer je dat je levend zult sterven!'

De volgende dag zong en danste Milagros in het Príncipe in een gemoedstoestand die niets van doen had met de emoties die ze gewoonlijk voelde als ze op het toneel stond. Met haar ogen zocht ze de markies van Torre Girón in zijn loge; hij was er niet, hoewel er wel bloemen werden bezorgd, waar ze verdrietig aan rook.

Helaas voor haar duurde het niet lang voordat baron San Glorio over zijn verovering begon op te scheppen, waarbij hij verzweeg wat hem die gekost had. Milagros merkte het een paar dagen later, toen ze hoorde dat de markies in het theater was. Hij zou haar kunnen helpen! Ze had het in haar lange slapeloze nachten bedacht. Ze moest met haar kind ontsnappen, Pedro verlaten, van die García's wegkomen. Wat zouden ze haar anders de volgende keer aandoen?

'Zijne Genade laat zeggen,' was de boodschap van don José, die ze had verzocht de markies te laten weten dat ze hem dringend moest spreken, 'dat alleen de koning boven hem staat.'

Milagros schudde haar hoofd, ze begreep dat antwoord niet.

'Meisje, je hebt je vergist,' legde de directeur van het gezelschap uit toen hij haar verwarring zag. 'De Spaanse grandes accepteren geen tweedehandsjes, en dat is wat jij bent geworden toen je erin toestemde met de baron te slapen.'

Toestemde! Milagros liet haar tranen de vrije loop in het bijzijn van de komediespelers die in de kleedkamers rondliepen en naar haar keken, sommige zijdelings, andere, onder wie Celeste, openlijk. Toestemde?

'Dat is niet waar,' snikte ze. 'Ik moet de markies vertellen...'

'Vergeet het,' viel don José haar in de rede. 'De markies zal je hoe dan ook niet willen zien. Hij is je niets verschuldigd, of wel soms?'

Celeste, die voor de kleedkamers bleef treuzelen, wachtte op een antwoord dat Milagros hem niet wilde geven.

Net als jaren geleden in Sevilla, toen ze naar het paleis van de graaf en de gravin van Fuentevieja ging om hun om de vrijlating van haar ouders te smeken. Edelen, ze waren allemaal hetzelfde...

Met de weigering van de markies vervloog haar hoop. Ze dacht aan haar grootvader, haar moeder, de oude María... Zij zouden hebben geweten wat ze moest doen. Hoewel haar echtgenoot dat ook scheen te weten. Nog diezelfde avond verscheen hij in de calle del Amor de Dios.

'Hoe is het met die markies van je?' spotte hij bij wijze van groet. 'Heeft hij met een andere edelman om je gevochten?'

De cynische glimlach van haar man deed haar in woede ontsteken.

'Ik zal je aanklagen.'

Hij lachte met een triomfantelijke schittering in zijn ogen, alsof hij dat dreigement had verwacht, het opzettelijk had uitgelokt. Milagros kende zijn antwoord nog voor hij het in haar gezicht slingerde. Ze had het zelf al bedacht.

'En wat ga je dan zeggen? Dat een aristocraat heeft betaald om jou te bezitten? Denk je dat ook maar één rechter zo'n beschuldiging zal geloven? De baron kan elke vrouw krijgen die hij wil.'

'Mij nooit!'

'Een zigeunerin?' Pedro lachte smakelijk. 'Een komediespeelster? Jullie zigeunerinnen zijn slecht en oneerlijk, losbandig en overspelig. Dat zegt de koning, en zo staat het in zijn wetten. En of dat niet genoeg is, ben je ook nog komediespeelster. Iedereen weet hoe schaamteloos de komediespeelsters zijn, hun liefdesaffaires gaan bij alle Madrilenen over de tong, net als die van jou met de markies...'

'Die is niet waar!'

'Wat doet dat ertoe? Weet je wat ze over die markies en jou in de herbergen van Madrid vertellen? Wil je dat ik je dat vertel? Ze hebben zelfs een vers op jullie gemaakt.' Hij pauzeerde even en vervolgde toen op ijskoude toon: 'Klaag me maar aan. Doe het maar. Ze zullen je meteen wegens overspel veroordelen. De baron zal er wel voor zorgen dat het levenslang wordt... en ik zal hem steunen.'

Milagros bleef dus naar de soirees gaan en overdag in het Príncipe zingen en dansen, slechtgehumeurd, kwaad op zichzelf, hoewel het publiek haar tot haar verbazing beloonde met applaus en gejuich, dat ze lusteloos in ontvangst nam. Daarna keerde ze naar huis terug, waar Bartola haar in de gaten hield; zelfs in de slaapkamer liet ze haar niet alleen. 'Opdracht van je echtgenoot,' reageerde het oude mens chagrijnig op haar beledigingen. 'Zeg het maar tegen hem.' En als ze naar buiten ging, vergezelde ze haar met de kleine María. Het weinige geld waarover ze kon beschikken verdween, en net als Reyes in Triana had gedaan, mengde Bartola zich in haar gesprekken op de markt, op straat of in de banketbakkerij van de calle del León waar ze graag een of andere zoetigheid kocht, en kapte die resoluut af.

'Je ziet er slecht uit, Milagros,' zei de banketbakkersvrouw een keer terwijl ze haar een paar kattentongen uit de oven gaf. 'Is er iets met je?'

Het gestamel waarmee ze op die woorden reageerde, werd door Bartola onderbroken.

'Steek je neus in je eigen zaken, bemoeial,' riep ze.

Anderhalve maand was verstreken sinds die nacht dat ze door de baron was verkracht, toen Pedro haar bij haar haren greep en haar praktisch de slaapkamer uitsleepte. Beneden wachtten twee chispero's uit de Barquillo-wijk, gitaarspelers die hen gewoonlijk naar de soirees vergezelden, en een paar onbekende vrouwen die haar onverschillig ontvingen. Milagros kende ze niet, het waren niet de danseressen die altijd meegingen naar de soirees. Pedro had het over een ander feest gehad voordat hij haar de trappen afduwde. Wie waren die vrouwen?

Dat ontdekte ze toen ze een tijdje had gezongen en gedanst voor een klein groepje van vijf aristocraten in weer een ander groot herenhuis met zijn overdaad aan meubels, tapijten en allerlei siervoorwerpen. Op een gegeven moment onderbraken ze het optreden met een vurig applaus vanuit hun fauteuils. De dans is nog niet afgelopen, verwonderde Milagros zich. Waarom applaudisseren ze? Ze draaide zich om naar de onbekende vrouwen die achter haar dansten: een van hen had haar borsten ontbloot. Het koude zweet liep over Milagros' lichaam. Ze hapte naar adem en stopte met zingen en dansen. Maar de andere vrouwen dansten door op het ritme van de gitaar en het handgeklap van de chispero's. Ook de tweede vrouw opende nu haar bloes en toonde haar grote, heen en weer schommelende borsten. Milagros liep weg, op zoek naar een plek waar ze zich kon afzonderen.

'Wat kan het je nog schelen, hoer?' zei Pedro, die haar tegenhield en terug naar het midden duwde.

Een paar van de edelen begroetten zijn handeling met gejuich en schaterlachen.

'Nu jij, Ongeschoeide!' schreeuwde een van hem.

Milagros bleef onbeweeglijk voor hen staan, het koortsachtige tokkelen van de gitaar en het handgeklap van de chispero's dreunden in haar oren. Ze probeerde na te denken, maar die herrie bracht haar in verwarring.

'Kleed je uit, zigeunerin!'

'Dans!'

'Zing!'

De andere twee vrouwen deden dat ongegeneerd, beiden hadden

zich inmiddels van al hun kleren ontdaan. Ze dansten om Milagros heen, streelden haar, spoorden haar aan mee te gaan in hun schaamteloosheid. Ze probeerde zich te bevrijden van dat weerzinwekkende gestreel en sloeg een hand weg die zich tussen haar benen waagde. Andere handen grepen naar haar borsten en billen, trokken aan haar bloes en rok terwijl ze tot groot plezier van het adellijke gezelschap om haar heen bleven draaien. Iemand achter haar pakte haar bij de ellebogen om haar vast te houden. Milagros zag dat het een van de chispero's was. Pedro, naast hem, scheurde met één haal van zijn mes de bloes van zijn vrouw kapot en trok aan het kledingstuk, dat zich op het ritme van zijn spottende opmerkingen langzaam van haar lichaam losmaakte. Milagros verzette zich en hapte tevergeefs naar de armen die haar gevangen hielden, maar daarmee wond ze de edelen alleen maar op, die Pedro kwamen helpen toen deze net zo lang aan haar rok en de rest van haar kleren rukte tot ze ten slotte volledig naakt voor hen stond. Met een in tranen badend gezicht probeerde ze zich met haar handen en armen te bedekken. Ze lieten het niet toe: ze duwden en sloegen haar terwijl de twee andere vrouwen in een duizelingwekkende dans om haar heen bleven draaien, de armen boven hun hoofd om hun borsten beter te laten uitkomen, zwaaiend met hun heupen om hun schaamdelen goed te laten zien. De donkere huid van de zigeunerin stak af bij de bleke van de andere vrouwen, wekte de wellust van de edelen, die houterig mee begonnen te dansen. Vervolgens omhelsden ze de vrouwen, betastten en kusten ze, met Milagros als favoriete prooi.

Daar op de tapijten namen de adellijke heren de twee vrouwen en daarna, een, twee, drie keer... verkrachtten ze Milagros, wier smeekbeden en kreten van pijn tussen het geroffel van de gitaren en het handgeklap en de aanmoedigingen van Pedro en zijn chispero's verloren gingen.

# V

# *De gebroken stem*

# 37

Hoeveel keer verkocht Pedro haar nog meer in de loop van bijna een jaar? Heel wat, vijf keer, zeven misschien? De zigeuner, die zich ervan bewust was dat de situatie elk moment kon veranderen, dat de rijke Madrilenen de Ongeschoeide zouden laten vallen zodra de geruchten zich in hun vriendenkringen verspreidden en van haar genieten geen verovering meer was waarmee je kon opscheppen, verkocht haar aan de hoogstbiedende.

María. Milagros zocht troost bij haar dochtertje, dat was alles wat ze had. Ze omhelsde het kind, waarbij ze haar tranen onderdrukte, zong met zachte, gebroken stem liedjes voor haar, streelde het kleintje over het hoofd tot het in slaap viel, waarna zij het nog urenlang wiegde.

Ze leerde met geveinsde vrolijkheid op het lachen van het kind te reageren en opgewekt met haar te spelen, zelfs op de dagen dat ze nog de walgelijke aanraking van een smerige, onwelkome hand tussen haar benen, op haar borsten... of op haar lippen voelde. Uiteindelijk namen de meeste edelen haar met geweld, verblind, schreeuwend, bijtend en krabbend. Het was alsof ze haar afranselden. Maar wanneer ze probeerden haar te overreden, ervan overtuigd dat ze haar met hun liefkozingen of lieve woordjes konden laten doen wat ze wilden, alsof ze goden waren, voelde ze zich nog slechter. Zelfingenomen smeerlappen! Die laatste en niet de gewelddadige waren de herinneringen die Milagros bijbleven; alleen het bruine handje van María dat onbeholpen over haar gezicht ging, kon haar verbittering verzachten. Milagros knabbelde aan haar vingertjes terwijl het meisje lachend met die van haar andere hand op een van haar moeders ogen drukte. En telkens opnieuw zocht ze de aanraking van de zachte huid van haar dochtertje, balsem als geen ander voor de gevoelens van verdriet en vernedering die haar overstelpten.

Ik zweer je dat je levend zult sterven. De herfst liep ten einde toen Pedro's dreigement haar weer te binnen schoot op het moment dat ze bij thuiskomst uit het Príncipe een paar maal haar dochtertje riep en María niet naar haar toe kwam hollen.

'Waar is het kind?' vroeg ze wantrouwig aan Bartola.

'Bij haar vader,' antwoordde die.

'Wanneer brengt hij haar terug?'

De andere vrouw gaf geen antwoord.

Tegen zonsondergang verscheen Pedro, alleen.

'María moet niet bij een hoer wonen,' antwoordde hij kortaf. 'Dat is een slecht voorbeeld voor zo'n klein kind.'

'Wat...? Wat bedoel je? Ik ben geen hoer; dat weet je. Waar is María? Waar heb je haar naartoe gebracht?'

'Naar een godvrezend gezin. Ze zal het daar goed hebben.'

De zigeuner keek naar zijn vrouw: ze was de wanhoop nabij, ze strengelde haar vingers zo stijf in elkaar dat het leek of ze ze wilde breken, en zette haar nagels in haar huid.

'Alsjeblieft, doe me dat niet aan,' smeekte Milagros.

'Hoer.'

Ze viel op haar knieën.

'Neem me mijn kind niet af,' snikte ze. 'Doe dat niet...'

Pedro keek een paar tellen op haar neer.

'Je verdient niet anders,' onderbrak hij haar smeekbeden, waarna hij zich omdraaide.

Milagros klampte zich vast aan zijn been en gilde hartverscheurend: 'Ik zal alles doen wat je wilt,' beloofde ze, 'maar haal niet mijn kind bij me weg.'

'Doe je soms al niet wat ik wil?'

Pedro worstelde om zich van zijn vrouw los te maken, maar omdat hem dat niet lukte, greep hij haar bij de haren en trok haar hoofd naar achteren totdat Milagros langzaam maar zeker gedwongen was zijn been los te laten. Daarna rende ze achter hem aan de overloop op, waar Pedro haar net zo lang sloeg tot ze de woning weer in ging.

De volgende ochtend wachtten een paar onguur uitziende chispero's beneden in de calle del Amor de Dios om de draagstoel te begeleiden die Milagros naar het Príncipe bracht. Ze bleven in de calle del Lobo en de calle del Príncipe rondhangen tot de repetitie afgelopen was. 's Middags, tijdens de voorstelling, stonden er twee anderen, even nors als de eersten; Pedro had genoeg geld om een heel leger chispero's in te huren.

Milagros probeerde María te vinden. Ze wist niet waar ze was, maar als ze Pedro kon vinden en hem volgde... Hij hield zich op in Barquillo, had ze begrepen. Op een avond wachtte ze tot ze in de aangrenzende kamer de ritmische ademhaling van dat García-mens hoorde waarna ze, met haar handen de muren aftastend, naar de trap liep. Bartola deed één oog open toen ze het knarsen van de deur hoorde, maar draaide zich onbezorgd weer om op haar stromatras. Milagros kwam niet verder dan de overloop; in het donker struikelde ze over een chispero die daar lag te slapen.

'Je echtgenoot heeft opdracht gegeven je te doden als dat nodig is,' dreigde het ongure type toen ze beiden overeind gekomen waren. 'Maak het me niet moeilijk, vrouw.'

Hij duwde haar weer naar binnen. In haar wanhoop bood Milagros de chispero van dienst haar lichaam aan in ruil voor hulp bij het zoeken naar haar kind. Cynisch woog de man een van haar borsten op zijn hand.

'Je snapt het niet,' zei hij terwijl hij er met zijn vingers in kneep: 'Geen vrouw is verleidelijk genoeg om dat risico te lopen. Je man is heel snel met zijn mes; dat heeft hij al een paar keer laten zien.'

Een andere keer had ze zich zelfs voor Bartola op de knieën geworpen en haar met betraand gezicht gesmeekt. Het enige wat ze ermee bereikte waren beledigingen en verwijten: 'Hoer, dit alles zou je niet zijn overkomen als jij je niet aan de markies gegeven had.'

Milagros, met geweld tot prostitutie gedwongen, beroofd van haar dochter en overal waar ze kwam of ging in de gaten gehouden, veranderde in een verslagen, stille vrouw die zich leeg voelde, die zich niet bewust was van wat er om haar heen gebeurde, met holle ogen in diepe kassen die Bartola zelfs niet meer kon camoufleren wanneer de zigeunerin naar het theater moest.

'Zorg dat ze mooi en begeerlijk blijft, tante,' eiste Pedro toen hij hoorde dat Milagros weigerde te eten. 'Dwing haar desnoods te eten; kleed haar goed; dwing haar de teksten te leren. Ze moet de mensen blijven betoveren.'

Maar Bartola zat met haar handen in het haar. Iedere keer dat Pedro zijn vrouw aan een van die edelen verkocht, bracht hij haar als een hoopje ellende terug. Beten, krabben, blauwe plekken... en bloed; bloed op haar tepels, in haar vagina en zelfs in haar anus. Bartola verspilde geen geld aan smeersels of geneesmiddelen; ze beperkte zich ertoe de wonden van de geestelijk gebroken vrouw te wassen en proberen te verhullen. Ze haatte het idee dat ze een Vega moest verzorgen, maar ze wilde ook geen ruzie met Pedro, en zo keerde Milagros elke dag terug naar het Príncipe, waar ze dacht bescherming en troost te kunnen vinden. Dus deed ze haar best om het enthousiaste applaus van het publiek te verdienen, en de complimenten die spontaan vanuit het parterre opstegen of haar werden toegeroepen door de mannen die zich om haar draagstoel verdrongen als ze langskwam.

Maar wanneer ze vanaf het podium omhoogkeek naar de zijloges en de juwelen en sieraden van de edelen zag schitteren, werd ze afgeleid door de gedachte dat een van hen haar misschien wel had verkracht en op datzelfde moment zat te snoeven dat hij haar bezeten had. En dan liet haar stem haar in de steek totdat ze zich weer op de toeschouwers in het parterre en de engelenbak concentreerde. Waarschijnlijk merkten de meeste mensen het niet, maar zij wel, en ook Celeste, en Marina, en de andere komediespelers die even geduldig wachtten op hun beurt om het toneel op te gaan als op de kans om zich op die zigeunerin te wreken, die zij beschouwden als arrogant en egoïstisch, door wie zij van de soirees bij de rijken uitgesloten waren.

Op een middag, toen de geaffecteerde stemmen van de andere komediespelers de verzen declameerden die Calderón voor *El Tuzaní de la Alpujarra* had geschreven, vond Milagros bij de kleedkamers een fles met nog wat wijn erin. Haar blik ging door de ruimte tussen de kleedkamers en het decor waarachter Celeste haar rol van doña Isabel speelde. Voor de souffleur, die aan de kant van de kleedkamer de eerste zangeres volgde om haar de verzen in te fluisteren, was ze niet bang: de man leek het erg druk te hebben. Het heen en weer rennen van de souffleur achter het gordijn, lantaarn en libretto in de hand, belette haar echter de viola da gambaspeler te zien die bij het gordijn stond dat het orkest aan het zicht onttrok.

'Ze zette de fles aan haar mond... dronk als een wanhopige,' vertelde de musicus later aan iedereen die het maar horen wilde. 'Ze viel bijna om, zo hield ze haar hoofd achterover om ook het laatste druppeltje naar binnen te krijgen.'

Wat kon het Milagros schelen wie degene was die vanaf dat moment steeds een fles wijn in haar kleedkamer achterliet? Misschien was het don José zelf wel, dacht ze, want ze voelde dat ze beter zong en zich spontaner over het podium bewoog, zonder zich druk te maken over de zijloges en de mannen die daar zaten. 'Vergeten,' herhaalde de zigeunerin bij elke slok, totdat de alcohol het gezicht van haar kleine meisje deed vervagen.

Bartola had al snel door in welke staat Milagros uit het Príncipe terugkeerde; en zo ook de chispero's: de grote flessen niet aangelengde wijn dwongen hen haar te ondersteunen als ze uit de draagstoel stapte.

'En wat kunnen wij eraan doen?' verdedigden ze zich bij Pedro. 'Ze geven haar die drank in het theater.'

Bartola García kreeg schoon genoeg van dat leven, helemaal sinds het kind er niet meer was. Alleen Milagros' verplichtingen in het Príncipe hielden hen in Madrid. Ze miste Triana. Pedro zette geen voet meer in het huis in de calle del Amor de Dios, behalve wanneer hij het geld kwam ophalen dat Milagros in het theater verdiende.

'Geen man meer die nog voor haar betaalt!' vertrouwde de zigeuner Bartola op een dag toe terwijl hij een paar munten neerlegde, zodat de twee vrouwen zich in leven konden houden. 'Ze verdient meer met zingen en dansen dan wanneer ik haar de straat op stuur om zich te prostitueren... en voor mij is het makkelijker,' zei hij met een cynische grijns.

'Pedro,' zei Bartola, 'we zijn nu bijna twee jaar in Madrid en het afgelopen jaar heb je met die Vega veel geld verdiend. Waarom gaan we niet terug naar Triana?'

De zigeuner legde een hand tegen zijn kin.

'En wat doen we dan met haar?' vroeg hij.

'Die maakt het niet lang meer,' antwoordde het oude mens.

'Dan zal ik tot zo lang gebruik van haar maken,' vonniste hij.

Bartola dacht er geen twee keer over na: zij zou er wel voor zorgen dat Milagros het niet lang meer maakte. Op een dag kocht ze van het geld voor het eten een kwart liter wijn en liet die in de keuken staan. Een andere keer bracht ze brandewijn mee. En mistella. En ook de kruidige hippocras op basis van brandewijn, suiker, kruidnagel, gember en kaneel ontbrak niet...

Alles binnen het bereik van Milagros, en Milagros dronk alles op.

'Sukkels!'

Milagros had het gevoel dat de plotselinge beweging van haar hoofd naar het gordijn waarachter het orkest zat, haar hersens uiteen deed spatten. Waarom spelen ze niet goed? vroeg ze zich af terwijl ze wachtte tot het deel van het podium dat ze dubbel zag weer helder werd. Proberen ze me soms dwars te zitten? dacht ze.

'Sukkels!' schreeuwde ze nogmaals terwijl ze woest naar de musici gebaarde voordat ze zich weer tot haar publiek richtte.

Op een teken van de zigeunerin begon de muziek weer te spelen in het Coliseo del Príncipe, maar het ging te snel en haar dikke stem bleef achter. Dit is het verkeerde stuk! Of niet? Ze zijn op mijn afgang uit! Ze schreeuwde opnieuw naar het gordijn op het moment dat er in het theater al gejoel opsteeg. Lafaards! Waarom verstopten ze zich?

'Opnieuw,' droeg ze het orkest op.

Ze meende muziek te horen en probeerde te zingen. Haar stem bleef in haar droge, brandende keel steken. De woorden zaten klem tussen haar tong en haar tanden, gevangen in taai speeksel waren ze niet in staat zich daaruit los te maken en haar mond uit te glijden. Het geschreeuw van de mannen in het publiek dreunde in haar hoofd. Waar waren ze? Ze kon er een zien, hooguit twee, drie versmolten al met de lichten, de gouden reflecties van de zijloges en de juwelen van de mannen die haar verkracht hadden. Ze lachten. Begrepen ze dan niet dat het de schuld van het orkest was? Met schorre, haperende stem stamelde ze de eerste strofe van het intermezzo, terwijl ze zich inspande om de muziek te horen. Ze luisterde aandachtig. Ja. Ze hoorde wat. Dansen; ze moest dansen. Log hief ze haar armen omhoog. Ze gehoorzaamden niet. Het duizelde haar. Ook haar benen had ze niet onder controle. Voor de ogen van het publiek viel ze op haar knieën. Iets raakte haar, maar het deed haar niets. Het hele theater ging nu tegen haar tekeer. En het applaus? Ze boog haar hoofd en gaf zich gewonnen. Ze liet haar armen slap langs haar zij vallen. Waar is mijn kind? Waarom hebben ze haar bij me weggehaald? snikte ze.

'Rotzakken zijn jullie, allemaal!' gromde ze toen een zacht, klef ding op haar lichaam neerkwam. Rood, als bloed. Bloedde ze? Ze voelde niets. Misschien was ze wel aan het doodgaan, misschien was doodgaan zo eenvoudig. Ze verlangde ernaar. Doodgaan om te vergeten... Ze merkte dat ze bij haar polsen werd gepakt en van het podium gesleept werd.

'Milagros García,' hoorde ze nog net toen ze al in de kleedkamer waren, waar de rechter van het theater haar zonder plichtplegingen bij haar kin pakte en haar hoofd ophief, 'je bent gearresteerd.'

# 38

Blas Pérez, de gerechtsdienaar, plantte zijn stok op de vuile grond van de calle de Hortaleza, die hij op die zonnige voorjaarsmorgen haastig doorliep op zijn weg naar de Puerta de Santa Bárbara, in het uiterste noordoosten van Madrid. Hij zag José pas toen hij bijna tegen hem op botste: de gerechtsdienaar van Barquillo kwam ineens uit een zijstraat, de calle de San Marcos.

'Wat brengt jou zo ver van je wijk, Blas?'

Hij onderdrukte een grimas van ongenoegen; hij wilde geen gesprek, hij had haast om Pedro García te vinden. De zigeuner had hem opgedragen de berichten over Milagros in de gaten te houden.

'Een opdracht,' antwoordde hij met opgeheven hand, alsof hij het zelf ook vervelend vond om daar te zijn.

Hij wilde al gedag zeggen en zijn weg vervolgen toen hij zich verplicht zag te blijven staan.

'Wat een pech!' gromde hij.

Uit de María Magdalena-kerk voor hem klonken schalmeien en het geroffel op een kleine trom die een priester aankondigden met een zwarte hoed op zijn hoofd en in zijn hand een eenvoudig buideltje waarin hij het heilige oliesel droeg. Veel mensen die in de straat liepen voegden zich zwijgend bij de stoet achter de geestelijke; anderen ontblootten hun hoofd, knielden op de grond en bekruisten zich op het moment dat de stoet voorbijkwam. Ter hoogte van de plek waar Blas geknield zat, hield een door twee muildieren getrokken rijtuig halt. Drie goed geklede heren stapten uit en boden de priester het rijtuig aan. Die stapte erin terwijl de heren de stoet met het heilige sacrament te voet volgden nadat een misdienaar de koetsier het adres van de stervende had gegeven en deze de muildieren in beweging gebracht had.

Blas bleef knielen tot de processie voorbij was.

'De vrouw van Rodilla,' mompelde de andere gerechtsdienaar, die naast hem geknield zat. 'De penningmeester van de broederschap van Onze-Lieve-Vrouw van de Hoop, je kent hem wel. Het gaat slecht met haar.'

Blas schudde zijn hoofd; hij was ergens anders met zijn gedachten.

'Jawel,' hield José vol, 'een van die broeders die ten strijde trekken tegen de zonde.'

'Ah!' beaamde de ander alleen.

Waarschijnlijk kende hij hem wel; hij was die broeders meerdere avonden tegengekomen wanneer ze door de Madrileense straten gingen om te bedelen en losbandige burgers te kapittelen; met hun aanwezigheid, hun gezangen en hun smeekbeden probeerden ze onzedelijke vleselijke contacten te verstoren, waarbij ze mannen en vrouwen waarschuwden dat ze in zware zonde leefden en dat als de dood hen op dat moment zou roepen...

Natuurlijk kende hij Rodilla, zoals veel van de mensen die achter de pastoor aan liepen en zich tijdens het toedienen van de laatste sacramenten in de kamer van de zieke verdrongen. Het ritueel van de dood, dacht hij. Zelfs de koning had zijn rijtuig een keer voor het sacrament der stervenden afgestaan en was erachter gaan lopen. Wat Blas niet wist was of Zijne Majesteit ook de kamer van de stervende was binnengegaan nadat hij het heilige sacrament eer betoond had. Om redenen van zijn functie had hij het zelf wel diverse keren gedaan: geloofsbetuigingen, akten van berouw die de priesters de zieken zelfs ten koste van hun al kritieke gezondheid lieten zeggen om hen te helpen vredig te sterven; boetepsalmen; schietgebeden, litanieën, smeekbeden tot de heiligen... Een heel scala aan gebeden voor elk moment in het stervensproces, dat de treurende omstanders met hun medeleven begeleidden totdat een of ander teken – misschien de angst in de ogen van iemand die de dood tegemoet gaat, misschien een onverstaanbaar gemompel, schuim om de mond of onbeheersbare stuiptrekkingen – de aanwezigheid van de duivel verraadde. Op dat moment besproeide de priester het bed en de hele kamer met wijwater, waarna hij in aanwezigheid van de doodsbange omstanders het heilige sacrament boven zijn hoofd hief en de strijd met Satan aanbond.

'Heb je hulp nodig bij je opdracht?' haalde de gerechtsdienaar van Barquillo hem uit zijn gedachten.

Beide mannen stonden op en sloegen met hun hand de aarde van hun kousen. Blas had geen hulp nodig. Hij wilde zelfs niet dat de ander wist waar hij naartoe ging.

'Bedankt, maar dat is niet nodig. Hoe gaan de zaken?' vroeg hij belangstellend om niet onbeleefd te lijken.

De ander haalde snuivend zijn schouders op.

'Je kunt je wel voorstellen...' begon hij.

'Je raakt de stoet kwijt,' onderbrak Blas hem. 'Ik wil je niet ophouden.'

José richtte zijn blik op de ruggen die zich door de calle de Hortaleza verwijderden. Hij zuchtte.

'Ze was een vrome vrouw, de echtgenote van de penningmeester.'

'Dat was ze zeker.'

'Het laatste uur komt voor ons allemaal.'

Blas wilde daar geen gesprek over aangaan en zweeg.

'Goed,' vervolgde José na een klakken met zijn tong, 'we zien elkaar wel weer.'

'Wanneer je maar wilt,' stemde de ander toe op het moment dat José aanstalten maakte om het heilige sacrament te volgen.

Blas wachtte een ogenblik en vervolgde toen zijn weg totdat hij voorbij het María Magdalena-opvanghuis voor gevallen vrouwen kwam: vanuit de kerk die erbij hoorde was het sacrament der stervenden vertrokken, vandaaruit vertrokken ook de broeders die tegen de zonde streden. Hij ging langzamer lopen en tikte zelfs enigszins verontrust met zijn stok op de grond. De dood die aan ieders deur zou kloppen, de zonde, de duivel die de priesters probeerden uit te drijven, het deed hem twijfelen aan wat hij ging doen. Hij kon nog terug. Hij moest lachen bij het idee dat hij spijt zou krijgen juist op de plek waar bijna vijftig publieke vrouwen, door Gods hand aangeraakt, zich vrijwillig aan María Magdalena hadden gewijd om voortaan een leven in strikte afzondering te leiden, te bidden, zich te kastijden, en dat huis bij leven niet meer te verlaten, behalve om het katholieke geloof te omarmen of om te trouwen met een fatsoenlijke man die de broeders van de Hoop voor hen zochten.

Honderd koperen realen en vier pond was moesten de spijtoptanten betalen om het María Magdalena-huis in te komen en zich voor het leven op te sluiten! Spijt hebben kostte geld. Dat had hij niet. Hij mocht dus geen spijt krijgen, besloot hij zijn redenering met een zekere voldoening: dat was niet voor de armen weggelegd. Bovendien wilde hij het geld niet mislopen dat hij die dag hoopte te krijgen.

Hij liep verder, sloeg rechtsaf de calle de los Panaderos in, richting de calle de los Regueros.

'Gegroet Maria, allerzuiverste maagd,' riep hij na de deur te hebben geopend van een huisje met maar een verdieping, vanbuiten witgekalkt, vanbinnen schoon en netjes; het had een achtererf en lag ingeklemd tussen negen andere, vergelijkbare woningen.

'Zonder zonde...' klonk het van binnenuit. 'Oh, ben jij het.' Een knappe jonge zigeunerin kwam een kamer uit. Achter haar verscheen het hoofdje van een klein meisje.

'Pedro?' was het enige wat de gerechtsdienaar vroeg.

De jonge vrouw was de kamer weer in gegaan, maar het meisje was daar blijven staan en staarde met haar grote ogen naar Blas.

'In de herberg,' riep de zigeunerin vanuit de kamer waar ze bezig was, 'waar anders.'

De gerechtsdienaar knipoogde naar het kleintje, dat hem wezenloos aan bleef staren.

'Bedankt,' antwoordde hij teleurgesteld.

Het kind lachte niet meer zoals vroeger, toen ze nog bij haar moeder in de calle del Amor de Dios woonde. Blas deed een nieuwe poging, met hetzelfde resultaat. Hij trok zijn lippen samen, schudde zijn hoofd en vertrok.

De calle de los Regueros bestond uit maar één blok, zodat hij in een paar stappen de straat uit was en bij de herberg op de hoek van San José en Reyes Alta kwam, waar zich tot aan de stadsmuur een open veld uitstrekte: daar verhieven zich het Santa Bárbara-klooster van de ongeschoeide mercedariërs en het Santa Teresa-klooster van de karmelietessen. In 1748 had koningin Bárbara de Braganza, de even ziekelijke als literatuurminnende echtgenote van Fernando VI, besloten dat naast die kloosters een nieuw en aan de heilige Franciscus van Sales gewijd klooster zou worden gebouwd voor onderwijs aan adellijke meisjes. Naar verluidt had de koningin een deel van het gebouw, het deel dat op de tuinen uitkeek, bestemd als haar persoonlijke residentie, waar ze in het geval dat de koning vóór haar stierf haar intrek zou nemen om aan Isabel Farnesio, de stiefmoeder van haar echtgenoot, te ontsnappen, aangezien het huwelijk kinderloos was en de kroon zou overgaan op Carlos, de zoon van Isabel en in die tijd koning van Napels. In 1750 werd met de bouw begonnen; het zou het grootste en weelderigste klooster worden dat ooit in Madrid was opgericht. Naast de nieuwe, aan de heilige Barbara gewijde kerk, werd met de kostbaarste materialen een kolossaal paleis gebouwd waarin Franse en Italiaanse invloeden zichtbaar waren. Het complex zou omringd worden door tuinen en boomgaarden die zich langs de stadsmuur, vanaf de paseo de Recoletos en de gelijknamige poort, bijna tot aan de Puerta de Santa Bárbara uitstrekten.

In het voorjaar van 1754 bezag Blas de inmiddels vergevorderde bouw. De koningin had kosten noch moeite gespaard. Meer dan tachtig miljoen realen ging de bouw kosten zei men, hoewel er ook mensen waren en Blas was een van hen die klaagden dat al dat geld ter meerdere eer en glorie en de rust van de koningin werd uitgegeven in plaats van aan de bouw van een grote kathedraal. Zo'n honderdveertig kerken waar dagelijks missen werden opgedragen, achtendertig mannenkloosters en bijna evenveel vrouwenkloosters, ziekenhuizen en scholen stonden binnen de stadsmuren van Madrid opeengepropt... Maar ondanks die enorme religieuze overvloed had de grootste en belangrijkste stad van het koninkrijk geen kathedraal.

Blas baande zich met zijn stok een weg door de volle herberg totdat hij Pedro vond, die aan een tafel wijn zat te drinken met een paar chispero's die het ijzer voor dat grootse bouwwerk smeedden.

De zigeuner, altijd op zijn hoede, merkte zijn aanwezigheid op toen steeds meer mensen voor de stok van de gerechtsdienaar opzijgingen. Er moest iets belangrijks gebeurd zijn dat Blas zich hier, zo ver van zijn wijk, vertoonde. Ze zonderden zich zo veel mogelijk van de lawaaierige drukte af.

'Ze hebben haar vrijgelaten,' fluisterde de gerechtsdienaar.

Tandenknarsend en met opeengeperste lippen staarde Pedro zijn handlanger aan.

'Treedt ze nog op in het Príncipe?' vroeg hij na een paar tellen.

'Nee.'

'Die gaat me alleen maar problemen geven,' reageerde hij alsof hij het tegen zichzelf had. 'Ze moet uit de weg geruimd worden.'

Blas wist al dat dit de reactie van de zigeuner zou zijn. De bijna twee jaar dat hij nu met hem omging waren meer dan voldoende geweest om zijn karakter te leren kennen. Gewelddadige ruzies, wraakacties waarbij doden vielen. Hij had zelfs zijn eigen vrouw verkocht!

'Weet je het zeker?' vroeg hij halfslachtig.

'Als ze haar hebben vrijgelaten, is dat om een schandaal te verhinderen dat zijn weerslag op een paar hoge heren zou kunnen hebben. Denk je dat het iemand wat kan schelen wat er met een dronken hoer gebeurt?'

Alles was inderdaad gegaan zoals de zigeuner veronderstelde: Milagros werd het podium van het Príncipe af gesleept nadat de rechter van het theater haar arrestatie bevolen had. De gerechtsdienaren brachten haar direct naar de gevangenis onder de rechtbank, waar ze haar roes uitsliep. De volgende ochtend verscheen Milagros, opgewonden, nerveus, onrustig door het gebrek aan alcohol maar nuchter, voor de rechters.

'Dat moet uwe Genade maar aan baron San Glorio vragen,' diende ze de voorzittende rechter van het proces wegens aanstootgevend gedrag en nog een hele reeks andere overtredingen van repliek toen deze de zitting opende door haar naar haar naam te vragen.

'Waarom zou ik dat moeten doen?'

De rechter had meteen spijt van die impulsieve vraag, die het gevolg was van zijn verwarring over de vrijpostigheid van de zigeunerin.

'Omdat hij me heeft verkracht,' antwoordde ze. 'Hij weet ongetwijfeld hoe ik heet. Hij heeft er veel geld voor betaald. Vraag het hem maar.'

'Niet zo brutaal! We hoeven helemaal niets aan meneer de baron te vragen.'

'Vraag het dan aan de graaf van Medin...'

'Hou je mond!'

'Of aan die van Nava...'

'Bode! Zorg dat ze haar mond houdt!'

'Die hebben me allemaal verkracht!' kon Milagros nog gillen voordat de bode met de stok haar bereikte.

De man legde zijn hand op haar mond. Milagros beet er hard in.

'Willen jullie weten hoeveel van die aristocraten van jullie me nog meer hebben verkracht?' spuugde ze hun toe, gebruikmakend van het feit dat de portier zijn hand weggetrokken had.

De laatste vraag van de zigeunerin bleef in de rechtszaal hangen. De drie zittende rechters keken elkaar aan. De openbare aanklager, de griffier en de armenadvocaat keken hen afwachtend aan.

'Nee,' antwoordde de voorzittende rechter. 'Dat hoeven we niet te weten. De zitting wordt geschorst!' besloot hij meteen daarna. 'Breng haar terug naar de gevangenis.'

Milagros zat een aantal dagen in de gevangenis van de rechtbank, genoeg voor de rechters om de raadgevers van de koning en de notabelen van de stad te consulteren. Hoewel sommigen er anders over dachten, wilden de meesten niet dat bepaalde illustere namen in een zo onaangename zaak verwikkeld zouden raken. Ten slotte beweerde iemand dat de kwestie zelfs de koning kon schaden, omdat een van zijn raadgevers familie van een van de betrokkenen was, zodat besloten werd de zaak te seponeren, waarna Milagros vrijgelaten werd.

Hoewel de rechters ook hun uiterste best deden om discretie te bewaren en te eisen, en de griffier de processtukken en alle verwijzingen naar de arrestatie vernietigde, lekte de zaak uit en kwam veel mensen, onder wie ook Blas, ter ore.

'Vanavond,' besloot Pedro terwijl ze naar het huis in de calle de Regueros terugliepen. 'We doen het vanavond.'

We? De mededeling overviel de gerechtsdienaar. Hij wilde er iets tegen inbrengen, maar zweeg. Hij herinnerde zich de belofte van de zigeuner op de dag dat deze in Madrid aankwam: vrouwen. Tijdens de nachtelijke uitstapjes met Pedro had hij er een aantal gehad; belangrijker dan die avontuurtjes was echter nog het geld dat hij opstreek. Maar toch... helpen bij een moord? Zou de zigeuner gelijk hebben dat het niemand iets kon schelen?

Met die gedachten ging hij het huis binnen dat Pedro met zijn nieuwe vriendin deelde.

'Honoria!' riep de zigeuner als enige groet. 'We komen eten!'

Een stoofschotel van vlees en groenten, met als toetje kastanjecompote en kweeperengelei, door de zigeunerin zelf toebereid. Blas zag dat Honoria probeerde de kleine María tegen te houden toen ze haar handje gretig naar de zoete spijs uitstak. Het lukte haar niet; en naarmate het kind haar minder gehoorzaamde, werd ze steeds zenuwachtiger. Hoe ze ook haar best deed, dacht de gerechtsdienaar terwijl María de handen van de vrouw wegduwde, ze was niet in staat haar moeder te vervangen. Hoewel ze dat officieel wel was! Pedro had valse documenten laten opmaken waarop Honoria als de moeder van het kleine meisje vermeld stond. Hij had ze hem laten zien: 'Pedro García en Honoria Castro. Gehuwd, een dochter.'

'Ben je gek geworden?' had Blas gevraagd toen hij ze zag.

De zigeuner had onverschillig met zijn hand gewoven.

'En als ze je verraden? De mensen kennen Honoria, ze weten dat ze niet met jou getrouwd is. Iedereen zou je kunnen...'

'Aangeven?'

'Ja.'

'Dat zullen ze wel uit hun hoofd laten.'

'Toch...'

'Blas. We zijn zigeuners. Een burger zal dat nooit snappen. Het leven is één moment: dit.'

Daar was het gesprek geëindigd, hoewel Blas nog had geprobeerd een verklaring voor de houding van de zigeuner te vinden. Vergeefse moeite, zoals die hem al had voorspeld, maar wel begreep hij nu de oorzaak van die permanente schittering in de ogen van de mensen van dat volk: ze zetten alles op één kaart.

Na het eten deed Pedro wat de gerechtsdienaar van hem verwachtte en gaf hem een gulle beloning, met de belofte dat hij na de 'klus' nog eens zoveel zou krijgen.

'Niet vergeten,' zei hij ten afscheid, 'vanavond, na de avondklok.'

Ze vonden Milagros terneergeslagen in een hoek van de kamer liggend, starend naar een plek op het plafond met een lege brandewijnfles naast haar.

'Tante,' riep Pedro naar Bartola, 'we gaan terug naar Triana; pak uw spullen en wacht beneden op me.'

Het mens wees met haar kin naar Milagros.

'Die?' Pedro lachte hard. 'Maak u niet ongerust, niemand zal haar missen.'

De schaterlach verbrak het lange zwijgen dat Milagros en Bartola de hele dag hadden volgehouden nadat de eerste dwangmatig de fles brandewijn leeggedronken had.

Milagros keek hen met bloeddoorlopen ogen aan. Ze stamelde iets. Niemand verstond haar.

'Hou je smoel, dronken tor!' snauwde Pedro.

Ze zwaaide met een logge hand in de lucht en probeerde overeind te komen. Pedro deed niets om haar te helpen; met slecht geveinsd geduld wachtte hij tot Bartola haar spullen bijeen had gepakt en vertrok.

'Vooruit, opschieten,' haastte hij haar.

De gerechtsdienaar, die bij de deur stond, keek vanaf een afstandje toe hoe Milagros steun zocht bij de muur maar krachteloos terugviel. Hij schudde zijn hoofd toen hij haar een nieuwe poging zag doen. Bij het zien van de vrouw die zo wankel tegen de muur lag en verwoede pogingen deed om overeind te komen, probeerde Blas zich te herinneren of hij ooit getuige was geweest van de moord op een jonge vrouw. Hij dook in zijn herinneringen aan dat Madrid waar edelen, rijken, bedelaars, misdadigers en arrogante vechtersbazen zich in een bonte menigte vermengden. Als gerechtsdienaar kende hij alle mogelijke misdaden en perversiteiten, maar hij had nog nooit iemand in koelen bloede een moord op een mooie, jonge vrouw zien plegen. Zijn maag kromp ineen toen hij een stap opzij deed voor Bartola, die een stromatras onder haar arm droeg en bundels met kleren en andere benodigdheden in haar handen. De oude vrouw zei geen woord; ze keek zelfs niet om. De weinige seconden die ze nodig had om sloffend de kamer te verlaten, leken de gerechtsdienaar twee keer zo lang. Toen hij zich omdraaide, verbleekte hij toen hij zag dat Pedro al naar Milagros liep en haar meedogenloos aan haar haren overeind trok.

'Moet je haar zien!' zei hij tegen hem terwijl hij haar rechtop hield. 'De grootste hoer van Madrid!'

Blas kon zijn ogen niet van het meisje afhouden: gebroken, weerloos, zelfs onverzorgd en vuil was ze nog mooi. Als Pedro haar losliet, zou ze niet op haar benen kunnen blijven staan. Is het echt noodzakelijk om haar uit de weg te ruimen? vroeg hij zich af.

'Ik heb je vrouwen beloofd,' verraste de zigeuner hem toen, hem herinnerend aan hun allereerste gesprek. 'Alsjeblieft, hier heb je er eentje: de grote Ongeschoeide!'

De gerechtsdienaar kon alleen maar nee schudden. Pedro, die bezig was Milagros' bloes los te scheuren, zag het niet.

'Naai haar maar!' schreeuwde hij toen het hem gelukt was, waarna hij Milagros' hoofd van naar achteren trok om hem haar volle, ongelooflijk prachtige borsten te tonen.

Blas voelde walging.

'Nee,' protesteerde hij. 'Maak een eind aan dit alles. Dood haar als je wilt, maar hou op met dit... dit...'

Hij kwam er niet uit en beperkte zich tot een gebaar naar de borsten van het meisje. Pedro wierp hem een vernietigende blik toe.

'Ik werk niet mee aan zo'n lafhartige daad,' vervolgde hij in reactie op de uitdagende blik van de zigeuner. 'Maak er een eind aan, anders vertrek ik.'

'Ik betaal je goed,' verweet Pedro de gerechtsdienaar.

Niet genoeg, zei deze bij zichzelf. En als de zigeuner inderdaad naar Triana terugging, zou er toch geen geld meer komen. Hij keek naar Milagros en zocht in haar ogen naar iets smekends. Zelfs dat kon hij er niet in ontdekken. De vrouw leek zich aan de dood te hebben overgeleverd.

'Bekijk het maar, zigeuner!'

Blas draaide zich om en liep de trappen af, zijn oren gespitst op het doodsgereutel van Milagros, met wie hij medelijden had. Hij hoorde niets.

Met zijn vrije hand trok Pedro García zijn mes uit zijn gordel en knipte het open.

'Hoer,' gromde hij zodra de voetstappen van de gerechtsdienaar in het trappenhuis wegstierven.

Hij liet het lemmet van Milagros' hals naar haar ontblote borsten glijden.

'Ik moet je vermoorden,' vervolgde hij, 'net zoals ik die kruidenvrouw vermoord heb. Dat oude wijf vocht harder dan jij zult doen, dat is zeker. Opscheppers... Jullie Vega's zijn niet meer dan een stelletje belachelijke opscheppers. Ik maak je af. Stel je voor dat je in Triana zou opduiken. Honoria zou kwaad op me worden, weet je.'

Milagros' tepels leken te reageren op de aanraking van het mes. De zigeuner lachte cynisch.

'Vind je het lekker?' Hij bespeelde haar met de punt van het mes en voelde zijn eigen opwinding groeien toen haar tepel harder werd.

Hij sneed haar rok kapot en liet het mes vervolgens over Milagros' buik en schaamstreek glijden totdat ze een zucht slaakte en een stinkende brandewijnadem zijn neus binnendrong.

'Je bent verrot. Je stinkt erger dan een varken. Ik hoop dat je in de hel alle Vega's tegen zult komen.' Hij hief het wapen weer op naar haar hals, klaar om haar de keel door te snijden.

'Stop!' klonk het opeens door de kamer.

# 39

*Een week eerder*

'Ze is dronken!'

'Ze kan amper op haar benen staan.'

'Wat een schande!'

De commentaren van de dames die hem vergezelden in een van de zijloges van het Coliseo del Príncipe voegden zich bij het gejoel en geschreeuw van het parterrepubliek en de vrouwen in de engelenbak. Het orkest had het lied diverse keren ingezet zonder dat Milagros erin was geslaagd haar stem bij de muziek te voegen. De eerste twee keren had de zigeunerin heftig naar het zijgordijn waarachter de musici zaten, gebaard en hun met logge armbewegingen de schuld gegeven; daarna, toen de woorden langer in haar droge mond bleven steken en haar benen en armen weigerden te gehoorzamen, maakte Milagros' woede langzaam plaats voor onzekerheid.

Met een knoop in zijn maag en dichtgeschroefde keel keek broeder Joaquín naar Milagros, terwijl hij ervoor zorgde zijn trillende handen voor de dames en hun begeleiders te verbergen. Er klonk geen muziek meer op dat podium dat gisteren nog te klein was geweest voor haar dansen, haar glimlachen en haar geestige opmerkingen, maar nu een gigantisch leek met haar daar in het midden op haar knieën, verslagen en met gebogen hoofd. Iemand wierp een stuk rotte groente tegen haar rechterarm. De mannen in het parterre kwamen voorbereid. De geruchten over de toestand van de Ongeschoeide deden al een paar dagen de ronde in Madrid: haar laatste optredens hadden al bijna een schandaal veroorzaakt. Sommigen zeiden dat ze ziek was, veel anderen herkenden in haar gebroken stem en ongecontroleerde bewegingen de effecten van de alcohol. Milagros reageerde zelfs niet op het stuk groente, noch op de tomaat die op haar bloes uiteenspatte en algemeen gelach in het theater veroorzaakte. Boven het parterre leunde broeder Joaquín over de balustrade van het balkon en zocht met zijn ogen naar degene die de tomaat gegooid had.

'Idioot!' gromde hij.

'Zei u iets, eerwaarde?'

De broeder deed of hij de vraag van de dame naast hem niet gehoord had. Vanuit het parterre werden nu allerlei rotte groenten en vruchten gegooid, en de mannen rukten de groene linten af die ze als eerbetoon aan de Ongeschoeide op hun hoeden en kleding gedragen hadden. De theaterrechter stuurde twee gerechtsdienaren om Milagros te verwijderen, die zich gelaten en gehoorzaam aan hen overgaf. Waarom gaat ze niet weg? vroeg de geestelijke zich af.

'Ga toch weg, kind!' barstte broeder Joaquín uit.

'Kind?' vroeg de dame verwonderd.

'Mevrouw,' antwoordde hij zonder na te denken, met zijn aandacht bij het podium, 'we zijn allemaal kinderen. Heeft Jezus Christus soms niet gezegd dat zij die niet worden als kinderen, het rijk der hemelen niet zullen betreden?'

De vrouw wilde tegen de woorden van de broeder ingaan maar in plaats daarvan opende ze een prachtige paarlemoeren waaier waarmee ze zich koelte toewapperde. Ondertussen pakten de twee gerechtsdienaren Milagros bij haar polsen en sleepten haar onder een regen van groenten weg. Zodra de zigeunerin achter het gordijn verdwenen was en het geschreeuw uit het parterre en de engelenbank afzwakte tot een verontwaardigd geroezemoes, verscheen Celeste op het podium, dat intussen door drie mannen schoongeveegd werd. De ogen van de komediespeelster schitterden triomfantelijk.

'Die Rafal,' oordeelde een van de edelen die achter in de zijloge stonden, waarmee hij op de burgemeester van Madrid doelde, 'had de grote Celeste nooit moeten vervangen.'

'En helemaal niet door een zigeunerin die zich voor twee realen prostitueert!' riep een ander uit.

Broeder Joaquín schrok op toen Celeste begon te zingen en de twee edelen zich geaffecteerd klappend bij het applaus van het publiek aansloten.

'Wist u dat niet, eerwaarde?' vroeg de dame hem met haar gezicht verborgen achter de waaier, terwijl ze enigszins naar hem toe boog: 'Als uwe eerwaarde ons vaker met zijn aanwezigheid op onze bijeenkomsten zou vereren...'

Zou ik het geweten hebben, voltooide hij bij zichzelf de zin die in de lucht was blijven hangen.

'Persoonlijk,' zei de vrouw, 'kan ik me niet voorstellen wat onze heer Jezus Christus zou zeggen van dit kind,' waarbij ze de laatste twee woorden minachtend rekte; en terwijl ze haar stoel naar die van de broeder schoof, begon ze verscholen achter de waaier, alsof ze zich daarmee voor haar vrijpostigheid verontschuldigde, een reeks liefdesaffaires op te noemen die in het geroddel tijdens de soirees nog twee keer zo lang geworden was.

Terwijl een stralende Celeste zong en het applaus en geschreeuw oogstte van een immer grillig publiek dat nu weer aan de voeten van de eerste zangeres lag, kapte broeder Joaquín de vrouw af, die zich naar de geestelijke draaide en afwezig met haar waaier voor haar gezicht begon te wapperen. Ze wist hoe gevoelig de broeder was, al haar kennissen prezen hem om die kwaliteit, maar ze had nooit gedacht dat het nieuws over de avontuurtjes van de simpele zigeunerin hem zo lijkwit zou doen wegtrekken.

Broeder Joaquín dacht aan Milagros: mooi, goedlachs, innemend, slim, vrolijk... schoon... maagdelijk! Hij werd bestormd door een horde herinneringen die zich in zijn maag nestelden en zijn bloedstroom deden stagneren. Ze had zijn nachtelijke fantasieën gevuld en hem dat schuldgevoel doen leren kennen waarvan hij zich zo vaak met gebeden en zelfkastijding had geprobeerd te zuiveren; door haar weigering, toen hij haar had voorgesteld met hem te vluchten, was hij gaan rondzwerven, twijfelend of er een offer bestond dat hem in de ogen van God kon zuiveren. Sindsdien had dat gebruinde, adembenemend mooie gezicht hem overal vergezeld, en het had hem op de moeilijkste momenten bemoedigend toegelachen. En nu, waar was die inspiratie gebleven?

Ze was een dronkenlap. Dat had hij gezien. En een prostituee, zoals ze vertelden...

Tot de middag dat Milagros in het Coliseo del Príncipe in elkaar zakte, had het beeld van het zigeunermeisje vaak de gedachten van broeder Joaquín bestormd, vooral wanneer hij 's avonds met gespitste zintuigen door de gevaarlijke Madrileense straten naar huis liep. Als dat gebeurde haakte de herinnering aan Milagros zich vast in zijn geheugen. Broeder Joaquín bewoonde een verdieping in een klein blok van slechts drie huizen, allemaal smal en zo diep dat ze met de voorgevel aan de calle de las Platerías grensden en met de achtergevel aan de plaza de San Miguel. Francisca, de oude meid die hem verzorgde, stond slaperig op om hem te helpen, ook al wist ze wat hij zou gaan zeggen: God zal je belonen, Francisca, maar je kunt je terugtrekken. Toch bleef de vrouw opstaan, iedere keer weer, eeuwig dankbaar voor het dak boven haar hoofd, het eten en zelfs voor het karige loon waarmee de broeder haar moeizame en ook schaarse diensten beloonde. Francisca had nooit ergens gediend. Als weduwe met drie ondankbare kinderen die haar toen ze oud werd aan haar lot overlieten, had ze haar leven en krachten gewijd aan het wassen van kleren in de Manzanares. Ik waste zoveel, zei ze een keer trots tegen broeder Joaquín, dat ik een sjouwer nodig had om me te helpen de was naar de eigenaars te brengen. Maar zoals bij al die vrouwen die dag in, dag uit, jaar in, jaar uit naar hun waskisten bij de rivier trokken om het vuile goed van anderen te wassen, of het nu winter en ijskoud was of midden in de hondsdagen, had haar lichaam daarvoor een hoge prijs betaald: gezwollen, stramme handen, geslonken spieren, permanent pijnlijke botten. En broeder Joaquín snelde toe om de kom die uit haar stramme handen was gevallen op te rapen en de vrouw de marteling die bukken voor haar betekende te besparen. De geestelijke had haar van de straat gered toen de munt die hij haar als aalmoes gaf, tussen de kromme vingers van de wasvrouw door glipte, rinkelend op een steen viel en ver wegrolde. Ze hadden elkaar aangekeken: de oude vrouw, niet in staat het weggerolde geld te pakken, en broeder Joaquín, die in haar doffe ogen de dood al ontwaarde.

Toen ze zich op zijn verzoek terugtrok, vergeleek de broeder de trage gang waarmee Francisca zich naar haar stromatras onder het prachtige beeld van de Onbevlekte Ontvangenis begaf, met de levenskracht en de vrolijkheid die Milagros diezelfde middag, of de voorgaande of die daarvoor, aan haar publiek geschonken had. Hij zat in een van de zijloges, zoals de adellijke en rijke vrouwen met hun gevolg en begeleiders dat bijna elke dag deden. Geweldig! Schitterend! Betoverend! Dat waren de loftuitingen die in zijn oren weerklonken toen hij voor het eerst het Coliseo del Príncipe betrad, kort nadat hij vanuit Toledo in Madrid aangekomen was. De Ongeschoeide. En die eerste dag was hij uit zijn stoel opgesprongen.

'Is er iets, eerwaarde?' vroegen ze hem.

Iets? Dat was Milagros! Broeder Joaquín stond recht overeind. Hij stamelde iets onverstaanbaars.

'Voelt u zich niet goed?'

Wat sta ik hier nou? vroeg hij zich af. Hij verontschuldigde zich bij zijn pupil, ging weer zitten en luisterde opgewonden naar het zingen van Milagros, terwijl hij zo onopvallend mogelijk de tranen die in zijn ogen opwelden, probeerde te bedwingen.

Sinds zijn komst naar Madrid was het Coliseo del Príncipe met de optredens van Milagros voor broeder Joaquín een bedevaartsoord geworden. Wanneer Dorotea, de jonge Toledaanse die hij na haar huwelijk met de verweduwde markies van Caja, in opdracht van haar vader naar Madrid had vergezeld, besloot een middagvoorstelling niet bij te wonen, verontschuldigde hij zich bij de markies en zijn vrouw en kocht hij van zijn eigen geld een kaartje voor het parterre of ging met de andere geestelijken naar hun galerij. De eerste keer had hij zich verloren gevoeld bij het zien van de acht deuren die naar de verschillende publieksruimtes leidden – naar het parterre, de galerij, de zijloges, de deur die uitsluitend bestemd was voor de vrouwen die naar de engelenbak gingen – maar hij won al snel de sympathie van de kaartjesverkopers en de venters die achter in het parterre, onder de engelenbak, snoep en gekruide honingdranken verkochten. De broeder zat de hele voorstelling uit en probeerde zich bij een slecht stuk, dat nog slechter werd gespeeld, niet bij de menigte te voegen die de laatste akte van de komedie voor gezien hield en het theater na het optreden van de Ongeschoeide verliet. Hij wilde niet bekendstaan als een van de velen die alleen voor de kluchten of eenakters naar het theater kwamen. Op het einde juichte hij de auteur en de komediespelers toe, hoewel hij alleen de stem van de zigeunerin in zijn hoofd had, haar ingetogen dansen waarvan de sensualiteit zonder dat ze daarop uit was begeerte en fantasieën bij het publiek opriep. Hij beefde bij de herinnering aan haar pikante opmerkingen in de richting van het parterre, naar de mannen tussen wie hij zich verschool. En wanneer Milagros haar ogen over hen heen liet gaan, maakte hij zich klein uit angst dat ze hem zou ontdekken.

'Wat zeggen jullie tegen die onrechtvaardige burgemeester?' vroeg de zigeunerin toen ze het lied onderbrak waarin een arme boer door de burgemeester opgesloten werd.

De chaos van omhooggestoken armen die het gejoel en gefluit vergezelden, maakte het de geestelijke mogelijk zich weer op te richten.

'Harder, harder. Ik hoor jullie niet!' schreeuwde Milagros met aanmoedigende gebaren vlak voordat ze verder zong en boven het geschreeuw uit probeerde te komen.

En het lukte haar. Haar stem steeg krachtig boven het kabaal uit en broeder Joaquín voelde hoe hij bijna flauwviel en zijn keel zich dichtschroefde. Op een van die middagen in het theater, misschien na een overdaad aan wijn bij het eten met de markies en zijn vrouw, ging de broeder wat dichter naar het podium toe en bleef hij rechtop staan toen de zigeunerin de betrokkenheid van het parterre zocht. Zijn knieën knikten en hij kreeg geen tijd om zijn hoofd af te wenden toen Milagros haar blik over de mannen die haar toejuichten liet gaan, precies over de plek waar hij stond. Misschien wilde hij wel dat ze hem ontdekte. Ze zag hem niet en tot zijn eigen verbazing liet broeder Joaquín opgelucht zijn ingehouden adem ontsnappen. Hij wist niet waarom hij het had gedaan, maar die dag voelde hij haar dicht bij zich, meende hij haar zelfs te ruiken.

Na dat bezoek aan het theater, maar voor het diner en de soiree waarheen hij Dorotea zou vergezellen, sloot broeder Joaquín overmand door gemengde gevoelens zich op in de klokkenkamer van het huis van de markies. Hij nam het zichzelf kwalijk dat hij in dat vertrek waarin de markies pronkte met zijn macht maar vooral zijn goede smaak tentoonspreidde – volgens degenen die zijn verzameling bezichtigden – en waarin hij gewend was zijn toevlucht te zoeken, meer rust vond dan in het gebed of het lezen van de heilige boeken. Hij stond stil bij een ebbenhouten staande klok die even hoog was als hij lang, versierd met bronzen decoraties. De Engelsman John Ellicott was de maker; zijn handtekening stond op de wijzerplaat, met afbeeldingen van een maankalender en een hemelbol.

Milagros was gelukkig, moest hij bij iedere tik van de secondewijzer toegeven. Ze vierde triomfen! Waarom zou ik me met haar leven bemoeien? dacht hij even later voor een kunstig bewerkte tafelklok met landelijke figuurtjes van Droz, een Zwitserse klokkenmaker, zoals de markies hem had verteld. Hoe slaagden ze erin dergelijke prachtige klokken te maken? Er stonden er meer dan twaalf uitgestald in die kamer. Klokken met muziek. Zou Milagros ze mooi vinden? Sommige hadden zelfs een dozijn kleine klokjes... Hoe zou de stem van de zigeunerin daarbij klinken? Enorme pendules, met een opwindmechanisme of slinger; er was er een die zelfs rekenkundige bewerkingen uit kon voeren. Mechanische klokken met fluitspel: hij luisterde graag naar de fluit van de herder, of naar het geblaf van de honden...

Milagros had hem al een keer afgewezen. Wat zei ze toen? Het spijt me... Het had nooit iets kunnen worden. Ja, dat had ze gezegd voordat ze naar de Andévalo vluchtte. Waarom hou je dan vol, idioot van een broeder? zei hij bij zichzelf. Als Milagros op dat moment van wanhoop, toen met de grote razzia, angstig omdat ze uit Triana moest vluchten, met haar ouders in de gevangenis en haar grootvader vermist, in haar binnenste geen enkel sprankje liefde voor hem had weten te vinden, wat kon hij dan nu verwachten, nu ze op het toneel triomfeerde en door heel Madrid aanbeden werd?

Toch bleef hij naar het theater gaan, zelfs toen hij maanden na zijn aankomst in Madrid het huis van de markies en van de vrouw die zijn pupil was geweest moest verlaten en verhuisde naar de smalle, diepe woning in de calle de las Platerías die hij met Francisca deelde. In die periode was Dorotea langzaam maar zeker vertrouwd geraakt met de verleidelijke Madrileense gewoonten, zo anders dan die van Toledo, en nam ze steeds meer afstand van degene die tot dan toe haar meester, vertrouweling en vriend geweest was. Don Ignacio, de markies, vader van drie kinderen uit zijn vorige huwelijk, was een even rijk als zorgeloos man.

'Het spijt me dat ik het moet zeggen, don Ignacio,' luchtte broeder Joaquín zijn hart bij de markies toen ze op een ochtend met zijn tweeën in de klokkenkamer koffie zaten te drinken, 'maar ik acht het mijn plicht u erop te wijzen dat uw echtgenote zorgelijke wegen begint in te slaan.'

'Geeft ze aanleiding tot een schandaal?' stoof de ander op, zo heftig dat hij bijna de koffie over zijn vest gooide.

'Nee, nee. Nou... ik weet het niet. Ik veronderstel van niet, maar bij de soirees zit ze altijd met de een of andere man te fluisteren en te lachen. Ik weet dat ze haar begeren, dat heb ik gehoord; ze is jong, mooi, ontwikkeld. Doña Dorotea is niet zoals de andere vrouwen...'

'Waarom niet?'

Deze keer was het de broeder die schrok.

'Staat u die hofmakerij toe?'

De markies zuchtte.

'Wie doet dat niet, eerwaarde? Mannen in onze positie kunnen ons daar niet tegen verzetten, hoe vervelend we het ook vinden. Het zou... het zou onbehoorlijk zijn, onbeleefd.'

'Maar...'

De markies hief met een elegant gebaar zijn hand op om hem te doen zwijgen.

'Ik weet dat het niet volgens de leer van de Kerk is, eerwaarde, maar tegenwoordig is het huwelijk niet meer het heilige instituut van onze voorouders. Het huwelijk, in ieder geval dat van gefortuneerden zoals wij, is gebaseerd op wellevendheid, respect, opvoeding, fijngevoeligheid... Het is niet meer dan een verbintenis van gelijkgestemden.'

'Vroeger waren er ook niet zoveel huwelijken uit liefde,' probeerde de broeder te weerleggen.

'Zeker,' haastte de markies zich toe te geven. 'Maar nu is er geen sprake meer van angstige, in het huis van hun echtgenoot opgesloten vrouwen. Vandaag de dag willen zelfs de meest behoeftige vrouwen, hoe arm ze ook zijn, zich aan de mannen vertonen; misschien zijn ze niet zo fijngevoelig en ontwikkeld als de dames van de hogere klasse, maar dat weerhoudt hen er niet van zich op straat, in de theaters en op feesten te laten zien. We moeten erkennen dat ze ook niet zoveel behoefte aan liefdesavonturen hebben, hun onzekere levensomstandigheden maken dat onmogelijk, maar er is geen moeder die, behalve dat ze haar dochter opvoedt tot katholieke deugdzaamheid, niet ook zorgt dat ze leert dansen en zingen, en bovendien de kunst gaat verstaan van die stille lichaamstaal waarmee ze de mannen zo goed het hoofd op hol weet te brengen, met dat ja, maar dan toch niet, of dat nee, maar dan toch wel.'

Broeder Joaquín schraapte zijn keel, hij wilde iets te antwoorden, maar de markies sprak verder.

'Neem nou doña Dorotea. U hebt haar thuis bij haar vader Latijn geleerd; ze kan lezen en doet dat ook. Ze is ontwikkeld, verfijnd, gevoelig, en weet hoe ze het een man naar de zin moet maken.' Don Ignacio pakte een koekje en beet erin. 'Waar denkt u dat mijn echtgenote het meeste plezier aan beleeft bij het spel van de hofmakerij?' vroeg hij toen. De broeder schudde zijn hoofd. 'Ik zal het u vertellen: voor het eerst van haar leven heeft ze de mogelijkheid om te kiezen. Het huwelijk is haar opgelegd, zoals alles sinds haar geboorte, maar nu mag zij haar cavalier kiezen en na een tijdje zal ze die inruilen voor een andere, en ze zal met een derde flirten om de eerste of de tweede jaloers te maken...'

'En als...?' Broeder Joaquín aarzelde. 'En als het tot overspel zou komen?' Hij betreurde de vraag onmiddellijk. 'Doña Dorotea is een integere, eerzame vrouw,' haastte hij zich eraan toe te voegen met een handgebaar in de lucht alsof hij iets stoms had gezegd, 'maar het vlees is zwak, en dat van vrouwen... nog zwakker.'

De edelman werd echter niet zo woedend als verwacht zou mogen worden van iemand die zojuist de deugdzaamheid van zijn vrouw in twijfel heeft horen trekken. Don Ignacio nam een slok van zijn koffie en liet zijn blik een paar tellen dwalen over de klokken die hij zo bewonderde. Hij beëindigde zijn inspectie met een grijns.

'Men zegt dat het platonische liefde is, eerwaarde, en dat is bijna altijd het geval bij die hofmakerij. Denk niet dat wij het er onder elkaar nooit over hebben, maar niemand weet wat er binnen in de slaapkamer van een vrouw gebeurt. In het openbaar gaat het om niet meer dan een flirt, simpel gekoketteer. En dat is wat telt: wat de anderen zien.'

Aldus bevrijd van die hinderlijke broeder die in de hoedanigheid van mentor met haar mee uit Toledo was gekomen, leerde het markiezinnetje de waaier te hanteren om in een geheimtaal die iedereen kende aan de saletjonkers haar wensen kenbaar te maken: met één vinger aanraken, openen, op de grond laten vallen, met kracht sluiten, zich snel of juist langzaam bewaaieren... Elke handeling betekende iets. Het duurde ook niet lang voordat ze leerde mouches op haar gezicht te plakken om uiting aan haar gemoedstoestand te geven: als er een op haar linkerslaap zat, liet ze zien dat ze al een cavalier had, op haar rechterslaap betekende dat ze genoeg van haar cavalier had en anderen kon accepteren; naast haar ogen, haar lippen of haar neus verraadden ze weer andere gemoedstoestanden van de dame.

De afstand tussen broeder Joaquín en die jonge Toledaanse die hij Latijn en begrip van de klassieken had bijgebracht, was naarmate Dorotea meer en meer in het spel van de hofmakerij opging, steeds groter geworden. 's Morgens mocht zelfs haar man de slaapkamer van zijn echtgenote niet in. Mevrouw de markiezin heeft de kapper bij zich, antwoordde haar kamermeisje dat als een bewaakster voor de vergrendelde deur van de slaapkamer stond. Broeder Joaquín zag de cavalier van het moment het huis binnenkomen – jong, geschoren en bepoederd, geurend naar lavendel, jasmijn of viooltjes, soms met pruik, andere keren met haar dat door een kapper met talk en reuzel in golven was gelegd, maar altijd opgedoft met talloze accessoires: cravate, horloge, knijpbril, wandelstok, floret aan de gordel, allerlei kanten afzetsels en zelfs strikken aan kleurige zijden kleren met vergulde knopen. De markies, dat zag de broeder ook, deed wat hij kon om de cavalier te ontwijken wanneer deze, met gespeelde waardigheid, rapé snuivend stond te wachten terwijl de majordomus werd geroepen om hem naar haar slaapkamer te brengen. Wat doen ze daarbinnen? vroeg broeder Joaquín zich af. Dorotea zou nog in haar nachthemd in bed liggen. Waar zouden ze over praten in de uren voordat de markiezin haar slaapkamer uitkwam? Waarom had hij zoveel moeite gedaan om zijn pupil de modernste theorieën over de positie van de vrouw bij te brengen? Al die opgedirkte saletjonkers die de dames achternaliepen waren even grote opscheppers als leeghoofden, iets wat hij bij de soirees had geconstateerd, toen hij verbijsterd hoorde welke stompzinnigheden er gedebiteerd werden.

'Mevrouw,' pochte er een, 'Horatius was veel te stellig.'

'Wat zou er zonder Homerus van Vergilius geworden zijn?' zei een ander iets verderop.

Namen en uit het hoofd geleerde citaten om indruk op hun toehoorders te maken: Periander, Anacharsis, Theophrastus, Epicurus, Aristippus hoorde je overal in de luxesalons van de dames. En Dorotea zat vol bewondering te glimlachen! Arrogant als ze waren, verwierpen ze zelfs de lichtste kritiek en lachten om wat hun als gezaghebbende meningen werd voorgehouden. Door dat soort grootspraak werden sommigen door een vrouwelijk publiek dat aan hun lippen hing zelfs voor wijze mannen gehouden.

Onwetendheid. Hypocrisie. Oppervlakkigheid. IJdelheid. Broeder

Joaquín ontplofte bijna toen hij hoorde hoe een saletjonker die zich uitsloofde om bij Dorotea in de gunst te komen, haar vroeg hem een flesje met haar waswater te geven om het als geneesmiddel voor een zieke dienstmeid te gebruiken. Het bloed trok weg uit zijn gezicht, om zich in zijn maag te concentreren, wat hem doodsbleek maakte, toen hij zag hoe de jonge vrouw met wie hij ooit Latijnse werkwoorden vervoegde en met veel genoegen teksten van broeder Feijoo las, enthousiast op dat belachelijke verzoek inging, gesteund door een paar dames die het initiatief toejuichten en andere die haar voor het welzijn van die arme zieke dienstmeid dringend verzochten met de behandeling in te stemmen.

Broeder Joaquín kende de moderne maar omstreden theorieën over de behandelingen met water. 'Waterdokters' werden de voorstanders ervan genoemd. Zelfs Feijoo was niet in staat geweest twijfel te zaaien over die theorieën, maar een zieke vrouw het vuile waswater van een dame te drinken geven, zelfs al was het een jonge, mooie markiezin, was iets heel anders.

'Ik kan niet in uw huis blijven wonen.'

Don Ignacio plooide zijn lippen in iets wat op een glimlach leek. Een trieste, melancholische glimlach? vroeg broeder Joaquín zich af.

'Ik begrijp het,' zei de ander, de onuitgesproken reden die de geestelijke tot dat besluit had gebracht als vanzelfsprekend aanvaardend. 'Uw aanwezigheid en de gesprekken met u hebben me veel genoegen verschaft.'

'U bent werkelijk zeer genereus geweest, don Ignacio. Wat uw kapel betreft...'

'Gaat u daarmee door,' onderbrak de markies hem. 'Ik zou een andere huiskapelaan moeten zoeken en dat zou vervelend zijn,' vervolgde de markies met een grimas. 'Als u weg zou gaan, zou u bovendien mijn klokken niet meer kunnen bewonderen, en u weet hoe dat mijn ijdelheid streelt.'

De markies glimlachte op een manier die de broeder oprecht toescheen.

'Ik houd u voor een goed mens, eerwaarde. Ik ben ervan overtuigd dat mevrouw de markiezin geen bezwaar zal maken.'

Dorotea deed dat inderdaad niet. In feite was het afscheid kil en haastig – haar vriendinnen verwachtten haar, verontschuldigde ze zich zonder hem de kans te geven iets te zeggen – zodat broeder Joaquín de huiskapel van de markies bleef bedienen, die hem in ruil voor een aantal missen voor de zielen van zijn adellijke voorouders ruimhartig beloonde, al werden ze slechts door twee of drie bedienden bijgewoond.

Waar was Milagros? Broeder Joaquín zag in een enkele middag al zijn principes afbrokkelen. Ondanks zijn verlangens had hij de verleiding kunnen weerstaan en Milagros op afstand verafgood. Maar nadat hij getuige van haar val was geweest, werd hij overvallen door twijfels over wat hij moest doen. Ze was getrouwd, hoe kon haar man toestaan...? Had ze zich werkelijk geprostitueerd? De grijns waarmee de markies van Caja reageerde toen de broeder zich er eindelijk toe kon zetten hem die vraag te stellen, bevestigde het.

'Dat kan niet,' ontsnapte hem.

'Jawel, eerwaarde. Maar niet met mij,' zei de edelman er snel achteraan toen hij het gezicht van de broeder zag vertrekken. 'Vanwaar uw belangstelling?' informeerde hij toen broeder Joaquín hem vroeg of hij wist waar de Ongeschoeide woonde.

De broeder klemde zijn lippen op elkaar en gaf geen antwoord.

'Goed dan,' zei don Ignacio toen hij bleef zwijgen.

De markies stuurde zijn secretaris erop uit om informatie in te winnen en een paar dagen later liet hij de broeder bij zich komen. Hij vertelde hem over het vonnis van de rechtbank.

'Dat is ongetwijfeld het beste,' voegde hij er als terloops aan toe. 'Toevallig is ze net vandaag vrijgelaten.'

Vervolgens gaf hij hem een adres in de calle del Amor de Dios.

Daar stelde de broeder zich op. Hij wilde haar alleen zien en als het nodig was helpen. Over wat hij dan zou doen, als die situatie zich voordeed, wilde hij niet nadenken. Hij wilde zich geen illusies maken zoals destijds, toen hij haar in Triana achternaliep. Het probleem was echter dat er in de calle del Amor de Dios drie panden met nummer 4 bleken te zijn.

'Dat kun je onmogelijk weten,' antwoordde een voorbijganger die hij ernaar vroeg. 'Kijk, eerwaarde, de kwestie is dat degene die op het idee kwam de huizen te nummeren, dat heeft gedaan door om de blokken heen te lopen, zodat er in een straat met meerdere blokken veel dezelfde nummers voorkomen. Dat is in heel Madrid zo. Als ze niet per blok genummerd hadden maar per straat, in een rechte lijn zoals in andere steden, zouden we dit probleem niet hebben.'

'Weet u... weet u waar de Ongeschoeide woont?'

'U gaat me toch niet vertellen dat een geestelijke als u...?' wierp de man hem voor de voeten.

'Vat het niet verkeerd op, alstublieft,' verdedigde broeder Joaquín zich.

'Daar wachtten de draagstoelen altijd om haar naar het theater te brengen,' gromde de man terwijl hij een huis aanwees.

Broeder Joaquín durfde niet naar boven te gaan. Een paar buren die het pand in- en uitgingen vroeg hij ook niets. Wat wil ik eigenlijk? vroeg hij zich af, terwijl hij door de straat heen en weer liep. Zo werd hij door de duisternis overvallen. Het was een zwoele nacht, maar desondanks knoopte hij de kraag van zijn soutane dicht en zocht bescherming in een portiek. Misschien zou hij haar de volgende dag kunnen zien... Terwijl hij zo stond te twijfelen, zag hij twee mannen naar het huis lopen. Een ervan was een gerechtsdienaar die met zijn stok op de straat tikte; de ander was Pedro García. Hij herkende hem meteen. Meer dan eens had een vrome parochiaan hem in Triana op hem gewezen vanwege die liefdesaffaires waarin de Graaf, zijn grootvader, later dan weer moest bemiddelen. De man van Milagros, helaas. Hij kon weinig beginnen als Pedro er was. Hoe had die kunnen toestaan dat zijn vrouw zich prostitueerde? Zou hij hem aanspreken en hem dat zeggen? Beide mannen gingen het huis in en hij bleef wachten zonder te weten waarom. Kort daarna kwam een oude vrouw met een stromatras en twee bundels naar buiten. Ook een zigeunerin, zag hij in het maanlicht: haar huidskleur verraadde haar. Het leek of ze zich opmaakten om te vertrekken, om het huis te verlaten. Broeder Joaquín werd zenuwachtig. Het zweet stond in zijn handen. Wat gebeurde daarboven? Even later zag hij de gerechtsdienaar het pand uitkomen.

'Blijf bij dat beest uit de buurt of hij zal jou ook vermoorden!' hoorde hij hem de oude zigeunerin waarschuwen.

Hij zal jou ook vermoorden?

Opeens stond broeder Joaquín midden op straat.

'Gaat hij haar vermoorden?' stamelde hij tegen de gerechtsdienaar.

'Wat doet u hier, eerwaarde? Dit is geen tijd...'

Maar de broeder rende de trappen al op. Hij gaat haar vermoorden, dreunde het in zijn oren.

'Stop!' riep hij hijgend toen hij bij de enige open deur kwam en zag dat Pedro op het punt stond een vrouw haar keel door te snijden.

De zigeuner draaide zijn hoofd om en herkende tot zijn verbazing broeder Joaquín.

'Triana is ver weg, eerwaarde,' snauwde hij hem toe, waarop hij Milagros losliet en met het mes in zijn hand op hem af kwam.

Broeder Joaquín werd een ogenblik afgeleid door de aanblik van Milagros' naakte lichaam.

De zigeuner kwam naderbij.

'Bevalt mijn vrouw je wel?' vroeg hij cynisch. 'Geniet er dan maar van, want zij is het laatste wat je zult zien voordat je sterft.'

Broeder Joaquín wist niet wat hij moest beginnen tegen die sterke, gewapende man die haat wasemde uit al zijn poriën. In één seconde voelde hij zijn testikels krimpen en liep het koude zweet hem over de rug.

'Help!' slaagde hij erin te schreeuwen terwijl hij achteruitdeinsde naar de overloop.

'Hou je kop!'

'Help!'

De zigeuner deed een eerste uitval met zijn mes. Broeder Joaquín wankelde toen hij die ontweek. Pedro viel opnieuw aan, maar broeder Joaquín slaagde erin zijn pols vast te grijpen. Lang zou hij hem echter niet kunnen tegenhouden, begreep hij.

'Help!' Zijn andere hand voegde zich ter versterking bij de eerste. 'Hier! De nachtwacht! Roep de nachtwacht!'

Pedro García schopte hem, sloeg hem met zijn vrije hand, maar broeder Joaquín had slechts aandacht voor de hand waarin hij het mes hield, dichtbij, bijna tegen zijn gezicht. Hij bleef schreeuwen, zonder iets te voelen van de klappen die hij kreeg.

'Wat is er aan de hand?' klonk het in het trappenhuis.

'Waarschuw de nachtwacht!' riep een vrouw.

Bij broeder Joaquíns geschreeuw in de stille nacht voegde zich dat van de inwoners van het pand, en zelfs van die van de tegenoverliggende huizen, van de mannen en vrouwen die hun balkon op gekomen waren.

In het trappenhuis klonken stappen en nog meer geschreeuw.

'Daar!'

'Help!' De hulp die hij inmiddels dichtbij vermoedde gaf broeder Joaquín de kracht om te blijven schreeuwen.

Iemand bereikte de overloop.

Pedro García wist dat hij verloren was. Hij liet zijn mes vallen en de broeder liet de greep van een hand heel even verslappen, omdat hij het niet langer vol kon houden; van dat moment maakte de zigeuner gebruik: hij duwde hem weg en stormde de trappen af, waarbij hij de mensen die naar boven kwamen voor zich uit naar beneden dreef.

# 40

Een paar dikke stronken waren genoeg om het kleine huisje, dat even buiten Torrejón de Ardoz lag, te verwarmen. Het had slechts een verdieping, met een slaapkamer en een vertrek met een haardvuur waar ze at. In de stilte van de nacht vermengde de geur van brandend hout zich met die van de tabaksrook die Caridad in grote kringen uitblies. Alleen aan de tafel gezeten legde ze de sigaar op een aardewerken schoteltje om voor de zoveelste keer het mechaniek op te winden van het speeldoosje dat een tabaksplantage voorstelde. Het zich herhalende, metalig klinkende wijsje dat ze zo goed kende vulde de ruimte zodra Caridad het sleuteltje losliet waarmee ze het opgedraaid had. Ze pakte de sigaar, nam een flinke trek en blies een trage rookwolk over de tabaksplanten en de figuurtjes die rond de kapokboom, de heilige boom, draaiden. Aan het andere eind van de wereld, aan de overkant van de oceaan, zouden op dat moment veel negerslaven bezig zijn met tabak snijden of versjouwen. De jezuïeten van het Casa Grande van Torrejón hadden haar verteld dat dag en nacht daar omgekeerd waren, dat wanneer het hier nacht was, het daar dag was, maar hoe ze ook hadden geprobeerd uit te leggen hoe dat kwam, ze begreep er niets van. Haar gedachten zweefden naar de slaven met wie ze haar ellende gedeeld had: naar María... María was het derde van de blikken figuurtjes die alsmaar ronddraaiden; ze dacht dat ze een beetje op haar leek, hoewel ze zich nog maar weinig kon herinneren van het gezicht van haar vriendin. In het onophoudelijk ronddraaiende jongetje met de baal tabak op zijn hoofd zag ze ten slotte haar kleine Marcelo. Wanneer hij langs de opzichter kwam die zijn arm met de zweep op en neer bewoog, sloot Caridad haar ogen. Wat zal er van mijn kind geworden zijn? snikte ze.

'Alle negers houden van hem, hij lacht altijd,' had ze broeder Luis, een van de jezuïeten van het Casa Grande, een keer verteld toen ze hem een partij goede tabak bracht.

'Caridad, als hij ook maar een beetje op jou lijkt, twijfel ik daar geen seconde aan,' beaamde hij.

Broeder Luis had beloofd dat hij naar Marcelo zou laten informeren, 'mits je me goede tabak blijft brengen,' voegde hij er met een knipoog aan toe.

De Sociëteit van Jezus was, net als andere religieuze ordes, eigenaar van die suikerplantages waar de negers werden uitgebuit. Ze voelde zich gekwetst toen ze de jezuïet trots enkele plantagenamen hoorde noemen: Ignacio de Río Blanco, Juan Bautista de Poveda, Nuestra Señora de Aránzazu y Barrutia... Waarom zou iemand die geloofde dat slavernij goed was, zich om het lot van een negertje bekommeren?

'Is er iets, Cachita?' vroeg broeder Luis bij het zien van de plotselinge verandering op Caridads gezicht.

'Ik dacht aan mijn kleine jongen,' loog ze.

Maar de momenten dat ze echt aan hem dacht, zoals aan zovele anderen, zoals aan Melchor en aan Milagros, waren de momenten dat ze in dat kleine huisje dat ze via pater Valerio van de jezuïeten huurde naar het speeldoosje zat te kijken. De stilte en de eenzaamheid van de lange Castiliaanse nachten maakten haar verdrietig. Daarom had ze besloten dat ze, ondanks de hoge prijs ervan, het apparaatje ging kopen dat ze in de speelgoedwinkel op de Puerta del Sol had gezien en dat haar dicht bij de haren bracht, bij de negers en bij degenen die dat niet waren. Wat moest ze per slot van rekening met geld?

Nog geen jaar na Caridads aankomst in Torrejón de Ardoz was Herminia er met haar neef Antón vandoor gegaan. 's Nachts, zonder afscheid te nemen. Intuïtief schakelde Caridad haar gevoel uit. Weer iemand die uit haar leven verdween! Ze stortte zich op het verwerken van de tabak, en als ze thuiskwam was ze door het geschreeuw van Rosario en de permanente haat die de voedster uitstraalde vanwege het verraad van haar echtgenoot, constant gespannen, altijd in afwachting van wat er zou kunnen gebeuren. Een paar dagen lang wisten de oom en tante van Herminia niet wat ze met Caridad moesten doen, die nog steeds in de schuur naast het huis woonde. Het was de procureur-generaal van de Krijgsraad, de vader van Cristóbal, die de beslissing voor hen nam. Nadat hij door de autoriteiten van het dorp op de hoogte was gesteld van wat Rosario overkomen was, verscheen de man in eigen persoon, onaangekondigd en in gezelschap van een arts, een secretaris en een paar bedienden. Zonder al te veel aandacht te schenken aan de kleine Cristóbal, die daar als een cocon in zijn witte doeken lag, eiste hij dat iedereen die daar woonde aanwezig was, waarna de arts, die voortdurend onbeschaamde blikken op Caridad wierp, de voedster ter plekke aan een uitgebreid medisch onderzoek onderwierp. Hij inspecteerde haar lichaam, haar heupen, haar benen en haar grote borsten, die hij goedkeurend op zijn hand woog. Vervolgens concentreerde hij zich op haar tepels.

'Waarmee verzorg je ze?' wilde hij weten.

'Met zuivere was, zoete amandelolie en walvisvet,' antwoordde Rosario ernstig terwijl ze hem een flesje met het smeersel gaf, waaraan de arts rook en voelde. 'Daarna was ik ze met zeep,' legde de voedster uit.

Maar het belangrijkste was de melk. Alsof het een ingewikkelde operatie betrof, haalde de arts een glazen fles met lange hals uit zijn koffertje en hield die met de onderkant in het vuur. Hij pakte de fles met een lap, zette de mond van de fles op de tepel en drukte op de borst zodat er geen lucht bij kon komen. Naarmate de fles afkoelde, vulde deze zich met de melk van Rosario.

Met de procureur-generaal naast zich hield de arts de fles tegen het licht, schudde hem, rook aan de melk en proefde ervan.

'Hij ruikt goed,' oordeelde hij terwijl de ander goedkeurend knikte, 'hij is vettig en zoet; wit met een blauwige glans en niet te dik.'

'Kom eens hier, kom,' gebood hij de oudste zoon van Rosario, die pas in beweging kwam toen zijn grootvader hem naar voren duwde. De arts trok het hoofd van de jongen naar achteren, hield een van zijn ogen open en liet er een paar druppels melk in vallen. 'Hij irriteert ook niet,' concludeerde hij na een paar minuten.

Op advies van zijn arts stond de procureur-generaal Rosario toe Cristóbal te blijven voeden.

'Zijne Genade wenst niet dat zijn zoon met een negerin in één huis woont,' vulde de secretaris hem echter nors aan toen de anderen zich al naar de deur begaven.

Don Valerio schoot snel te hulp en bood haar het huisje aan: hij zou niet toestaan dat Caridad ook maar het kleinste probleem ondervond. Door haar toewijding aan een arbeid die haar niet in het minst leek te vermoeien, had ze uitstekende resultaten bereikt. De pastoor had vertrouwen in haar, hij liet haar haar gang gaan en Caridad veranderde het hele systeem dat Marcial en Fermín tot dan toe gehanteerd hadden. Ze selecteerde de zaden en kweekte de zaailingen op. In de maand die ze nodig hadden om te groeien, werkte ze hard om de grond te bewerken en voren te trekken, waarin ze vervolgens de beste zaailingen plantte. Elke dag volgde ze nauwlettend de groei van de tabaksplanten; ze gebruikte een hak met een korte steel om het terrein van onkruid te ontdoen; ze topte en diefde de planten om grotere en betere bladeren te krijgen, en wanneer ze dacht dat de planten het nodig hadden, zag je haar zelfs met emmers water sjouwen. Ze oogstte blad voor blad, zoals ze op Cuba deden; ze betastte ze, rook eraan en zong zonder ophouden. Ze drong er bij de oude Fermín op aan haar een paar mooie stokken te brengen en dichtte samen met de koster de kieren tussen de planken van de zolder, zodat die geen wierookgeur uit de kerk meer doorlieten. Ze besteedde veel zorg aan de droging, rijping en fermentatie van de tabak, en in tegenstelling tot hoe ze dat op Cuba deden, rolde ze van de nog jonge tabak ter plekke een paar sigaren die, al was ze er niet tevreden over, qua aanblik en kwaliteit in geen enkel opzicht te vergelijken waren met die die ze na haar vrijlating uit de Galera van Herminia gekregen had.

Don Valerio prees haar werk en beloonde haar gul. Opeens was Caridad een vrouw met geld en woonde ze alleen in een huis, zonder iemand die haar bevelen gaf. 'Je bent vrij, negerin,' zei ze vaak hardop tegen zichzelf. Wat heb ik eraan? vroeg ze zich dan gelijk af. Waar waren haar dierbaren? En Melchor? Wat was er geworden van de man die haar had laten voelen dat ze behalve slavin ook vrouw kon zijn? Vaak huilde ze 's nachts om hem.

De iets meer dan duizend inwoners van Torrejón de Ardoz beschikten over twee ziekenhuizen met in elk ervan een paar bedden voor pelgrims, armen en daklozen; ook was er een kerk, een slagerij en een viswinkel die ook olie verkocht, evenals een garen- en bandwinkel, een café en drie herbergen. Meer was er niet, zelfs geen bakkerij. Wie net als Caridad niet thuis zijn eigen deeg kneedde, kocht het van de venters uit de omringende dorpen. In dat gesloten wereldje moest Caridad zich zien te handhaven. De bescherming van don Valerio en de sympathie van de jezuïeten garandeerden haar bewegingsvrijheid, maar de meeste vrouwen wantrouwden haar, en degenen die dat niet deden, troffen in haar een vrouw van weinig woorden, die niemands gezelschap zocht en die, hoe ze ook veranderd was, nog steeds de neiging had haar ogen neer te slaan wanneer een onbekende blanke het woord tot haar richtte. Wat de mannen betreft... ze was zich bewust van de wellustige blikken waarmee veel van die ruwe boeren haar bewegingen gadesloegen. Er ging een nieuwe wereld voor haar open en het was de oude Fermín die haar erin introduceerde: hij leerde haar kopen en die munten gebruiken, waarvan zij de waarde niet kende.

'Herminia zei dat het veel geld kostte,' zei Caridad op de dag dat ze de man, toen ze hoorde dat hij naar Madrid ging, tot zijn verbijstering alles meegaf wat ze had en hem verzocht het speeldoosje voor haar te kopen.

Fermín leerde haar ook stoofschotel te maken, waarin Caridad vrolijk neuriënd alle restjes gooide die ze in huis had, en die samen met brood en wat fruit haar dagelijkse maaltijd werd. Maar het allerlekkerste vond ze de gesuikerde amandelen die de nonnen van het San Diego-klooster in Alcalá de Henares maakten en die je alleen daar via het draailuik in de kloosterdeur kon kopen. Don Valerio, en ook don Luis of een van de andere jezuïeten, brachten die zoete traktatie altijd voor haar mee wanneer ze in die naburige plaats iets moesten afhandelen. Als dat gebeurde, ging Caridad 's avonds na haar werk in de deuropening van haar huisje zitten, met de uitgestrekte korenvelden, de maan en de stilte als enig gezelschap, om er kostelijk van te genieten. Dat waren ogenblikken van rust waarin de eenzaamheid haar niet kwelde; en de gedachten aan Melchor, Milagros, de oude María, Herminia en haar kleine Marcelo vervaagden zodra ze de verrukkelijke suikerstroop in haar mond proefde, waarbij ze constant strijd leverde met zichzelf om een paar van die amandelen tot de volgende dag te bewaren. Het lukte haar nooit.

Op een van die avonden dat Caridad als een klein meisje zat te genieten, schrok ze op van een mannenstem.

'Wat eet je daar, zwartje?'

Caridad verborg het pakje amandelen achter haar rug. Ondanks de stilte had ze hen niet aan horen komen: twee vuile, haveloze mannen. Bedelaars, zei ze bij zichzelf.

'Wat verstop je daar?' wilde de ander weten.

Fermín had haar gewaarschuwd. Don Valerio en don Luis ook. Een vrouw als jij, alleen... Doe altijd de grendel op de deur. De bedelaars kwamen naderbij. Caridad stond op. Ze was langer dan zij. En ze was waarschijnlijk sterker, dacht ze bij het zien van die door honger en ellende uitgemergelde lichamen, maar zij waren met z'n tweeën, en als ze gewapend waren kon ze weinig beginnen.

'Wat willen jullie?' De krachtige toon waarop ze dat zei verraste haar. Ook de mannen. Ze bleven staan. Ze grepen niet naar een wapen, misschien hadden ze er geen, hoewel Caridad zag dat ze ruwhouten stokken bij zich droegen. Het deed haar pijn het pakje amandelen te laten vallen, maar ze deed het; vervolgens pakte ze de stoel en stak die dreigend naar hen omhoog. De bedelaars keken elkaar aan.

'We wilden alleen om wat eten vragen.'

De verandering in hun houding gaf Caridad moed. Honger was een gevoel dat ze goed kende.

'Gooi die stokken weg. Ver weg,' eiste ze toen de mannen zich opmaakten om haar te gehoorzamen. 'Nu kunnen jullie dichterbij komen,' vervolgde ze zonder de stoel los te laten.

'We willen je geen kwaad doen, zwartje, we willen alleen...'

Caridad nam hen onderzoekend op en voelde zich sterk. Zij was goed doorvoed en al heel lang gewend aan het zware werk op het land, het voren trekken, het voortdurend met planten sjouwen. Ze liet de stoel los en bukte zich om de amandelen op te rapen.

'Ik weet dat jullie me geen kwaad zullen doen,' zei ze toen zelfverzekerd, terwijl ze zich omdraaide. 'Niet omdat jullie het niet willen, dat weet ik niet, maar omdat jullie het niet kunnen,' voegde ze eraan toe om de glimlach die ze bespeurde toen ze zich weer naar hen omdraaide, van hun gezicht te vegen.

Servando en Lucio, zo heetten de bedelaars die van Caridad de restanten van de stoofschotel te eten kregen.

De volgende avond vergrendelde ze de deur; de twee mannen bonsden erop en smeekten haar, en ten slotte deed ze open. De volgende dag wachtten ze niet eens tot ze klaar was met haar werk op de zolder van de koster: toen ze terugkwam hingen ze al bij haar huisje rond.

'Wegwezen!' schreeuwde ze al van ver.

'Caridad...'

'Alsjeblieft...'

'Opgedonderd!'

'Nog één keer...'

Ze was inmiddels vlak bij hen. Ze wilde dreigen met het roepen van de gerechtsdienaar, dat had Fermín haar aangeraden toen hij hoorde om wie het ging, maar plotseling viel haar oog op het gloeiende puntje in de hand van Servando.

'Wat is dat?' vroeg ze ernaar wijzend.

'Dit?' vroeg de man op zijn beurt terwijl hij een sigaret omhooghield.

Caridad stak haar hand uit en Servando gaf haar een klein rolletje fijngesneden, in grof papier gewikkelde tabak, dat Caridad nieuwsgierig bekeek. Ze kende de strootjes, in gedroogd maïsblad gerolde sigaretten. Niemand wilde ze roken.

'Het is goedkoop,' bemoeide Lucio zich ermee. Dit is wat wij mensen roken die geen sigaren kunnen kopen zoals die welke jij rookt.'

'Waar koop je deze?'

'Nergens. Ze zijn verboden. Iedereen rolt ze zelf.'

Caridad nam een haal van de sigaret. Warm. Ze hoestte. Vies. In ieder geval... dacht ze, beschikte ze over voldoende tabaksresten, die ze in haar vrije tijd fijnsneed en tot sigaren rolde die zelfs don Valerio niet meer wilde hebben. Die avond aten Servando en Lucio opnieuw stoofschotel. En daarna nog vele andere keren. Ze voorzagen haar van papier, welke soort dan ook, dat Caridad in kleine rechthoeken sneed en met haar snijsel vulde. De eerste sigaretten gaf ze hun op de pof. Ze betaalden haar toen ze terugkwamen voor meer. Al snel moest Caridad beginnen de slechtste tabaksbladeren, die ze tot dan voor het inrollen van de sigaren had benut, te gebruiken om ze fijn te snijden en met dat snijsel de papieren rechthoekjes te vullen. Ze ging door met de sigaren waar don Valerio en de jezuïeten recht op hadden en koos daarvoor de beste bladeren; daarna maakte ze haar eigen rookwaar, maar de overige bladeren en alle resten gebruikte ze voor de sigaretten.

De dag kwam dat Fermín naar Madrid moest om voor haar twee zakjes boordevol koperen realen en maravedí's in te wisselen voor een paar prachtige gouden dubloenen. De koster keurde Caridads activiteiten af en waarschuwde haar.

'Ik weet niet waarom ik zo op je gesteld ben geraakt,' zei hij echter nadat hij haar had berispt en haar de gouden dubloenen gegeven had.

'Omdat je net zo bent als die oude vrouw waarover ik je vertelde toen we elkaar leerden kennen: een knorrepot, maar een goed mens.'

'Dit goede mens kan anders niets voor je doen als ze je arresteren...'

'Fermí-hin,' viel ze hem met nadruk op de laatste lettergreep in de rede, 'toen ik alleen voor don Valerio sigaren maakte, hadden ze me ook kunnen arresteren, maar toen heb je me ook niet gewaarschuwd.'

De oude koster wendde zijn blik af.

'Ik heb het niet zo op die twee met wie je werkt,' zei hij ten slotte. 'Ik vertrouw ze niet.'

Ditmaal was het Caridad die een paar tellen zweeg. Toen lachte ze en zonder te weten waarom kwam het gezicht van Melchor weer in haar herinnering. Wat zou de zigeuner geantwoord hebben?

Die voorjaarsavond dacht Caridad, terwijl ze naar de ronddraaiende figuurtjes op het speeldoosje keek, terug aan het antwoord dat ze de koster gegeven had.

'Vandaag hebben ze me niet teleurgesteld. Morgen... dat zien we dan wel weer.'

# 41

‘Waarschuw de nachtwacht.’

‘Wat is er gebeurd?’

Een groot aantal van de bewoners van het pand verdrong zich rond de broeder. Sommigen droegen kandelaars. ‘Bent u gewond?’ vroeg een vrouw steeds maar terwijl ze hem aan een stuk door betastte. Rood aangelopen, trillend, stond broeder Joaquín daar te hijgen. Hij zag Milagros daarbinnen in het huis niet meer. Ja toch, daar was ze: ze was langs de muur op de grond gegleden en zat daar op haar hurken naakt, ineengedoken. Vaag zag hij het flauwe licht, de samengedromde mensen op de overloop. ‘Heeft die schoft u kwaad gedaan?’ hield de vrouw aan. ‘Kijk daar,’ hoorde hij toen. Hij werd door angst overvallen toen hij zag dat de meeste aanwezigen zich omdraaiden en hun aandacht op de zigeunerin vestigden. Ze mochten haar niet naakt zien! Hij rukte zich los van de opdringerige vrouw die zijn armen betastte, en baande zich duwend een weg naar binnen.

‘Wat kijken jullie?’ schreeuwde hij voordat hij de deur achter zich dichtsloeg.

Hij merkte dat het plotseling stil was en wierp een onderzoekende blik op Milagros. Hij wilde naar haar toe lopen, maar in plaats daarvan bleef hij bij de deur staan. De zigeunerin gaf geen enkele reactie, alsof er niemand binnengekomen was.

'Milagros,' fluisterde hij.

Ze bleef wezenloos voor zich uit staren. Broeder Joaquín ging naar haar toe en knielde naast haar. Hij moest zich beheersen om zijn ogen niet naar haar borsten te laten afdwalen, of naar...

'Milagros,' fluisterde hij haastig opnieuw, 'ik ben het, Joaquín, broeder Joaquín.'

Ze hief een uitdrukkingsloos gezicht op, haar ogen stonden leeg.

'Goeie genade, wat hebben ze met je gedaan?'

Hij wilde haar in zijn armen nemen. Durfde het niet. Er werd op de deur gebonsd. Broeder Joaquín zocht met zijn ogen de kamer af. Met een hand raapte hij de gescheurde bloes van de zigeunerin op van de grond. De rok... Het gebons werd harder.

'In naam der wet, doe open!'

Ze mochten haar niet naakt zien, hoewel hij haar ook niet durfde aan te kleden, aan te raken...

'Opendoen!'

De geestelijke stond op, trok zijn soutane uit en hing die om de schouders van de zigeunerin.

'Kom overeind, alsjeblieft,' fluisterde hij.

Hij bukte zich en pakte haar bij een elleboog. Precies op het moment dat Milagros gedwee gehoorzaamde en opstond, begaf de deur het onder de zware druk van de schouder van een van de gerechtsdienaren. Met trillende handen, zonder acht te slaan op de mensen die de kamer binnendrongen, haakte de broeder zijn soutane over de borsten van Milagros vast, waarna hij zich omdraaide en oog in oog stond met een paar gerechtsdienaren en de buren van het trapportaal, die het tafereel sprakeloos en verbijsterd gadesloegen, hoewel de dichtgehaakte soutane tot op de grond reikte en de omstanders het zicht op het vrouwenlichaam ontnam. Opeens besefte broeder Joaquín dat ze niet naar haar keken, maar naar hem. Ontdaan van zijn soutane stond hij daar slechts gekleed in een oud hemd en een eenvoudige, versleten lange onderbroek.

'Wat heeft dit schandaal te betekenen?' informeerde een van de gerechtsdienaren, nadat hij hem van boven tot onder bekeken had.

De geestelijke voelde zich opgelaten door de inspectie waaraan hij onderworpen werd.

'Het enige schandaal dat ik heb geconstateerd,' – hij draaide zich om alsof hij daarmee zijn gezag kon laten gelden – 'is dat wat u hebt veroorzaakt toen u de deur openbrak.'

'Eerwaarde,' antwoordde de ander, 'u staat in uw ondergoed bij... bij de Ongeschoeide,' articuleerde hij nadrukkelijk voordat hij verderging: 'een getrouwde vrouw, gehuld in uw soutane, die zo te zien...'

De gerechtsdienaar wees naar de benen van Milagros, naar de plek waar de soutane iets openviel en de vorm van haar dijen liet zien.

'Ze is naakt. Lijkt u dat niet genoeg schandaal?'

Die woorden ontlokten allerlei commentaren bij de buren. Broeder Joaquín verzocht met een handgebaar om kalmte, alsof hij zo de beschuldigingen van degenen die hem gadesloegen kon stoppen.

'Ik kan het allemaal uitleggen...'

'Dat is precies wat ik u in het begin vroeg.'

'Dat is waar,' gaf hij toe, 'maar is het nodig dat heel Madrid meeluistert?'

'Jullie naar huis,' beval de gerechtsdienaar na even nadenken. 'Het is al laat en morgen moeten jullie werken. Eruit!' schreeuwde hij ten slotte toen ze bleven dralen.

Eigenlijk had hij geen idee hoe hij het moest uitleggen. Moest hij Pedro García beschuldigen? Hij had haar niet verwond; niemand zou hem iets aanrekenen. De zigeuner zou terugkomen... Aan de andere kant, als ze de beschuldiging serieus namen, wat zou er dan met Milagros gebeuren? Het kwam voor dat getuigen tot op de dag van het proces werden opgesloten, en Milagros... ze had al genoeg problemen met justitie gehad. Wat deed hij, een broeder, daar in het huis van de Ongeschoeide? vroeg de gerechtsdienaar hem opnieuw, zonder zijn ogen van Milagros af te kunnen houden, die gehuld in de soutane onverschillig bleef voor alles wat er gebeurde. Broeder Joaquín dacht koortsachtig na: hij wilde bij Milagros zijn, haar helpen, haar beschermen...

'Wie heeft u op de overloop aangevallen?' wilde de gerechtsdienaar weten. 'De buren zeiden...'

'Zijne Genade de markies van Caja!' improviseerde de geestelijke.

'De markies heeft u aangevallen?'

'Nee, nee. Ik bedoel dat meneer de markies u alle referenties over mij kan geven die u wenst; ik heb de eer zijn huiskapelaan te zijn... ik ben... was de mentor van zijn echtgenote, de markiezin, en...'

'En zij?'

De gerechtsdienaar wees op Milagros.

'Kent u haar geschiedenis?' Broeder Joaquín trok zijn lippen samen toen hij zich naar de zigeunerin omdraaide. Hij zag de gerechtsdienaren niet, maar wist dat ze beiden geknikt hadden. 'Ze heeft hulp nodig. Ik zal me over haar ontfermen.'

'We zullen dit incident bij de rechtbank moeten aangeven. Dat begrijpt u?'

'Ik smeek u, gaat u eerst met Zijne Genade praten.'

Ze werd wakker door het lawaai in de calle de las Platerías, zo vreemd, zo anders dan dat in de calle del Amor de Dios. Het licht dat door het raam viel, deed pijn aan haar ogen. Waar was ze? Een veldbed. Een lange, smalle kamer met... Ze probeerde te focussen: een beeld van de Maagd dat het hele vertrek domineerde. Ze bewoog, kreunde toen ze merkte dat ze naakt onder de deken lag. Hadden ze haar opnieuw verkracht? Nee, dat kon niet. Haar hoofd barstte bijna, maar langzaam maar zeker herinnerde ze zich vaag hoe Pedro de punt van zijn mes over haar lichaam, over haar hals had laten glijden, en hoe moedzuchtig haar man gekeken had. En daarna, wat was er daarna gebeurd?

'Ben je wakker?'

De bazige stem van de onbekende oude vrouw paste niet bij haar langzame, pijnlijke bewegingen. Ze kwam moeizaam naderbij en liet wat kleren op het bed vallen; de hare, zag Milagros.

'Het is bijna middag, kleed je aan,' zei ze streng.

'Mag ik een beetje wijn?' vroeg ze.

'Je mag niet drinken.'

'Waarom niet?'

'Kleed je aan,' herhaalde de vrouw kortaf.

Milagros voelde zich niet in staat om te discussiëren. De oude vrouw liep vermoeid naar het raam en zette het wijd open. De frisse lucht stroomde naar binnen, samen met het rumoer van de kooplui die hun waar aan de man probeerden te brengen, en van de voorbijrijdende koetsen. Daarna liep ze terug naar de deur.

'Waar ben ik?'

'In het huis van broeder Joaquín,' antwoordde de vrouw voordat ze het vertrek verliet. 'Hij schijnt je te kennen.'

Broeder Joaquín! Dat was de ontbrekende schakel in haar herinneringen: het gevecht, de kreten, de broeder die geknield voor haar zat, de gerechtsdienaren, de mensen. Hij was plotseling verschenen en had haar van de dood gered. Het was vijf jaar geleden dat ze elkaar voor het laatst gezien hadden. Ik zei toch dat hij een goed mens was, María, mompelde ze. De gelukkige tijden in Triana ontlokten een glimlach aan haar mond, maar opeens herinnerde ze zich dat ze op het moment dat de broeder het huis binnenviel, naakt geweest was. Ze zag hem weer voor haar knielen, voor haar die daar naakt en dronken op de grond lag. Het maagzuur kwam omhoog tot in haar mond. Wat wist hij nog meer van haar leven?

Het stelde haar gerust van Francisca te horen dat broeder Joaquín al vroeg de deur uitgegaan was. 'Naar het huis van de markies, zijn beschermheer,' vervolgde de oude vrouw. Milagros wilde hem zien, maar was tegelijk bang hem onder ogen te komen.

'Waarom grijp je je kans nu niet?' haalde de oude vrouw haar uit haar gedachten nadat ze haar een kom melk en een stuk hard brood gegeven had. De zigeunerin had zich inmiddels aangekleed.

'Mijn kans grijpen... om wat te doen?'

'Om weg te gaan, terug te gaan naar je eigen mensen. Ik zou tegen de broeder kunnen zeggen dat...'

Milagros luisterde niet meer, ze kon het niet opbrengen om haar uit te leggen dat ze nergens en bij niemand terecht kon. Pedro had geprobeerd haar in hun eigen huis te vermoorden, daar kon ze dus niet meer naar terug. Broeder Joaquín had haar gered, en hoewel ze geen verklaring voor zijn aanwezigheid daar kon bedenken, wist ze zeker dat hij haar zou helpen.

'Ik moet mijn dochtertje vinden.'

Met die stamelend uitgesproken woorden ontving de zigeunerin de broeder toen die terugkwam. Ze stond met haar rug naar het raam dat op de calle de las Platerías uitkeek, op hem te wachten. Ze hoorde dat de deur van de woning openging en dat broeder Joaquín en Francisca tegen elkaar fluisterden. Ze bekeek haar kleren en probeerde de rok met haar hand glad te strijken. Ze hoorde hem door de gang aankomen, schikte haar haar, dat ruw en stekelig aanvoelde.

Vanuit de deuropening lachte hij haar toe. Geen van beiden bewoog.

'Hoe heet je dochtertje?' vroeg hij.

Milagros sloot haar ogen. Ze kreeg een brok in haar keel. Ze moest huilen, maar ze kon het niet. Ze wilde het niet.

'María,' wist ze uit te brengen.

'Mooie naam.' Broeder Joaquíns gezicht kreeg bij deze woorden een oprecht liefdevolle uitdrukking. 'We vinden haar wel.'

Bij die simpele belofte stortte Milagros in. Hoe lang was het geleden dat iemand aardig tegen haar geweest was? Wellust, hebzucht; allemaal waren ze uit op haar lichaam, haar zang, haar dansen, haar geld. Hoe lang was het geleden dat iemand haar getroost had? Ze zocht steun bij het raamkozijn. Broeder Joaquín zette een stap in haar richting, maar bleef toen weer staan. Achter hem verscheen Francisca, die hem zonder te bekijken voorbijliep en op Milagros afstapte.

'Wat bent u met haar van plan, broeder?' vroeg ze geërgerd terwijl ze de zigeunerin naar het bed bracht.

Broeder Joaquín onderdrukte de neiging om de oude vrouw te helpen en keek toe hoe ze Milagros moeizaam hielp te gaan liggen.

'Gaat het wel goed met haar?' vroeg hij op zijn beurt.

'Het zou beter met haar gaan als ze dit huis verliet,' antwoordde de vrouw snibbig.

Milagros bracht de rest van de dag door in een onrustige slaap. Hoewel haar lichaam de slaap nodig had, werd ze gekweld door nachtmerries die haar niet lieten uitrusten. Pedro, met het mes in zijn hand. Haar kind, María. Haar lichaam in handen van de edelen, misbruikt. De mannen in het parterre van het Príncipe die haar uitjouwden... Maar als ze haar ogen opende en zag waar ze was, kalmeerde ze en kwamen haar zintuigen tot rust totdat ze opnieuw wegdoezelde. Francisca waakte bij haar.

'Je kunt een poosje gaan rusten als je wilt,' bood de broeder de oude vrouw een paar uur later aan.

'En u alleen laten met deze vrouw?'

Vanuit haar kamer hoorde Milagros de stemmen van broeder Joaquín en Francisca, die ruzie maakten.

'Waarom?' vroeg hij voor de derde keer.

Ze had hem de hele ochtend niet gezien. Hij is uitgegaan, had Francisca alleen gezegd voordat ze naar de kerk ging en haar alleen liet. Milagros had hen beiden horen terugkomen, maar toen ze de gang op wilde gaan, had het geschreeuw haar weerhouden. Ze wist dat zij de oorzaak van de ruzie was en wilde er daarom niet bij zijn.

'Omdat ze een zigeunerin is,' barstte de oude wasvrouw ten slotte uit toen de geestelijke bleef aandringen, 'omdat ze een getrouwde vrouw is en omdat ze een hoer is!'

Milagros klauwde haar nagels in haar handen en kneep haar ogen dicht.

Ze had het gezegd. Als broeder Joaquín nog niet op de hoogte was geweest, dan wist hij het nu.

'Ze is een zondares die onze hulp nodig heeft,' hoorde ze hem antwoorden.

Broeder Joaquín weet het! dacht Milagros. Hij had het niet tegengesproken, zijn woorden verraadden geen enkele verbazing: zondares, had hij alleen gezegd.

'Ik heb je goed behandeld,' voerde broeder Joaquín aan. 'Wil je me daarvoor op deze manier bedanken, door weg te gaan op het moment dat ik je het hardst nodig heb?'

'U hebt mij niet nodig, eerwaarde.'

'Maar zij wel... Milagros... En jij, waar ga je heen?'

'De pastoor van de San Miguel heeft me beloofd...' bekende de oude vrouw na even gezwegen te hebben. 'Het is zondig om onder één dak te wonen met een prostituee en een geestelijke,' probeerde ze zich te verontschuldigen.

De San Miguel was de parochiekerk waar Francisca elke dag de mis bijwoonde. De oude vrouw verzocht hem met een vermoeid gebaar haar te laten vertrekken en broeder Joaquín stapte opzij.

Don Ignacio, de markies van Caja, was kort geweest. Alle deuren in Madrid zullen voor u gesloten worden, had hij gewaarschuwd toen broeder Joaquín volhield bij Milagros te willen blijven. Gelukkig had de edelman wel het probleem van de aangifte geregeld.

'Ik kan bemiddelen bij de ministers van Zijne Majesteit en bij de rechtbank,' had hij gezegd, 'maar de stroom geruchten die de buren en de gerechtsdienaren op gang hebben gebracht, kan ik niet stoppen.'

'Er is niets zondigs aan mijn handelwijze,' had hij zich verdedigd.

'Ik zal u niet veroordelen. Ik mag u graag, maar de fantasie van de mensen is even groot als hun vermogen om kwaad te spreken. De laster zal u de toegang beletten tot al die mensen die u tot nu toe met hun vriendschap of gewoon met hun gezelschap hebben vereerd. Niemand zal met de Ongeschoeide in relatie gebracht willen worden.'

En wat had hij het goed gezien! Maar het was niet alleen de adel. Zelfs Francisca, de wasvrouw die hij van een zekere dood in de straten van Madrid had gered, accepteerde de situatie niet. 'U bent bezig uzelf te gronde te richten, eerwaarde,' waarschuwde don Ignacio hem.

Toen broeder Joaquín de deur achter Francisca sloot, viel er een stilte over het huis. Hij keek in de richting van de kamer die uitkeek op de calle de las Platerías, die waar Milagros verbleef. Was er werkelijk niets zondigs aan zijn gedrag? Zojuist had hij voor die vrouw zijn positie van huiskapelaan van de markies opgegeven. Alle voordelen die hij als man van de kerk genoot vergooid voor een zigeunerin... Opeens had het verraad van Francisca de waarschuwingen van de markies tot een pijnlijke realiteit gemaakt en de twijfel sloeg toe.

Milagros hoorde de broeder naar de kamer aan het andere eind van de smalle woning lopen, de kamer die uitzag op de plaza de San Miguel. De zigeunerin meende aan zijn langzame lopen te horen met welke gevoelens de geestelijke worstelde. Broeder Joaquín was op de hoogte van haar levenswandel; ze had de hele ochtend zitten gissen naar het waarom van de plotselinge en onverwachte verschijning van de broeder, maar ze kwam er niet uit... Ze meende een zucht te horen en ging de kamer uit; haar blote voeten dempten het geluid van haar stappen in de gang. Ze vond hem zittend met gebogen hoofd, zijn handen gevouwen ter hoogte van zijn borst. Hij merkte haar aanwezigheid op en keek om.

'Het is niet waar,' verzekerde Milagros hem. 'Ik ben geen hoer.'

De geestelijke glimlachte verdrietig en vroeg haar te gaan zitten.

'Ik heb me nooit uit vrije wil aan een andere man dan mijn echtgenoot gegeven...' begon de zigeunerin te vertellen.

Ze aten zelfs niet; zijn honger verdween naarmate Milagros hem meer opbiechtte. Onder het praten dronken ze water. Hij sloeg met een zekere argwaan haar eerste slok gade; tot haar verbazing genoot ze van een vloeistof waar ze geen prikkelende keel of droge mond van kreeg. 'Cachita,' fluisterde broeder Joaquín weemoedig bij het verhaal over de dood van haar vader. 'Niet huilen,' vermaande Milagros hem met verstikte stem nadat ze hem had verteld over de eerste keer dat ze verkracht werd. De duisternis overviel de twee toen ze nog steeds tegenover elkaar zaten: hij probeerde in dat door ontberingen getekende gezicht nog iets terug te vinden van dat ondeugende meisje dat in Triana haar tong tegen hem uitstak of naar hem knipoogde; zij luchtte haar hart, waarbij ze met haar broodmagere handen voor haar gezicht wapperde, en liet onder het uitbraken van haar verdriet haar tranen de vrije loop. Wanneer ze zwegen hield Milagros zijn blik vast; broeder Joaquín, in verwarring door haar aanwezigheid en haar schoonheid, wendde dan uiteindelijk zijn ogen af.

'En u?' verraste ze hem midden in een van die momenten. 'Wat heeft u hier gebracht?'

Broeder Joaquín vertelde het haar, maar hij verzweeg hoe hij haar tijdens de missiereizen, in de duisternis van de kerken in afgelegen Andalusische dorpen, uit zijn herinnering had proberen te bannen door zich te geselen, en hoe hij langzaam maar zeker troost had gevonden bij haar glimlach, en hoe hij, eenmaal in Madrid, naar het Coliseo del Príncipe werd gedreven door een drang om naar haar te luisteren en haar te zien optreden. Waarom verborg hij zijn gevoelens, verweet hij zich op een gegeven moment. Hij had zo lang van dit moment gedroomd... Wat als ze hem opnieuw afwees?

'Tot zo ver mijn leven,' sprak hij ferm om een eind aan zijn twijfels te maken. 'En gisteren heb ik mijn positie als huiskapelaan van de markies opgegeven,' voegde hij er bij wijze van slotwoord aan toe.

Milagros strekte haar hals. Ze liet een seconde verstrijken, twee...

'Hebt u die opgegeven... voor mij?' vroeg ze ten slotte.

Hij kneep zijn ogen halfdicht en er verscheen een zweem van een glimlach om zijn mond.

'Voor mij,' zei hij op besliste toon.

Beiden waren het erover eens dat Blas, de gerechtsdienaar, de man was geweest die bij Pedro was toen die probeerde Milagros te vermoorden. Broeder Joaquín vertelde haar van de zigeunerin die hij met de stromatras en een paar bundels het huis uit had zien komen. 'Bartola,' lichtte Milagros toe. 'Ze verliet de woning,' verzekerde de geestelijke. Ook vertelde hij hoe de woorden van de gerechtsdienaar hem hadden gewaarschuwd voor wat er boven stond te gebeuren.

'Blas. Hij was het zeker,' zei Milagros, hoewel ze zich zijn aanwezigheid niet herinnerde. 'Hij is altijd bij Pedro. Als iemand weet waar mijn echtg... die vuile schoft,' verbeterde ze, 'zich ophoudt, dan is het Blas. Hij moet weten waar mijn kind is.'

De volgende ochtend vroeg, nadat hij op de plaza Mayor versgebakken witbrood, wat groenten en schapenvlees gekocht had, en nadat hij een Asturiaan van de Puerta del Sol had betaald om hem met een grote kruik water naar huis te vergezellen, verliet broeder Joaquín eindelijk het huis om op zoek te gaan naar de gerechtsdienaar. Milagros stond in de deuropening. 'Gaat u nou maar!' haastte ze hem om een eind te maken aan de waarschuwingen van de geestelijke: Niet naar buiten gaan; voor niemand opendoen; niet antwoorden...

'Ga nou!' schreeuwde de zigeunerin, die bleef wachten tot ze zijn stappen hoorde wegsterven.

Broeder Joaquín rende als een betrapte kwajongen de trappen af. Het rumoer van de calle de las Platerías en de noodzaak de gerechtsdienaar te vinden, Milagros te helpen, ervoor te zorgen dat die vonk die in haar ogen was verschenen toen hij haar plechtig beloofde dat ze María zouden vinden, niet meer zou doven, deden hem elke twijfel terzijde schuiven. Dat was niet het geval met Milagros, die ijsberend door het huis liep, van de slaapkamer van broeder Joaquín, die uitkeek op de plaza de San Miguel, naar de hare, die uitkeek op de calle de las Platerías.

Die nacht had ze niet kunnen slapen. En hij, sliep hij? had ze zich steeds weer afgevraagd toen ze in bed lag. Soms dacht ze van wel. Het was voor het eerst van haar leven dat ze de nacht alleen doorbracht, zonder een van haar dierbaren, en dat maakte haar onrustig. Per slot van rekening was de broeder een man. Ze beefde alleen al bij de gedachte dat broeder Joaquín... Opgerold in het bed liet ze de uren verstrijken, alert op elke beweging in de gang, terwijl de gezichten van de edelen die haar hadden verkracht aan haar voorbijtrokken. Er gebeurde niets.

Natuurlijk niet! zei ze de volgende ochtend bij zichzelf na het vertrek van broeder Joaquín, toen het daglicht haar wantrouwen en nachtmerries verdreven had. 'Broeder Joaquín is een goed mens. Nietwaar?' vroeg ze aan de Maagd van de Onbevlekte Ontvangenis die haar kamer domineerde; ze liet een vinger over de blauw-met-gouden mantel van het beeld glijden. De Maagd zou haar helpen.

María was het enige wat nu belangrijk was. Maar wat zou er gebeuren nadat ze het kind gevonden hadden? Broeder Joaquín had haar jaren geleden al eens een voorstel gedaan, ze kon dus niet zeker zijn van zijn bedoelingen. Milagros twijfelde. Ze voelde een diepe genegenheid voor hem, maar...

'Waarom kijk je zo naar me?' Ze richtte zich opnieuw tot het beeld. 'Wat wil je dat ik doe? Hij is alles wat ik heb; hij is de enige die bereid is me te helpen; de enige die me...' Ze keek om naar de matras. Een deken, een zakdoek, het laken... Ze trok het naar zich toe en bedekte het beeld ermee. 'Zodra ik María terug heb, zal ik besluiten wat ik met betrekking tot broeder Joaquín zal doen,' zei ze tegen de vage vorm voor haar.

Zie je dat daar, kind? De woorden van Santiago Fernández tijdens de tocht door de Andévalo weerklonken in haar oren, alsof hij naast haar liep, alsof die enorme dorre vlakten zich voor haar uitstrekten terwijl de oude patriarch wees naar de horizon. Daar gaan we heen. Hoe lang nog? Wat doet het ertoe? Het enige wat telt is dit moment.

'Het enige wat telt is het nu,' zei ze opeens heftig tegen de Maagd.

Het kostte broeder Joaquín moeite om de gerechtsdienaar te vinden. Hij doet de ronde door Lavapiés, had Milagros hem verteld, maar die dag werd de nieuwe arena van Madrid, achter de Puerta de Alcalá, ingewijd en veel mensen waren de straat opgegaan voor wat een groots stierengevecht beloofde te worden. De geestelijke liep de calle de Magdalena door, la Hoz, Ave María en nog een aantal andere straten totdat hij terugkomend bij de plaza de Lavapiés een paar gerechtsdienaren met hun zwarte pakken, plooikragen en stokken zag staan. Blas herkende hem en voordat de broeder naderbij kon komen, verontschuldigde hij zich bij zijn collega en kwam naar hem toe.

'Ik feliciteer uwe eerwaarde,' riep hij uit zodra ze tegenover elkaar stonden. 'U deed wat ik niet durfde.'

Broeder Joaquín aarzelde.

'Dat geeft u toe?'

'Ik heb er veel over nagedacht, ja.'

Zei hij dat uit angst voor een mogelijke aanklacht of meende hij het oprecht? De gerechtsdienaar raadde wat er door het hoofd van de broeder ging.

'We maken vaak fouten,' probeerde hij hem te overtuigen.

'Noem je de moord op een vrouw een fout?'

'Moord?' zei Blas quasi-geërgerd. 'Ik heb die zigeuners achtergelaten in een echtelijke ruzie...'

'Maar je waarschuwde de zigeunerin op straat dat ze moest oppassen, dat hij haar ook zou vermoorden,' viel de ander hem in de rede.

'Bij wijze van spreken, bij wijze van spreken. Wilde hij haar echt vermoorden?'

Broeder Joaquín schudde zijn hoofd.

'Wat weet je van Pedro García?' vroeg hij terwijl hij met een gebaar van zijn hand het ontwijkende antwoord onderdrukte dat de gerechtsdienaar wilde geven. 'We moeten hem vinden!' vervolgde hij resoluut. 'Een moeder heeft het recht om haar dochter terug te krijgen.'

Blas snoof, trok zijn lippen samen en keek naar het punt waar de stok op de grond steunde; hij herinnerde zich het verdrietige gezichtje van het kind.

'Hij heeft Madrid verlaten,' besloot hij te bekennen. 'Hij is net gisteren op een huifwagen naar Sevilla gestapt.'

'Weet je dat zeker? Had hij het kind bij zich?'

'Ja, het kind was bij hem.' Blas keek de broeder aan voordat hij verderging. 'Die zigeuner is een slecht mens, eerwaarde. In Madrid viel er niets meer voor hem te halen, en na uw tussenkomst zou hij ernstig in de problemen komen. Hij zal zijn toevlucht in Triana zoeken, bij zijn eigen mensen, maar als de Ongeschoeide daar in de buurt durft te komen, zal hij haar vermoorden, dat verzeker ik u; hij zal nooit toestaan dat zij hem in een moeilijke positie brengt door anderen te vertellen wat er de afgelopen jaren gebeurd is.' Hij zweeg even en vervolgde toen ernstig: 'Eerwaarde, u kunt ervan uitgaan dat Pedro García voordat hij in die huifwagen naar zijn geboortegrond terugkeerde, een of ander familielid heeft betaald om de Ongeschoeide te vermoorden. Ik ken hem, ik weet hoe hij is en hoe hij te werk gaat. Zeker weten, eerwaarde, zeker weten. En ze zullen het doen. Ze is een Vega om wie niemand meer iets geeft. Ze zullen haar vermoorden... en u erbij.'

Triana en de dood. Met een knoop in zijn maag en wild kloppend hart haastte broeder Joaquín zich naar huis. Het was een publiek geheim dat hij Milagros onderdak gegeven had: Francisca, de pastoor van de San Miguel, de gerechtsdienaren, iedereen wist het; de markies had hem gewaarschuwd. Wat zou iemand doen die wilde weten waar de zigeunerin was? Die zou om te beginnen naar de buren gaan en via hen zou iedereen erachter kunnen komen waar ze woonde. En als op datzelfde moment iemand zijn huis probeerde binnen te dringen? Wanhopig zette hij het op een rennen. Hij sloot zelfs de deur niet achter zich toen hij naar Milagros' kamer rende, luidkeels haar naam roepend. Ze was op en verwelkomde hem met een ongerust gezicht over al dat kabaal.

'Wat...?' wilde de zigeunerin vragen.

'Vlug! We moeten...' Broeder Joaquín zweeg toen hij het met een laken bedekte beeld van de Onbevlekte zag. 'Wat is dat?' vroeg hij met een gebaar naar het beeld.

'We hebben met elkaar gesproken, maar we zijn er niet uitgekomen.'

De broeder spreidde zijn handen in een niet-begrijpend gebaar. Toen schudde hij zijn hoofd.

'We moeten vluchten,' haastte hij haar.

# 42

Zoals vaker die dag vergat Melchor voor de zoveelste keer zijn zorgen en hield hij zijn adem in, net als de meeste van de duizenden mensen die het stierengevecht bijwoonden, net als Martín, die naast hem gespannen toekeek hoe het paard van Zoilo, zijn oudere broer, in de lucht werd gegooid door een stier die, na zijn horens in de buik van het dier te hebben geplant, het als een ledenpop boven zijn dikke stierennek hief. Het paard viel neer in het zand, stuiptrekkend in een enorme plas bloed, net als twee andere die al eerder door de negentiende stier van die dag waren gedood. De uit het zadel geworpen picador was het volgende doelwit van de opgehitste dolle stier. Zoilo probeerde op te staan, viel weer en kroop haastig naar de lange lans die hij bij zijn val kwijtgeraakt was. Het gejuich barstte opnieuw los in de arena toen de zigeuner, inmiddels overeind gekomen, de aanvallende stier tegemoet trad en erin slaagde de lans in een van zijn zijden te steken. Onvoldoende om hem te doen stoppen, genoeg om hem te kunnen ontwijken. Het dier draaide zich echter om en maakte zich op om de nu weerloze Zoilo op de horens te nemen, toen twee torero's hem te hulp schoten en het dier met hun muleta's afleidden, zodat het zijn woede op een van de stierenvechterscapes richtte en de zigeuner vergat.

Martín slaakte een zucht van verlichting. Melchor ook, en te midden van het Madrileense publiek applaudisseerden en juichten ze op die voorjaarsdag van 1754 voor Zoilo, die triomfantelijk naar het publiek zwaaide voordat hij op een ander paard klom, dat zijn vader, de Flierefluiter, haastig de arena binnengebracht had. Melchor klopte Martín hartelijk op zijn rug.

'Hij is een echte Vega,' zei hij tegen hem.

De jongeman knikte en glimlachte een beetje vermoeid. Het begon donker te worden en ze stonden al de hele dag naar de stierengevechten te kijken. Negentien stieren die op één na allemaal zes, zeven en zelfs tien keer met de lans gestoken waren. Elf paarden hadden die middag het leven gelaten, evenals een paar honden van de troep die op een stier werd afgestuurd die zo mak was dat hij werd veroordeeld doodgebeten te worden.

Het Madrileense volk vierde feest: met die stierengevechten werd de permanente stenen arena ingewijd, die in de plaats van de oude houten kwam. Of het nu op de tribune was, buiten de arena, op het open veld dat zich voor de Puerta de Alcalá uitstrekte, die dag hadden alle manolo's en chispero's van de hofstad, zowel mannen als vrouwen, allemaal vrolijk en in hun mooiste kleren, zich daar verzameld. De Franse Bourbons hielden niet van dat bloederige spektakel dat zo weinig van doen had met de elegantie en de verfijnde smaak aan het hof van Versailles. Felipe v had het bijna vijfentwintig jaar lang verboden, maar zijn opvolger, Fernando vi, had zijn onderdanen dat vermaak weer toegestaan, misschien om ze afleiding te gunnen, net als ook het geval was met de komedies; misschien vanwege de inkomsten die de stierengevechten voor de liefdadigheid opleverden, of misschien wel om beide redenen. Maar in een tijd waarin rede en beschaving heersten, was het grootste deel van de adel, de notabelen en de intellectuelen, tegen stierengevechten en riep om een verbod ervan. Dat jaar 1754, toen Martín en Melchor de gevechten bijwoonden, waren er geen trotse edelen meer die uit eerzucht en prestige de strijd met een stier aangingen, terwijl hun bedienden klaarstonden om hen op ieder moment bij te staan. Het volk had zich het feest toegeëigend, de ridders waren vervangen door picadors die alleen maar probeerden het aanvallende dier te stoppen, in plaats van het te doden zoals de edelen deden; en de knechten en bedienden waren vervangen door torero's die banderilla's in de nek van de stier staken, het dier bevochten en ten slotte met een stootdegen een einde aan zijn leven maakten.

Toen dat penibele moment waarin Zoilo's leven gevaar liep voorbij was, verzonk Melchor weer in gepieker. Al drie jaar leidde hij nu een smokkelaarsbestaan in Barrancos, waar hij een Martín terugvond die er in een paar maanden in geslaagd was zich voor Méndez onmisbaar te maken, precies zoals de Galeier hem geadviseerd had toen de jongen Madrid moest ontvluchten. Met Martín werkte hij langs de grens met Portugal, in Gibraltar en overal waar ze ook maar enige kans hadden om een paar centen te verdienen. De tabak was de beste handel, maar de noodzaak om geld te verdienen bracht hen ertoe de meest diverse producten te verhandelen, van edelstenen, stoffen, gereedschappen en wijnen, die ze met zijn tweeën Spanje binnensmokkelden, tot varkens en paarden, die ze daar roofden en waarmee ze naar Portugal terugkeerden. Nooit eerder in zijn leven had Melchor zo hard gewerkt; nog nooit had hij, ondanks alle klinkende munten in zijn beurs, zo'n sober leven geleid als dat waartoe hij had besloten omwille van zijn dochters vrijlating. Martín steunde Melchor in zijn obsessie zoals een kleinzoon dat zou hebben gedaan, en maakte de haat en de hoop van de zigeuner tot de zijne, hoewel hij zich bleef afvragen hoe Ana de situatie van Milagros en die García ten goede zou kunnen keren. Eén keer had hij het gewaagd er tegen Melchor over te beginnen.

'Omdat ze haar moeder is!' gromde de oude zigeuner, waarmee hij ieder verder gesprek afkapte.

Dezelfde koppigheid had hij een paar maanden na zijn aankomst in Barrancos laten zien, toen ze bij een tocht door de sierra de Aracena een groep zigeuners tegenkwamen die het over de mensen van Triana hadden. Melchor vertelde niet wie hij was en zei dat hij uit Trujillo kwam, maar in de loop van het gesprek zag Martín twijfels op het gezicht van de Galeier verschijnen: hij wilde weten, maar durfde niet te vragen.

'Milagros Carmona?' antwoordde een van hen op de vraag van de jongeman. 'Ja, natuurlijk ken ik die. Iedereen in Sevilla kent haar. Ze zingt en danst als een godin, hoewel ze pas een dochtertje heeft gekregen en niet meer...'

Een dochter! Vega-bloed, hetzelfde als dat van Melchor, vermengd met dat van de García's. Dat was wel het laatste wat Melchor wilde horen. Ze vroegen nooit meer naar haar.

Door het harde leven in de bergen en op de wegen groeide Martín uit tot een sterke, robuuste man, een zigeuner als geen ander; een Vega die zich aan de geestkracht van de Galeier laafde, en gefascineerd en vol eerbied luisterde naar alles wat die hem vertelde en leerde. Slechts één ding leek ondanks het vertrouwen en de broederschap waarmee ze door die onherbergzame streken trokken, tussen hen in te blijven staan. Dat wat Melchor regelmatig uit zijn slaap hield: Zing eens wat, zwartje, hoorde de jonge zigeuner hem 's nachts fluisteren wanneer hij onrustig lag te draaien, nadat ze zich onder de blote hemel op een paar eenvoudige dekens op de grond hadden uitgestrekt. De negerin die hij bij het clandestiene logement was gaan zoeken, zei Martín bij zichzelf, de vrouw die ze in Triana hadden veroordeeld, de vrouw over wie Melchor niet wilde praten. Hij vroeg niets. Misschien zou hij het hem op een dag vertellen.

Ieder jaar waren ze in het geheim met het verdiende geld naar Madrid teruggegaan. Melchor haastte zich dan naar de notaris om het hem te overhandigen terwijl Martín buiten Madrid wachtte tot hij terugkwam: hij wilde niet het risico lopen een familielid of andere zigeuners die hem konden herkennen tegen het lijf te lopen. Hij had ruzie met zijn vader en de rest van zijn familie gekregen toen hij hun over de bevrijding van Melchor vertelde. Ondanks de waarschuwingen van de Galeier bij hun afscheid, had de jongen zich niet kunnen bedwingen en trots, met jeugdige eigendunk, over zijn heldendaad verteld tegenover een publiek bij wie de verrassing op het gezicht langzaam maar zeker in verontwaardiging omsloeg. Iedereen zal weten dat jij het was! beet zijn zuster hem toe. Ik had je gezegd dat de andere families hadden besloten zich er niet mee te bemoeien, vervolgde zijn vader. Je hebt ons in het ongeluk gestort, besloot Zoilo. Ze schreeuwden, scholden, en ten slotte verstootten ze hem. Verdwijn uit dit huis! had de Flierefluiter hem bevolen, misschien kunnen we zo onze schuld inlossen.

'Het duurt jaren voor ze gratie verlenen!' probeerde Martín hem te kalmeren, toen hij zich aan de andere kant van de Manzanares bij een Melchor voegde die ontmoedigd van zijn tweede bezoek aan de notaris terugkwam. 'Er zijn mensen die al jarenlang verzoekschriften indienen: voor gratie, toelages, werk, gunsten... Een heel leger wachtenden vult de Madrileense straten, maar de koning is traag en er zijn veel zigeuners die om vrijlating van hun verwanten vragen. Maak u geen zorgen, oom, het zal ons lukken.'

Melchor wist hoe traag de koninklijke administratieve molens maalden. Meer dan anderhalf jaar had hij in de gevangenis gezeten voordat ze besloten naar welk galeischip hij zou worden gestuurd en de documenten voor zijn transport arriveerden. Hij wist ook dat de verzoeken om gratie een eeuwigheid bleven liggen voordat er, soms jaren later, in positieve of negatieve zin over besloten werd. Dat was niet waarover hij zich zorgen maakte, wat hem verontrustte was de gedachte dat de notaris hem misschien bedroog. Elke dag dat hij afzag van een bezoek aan een herberg of een goed bed knaagden de twijfel en de argwaan aan hem: pikte de notaris dat geld dat hij met zoveel moeite bij elkaar spaarde zelf in?

Nooit had hij echter kunnen bedenken dat de zaak zou eindigen zoals die eindigde. Hij had gedroomd van de woorden: Je dochter is vrij. Hoewel het ook mogelijk was dat de notaris hem op een dag een papier zou tonen dat hij niet kon lezen, waarop de koning de gratie weigerde. Soms stelde hij zich voor hoe hij hem met zijn mes te lijf zou gaan, hem de ogen uit zou steken, als hij hem bleek te bedriegen. Maar het bericht over de dood van de notaris bracht hem in totale verwarring. Dood. Gewoon dood. Met die mogelijkheid had hij nooit rekening gehouden. Koortsen, heb ik begrepen, zei de vrouw gezegd die nu woonde in wat ooit zijn kantoor geweest was. Ik weet niets van papieren of van een ambtenaar die voor hem werkte. Toen ze me het huis verhuurden, stond het al leeg. Melchor had gestotterd. Tussenpersoon? vroeg de vrouw verbaasd. Wat voor tussenpersoon? Zo iemand kende ze niet. Haar man was banketbakker. Melchor drong tevergeefs aan en vroeg ten slotte onnozel: 'En wat doe ik nu?'

De vrouw keek hem ongelovig aan, waarna ze haar schouders ophaalde en de deur sloot.

De zigeuner informeerde bij andere bewoners van het pand. Niemand kon hem iets vertellen.

'Hij was een geheimzinnige man,' begon een oude vrouw uitvoerig te vertellen. 'Een duister figuur. Niet te vertrouwen. Een keer heb ikzelf...'

Melchor vertrok zonder haar te laten uitspreken. Het eerste wat hij deed was een herberg binnengaan en wijn bestellen. Net als toen hij was opgehouden naar Caridad te zoeken, beklaagde hij zich met het glas in zijn handen over zijn lot. Madrid bracht hem geen geluk. Destijds, meer dan drie jaar geleden inmiddels, was hij gevlucht en op zoek naar geld gegaan, en nu?

'Zou je naar het stierengevecht willen?' had hij Martín tot diens verrassing gevraagd, toen hij hoorde dat er de volgende dag in de nieuwe arena een zou worden gehouden. 'Misschien vecht je broer.'

De jongeman dacht erover na. Hoe lang had hij zijn familie al niet gezien? In de arena zou hij opgaan in de menigte; ze zouden hem niet herkennen, daarom accepteerde hij de uitnodiging. Met de ondergaande zon achter zich liepen ze langs dezelfde weg terug. Melchor probeerde zijn arm om Martíns schouders te leggen, maar die was al groter dan hij. Hij sloeg hem gade: sterk, forsgebouwd... Misschien was hij de enige op wie hij nog kon bouwen.

Ze zochten zelfs geen plek om te overnachten. Ze deden heel lang over een avondmaaltijd van sneden brood die in water waren gedrenkt, vervolgens in reuzel gebakken en ten slotte met suiker en kaneel bestrooid; kip gestoofd in een saus van gehakte kippenlevertjes; boterkoekjes en kransjes als nagerecht, grote hoeveelheden wijn, en toen ze eindelijk verzadigd waren, sliepen ze de weinige uren die nog resteerden buiten onder de vrije hemel.

Het stierengevecht was afgelopen en de mensen amuseerden zich op het veld rond de arena. Duizenden Spanjaarden in traditionele kledij zongen en dansten, schreeuwden en lachten, gokten en speelden; ze dronken en gingen elkaar met stokken en stenen te lijf. In de drukte en de herrie bleef Melchor zijn geld uitgeven. Er valt niets meer aan te doen, had hij tijdens het stierengevecht tegen Martín gezegd. Daarna had hij het hem uitgelegd. Nee. Hij kende de tussenpersoon niet, zei hij tegen de jongen. Hij had nooit geweten wie hij was... als hij al bestond.

'En als ze ons herkennen?' vroeg Martín terwijl Melchor met geld smeet en meer wijn bestelde. 'Ze zouden hier rond kunnen lopen... de García's.'

Melchor draaide zich langzaam om en antwoordde met een kalmte die het geschreeuw leek te doen verstommen.

'Jongen: ik ken je nu lang genoeg en ik verzeker je dat ik je deze keer niet zou hoeven te redden. Al komen alle García's van Madrid en Triana hier samen naar toe, jij en ik zullen met ze afrekenen.'

Martín huiverde. Melchor knikte toen hij was uitgesproken. Vervolgens draaide hij zich om en riep luidkeels om wijn.

'En tabak!' eiste hij. 'Heb je goeie tabak?'

De man achter de kraam schudde zijn hoofd, waarna hij wat onder de toonbank scharrelde.

'Ik heb alleen dit.' In zijn hand lagen een paar in grof papier gerolde sigaretten.

Melchor schoot in de lach.

'Ik heb om tabak gevraagd, wat is dit?'

De ander reageerde met een onverschillig gebaar.

'Sigaretten,' antwoordde hij.

'Worden ze nu al gerold verkocht?'

'Ja, de meeste mensen hebben geen geld om een stuk Braziliaanse gesponnen tabak te kopen en daar telkens wanneer ze een sigaret willen rollen wat van af te raspen. Zo, gerold en al, kopen ze alleen wat ze willen roken.'

'Maar dan weten ze nooit wat voor tabak ze roken,' merkte Melchor op.

'Dat klopt,' zei de ander instemmend. 'Maar dit is een goede kwaliteit. Ze zeggen dat ze door een Cubaanse negerin met verstand van tabak worden gemaakt.'

Er ging een schok door de zigeuner heen.

'De sigaretten van de negerin worden ze genoemd.'

De muziek verstomde in de oren van Melchor en de menigte leek in het niets op te lossen. Hij kreeg een voorgevoel... Uiterst voorzichtig pakte hij een van de sigaretten en rook eraan.

'Zwartje,' fluisterde hij.

# 43

In het jaar 1754 vermenigvuldigden zich de rekesten en gratieverzoeken die door de gevangenzittende zigeuners aan de autoriteiten werden gestuurd. De stroom smeekschriften was nooit opgehouden. In de dorpen werden nog steeds geheime dossiers behandeld, ook al had de markies van Ensenada jaren daarvoor al bepaald dat ze niet langer ter zake deden, en de gemeenteraden eisten de zigeuners van hun gemeente op, van wie de meesten smeden waren, een ambacht waarvoor de christelijke burgers zich te goed voelden.

Er waren meer dan vier jaar verstreken sinds de grote razzia, en dat was precies het aantal jaren waartoe zwervers veroordeeld werden. Omdat er in het geval van de zigeuners geen straftijd was vastgesteld, eisten die gelijkstelling met de zwervers. Ze hadden geen enkel misdrijf begaan, benadrukten ze in hun smeekschriften, maar verrichtten al jaren dwangarbeid.

Zelfs de directeur van het arsenaal van Cartagena steunde de vrijlating van de zigeuners en stelde voor dat als hun verzoekschriften niet werden gehonoreerd, dan in ieder geval hun straftijd vastgesteld zou worden.

De verzoeken van de zigeuners haalden niets uit. De autoriteiten gelastten de directeuren van de arsenalen zelfs te stoppen met het in behandeling nemen van de rekesten, alsof het een simpel ongemak betrof. Een enkele keer werd met succes gratie gevraagd door vrouwen die volhielden en zich bleven inspannen voor de vrijlating van hun verwanten, maar die willekeurige besluiten riepen bij de grote meerderheid die gevangen bleef alleen maar woede op.

Intussen verslechterden de leefomstandigheden van mannen en vrouwen. In de arsenalen van Cádiz, evenals in die van Cartagena en El Ferrol, de bestemming van een deel van de gevangenen uit Cádiz na een uitputtende zeereis die velen het leven kostte, ontbraken nog steeds de voorzieningen om hen te huisvesten, en die mannen, gescheiden van hun gezinnen, ruwer en slechter behandeld dan slaven, wanhopig bij het vooruitzicht van een levenslange opsluiting, bleven in opstand komen, muiten en zelfs vluchten. Van die vluchtpogingen liepen er weinig goed af, maar dat was voor de zigeuners geen reden om het niet te blijven proberen, zelfs als ze geketend waren.

De vrouwen, opgesloten in het Misericordia van Zaragoza en in het wapendepot van Valencia, leden zo mogelijk nog grotere ontberingen. Ze waren niet productief; niemand was erin geslaagd hen te laten werken, en het geld van de koning voor hun levensonderhoud bleef uit. Honger en ellende. Ziektes. Vluchtpogingen, sommige met succes. Permanente weigering te gehoorzamen en zich te onderwerpen. Waar de mannen in de boeien werden geslagen, liet men de vrouwen bijna naakt rondlopen, de meeste in simpele vodden, ondanks het risico dat er geen priesters bereid gevonden zouden worden om voor die kudde verloren zielen te preken. De autoriteiten beweerden dat ze, wanneer ze kleren kregen, zouden ontsnappen.

Uiteengereten gezinnen en echtparen die honderden mijlen van elkaar verwijderd zaten. De meisjes bleven bij hun moeders, als ze die nog hadden en het lot hen dezelfde weg had laten gaan; de jongens werden het meest onrechtvaardig behandeld. Bij de grote razzia moesten de jongens van boven de zeven met hun vaders, ooms en oudere broers mee naar de arsenalen, maar de kleinere jongens, die aanvankelijk bij vrouwen zaten, groeiden op in gevangenschap. Al in het wapendepot van Málaga, voordat ze naar het Misericordia van Zaragoza werden overgeplaatst, probeerden de vrouwen de jongens te verstoppen die op de leeftijd kwamen dat ze konden werken. Aangezien hun papieren waren afgenomen, wisten de beheerders van de gevangenissen hun werkelijke leeftijd niet, en hun moeders profiteerden van hun door ondervoeding achterblijvende ontwikkeling om ze jonger voor te stellen dan ze waren. Toch werden vijfentwintig jongens van elf jaar en ouder voor het vertrek naar Zaragoza met geweld van hun moeders gescheiden om naar de arsenalen te worden overgebracht. Hetzelfde gebeurde in Valencia, waar bijna vijfhonderd vrouwen opeengepakt zaten. Daar werden veertig jongens met geweld van hun moeders en hun familie gescheiden. Voor sommige kwam het tot een weerzien met hun vaders en broers, andere ontdekten dat ze naar een ander arsenaal waren gebracht, of dat hun familieleden inmiddels waren overgeplaatst – zoals de mannen van Cádiz, die naar El Ferrol waren gebracht – of dat ze al overleden waren.

De jongens die in het Real Casa de la Misericordia van Zaragoza gevangen zaten vormden geen uitzondering. Datzelfde jaar 1754 werd een dertigtal, waaronder Salvador, naar de arsenalen gestuurd; conform de instructies die de gravin van Aranda gaf zodra ze van het besluit hoorde, werd het land waarop ze onder de blote hemel hadden geslapen, benut om er koren op te zaaien.

Bijna vijfhonderd zigeunervrouwen waren getuige van het vertrek van de jongens onder strenge veiligheidsmaatregelen van de beheerder, die versterking had gevraagd en de soldaten tussen de jongens en de vrouwen opstelde – de bajonetten in de aanslag, de wapens gereed om het vuur op de jongens te openen. De houding van de militairen intimideerde de haveloze vrouwen die elkaars hand vasthielden en huilend steun zochten bij elkaar terwijl ze zwijgend toekeken hoe de rij jongens, die zich met moeite groot hielden, zich in beweging zette. Allemaal voelden ze zich moeders of zussen. Bijna vijf jaar van ontberingen, van honger en ellende; hun inspanningen, hun verzet, hun gezamenlijke strijd leken in het niets te verdwijnen met het vertrek van jongens van wie de enige misdaad was dat ze als zigeuner geboren waren. Ana Vega, die vooraan stond, haar betraande ogen gericht op Salvador, voelde hetzelfde als veel andere vrouwen: die jongens waren het symbool van de toekomst en van het voortbestaan van hun ras, van hun volk geweest; de enige hoop die hun nog restte in die absurde gevangenis.

Uit het midden van die bonte menigte vrouwen steeg een hartverscheurende, diepe klaagzang op. Sommigen krompen huiverend ineen. 'Deblica barea!' hoorde Ana Vega roepen aan het eind van de eerste strofe. De jongens plantten hun voeten stevig op de grond en hieven hun hoofd op bij de lofzang op hun schitterende godin; sommige van hen brachten heel even, heimelijk, hun handen naar hun ogen toen ze door de poort van het Misericordia liepen. De godin begeleidde hun stappen en bleef het gemoed van de vrouwen verscheuren, die nu niet meer door de soldaten in toom gehouden werden maar daar nog heel lang nadat de silhouetten van hun zonen in de verte waren verdwenen, roerloos bleven staan.

Melchor begreep dat hij daar niets zou bereiken met de dreigementen waarmee hij de wijnverkoper bij de arena had gedwongen te vertellen hoe hij aan de sigaretten van de negerin kwam. De man had zich verzet, maar de punt van het mes dat Melchor in zijn zij zette had hem van mening doen veranderen. De sigaretten werden verspreid door de Madrileense voddenrapers, die de straten van de stad afstruinden op zoek naar lappen, papier en allerlei afgedankte rommel om te verkopen. Van oudsher moesten de voddenrapers ook de vele dode dieren in de stad afvoeren en de kadavers naar een mestvaalt buiten de muren brengen, achter de Puente de Toledo, waar ze de huid van de paarden afstroopten om die te verkopen.

Melchor stond 's nachts naar hen te kijken: als vage vormen in de rook van de vuren waarin ze de botten en andere resten van de dieren verbrandden, waren meer dan honderd voddenrapers bezig de paarden te verwerken die die dag in de arena het leven hadden gelaten: enkele stroopten de huid eraf, andere deden wat ze konden om de troepen honden die het op de resten hadden voorzien, op een afstand te houden. Bij een van die mannen, een met bloed besmeurd type met een groot slagersmes in zijn handen, had hij geïnformeerd.

'Sigaretten? Wat voor sigaretten?' antwoordde hij kortaf, zonder van zijn werk op te kijken. 'Daar weten wij niets van. Zoek geen problemen, zigeuner.'

Het waren keiharde mannen en vrouwen, gelooid door de armoede, die hen zonder aarzelen te lijf zouden gaan. Melchor aarzelde of hij ze geld voor de informatie zou bieden. Ze zouden het zonder meer van hem afpakken, waarna ze hen daar ter plekke in stukken zouden snijden en in het vuur zouden gooien... Misschien zouden ze die moeite niet eens nemen. Hij zag de voddenraper aan wie hij vragen had gesteld met anderen praten en naar hen wijzen. Een groepje kwam op hen afgelopen.

'Smeer hem, Martín,' fluisterde hij terwijl hij hem in zijn zij porde.

'Oom, ik hoor u al jaren 's nachts zuchten om die vrouw...'

'Jullie twee!' schreeuwde een van de voddenrapers.

'Ik zou dit voor niets ter wereld willen missen,' besloot de jongen.

'Ze zijn net zo bang dat we ze zullen aangeven als om dit handeltje mis te lopen,' kon Melchor nog waarschuwen voordat de vijf voddenrapers, vuil en haveloos, met bloed besmeurd en allemaal voorzien van messen en gereedschappen, één stap voor hen bleven staan.

'Vanwaar die interesse in de sigaretten?' informeerde een kleine kale man met een gerimpeld gezicht.

'Het gaat me niet om de sigaretten, maar om de negerin die ze maakt.'

'Wat heb jij met die negerin?' bemoeide een ander zich ermee.

Melchor glimlachte.

'Ik hou van haar,' gaf hij ronduit toe.

Een van de voddenrapers keek verbaasd op; een andere hield zijn hoofd schuin en kneep zijn ogen samen om hem in het donker op te nemen. Zelfs Martín keerde zich naar hem toe. De oprechtheid waarmee Melchor zijn liefde had geuit leek de sfeer te ontspannen. Er klonk een lach, eerder vrolijk dan cynisch.

'Een haveloze zigeuner en een negerin?'

Melchor klemde zijn lippen opeen en knikte voordat hij antwoordde: 'Kennen jullie haar?'

Ze schudden hun hoofd.

'Als je haar hoort zingen, begrijp je het.'

Het gesprek trok de aandacht van andere voddenrapers; mannen en vrouwen voegden zich bij de groep.

'De zigeuner zegt dat hij van de sigarettennegerin houdt,' legde een van hen de nieuwaangekomenen uit.

'En zij...' – het was een vrouw die de vraag stelde – 'beantwoordt ze je gevoelens? Houdt zij ook van jou?'

'Ik geloof het wel. Ja,' was zijn stellige antwoord na even nadenken.

'Laten we ze koud maken!' stelde de kleine kale voor. 'We kunnen er niet op vertrouwen...'

Een paar mannen kwamen gedecideerd op de zigeuners af, hun grote messen voor zich uitgestoken, terwijl anderen om hen heen gingen staan.

'Gonzalo, jullie!' Een vrouw met een naakt meisje dat zich aan haar been vastklemde, hield de mannen tegen. 'Willen jullie het enige mooie kapotmaken wat zich hier op deze...' – en ze gebaarde met haar hand naar de stinkende mestvaalt, de rook die in het donker van de vuren opsteeg, de hele plek bezaaid met kadavers en slachtafval – 'afschuwelijke plek heeft voorgedaan?'

'De zigeuner zal ons onze handel afpakken,' klaagde een van de mannen.

De dreigende messen van de twee mannen deden Melchor besluiten zijn mond te houden; hij wist dat zijn lot en dat van Martín afhingen van de gevoelens van een groep vrouwen die het woord liefde waarschijnlijk al heel lang niet meer gehoord hadden. Zwartje, dacht hij gespannen, weer een probleem waarin ik door jou verzeild ben. Ik moet wel van je houden! Hij zag dat Martín nerveus werd: ze konden de twee vóór hen wel van zich afslaan, maar de anderen zouden zich dan genadeloos op hen storten. Hij rook de dood al toen een derde vrouw zich ermee bemoeide.

'En dan, wat zou hij dan doen, overal in de hele stad sigaretten verkopen? Dat kunnen wij alleen.'

'Op een dag worden we betrapt en dan zullen we het berouwen,' zei die van het meisje somber terwijl ze de vuile wang van het kind streelde. 'Er wordt al te veel gekletst over de sigaretten van de negerin. De volgende keer krijgen we misschien geen zigeuner maar de nachtwacht op bezoek; jullie zien hoe makkelijk het is om erachter te komen waar we ons mee bezighouden. De straffen voor handelen in tabak zijn zwaar, dat weten jullie. We zullen onze mannen en kinderen kwijtraken. Ik zou bijna willen dat de zigeuner onze handel afpakt.'

'Ik wil helemaal niets afpakken,' zei Melchor toen. 'Het enige wat ik wil is haar terugvinden.'

In het schijnsel van de vuren dat de gezichten van de mannen verlichtte, zag Melchor dat ze elkaar met hun ogen raadpleegden.

'Ze heeft gelijk,' hoorde hij er een achter hem zeggen. 'Een paar dagen geleden werd ik door een herbergier in de calle de Toledo gewaarschuwd dat de gerechtsdienaren op hun ronde overal vragen stelden over de sigaretten. Het zal niet lang meer duren voor ze iemand vinden die ons verraadt. Waarom zouden we deze twee omleggen als we morgen misschien toch niets meer hebben?'

Tegen de ochtend kwamen ze in Torrejón de Ardoz aan. Servando, een van de bedelaars die als tussenpersoon optrad en die nacht een paar rekeningen kwam innen die door het stierengevecht hoog opgelopen waren, weigerde halsstarrig het geheim te onthullen dat hem zulke grote winsten opleverde.

'Zigeuner,' riep een van de vrouwen die schoon genoeg had van de discussies die het werk aan de dode paarden vertraagden. 'Zorg zelf maar dat je hem zo ver krijgt dat hij je naar je geliefde brengt.'

Servando deed een paar stappen achteruit zodra de voddenrapers naar hun werkzaamheden terugkeerden en hij alleen met Melchor en Martín achterbleef.

'Hoe heet die negerin?'

Dat was het enige waarover ze onderweg naar Torrejón met de bedelaar spraken. Melchor moest het horen, zijn voorgevoel bevestigd zien.

'Je wilt haar terugvinden en je weet niet eens hoe ze heet?'

'Geef antwoord.'

'Caridad.'

Toen Servando hun het kleine lemen huisje aan de rand van de korenvelden aanwees, had Melchor spijt dat hij niet meer informatie van de bedelaar geëist had. Er was veel tijd voorbijgegaan. Zou ze nog alleen zijn? Misschien... misschien had ze een andere man gevonden. De horde illusies die zijn voeten bij het horen van Caridads naam vleugels hadden gegeven, wankelde in het zicht van dat huisje dat in het licht van de eerste zonnestralen leek te schitteren. Hield ze van hem? Misschien koesterde ze een wrok tegen hem omdat hij haar in het clandestiene logement had achtergelaten... Op korte afstand van het huisje hield het drietal halt. Servando wilde doorlopen, maar Martín hield hem met een autoritair gebaar tegen. Hoe zou haar leven al die jaren zijn geweest? dacht Melchor, overmand door angst. Hoe was ze hier terechtgekomen? Wat...?

De deur van het huisje ging open en Caridad verscheen in de deuropening, haar ogen gericht op de velden om de dag te begroeten.

'Zing eens wat, zwartje.'

Zijn stem klonk rauw, hees, zwak, onhoorbaar!

Er verstreek een seconde, twee... Caridad draaide langzaam haar hoofd om naar waar zij stonden...

'Zing eens wat,' herhaalde Melchor.

'Staan blijven,' fluisterde Martín tegen Servando toen deze aanstalten maakte om de zigeuner te volgen, die met opgeheven hoofd naar een Caridad liep wier zwarte, ronde gezicht glinsterde van de tranen.

Melchor huilde ook. Hij moest zich bedwingen om niet te gaan rennen, niet te schreeuwen, het niet naar de hemel of de hel uit te brullen; hij deed echter niets om zijn tranen te bedwingen. Hij bleef staan waar hij haar alleen door zijn arm uit te strekken zou kunnen aanraken. Hij durfde het niet.

Zo stonden ze daar, en keken elkaar aan. Hij stak zijn bruine hand met gestrekte vingers naar haar uit. Zij plooide haar mond in een glimlach die echter al snel opging in een schokkend snikken. Hij beet op zijn lip. Caridad hief even haar ogen naar de hemel, waarna ze opnieuw probeerde te glimlachen, maar de tranen waren sterker en ze bood Melchor de aanblik van een gezicht dat strak stond door de storm van emoties die in haar binnenste woedde. Hij dacht ze echter te herkennen: blijdschap, hoop, liefde... en liep naar haar toe.

'Zigeuner,' stamelde ze.

Ze versmolten in een omhelzing en smoorden de duizend-en-een woorden die zich in hun kelen ophoopten met evenzovele kussen.

# 44

Na het verlaten van de woning in de calle de las Platerías haastte broeder Joaquín zich met Milagros naar een woning in de calle del Pez, een straat met rijen huizen waar net zulke arrogante, trotse Madrilenen woonden als in Lavapiés, Barquillo of andere wijken van Madrid. De geestelijke, die onnodig geklets wilde vermijden, durfde zelfs niet naar een clandestien logement te gaan, zodat hij na wat onderhandelen een paar armoedige kamers huurde bij een soldatenweduwe die bereid was zelf bij het haardvuur te gaan slapen en geen vragen stelde. Onderweg vertelde hij de zigeunerin over zijn gesprek met Blas.

'Laten we dan naar Triana gaan,' riep ze uit terwijl ze hem aan zijn mouw trok om hem midden in de calle Ancha de San Bernardo te laten stoppen.

Van de andere kant kwam de vrolijke menigte die op weg was naar de calle de Alcalá en de arena hen tegemoet.

'Pedro zou je vermoorden,' wierp de geestelijke tegen terwijl hij gebouwen en straten afspeurde.

'Mijn dochter is daar!'

Broeder Joaquín bleef staan.

'En wat zouden we dan kunnen doen,' vroeg hij, 'de callejón de San Miguel inlopen en haar ontvoeren? Denk je dat we daarvoor ook maar de minste kans zullen krijgen? Pedro zal eerder aankomen dan wij, en zodra hij er is, zal hij allerlei lasterpraat over je verspreiden: de hele zigeunergemeenschap zal je beschouwen als een...' De broeder liet het woord in de lucht hangen. 'Je zou niet eens... we zouden niet eens de botenbrug over komen. Kom...' vervolgde hij even later teder.

Broeder Joaquín liep door, maar Milagros volgde hem niet, de stroom mensen leek haar op te slokken. Toen de broeder het merkte, liep hij terug.

'Wat maakt het uit of hij me vermoordt?' mompelde ze snikkend terwijl de tranen over haar wangen stroomden. 'Ik was al dood voordat...'

'Dat moet je niet zeggen.' Broeder Joaquín wilde haar bij de schouders pakken maar hield zich in. 'Er moet een andere oplossing zijn, en die zal ik vinden. Dat beloof ik je.'

Een andere oplossing? Milagros trok haar lippen samen en klampte zich vast aan die belofte. Ze knikte en samen liepen ze verder. Het was waar, erkende ze bij zichzelf toen ze de calle del Pez insloegen: Pedro zou haar zwartmaken, en Bartola zou al het lelijks dat de schoft zou bedenken, gehoorzaam bevestigen. Er liep een rilling over haar rug toen ze zich voorstelde hoe de Trianera haar schreeuwend zou vernederen. De García's zouden haar met veel genoegen publiekelijk verstoten; de in hun eer aangetaste Carmona's zouden dat ook doen. Milagros had de wet overtreden: zigeunervrouwen waren geen prostituees, en alle zigeuners zouden zich tegen haar keren. Hoe kon ze zich onder die omstandigheden in de callejón de San Miguel vertonen?

Maar de dagen gingen voorbij en broeder Joaquín kon zijn belofte niet waarmaken. Geef me tijd, vroeg hij haar toen ze op een ochtend aandrong. De markies zal ons helpen, verzekerde hij haar de volgende dag, wetend dat hij onmogelijk naar diens huis zou kunnen gaan. Ik heb de prior van San Jacinto een brief geschreven, hij zal raad weten, loog hij de derde keer dat ze hem aan zijn belofte herinnerde.

Broeder Joaquín was bang haar te verliezen, dat ze haar kwaad zouden doen, haar zouden vermoorden; maar om haar vragen uit de weg te gaan, liet hij haar alleen in een smerig kamertje met een krakkemikkig veldbed en een kapotte stoel als enig meubilair. Je moet niet naar buiten gaan, de mensen kennen je en de García's zullen in opdracht van Pedro naar je op zoek zijn. Zijn ontwijkende antwoorden hadden hun weerslag op Milagros, die met de lach van haar kind constant in haar oren, niets anders deed dan huilen. Ze was er zeker van dat de García's haar slecht zouden behandelen. De beelden van haar kind in handen van die harteloze mensen vergden te veel van haar krachten. Nuchter kon ze die niet verdragen... Ze vroeg om wijn, maar de weduwe weigerde haar die te geven. Alle discussie was tevergeefs. Ga maar als je dat wilt, zei de vrouw tegen haar. Waarheen? vroeg ze zich af. Waar kon ze naartoe?

Hij bracht altijd iets mee als hij terugkwam: een gebakje, wit brood, een gekleurd lint. En hij praatte met haar, sprak haar moed in en was lief voor haar, hoewel dat niet was waar ze behoefte aan had. Waar waren de kloten van de zigeuners? Broeder Joaquín durfde haar niet aan te blijven kijken zoals haar eigen mensen wel deden. Milagros merkte dat zijn ogen haar altijd volgden als ze samen waren, maar zodra zij de hare op hem richtte, keek de broeder weg. Hij leek genoeg te hebben aan haar aanwezigheid, haar geur, een vluchtige aanraking. De nachtmerries bleven de zigeunerin 's nachts kwellen: Pedro en de stoet edelen die haar verkrachtten volgden elkaar daarin op; het idee dat broeder Joaquín hetzelfde zou kunnen doen, begon ze echter uit haar hoofd te zetten.

Na een paar weken hadden ze geen geld meer om de schandalig hoge huur te betalen die de weduwe hun voor haar zwijgen vroeg.

'Ik had nooit gedacht dat ik nog eens geld nodig zou hebben,' verontschuldigde de geestelijke zich schuldbewust, alsof hij haar teleurgesteld had.

'En nu?' vroeg zij.

'Ik zal op zoek gaan naar...'

'U liegt!'

Broeder Joaquín wilde zich verdedigen, maar Milagros gaf hem de kans niet.

'U liegt, u liegt en u liegt,' schreeuwde ze met gebalde vuisten. 'Er is niets, zo is het toch? Geen markies, geen brieven aan de prior, helemaal niets.' Zijn zwijgen gaf haar gelijk. 'Ik ga naar Triana,' besloot ze toen.

'Dat zou waanzin zijn.'

Het besluit van Milagros, de noodzaak de kamers te verlaten voordat de weduwe hen eruit zou gooien of, nog erger, hen als overspeligen zou aangeven, het geldgebrek, maar bovenal de loutere mogelijkheid dat de zigeunerin hem zou verlaten, deden broeder Joaquín handelen.

'Dit is de laatste keer dat ik u geloof; stel me niet teleur, broeder,' zwichtte ze.

Dat deed hij niet. In feite had hij al die dagen niets anders gedaan dan zoeken naar een oplossing. Het was een krankzinnig idee, maar hij had geen alternatief: hij droomde al jaren over Milagros en had alles voor haar opgegeven. Wat kon er krankzinniger zijn dan wat hij al gedaan had? Hij ging naar een uitdragerij en ruilde de beste soutane van de twee die hij had voor grove zwarte vrouwenkleren, inclusief handschoenen en sluier.

'Moet ik dat aantrekken?' protesteerde Milagros.

'Als zigeunerin zonder papieren loop je op de wegen te veel risico. Ik probeer alleen maar te voorkomen dat ze ons aanhouden op onze tocht naar... Barrancos.' De kleren gleden uit Milagros' handen op de grond. 'Ja,' zei hij snel. 'Het is geen grote omweg. Het is alleen een andere route; een paar dagen langer. Herinner je je wat de oude kruidenvrouw zei? Ze zei dat als er één plek is waar je je grootvader zou kunnen vinden, dat Barrancos is. Toen we elkaar vertelden wat we hadden meegemaakt zei je dat jullie er na de razzia toch niet naartoe gegaan zijn, en sinds die tijd zijn de dingen niet veel veranderd. Misschien...'

'Ik heb op zijn voeten gespuugd,' zei Milagros om hem eraan te herinneren hoe ze haar haat tegen hem had geuit. 'Ik heb tegen hem gezegd...'

'Wat maakt het uit wat je gedaan of gezegd hebt? Hij heeft altijd van je gehouden en je dochter heeft het bloed van de Vega's. Als we Melchor zouden vinden, weet hij ongetwijfeld wat we moeten doen. En als hij daar niet meer is, vinden we misschien een ander familielid dat niet bij de grote razzia opgepakt is. De meesten hielden zich met de tabakshandel bezig en misschien kunnen we over een van hen iets te weten komen.'

Milagros luisterde niet meer. De gedachte aan haar grootvader vervulde haar met hoop en vrees tegelijk. Ze had zijn waarschuwingen in de wind geslagen, net als die van haar moeder. Beiden wisten wat er zou gebeuren als ze zich aan een García gaf. Het laatste wat ze over haar grootvader had gehoord was dat ze hem in Madrid ontvoerd hadden maar dat hij had weten te ontsnappen. Misschien... ja, misschien was hij nog in leven. En als iemand het tegen Pedro kon opnemen, dan was het Melchor Vega. Maar...

De zigeunerin bukte zich om de zwarte kleren van de grond op te rapen. Broeder Joaquín zweeg toen hij dat zag. Milagros wilde niet aan de mogelijkheid denken dat haar grootvader haar verstoten had en haar uit wraak zijn hulp zou weigeren.

'Gegroet Maria, allerzuiverste maagd.'

'Zonder zonde ontvangen,' zei Milagros met gebogen hoofd tegen de jonge dienstmeid die de deur van het huis opendeed. Ze wist wat ze vervolgens moest doen, hetzelfde wat ze drie mijl daarvoor, in Alcorcón had gedaan: de vingers van haar gehandschoende handen ineenstrengelen, daarbij de rozenkrans tonen die broeder Joaquín haar had gegeven, en de gebeden prevelen, voor zover ze zich die nog herinnerde, die Caridad haar in Triana ter gelegenheid van haar doop had geleerd en die de broeder onderweg meedogenloos bleef herhalen.

'Een aalmoes voor de intrede van deze arme weduwe in het dominicanessenklooster van Lepe,' smeekte broeder Joaquín met stemverheffing tussen haar geprevel door.

Vanachter door de zwarte sluier die haar hoofd bedekte en haar bruine gezicht verborg, wierp de zigeunerin steelse blikken op de dienstmeid. Ze zou hetzelfde reageren als alle andere: eerst zou ze hen wegsturen, om vervolgens haar ogen open te sperren wanneer broeder Joaquín het prachtige gelaat van de Onbevlekte Maagd onthulde. Dan zou ze iets stamelen, hun vragen te wachten, de deur sluiten en haar mevrouw gaan halen.

Zo was het in Alcorcón gegaan en ook in Madrid, voordat ze via de Puerta de Segovia de stad verlaten hadden. Broeder Joaquín had besloten hun armoede te verlichten door zich aan te sluiten bij het leger pelgrims en bedelende geestelijken die in de straten van Spanje om aalmoezen vroegen, de eersten uitgedost met een met schelpen versierde schoudermantel, tuniek, met staf, kalebas en hoed voor hun vermeende pelgrimstocht naar Jeruzalem of een eindeloos aantal vreemde plaatsen; de laatsten als broeder, priester of abt die om een kleine bijdrage voor allerlei vrome werken vroegen. De mensen gaven de pelgrims een aalmoes in ruil voor het mogen kussen van de relikwieën of scapulieren die volgens hen authentiek waren en uit het Heilige Land stamden. Met de geestelijken baden ze voor de beelden die ze met zich meedroegen, ze raakten ze aan, kusten ze en hielden ze voor de kinderen, de ouderen en vooral de zieken, waarna ze een paar geldstukken in de offerbus of de buidel van de geestelijke lieten vallen.

En wat heiligenbeelden betrof, geen enkel beeld had zoveel effect als dat van de Onbevlekte Maagd dat broeder Joaquín voor de ogen van de verbijsterde dienstmeiden van de welgestelde huizen onthulde. Zoals Milagros voorzag, gebeurde in Móstoles, op iets meer dan negen mijl van Madrid, hetzelfde als in Alcorcón. Even later werd de deur geopend door de vrouw des huizes, die getroffen werd door de schoonheid en de rijkdom van het prachtige houtsnijwerk van het beeld, en hen uitnodigde binnen te komen. Milagros deed dat schuchter, zoals broeder Joaquín haar had geïnstrueerd, terwijl ze gebeden prevelde en haar blote voeten verborg onder de lange, zwarte rok die over de grond sleepte.

Eenmaal binnen zocht de zigeunerin de verste hoek van het vertrek, waar ze de Maagd neerzette bij wijze van altaar, nadat broeder Joaquín haar had voorgesteld als zijn zuster die net weduwe geworden was en een gelofte had gedaan om zich in een klooster terug te trekken. Ze bekeken haar niet eens, alle aandacht ging naar de Onbevlekte. 'Mogen we haar aanraken?' vroegen ze voorzichtig. 'En kussen?' vervolgden ze geëmotioneerd. Broeder Joaquín liet ze eerst bidden voordat hij dat toestond.

En hoewel ze voldoende geld ophaalden om hun weg te vervolgen, te eten en in herbergen overnachten, of als die er niet waren, in diezelfde huizen – Milagros altijd apart, met een beroep op een zogenaamde zwijggelofte – kwamen ze maar langzaam vooruit, met veel hinderlijke onderbrekingen. Om vervelende ontmoetingen te voorkomen zochten ze altijd reisgezelschap, en soms moesten ze wachten, zoals wanneer de vrouw des huizes op de aanwezigheid aandrong van haar man, van de kinderen en soms zelfs van de pastoor van het dorp, met wie broeder Joaquín net zo lang sprak tot hij hem van hun goede bedoelingen overtuigd had. De eerbewijzen en gebeden duurden een eeuwigheid. Wanneer ze geld nodig hadden verloren ze hele dagen met het tonen van de Maagd, zoals in Almaraz, vlak voordat ze de Taag overstaken, waar ze goed werden betaald voor hun toestemming om het beeld in de kamer van een zieke te zetten.

'En als hij niet geneest?' vroeg Milagros aan broeder Joaquín toen hij haar eten bracht in het vertrek dat ze haar hadden afgestaan om haar vrijwillige zwijggelofte gestand te kunnen doen.

'Laat Onze-Lieve-Vrouw dat maar beslissen. Zij weet wat het beste is.'

Vervolgens glimlachte hij en Milagros zag tot haar verbazing een ondeugend trekje op het gezicht van broeder Joaquín. De broeder was veranderd... of was zij het die veranderd was? Misschien allebei, zei ze bij zichzelf.

De nachten vielen Milagros zwaar; ze schrok vaak zwetend, verward, naar adem snakkend wakker uit een nachtmerrie: mannen die haar verkrachtten; het hele Coliseo del Príncipe dat haar uitlachte; de oude María... Waarom droomde ze nu na al die jaren over de kruidenvrouw? Maar dat was 's nachts, overdag gaf alleen al de mogelijkheid dat ze haar grootvader zou weerzien haar de kracht om die ruwe, prikkende, zwarte kleren te verdragen. De verveling tijdens de gebeden en de uren die ze in haar eentje in de huizen en herbergen doorbracht, om te voorkomen dat hun bedrog werd ontdekt, verdreef ze met fantaseren over Melchor, haar moeder en Cachita. Vaak moest ze zich bedwingen om niet die gebeden te gaan zingen die Caridad haar op het ritme van de fandango geleerd had. Hoe lang had ze al niet gezongen? Net zo lang als je al niet meer gedronken hebt, had broeder Joaquín geantwoord toen ze het hem op een dag vroeg, en daarmee had hij het onderwerp als afgedaan beschouwd. De zon en haar verlangens maakten dat Milagros al die bittere momenten die haar in haar dromen kwelden achter zich kon laten, als opgesloten in een luchtbel, en hoop kreeg zich weer met haar familie te kunnen verenigen. Dat was het enige wat echt belangrijk was: haar dochter, haar grootvader. De Vega's. Dat had ze vroeger niet beseft, hoewel ze zich troostte met het excuus dat ze daar toen te jong voor was geweest. Soms dacht ze ook aan haar vader. Wat had die Camacho tegen haar gezegd toen hij terugkwam van het gesprek met haar moeder in het wapendepot van Málaga? Hij kende de afspraak: zijn vrijheid in ruil voor jouw verloving met die jonge García. Hij had moeten weigeren en zich moeten opofferen. Je grootvader deed wat hij doen moest.

Toen ze zich die woorden van de zigeuner herinnerde, moest Milagros vechten om die herinneringen te verdrijven en zich weer op haar grootvader te concentreren. Alleen met zijn hulp kon ze haar kind terugkrijgen, en daarmee haar levenslust. Elk dorp dat ze achter zich lieten bracht haar een beetje dichter bij die hoop.

Soms, nadat ze hem tegen de goedgelovige lieden die naar de Maagd toekwamen had horen liegen, dacht Milagros ook aan broeder Joaquín, en dan werd ze door tegenstrijdige gevoelens overspoeld. De eerste dagen in Madrid, toen ze begonnen met die truc van de Maagd om geld te verdienen waarmee ze de hoge rekening van de weduwe konden betalen, werd de zigeunerin vaak wanhopig van zijn gestamel. In gedachten vroeg ze hem doortastend en overtuigender te zijn, maar ze werd nog geprikkelder als ze door het fijne kant van de mantilla de voortdurende zijdelingse blikken zag die hij op haar wierp om haar houding te controleren. Let maar op uzelf, broeder. Hoe denkt u dat iemand me zal herkennen in deze hobbezak die om mijn schouders en heupen hangt? Naarmate broeder Joaquín zich zekerder voelde in zijn rol van religieuze bedelaar, veranderde zijn houding tegenover Milagros, alsof hij kracht vond in zijn eigen zelfverzekerdheid. Hij leek niet meer zo in verwarring door haar aanwezigheid en soms hield hij zelfs haar blik vast. Dan voelde ze zich, al was het maar voor even, weer kind, zoals in Triana.

'Vindt u me in deze zwarte kleren niet meer aantrekkelijk?' vroeg ze hem op een dag op de man af.

'Wat...?' Broeder Joaquín werd rood tot achter zijn oren. 'Wat bedoel je?'

'Nou, wat ik zeg, of u me niet meer leuk vindt... in deze soepjurk die ik van u moet dragen.'

'Het moet de Onbevlekte zijn, die niet wil dat ik in de verleiding kom,' spotte hij met een gebaar naar het beeld.

Ze wilde iets terugzeggen, maar zweeg, en hij dacht te begrijpen waarom: de door mannen misbruikte, vernederde vrouw in haar kwam naar boven.

'Ik bedoelde niet...' begon Milagros zich te verontschuldigen voordat hij haar onderbrak.

'Je hebt gelijk: in die kleren van een Castiliaanse weduwe vind ik je niet aantrekkelijk. Maar wat ik wel leuk vind,' haastte hij zich eraan toe te voegen toen hij haar verdrietige gezicht zag, 'is dat je weer grapjes maakt en je druk maakt om je uiterlijk.'

Milagros' gezicht vertrok opnieuw. Er gleed een schaduw van droefheid over haar gezicht.

'Broeder Joaquín, wij vrouwen zijn op deze aarde om met pijn te baren, om te werken en om ons aan de perverse verlangens van de mannen te onderwerpen. Sst,' belette ze hem te reageren. 'Zij... jullie komen in opstand, strijden en vechten tegen onrecht. Soms winnen jullie en veranderen jullie in triomfantelijke macho's; even zo vaak verliezen jullie en dan koelen jullie je woede op de zwakkeren, en dan denken jullie alleen nog maar aan wraak. Wij moeten zwijgen en gehoorzamen, dat is altijd zo geweest. Ik heb het uiteindelijk geleerd, maar het heeft me mijn jeugd gekost. Ik ben niet eens in staat om zonder hulp van een man voor mijn dochter te vechten. Ja, ik ben u dankbaar,' vervolgde ze voordat hij haar in de rede kon vallen, 'maar zo is het wel. Wij kunnen alleen maar vechten om onze pijn en beproevingen te vergeten, om die te overwinnen, maar nooit om ze te wreken. Ons vastklampen aan de hoop, hoe klein die ook is, en ondertussen soms, heel af en toe, proberen ons weer vrouw te voelen.'

'Ik weet niet wat...'

'Zeg maar niets.'

Broeder Joaquín haalde zijn schouders op en schudde zijn hoofd, terwijl hij met zijn handen een berustend gebaar maakte.

'Iemand die tegen een vrouw zegt dat hij haar niet aantrekkelijk vindt,' – Milagros verhief haar stem – 'ook al gaat ze in het zwart gekleed, ook al is ze misschien oud en lelijk, heeft niet het recht om iets te zeggen.'

En ze keerde hem met een zwaai van haar heupen de rug toe in de hoop dat die onder de vormeloze kleding toch te zien zouden zijn.

De nabijheid, het gemeenschappelijke doel, de voortdurende angst dat iemand zou ontdekken dat de respectabele, vrome weduwe die onder die vermomming schuilging in werkelijkheid een jonge zigeunerin was – de Ongeschoeide van het Coliseo del Príncipe van Madrid om precies te zijn – en dat de broeder loog wanneer hij om geld voor haar intrede in een klooster bedelde, verbond hen elke dag een beetje meer. Milagros deed niets om zijn aanraking te voorkomen; ze had behoefte aan dat menselijke contact, dat respectvol en onschuldig was. Ze lachten, hadden serieuze gesprekken, bestudeerden elkaar; zij, zoals ze tot dan toe nooit had gedaan, door de man te observeren die onder de soutane schuilging: jong en knap, hoewel hij niet sterk leek. Als hij die ronde kale plek op zijn kruin niet had, zou je hem aantrekkelijk kunnen noemen. Hoewel zijn haar er misschien wel weer overheen zou groeien... Zeker, hij miste zigeunertrots, lef en doortastendheid, maar zijn toewijding, zachte karakter en genegenheid compenseerden dat ruimschoots.

'Ik geloof niet dat we hier aalmoezen zullen krijgen,' klaagde broeder

Joaquín zachtjes op een namiddag, toen ze bij een groep armoedige boerenhuisjes aankwamen waar ze door een boerenechtpaar dat van hun werk op het land terugkeerde, het enige gezelschap dat ze onderweg waren tegengekomen, naartoe gebracht waren.

'Misschien niet voor de Maagd, maar we vinden vast wel iemand die wil betalen om te horen wat de toekomst voor hem in petto heeft,' verzekerde zij.

'Allemaal onzin,' liet de broeder zich ontvallen, terwijl hij met zijn handen in de lucht sloeg.

In een reflex greep Milagros een van zijn handen vast, net zoals ze in Triana zo vaak had gedaan bij mannen of vrouwen die onwillig waren een paar munten te geven.

'Uwe allereerbiedwaardigste eminentie,' grapte ze, 'wilt u weten wat er in uw hand geschreven staat? Ik zie...'

Broeder Joaquín probeerde zijn hand terug te trekken, maar zij hield hem vast en ten slotte gaf hij toe. Milagros stond daar met de hand van de broeder tussen de hare en volgde met haar gehandschoende wijsvinger een van de lijnen in zijn hand. Naarmate haar vinger verder gleed, voelde ze in haar buik opeens een verwarrende tinteling opkomen.

'Ach...' Ze schraapte haar keel en bewoog onrustig.

Ze probeerde haar nervositeit te verklaren door de ongemakkelijke kleren die ze aanhad. Ze deed haar handschoen uit en trok met een ruk de mantilla voor haar gezicht weg. De broeder hield zijn hand nog steeds uitgestoken voor haar. Ze pakte hem opnieuw en voelde hoe warm die was. Ze bekeek de blanke, bijna tere huid van een man die nooit met ijzer gewerkt had.

'Ik zie...'

Voor het eerst in haar leven ontbrak het Milagros aan de noodzakelijke vrijmoedigheid om degene die ze de toekomst wilde voorspellen in de ogen te kijken.

Ze naderden de rivier de Múrtiga. Encinasola lag achter hen en Barrancos rees boven hun hoofden op. Milagros trok haar mantilla af en gooide die ver van zich vandaan; vervolgens deed ze hetzelfde met de handschoenen, waarna ze haar gezicht naar de stralende hemel hief alsof ze al het licht van die junizon wilde opvangen dat haar bijna anderhalve maand onthouden was.

Broeder Joaquín sloeg haar gefascineerd gade. Ze haakte haar zwarte lijfje los om de zonnestralen de aanzet van haar borsten te laten strelen. De lange tocht, in andere omstandigheden uitputtend, had op Milagros een tegenovergesteld effect: de vermoeidheid had vergetelheid gebracht; de constante angst om ontdekt te worden had alle andere zorgen doen verdwijnen, en de hoop op het weerzien had haar voorheen strakke, gespannen gezicht verzacht. De zigeunerin voelde dat ze gadegeslagen werd. Ze slaakte een spontane kreet die de stilte verbrak, zwaaide met haar hoofd en draaide zich om naar de broeder. Wat gebeurt er als we Melchor niet vinden? vroeg broeder Joaquín zich angstig af bij het zien van de brede glimlach waarmee Milagros hem beloonde. Ze worstelde met haar knot om een bos haren te bevrijden die weigerden los te vallen. Het idee dat ze Melchor niet zouden vinden bracht broeder Joaquín ertoe het beeld van de Onbevlekte op de grond te zetten om de mantilla en de handschoenen op te gaan rapen.

'Wat doet u nu?' klaagde Milagros.

'We hebben ze misschien nog nodig,' antwoordde hij met de mantilla in zijn hand; de handschoenen lagen nog tussen de struiken.

Het duurde even voor hij de tweede vond. Toen hij ermee overeind kwam, was Milagros verdwenen. Waar...? Hij liet zijn ogen over het gebied gaan. Tevergeefs, hij zag haar niet. Hij liep om een heuvel heen en kwam bij de bedding van de Múrtiga. Opgelucht haalde hij adem: daar zat ze, op haar knieën, haar mouwen opgerold, terwijl ze telkens opnieuw haar hoofd in het water dompelde om vervolgens als een bezetene haar vingers door haar haar te trekken. Hij zag haar kletsnat opstaan; het dikke bruine haar dat op haar rug hing schitterde in de zon en contrasteerde met haar donkere huid. Broeder Joaquín huiverde bij het zien van haar schoonheid.

De inwoners van Barrancos ontvingen hen nieuwsgierig en argwanend: een broeder met een beeld in zijn armen en een mooie, trotse zigeunerin die alles aandachtig in zich opnam. Broeder Joaquín aarzelde. Milagros niet: ze stapte op de eerste de beste man af die ze tegenkwamen.

'We zoeken degene die de tabak voor de smokkel naar Spanje verkoopt,' overdonderde ze de al oudere man.

Die stamelde een paar woorden in het lokale dialect, zonder zijn ogen af te kunnen houden van dat gezicht dat hem ondervroeg alsof hij een misdrijf begaan had.

Broeder Joaquín merkte hoe verschrikkelijk gespannen Milagros was en besloot zich ermee te bemoeien.

'Vrede zij met je,' groette hij kalm. 'Versta je ons?'

'Ik wel,' klonk het achter de eerste man.

'Het is heel gevaarlijk,' herhaalde broeder Joaquín wel tien keer toen ze naar de gebouwen liepen die hun waren aangewezen en die samen het bedrijf van Méndez vormden. De plek was een smokkelaarsnest. Milagros liep met vastberaden stappen en opgeheven hoofd.

'Bedek dan tenminste je hoofd weer,' smeekte hij, zich naar haar toe haastend om haar de mantilla aan te reiken.

Hij kreeg zelfs geen antwoord. Een eindeloze reeks mogelijkheden, allemaal even beangstigend, spookte door het hoofd van de broeder. Misschien was Melchor daar niet, misschien was hij zelfs wel een vijand van die Méndez. Hij vreesde voor zijn leven, maar vooral voor dat van Milagros. Maar weinig mensen merkten de aanwezigheid van de zigeunerin niet op; ze bleven staan, bekeken haar, sommigen riepen haar zelfs complimentjes toe in dat wonderlijke taaltje dat ze in Barrancos spraken.

In wat voor benarde positie heb ik Milagros gebracht? zei hij treurig bij zichzelf toen ze de poorten van Méndez' smokkelaarsnest doorgingen. Op de grote aarden binnenplaats voor de gebouwen hingen diverse dragers rond; een van hen floot toen hij Milagros zag. Een paar vrouwen met een smoezelig uiterlijk die uit een van de ramen van de grote slaapruimte boven de stallen hingen, zetten een verbaasd gezicht toen ze de broeder zagen aankomen, en een groepje halfnaakte kinderen die tussen de slaperige, aan palen vastgebonden muildieren door renden, stopte met spelen en kwam naar hen toe.

'Wie zijn jullie?' vroeg een van de kinderen.

'Hebben jullie snoep?' wilde een ander weten.

Inmiddels waren ze bij het hoofdgebouw gekomen. Geen van de mannen die naar hen stonden te kijken, maakte aanstalten om in beweging te komen. Milagros probeerde zich bevrijden van de groep kinderen die hen achtervolgde toen broeder Joaquín opnieuw ingreep.

'Nee,' was hij haar bruuske gebaar voor, 'we hebben geen snoep, maar ik heb wel dit,' vervolgde hij en liet hun een munt van twee reaal zien.

Bij het zien van de koperen munt dromden de kinderen met glimmende ogen om de broeder heen.

'Die krijgen jullie als jullie meneer Méndez waarschuwen dat hij bezoek heeft.'

'En wie kunnen we zeggen dat er is?'

De kinderen zwegen; sommige dragers rechtten hun rug en de prostituees bogen zich nog verder uit het raam.

'De kleindochter van Melchor Vega, de Galeier,' zei Milagros toen.

Méndez, de smokkelaar, verscheen in de deur van het hoofdgebouw; hij nam de zigeunerin van boven tot onder op, hield zijn hoofd schuin, bestudeerde haar opnieuw, liet een paar seconden verstrijken en glimlachte. Broeder Joaquín blies de ingehouden adem opgelucht uit zijn longen.

'Milagros, nietwaar?' vroeg de smokkelaar op dat moment. 'Je grootvader heeft me veel over je verteld. Welkom.'

Een van de kinderen eiste de aandacht van broeder Joaquín door aan de mouw van zijn soutane te trekken.

'Voor dat geld breng ik jullie bij de Galeier,' stelde hij voor.

Milagros reageerde als gestoken en stortte zich op de snotneus.

'Is hij hier?' gilde ze. 'Waar? Weet je waar...?' Opeens vertrouwde ze het niet. Wat als de jongen hen voor die munt bedroog? Ze draaide zich om naar de smokkelaar en ondervroeg hem met een paar ogen die in staat waren het hele gebouw te doorboren.

'Hij is een paar weken geleden aangekomen,' bevestigde Méndez.

Milagros stamelde iets tegen de smokkelaar tegenover haar dat net zo goed een woord van dank als een groet kon zijn, pakte het uiteinde van haar lange zwarte rok, waardoor haar kuiten zichtbaar werden, en met de punt van het kledingstuk tegen haar borst geklemd maakte ze aanstalten om de kinderen te volgen, die hen lachend en schreeuwend bij de toegangspoorten van het smokkelaarskwartier opwachtten.

'Kom,' spoorden de kinderen hen aan.

'Kom, broeder Joaquín,' haastte de zigeunerin hem, toen ze al een paar stappen verder gelopen was.

De geestelijke zei wel gedag.

'Ik kan niet zo hard lopen met de Maagd in mijn armen,' klaagde hij vervolgens.

Maar Milagros hoorde hem niet. Een meisje pakte haar bij de hand en trok haar naar de weg.

Broeder Joaquín volgde hen langzaam, overdreven zuchtend onder het gewicht van een beeld waarmee hij zonder een enkele klacht door half Spanje getrokken was. Godzijdank was Melchor in Barrancos. Hij had nooit serieus geloofd dat ze hem zouden vinden. Ik zou voor haar doden. U bent een burger... en bovendien een broeder. Aan dat laatste zou nog wel wat te doen zijn, maar aan het eerste niet. De waarschuwing die de zigeuner hem toen aan de oever van de Guadalquivir gaf ten aanzien van een eventuele relatie met zijn kleindochter, deed zijn maag ineenkrimpen zodra Méndez bevestigde dat hij daar was. De Galeier zou alles voor haar doen! Had hij soms niet al Milagros' vader gedood omdat die in een huwelijk met een García toegestemd had?

'Wat doen jullie?'

Twee van de kinderen probeerden hem uit alle macht van het zware beeld van de Onbevlekte te verlossen.

'Geef het ze toch!' spoorde Milagros hem aan. 'Zo komen we er nooit!'

Hij gaf het ze niet; hij was er niet zeker van dat hij oog in oog met Melchor Vega wenste te staan.

'Weg jullie. Opgedonderd!' schreeuwde hij naar de twee snotneuzen die ondanks alles naast hem bleef lopen en probeerde hem bij het dragen van het beeld te helpen met een paar handen die eerder hinderlijk waren dan wat anders.

Milagros wachtte hem met opgetilde rok ongeduldig op. Het meisje dat haar vergezelde stond naast haar, in dezelfde houding als de zigeunerin, met de handen in haar zij.

'Wat is er?' vroeg Milagros verwonderd.

Dat ik je ga verliezen, dat is er. Begrijp je dat niet? wilde hij zeggen.

'Na die hele tocht zal het niet op een paar minuten aankomen,' antwoordde hij in plaats daarvan, scherper dan hij bedoeld had.

Zij interpreteerde zijn houding verkeerd en vertrok haar gezicht. Tegen de zon in keek ze naar de kinderen, die vrolijk voor hen uit renden. Ze werd bevangen door twijfels.

'Denkt u...?' Ze liet haar armen langs haar zij vallen. De rok viel omlaag. 'U zei dat grootvader me zou vergeven.'

'En dat zal hij doen,' zei broeder Joaquín snel, om te voorkomen dat hij haar zou voorstellen opnieuw samen te vluchten en weer met het beeld van de Onbevlekte langs de wegen te trekken.

Maar de stem van de broeder verraadde zijn somberheid. Milagros merkte het en paste haar lopen aan dat van hem aan.

'Ze is ook een García,' mompelde ze.

'Wat?'

'Het kind. Mijn kind. María. Ze is ook een García. Grootvaders haat tegen hen is sterker dan... alles! Zelfs sterker dan de genegenheid die hij misschien ooit voor me gehad heeft,' voegde ze er met een dun stemmetje aan toe.

Broeder Joaquín zuchtte, zich bewust van de tegenstrijdige gevoelens die zijn eigen gemoed geselden. Wanneer hij haar blij, vol illusies zag, werd hij verscheurd door angst bij het idee haar te verliezen, maar wanneer hij haar zo zag lijden, dan... dan wilde hij haar helpen, haar moed inspreken om naar haar grootvader te gaan.

'Er is veel tijd verstreken,' zei hij zonder veel overtuiging.

'En als hij me niet vergeeft dat ik met Pedro García getrouwd ben? Grootvader...'

'Hij zal het je vergeven.'

'Mijn moeder heeft me om die reden verstoten. Mijn moeder!'

Ze kwamen bij de voet van een heuvel, buiten het dorp. De oudste jongen stond daar op hen te wachten, de andere kinderen renden al over het pad naar boven.

Boven op de heuvel keek een geïsoleerd gelegen huisje over de velden uit; een paar kinderen wezen ernaar.

'Is het daar?' informeerde broeder Joaquín, die van de rustpauze profiteerde om het beeld op de grond te zetten.

'Ja.'

'Wat doet Melchor daarboven, alleen?' vroeg hij verbaasd.

'Hij is niet alleen,' riep de jongen. 'Hij woont samen met de negerin.'

Milagros wilde iets zeggen maar de woorden stokten in haar keel. Ze begon te trillen en zocht steun bij de broeder.

'Caridad,' fluisterde die.

'Ja,' beaamde de jongen. 'Caridad. Ze zitten daar altijd, zien jullie ze?'

Broeder Joaquín spande zijn ogen in totdat hij vaag twee figuren voor het huis zag zitten, aan de rand van een kloof.

Milagros slaagde er door haar vochtige ogen en op hol geslagen zintuigen niet in om iets te zien.

'Sinds ze aankwamen,' vervolgde de jongen zijn uitleg, 'zijn ze er een paar keer 's nachts op uitgetrokken om te smokkelen. Allebei de keren kwamen ze terug met snoep! Caridad is dol op snoep... en ze deelde het met ons. En voor Gregoria...' – de jongen speurde het pad naar boven af – 'dat meisje daar, zien jullie haar? Het eerste, dat kleintje dat het hardst rent, nou, voor Gregoria brachten ze een paar sandalen mee omdat ze niet kon lopen, ze had grote wonden onder haar voeten. Moet je zien hoe hard ze nu loopt!' Broeder Joaquín keek hoe de kleine Gregoria op en neer sprong. 'Maar de rest van de tijd zitten ze daar met hun armen om elkaar heen geslagen te roken en naar de velden te kijken. We klimmen vaak stiekem omhoog, maar ze betrappen ons altijd. Gregoria kan gewoon niet stil zijn!'

'Hun armen om elkaar heen geslagen?'

De vraag kwam van Milagros, die probeerde haar tranen te drogen om naar de top van de heuvel te kunnen kijken.

'Ja, altijd! Ze zitten heel dicht naast elkaar en dan zegt de Galeier tegen Caridad: Zing eens wat, zwartje!'

Zing eens wat, zwartje! Milagros begon de heuveltop te onderscheiden. Cachita! De vriendin die ze had geslagen en uitgescholden, tegen wie ze had gezegd dat ze haar nooit meer wilde zien.

'Gregoria is al boven!' riep de jongen. 'Kom!'

Zowel broeder Joaquín als Milagros rechtten hun rug. De twee zittende figuren stonden op toen het kleine meisje naar hen toe gerend kwam. Gregoria wees naar de voet van de heuvel. Milagros voelde de blik van Melchor op zich gericht, alsof ze ondanks de afstand maar één stap van hem vandaan was.

'Kom nou!' drong de jongen aan.

Broeder Joaquín bukte zich om het beeld van de Maagd op te pakken.

'Ik kan het niet,' kermde de zigeunerin toen.

Caridad pakte Melchors hand en drukte die, op zoek naar de aanraking van die harde, ruwe handpalm die door tien jaar aan de galeiriemen was gelooid en haar zoveel rust gaf. Het waren dezelfde handen die ze sinds Melchor in Torrejón was verschenen, talloze malen over haar lichaam had voelen gaan; dezelfde die ze in tranen had gekust; die hij in afwachting van een antwoord tegen haar wangen had gelegd toen don Valerio haar nauwelijks twee dagen later verbood om met een zigeuner in zonde te leven. Die handel met de voddenrapers zal slecht aflopen, had Melchor gewaarschuwd, ze zullen ons betrappen; uiteindelijk zullen ze ons oppakken. Laten we ver hier vandaan gaan, naar Barrancos. De glimlach waarmee Caridad toestemde bezegelde de verbintenis tussen de zigeuner met die vurige blik in zijn doorgroefd gelaat en de voormalige negerslavin. Barrancos, waar hun liefde was ontstaan, waar ze zich voor het eerst vrouw had gevoeld, waar de lange arm van de wet hen niet kon bereiken. Ze betaalden goed om snel met een huifwagen naar Extremadura te reizen, in haast om tijden en plaatsen die slecht voor hen waren geweest achter zich te laten.

Melchor, stil, afwachtend, zijn ogen en andere zintuigen op de voet van de heuvel gericht, drukte op zijn beurt haar hand. Deze keer stelde de aanraking van de zigeuner haar niet gerust: Caridad wist door welke horde aan verwarrende emoties de zigeuner bestormd werd, omdat zij ze ook voelde. Milagros! Na al die jaren... Zonder zijn hand los te laten liet ze haar blik van die in het zwart geklede figuur afdwalen naar het universum dat zich aan haar voeten uitstrekte: velden, rivieren, vlakten, braakland en bossen. Alles, elk deel daarvan had haar liederen opgezogen wanneer ze samen naar de horizon zaten te kijken, in dat nieuwe leven dat het lot hun had geschonken, en ze Melchor van haar stem liet genieten, een stem die ze verhief om hem te laten weerklinken over de paden die ze samen hadden belopen, beladen met tabak en met een liefde die hun stappen, hun bewegingen, hun glimlachen vleugels gaf. Ze waren er weer 's nachts met hun rugzakken vol tabak op uitgetrokken. Het geld hadden ze niet nodig; ze hadden meer dan genoeg. Ze wilden alleen die wegen weer gaan, de rivier weer oversteken, weer wegrennen om zich te verstoppen bij het kraken van een tak, buiten slapen... onder de sterren de liefde bedrijven. Hun levens waren met elkaar versmolten zonder dat ze meer deden dan elkaar aankijken en samen roken. Nachten van liefkozen, van glimlachen, van praten en van lang zwijgen. Ze troostten elkaar als er slechte herinneringen bovenkwamen, beloofden elkaar met een simpele aanraking dat niets of niemand hen ooit weer zou scheiden.

'Waarom komt ze niet naar boven?' hoorde ze de zigeuner zeggen.

Caridad huiverde: de wind die haar vanuit de velden in het gezicht sloeg waarschuwde haar dat de komst van Milagros haar geluk zou verstoren. Ze hoopte dat ze het niet zou doen, dat ze op haar schreden terug zou keren... Opnieuw richtte ze haar blik op de voet van de heuvel, precies op het moment dat de zigeunerin naar boven begon te klimmen. Melchor klemde zijn hand nog steviger om de hare en bleef zo staan terwijl de anderen naderbij kwamen.

'Broeder Joaquín?' zei de zigeuner verbaasd. 'Is dat broeder Joaquín?'

Caridad antwoordde niet, hoewel ook zij de broeder herkend had. Zelfs de kinderen zwegen en gingen met een serieus, ernstig gezicht voor Milagros opzij. Het zachte snikken van de zigeunerin overheerste elk ander geluid. Caridad voelde Melchors hand, zijn hele lichaam trillen. Milagros bleef een paar stappen voor hen staan, met broeder Joaquín achter zich, waarna ze haar ogen naar haar grootvader opsloeg; vervolgens richtte ze ze op Caridad en toen weer op Melchor. Niemand zei of deed iets. Caridad voelde het trillen van Melchor niet meer. Nu begon zíj te trillen bij het zien van de tranen van de zigeunerin, bij de stroom van herinneringen die haar gedachten bestormden. Ze dacht terug aan die eerste woorden van een zigeunermeisje toen ze verzwakt op het plaatsje van het woonblok in de callejón de San Miguel lag nadat Melchor haar met koorts onder een sinaasappelboom gevonden had, de botenbrug en de kerk van de Negers, de zigeunerbuurt bij de Huerta de la Cartuja, de sigaren en haar rode kleren, de oude María, de razzia, de vlucht door de Andévalo... Ze bedwong haar angst en liet Melchors hand los. Ze zette een kleine, aarzelende stap naar voren. De ogen van Milagros smeekten om een volgende, waarna Caridad naar haar toe rende en haar in de armen viel.

'Ga naar hem toe,' zei ze na de eerste omhelzing.

Milagros richtte haar ogen op Melchor, die streng boven haar uittorende.

'Hij houdt van je,' vervolgde Caridad toen ze de aarzeling bij de jonge vrouw bemerkte, 'maar hoe hij het ook verbergt of ontkent, ik weet dat hij bang is dat je hem dat... dat van je vader niet vergeven hebt. Jullie moeten vergeten wat er gebeurd is,' drong ze met een zachte duw in haar rug aan.

Milagros liet Caridad en broeder Joaquín achter zich. Haar eigen tranen beletten haar de vochtige ogen van Melchor te zien. Hoe vaak had ze geprobeerd zich ervan te overtuigen dat het gebeurde met haar vader het gevolg van een woedeaanval geweest was? Ze wilde hem vergeven, maar ze was er niet zeker van dat hij het voor hem grootste verraad aan het bloed van de Vega's was vergeten: haar huwelijk met Pedro, een nieuwe schakel in de keten van haatgevoelens die beide families tegen elkaar opzetten. Hoe zou Melchor de García's kunnen vergeten? Nog maar een paar jaar geleden hadden ze geprobeerd hem te doden...

'Vervloekt zij de Heilige Maagd van de Gunstige Wind!'

De zigeunerin stond stil bij het horen van haar grootvaders verwensing. Ze keek Melchor verschrikt aan en keek daarna naar achteren en opzij.

Wat bedoelde hij...?

'Wat doe je hier als kraai vermomd?'

Ze bekeek haar zwarte kleren alsof het de eerste keer was dat ze die zag. Toen ze weer opkeek, ontmoette ze Melchors glimlach.

# 45

Ik heb de verkeerde man te pakken genomen.

Melchors vonnis maakte dat Caridad zich in zichzelf terugtrok, meer nog dan ze had gedaan bij het aanhoren van Milagros' lange, gruwelijke relaas. Ze zaten om de tafel: zij tweeën in hun gebruikelijke stoelen met wilgentenen ruggen, de zigeunerin op een kruk die daar stond voor Martín, die hen altijd opzocht wanneer hij terugkeerde van zijn smokkeltochten door het gebied; broeder Joaquín bleef staan, ongemakkelijk, hier en daar steun zoekend, totdat Melchor hem een doordringende blik toewierp en hij zich een poosje rustig hield.

Caridad zocht naar een spoor van de tederheid waarmee Melchor haar tot die dag had aangekeken maar vond slechts een ijzige blik in een paar toegeknepen ogen. Het waren maar weinig woorden die de zigeuner sprak tijdens het relaas van zijn kleindochter: een sober dankjewel in de richting van de broeder toen hij hoorde dat die Milagros het leven had gered, en korte vragen over de dochter die ze met die García gekregen had. De belangrijkste vraag, Weet je iets van je moeder?, werd door Milagros met een snik beantwoord. Caridad zag hoe haar man zijn emoties onderdrukte. Vloek dan! wilde ze hem toeroepen, nog ontdaan van Milagros' verhaal, toen ze zag dat de spanning zich in het lichaam van Melchor opbouwde, dat hij zijn gebalde vuisten tegen de tafel drukte. Vervloek alle goden van het universum! stond ze op het punt te schreeuwen toen ze haar aandacht van Milagros' huiveringwekkende verslag over haar verkrachtingen naar de zigeuner verplaatste en met een brok in haar keel zag hoe de aderen in zijn hals opzwollen en klopten. Dadelijk barsten ze, zigeuner, dacht ze nog verdrietiger. Dadelijk barsten ze.

Ze wist dat ze niet achter hem aan moest gaan toen hij na afloop van het gesprek opstond en naar de deur liep.

'Ik heb de verkeerde man te pakken genomen,' zei hij voordat hij naar buiten ging.

Na die woorden keek Caridad toe hoe de zigeuner de rossige avondschemering over de bergen instapte, de hele wereld uitdagend, op een moment dat zelfs de lucht die hij inademde zijn vijand geworden was. Hevige steken herinnerden haar op dat moment aan de littekens op haar rug, die Melchor gestreeld en gekust had. Opnieuw knalde de zweep in haar oren. De slavernij, de tabaksplantage, de Galera-gevangenis... Ze dacht... ze dacht dat ze dat allemaal definitief achter zich gelaten had. Hoe naïef! Ze genoot van haar geluk aan de zijde van de zigeuner, in Barrancos, ver weg van alles, dicht bij de hemel had ze dankbaar en vol illusie gefluisterd toen Melchor haar het huis boven op de heuvel wees dat hij gehuurd had. Idioot! Stommeling! Ze vocht tegen de opwellende tranen in haar ogen. Ze wilde niet huilen, er niet aan toegeven... Ze voelde Milagros' hand op de hare.

'Cachita,' snikte de zigeunerin, die helemaal opging in haar eigen pijn.

Caridad reageerde niet meteen op de aanraking. Ze klemde haar lippen stijf op elkaar, hoewel ze zelfs zo het trillen niet kon bedwingen. Ze voelde zich zwak, misselijk. Ze had Milagros' verhaal aangehoord, terwijl haar blik koortsachtig van de een naar de ander ging, hun woorden, gebaren en stiltes volgend, haar gemoed verscheurd tussen de pijn van de kleindochter, de woede van de grootvader en haar eigen voorgevoel dat dit het einde van haar geluk betekende. Milagros drukte haar hand op zoek naar een troost waarvan Caridad niet wist of ze die wilde geven. Ze keek haar in de ogen en alle twijfels verdwenen bij de aanblik van het opgezwollen gezicht van haar vriendin, haar bloeddoorlopen ogen, de tranen die over haar wangen biggelden. Ze liet zich gaan en huilde.

Vanuit een hoek van de kamer was een ongeruste broeder Joaquín er getuige van hoe de twee vrouwen onhandig opstonden en elkaar omhelsden, samen huilden, en elkaar bekeken om vervolgens haastige, onverstaanbare woorden te stamelen, voordat ze elkaar opnieuw in de armen vielen.

De nacht viel zonder dat Melchor teruggekomen was en Caridad maakte het avondeten klaar: een dikke homp brood, varkensvlees, knoflook, uien, olie en kweeperengelei die Martín meegebracht had. Ze zeiden niet veel. Broeder Joaquín probeerde de stilte te verbreken door naar Caridads leven te vragen. 'Ik heb het overleefd,' was het enige wat ze zei.

'Wat zou Melchor aan het doen zijn?' vroeg de broeder weer, na een lange stilte.

Caridad keek naar het stuk ui in haar vingers alsof ze het daar niet verwachtte.

'Hij vraagt de duivel hem zijn oude zigeunergeest terug te geven.'

De mengeling van verbittering en verdriet in haar antwoord weerhield de broeder van iedere verdere poging. Dit was niet de vrijgemaakte slavin die haar blik voor de blanken neersloeg, noch de vrouw die in de San Jacinto-kerk neuriënd en heen en weer wiegend voor het beeld van de Heilige Maagd van het Licht een stukje tabaksblad liet vallen. Dit was een vrouw die gehard was door ervaringen waarover ze hun niet wilde vertellen, een andere dan de vrouw die hij in Triana had leren kennen. Het kostte broeder Joaquín weinig moeite Caridads ongerustheid te begrijpen: hun komst had haar moeizaam verworven geluk verstoord. Hij draaide zich om naar Milagros en vroeg zich af of zij het ook merkte: de zigeunerin kauwde apathisch op het zoute, droge vlees, alsof ze haar dwongen om te eten. Ze had geen enkele opmerking gemaakt over het samenleven van Caridad en Melchor. Het huis had slechts een slaapkamer, en daarin lag maar één stromatras. Hier en daar lagen de schaarse eigendommen van de twee door elkaar: een glanzend rood jasje met gouden biezen en knopen dat Melchor was vergeten, naast een wollen omslagdoek die ongetwijfeld aan Caridad toebehoorde. Eén voorwerp viel op tussen de alledaagsheid van de andere: een speeldoosje dat in een stenen muurkast stond. Die middag had broeder Joaquín talloze keren, telkens wanneer Melchor, als Milagros hem noemde, zijn ogen op hem richtte, naar het speeldoosje gekeken. Zou het het nog doen? vroeg hij zich af in een poging om de argwanende houding van de zigeuner te negeren. Broeder Joaquín wist dat hij niet welkom was. Melchor zou hem nooit accepteren; hij was een broeder en bovendien een burger, zoals hij hem in Triana al had gewaarschuwd, maar leefde hij zelf soms niet samen met een negerin? Melchor zou echter nooit toestaan dat zijn kleindochter, een Vega, van de Vega's van de zigeunerbuurt bij de Huerta de la Cartuja, een relatie met hem aanging. Wat broeder Joaquín niet wist, was hoe de zigeunerin daarover dacht.

'Ik moet uitrusten,' mompelde Milagros.

Broeder Joaquín zag haar naar de stromatras in de aangrenzende kamer wijzen, alsof ze Caridad om toestemming vroeg; die knikte alleen.

Caridad verliet het huis zodra ze Milagros rustig adem hoorde halen. Broeder Joaquín vergiste zich toen hij dacht dat ze Melchor ging zoeken. De vrouw ging naar het huis van Méndez en verzocht hem dringend nog diezelfde avond naar Martín op zoek te gaan.

'Ja, vanavond nog,' drong ze aan, 'laten alle dragers die je hebt erop uittrekken om hem te zoeken. Heel Barrancos als het nodig is! Je hebt ons geld, dat zit in de tabak,' herinnerde Caridad hem. 'Betaal wat ze je vragen om hem te vinden.'

Toen keerde ze terug naar de broeder en ging tegenover hem zitten, haar oren gespitst op het kleinste geluid dat van buiten zou kunnen komen. Er gebeurde niets, en bij het aanbreken van de dag rekte ze zich uit en begon een bundel met haar eigendommen en wat etenswaar te pakken.

'Wat doe je?' vroeg broeder Joaquín.

'Hebt u het nog niet begrepen, eerwaarde?' antwoordde ze met haar rug naar hem toe om haar tranen te verbergen. 'We gaan terug naar Triana.'

Melchor en Caridad hadden aan een simpele blik genoeg om elkaar alles te zeggen wat nodig was. Ik moet het doen, zwartje, zei die van de zigeuner. Ik ga met je mee, antwoordde die van de vrouw. Geen van beiden ging tegen de beslissing van de ander in.

'We gaan,' zei Melchor toen tegen Milagros en de broeder, die in afwachting van Melchors terugkeer weer aan de tafel waren gaan zitten.

Melchor trok langzaam zijn rode jasje aan; meer had hij niet nodig. Caridad gooide het bundeltje over haar schouder en maakte zich op om hem te volgen. Milagros had niets, en de broeder voelde zich belachelijk toen hij het beeld van de Maagd oppakte.

'En dat?' vroeg broeder Joaquín met een gebaar naar het voorwerp dat eenzaam in de muurkast achterbleef: het speeldoosje.

Caridad trok haar lippen samen. Ze zullen Melchor doden! had ze hem kunnen antwoorden. Misschien mij ook. Dit is ons huis en hier hoort het, zou ze hebben toegevoegd. Dit is zijn plek. Ze draaide zich om en liep naar de deur.

Caridad en Melchor liepen voorop, Milagros achter hen en broeder Joaquín op enige afstand, alsof hij geen deel van het groepje uitmaakte. Niemand zei iets, de twee voorsten kozen dezelfde paden waarover ze eerder zo vaak met de tabak op hun rug hadden gelopen, langs de plekken waar ze zich voor een patrouille verstopten, en ze staken de rivier over op dezelfde plaats waar ze zich voor het eerst aan elkaar gegeven hadden.

In tegenstelling tot Caridad, die het lot dat haar man haar wees had aanvaard, werd de zigeunerin verteerd door twijfel: zij noch haar grootvader had elkaar verwijten gemaakt over wat er in Triana gebeurd was. Ze hadden het niet over de dood van haar vader gehad en ook niet over haar huwelijk met Pedro García. Ze hadden elkaar alleen omhelsd, alsof dat voldoende was om alle geleden ontberingen achter zich te laten. Hoe wilde haar grootvader María terugkrijgen? vroeg Milagros zich voortdurend af. Ik heb de verkeerde man te pakken genomen, had hij gezegd. Het leek alsof wraak nemen op Pedro, op de García's, het enige was wat hem interesseerde. Hij in zijn eentje?

Ze vertraagde haar pas totdat broeder Joaquín, die zich aan een stuk door afvroeg of hij er goed aan gedaan had om naar Barrancos te gaan, naast haar liep.

'Wat is hij van plan?' vroeg Milagros, met haar kin naar haar grootvaders rug wijzend.

'Geen idee.'

'Maar... hij zal toch niet zo, in zijn eentje, zonder hulp, de steeg in gaan? Wat gaat hij doen?'

'Ik weet het niet, Milagros, maar ik ben bang van wel, dat dat precies is wat hij gaat doen.'

'Dan doden ze hem. En mijn kind? Wat zal er van haar worden?'

'Melchor!' De schreeuw van de broeder onderbrak Milagros.

Zonder te stoppen keek de zigeuner om.

'Wat ben je van plan?'

# VI

## *Klaagzang van de galeien*

# 46

Het enige plan dat Melchor in zijn hoofd had, was Triana binnengaan via de weg die van Camas kwam, en dan doorlopen tot aan het begin van de callejón de San Miguel. En dat plan voerde hij na een tocht van een week ook uit, hoeveel twijfels en bezwaren Milagros en ook de geestelijke in de loop van die dagen ook naar voren brachten. Ondanks alles volgden ze hem echter door Triana.

De zomerzon stond hoog aan de hemel en ontlokte flonkeringen aan de gouden biezen op het rode jasje van de zigeuner. Aan het begin van de steeg bleef Melchor staan, voor de anderen en met Caridad naast hem. Hij streelde het heft van het mes dat boven zijn gordel uitstak terwijl sommige mannen en vrouwen hem verbaasd bekeken en anderen naar de smederijen en woningen renden om over hun aankomst te vertellen.

Kort daarna stopte het slaan van de hamers op het ijzer. De smeden verschenen in de deur van hun smidse, de vrouwen staken hun hoofd uit het raam en de kinderen, die de spanning van de volwassenen aanvoelden, stopten met spelen.

Caridad herkende enkele mannen en vrouwen en langzaam maar zeker, naarmate het geroezemoes verstomde, kon ze de stilte horen. In die steeg was alles begonnen, en daar zou alles eindigen, dacht ze verdrietig.

Opeens voelde ze zich sterk, onoverwinnelijk, en ze vroeg zich af of dat was wat Melchor voelde, wat hem ertoe bracht te handelen zoals hij deed, met minachting voor elk gevaar. De voortdurende protesten van Milagros en de broeder onderweg hadden haar aan het twijfelen gebracht; hun waarschuwingen waren gekleurd door een angst die ze met hen deelde. Ze had niets gezegd, niet toegegeven hoe bang ze was. Ze steunde Melchor met haar zwijgen en nu ze, overgeleverd aan het lot dat haar man en waarschijnlijk ook haarzelf wachtte, daar voor die mannen en vrouwen stond op wier gezichten de aanvankelijke verrassing had plaatsgemaakt voor woede, meende ze de zigeuner eindelijk te begrijpen. Ze rechtte haar rug en voelde dat haar spieren gespannen waren. Verbaasd over haar eigen zelfverzekerdheid ging ze samen met Melchor de uitdaging aan. Ze leefde in het nu, in dat precieze moment, en dacht totaal niet aan wat er in het volgende kon gebeuren.

'Zigeuner,' – Melchor bewoog niet, maar ze wist dat hij haar hoorde – 'ik hou van je.'

'En ik van jou, zwartje. Ik zal je liederen missen in de hel.'

Caridad wilde net antwoorden toen gebeurde waarop de bewoners van de steeg wachtten: Rafael García, de Graaf, en zijn echtgenote, Reyes de Trianera, baanden zich langzaam een weg naar hen toe; de twee, oud en krom geworden, werden gevolgd door diverse leden van de familie García en nog andere zigeuners die zich bij hen gevoegd hadden. Caridad en Melchor wachtten rustig af; achter hen deed Milagros een stap achteruit; haar ogen zochten onrustig naar Pedro. Ze zag hem niet. Broeder Joaquín probeerde de Onbevlekte, die uit zijn zweterige handen dreigde te glijden, vast te houden. De verschijning van de patriarch gaf de anderen moed. 'Moordenaar!' klonk het. 'Klootzak!' schold iemand Melchor uit. 'Vuile hond!' Een groep vrouwen kwam op Milagros af, ze scholden haar uit voor hoer en spuugden voor haar voeten. Een oude vrouw probeerde haar bij haar haren te grijpen en ze zocht bescherming bij broeder Joaquín, die de aanvalster wist weg te jagen. De beledigingen, dreigementen en woedende gebaren hielden aan terwijl de Graaf op Melchor toeliep.

'Ik kom je kleinzoon doden,' brulde deze boven het geschreeuw uit, voordat de andere mannen bij hen waren.

Bij het horen van Melchors kille, harde, kwetsende woorden balde Caridad haar vuisten. Het dreigement joeg de patriarch, die zich beschermd wist, echter geen angst aan; met onbewogen gezicht en zijn blik strak op Melchor gericht liep hij door.

'Een terdoodveroordeelde als jij...' schamperde Rafael García voordat het geschreeuw van de mensen de steeg weer vulde.

'Laten we hem doden!'

Caridad draaide zich om naar Melchor op het moment dat er al een paar zigeuners scheldend en vloekend op hen af kwamen. Hoe wilde hij het tegen de hele steeg opnemen?

'Melchor,' fluisterde ze. Maar hij bewoog zich niet; hij bleef roerloos staan, gespannen, uitdagend.

Zijn stoutmoedigheid deed Caridad huiveren.

'Zigeuner!' riep ze toen met heldere, krachtige stem. 'Ik zal voor je zingen in de hel!'

Ze had de woorden nog niet uitgesproken of ze sloeg een man weg die hen al had bereikt, waarna ze zich op Rafael García stortte en hem omverwierp. De aanval verraste de zigeuners, die alleen oog voor Melchor hadden en niet direct reageerden. Zodra ze beiden op de grond lagen, zocht Caridad als een gek naar het mes dat ze in de gordel van de patriarch had zien blinken. Ze zou hem doden voor haar man!

Melchor werd ook verrast door de onverwachte aanval van Caridad. Hij had een paar seconden nodig om zijn mes te trekken en het op een aantal van de zigeuners die om hem heen stonden te richten. Hij probeerde na te denken, rustig te blijven, want hij wist dat dat nodig was tegenover de gewapende mannen voor hem, maar het geschreeuw dat achter zijn tegenstanders opklonk, daar waar hij Caridad wist, vertroebelde zijn zintuigen, waardoor hij als een waanzinnige met zijn mes om zich heen begon te steken om bij haar te komen.

'Wil je dat we je negerin nu meteen doden?'

Melchor hoorde het dreigement niet eens. Toen weken de zigeuners rondom hem uiteen en stond hij plotseling in de lucht te steken tegenover een Caridad die worstelde om zich uit de klemmende armen van twee mannen te bevrijden. De laatste uithaal met zijn mes bleef halverwege steken.

'Doorgaan!' hitste ze hem op.

Iemand sloeg haar in het gezicht. Melchor dacht het zwiepen van die arm door de lucht te horen en voelde zelf de klap, die harder aankwam dan de zweepslagen op de galeien. Hij kromp ineen van pijn.

'Doorgaan, zigeuner!' gilde Caridad.

Deze keer sloeg niemand haar. Melchor, in verwarring door de aanblik van het straaltje bloed dat uit haar mondhoek over haar kin liep, rood op zwart, kreeg spijt dat hij haar toestemming had gegeven hem te vergezellen. Nog twee mannen moesten erbij komen om de schreeuwende, woest bewegende Caridad in bedwang te houden toen die zag dat andere mannen zich op een weerloze, uitgeputte Melchor stortten, hem zijn mes afnamen en hem als een dier dat naar de slachtbank wordt geleid onder gejuich en gejoel van alle zigeuners voor Rafael García brachten, die zich inmiddels van de aanval had hersteld.

'Het spijt me, zwartje, vergeef me.'

De verontschuldigingen van Melchor gingen verloren tussen haar snikken en de bevelen waarmee de Graaf zijn vijand ontving.

'De hoer!' schreeuwde deze wijzend naar Milagros. 'Breng me die hoer ook!'

De vrouwen die bij Milagros stonden, wierpen zich op haar en grepen haar vast zonder dat ze ook maar enige weerstand bood, aangezien al haar aandacht op haar grootvader was gericht en haar hoop met die paar simpele bevelen en evenzovele dreigementen vervlogen was.

Broeder Joaquín, met het beeld van de Maagd onder zijn arm, kon deze keer niets uitrichten en moest toekijken hoe Milagros zich onder geschreeuw en gespuug liet voortduwen. Opeens richtten mannen en vrouwen hun aandacht op de broeder, die nog steeds aan het begin van de steeg stond.

'Ga weg, broeder,' waarschuwde Rafael García hem, 'dit is een zaak tussen zigeuners.'

Broeder Joaquín schrok van de haat en de woede op veel van de gezichten. Zijn angst maakte echter plaats voor ongerustheid toen hij Milagros naast Melchor zag staan, met gebogen hoofd, net als haar grootvader. Waar bleef hij nu met de beloften die hij het meisje gedaan had?

'Nee,' zei de broeder. 'Dit is een zaak voor de koninklijke rechtspraak, zoals alle misdrijven in dit land, of er nu zigeuners bij betrokken zijn of niet.'

Hij zag een aantal van hen op zich af komen.

'Ik ben een man van God!' schreeuwde broeder Joaquín.

'Stop!'

Het bevel van Rafael García deed de mannen halt houden. De patriarch kneep zijn ogen samen en zocht de mening van de andere familiehoofden: de Camacho's, de Flores, de Reyes... Een enkeling toonde zich onverschillig en haalde zijn schouders op, de meesten schudden hun hoofd. Het was onwaarschijnlijk dat iemand van de steeg de zigeunerwet zou overtreden en zijn mond zou opendoen over Melchor, over Milagros of zelfs over Caridad, bedacht de Graaf vervolgens, en zelfs als ze dat deden, zouden de autoriteiten er niets van zeggen. Een zigeunerruzie, zou hun conclusie zijn. Maar een geestelijke oppakken was iets heel anders. Een van de vrouwen of kinderen zou het misschien vertellen, en dan zouden de gevolgen rampzalig zijn. Ze hadden hard gewerkt aan hun relatie met de Kerk; de jongeren gingen naar godsdienstlessen om de gebeden te leren, en bijna de hele steeg woonde met geveinsde vroomheid de mis bij. De broederschap was opgericht. Er was een klein jaar verstreken sinds de aartsbisschop de regels van de Broederschap van de Zigeuners had goedgekeurd en ze hadden al aanzienlijke problemen. Ze waren er niet in geslaagd zich in het Espíritu Santo-klooster van Triana te vestigen en nu probeerden ze het in het Nuestra Señora del Pópulo. Dat zou mislukken als de Sevilliaanse augustijnen ervan hoorden. Ze moesten een goede relatie onderhouden met degenen die hen naar de gevangenis konden sturen. Nee. Ze konden niet het risico lopen de Kerk in de persoon van een van hun geestelijken te beledigen.

Rafael García gaf de mannen een teken, waarop die zich van de geestelijke verwijderden. Hij peinsde er echter niet over hetzelfde te doen met de Vega's.

'Laat ze los,' onderbrak broeder Joaquín zijn gedachten.

De Graaf schudde koppig zijn hoofd, waarop Reyes naar hem toe kwam en hem iets in het oor fluisterde.

'Zij' – de patriarch wees naar Milagros nadat zijn vrouw zich weer teruggetrokken had, – 'blijft hier bij haar man, waar haar plaats is. Of vergis ik me daarin, eerwaarde?'

Broeder Joaquín verbleekte en was niet in staat te antwoorden.

'Nee. Ik zie dat ik me niet vergis. Wat die andere twee betreft...'

Reyes had gelijk: wie behalve de zigeuners kon weten of bewijzen dat José Carmona vermoord was? Niemand had het bij de autoriteiten aangegeven, ze hadden hem in het open veld begraven en de misdaad was in alle discretie door de raad van ouderen afgehandeld. Op wat voor manier zou de burgerrechtspraak zich ermee kunnen bemoeien?

'Wat die twee betreft,' herhaalde hij vastberaden, 'zij blijven bij ons totdat de ambtenaren van de koning waarover uwe eerwaarde het had, hen komen halen. Begrijp het goed,' vervolgde hij zelfgenoegzaam onder het gelach van sommige zigeuners, 'we zorgen voor uw veiligheid. Ze zouden u kwaad kunnen doen.'

'Rafael García,' dreigde broeder Joaquín, 'ik kom terug om ze te halen. Als er iets met ze gebeurt...' Hij aarzelde, wist dat hij in zijn eentje niets kon bereiken, dat hij hulp nodig had. 'Als er iets met ze gebeurt, zal het gewicht van de wet en van de goddelijke gerechtigheid op je neerkomen. En op jullie allemaal!'

# 47

'Ze zijn vertrokken,' deelde Rafael García hun mee.

'Wat...!' schreeuwde broeder Joaquín woedend, terwijl hij heftig met zijn armen gebaarde.

Op een gebiedend gebaar van de prior van het San Jacinto zweeg hij echter.

'Wanneer zijn ze vertrokken?' vroeg deze.

'Kort na broeder Joaquín,' antwoordde Rafael García kalm, staande in de deur van de smidse, op de begane grond van het woonblok, waar zijn uitgebreide familie doorwerkte zonder de minste aandacht te besteden aan het bezoek van de vijf broeders, inclusief de prior van het San Jacinto-klooster, die met broeder Joaquín meegekomen waren.

Ook de zigeuners die door de steeg liepen leken geen aandacht aan het tafereel te besteden. Alleen Reyes, verdekt opgesteld achter het raam van de eerste verdieping boven hen, spitste haar oren om het gesprek te volgen.

'Ze zeiden dat ze naar u toe gingen,' vervolgde Rafael terwijl hij broeder Joaquín recht in de ogen keek. 'Hebt u ze niet gezien?'

'Nee! Je liegt!' zei de broeder beschuldigend, maar een gebaar van zijn superieur deed hem opnieuw zwijgen.

'En waarom heb je ze laten vertrekken?'

'Waarom niet? Ze zijn vrij, ze hebben geen misdaad begaan. Ik weet niet... ze kunnen ieder moment terugkomen.'

'Broeder Joaquín beweert dat je ze vasthoudt om ze te vermoorden. En...'

'Eerwaarde broeder...' viel de Graaf hem met zijn handen naar voren gestoken in de rede.

'En ik geloof hem,' onderbrak de prior hem op zijn beurt.

'Ze vermoorden? Wat barbaars! Dat is in strijd met de wet, in strijd met de tien geboden! Wij doen niemand kwaad, Eminentie. Ik weet niet wat ik moet zeggen. Ze zijn gewoon vertrokken. Vraagt u het maar aan hen.' Rafael García wees naar een aantal naderbij komende zigeuners uit de steeg. 'Het is toch zo dat de Galeier, zijn kleindochter en de negerin zijn weggegaan?' vroeg hij hun.

'Ja,' antwoordden twee van hen als uit één mond.

'Ik hoorde ze zeggen dat ze naar San Jacinto gingen,' voegde een oude, tandeloze zigeunerin eraan toe.

De prior schudde zijn hoofd, evenals twee van de broeders in het gezelschap. Broeder Joaquín stond zich met een rood aangelopen gezicht en gebalde vuisten te verbijten.

'De eerwaarde heren mogen de steeg doorzoeken,' stelde de Graaf voor, 'alle woonblokken als u dat wenst! U zult zien dat ze hier niet zijn. We hebben niets te verbergen.'

'Wilt u bij mijn huis beginnen?' bood de oude zigeunerin zogenaamd serieus aan.

Broeder Joaquín wilde het voorstel aannemen toen de stem van de prior hem tegenhield.

'Rafael García, de waarheid komt altijd aan het licht, vergeet dat niet. Ik zal het in de gaten houden, en je zult het duur betalen als er iets met ze zou gebeuren.'

'Ik heb u al...'

De prior hief een hand op, draaide zich om en liep weg zonder hem te laten uitspreken.

Die avond klonken de gitaren in de callejón de San Miguel. Het was prachtig weer; de temperatuur was aangenaam en de zigeuners, vooral de García's en de Carmona's, hadden zin in een feest. Mannen en vrouwen zongen en dansten fandango's, seguidilla's en sarabandes.

'Maak ze toch meteen dood,' spoorde de Trianera haar echtgenoot aan. 'We zullen ze ver hiervandaan begraven, voorbij de vlakte, waar niemand ze zal vinden,' vervolgde ze toen Rafael bleef zwijgen. 'Niemand zal erachter komen.'

'Ik ben het met Reyes eens,' zei Ramón Flores.

'Pascual Carmona moet het doen,' vonniste Rafael, die terugdacht aan de woede en het geweld waarmee Pascual, na de dood van de oude Inocencio het hoofd van de Carmona's, zijn huis was binnengestormd toen hij had gehoord dat Melchor in Madrid ontsnapt was. Hij had hem door elkaar geschud, gedreigd, en als zijn eigen familieleden niet tussenbeide waren gekomen, zou hij hem in elkaar geslagen hebben. 'Ik zou het graag zelf doen, ik zou er wat voor over hebben om de Galeier te kunnen doden, maar dat is aan de Carmona's; hun komt het recht op bloedwraak toe. Het was een Carmona die door de Galeier is gedood, Pascuals eigen broer nog wel. We moeten wachten tot hij terug is. Ik denk niet dat hij nog lang wegblijft. Bovendien...' De Graaf wees met zijn kin naar een plek achter de dansende zigeuners, waar broeder Joaquín bewegingloos tegen de muur van een van de huizen geleund stond. 'Wat doet die hier nog?'

Broeder Joaquín had geweigerd met de prior en de andere broeders naar het San Jacinto terug te keren. Hij was in de steeg gebleven, stelde vragen aan iedereen die langsliep en kreeg steeds hetzelfde antwoord.

'Eerwaarde,' klaagde een zigeunerin toen hij een kind dat hem met een aarzelende blik in de ogen antwoord gaf, bij de schouders greep en het door elkaar schudde, 'laat dat kind met rust. Het heeft u al verteld wat u wilde weten.'

Hij ging bij een paar woonblokken naar binnen. De zigeuners lieten het toe. Hij liep er rond terwijl kinderen en oude vrouwen hem nauwlettend in de gaten hielden. Hij doorzocht woningen en kamertjes en riep wanhopig Milagros' naam: zijn geroep echode vreemd over de binnenplaats. Iemand die de spot wilde drijven met de hartverscheurende kreten van die lastige broeder begon een martinete te zingen. Het constante, monotone slaan van de hamers begeleidde een paar verzen waarin de broeder werd aangespoord het blok te verlaten. Ik ga niet weg, besloot hij echter. Hij zou daar in de steeg blijven en opletten, zo lang als nodig was: iemand zou een fout maken; iemand zou hem vertellen waar hij hen vinden kon. Hij begon te bidden, berouwvol, schuldbewust omdat hij om een goddelijke hulp vroeg die hij na zijn vlucht met Milagros en het misbruiken van de Onbevlekte om mensen te bedriegen, niet meer dacht te verdienen.

'Die broeder?' schimpte de Trianera. 'We zullen zien of hij daar durft te blijven staan als Pedro terugkomt.'

Bij het horen van de naam van Reyes' kleinzoon trok Ramón Flores een grimas die niet onopgemerkt bleef bij Rafael, die op zijn beurt zijn hoofd schudde en zijn lippen samentrok. Hij had er een paar kinderen opuit gestuurd om hem te zoeken en te zeggen dat Milagros terug was. Ze moesten hem, zo had hij gezegd, zoeken in een van de vele herbergen of dranklokalen van Sevilla, waar hij zijn tijd doorbracht en het vele geld dat hij uit Madrid had meegebracht aan wijn en vrouwen uitgaf. Hoe komt hij aan zoveel geld? vroeg de Graaf zich af. De kinderen waren halverwege de middag onverrichterzake teruggekomen. Rafael hield vol en deze keer stuurde hij twee jongemannen die er in het donker op uit konden, maar het bleef een raadsel waar hij uithing.

'Melchor Vega heeft het geluk aan zijn kant,' onderbrak de Trianera de gedachten van haar man. 'Hij is levend van de galeien teruggekomen. Hij heeft jarenlang tabak gesmokkeld zonder dat de patrouilles hem betrapten, en hij is zelfs aan de Madrileense García's ontsnapt. Het leek onmogelijk, maar hij deed het. Als ik jou was, zou ik geen minuut langer wachten en hem uit de weg ruimen.'

Rafael García richtte zijn blik opnieuw op broeder Joaquín. Zijn aanwezigheid baarde hem zorgen, het dreigement van de prior van het San Jacinto was hij nog niet vergeten.

'Ik heb je al gezegd dat het aan Pascual is om hem te doden. We wachten op hem.'

De nieuwe dag trof broeder Joaquín slaperig aan, op de grond gezeten en geleund tegen de muur, op dezelfde plaats als waar hij tot diep in de nacht was blijven staan, tot het moment dat de zigeuners zich een voor een in hun huizen terugtrokken. Sommigen wensten hem zelfs spottend goedenacht; 's morgens werd hij door anderen op dezelfde manier begroet. De broeder reageerde niet. Hij had het gevoel dat hij helemaal niet geslapen had, maar dat had hij wel; genoeg om niet te hebben gemerkt dat Pedro García teruggekomen was. Er heerste een bijna absolute duisternis. De zigeuner had hem, zoals hij daar zat, verbaasd bekeken. Zijn gezicht was niet te zien, zodat hij niet met zekerheid kon zeggen of hij het was. Hij overwoog hem een paar schoppen te geven, maar uiteindelijk liep hij door naar het woonblok.

‘Is die broeder wie ik denk dat het is?’ vroeg hij zijn grootvader na hem ruw gewekt te hebben.

‘Dat is broeder Joaquín, van het San Jacinto,’ antwoordde die.

‘Wat doet die hier?’ wilde Pedro weten.

De Trianera, die naast haar man lag te slapen, kneep haar ogen stijf dicht toen ze de spanning in die van haar kleinzoon zag. Hoe Bartola het ook had bevestigd, hoe vaak mannen en vrouwen van de families García of Carmona Milagros ook uitscholden en vervloekten, de Trianera had aan Pedro’s verhaal getwijfeld zodra ze hem zag verschijnen met die knappe Madrileense zigeunerin, de kleine María... en zijn zakken met geld. Hij zal het wel van die hoer hebben afgepakt toen hij ontdekte wat ze deed, had ze haar man geantwoord toen deze haar deelgenoot maakte van zijn twijfels. Maar de Trianera wist dat het niet waar was. Sinds ze haar naar feesten en soirees had begeleid, dacht ze Milagros Vega te kennen... en die zou zich nooit vrijwillig geprostitueerd hebben; ze had de zigeunerwaarden met de paplepel ingegoten gekregen. Enkele dagen na Bartola’s aankomst had ze het haar onder vier ogen gevraagd; de ontwijkende antwoorden van de vrouw hadden haar overtuigd.

‘Waar is Milagros?’ vroeg Pedro nog voordat zijn grootvader antwoord kon geven.

Rafael García schudde met een driftig gebaar de hand van zich af waarmee zijn kleinzoon zijn arm omklemde en sprong ongebruikelijk lenig op van zijn stromatras. Pedro viel bijna.

‘Waag het niet me nog eens aan te raken,’ waarschuwde de Graaf.

Pedro García, inmiddels weer rechtop, deed een stap achteruit.

‘Waar is ze, grootvader?’ herhaalde hij duidelijk gespannen.

Rafael García draaide zijn hoofd om naar de Trianera.

‘In de kuil van de smederij,’ giste Pedro, ‘daar houdt u ze vast, is het niet?’

Een simpel gat in de grond, gecamoufleerd, afgedekt met planken, waarin de García’s goederen verstopten, vooral gestolen waar, voor het geval dat een of andere gerechtsdienaar de smidse binnenkwam. Het was niet de eerste keer dat ze het gebruikten om iemand te verbergen, ze hadden het zelfs bij de grote razzia geprobeerd, maar er hadden zich toen zoveel mensen in de kuil opgehoopt dat de soldaten van de koning ze er luid lachend uitgesleurd hadden.

Milagros tilde haar hoofd op toen ze de planken hoorde wegschuiven. Bij het flauwe licht van een kaars was te zien dat de drie op de grond zaten, aan handen en voeten gebonden, opeengeperst in de nauwe ruimte die de kuil bood. Boven haar bespeurde de zigeunerin de gestalten van een paar ruziënde mannen. De kaars ontlokte flonkeringen aan het jasje van een van hen en Milagros slaakte een gil. Caridad zag de angst in de ogen van haar vriendin voordat deze haar knieën tegen haar borst optrok en probeerde haar hoofd ertussen te verstoppen. Toen keek ze omhoog, naar waar Melchor keek: de ruzie werd heftiger en er ontstond een worsteling. Het duurde even voordat ze Pedro herkenden, die zich van de anderen losrukte en met een blinkend mes in zijn handen de kuil insprong.

'Dood haar niet!' hoorden ze Rafael García roepen.

'Hoer!'

Het geschreeuw van Pedro vermengde zich met dat van Caridad en Melchor.

Een van de zigeuners wierp zich op de grond en slaagde erin Pedro's pols te grijpen juist toen deze op het punt stond zijn vrouw een messteek toe te dienen. Onmiddellijk werd hij door nog twee anderen vastgepakt.

'Trek hem naar boven!' beval de Graaf.

Een harde trap in Milagros' gezicht maakte dat ze niets meer zag. Haar hoofd knalde met een klap tegen de muur.

'Laat me los! Hoer! Ik maak haar af!' schreeuwde Pedro García, die omdat hij zijn arm niet loskreeg, zich schoppend op de zigeunerin uitleefde.

Te midden van het geschop en geschreeuw dacht Milagros haar grootvader te horen brullen.

'Vuile schoft!' reageerde ze en hoewel haar voeten gebonden waren, tilde ze ze op om haar man een trap te geven. Ze raakte hem in een dij, niet hard, maar die trap stilde de pijn van de trappen die hij haar gaf: in haar gezicht, tegen haar borst, in haar hals... Ze probeerde hem nog een keer te trappen, maar de twee jonge zigeuners die de kuil bewaakten, trokken haar man, schoppend en wel, in de lucht nu, naar boven.

De blikken van Milagros en Pedro kruisten elkaar. Hij spoog minachtend, zij bleef doodstil zitten. Haar ogen schoten vuur.

'Ben je gek geworden?' riep Rafael García verwijtend tegen zijn kleinzoon nog voordat die helemaal uit de kuil getrokken was. 'Zwijg jullie!'

beval hij, waarmee hij een eind maakte aan Pedro's verzet. 'Hij blijft hier uit de buurt, hebben jullie dat begrepen?' waarschuwde hij de twee die de kuil moesten bewaken. En tegen zijn kleinzoon vervolgde hij: 'Verdwijn uit Triana. Ik wil je hier tot nader order niet meer zien.'

Terwijl de Graaf naar de deur van de smidse liep om de steeg in te kijken, spraken Milagros en Caridad met elkaar zonder iets te zeggen. Melchor hield zijn ogen neergeslagen, beschaamd omdat hij zijn kleindochter niet had kunnen verdedigen. We zullen sterven, vertelden ze elkaar. Hun gezichten verhardden, want ze wilden niet dat die rotzakken hun tranen zagen.

Rafael García constateerde dat het rustig was in de steeg. Stil. Hij spitste zijn oren toen die stilte werd verbroken door een geluid dat de patriarch niet onmiddellijk herkende: het gedempte zingen van Caridad en Milagros daar beneden. De een begon haar negerliederen te neuriën en de ander volgde haar en probeerde met een fandango haar angst te overwinnen. Het ene ritme monotoon, het andere vrolijk. Een voor een ontnamen de planken boven hun hoofden hun het schijnsel van de kaars.

'Stil zijn!' schreeuwden de zigeuners.

Ze deden het niet.

Met een brok in zijn keel luisterde Melchor naar het zingen van de twee mensen van wie hij het meeste hield, en hij schudde zijn hoofd. Dat het nu in deze situatie moest zijn dat hij ze samen hoorde zingen! In het donker zongen ze door; Caridad legde langzaam maar zeker meer vrolijkheid in haar klanken en Milagros dronk van de droefenis in de slavenliederen. Vervolgens stemden ze hun liederen op elkaar af. Melchor voelde een rilling over zijn rug gaan. Zonder muziek, zonder handgeklap, zonder aanmoedigend geroep weerkaatste het inmiddels gezamenlijke lied van beide vrouwen tegen de planken die de kuil afsloten en vulde het hun gevangenis met smart, vriendschap, verraad, liefde, ervaringen, verloren illusies...

Boven hen, toen Pedro al niet meer in de buurt van de smidse was, wierpen de twee jonge zigeuners vragende blikken op de patriarch, die in de ban van de stemmen van de twee vrouwen was en niet reageerde.

'Stil!' riep hij nerveus, alsof ze hem op een moment van zwakte betrapt hadden. 'Stil of ik kom er eigenhandig een eind aan maken,' voegde hij er stampend op de planken aan toe.

Ook naar hem luisterden ze niet. Ten slotte haalde de Graaf zijn schouders op, beval de jongemannen de deuren van de smidse te vergrendelen en ging naar huis. Caridad en Milagros bleven zingen tot een ochtendgloren waarvan ze niet konden genieten.

Zittend op de grond merkte broeder Joaquín hoe zijn omgeving met het verstrijken van de uren veranderde: de rookwolken en het lawaai van de kloppende hamers die uit de smederijen op de begane grond ontsnapten; het geschreeuw van de spelende kinderen en de drukte van zigeuners die kwamen of weggingen, of die maar wat rondhingen of stonden te praten.

Hij kon dat wat volgens hem zeker stond te gebeuren niet tegenhouden. Zelfs op zijn eigen kloostergemeenschap kon hij niet rekenen. Een sprinkhanenplaag teisterde de Sevilliaanse akkers, en de broeders was gevraagd smeekprocessies te organiseren om die goddelijke straf die regelmatig de oogsten verwoestte, met honger en epidemieën als gevolg, het hoofd te bieden. De prior, vol bewondering voor het beeld van de Onbevlekte, had hem gevraagd om het in de processies mee te dragen. Dat zou altijd beter zijn dan de sprinkhanen te excommuniceren, zoals sommige priesters deden. Hij overwoog naar de autoriteiten te stappen, maar bij de gedachte aan de vragen die ze hem zouden stellen zag hij daarvan af. Hij kon slecht liegen, en ruzies tussen zigeuners lieten de ambtenaren onverschillig. Zich blootgeven zou nergens toe leiden.

Reyes en Rafael sloegen hem gade vanuit het raam van hun huis.

'Het bevalt me niets dat hij daar zit,' zei de patriarch.

'En Pedro?' vroeg zij.

'Die is weg. Ik heb gezegd dat hij pas terug mag komen als ik het zeg.'

'Wanneer komt Carmona terug?'

'Ik heb al iemand naar hem toegestuurd. Volgens zijn vrouw is hij in Granada. Ik vertrouw erop dat ze hem snel zullen vinden.'

'We moeten dit zo snel mogelijk afhandelen. Wanneer geef je die Vega aan Pedro terug?'

'Zodra ik met de anderen afgerekend heb. Voor mij is de Galeier het belangrijkste. Ik wil niet dat Pascual de kans ontnomen wordt om hem de keel af te snijden. Daarna mag Pedro doen wat hij wil met die kleindochter van hem.'

'Uitstekend.'

Dat was het laatste wat de zigeunerin zei voordat ze zweeg en net als haar man, net als broeder Joaquín, peinzend de steeg in staarde. Plotseling werd hun aandacht, en die van allen die daar waren, getrokken door een vrouw die aan het begin van de steeg was blijven staan. Wie...? vroegen sommigen zich af. Dat bestaat niet! twijfelden anderen.

'Ana Vega,' mompelde de Trianera met haperende stem.

De meeste mensen herkenden haar niet meteen, sommige zelfs helemaal niet. Maar Reyes kon zelfs de geest van haar vijandin voelen naderen, die sterker was dan het broodmagere, verwelkte lichaam, dan het uitgeteerde gezicht en de blik uit de holle oogkassen; op blote voeten en haveloos, met vuile, grijze haren, gehuld in een paar oude kleren die ze gestolen had.

Ana liet haar blik over de steeg gaan. Alles leek hetzelfde als toen ze gedwongen werd die te verlaten, nu zoveel jaren geleden. Misschien waren er minder mensen... Haar blik viel op de broeder die tegen de muur van het gebouw geleund stond, en een ogenblik vroeg ze zich af wat hij daar deed. Terwijl ze naar Milagros zocht, herkende ze veel andere zigeuners: van de families Carmona, Vargas, García... Waar ben je, meisje? Ze zag wantrouwen bij de zigeuners; sommigen bogen zelfs hun hoofd. Waarom?

Ana was vanuit Zaragoza bijna twee maanden onderweg geweest; nadat Salvador en de andere jongens naar de arsenalen waren gestuurd, was zij met de vijftien overgebleven vrouwen en meisjes van de familie Vega uit het Misericordia ontsnapt. Niemand kwam hen achterna, alsof ze blij waren met hun vlucht, verheugd dat ze van hen verlost waren; ze hadden hun ontsnapping zelfs niet aangegeven. De vrouwen hadden twee groepen gevormd: de ene ging op weg naar Granada; de andere naar Sevilla; zo zou er in ieder geval een van de twee aankomen, dachten ze. Ana leidde de groep naar Sevilla, waarin de oude Luisa Vega zat. Je zult op je geboortegrond sterven, had ze haar beloofd. Ik zal niet toestaan dat je dat hier in deze walgelijke gevangenis doet. Ze hadden die twee maanden doorgelopen tot ze bij Carmona kwamen, op slechts achttien mijl van Triana, waar ze door de Ximénez-vrouwen opgevangen werden. De oude Luisa was uitgeput en de anderen konden haar bijna niet meer dragen. Het is niet ver meer, tante, probeerde ze haar moed in te spreken, maar het was niet de oude vrouw die zich tegen verdergaan verzette. Laten we hier, veilig en beschermd, op krachten komen, stelde een andere vrouw voor. We zijn al jaren weg, wat maken die paar dagen langer uit? Maar Ana maakte het wel degelijk wat uit: ze moest Milagros vinden, tegen haar zeggen dat ze van haar hield. Vijf jaar van honger, ziektes en ontberingen was genoeg. Zigeunervrouwen uit families die van oudsher elkaars vijanden waren, hadden elkaar in de ellende die ze deelden ten slotte geholpen, hadden met elkaar gelachen. Milagros was haar dochter, en als de vetes tussen de vrouwen in al die jaren van tegenspoed waren opgelost, hoe zou ze dan iemand van haar eigen bloed niet kunnen vergeven? Wat deed het ertoe met wie ze getrouwd was? Ze hield van haar!

Ze was alleen verder gegaan, maar bij haar aankomst in de steeg trof ze norse blikken, gefluister, vrouwen die haar de rug toekeerden om zich naar huis te haasten, achter het raam of in de deur van het woonblok te verschijnen, en hun familie op haar te wijzen.

'Ana...? Ana Vega?'

Broeder Joaquín stapte op de vrouw af die besluitloos de straat inkeek.

'Herkent u me nog, eerwaarde?' vroeg ze sarcastisch. Maar iets in de ogen van de geestelijke deed haar van toon veranderen. 'Waar is Milagros? Is er iets met haar gebeurd?'

Hij aarzelde. Hoe moest hij zoveel ellende in een paar zinnen vertellen? vroeg hij zich af. Er was geen tijd voor lange uiteenzettingen, en samengevat was de waarheid nog pijnlijker. Zelfs het gehamer in de smederijen viel stil toen broeder Joaquín haar vertelde wat er gebeurd was.

Ana slaakte een kreet die tot in de hemel te horen was.

'Rafael García!' brulde ze toen, terwijl ze naar het huis van de patriarch rende. 'Klootzak! Smeerlap! Schurftige hond...!'

Niemand hield haar tegen. De mensen gingen opzij. Zelfs de García's die bij de deur van hun smidse stonden, probeerden haar niet de toegang tot de binnenplaats van het woonblok te versperren. Onder aan de trap naar de bovenverdiepingen schreeuwde ze naar Rafael García.

'Hou je bek!' riep de Trianera van bovenaf, leunend over de balustrade van de galerij. 'Jij, dochter van een moordenaar, moeder van een hoer. Donder op!'

'Ik vermoord je!'

Ana stormde de trappen op. Het lukte haar niet om bij het oude mens te komen. De vrouwen die zich op de galerij bevonden, wierpen zich op haar.

'Eruit!' beval Reyes. 'Gooi haar de trap af!'

Dat deden ze. Ana viel een paar treden naar beneden totdat ze de leuning kon grijpen en nog eens zoveel treden verder omlaaggleed. Ze stond weer op.

'Jouw kleinzoon heeft mijn dochter verkocht!' schreeuwde ze, terwijl ze aanstalten maakte de trap weer op te klimmen.

De García's boven op de galerij spogen op haar.

'Dat is het excuus van alle hoeren!' antwoordde Reyes. 'Milagros is een ordinaire slet, een schande voor alle zigeunervrouwen!'

'Leugens!'

'Ik was erbij.' Het was Bartola die dit zei. 'Je dochter gaf zich voor een paar centen aan mannen.'

'Leugens!' herhaalde Ana met alle kracht die ze nog in zich had. De andere vrouwen lachten. 'Je liegt,' snikte ze.

Na enkele pogingen begreep ze dat niemand met haar zou praten als de broeder erbij was. Ana had hem nodig: hij was de enige die Pedro's versie, die de Trianera nog eens dik aangezet had, kon weerleggen en ten gunste van Milagros kon spreken, maar uiteindelijk bleef haar geen andere keus dan voor de zigeunergewoonten te zwichten.

'Gaat u weg, eerwaarde,' verzocht ze hem. 'U maakt de dingen alleen maar erger,' drong ze aan toen broeder Joaquín weigerde. 'Ziet u dat dan niet? Dit is een zaak van zigeuners.'

'Ik kan naar de burgemeester van Sevilla gaan,' bood broeder Joaquín aan. 'Ik ken mensen...'

Ana nam hem van boven tot onder op terwijl hij sprak. Zijn uiterlijk was even beklagenswaardig als zijn woorden vurig klonken.

'Ik weet niet waarom u zoveel interesse in mijn dochter toont... al heb ik wel een idee.'

Haar vermoeden werd bevestigd door de plotselinge hoogrode kleur op broeder Joaquíns gezicht.

'Luister: op het moment dat hier een gerechtsdienaar verschijnt, zal de hele zigeunergemeenschap als een blok achter Rafael García gaan staan om de zigeunerwet te verdedigen. Verklaringen of argumenten zullen hun dan weinig interesseren...'

'Hoezo, argumenten?' stoof hij op. 'Milagros is niet veroordeeld zoals Melchor... of Caridad. Zelfs als we aannemen dat ze inderdaad een hoer is geworden, dat het waar is, waarom houden ze haar dan vast? Wat zullen ze met haar doen?'

'Ze zullen haar aan haar man teruggeven. En vanaf dat moment zal niemand zich meer bekommeren om wat er met haar gebeurt; niemand zal meer naar haar vragen.'

'Pedro...' mompelde de geestelijke. 'Misschien heeft hij haar al vermoord.'

Ana Vega zweeg even.

'Laten we erop vertrouwen dat dat niet zo is,' fluisterde ze ten slotte. 'Als ze ze hier in de steeg verborgen houden, zullen de Graaf en de andere familiehoofden dat niet toestaan. Een lijk brengt altijd problemen met zich mee. Ze zullen eisen dat hij het buiten Triana doet, in het geheim, zonder getuigen. Gaat u weg, eerwaarde. Als we al een kans maken...'

'Weggaan? Uit wat je zegt maak ik op dat als Milagros in de steeg is, Pedro haar hier weg zal moeten halen. Als het moet, zal ik hier tot de dag des oordeels blijven wachten. Doe jij maar wat jij moet doen.'

Ana sprak hem niet meer tegen. Dat kon ook niet meer want broeder Joaquín keerde haar de rug toe, liep naar het begin van de steeg en posteerde zich daar tegen de muur van het eerste gebouw; zijn gezicht verraadde dat hij vastbesloten was om daar net zo lang te blijven als nodig was. De vrouw schudde haar hoofd en aarzelde of ze naar hem toe zou gaan om te zeggen dat er nog vele andere mogelijkheden waren om de steeg te verlaten: de ramen en een aantal achterdeuren... Maar toen ze hem gadesloeg, zag ze bij hem de vasthoudendheid van een verliefd man. Hoe lang was het geleden dat ze in de ogen van een man hartstocht had gezien, de angst dat de geliefde pijn gedaan werd, woede zelfs? Eerst een García en nu een broeder. Ze wist niet of Milagros zijn gevoelens beantwoordde. In ieder geval was dat nu haar minste zorg. Ze moest iets doen. Er waren geen andere mannen van de familie Vega om haar te steunen. En de bewoners van de steeg, die er alles aan deden om op goede voet met de burgers te staan en zaken met hen te doen, hadden de vrouwen van de zigeunerbuurt bij de Huerta de la Cartuja altijd geminacht; het zou niet veel zin hebben om met haar probleem bij hen aan te kloppen.

Ze klemde haar lippen op elkaar en begon een tocht die vele malen zwaarder was dan de lange, moeilijke reis vanuit Zaragoza. Smederijen, woonhuizen en binnenplaatsen waar kinderen speelden en vrouwen manden vlochten. Sommigen keken niet eens op om om haar verzoek aan te horen: 'Geef mijn dochter de kans zich tegen de beschuldigingen van haar man te verdedigen.' Ze wist dat ze voor haar vader niets kon afsmeken. Ze zouden de zigeunerwet uitvoeren en hem doden, maar het intense verdriet dat ze daarbij voelde werd verzacht door de mogelijkheid om zonder ophouden voor haar dochter te vechten, hoe zwak ze zich ook voelde. Ze kreeg een paar antwoorden.

'Als het waar is wat je beweert,' antwoordde een vrouw van de familie Flores, 'waarom heeft je dochter zich er dan voor geleend? Geef antwoord, Ana Vega, zou jij je niet hebben doodgevochten om je eerzaamheid te verdedigen?'

Haar knieën knikten en bijna was ze gevallen.

'Ik zou mijn man z'n ogen uitgekrabd hebben,' gromde een oude vrouw die naast de eerste leek te zitten dommelen. 'Waarom heeft je dochter dat niet gedaan?'

'We moeten ons niet bemoeien met de echtelijke problemen van een ander,' hoorde ze in een ander huis. 'We hebben je dochter na de dood van Alejandro Vargas al een kans gegeven, weet je nog?'

Ik denk er niet over om iets te doen. Dat is haar verdiende loon. Jullie Vega's hebben altijd al problemen veroorzaakt en ruzie gezocht. Kijk naar je vader. Waar is die trots van jullie nu? Overal waar ze kwam kreeg ze verwijten. Haar handen trilden en ze voelde een verschrikkelijke druk op haar borst.

'Bovendien,' bekende een vrouw van de familie Flores, 'zul je er nooit in slagen om iemand tegen de García's op te zetten. Ze zijn allemaal bang dat ze weer naar de arsenalen teruggestuurd worden, en de invloed die de Graaf bij burgers en priesters heeft gewonnen, is enorm.'

'Dood mij dan!' riep Ana ten slotte midden in de steeg, ontmoedigd, wanhopig, toen de zon al onder begon te gaan. 'Jullie willen het bloed van een Vega toch? Neem dat van mij dan!'

Niemand reageerde. Alleen broeder Joaquín, aan het andere eind van de steeg, kwam naar haar toe, maar voordat hij haar bereikte, was er een andere man al bij haar, een die Ana Vega pas herkende toen hij vlak bij haar was. Het was Pedro García, die tegen het verbod van zijn grootvader in was teruggekomen toen hij hoorde dat Ana Vega in de steeg opgedoken was. In zijn armen hield hij een klein meisje dat haar gezicht in zijn hals probeerde te verbergen en tegenspartelde, des te heftiger naarmate haar vader die gekke vrouw naderde die met haar armen in de lucht maaiend midden in de steeg stond te schreeuwen. De broeder had haar over haar kleindochter verteld, en Ana herkende het meisje meteen. Pedro García bleef op korte afstand van haar staan, aaide het kind over haar hoofdje, trok het tegen zich aan en glimlachte toen. Alleen al het zien van de pijn op het gezicht van de vrouw die het een paar jaar geleden gewaagd had hem publiekelijk in zijn gezicht te slaan, was de discussie met zijn grootvader meer dan waard geweest; dat had hij tegen de Graaf gezegd. Rafael García had het ten slotte begrepen en het hem toegestaan onder voorwaarde dat hij weer zou verdwijnen totdat de Galeier geëxecuteerd was.

Ana viel op haar knieën op de grond en barstte verslagen in huilen uit.

# 48

Na een slopende nacht was Ana ervan overtuigd dat ze geen tranen meer over had. Broeder Joaquín kon haar nauwelijks troosten omdat ook hij moeite had zijn emoties de baas te blijven. De warme zomerzon kon hen niet opbeuren. De zigeuners van de steeg liepen langs hen heen zonder hun ook maar een blik waardig te keuren, alsof de gebeurtenissen van de vorige dag aan elke discussie een eind gemaakt hadden. Ana Vega keek degenen na die de steeg uitliepen, terwijl ze op de komst van Pascual Carmona wachtte. Zodra het hoofd van de Carmona's arriveerde, zou het vonnis voltrokken worden, hadden ze haar in een van de smederijen verteld. Pascual was haar laatste hoop: hij zou niet toegeven in de kwestie van haar vaders dood, dat wist ze. José had Melchor gehaat, Pascual ook, veel Carmona's hadden dat gevoel van haar man overgenomen, maar Pascual was nog steeds de oom van Milagros, de enige dochter van zijn vermoorde broer, en Ana vertrouwde erop dat er nog iets over was van de genegenheid waarmee de zigeuner vroeger met de kleine Milagros gespeeld had.

'Bid u in stilte alstublieft, eerwaarde,' verzocht ze broeder Joaquín, toen ze genoeg had van dat constante geprevel dat zich bij het irritante gehamer van de smeden voegde en haar nog gespannener maakte.

Ze was van plan Pascual aan te spreken voordat hij de steeg in kwam, smekend voor hem op haar knieën te vallen, zich te vernederen, zich aan zijn voeten te werpen, hem alles te beloven wat hij wilde in ruil voor het leven van haar dochter. Ze wist niet of ze hem na vijf jaar nog zou herkennen. Hij leek een beetje op José, iets langer, een stuk gespierder... stug, onvriendelijk... maar hij was het hoofd van de familie en als zodanig moest hij Milagros verdedigen. Ze keek naar de mensen die buiten de steeg heen en weer liepen tussen de Cava, het miniemenklooster en het San Jacinto, en ze benijdde hun om hun lachen en de ogenschijnlijke onbezorgdheid waarmee sommigen zich opmaakten om van die prachtige zonnige dag, de getuige van haar wanhoop, te genieten. Ze zag een paar zigeunermeisjes een burger lastigvallen voor een aalmoes en grijnsde. De man schudde de meisjes met geweld van zich af, waardoor de kleinste op de grond viel. Een vrouw snelde toe om haar overeind te helpen terwijl andere vrouwen de man uitscholden, die vlug doorliep. Ana Vega merkte dat de tranen die ze niet meer dacht te hebben, haar weer in de ogen sprongen: haar vriendinnen in gevangenschap. De oude Luisa was de eerste die haar zag; de anderen stonden de man nog uit te schelden. Luisa hinkte naar haar toe; haar gezicht liet zien dat iedere beweging haar pijn deed. De anderen voegden zich al snel bij haar, maar geen van hen durfde de oude Luisa voorbij te gaan: zeven haveloze vrouwen die naar haar toe kwamen en haar wazige beeld volledig vulden, alsof er niets anders bestond.

'Waarom huil je, kind?' vroeg Luisa bij wijze van begroeting.

'Wat... wat doen jullie hier?' snikte ze.

'We zijn gekomen om je te helpen.'

Ana probeerde te lachen. Ze kon het niet. Ze wilde vragen hoe ze het gehoord hadden, maar de woorden bleven haar in de keel steken. Ze haalde diep adem en probeerde te kalmeren.

'Ze haten ons,' antwoordde ze. 'Ze haten de Vega's, mijn vader, Milagros, mij... jullie allemaal! Wat zouden wij vrouwen alleen kunnen bereiken?'

'Wij? Alleen?' Luisa wees achter zich. 'De Ximénez-vrouwen uit Carmona zijn ook meegekomen; en vrouwen uit Viso en een paar van de familie Cruz uit Alcalá de Guadaira. Herinner je je Rosa Cruz?'

Rosa stak achter de laatste van de Vega-vrouwen haar hoofd omhoog en wierp haar een kus toe. Deze keer vertrok Ana's mond in een brede glimlach. Het was hetzelfde gebaar dat Rosa had gemaakt toen Ana achterbleef, die nacht dat ze op de uitkijk had gestaan toen Rosa door een gat in de muur uit het Misericordia ontsnapte. Dat was nu alweer twee jaar geleden.

'Verder is er een vrouw uit Salteras,' vervolgde Luisa, 'en een uit Camas. Straks komen nog die uit Tomares, uit Dos Hermanas, uit Écija...'

'Maar...' begon Ana Vega te zeggen toen de oude vrouw haar onderbrak.

'En er komen vrouwen uit Osuna, uit Antequera, uit Ronda, uit El Puerto de Santa María, uit Marchena... uit het hele koninkrijk Sevilla! Wij alleen, zei je?' Luisa zweeg buiten adem, happend naar lucht. Geen van de vrouwen die om de twee heen stonden, sommige met opeengeklemde tanden, andere met tranen in de ogen, mengde zich in het gesprek. 'Velen van hen zaten met ons... met jou, Ana Vega, in de gevangenis,' vervolgde de oude vrouw. 'Ze weten allemaal wat je hebt gedaan. Ik heb het je ooit gezegd: jouw schoonheid ligt in de zigeunertrots die je altijd bewaard hebt. Wij zijn je dankbaar; we zijn je allemaal iets verschuldigd, en degenen die dat niet zijn, staan bij jou in het krijt vanwege hun moeders, hun zusters, hun dochters of hun vriendinnen.'

Waar Melchor, Caridad, Milagros en broeder Joaquín er bijna een week over hadden gedaan om van Barrancos naar Triana te komen, had Martín slechts drie dagen nodig om vanaf de Portugese grens naar de stad Córdoba te galopperen. De mannen die Méndez eropuit had gestuurd om hem te zoeken, vonden hem twee nachten nadat Melchor en de anderen waren vertrokken, toen hij al op de terugweg naar Barrancos was. Hij hoorde het verhaal van de smokkelaar aan en besefte dat de Galeier een wisse dood tegemoet ging. Niemand zou hem verdedigen, er waren geen Vega's in Triana, noch in Sevilla. Verreweg de meeste Vega's van de zigeunerbuurt bij de Huerta de la Cartuja waren bij de grote razzia opgepakt en zaten nog steeds gevangen in de arsenalen, niet in staat te bewijzen dat ze naar de wetten van de Kroon en vooral naar die van de Kerk geleefd hadden; de weinige die aan de soldaten van de koning waren ontsnapt, zwierven langs de wegen. Maar er waren nog wel Vega's in Córdoba, een van de steden met de meeste zigeuners. Verre verwanten, maar met Vega-bloed in hun aderen; Martín had over hen gehoord bij de verkoop van een flinke partij tabak. Hij had leren paardrijden in de tijd dat hij zijn broer Zoilo hielp, en hij jakkerde om het dier dat Méndez hem had gegeven af om de hulp te vinden die de Cordobanen hem geweigerd hadden.

'Tegen de tijd dat wij in Triana aankomen,' verontschuldigde hun patriarch zich, 'is Melchor al dood.'

Hij wist dat hij niet moest aandringen. Net als in Sevilla, Murcia, El Puerto de Santa María en vele andere plaatsen mochten de zigeuners zich in Córdoba vestigen; de mannen kenden de arsenalen; de vrouwen de wapendepots; allemaal waren ze gescheiden geweest van hun echtgenoten, kinderen en dierbaren. Sommigen hadden naar hun huizen mogen terugkeren, maar het was hun verboden de stad te verlaten. Hoe konden ze dan naar Triana gaan om met de families van daar te vechten? Er zou bloed vloeien, er zouden gewonden en misschien zelfs doden vallen. De autoriteiten zouden ervan horen. Vraag dat offer niet van ons, smeekten de ogen van de oude zigeuner.

'Het spijt me, jongen,' zei de patriarch. 'Iets heel anders,' vervolgde hij, 'zo'n drie dagen geleden kwam een van onze vrouwen een groep hongerige zigeunervrouwen tegen die onopgemerkt de brug over de Guadajoz over probeerden te steken.'

'En?'

'Ze vertelden dat ze uit het Misericordia in Zaragoza waren ontsnapt en op weg naar Triana waren.'

Bij het woord Zaragoza ging Martín rechtop zitten in de stoel waarin hij zich na de weigering van de patriarch had laten vallen. Zou het mogelijk zijn?

'Vega's waren het. Allemaal,' besloot de oude man, waarmee hij Martíns voorgevoel bevestigde.

'Was... was Ana Vega bij hen?'

De patriarch knikte.

'Ik herinner het me heel goed,' verzekerde de vrouw, die ze onmiddellijk hadden laten roepen. 'Ana Vega. De namen van de andere vrouwen zou ik jullie niet kunnen zeggen, maar die van Ana Vega wel. Zij was de leider: het was Ana voor, Ana na.'

'Waar zouden ze nu kunnen zijn?' wilde Martín weten.

'Ze waren uitgeput en hadden zelfs een oude vrouw bij zich, ik weet niet of ze ziek was, ik zou zweren van wel. Ze discussieerden of ze hier een poosje zouden uitrusten, maar Ana Vega zei dat ze niet in de grote steden moesten stoppen, dat ze dat in Carmona zouden doen, bij de Ximénez-vrouwen. Misschien zijn ze daar inmiddels aangekomen. We hebben ze te eten gegeven en toen zijn ze verdergegaan.'

Martín galoppeerde meteen weg, nu naar Carmona. Als ze daar inderdaad gestopt waren, zou hij ze gemakkelijk kunnen vinden. Alle zigeuners van heel Andalusië kenden de Ximénez-vrouwen, want hun familie was een van de weinige, misschien wel de laatste, die nog door een matriarch geregeerd werd. Dolores Ximénez, de matriarch, eiste net als haar moeder had gedaan, dat haar dochters en de dochters van haar dochters de vrouwelijke lijn voortzetten in hun achternaam: de zoons die ze had gebaard heetten naar haar man; de dochters droegen trots de achternaam van hun moeder.

Hij vond ze, maar kon in geen van die broodmagere vrouwen de dochter herkennen wier deugden Melchor zo opgehemeld had. Ana is doorgelopen naar Triana, legden ze hem uit. De twee oude vrouwen, Dolores Ximénez en Luisa Vega, beseften als eersten dat er problemen waren, toen ze het gezicht zagen waarmee de jongeman het bericht opnam. Melchor Vega... die oude gek! viel Dolores uit na de haastige uiteenzetting van Martín. Zigeuner! gromde Luisa echter vol trots. Martín kon geen opheldering geven over de talloze twijfels die de vrouwen opwierpen. Caridad zegt... Caridad waarschuwde... Wie is die Caridad? liet Dolores zich ontvallen. Ze weet zeker dat ze alle drie gedood zullen worden: Melchor, Milagros en zij, was zijn enige antwoord.

'De enige die naar Triana ging om te sterven was ik.' Met die woorden verbrak Luisa de stilte die er na de woorden van Martín gevallen was. 'Jullie hebben me gedwongen mee te gaan,' verweet ze de andere vrouwen. 'Jullie zeiden dat we onze verwanten zouden terugvinden; jullie hebben me beloofd dat ik op mijn geboortegrond mocht sterven. Jullie hebben me half Spanje door gesleept, een mijlenlange kwelling voor mijn benen. Waarom zwijgen jullie nu?'

'Wat wil je dat we doen?' antwoordde een van de vrouwen. 'Je ziet dat die van Córdoba niet bereid zijn...'

'Mannen!' viel Luisa haar in de rede met ogen die schitterden zoals ze dat in jaren niet gedaan hadden. 'Hebben we die in Málaga of in Zaragoza soms nodig gehad om te overleven?'

'Maar de zigeunerwet...' begon een andere vrouw tegen te sputteren.

'Welke wet?' schreeuwde Luisa. 'De zigeunerwet is die van het trekken langs de wegen, van de natuur en de aarde, van de vrijheid, en niet die van een stelletje zigeuners die hebben toegestaan dat mensen van hun ras levenslang werden opgesloten, terwijl zij laf tussen de burgers bleven wonen. Lafaards!' herhaalde de oude vrouw. 'Ze zijn het niet waard zich zigeuners te noemen. Wij hebben onder vernederingen geleden terwijl zij de burgers gehoorzaamden. Ze zijn de wet van ons ras, de enige ware, vergeten. Wij hebben klappen en beledigingen verdragen; honger en ziektes hebben ons lichaam verwoest. Ze hebben ons van onze familie gescheiden, maar we zijn altijd blijven vechten. We hebben de koning en zijn minister verslagen. Zijn we hier soms niet in vrijheid naartoe komen lopen? Laten we dan ook tegen degenen vechten die zich zigeuners noemen zonder het te zijn!'

'Ana heeft een van mijn dochters geholpen,' mompelde Dolores Ximénez.

'Dat is de enige wet,' oordeelde Luisa, die zag hoe de gezichten van haar verwanten oplichtten. 'Ze heeft ook de Kreupele geholpen. Herinneren jullie je de Kreupele? Die vrouw uit Écija, hier vlakbij. Ze is een jaar voor ons uit Zaragoza ontsnapt. En die twee vrouwen uit El Puerto de Santa María? Die van het eerste pardon...'

De oude Luisa ging door met het opnoemen van al die vrouwen die hun in het herkrijgen van de vrijheid voorgegaan waren. Maar het was Dolores Ximénez die de beslissing nam.

'Martín,' wendde ze zich tot de jongeman, het relaas van de andere vrouw afkappend. 'Jij gaat in galop naar Écija. Nu meteen. Daar ga je op zoek naar de Kreupele en je zegt dat Ana Vega haar nodig heeft, dat wij allemaal haar nodig hebben, dat ze onmiddellijk naar Triana moet gaan, naar de callejón de San Miguel. Druk haar op het hart dat ze die boodschap ook stuurt naar alle andere zigeunervrouwen die ze in de naburige dorpen kent, en dat ieder van hen die ook weer moet doorgeven.'

Marchena, Antequera, Ronda, El Puerto de Santa María...

Martín kreeg voor elk van die plaatsen instructies van vergelijkbare strekking.

Het was de derde keer dat de bewoners van de callejón de San Miguel werden verrast door een onverwachte komst: eerst waren het de Galeier en zijn groepje geweest; daarna Ana Vega, en nu bijna vijftien zigeunervrouwen onder leiding van Luisa Vega, met hernieuwde moed en kracht, en Dolores Ximénez, de matriarch uit Carmona, die steunend op een prachtige tweepuntige, vergulde stok die in de zon schitterde, haar best deed om rechtop te lopen.

'Wat gaan we doen?' vroeg Ana Vega fluisterend terwijl ze naast de twee oude vrouwen voortliep.

'Naar de mannen,' antwoordde Dolores op dezelfde toon. 'We mogen hun niet het initiatief laten nemen; dan gaan ze zich superieur voelen.'

'Is het niet verstandiger om te wachten tot we met meer zijn? Gisteren...'

'Gisteren bestaat niet meer,' antwoordde Luisa. 'Als we wachten, krijgt Rafael García de kans om een beslissing te nemen. Dan zijn we misschien te laat.'

Terwijl zij met elkaar spraken, richtten de vrouwen achter hen hun blikken op de mensen in de steeg. Veel vrouwen kenden elkaar. Sommige waren zelfs familie, kinderen geboren uit huwelijken tussen families. Er was een enkele lach, een enkele groet, ongeloof op de gezichten van de mannen verderop, want de vrouwen van de steeg aarzelden niet om naar hen toe te komen en te vragen wat ze daar deden, wat ze wilden. Broeder Joaquín volgde hen op korte afstand, biddend dat die bonte groep zou bereiken wat hij voor onmogelijk hield.

Ze kwamen bij de deur van het huis van de García's en schreeuwden dat de Graaf naar buiten moest komen om hen te ontvangen.

'Rafael García,' richtte Dolores zich fel tot de Graaf toen hij eindelijk in de steeg verscheen, geflankeerd door de hoofden van een paar andere families, 'wij komen de Galeier en zijn kleindochter bevrijden.'

Ana begon te beven. De vrijheid van haar vader was iets waarvan ze zelfs niet gedroomd had. Ze geloofde niet in de mogelijkheid dat de veroordeling ongedaan werd gemaakt, maar toen ze omkeek en zag hoe ernstig de gezichten van Dolores en Luisa stonden, begon ze hoop te koesteren.

'En wie zijn jullie om hier in Triana iemand te komen bevrijden?'

De krachtige stem van de Graaf onderbrak het gemompel waarmee de meeste zigeuners van de steeg de eis van Dolores ontvangen hadden.

Luisa was haar vriendin voor. Ze forceerde haar stem, die rauw en hees uit haar keel kwam: 'Wij zijn degenen die hebben geleden omdat we zigeuners zijn, terwijl jij en de jouwen hier in Triana woonden, onderdanig aan de burgers. Rafael García: in Zaragoza heb ik je niet zien vechten voor je volk , dat volk dat je als hoofd van de raad zegt te vertegenwoordigen. Dat goud dat je draagt,' – de vrouw wees minachtend op de grote ring die aan een van de vingers van de patriarch schitterde –

'had je dat niet moeten gebruiken om de vrijheid van een zigeuner te kopen?'

Luisa zweeg even en richtte toen haar blik op de familiehoofden naast de Graaf; een van hen was niet in staat haar in de ogen te kijken. Vervolgens keerde ze hun de rug toe, draaide zich naar de mannen van de steeg en priemde met een vinger in hun richting.

'En ik heb ook niemand van jullie gezien!' schreeuwde ze hen verwijtend toe. 'Veel van onze mannen zitten nog steeds gevangen!'

Sommige mannen sloegen hun ogen neer toen Luisa, Dolores en de andere zigeunervrouwen hun minachtende blikken op de bewoners van de steeg richtten.

'Wat hadden we kunnen doen?' klonk het.

Luisa wachtte tot het instemmend gemompel ophield, trok haar wenkbrauwen op en draaide haar hoofd naar de plek waar de vraag vandaan gekomen was. Even was het stil in de straat. Toen gebaarde de oude vrouw naar de zigeunervrouwen die hen waren gevolgd dat ze de steeg vrij moesten maken, ze pakte Ana Vega bij haar arm en ging met haar in het midden van de steeg staan.

'Dit,' riep ze, terwijl ze de versleten bloes van de vrouw stukscheurde.

Ana stond daar met ontbloot bovenlichaam. Haar borsten hingen slap over een ribbenkast die getuigde van de geleden honger.

'Recht je rug, zigeunerin!' gromde de oude vrouw.

De huid van haar buik trok zelfs niet strak toen Ana Vega gehoorzaamde en trots de hele steeg uitdaagde.

'En dit!' herhaalde Luisa, terwijl ze Ana vastpakte en haar dwong rond te draaien zodat allen de inmiddels opgedroogde striemen konden zien die bijna haar hele rug bedekten. 'Vechten!' slingerde Luisa hun in het gezicht. 'Dat is wat jullie hadden moeten doen, lafaards. Vechten!'

In de eerbiedige stilte waarmee de steeg haar beschuldigingen over zich heen liet komen, was het hoesten van de oude vrouw duidelijk te horen. Ana meende bloed te zien in haar fluimen. Luisa probeerde adem te halen; tevergeefs. De andere vrouw nam haar in haar armen voordat ze in elkaar zakte, en de overige vrouwen kwamen onmiddellijk om hen heen staan.

'Vecht,' kon Luisa nog uitbrengen. 'Je bent je belofte nagekomen, Ana Vega. Ik zal op mijn geboortegrond sterven. Doe nu wat je doen moet voor de jouwen. Triana is van ons, van de zigeuners. Jullie mogen niet toestaan dat ze Melchor doden.'

Ze hoestte opnieuw en er liep bloed in haar mond.

'Ze is stervende,' bevestigde een van de vrouwen.

Ana zocht met haar ogen om hulp.

'Broeder Joaquín!' riep ze luid. 'Zorg voor haar,' vervolgde ze toen deze toesnelde en neerhurkte, terwijl hij met een opgelaten gevoel probeerde te voorkomen dat zijn blik aan Ana's naakte borsten bleef haken.

'Maar... ik...'

'Je ogenblik is nog niet gekomen,' probeerde Ana de oude vrouw moed in te spreken, zonder zich om de protesten van broeder Joaquín te bekommeren. 'Zorg voor haar. Genees haar,' eiste ze, en ze legde haar in zijn armen. 'Doe iets. U bent toch broeder?'

'Broeder ben ik, ja, maar Onze-Lieve-Heer heeft me niet de macht gegeven om doden te doen herrijzen.'

Het lichaam van Luisa, kleiner en weerlozer dan ooit, hing slap in de armen van de broeder. Ana maakte aanstalten om afscheid van haar te nemen toen vier woorden haar tegenhielden.

'Stel haar niet teleur.'

Die stem... Ze zocht tussen de zigeunerinnen. De Kreupele! Ze was niet bij de vrouwen geweest die met de Vega's meegekomen waren. De Kreupele knikte om te bevestigen wat er door Ana's hoofd ging. Ik heb gehoor gegeven aan je oproep, zeiden haar ogen, en ik ben niet alleen gekomen.

'Stel ons niet teleur, Ana Vega,' riep ze luid terwijl ze met haar hoofd naar het begin van de steeg wees.

Ana, en veel vrouwen met haar, keken in de aangegeven richting: precies op dat moment verschenen daar nog twee zigeunerinnen. Ana voelde zich meegezogen in een maalstroom van verwarrende gevoelens. Ze was nog steeds half naakt, haar littekens en haar uitgeteerde lichaam duidelijk zichtbaar in een stralende zon die zijn best deed om haar tussen alle andere vrouwen te laten opvallen; ze wilde huilen om de dood van Luisa, naar haar toegaan nu ze nog warm was, en haar voor de laatste keer omhelzen. Hoeveel hadden ze samen niet doorgemaakt! En ondertussen was het lot van haar vader en dochter nog steeds in handen van hun bitterste vijanden, terwijl zigeunervrouwen uit alle mogelijke plaatsen hun dierbaren verlieten om haar te hulp te komen.

'Rafael García, geef ons de Galeier en zijn kleindochter!'

Het stellige bevel van Dolores Ximénez bracht Ana terug in de werkelijkheid en ze ging snel naast de matriarch staan. De andere vrouwen kwamen allemaal om hen heen staan. Broeder Joaquín bleef achter met het levenloze lichaam van Luisa Vega in zijn armen.

Rafael García aarzelde.

'Ik peins er niet...' begon hij te zeggen.

Uit de monden van de vrouwen steeg een hele rits beledigingen op: 'Vuile hond!' 'Laat ze vrij!' 'Burger!' 'Klootzak!' 'Waar heb je ze verstopt?' Iemand van de steeg fluisterde waar ze verborgen zaten. 'In een kuil in de smidse van de García's!' werd luidkeels herhaald.

De groep zigeunerinnen duwde Ana en Dolores voor zich uit naar de smidse, die zich pal voor hen bevond. De matriarch hief haar stok omhoog toen ze bijna tegen de mannen opbotste. De vrouwen stopten met duwen om haar te laten praten.

'Rafael, je krijgt de kans om...',

'De wraak is aan Pascual Carmona,' onderbrak de Graaf haar. 'Ik mag niet...'

'De wraak is aan ons!' klonk het van achter in de groep. 'Aan ons, de vrouwen die geleden hebben.'

'Aan de zigeunervrouwen!'

'Ga opzij, klootzak.'

Ana Vega spuugde haar woorden van dichtbij naar de oude man, die hulp zocht bij de andere familiehoofden, maar deze verwijderden zich van hem. Rafael García hief zijn ogen omhoog naar het raam, op zoek naar de steun van zijn echtgenote Reyes, en hij zuchtte teleurgesteld toen daar niemand regaeerde. Zelfs de Trianera durfde de confrontatie met de andere vrouwen niet aan.

'Laten jullie toe dat die vrouwen tegen een vonnis van de raad in verzet komen en dat een moordenaar kan ontsnappen?' riep hij nerveus tegen de andere mannen van de steeg, van wie de meesten op een kluitje aan de kant, achter de vrouwen stonden.

'Wil je die vrouwen ook allemaal doden?' riep iemand terug.

'Het gaat jou helemaal niet om het wreken van die Carmona,' gilde een vrouw. 'Jij wilt alleen de dood van de Galeier.'

De Graaf wilde antwoorden, maar voordat hij dat kon doen, had Dolores de punt van haar stok op zijn borst gezet.

'Opzij,' gromde de matriarch.

Rafael García bleef staan.

'Laat ze er niet door,' beval hij zijn mensen.

De García's, de enigen die zich in de deur naar de smidse opstelden, verstevigden hun greep om de hamers die ze tot dan toe losjes in hun handen hadden gehouden, en hieven ze omhoog.

Het dreigement deed een afwachtende stilte ontstaan. Ana Vega wilde zich op de Graaf storten toen een oude vrouw uit de familie Camacho langs de zijkant naar voren kwam en op hen afstapte.

'Ana Vega heeft genoeg geboet voor wat haar vader heeft gedaan en haar dochter misschien gedaan heeft. Wij allemaal zijn daarvan getuigen geweest. Zelfs Luisa is gestorven voor de vrijheid die de Vega's opeisen. Rafael: laat je mensen opzijgaan.'

Voordat ze verder sprak, zocht en kreeg de oude vrouw een teken van goedkeuring van het hoofd van haar familie.

'Als je dat niet doet, zullen wij Camacho's de vrouwen tegen jouw mensen verdedigen.'

Ana Vega voelde een rilling over haar rug lopen. De familie Camacho, die ook in de steeg woonde, verdedigde haar en daarmee ook de gratie van haar vader! Ze wilde de oude vrouw bedanken, maar voordat ze naar haar toe kon gaan, sloten twee andere vrouwen, deze van de familie Flores, zich bij de eerste vrouw aan. En nog een andere vrouw, en nog een. Allemaal van verschillende families, onder de half berustende, half goedkeurende blikken van hun mannen. Ana lachte. Iemand gooide net voordat ze de smederij binnenging een grote gele doek met lange franjes over haar schouders. Niemand durfde haar tegen te houden.

# 49

Onder het applaus en gejuich van de menigte die zich in de smederij verdrong, omhelsde Ana haar dochter zodra ze haar uit de kuil getrokken hadden. Nog verblind door het schaarse licht dat de smidse binnendrong hoorde, voelde en rook Milagros haar moeder, en ze klemde zich stevig aan haar vast. Ze vroegen elkaar talloze keren om vergeving, kusten elkaar, streelden elkaars gezichten en droogden elkaars tranen, lachend en huilend tegelijk. Daarna maakten ze, op verzoek van Melchor, eerst een beduusde Caridad los en hielpen haar onder grote belangstelling van degenen die niets van haar wisten naar boven. Zodra ze weer iets kon zien, verschool ze zich in een hoek. Ten slotte hielp de zigeuner die de kuil was ingegaan ook Melchor eruit.

'Vader!' gilde Ana.

Melchor, compleet verstijfd, liet zich omhelzen zonder de liefkozingen van zijn dochter te beantwoorden en maakte zich haastig los uit haar armen, alsof hij wilde verhinderen dat andere emoties zijn wraakgevoelens zouden verstoren. Het gebaar deed Ana's bloed stollen.

'Vader?' vroeg ze terwijl ze een stap achteruit deed.

Het applaus en gejuich van de vrouwen verstomde.

'Waar is mijn mes?' eiste Melchor.

'Vader...'

'Grootvader...' Milagros ging naar hem toe.

'Rafael!' schreeuwde Melchor, beide vrouwen opzijduwend.

De Galeier probeerde te lopen, maar zijn benen lieten hem in de steek. Toen zijn dochter en kleindochter hem wilden helpen, maakte hij zich los uit hun handen. Hij wilde zelf overeind kunnen blijven. Het lukte hem en hij zette een stap naar voren. Zijn bloed begon weer te stromen en hij zette een volgende stap.

'Waar is je kleinzoon?' brulde Melchor. 'Ik ben hiernaartoe gekomen om die schurftige hond te doden!'

Dolores Ximénez, de eerste vrouw die hij op zijn weg vond, stapte opzij; de andere vrouwen deden hetzelfde en er opende zich een pad naar de steeg. Ana en Milagros aarzelden, zo niet Caridad, die haar man achternaliep.

'Cachita,' smeekte Milagros terwijl ze haar hand op de arm van de vrouw legde.

'Hij moet het doen,' oordeelde Caridad zonder te stoppen.

Moeder en dochter haastten zich haar te volgen.

'Waar is je kleinzoon? Ik zei dat ik kwam om hem te doden,' snauwde Melchor zonder omwegen tegen Rafael García, die nog steeds in de deur van zijn huis stond.

Caridad balde haar vuisten en klemde haar tanden op elkaar als om de woorden van de zigeuner kracht bij te zetten; Ana Vega daarentegen zag alleen de arrogantie waarmee de Graaf het dreigement opnam. Zonder het blinkende lemmet van een mes in zijn hand zag haar vader er klein en weerloos uit. De jaren waren ook aan hem niet ongemerkt voorbijgegaan, dacht ze verdrietig. De blikken van beide vrouwen kruisten elkaar. Wat een vastberadenheid lag er op het gezicht van het zwartje, dacht Ana, hoe anders dan de laatste keer dat ze haar zag, op de grond liggend, naïef, met die eeuwige strohoed op haar hoofd, op de dag dat zij, aan een touw gebonden met de andere opgepakte vrouwen, haar vroeg om voor Milagros te zorgen! Ook haar dochter was veranderd. Ze draaide zich naar haar om, waar...?

'Ik dacht dat je verscholen tussen die vrouwen op de vlucht zou slaan,' klonk op dat moment sarcastisch de harde stem van Rafael García.

Het antwoord van de Graaf gevoegd bij de afwezigheid van Milagros deed Ana's maag omdraaien. Waar...? Ze vreesde het ergste.

'Vader!' schreeuwde ze toen ze Milagros de binnenplaats van het woonblok van de García's, even voorbij de smidse, op zag lopen.

Voordat Melchor in de gaten had wat er gebeurde, rende Ana haar dochter achterna. Een paar vrouwen volgden haar. Milagros had al bijna de galerij van de bovenste verdieping bereikt toen Ana de binnenplaats op kwam.

'Milagros!' probeerde ze haar tegen te houden.

Die rende net de laatste treden op.

'Waar is mijn kind!' Ze duwde twee oude García-vrouwen opzij en baande zich een weg over de galerij. 'María!'

Bartola stak haar hoofd om de hoek van de deur van een van de woningen.

'Klotewijf!' schreeuwde Milagros haar toe.

Vanuit het trappenhuis zag Ana haar dochter, gekleed in het zwart, naar die woning rennen en er naar binnen gaan.

'Snel!' spoorde ze de vrouwen aan die haar gevolgd waren.

Toen ze met zijn allen de woning binnendrongen, troffen ze daar het kind aan, dat huilend probeerde zich uit de armen van een mooie, jonge zigeunerin los te worstelen. Milagros stond voor hen, hijgend van het rennen, haar armen uitgestoken naar haar dochtertje. De kille blikken van Bartola en Reyes de Trianera, leken haar te hebben verlamd, alsof ze bang was het leven van de kleine María in gevaar te brengen als ze nog één stap verzette.

'Het is mijn dochter,' zei Milagros zachtjes.

'Geef haar het kind!' gebood Ana de jonge vrouw.

'Niet zonder de toestemming van haar vader,' protesteerde de Trianera.

'Reyes,' gromde Ana Vega, 'zeg tegen haar dat ze het kind aan haar moeder moet geven.'

'Aan een hoer? Ik peins er niet...'

De Trianera kwam niet verder. Met een dierlijk gebrul stortte Milagros zich op haar. Ze gaf haar met twee handen een duw, en beiden vielen op de grond, waar Milagros haar begon te slaan. Ana Vega liet geen ogenblik verloren gaan: ze stapte op de jonge vrouw af en zonder dat die zich verzette, pakte ze María van haar af. Het huilen van het kind en Milagros' gekrijs vulden de ruimte en bereikten de steeg. Ana drukte María tegen zich aan en keek toe hoe Milagros Reyes een pak slaag toediende waarmee ze jaren van ellende probeerde te wreken. Ana deed niets om haar te stoppen. Pas toen de mensen zich voor de deur verdrongen en ze de aanwezigheid van een paar mannen opmerkte, ging ze naar Milagros toe en hurkte bij haar neer.

'Pak je kind,' zei ze tegen haar.

Precies op het moment dat Rafael García de galerij op kwam, verlieten ze het vertrek. Ze kruisten elkaar. Milagros probeerde tevergeefs haar dochtertje te kalmeren. Haar handen trilden en ze hapte naar adem, maar haar blik was zo stralend, zo triomfantelijk, dat de Graaf schrok, hen liet passeren en zich ongerust zijn huis in haastte.

'Laat haar aan je grootvader zien. Geef hem het kind in zijn armen. Rennen Milagros, misschien kunnen we zo een tragedie voorkomen. Toen ik het jaren geleden deed, lukte het.'

Terwijl Ana probeerde te verhinderen dat Melchor een gevecht op leven en dood met Pedro García zou aangaan, zat de Trianera bont en blauw op de grond in de kamer en vervloekte de zigeuner.

'Ga Pedro halen,' stamelde ze tegen haar man. Door het raam had ze Melchors dreigende taal gehoord. 'Laat hem met de Galeier vechten. Die ouwe zal hem geen moeite kosten. Zeg dat hij hem moet doden, dat hij hem in het bijzijn van zijn familie zijn ogen moet uitsteken, dat hij hem in stukken moet snijden en mij zijn ingewanden brengt!'

Beneden, in de steeg, weigerde Melchor het meisje aan te raken.

'Die García zal je doden, vader. Je bent al... je bent veel ouder dan hij.'

Milagros reikte hem het kind nog eens aan. Caridad sloeg alles zwijgend vanaf een afstandje gade. De zigeuner stak zelfs zijn hand niet uit.

'Pedro is slecht, grootvader,' zei ze toen ze hem met uitgestrekte armen het nog nasnikkende meisje voorhield.

Melchor grijnsde voordat hij antwoordde: 'Die vuile schoft moet de duivel nog leren kennen.'

'Hij zal u doden.'

'In dat geval zal ik hem in de hel opwachten.'

'We zijn er allemaal, vader, gezond en wel,' probeerde Ana hem van gedachten te doen veranderen. 'Het is ons gelukt, we zijn weer samen. Laten we daarvan profiteren en hier weggaan. Laten we leven...'

'Zeg dat hij het niet moet doen, Cachita,' smeekte Milagros.

Ana viel haar met een smekende blik bij. Zelfs Dolores en enkele andere vrouwen die het gesprek aandachtig volgden, draaiden zich om naar Caridad, die echter bleef zwijgen totdat Melchor zijn blik op haar richtte.

'Jij hebt me geleerd te leven, zigeuner. Als je de confrontatie met Pedro niet zou aangaan, zou je dan nog hetzelfde voelen als je me hoort zingen?'

Zijn zwijgen zei haar genoeg.

'Maak die schoft af dan. Wees niet bang,' zei ze met een triest glimlachje, 'zoals ik al zei, ik ga met je mee naar de hel en blijf voor je zingen.'

Ana boog verslagen haar hoofd en Milagros drukte het kleine meisje tegen haar borst.

'Galeier!'

De schreeuw van de Graaf, die in de deuropening van het woonblok stond, deed de gesprekken verstommen en de aanwezigen verstijven.

'Hier!' Hij gooide een mes voor Melchors voeten op de grond. 'Zodra mijn kleinzoon terugkomt, krijg je de kans om met hem te vechten.'

Melchor bukte zich om het mes op te rapen.

'Maak het maar goed schoon,' vervolgde de Graaf toen hij zag hoe de Galeier het aan zijn rode vest afveegde, 'want als Pedro je niet afmaakt, zal ik het doen.'

'Nee!' sprak Dolores Ximénez hem tegen. 'Rafael García, Melchor Vega, met dit gevecht op leven en dood zal alles eindigen. Als Pedro wint, mag niemand de Vega's meer lastigvallen.'

'En het kind?'

'Waarom zou je Vega-bloed in je huis willen?'

De Graaf dacht even na en knikte ten slotte.

'Het kind blijft bij haar moeder. Niemand zal zich op hen wreken! Zelfs je kleinzoon niet, akkoord?'

De patriarch knikte opnieuw.

'Zweer het! Zweer het!' drong de oude zigeunerin aan toen ze de simpele hoofdbeweging zag waarmee de ander zijn toezegging wilde bevestigen.

'Ik zweer het.'

'Als het daarentegen Melchor zou zijn...' Ze twijfelde aan haar eigen woorden en wierp onwillekeurig een snelle medelijdende blik op de Galeier, net zoals veel van de aanwezigen deden. 'Als Melchor Pedro zou verslaan, wordt het vonnis als voltrokken beschouwd.'

'De wraak komt de Carmona's toe,' voerde de Graaf aan, 'en Pascual is niet hier om dat te zweren.'

Dolores Ximénez knikte peinzend.

'We kunnen hier niet allemaal blijven wachten tot hij terugkomt. Roep de raad van ouderen bijeen,' zei ze toen, 'en laat alle leden van de familie Carmona komen.'

Diezelfde middag vertegenwoordigde de matriarch de belangen van de Vega's voor een met spoed bijeengeroepen raad. Aanwezig waren de familiehoofden, alle Carmona's, veel mensen van de steeg en een aantal van de zigeunerinnen van buiten. Sommige van de andere vrouwen verspreidden zich door Triana maar de meeste bleven bij Ana en Milagros om bij het dode lichaam van Luisa te treuren, waarover broeder Joaquín zich tot op dat moment ontfermd had en dat ze nu op de binnenplaats van een van de woonblokken neerlegden.

Het was een langwerpige binnenplaats die zich uitstrekte tussen twee rijen huizen van slechts een verdieping, waar niet lang daarna het onophoudelijke geweeklaag van de zigeunerinnen klonk, dat gepaard ging met een soms ingetogen, maar vaak overdreven rouwbetoon. Milagros, uitgeput door alles wat ze had moeten doorstaan sinds Pedro in Madrid haar kind had gestolen, ging op een stenen bank tegen een van de huizen zitten en zocht troost bij haar zojuist herkregen dochtertje dat ze zachtjes wiegde terwijl ze naar haar gezichtje keek. Toen ze voelde dat María ontspannen, rustig en veilig in haar armen in slaap viel, vergat ze alle ellende. Ze wilde aan niets anders denken, totdat ze naast zich, tussen de lange rokken van de vrouwen, de sandalen en de soutane van broeder Joaquín herkende. Ze keek omhoog.

'Dank u,' fluisterde ze.

Hij wilde iets zeggen, maar de zigeunerin had zich alweer in het lieve gezichtje van haar kind verloren.

Ondanks het verdriet om de dood van Luisa liet Ana Vega zich niet meeslepen in de droevige sfeer die op de binnenplaats hing. Broeder Joaquín had haar verteld over de relatie tussen haar vader en het zwartje, maar ze had het niet kunnen geloven totdat ze zelf zag hoe hecht hun band was. Ze trof Caridad alleen, vlak bij de plek waar Melchor stond.

'Ik wil niet dat Pedro hem doodt,' zei de zigeunerin toen ze naast haar was gaan zitten.

'Ik ook niet,' antwoordde de ander.

Beiden keken naar Melchor, fier rechtop in een hoek, kalm en afwachtend.

'Maar dat zal wel gebeuren,' stelde Ana.

Caridad zei niets.

'Dat realiseer je je toch wel?'

'Wat is belangrijker, zijn leven of zijn mannelijke eergevoel?' vroeg Caridad.

'Als hij het leven laat,' kaatste Ana terug, 'heeft niemand meer iets aan zijn mannelijke eergevoel, ik niet... en jij ook niet.'

De zigeunerin verwachtte dat Caridad zou reageren op deze erkenning van hun relatie, maar dat deed ze niet, ze zei niets en bleef als betoverd naar Melchor zitten kijken.

'Je weet dat het niet werkt zo,' antwoordde ze. 'Hij zat te trillen toen Milagros vertelde hoe haar echtgenoot haar als hoer verkocht. Ik was bang dat hij van woede zou barsten. Sindsdien is hij niet meer dezelfde geweest. Hij leeft alleen nog om haar te wreken...'

'Wraak!' onderbrak Ana haar. 'Ik heb vijf jaar gevangenschap moeten verduren voordat ik kon ontsnappen en naar Triana, naar mijn dierbaren kon terugkeren. Ik weet dat het hard is wat Milagros te verdragen heeft gehad, maar nog geen dag geleden dacht ik dat zij tweeën, dat jullie drieën dood waren. We hebben nu de kans om te beginnen met...'

'Wat?' onderbrak Caridad haar op haar beurt, nu met haar gezicht naar haar toe. 'Vijf jaar gevangenschap? Wat zegt dat? Ik ben mijn hele leven slavin geweest, en zelfs toen ik de vrijheid kreeg, was ik het nog steeds, hier in Triana, en ook in Madrid. Weet je, Ana Vega, ik heb liever één ogenblik van leven met deze Melchor... Kijk naar hem! Dat is wat ik van hem geleerd heb, van jullie! En daar ben ik blij mee. Ik heb liever dit ogenblik, deze seconde van zigeunerlef, dan dat ik de rest van mijn leven met een verbitterde man door moet brengen.'

Ana kon geen woorden vinden om te reageren. Ze merkte dat de onverschrokken gestalte van haar vader, naarmate de tranen haar ogen vulden, steeds waziger werd en liep weg. Ze zocht Milagros en zag dat ze volledig in de ban van haar kind was, terwijl de broeder om haar heen hing; zodra de andere vrouwen echter zagen dat ze zich tussen de mensen begaf, kwamen ze naar haar toe. Ze gingen met haar mee naar de binnenplaats waar Luisa lag, waar de nieuwe zigeunerinnen die vanuit verschillende Sevilliaanse dorpen naar de steeg bleven komen, samendromden. Sommige kende ze van Málaga, van Zaragoza;

andere waren familieleden of vriendinnen, afhankelijk van hoe ze zich voorstelden. Ze probeerde te glimlachen, in het besef dat ze haar kwamen steunen. Veel hadden er waarschijnlijk zelfs met hun mannen ruzie om gehad. Door zonder paspoort naar Triana te gaan liepen ze het risico te worden opgepakt, en dat deden ze voor haar. Zigeunerinnen! Ze bekeek Luisa's lichaam, vel over been, gekrompen. Maar hoe groots was ze geweest! Nooit zullen ze ons onze trots kunnen afnemen, had ze in het Misericordia tegen hen gezegd om hen moed in te spreken. Dat is jouw schoonheid, had ze haar later geprezen. En diezelfde avond had zij haar belofte aan de portier gebroken en was ze gaan kijken hoe Salvador van het werken op het land terugkwam. Haar maag kromp ineen bij de herinnering aan de jongen. Later hadden ze hem naar de arsenalen gestuurd, misschien vanwege haar koppige houding, maar Salvador was net als de andere jongens trots en met opgeheven hoofd uit het Misericordia vertrokken.

'Voel je je niet goed?' De vraag kwam van een van haar familieleden.

'Nee... Nee. Ik moet... ik moet iets doen.'

Ze liet ze allemaal achter en snelde naar Melchor.

Dood hem, vader. Maak hem af. Doe het voor Milagros, voor alle zigeunervrouwen.

De aanmoedigende woorden die Ana kort daarvoor tot Melchor had gericht, klonken nog na in Caridads oren. Op dat moment verlieten alle zigeuners de binnenplaats en liepen de steeg in. Zij hoefde niets tegen hem te zeggen. Ze had het gevoel dat Ana haar verdrong toen die terugkwam naar de hoek waar Melchor stond om hem om vergeving te vragen en zichzelf huilend te beschuldigen, terwijl ze hem tegelijk zo indringend als ze kon aanmoedigde voordat ze hem ten slotte omhelsde. De zigeuner draaide zich tijdens die omhelzing echter naar Caridad en lachte haar toe, en door die lach wist ze dat ze nog steeds zijn zwartje was.

Caridad stond toe dat Ana degene was die Melchor vergezelde. Zij liep achter hen, samen met Martín, die op een vers paard in de steeg was verschenen – Het andere was op, verklaarde de jongeman – met achter zich een oude zigeunervrouw van de familie Heredia uit Villafranca. Dat was kort voordat Dolores Ximénez naar de binnenplaats kwam om te zeggen dat de raad een beslissing genomen had: dit gevecht zou aan alles een einde maken. Er zou niemand meer gewroken worden en Milagros zou met haar dochtertje de vrijheid krijgen. De García's hadden het geaccepteerd, en de Carmona's, ondanks Pascuals afwezigheid, ook. Ze vertelde er niet bij dat het niet moeilijk was geweest om tot deze afspraak te komen, want niemand gaf iets voor het leven van Melchor. 'Het vonnis kan net zo goed op de ene als op de andere manier uitgevoerd worden,' had de matriarch een van de Carmona's horen zeggen voordat de anderen tevreden toestemden.

Ze zeiden dat de García's in Sevilla naar Pedro op zoek waren. Caridad bad tot de Heilige Maagd van de Naastenliefde, tot de Heilige Maagd van het Licht, en ter plekke wierp ze, van de tabak die Martín haar had gegeven, een paar blaadjes op de grond terwijl ze haar orisha's smeekte: dat Pedro dronken in de Guadalquivir was gevallen, dat de gerechtsdienaren hem hadden opgepakt of dat een jaloerse echtgenoot hem neergestoken had. Maar niets van dat alles was gebeurd, en toen het geroezemoes in de steeg toenam wist ze dat hij terug was.

Melchor liet niet op zich wachten, en Ana evenmin. Milagros weigerde te gaan.

'Het zal mijn schuld zijn als hij sterft,' probeerde ze zich tegenover haar moeder te verontschuldigen.

'Ja, kind, dat is zo. Hij zal sterven voor de zijnen, als een goed zigeuner, als de Vega die hij is,' antwoordde haar moeder, waarna ze haar dwong op te staan en met hen mee te gaan.

'Maak u geen zorgen, eerwaarde, Luisa zal niet ontsnappen,' liet een zigeunervrouw zich ontvallen bij het zien van de aarzeling op het gezicht van de broeder toen hij merkte dat iedereen de binnenplaats, het lichaam en de dodenwake verliet.

Er klonk wat gelach, dat echter niet in staat was de spanning te breken die haar hoogtepunt bereikte toen kort voordat het verstomde de opeenvolgende klikken van Melchors mes dat werd geopend boven elk ander geluid uit leken te stijgen. Caridad haalde diep adem. De zigeuner wachtte zelfs niet tot de mensen plaatsmaakten. Caridad zag hem zijn mes omklemmen en door de steeg naar het woonblok van de García's lopen. Mannen en vrouwen stapten opzij toen hij voorbijkwam.

'Waar ben je, vuile schoft!'

Caridad realiseerde zich dat Melchor hem niet kende. Waarschijnlijk had hij die nacht dat Pedro in de kuil sprong zijn gezicht niet gezien, dacht ze, want zij had dat ook niet gezien. En waarom zou Melchor, toen ze nog in Triana woonden, aandacht besteden aan een jongen van de familie García? Daar, kwam ze in de verleiding hem aan te wijzen.

Het was niet nodig: Pedro García maakte zich los uit het groepje familieleden en liep op Melchor af. De zigeuners weken in een kring uiteen. Velen stonden nog te praten, maar een voor een zwegen ze toen de twee mannen elkaar met het mes al in de uitgestrekte hand uitdaagden: de een in hemdsmouwen, jong, lang, sterk, lenig; de ander... de ander oud, mager en versleten, met een uitgemergeld gezicht, en nog steeds gekleed in zijn rode, met gouden biezen afgezette jasje. Veel van de omstanders vroegen zich af waarom hij het niet uittrok. Het kledingstuk leek hem in zijn bewegingen te belemmeren.

Caridad wist dat het niet door het jasje kwam. De oude wond van het gevecht met de Dikke speelde hem parten, en elke beweging deed hem pijn. Ze had hem liefdevol verzorgd, in Torrejón, in Barrancos; hij had haar korzelig laten begaan, maar uiteindelijk hadden ze erom gelachen. Ze richtte haar blik op Ana en Milagros, die beiden vooraan stonden, de een angstig ineengedoken, op het punt in te storten bij het zien van de ongelijkheid van de twee tegenstanders; de ander huilend, met het gezicht van haar kind in haar hals gedrukt om te verhinderen dat het het tafereel dat zich voor hen afspeelde zou zien.

Pedro en Melchor draaiden nog steeds in kringen om elkaar heen terwijl ze elkaar vijandige blikken toewierpen. Caridad was trots op die man, haar man, die bereid was om voor de zijnen te sterven. Een rilling van trots liep over haar rug. Net als bij hun aankomst in de callejón de San Miguel, toen ze werden opgesloten, voelde ze in zichzelf de kracht die Melchor uitstraalde, die kracht die haar vanaf de eerste keer dat ze hem zag, aangetrokken had.

'Vecht, zigeuner!' schreeuwde ze. 'De duivel wacht op ons!'

Alsof de andere aanwezigen bij het handgemeen op die eerste kreet hadden gewacht, barstte de hele steeg uit in aanmoedigingen of scheldpartijen.

Pedro viel aan, aangespoord door de toeschouwers. Melchor wist hem te ontwijken. Opnieuw daagden ze elkaar uit.

'Sukkel, opschepper,' schold de jonge zigeuner.

Sukkel, opschepper... De woorden van Pedro García laaiden als een steekvlam op in Milagros' herinnering en het gezicht van de oude María kwam haar weer voor de geest. Pedro had het haar in Madrid bekend, maar in haar dronkenschap was ze het vergeten. Belachelijke opscheppers, dat was wat hij die avond gezegd had. Pedro had de oude kruidenvrouw vermoord! Ze voelde zich slap worden. Gelukkig kon iemand het kleine meisje uit haar armen rukken voordat ze op de grond viel.

'Pas op, Melchor!' waarschuwde Caridad hem toen Pedro profiteerde van het moment dat Melchors aandacht naar zijn kleindochter werd getrokken om hem aan te vallen.

Hij ontweek hem opnieuw.

'Met jou komt er een eind aan de Vega's,' gromde de García. 'Je nageslacht bestaat enkel uit vrouwen.'

Melchor gaf geen antwoord.

'Allemaal hoeren en sletten,' hoorden de dichtstbijzijnde omstanders Pedro zeggen.

Melchor slikte zijn woede in, Caridad zag het, en daarna zag ze hoe hij met zijn vrije hand zijn vijand lokte. Kom maar, leek hij te zeggen. Pedro ging erop in. Toen zijn mes de onderarm van de Galeier raakte, steeg er uit de menigte een gemompel op. In een oogwenk kleurde het donkere bloed de mouw van Melchor, die met een paar vruchteloze uithalen op de verwonding reageerde. Pedro lachte. Hij viel opnieuw aan. Een nieuwe steek, deze keer ter hoogte van de onderarm waarmee Melchor zich probeerde te beschermen. Het werd steeds stiller, alsof de aanwezigen de ontknoping voelden aankomen. Melchor viel aan, onhandig. Het mes van Pedro trof hem in zijn nek, vlak bij zijn hals.

Caridad keek naar Ana, die op haar knieën zat, haar hoofd met moeite opgeheven, haar handen ineengestrengeld tussen haar benen. Milagros lag verscholen achter haar. Ze richtte haar ogen weer op Melchor om op datzelfde moment, bijna in haar eigen vlees, de messteek in zijn zij te voelen. Alsof ze zelf werd gestoken, voelde ze hoe het mes de zigeuner binnendrong. Aan de andere kant van het strijdtoneel zag ze Reyes, haar echtgenoot, de García's en de Carmona's glimlachen. Melchor sleepte met een been, hijgde... en bloedde hevig. Caridad begreep dat haar man ging sterven. Pedro speelde met zijn rivaal, stelde zijn dood uit, vernederde hem door soepel, schaterlachend zijn zwakke aanvallen te ontwijken. De duivel, dacht Caridad, hoe daalde je af naar de hel? Ze draaide zich om naar Martín, die rustig naast haar stond, en probeerde het mes uit de gordel van de jonge zigeuner te pakken.

'Nee,' weigerde hij het haar.

Ze worstelden.

'Hij zal hem doden!' kermde Caridad.

Martín gaf niet toe. Caridad gaf het ten slotte op en maakte aanstalten om Melchor met haar blote handen te gaan helpen, waarop Martín haar vastpakte. Ze worstelden opnieuw, en hij sloeg zijn armen zo krachtig mogelijk om haar heen.

'Hij zal hem doden,' snikte ze bevend.

'Nee,' zei Martín in haar oor. Caridad wilde hem aankijken, maar hij hield haar stevig vast en sprak verder: 'Dit is hoe hij vecht. Dat weet ik. Hij heeft me leren vechten, Caridad; ik ken hem. Hij laat zich prikken!'

Een seconde later hield het beven op.

De zigeuner liet Caridad los, en zij richtte haar blik weer op het gevecht met Pedro, die op dat moment overmoedig, zeker van zichzelf, naar zijn grootouders keek alsof hij het einde van hun vijand aan hen wilde opdragen, vastbesloten hem de doodsteek te geven. De Trianera had het eerst niet door, maar toen ze zag dat haar kleinzoon de Galeier achteloos, gedreven door eigenwaan, aanviel, wilde ze hem waarschuwen. De woorden bleven echter in haar keel steken toen Melchor het mes dat op zijn hart gericht was, ontweek en zijn eigen mes met een kracht die uit woede, haat en zelfs pijn werd geboren, tot aan het heft liet verdwijnen in de hals van Pedro, die abrupt en met een verbaasde grijns bleef staan. Melchor draaide het mes nog eens opzettelijk rond, waarna hij het er in een stroom bloed weer uittrok.

In de meest absolute stilte spuugde de zigeuner op het neergevallen lichaam waaruit het bloed naar buiten bleef gutsen. Hij probeerde naar de García's te kijken, maar kon het niet. Hij probeerde zijn rug te rechten. Ook dat lukte hem niet. Hij kon alleen nog zijn ogen op Caridad richten voordat hij in elkaar zakte en zij naar hem toe rende.

# 50

Twee dagen waren voorbijgegaan sinds het gevecht. Melchor werd midden in de nacht wakker en liet zijn ogen wennen aan het zachte kaarslicht in de leegstaande woning in de steeg waar ze zich geïnstalleerd hadden; hij keek even naar Ana en Milagros, aan de voet van zijn stromatras.

Toen vroeg hij hun om hem naar Barrancos te brengen.

'Ik wil niet in de buurt van de García's sterven,' mompelde hij moeizaam.

'U gaat niet dood, grootvader.'

Carmen, een kruidenvrouw uit Osuna, die Ana had laten komen, draaide zich schouderophalend naar haar toe.

'Wat moet gebeuren, zal gebeuren,' zei ze, 'hier, in Barrancos... of onderweg naar Barrancos,' liep ze vooruit op de vraag die ze van de zigeunerin verwachtte.

Melchor leek hen te horen.

'Jullie moeten niet in Triana blijven,' wist hij uit te brengen. 'Je kunt die García's nooit vertrouwen.'

Verschillende zigeunerinnen die in het vertrek aanwezig waren, knikten. Het moeizame ademhalen van Melchor was duidelijk te horen.

'En het zwartje?' vroeg hij.

'Aan het dansen,' antwoordde Milagros.

Het antwoord leek geen verrassing voor Melchor, die kreunde en tegelijk flauwtjes glimlachte.

Caridad waakte overdag bij Melchor. Ze volgde de instructies van de kruidenvrouw op, verwisselde samen met Ana en Milagros verbanden en kompressen, en legde voortdurend natte lappen op zijn voorhoofd om de koorts te bestrijden. Ze neuriede alsof Melchor haar kon horen. Toen een van de zigeunerinnen de negerliederen hoorde, probeerde ze het haar met een afkeurend gezicht te verbieden, maar Ana legde haar met een autoritair gebaar het zwijgen op en Caridad bleef zingen. 's Avonds glipte ze weg naar de sinaasappelboomgaard waar ze de zigeuner had leren kennen. Daar danste en zong ze, aanvankelijk ingetogen, later ongeremd, als een sidderende schaduw tussen de schaduwen, voor Elegua, voor hem die over het leven van de mensen beschikt. Hij ging niet in op haar smeekbeden, maar de allerhoogste god kon blijkbaar ook niet besluiten om haar man tot zich te nemen. Melchor had haar vrouw gemaakt; hij had haar leren liefhebben, vrij zijn. Was dat misschien de les die ze nog moest leren? De ware pijn kennen van het verliezen van de man die ze liefhad? Ze was nog maar een klein meisje toen ze van haar moeder en broertjes en zusjes gescheiden werd; toen versmolt de pijn met een kinderlijk gevoel van niet begrijpen en werd hij verzacht doordat nieuwe ervaringen haar afleidden. Jaren later verkocht don José haar eerstgeborene en ten slotte scheidde hij haar ook van haar tweede zoon, Marcelo; Caridad was een slavin en slaven leden niet, ze dachten zelfs niet, werkten alleen maar. Die keer ketste de pijn af op de ondoordringbare korst waarmee de slaven hun gevoelens bedekten om te kunnen overleven: zo ging het nu eenmaal, haar kinderen behoorden haar niet toe. Maar nu... Melchor had die korst aan stukken geslagen, en ze kende, en wist, en voelde; ze was vrij en had lief... En ze wilde niet lijden!

'Laat haar niet alleen het veld in gaan,' zei Melchor.

'Maak u geen zorgen, vader; Martín let op haar.'

De zigeuner knikte tevreden en sloot zijn ogen.

'Het lijkt me niet verstandig dat jullie Melchor naar Barrancos brengen.'

De waarschuwing, gericht tot moeder en dochter, kwam van broeder Joaquín. Na afloop van het gevecht was de geestelijke hen discreet gevolgd, alsof hij deel uitmaakte van de familie. Hij ging op in de groep

Vega's die nergens naartoe konden en een aantal vrouwen die in het zicht van een naderend einde hun vertrek uitstelden. Er hingen veel mensen in de buurt van het huis rond. De hachelijke situatie van Melchor, die tussen leven en dood zweefde, de begrafenis van Luisa en die van Pedro; het gehuil en geweeklaag tijdens de rouwdiensten; de spanning door wat de García's ondanks hun toezeggingen zouden kunnen doen... Niemand lette op broeder Joaquín.

'Verstandigheid is nooit een van mijn vaders deugden geweest, nietwaar broeder Joaquín?'

'Maar nu... in zijn toestand, ben jij degene die moet beslissen.'

'Zolang er nog een sprankje leven in hem zit, zal hij degene zijn die beslist, eerwaarde.'

'Het is geen goed idee,' hield de broeder vol. Zijn woorden waren tot de moeder gericht, zijn blik was echter op de dochter gevestigd. 'Jullie zouden een goede chirurgijn moeten zoeken die...'

'Chirurgijnen kosten veel geld,' onderbrak Ana hem.

'Ik zou...'

'Waar zou u dat geld vandaan moeten halen?' viel Milagros hem in de rede.

'Van het beeld van de Onbevlekte. Ik kan het verkopen. Als het voorheen al waardevol was, dan is het dat nu helemaal. Het schijnt dat de sprinkhanen zich door haar aanwezigheid in de rivier gestort hebben.'

'Bedankt, broeder Joaquín, toch maar niet,' sloeg Ana het aanbod af.

Milagros keek haar moeder onderzoekend aan. Die schudde haar hoofd. Als je weer een offer van de broeder accepteert, zul je hem niet meer af kunnen wijzen, had ze haar willen uitleggen.

'Maar...' begon broeder Joaquín.

'Met alle respect, ik denk dat mijn vader zich vernederd zou voelen als hij hoorde dat een Maagd hem met geld is komen helpen,' verontschuldigde Ana zich, terwijl ze bedacht dat ze er helemaal niet zo ver naast zat.

'Weet u het zeker, moeder?' vroeg Milagros nadat de broeder hen met gebogen hoofd verlaten had.

Ana omhelsde haar, en de twee richtten hun aandacht op de in doeken en verbanden gewikkelde zigeuner op de stromatras; het ergst, het meest zorgwekkend volgens de kruidenvrouw, was de messteek in zijn zij, dicht bij waar de Dikke hem toen gestoken had. Ana kneep in Milagros' schouder voordat ze antwoordde: 'Weet jij het zeker, dochter?'

'Wat bedoelt u?'

De blik van haar moeder liet aan duidelijkheid niets te wensen over.

'Broeder Joaquín is heel goed voor me geweest,' verzekerde Milagros. 'Hij heeft mijn leven gered en daarna...'

'Dat is niet genoeg. Dat weet je.'

Ze wist het. Milagros huiverde.

'In Madrid,' fluisterde ze, 'toen hij me had gered, dacht ik... ik weet het niet. Daarna... onderweg naar Barrancos... u hebt geen idee hoe hij voor me zorgde, de attenties, zijn inspanningen om aan geld, eten, onderdak te komen. Ik had alleen hem en ik dacht... ik voelde... Maar later vond ik grootvader, en Cachita, en u, en ik kreeg mijn kind terug.' Milagros zuchtte. 'Het is alsof de liefde die ik voor hem dacht te voelen zich over de anderen verspreid heeft. Ik zie broeder Joaquín nu met andere ogen.'

'Je zult het hem moeten vertellen.'

Milagros schudde somber haar hoofd.

'Dat kan ik niet. Ik wil hem geen verdriet doen. Hij heeft alles voor mij achtergelaten.'

Ana Vega maakte een gebaar naar een van haar verwanten, die onmiddellijk haar plaats aan het voeteneind innam, waarna zij haar dochter zachtjes naar de uitgang van het huis duwde. De nachtelijke warmte was vochtig en drukkend. Zwijgend wandelden ze over de binnenplaats van het woonblok, totdat ze bij twee oude stoelen kwamen waarin ze gingen zitten.

'De broeder zal het begrijpen,' zei Ana.

'En als hij dat niet doet?'

'Kind, je hebt in je leven al een keer een vergissing begaan. Kies niet opnieuw voor de verkeerde.'

Milagros speelde met een lint dat om haar pols zat. Ze droeg een eenvoudige rode rok en een witte bloes, die ze had geruild voor de zwarte kleren die ze uit Madrid meegebracht had. Ze hadden haar ook een aantal gekleurde linten gegeven.

'Een heel ernstige vergissing,' gaf ze toe. 'Ik heb uw waarschuwingen toen in de wind geslagen. Ik had moeten...'

'Waarschijnlijk was het mijn schuld, kind,' viel haar moeder haar in de rede. 'Ik wist je niet te overtuigen.'

Ana gaf Milagros een paar klapjes op haar hand. Zij pakte die van haar moeder.

‘Weet u?’ Haar stem beefde. ‘De dingen veranderen als je moeder wordt. Ik zou graag willen dat mijn dochter op een dag net zo trots is op mij als ik nu op u ben. Heel Andalusië is u komen helpen! Nee. Nee, het was uw schuld niet. Wanneer je een dochter hebt, zie je de dingen anders dan wanneer je vijftien bent. Nu begrijp ik het: het belangrijkste zijn de jouwen, je familie, degenen die je niet in de steek laten; iets of iemand anders is er niet. Ik vertrouw erop dat ik María dat kan leren. Het spijt me, moeder.’

Degenen die je niet in de steek laten, klonk het na in de oren van Ana Vega toen ze haar vochtige ogen richtte op het huis waar haar vader lag. De Galeier is sterk; vol levenskracht, had de kruidenvrouw geprobeerd haar moed in te spreken toen Melchor zich inspande om al die vrouwenhanden die hem belaagden te vervloeken. Geef niet op, zigeuner, had ze Caridad horen zeggen toen hij klappertandde van de koorts. Ze herinnerde zich de bijna bovenmenselijke inspanning van Melchor toen hij hoorde dat Pedro de oude María had vermoord, alsof hij van zijn stromatras wilde opstaan om hem nog een keer te doden. Ze hadden getwijfeld of ze het hem zouden zeggen nadat Milagros het hun verteld had. En als hij sterft zonder te weten dat hij ook de oude María gewroken heeft? had Caridad de knoop doorgehakt. Het was Milagros die het hem toen verteld had. De jouwen, je familie, degenen die je niet in de steek laten... Ana omhelsde haar dochter.

‘Vecht, vader, vecht!’ fluisterde ze.

De zon stond hoog aan de hemel toen Martín de volgende dag het huis binnenkwam om de vrouwen op te halen.

‘Alles staat klaar,’ kondigde hij aan.

Caridad, die bezig was Melchor koude bouillon te voeren, maakte geen aanstalten om naar buiten te gaan. Ana zag dat broeder Joaquín zijn oren spitste.

‘Ga jij maar kijken,’ zei ze tegen Milagros.

De broeder aarzelde geen seconde en volgde haar naar de steeg, waar hij een gammele houten kar op twee wielen aantrof, zonder bok of zijschotten, met een oud, scharminkelig ezeltje ervoor.

Milagros inspecteerde het stro waarop Melchor de reis zou maken.

‘Terug naar Barrancos,’ concludeerde broeder Joaquín.

Martín nam de broeder van boven tot onder op voordat hij hem alleen liet met Milagros, die in het stro bleef woelen, alsof ze iets zocht.

'Ja,' beaamde ze zonder het stro met rust te laten. 'Grootvader wil het zo.'

Er viel een lange stilte.

Ten slotte draaide de zigeunerin zich om.

'Wat staat er in mijn hand geschreven?' verbaasde broeder Joaquín haar terwijl hij die naar haar uitstak.

Ze pakte hem niet.

'De toekomst voorspellen... U weet dat dat allemaal onzin is.' Haar stem schuurde in haar keel, ze wilde niet huilen.

'Dat hangt af van wat de zigeunerin die hem leest erin wil zien,' hield broeder Joaquín vol, en hij strekte zijn hand nog verder uit, als om haar aan te moedigen die tussen de hare te nemen.

Milagros wilde haar hoofd buigen, haar ogen neerslaan. Ze deed het niet, om de herinnering aan haar kindertijd in Triana, om zijn hulp in Madrid en onderweg naar Barrancos, omdat hij haar had gered van de dood en om de tederheid en de liefde die hij haar daarna had betoond. Ze zei echter niets.

Broeder Joaquín trok zijn hand terug toen er opschudding ontstond omdat Melchor naar buiten kwam; hij liep voetje voor voetje, ondersteund door Martín aan de ene kant en Caridad aan de andere; Ana met het kind en de anderen erachter. Voor Milagros was dat alles echter niet genoeg om haar aandacht van het gezicht van de broeder af te houden: de tranen rolden over zijn wangen.

'Niet huilen, alstublieft,' smeekte de zigeunerin.

Zoals ze daar roerloos stonden, verhinderden ze dat Melchor op de kar kon klimmen.

'U bent een goed mens, broeder,' sprak de zigeuner met een zwakke stem toen hij hen bereikte. 'Verlang niet meer,' raadde hij hem vervolgens aan. 'Hou u bij uw God en uw heiligen. Wij zigeuners... u ziet het, we komen en gaan.'

Broeder Joaquín wierp Milagros een vragende blik toe.

'Ga niet opnieuw bij me weg,' smeekte hij toen het stil bleef.

'Het spijt me,' kon ze alleen maar zeggen.

De broeder kreeg geen tijd om te antwoorden doordat Melchor, die ze probeerden op de kar te tillen om hem op het stro te leggen, zich opnieuw tot hem richtte.

'O ja, broeder!' Melchor riep hem alsof hij hem in vertrouwen iets wilde meedelen.

De ander keek hem aan. Hij wilde niet bij Milagros vandaan, maar de even glazige als doordringende ogen van de zigeuner overtuigden hem ervan dat hij naderbij moest komen.

'Laat u niet oplichten met de snuiftabak,' fluisterde de zigeuner quasiserieus tegen hem. 'Als het rood ziet, twijfel dan niet, dan is het gegarandeerd rommel.'

Toen de broeder daarna haastig de ogen van Milagros zocht, vond hij ze niet meer.

In Barrancos zal hij genezen. Ze wilden het geloven. Tijdens de lange, moeizame tocht door de bergen hadden ze het steeds opnieuw tegen elkaar gezegd, om elkaar moed in te spreken terwijl ze achter de kar liepen waarop Melchor op het stro lag. Martín trok het ezeltje voort, dat hij in Triana samen met de kar voor zijn paard geruild had.

Toen ze bij de voet van de heuvel aankwamen, hief Caridad haar ogen op naar het huis dat de hemel raakte, hun huis. Ze klommen naar boven. Martín hielp Melchor van de kar af te komen. Ana en Caridad wilden hem helpen maar hij weigerde hun hulp en probeerde zijn pijn te verhullen.

Het was een heldere dag; de zomerzon wierp een scherp licht over de velden, rivieren en bergen en deed de levendige kleuren ervan feller uitkomen. In de omgeving heerste de stilte. Melchor strompelde naar de rand van de kloof, die zich naar de oneindigheid opende. Milagros gaf het kind aan Martín en wilde haar grootvader achterna lopen, maar Caridad hield haar tegen, haar blik gericht op haar man, die nu tegen de grote rots leunde die getuige van hun gezamenlijke dromen en illusies was geweest.

'Zing eens wat, zigeuner,' mompelde ze toen met schorre stem.

Een paar seconden verstreken.

Het begon als gefluister, dat aan kracht won en ten slotte aanzwol tot een lange, diepe klaagzang die tot aan de hemel weerklonk. Caridad voelde een rilling over haar rug lopen; ze huiverde en beefde over haar hele lichaam. Milagros sloeg een arm om haar moeder heen om niet te vallen. Geen van de vrouwen zong, alle drie betoverd door een gebroken stem die zich vermengde met de wind om naar de vrijheid te vliegen.

'Zing, grootvader,' fluisterde Milagros. 'Zing tot u bloed proeft.'

# Nawoord van de auteur

*A lirí ye crayí, nicobó a lirí es calés.*
(De wet van de koning vernietigde de wet van de zigeuners.)

*El Crallis ha nicobado la lirí de los calés.*
(Carlos heeft de wet van de zigeuners vernietigd.)

In 1763, veertien jaar na de grote razzia en nadat de markies van Ensenada in ongenade was gevallen, verleende koning Carlos III de zigeuners gratie voor het misdrijf dat ze als zodanig geboren waren. In de diverse arsenalen zaten toen nog ongeveer honderdvijftig mannen, die nog jaren op hun vrijlating moesten wachten. In het Real Casa de la Misericordia van Zaragoza zaten alleen nog wat oudere zigeunerinnen zonder familie. De vrouwen die niet waren ontsnapt, meer dan tweehonderdvijftig, verkregen hun vrijheid dankzij de lange doodsstrijd van Fernando VI, waarmee de instelling het zigeunerprobleem geregeld had en aan het herstel van haar oorspronkelijke karakter kon gaan werken.

Twintig jaar later, in 1783, vaardigde diezelfde Carlos III een decreet uit dat de assimilatie van de zigeuners tot doel had. Daarin werd de term 'zigeuner' opnieuw in de ban gedaan – 'degenen die zigeuners worden genoemd en zich ook zelf zo noemen, zijn dat niet, noch door hun afkomst noch door hun aard' – en werd het gebruik ervan nadrukkelijk verboden, zoals reeds in eerdere decreten was bepaald, zij het met weinig resultaat. Maar behalve dat hernieuwde verbod bepaalde de koning ook dat de zigeuners niet van 'besmette origine' waren, waarmee hij hun dezelfde rechten verleende als de rest van de bevolking. Hoewel hun eigen kledij en taal verboden bleven, mochten ze alle ambachten of beroepen kiezen die ze wilden – op een paar uitzonderingen na, zoals die van herbergier in een onbewoond gebied; het verbod om door het koninkrijk te reizen werd opgeheven en ze konden zich overal vestigen, behalve in de hofstad en in plaatsen met koninklijke buitenverblijven, waar ze zich overigens niet aan hielden, zoals minister Campomanes overduidelijk stelde in zijn klacht over de mislukte pogingen om hen uit Madrid te verdrijven.

Het decreet van 1783 dat door de verlichte geest was ingegeven, was gebaseerd op verslagen van meerdere rechtbanken, waarin melding werd gemaakt van de constante discriminatie, pesterijen en onrechtvaardige behandeling van zigeuners door burgers, vooral gerechts- en kerkdienaren, vanwege hun leefwijze en het feit dat ze buiten de maatschappij stonden.

Laat ik volstaan met een verwijzing naar de alinea waarmee Cervantes zijn novelle *Het zigeunerinnetje* begint:

> Het lijkt erop dat de zigeuners slechts op de wereld zijn om te stelen: ze worden geboren uit dieven, worden onder dieven opgevoed, studeren voor dief en eindigen ten slotte als doorgewinterde dieven die alles stelen wat los en vast zit; de neiging tot stelen en het stelen zelf zijn bij hen onlosmakelijk met elkaar verbonden en verdwijnen alleen bij de dood.

Volgens de rechtbankverslagen woonden de zigeuners liever alleen en afgezonderd dan tussen degenen door wie ze slecht behandeld werden.

Zelfs als we dit in aanmerking nemen, staat het vast dat de zigeunersamenleving etnocentrisch is. Er bestaat geen schriftelijke traditie in die gemeenschap, maar veel auteurs zijn het eens over een aantal waarden die het zigeunervolk kenmerken: de trots op hun ras en bepaalde principes die hun leven bepalen: 'Li e curar, andiar sun timuñó angelo ta rumejí' (vrijheid van handelen, naar eigen wens en voordeel); 'Niets is van iemand, en alles is van iedereen.' Zienswijzen die slecht met de gebruikelijke maatschappelijke normen te verenigen zijn.

Het voorgaande maakt de twee uitspraken aan het begin van dit nawoord begrijpelijk. De juridische gelijkstelling tussen burgers en zigeuners zoals bepaald in het decreet van koning Carlos III lijkt de laatsten teleurgesteld te hebben. 'Carlos heeft de wet van de zigeuners vernietigd.' Is hier sprake van slachtofferschap? Van opstandigheid misschien? Dat mogen de wetenschappers uitzoeken.

Het vermogen van de zigeuners om zich aan verschillende omgevingen aan te passen, zonder te integreren, blijkt een onmiskenbare constante in het onderzoek naar dit volk. In Sevilla, met inbegrip van Triana, bestonden er in de achttiende eeuw bijna vijftig religieuze broederschappen, het grootste deel daarvan met een lange traditie, zoals onder andere die van de Negers. Deze benaming, die waarschijnlijk alleen door het volk werd gebruikt, komt pas in de jaren tachtig van diezelfde eeuw in de literatuur voor en dateert dus van na het jaar waarin deze roman eindigt. De heden ten dage zo respectabele Broederschap van de Zigeuners ontstond pas na de grote razzia en trad voor het eerst naar buiten in de Goede Week van 1757. In diezelfde tijd benadrukten de missiepriesters de grote devotie en boetvaardigheid van de zigeuners van Triana bij de daar gehouden algemene biechten.

Het is verbazingwekkend dat in het Spanje van de Inquisitie, de missies en de godsdienstijver, de zigeuners er wel voortdurend van werden beschuldigd heidens, goddeloos en oneerbiedig te zijn, maar door de Inquisitie met rust gelaten werden. Noch de Inquisitie, noch de Kerk leek hen belangrijk te vinden. In tegenstelling tot andere gemeenschappen die in de loop der tijden eveneens vervolgd werden, waren de zigeuners in staat om zich te handhaven en problemen te vermijden, bijna als een spel waarin ze spotten met de autoriteiten en hun constante pogingen om hen te onderdrukken.

De zigeunergemeenschap heeft als geen andere gemeenschap bijgedragen aan de overlevering van een kunstvorm, de flamenco, die nu door de UNESCO tot immaterieel erfgoed van de mensheid verklaard is. Ik ben niet de persoon, noch is dit de plaats om in te gaan op de vraag of het zigeunervolk zijn eigen muziek, de tzigane-muziek, mee naar Europa bracht, of dat deze afkomstig is van de Hongaarse vlakten; in ieder geval bereikten de zigeuners een hoge graad van virtuositeit in de uitvoering ervan, zoals in Spanje gebeurde met een soort muziek die in de achttiende eeuw, de periode waarin de roman zich afspeelt, door onderzoekers als 'preflamenco' betiteld wordt. Deze muziek zou de basis worden van een zang die sinds het einde van de negentiende eeuw, met een aantal subvormen en een vaste structuur, als flamenco bekendstaat.

Ook lijken onderzoekers het erover eens dat die zangvorm waarschijnlijk het resultaat was van de vermenging, door de zigeuners, van hun eigen muziek met de traditionele Spaanse muziek, die van de morisken en die van de negers, slaven of vrijgelatenen, de zogeheten *música de ida y vuelta.*

Drie vervolgde en onderdrukte volkeren, tot slaaf gemaakt of uitgebuit en verbannen, alle geminacht: morisken, negers en zigeuners. Welke emoties konden er ontstaan uit de vermenging van hun muziek, zang en dans? Alleen die welke hun hoogtepunt bereiken op het moment dat je bloed proeft.

Triana wordt door velen beschouwd als de bakermat van de flamenco. De callejón de San Miguel, waar de smederijen van de zigeunerfamilies zich bevonden, is in het begin van de negentiende eeuw verdwenen.

Misschien is de zang die traditioneel als flamencozang bekendstaat aan het begin van de twintigste eeuw ontstaan, maar dat doet niets af aan de intensiteit en de pijn, de *jondura* van de achttiende-eeuwse zigeunerzang. De Opstandige Baccalaureus[1], een getuige van het leven in Triana halverwege de achttiende eeuw, schrijft:

> Een kleindochter van Balthasar Montes, de oudste zigeuner van Triana, gaat op uitnodiging dansen in de voornaamste huizen van Sevilla, en ze wordt begeleid door twee mannen met gitaar en tamboerijn terwijl een derde haar toezingt wanneer ze danst; dat lied begint met een langgerekte ademstoot die de klaagzang van de galeien wordt genoemd, omdat een aan de galeibanken geketende zigeuner die onder het roeien uitte; en van de ene bank sloeg het lied over op andere banken en van daar op andere galeischepen.

1 Verwijzing naar *El Libro de la gitanería de Triana de los años 1740 a 1750 que escribió el bachiller revoltoso para que no se imprimiera.* (Het boek over de zigeunergemeenschap van Triana in de periode van 1740 tot 1750 dat de opstandige baccalaureus schreef maar niet liet drukken) [N.v.d. vert.]

Aan de verbeeldingskracht van de lezer, aan zijn gevoeligheid, moet worden overgelaten hoe hij zich die zigeuner voorstelt die, met de vrijheid als zijn grootste schat, zong om zich te beklagen over het feit dat hij vastgeketend zat aan de roeibanken van een galeischip waar maar weinigen levend vanaf kwamen; een lang aangehouden ademtocht die volgens hedendaagse auteurs later in de salons van de adel en de notabelen herhaald werd.

Diezelfde Opstandige Baccalaureus vertelt ons ook hoe bij een zigeuner die in de tabaksfabriek werkte de darm – de plug – met de gestolen snuiftabak knapte. De smokkel van tabak, een product waarop de koninklijke schatkist het monopolie oftewel *estanco* had, was in die tijd – en is dat altijd gebleven – een van de meest lucratieve activiteiten, en het Portugese dorp Barrancos was een van de belangrijkste centra. In alle onderzoeken wordt unaniem geconcludeerd dat veel geestelijken bij die praktijken betrokken waren.

De stad Madrid kende in de achttiende eeuw een aantal belangrijke veranderingen. De komst van de nieuwe Bourbon-dynastie bracht nieuwe smaken en gewoonten met zich mee. De Verlichting stimuleerde de oprichting van koninklijke academies, economische genootschappen, staatsfabrieken en -werkplaatsen, evenals een reeks stedenbouwkundige verbeteringen die hun hoogtepunt bereikten tijdens de regering van Carlos III, die vanwege zijn vernieuwende impulsen en de hervormingen die hij in Madrid doorvoerde beschouwd wordt als de beste 'burgemeester' die de stad ooit gehad heeft.

Een van die veranderingen was de onder Felipe V gerealiseerde transformatie van het oorspronkelijke Corral de Comedias van Pacheca in het Coliseo del Príncipe, dat tegenwoordig, na twee verwoestende branden en de daaropvolgende restauraties, Teatro Español heet; het staat op de drukke, rumoerige plaza de Santa Ana, die is aangelegd op de plek waar ooit het klooster van de ongeschoeide karmelietessen stond.

Terwijl komedies in Sevilla verboden waren, werden ze in Madrid in de theaters van het Príncipe en La Cruz dagelijks ten tonele gebracht. Veel onderzoekers zijn het erover eens dat de mensen daar niet voor de toneelstukken naartoe gingen, maar voor de kluchten en de intermezzo's, die geleidelijk aan de klassieke, barokke eenakters als zelfstandige, korte voorstellingen in de pauzes van de hoofdtoneelstukken waren gaan vervangen.

Het muzikale intermezzo maakte zich in de loop van de achttiende eeuw los van de klucht en bereikte in die tijd zijn hoogtepunt, totdat het in de vergetelheid raakte en in de eerste helft van de volgende eeuw ten slotte volledig verdween.

Deze intermezzo's waren korte stukken, voor het merendeel gezongen en gedanst, met een satirisch of costumbristisch thema, waarin volkse personages werden verheerlijkt en de hogere, verfranste klassen op de hak werden genomen. Een van de opvallendste kenmerken was de interactie van de komediespeelster met het publiek, waardoor spitsvondigheid, vrijmoedigheid, ironie en natuurlijk sensualiteit even belangrijke talenten waren als de stem of de elegantie waarmee ze danste.

De inwoners van Madrid, het gewone volk, zetten veel van deze komediespeelsters die voor hen zongen op een voetstuk. Manolo's en chispero's zijn representatief voor de karakteristieke arrogantie van de Madrileen die er trots op is dat te zijn.

Mijn dank gaat zoals altijd uit naar mijn echtgenote Carmen en naar mijn uitgeefster Ana Liarás, naar iedereen die heeft geholpen en meegewerkt om deze roman tot een goed einde te brengen, maar bovenal naar de lezer, die er betekenis aan geeft.

*Barcelona, juni 2012*

# Interview met Ildefonso Falcones

*In welk opzicht heeft het zigeunervolk door zijn bijzondere karakter volgens jou bijgedragen aan de integratie van de verschillende invloeden die de flamenco heeft ondergaan? (Moorse muziek, zigeunermuziek, traditionele Spaanse muziek, Cubaanse muziek) in de flamenco?*

**I.F.** De zigeuners zijn degenen die bleven, want ja, de slaven verdwenen, de morisken werden verbannen... Degenen die bleven waren de zigeuners, die zich min of meer meester van die versmelting gemaakt hebben.

*In* Koningin op blote voeten *komen geen grote historische gebeurtenissen voor, geen heldendaden, geen grote veldslagen, hoewel er wel een enkele steekpartij plaatsvindt waarbij soms ook doden vallen. Zou je kunnen zeggen dat de helden in deze roman misschien de mensen zijn die voor hun identiteit en voor hun vrijheid vechten?*

**I.F.** Ja, de gewone mensen. De twee hoofdpersonages spelen in de Spaanse geschiedenis geen enkele rol (hoewel een van hen op een gegeven moment wel beroemd wordt als zangeres, maar dat is een vluchtige roem die amper twee maanden duurt). Ja, het is een geschiedenis over onbekende mensen. Ik geloof dat dat het interessante, het mooie van het boek is. De grote geschiedenissen met grote mannen worden al door historici en andere romanschrijvers beschreven. Ik hou meer van dit soort personages, mensen uit het volk; ik wil dat de gewone lezer zich in hen kan verplaatsen.

*Volgens mij gaat je boek dus over vrijheid en kunst.*

**I.F.** Over vrijheid, kunst en mensen: en over hartstocht, liefde en wraak, over illusies en wanhoop. Van gewone mensen.

(www.trabalibros.com/noticias/i/8257/52/trabalibros-entrevista-a-ildefonso-falcones-autor-de-la-reina-descalza-ed-grijalbo, 18.03.2013)